Ken Hagan

Der Verrat des Wikingers

PIPER

Zu diesem Buch

Im Jahr 950 nach Christus wird die Sippe des jungen Kregin bedrängt, vor einem fremden König das Knie zu beugen. Ihr Anführer kennt darauf nur eine Antwort: Niemals. Also bereiten sich die Nordmänner darauf vor, in See zu stechen und an einem anderen Ort nach neuen Siedlungsgebieten zu suchen. Zwei weitere Sippen werden sie auf ihrer Fahrt gen Westen begleiten – insgesamt sind es sechs Langboote, bemannt mit Kriegern, deren Frauen und Kindern, die sich auf den Weg ins Ungewisse machen.
Noch am Tag ihres Aufbruchs wird Kregin von einer Freundin gewarnt, dass seine Familie Opfer einer Verschwörung werden soll. Drak, ein Verbündeter des Königs, plant, das Schiff von Kregins Familie anzugreifen und alle an Bord zu töten. Doch Kregin schenkt den Warnungen keinen Glauben und sagt niemandem etwas davon – eine Entscheidung, die er sein Leben lang bereuen wird. Denn das Schiff gerät tatsächlich in einen Hinterhalt und ein Kampf auf Leben und Tod beginnt …

*Ken Hagan*s Interesse an der Wikingerzeit wurde durch isländische Sagen und zahlreiche Besuche von Wikingergräbern in Norwegen und Schweden geweckt. Aber auch sein Familienname könnte dabei eine Rolle gespielt haben, denn der Name »Hagan« lässt sich vom altnordischen »Hakon« herleiten, was übersetzt »Hoher Sohn« bedeutet. Vor dem Schreiben seines ersten Buchs arbeitete Ken Hagan im Bereich Unternehmensführung und verbrachte einige Zeit im Nahen Osten. Heute lebt er in Lancashire.

Ken Hagan

DER VERRAT DES WIKINGERS

Roman

Aus dem Englischen
von Karlheinz Dürr

PIPER
München Berlin Zürich

Mehr über unsere Autoren und Bücher:
www.piper.de
Aktuelle Neuigkeiten finden Sie auch auf Facebook, Twitter und YouTube.

FSC
www.fsc.org
MIX
Papier aus verantwortungsvollen Quellen
FSC® C083411

Deutsche Erstausgabe
Dezember 2016

Published by arrangement with Kenneth Hagan
Titel der englischen Originalausgabe:
»Forged in Ice«, Endeavour Press, London 2015

Umschlaggestaltung: Zero Werbeagentur, München
Umschlagabbildung: FinePic®, München
Satz: Uhl + Massopust, Aalen
Gesetzt aus Trump Mediaeval
Druck und Bindung: CPI books GmbH, Leck
Printed in Germany ISBN 978-3-492-31001-7

ERSTER TEIL

KAPITEL 1

Unsere sechs Schiffe ankern im Fjord, seetüchtige Handelsboote der neuesten Bauweise. Voller Stolz betrachte ich sie. »Die besten Knorren, die sie jemals gebaut haben«, sagt mein Bruder Einar, und der muss es wissen.

Sie liegen weit genug vom Ufer entfernt an den Landungsstegen, auch nach dem Beladen wird es keine Grundberührung geben; eingeritzte Zeichen zeigen den Tiefgang an, jetzt noch gut oberhalb der Wasserlinie. Der Rumpf wird tiefer im Wasser liegen, wenn unser Vieh erst einmal an Bord ist, und noch tiefer, wenn sich alle Männer, Frauen und Kinder auf dem Deck drängen. Die Schiffe werden mit voller Ladung ablegen; nichts, das auch nur den geringsten Wert hat, wird zurückgelassen. Denn niemand rechnet damit, dass wir jemals von unserer Reise zu den Eislanden zurückkehren.

Mein Blick bleibt an der *Vigtýr* hängen, dem Schiff unserer Familie. Sie liegt küstenwärts, ihr graues Segel ist bis auf den letzten Fuß tipptopp eingerollt und beschlagen. Vorn und achtern befinden sich Wasserfässer, dazwischen Heuballen, die auf See an das Vieh verfüttert werden. Ich weiß, dass sich unter den Deckplanken das kostbare Saatgut und Getreide verbirgt. Wir bewahren es in Wollsäcken auf und schützen es vor Wind und Wellen mit großen Abdeckplanen.

Es herrscht Ebbe, der steinige Strand liegt trocken.

Kein nennenswerter Wind, nicht einmal eine Brise weht von den kahlen Berghängen herab. Unsere Männer haben genug, alle sind ungeduldig, sogar Vater runzelt die Stirn. Das ruhige Wetter muss enden, bevor wir auch nur daran denken können, das Vieh auf die Schiffe zu treiben. Wir beten zu unserem Schutzgott Thor, der auf seinem Amboss die Stürme hervorhämmert, und zu Njörðr, dem Gott über See und Winde, dass er uns einen kräftigen Ostwind schicken möge, der unsere Schiffe auf das Meer hinausträgt. Seit Wochen lagern wir zusammen mit den anderen Familien auf dem trockenen Kiesstrand des Fjords, unterhalb von Thwartdale, und haben nur die wichtigsten Gerätschaften zur Hand – weswegen vor allem meine Mutter seit Wochen nörgelt –, denn alle Töpfe und Kochutensilien wurden längst an Bord verstaut, damit wir jederzeit Segel setzen können.

Sobald sich das Wetter dreht, wird es schnell gehen müssen. Die Männer haben große Flöße gebaut, an den Enden mit Weidenruten verbunden, die als einfache Verladerampen dienen, wenn die Tiere auf die Schiffe getrieben werden. Die Rampe liegt flach im seichten Wasser und dümpelt träge in den Wellen.

Drei Familien warten auf Wind und Flut, mehr als fünfzig Leute, schätze ich, Kinder und Sklaven nicht mitgezählt. Dass eine so große Gruppe gemeinsam auf Fahrt geht, ist ungewöhnlich. Deshalb fragte ich Vater: »Pa, wir sind so viele – sind wir nicht schon ein richtiger Stamm?« Vater nahm sich Zeit für die Antwort. »Solche Dinge, mein Junge, hängen nicht von der Zahl ab. Familien können nur dann einen Stamm bilden, wenn sie durch Bluts- und Familienbande verbunden sind.«

Seither versuche ich herauszufinden, was Pa damit meinte. Unsere Familie ist irgendwie mit den beiden anderen Familien verbunden, die von Jarl dem Alten und Skar dem Grauen angeführt werden. Wir gehören zwar zu ihnen, aber wir haben doch das Gefühl, anders zu sein. Aber eigentlich ist es egal, ob wir nun so etwas wie ein Stamm sind oder nicht: Jeder kann sehen, dass sich die drei Familien gegenseitig helfen und füreinander da sind – die Jarlsons, die Skarsons und wir, die Thralsons. Und deshalb ist es fast so, als wären wir ein Stamm. Treibholz für die Strandfeuer wird geteilt, Fisch, Hartkäse, Sauerbutter oder gepökeltes Schweinefleisch werden großzügig getauscht.

Am Ufer ist das Getreide für das tägliche Brot ausgegangen. Vorgestern wurden die letzten Säcke Hafer und Gerste auf die Ruderboote geladen und zu den Schiffen gebracht, und schon vor einer Woche wurden Flachssamen, Linsen und Roggen verladen. Während der Fahrt werden wir kein Getreide verbrauchen und uns nur von Pökelfleisch und Trockenfisch ernähren. Das Getreide ist als Saatgut bestimmt, und zusammen mit dem Vieh ist es unser kostbarster Besitz, denn nach der Landung in den Eislanden wird es die Grundlage unseres neuen Lebens sein. Wenn alles so verläuft wie geplant, werden wir in fünfzehn Monaten unsere erste Roggenernte in den Eislanden einbringen.

Die Eislande – das Ziel unserer Fahrt ist uns völlig fremd, wir wissen fast nichts darüber, es ist ein unbekanntes Land, das wir erst nach wochenlanger Seefahrt erreichen werden. Doch wer würde bei dem Gedanken, was vor uns liegt, nicht dieses aufregende Kribbeln verspüren – der Aufbruch, die lange Seefahrt, die drohenden Gefahren, unter stolz geblähtem Segel immer weiter nach Westen?

Mir geht nicht aus dem Kopf, was Vater sagte – dass

wir kein Stamm seien. Kann sein, dass das stimmt, aber die Umstände zwingen uns, einer zu sein. Alle, ob jung oder alt, sind voller Tatendrang. Unser gemeinsames Ziel bindet uns aneinander. Und das Starkbier macht uns mutig. Die Frauen haben uns mit ihren Braukünsten alle Ehre gemacht, denn das Beladen der Schiffe ist Schwerstarbeit und macht Durst.

Wir wandern nicht freiwillig aus. Die Oberhäupter der drei Familien wurden angeklagt, königliche Gesetze verletzt zu haben. Es ist streng verboten, in der Finnmark, dem königlichen Jagdrevier, zu jagen, denn der Handel mit Walrosselfenbein und Seehund- und Rentierfellen ist nun einmal nur dem König vorbehalten; für ihn ist es leicht verdientes Geld, mit dem er seine Kriegskasse auffüllt. Aber unsere Männer haben in der Finnmark gewildert und damit das Gesetz übertreten. Der König fällte ein Urteil, durch das wir jetzt gezwungen werden, in die Eislande auszuwandern.

»*Wildern* nennt er das!«, sagte Einar verächtlich, als er von dem Urteil erfuhr. »Wir haben uns doch nur ein paar Felle und Häute besorgt! Die Eisfahrer haben sie bereitwillig genug abgegeben!« Später zeigte der König ein wenig Nachsicht und machte den »Wilderern« – zu ihnen zählte er auch Vater, Skar und den alten Jarl – ein Angebot: Sie sollten eine »Spende« an die königliche Schatzkasse zahlen und sich außerdem verpflichten, ihm einen Teil der Beute abzutreten, die sie bei zukünftigen Raubzügen von den äußeren Inseln zurückbringen würden – gerade so, als sei Steuerzahlen besser als Auswandern.

Einige der Plünderer nahmen den königlichen »Gnadenerlass« an, aber unsere Väter sind stolze Männer: Sie weigerten sich. Lieber wollten sie ihr Glück fern von der

Heimat suchen, als faul am heimischen Herd zu liegen und sich den Forderungen des Königs zu unterwerfen.

»He, Knirps«, sagt mein Vater an diesem Morgen – ich bin der jüngste seiner Söhne – »steig auf den Hügel. Siehst du den zerklüfteten Felsen über der Stelle, an der unsere Schafe grasen? Dort setzt du dich hin und hältst Ausschau – melde es mir sofort, sobald sich im Osten die erste graue Wolke zeigt. Hast du verstanden, Junge?«

Vater ist mager und sehnig, weshalb er größer wirkt, als er ist. Er erwartet keine Antwort, aber ich schaue ihm direkt in die Augen, damit er sieht, dass ich aufpasse. Und wie immer wartet er gerade lang genug, um zu sehen, dass ich den Befehl verstanden habe, bevor er weiterspricht.

»Sobald du eine Wolke heranziehen siehst, befiehlst du den Hirten, unsere Schafe zum Strand hinunterzutreiben. Ich will nicht, dass du dann noch weiter dort oben herumtrödelst, bis die Sklaven die Herde zusammengetrieben haben – du rennst ihnen voraus, sobald du irgendetwas Graues am Osthimmel siehst, Junge. Verstanden? Komm dann sofort zu mir.«

Ohne ein Wort renne ich davon, steige über die Geröllhalde am Fuß der Klippen zu den Hügeln hinauf, die über dem Fjord emporragen. Es ist schwer, über das lockere Geröll zu klettern, aber ich nehme den Aufstieg lieber von der kahlen Bergseite in Angriff, als durch das Tal hinaufzulaufen. Der Aufstieg ist hier natürlich höllisch steil und ermüdend, aber beim Abstieg kann ich den Steilhang dafür runterrutschen. Das wird eine tolle Sache, das Rutschen, aber schlecht für die Lederhose, und man kriegt einen heißen Hintern.

Die Sklaven, die unsere Schafe hüten, sind jünger als ich mit meinen zehn Jahren, und der Altersunterschied zeigt sich deutlich: Sie sind alle buckelig, krumm gewachsen, schmächtig und unterernährt, während ich groß und stark bin und schon in drei Sommern ein Mann sein werde.

Der größte Sklavenjunge heißt Bedwyr. Er grinst mich schüchtern an, während die anderen mich mit kaum hörbarem Grunzen begrüßen. Elgyr und Tarkyr sind bestimmt überrascht, mich hier oben zu sehen, aber das würden sie nie zugeben. Gaukyr – der Faulste von allen – tut so, als hätte er mit den Schafen furchtbar viel zu tun, die zwischen den Ginsterbüschen und den verkrüppelten Fichten grasen. Ich glaube, alle vier scheißen sich fast in die Hosen vor Angst, dass sie übers Meer zu den Eislanden fahren müssen. Vielleicht haben sie gerade darüber geredet, als ich kam.

Im Unterschied zu ihren Eltern wurden diese Jungen hier geboren. Sie sind an harte Arbeit gewöhnt: Sie schuften auf Acker und Weide, stechen Torf, heben Güllegruben aus, solches Zeug eben. Aber keiner von ihnen ist jemals aufs Meer hinausgefahren, nicht mal zum Fischen in einem Ruderboot, geschweige denn auf einem Schiff hinausgesegelt, während ich mit meinem Bruder Cormac schon oft bis zu den Häfen weiter unten an der Küste gefahren bin. Kein Wunder, dass sie schon bei der Vorstellung, auf einer seetüchtigen Knorr aufs Meer hinausfahren zu müssen, von Entsetzen gepackt werden.

Jedes Mal, wenn ich diese Burschen sehe, muss ich an meinen Vater denken. Denn wie sie wurde auch Vater als Sklave geboren. Alle hier in der Gegend kennen seine Geschichte. Und ich meine wirklich *alle*, weil sie zu den Liedern gehört, die nachts am Lagerfeuer gesungen werden.

Vater rettete Jarl dem Alten das Leben, natürlich nicht

dem Jarl, der er heute ist, ein alter, dicker, kahlköpfiger Mann, der sich nur noch langsam bewegt, sondern wie er vor vielen Jahren war, ein junger starker Krieger. Der Jarl hatte damals immer einen Sklaven als Schildträger an seiner Seite, der ihm den Rücken freihielt und ihm Helm und Waffen in die Schlacht trug.

Der Skalde des Jarl, der dessen Taten in Liedern und Geschichten bewahrt, erzählt Vaters Geschichte manchmal an Festtagen, sodass die Sage von Vaters Mut und darüber hinaus auch von Jarls Glück noch für Generationen in Erinnerung bleiben wird. Vater selbst spricht nie darüber. Muss er auch nicht, solange die Geschichte in Versen erzählt wird.

Tatsache ist, dass er das Leben des Jarl rettete – nicht einmal, nicht zweimal, sondern bei drei verschiedenen Gelegenheiten: zum ersten Mal während eines fehlgeschlagenen Überfalls im Land der Angelsachsen und dann später im selben Sommer bei zwei Schlachten in Erinland. Jarl belohnte ihn mit der Freiheit und bot ihm an, Krieger zu werden, was für einen befreiten Sklaven eine große Ehre ist.

Bis Jarls Trupp Segel setzte, um nach Hause zurückzukehren, hatte sich Vater bereits einen Anteil an der Beute verdient; es reichte für einen Bauernhof hier in Norvegur. Außerdem konnte er sich eines der Mädchen aussuchen, die Jarls Trupp aus Erinland als Geiseln mitgebracht hatte.

Und so kam es, dass Raff Thralson, Sohn des Thrall, Ma zur Frau nahm. Meine Mutter Auda erzählt das immer mit einem tiefen Seufzer, aber ihre Augen glitzern dabei vergnügt. Vater nennt sie Audeen, was er für einen Kosenamen hält und beweist, wie sehr er sie liebt.

Ich setze mich in Sichtweite der Hirten auf einen

hohen Felsbrocken und halte Ausschau nach den ersten Anzeichen von Grau am Osthimmel. Aber niemand kann ewig einen bleichen Horizont anstarren. Eine Zeit lang schnitze ich an einem Stock herum und schaue nur ab und zu auf, aber meistens wird mein Blick zum Fjord und unseren Schiffen gezogen, die dort unten vertäut sind. Die Ebbe hat heute früh eingesetzt, wir haben immer noch Stauwasser, aber bald kommt die Flut. Der Wellengang des auflaufenden Wassers wird aber so schwach sein, dass die Flut kaum auf den Strand lecken wird. Die letzte Flut hat Seetang angeschwemmt, sodass sich eine lange haarige Spur am Strand entlangzieht. Wie ein Männerbart schmiegt sich der Seetang um die Buchten und Einschnitte des Ufers, und unsere sechs Schiffe wirken plötzlich wie Augen, Mund und Nase in diesem riesigen, bärtigen Gesicht. Die Schiffe sind am Heck vertäut, ihre Buge haben sich mit dem ablaufenden Wasser zum Mund des Fjords gedreht. Ich muss zugeben: Von hier oben sehen sie klein aus, viel zu zerbrechlich, um sich darin auf die hohe See zu wagen.

Ich schüttle den Gedanken ab, will mir keine Schwäche eingestehen. Einar sagte neulich, es bringe Unglück, sich über die Sicherheit auf See Sorgen zu machen. Unter uns Thralsons ist Einar der erfahrenste Seemann und ein kampferprobter Krieger. Von ihm habe ich alles gelernt, was es über Knorren zu wissen gibt: dass der mächtige Kielbalken und die starken Steven aus bester Eiche gefertigt werden, um dem starken Wind und den mächtigen Wellen widerstehen zu können, und dass die Kielwrangen, Spanten, Stringer und Planken so sicher konstruiert sind, dass sie sogar schwere Zusammenstöße mit Eisschollen wegstecken können. Einar ist zwar noch nie so weit nach Westen bis zu den Eislanden gesegelt, weiß aber, womit wir auf dieser Fahrt rechnen müssen. Letzte Woche habe ich zufällig gehört, wie er zu Vater sagte: »Wir werden es ganz bestimmt mit Eisschollen zu tun bekommen, wenn wir uns den Küsten nähern, sogar im Sommer.«

Aber die Eisschollen sind nicht Vaters einzige Sorge. Seine schwerste Last sind die Schulden. Wir reden von der *Vigtýr*, als gehörte sie unserer Familie, aber sie gehört uns nicht, jedenfalls nicht direkt. Auch die Skarsons sind nicht die Eigentümer ihrer beiden Schiffe. Jarl der Alte hat alle sechs Schiffe bezahlt – der Verkauf unserer Hofstatt hat Vater rein gar nichts eingebracht. Denn der König hat ein Auge auf unser Land geworfen. Er will die Hügel von Thwartdale mitsamt den Höfen an sich reißen, sobald wir abgefahren sind. Deshalb konnte Vater keine Käufer für unseren Hof finden: Niemand, der auch nur über ein bisschen Verstand verfügt, kauft ein Haus, eine Scheune oder auch nur ein Feld in unserem Tal, die der König für sich haben will. Ich glaube, das passiert immer, wenn Männer gezwungen sind, aus ihrem Land zu fliehen. Deshalb besitzt Vater nichts mehr, von dem wenigen Geld abgesehen, das ihm der Verkauf des Viehs und einer Ladung Heu eingebracht hat, und Skar dem Grauen und seinen Söhnen ging es nicht besser. Glücklicherweise ist Jarl der Alte so reich; durch seine vielen Raubzüge hat er im Lauf der Jahre ein großes Vermögen aufgehäuft. Jarl ist so reich, dass er sechs neue Knorren bauen lassen konnte. Drei waren für ihn und seine Sippe bestimmt, zwei für Skar und seine Söhne und eins für uns. Sobald wir uns in den Eislanden angesiedelt haben, wird Jarl die doppelte Summe für die Schiffe zurückfordern. Wir werden unsere Schulden viele Jahre lang mit einem Teil unserer Ernte, mit Viehfutter, Wollschur und Ähnlichem abzahlen. Vater und Skar werden blechen müssen, eine Ernte nach der anderen, bis alle Schulden abgetragen sind.

Vater taufte unser Schiff auf den Namen *Vigtýr*, was ungefähr so viel wie Kampfgott heißt und nicht gerade ein passender Name für ein schwerfälliges Transport- und Handelsschiff ist. Aber Vater sieht das anders. Der Name soll uns Glück bringen, deshalb ließ er sogar von Jarls Skalden Kriegsrunen in den Bug schnitzen. Als die Runen fertig und geweiht waren, flüsterte mein Bruder Feilan Ma ins Ohr: »Macht doch keinen Unterschied, Ma, was da geschrieben steht.«

Obwohl er wie ein kleiner Junge geflüstert hatte, hörten es alle.

»Wie meinst du das, Feilan?«

»Wir brauchen keine Kriegsrunen – wir wissen auch so, welches unser Schiff ist, oder nicht, Ma?«

»Das stimmt, mein Sohn«, antwortete sie und strich ihm durch den männlichen Bart, als ob er ein kleiner Junge wäre.

Ein Mädchen steigt den Hügel herauf. Ihrer Gestalt nach ist sie ungefähr in meinem Alter. Sie klettert auf allen vieren, läuft flink wie ein Hase den kahlen Hang zu mir herauf. Ein Lächeln breitet sich auf ihrem hellen Gesicht aus, als sie sieht, dass ich sie bemerkt habe. Immer wieder rutscht sie ein Stück weit zurück, während sie über das lose Geröll klettert. Es ist Helga, Idgars Tochter.

Ich überlege, ob sie mich beobachtet hat, als ich das Lager verlassen habe, und mir gefolgt ist. Wenn es so war, muss sie von ihrer Arbeit weggelaufen sein, kaum dass ihre Mutter ihr den Rücken zudrehte. Helga ist die

Enkelin von Skar dem Grauen, die Tochter von dessen Sohn Idgar Skarson. Ich beobachte sie, als sie den Rest des Hügels heraufkommt.

Helga und ich sind schon ewig befreundet, schon seit wir hinter den Rockzipfeln unserer Mütter hervorlugten. Unsere Väter bearbeiten schon seit vielen Jahren benachbarte Felder. Im Thwartdale und auf den umliegenden Hügeln kennen wir jedes Grasbüschel; es macht mich traurig, dass das Tal schon bald nicht mehr unsere Heimat sein wird.

Solange ich zurückdenken kann, sind Idgar und Vater Seefahrer und Bauern gewesen, die meiste Zeit waren sie zusammen mit Jarl und seinen Söhnen auf dem Meer unterwegs, vom Frühjahr bis zum Wintereinbruch. Ihre Handelsfahrten führten nach Norden, die Raubfahrten nach Süden, während sich zu Hause Frauen, Kinder und Sklaven um die Höfe kümmerten. In unserem Fall war das allerdings anders, oder jedenfalls wurde es im Laufe der Jahre anders, als mein ältester Bruder heranwuchs und allmählich einen immer größeren Teil der Arbeit auf dem Hof übernahm. Mit Sepp hatte Vater einen Sohn im Mannesalter, den er in Thwartdale zurücklassen konnte, wenn er auf Beutefahrt ging. Und deshalb ist Sepp für uns eine wichtige Person geworden, auf den sogar Ma und Vater hören.

Sepp ist ein gut aussehender, kräftiger Mann: Jeder Vater wäre stolz auf ihn. Stark wie ein Ochse von der Hüfte aufwärts, aber mit krummen, lahmen Beinen, sodass er für Seefahrt und Beutezüge nicht taugt. Er tut mir leid, aber das darf man nicht falsch verstehen. Denn er tut mir nicht leid, weil er ein Krüppel ist, sondern weil Sepp von allen Thralsons am meisten darunter leidet, dass wir jetzt den Hof verlassen müssen, auf dem er geboren wurde.

Die Abfahrt bricht ihm das Herz. Es quält ihn, dass er sich von seinen Kühen trennen musste und fast nichts für die Tiere bekam. Wir können nur zwei Kälber mitnehmen. Sie sind alles, was uns von unserer Herde geblieben ist. Von der Schafherde nehmen wir sechs Auen und einen Widder für die Zucht mit und nur sechs Hammel für die Wolle. Lämmer und Jährlinge haben wir verkauft, und die Schweine wurden entweder verkauft oder geschlachtet und für die Überfahrt eingepökelt. Wir müssen an das Gewicht der Ladung denken. Die *Vigtýr* ist breit gebaut und hat großen Tiefgang, die Bordwand ragt hoch über die Wasserlinie, dennoch dürfen wir das Schiff nicht überladen, weil wir ständig mit schwerer See rechnen müssen.

Ich wende den Blick vom Osthimmel ab und schaue wieder hügelabwärts.

»Helga«, schreie ich hinunter, »nicht da rauf, die Stelle ist zu steil! Klettere auf der anderen Seite hoch, das ist der Weg, den ich genommen habe, dort an dem flachen Felsen vorbei!«

Sie lacht mich aus, sie hat den Gipfel fast erreicht und wird meinen Rat nicht beachten. Jemand zupft mich am Ärmel. Ich drehe mich um. Bedwyr ist groß für einen Sklaven, reicht mir aber nur bis zur Schulter.

»Schau dort hinüber, junger Herr«, sagt er. »Dort draußen, im Fjord!«

Er deutet über die Knorren hinweg. Ich folge der Richtung – und mir stockt der Atem. Mit hoher Geschwindigkeit rauscht ein Langschiff durch den Fjord heran, lang und schlank, mit hoch aufragendem Drachenkopfsteven, wegen der Windstille nicht unter Segel; die Riemen peitschen mit voller Kraft das Wasser auf.

Langschiffe segeln nie allein. Es muss noch weitere

Schiffe geben, bestimmt lauern sie hinter der Landzunge. Schnell lasse ich den Blick nach Westen schweifen, weit über das Vorgebirge und auf das offene Meer hinaus, über die kleinen Inseln und Schären. Nirgendwo sind weitere Schiffe zu sehen. Und auch dort, wo sich der Fjord nach Süden krümmt und am Sill verengt, sehe ich nichts als einen dichter werdenden Dunstschleier über dem Meer.

»Kregin! Kregin! Hilf mir!« Helga gerät in Panik, sie hat den Halt auf der Geröllhalde verloren.

»Ich komme!«, schreie ich zurück. »Keine Angst, ich lasse dich nicht abstürzen!«

Doch dann wird mir klar, dass ich sie nicht erreichen kann. Sie ist zu weit unter mir. Aber Bedwyr packt mein Handgelenk, und dankbar umklammere ich seines. Während mich Bedwyr oben festhält, schiebe ich mich seitwärts über die Felskante, Brust und Bauch scheuern über Moos und Flechten, Ginster und Farne, und strecke die andere Hand zu Helga hinunter. Immer noch nicht weit genug. Ich muss mein Gleichgewicht aufgeben, mich weit hinauslehnen und mich darauf verlassen, dass der schmächtige Sklave mein Gewicht halten kann. Zwar bekomme ich zuerst nur die Kapuze ihres Umhangs zu fassen, kann damit aber wenigstens verhindern, dass sie weiter abrutscht und in die Tiefe stürzt. Sie klammert sich mit einer Hand an ein kleines, mickriges Ginsterbüschel – an Wurzeln, Blüten, dornige Äste –, während sie mit der anderen Hand verzweifelt nach etwas Festerem tastet. Endlich finden ihre Finger einen Felsspalt.

Sie zieht sich kräftig hoch, ein Fuß findet Halt, schließlich klettert sie über mich und Bedwyr. Wir sehen nur noch ihre nackten Beine, als sie über die Felskante steigt.

Ich kümmere mich um ihre Hand, die die Dornen blutig gekratzt haben.

»Helga, bist du denn völlig verrückt geworden?«, schimpfe ich. »Das war wirklich dumm von dir!«

Sie grinst mich an, ihr Gesicht ist frech und frisch und von Sommersprossen übersät.

Mein Blick schweift über sie hinweg nach Osten. Am Horizont sehe ich etwas Graues – Wolken ballen sich zusammen. Ich gebe Bedwyr mit einem entschiedenen Nicken den Befehl, wie es auch mein Vater tun würde.

»Treibe die Schafe zusammen runter ins Tal, hörst du? Wir fahren heute ab!« Und zu Helga: »Schau mal, dort: ein Langschiff im Fjord, gleich wird es anlanden.«

Die Ruderer heben die Riemen aus dem Wasser, kurz darauf fährt das Langschiff mit lautem Knirschen auf den Strandkies. Die Männer, die aus der Ferne winzig aussehen, hissen die Rahe hoch auf den Mast, ziehen die Taue stramm, alles nur zur Schau, um auf sich aufmerksam zu machen. Das schwere Segel, kreuzweise vernäht, um es windfest zu machen, ist von Sonne und Salzwasser gebleicht. Auf dem vergilbten Segeltuch prangt in frischer Farbe das Zeichen: ein schwarzer Rabe.

KAPITEL 2

Es ist eine hässliche Besatzung, die das Langschiff ausspuckt: Männer, die nur ein Handwerk kennen – Rauben, Plündern, Morden – und die Ma als hirnlose Schläger bezeichnen würde. Sämtliche Männer unserer drei Familien sind zum Strand gelaufen und stellen sich nun in einer Reihe den Piraten in den Weg. Streit liegt in der Luft, und nach den grimmigen Gesichtern auf beiden Seiten zu urteilen wird es nicht bei Worten bleiben.

Als Helga und ich unten am Strand ankommen, ist das anfängliche Wortgeplänkel schon vorbei. Die Ankömmlinge stehen dicht gedrängt beieinander, sind aber unbewaffnet, denn ihre Speere, Äxte und Schilde sind noch am Schandeck, dem oberen Rand des Bootes, festgezurrt. Aber auch ohne Waffen wirken sie bedrohlich, so wie sie sich um ihren Anführer scharen. Ich zähle ein Dutzend Krieger in Kettenhemden, die ihnen bis zum Knie reichen, ihre Helme halten sie noch in den Händen. Auch ein paar grimmig aussehende Männer sind darunter, nackt bis auf die Hose und einen Bären- oder Wolfspelz, den sie über der Schulter tragen.

Der lederbekleidete Riese, der vor der Crew steht, muss Drak sein. Er ist auch unter dem Namen »Schwarzer Rabe« bekannt. Ich habe ihn noch nie gesehen, aber Einar hat mir viel von Draks Taten erzählt. Er ist entfernt mit Skar dem Grauen verwandt und somit auch mit Helga. Ingrid ist die Verbindung zwischen den beiden Familien. Sie ist Draks Tochter, eine von vielen, denn seine Brut ist über sämtliche Inseln verstreut. Und sie ist die Witwe von Skars Pflegesohn. Helgas Großvater nahm die junge Mutter und ihr Baby bei sich auf, nachdem sein Pflegesohn ermordet worden war. Und so gehört die junge Witwe jetzt zum Haushalt der Skarsons, ist aber vollkommen gegen die Umsiedlung in die Eislande. Sie würde jede Gelegenheit ergreifen, der Sache zu entgehen, wenn sie könnte.

»Sie hat nicht mitzubestimmen«, antworte ich immer, wenn mir Helga erzählt, wie heftig sich Ingrid gegen die Auswanderung wehrt. »Ob es ihr gefällt oder nicht, sie wird an Bord gehen müssen, wenn dein Großvater die Segel setzt.«

Unsere Schafe und Sklaven sind inzwischen vom Hügel herabgekommen. Ich sollte es eigentlich Vater melden, aber das ist nicht der richtige Augenblick. Im Moment achten alle nur auf Drak und seine Schlägerbande.

»Hört mir erst einmal zu«, fällt der Rabe dem alten Jarl grob ins Wort, er hat eine tiefe, raue Stimme. »Der König wird nicht dulden, dass die königlichen Kolonien von Männern besiedelt werden, die seine Herrschaft infrage stellen.«

Jarl stapft schwerfällig näher. Er ist unser Anführer und damit auch unser Priester und hat das Vorrecht zu antworten. Unsere Leute reagieren auf Draks Behauptung mit Flüchen und Beschimpfungen des Königs.

»Königliche Kolonien?«, überbrüllt Jarl der Alte den Tumult und lässt eine Flut von Beleidigungen vom Stapel; nur ein Priester kann sich solche Beschimpfungen erlauben. »Glaubt der König im Ernst, er könne seine Herrschaft bis ans Ende der Welt ausweiten?«

Jarl reckt die Faust in die Luft, was bei unseren Leuten zustimmendes Geheul und weitere Beschimpfungen auslöst. »Wir geben unser Land und unsere Höfe auf, um anderswo in Freiheit zu leben. Wir sind es leid, dass der König über unsere Angelegenheiten bestimmt, warum sollten wir dulden, dass er sich auch noch einmischt, wenn wir in den Eislanden leben?«

»Du kannst verdammt sicher sein, dass wir das nicht dulden werden!«, brüllt Jarls Sohn, der Rote Asgrim. Der schmale graue Haarkranz im Nacken und der graue Vollbart sehen an seinem kahlen roten Kopf wie Querstreifen aus. Wie sein Vater ist er groß und stark; jetzt hakt er die kräftigen Daumen in den Gürtel und rückt mit seinen Söhnen drohend ein paar Schritte auf Drak zu. Seine beiden Söhne, Mord und Eyjolf, sind erwachsene Männer, genau wie Sepp und Einar. Die fünf großen und kräftigen Jarlson-Krieger stellen sich Draks Truppe entgegen.

Auch mein Vater und meine Brüder rücken ohne Zögern zu ihnen vor; Einar hat eine Axt in der Hand, Sepp seinen Knüppel. Sepp habe ich noch nie so aufgebracht und wütend gesehen, das Gleiche gilt auch für Cormac und Feilan. Sogar Vaters Hund Kol, den er als Welpe von den Inseln mitgebracht hat, sitzt wachsam und mit aufgestellter Rute bei Fuß. Wie ein guter Wachhund knurrt er und fletscht das kräftige Gebiss. Die Skarsons treten als Letzte vor, wirken aber nicht weniger bedrohlich. Ich dränge mich zwischen Einar und Feilan und versuche, wie ein Mann zu wirken. Wieder höre ich Kol kehlig knurren, bald wird er losbellen.

Als Draks Schiff ankam, waren unsere Frauen unten am Ufer und besserten die Fischnetze aus. Der Fang vom Vortag liegt zum Trocknen auf dem Kies. Inzwischen haben die Frauen die Netze fallen lassen und kommen herbeigelaufen. Ma ist unter ihnen; meine älteren Schwestern Vrekla und Alufa sowie Einars Frau Jofrid laufen vornweg und schreien, um uns aufzustacheln. Mel, meine kleine Schwester, legt ebenfalls los und schreit, so laut sie nur kann.

Drak setzt sich lässig auf den Kies; damit will er wohl beweisen, wie wenig ihn die Schmährufe beeindrucken. Als die Frauen heranstürmen, hebt er mit gespielter Belustigung die Arme und stößt ein tiefes, raues Gelächter aus. Seine Männer in den Kettenhemden stimmen ein, nicht aber die grimmigen Bärenhäuter und Wolfskrieger mit ihren Tierfellen um die Schultern; auf ihren Gesichtern liegt ein seltsam leerer Ausdruck. Diese wilden Männer sind wie berauscht; sie scheinen nur halb bewusst wahrzunehmen, was vor sich geht. Sie glotzen uns mit offenen Mündern an, als wären sie Hunde oder Betrunkene oder Idioten.

Drak, der immer noch auf dem Boden sitzt, klatscht wie ein enttäuschter Gast langsam in die Hände. »Kommt schon. Das ist ja ein feiner Willkommensgruß.« Gemächlich steht er auf. »Ich hab gehört, ihr gebt euren Gästen immer einen guten Schluck Bier.«

»Vergiss das Bier!«, ruft Helgas Großvater Skar. »Also, raus damit: Was wollt ihr?« Trotz seines hohen Alters und der vielen vernarbten Verletzungen, die er sich bei den Plünderungen zugezogen hat, klingt seine Stimme hart und kalt wie Eisen. »Wo sind deine übrigen Schiffe? Seit wann fährt der Schwarze Rabe mit einem einzigen Kiel unterm Arsch aufs Meer hinaus?«

»Das ist schnell erklärt«, antwortet Drak. »Ich habe meine übrigen Schiffe nach Halligland geschickt. Sie sollen den Tribut des Königs eintreiben. Meine Männer werden dort ein Zeichen ihrer Dankbarkeit hinterlassen, etwas, woran man sich noch lange erinnern wird. Es wird ein paar Tage dauern, bis sie wieder zurück…«

Wütend fällt ihm Einar ins Wort: »Deine anderen Schiffe lauern dort draußen hinter dem Kap auf uns. Stimmt doch, oder nicht? Sie sollen uns jagen, sobald wir aus dem Fjord aufs offene Meer fahren.«

Drak achtet nicht auf Einar, sondern lässt meinen Vater seine Verachtung spüren. »Was dem einen recht ist, ist dem anderen billig – aber bei einem Thrall ist das anders: Einmal ein Thrall, immer ein Thrall. Sieht so die Gastfreundschaft aus, die du deinem Sohn beibringst?«

»Du bist nicht mein Gast«, antwortet Vater brüsk.

Jarl der Alte mischt sich beschwichtigend ein. »Na gut, hören wir uns eben an, was der König zu sagen hat. Keine Beleidigungen mehr!«

Drak grinst hinterlistig. »Es hat mit den Gebieten zu tun, die ihr in den Eislanden besiedeln wollt.«

»Mit den Gebieten, die wir besiedeln wollen?«, fragt Jarl. »Was gehen die den König an?«

»Der König befiehlt, dass jeder nur ein begrenztes Gebiet beanspruchen darf.«

»Wie will er denn so ein Diktat durchsetzen?«, fragt Asgrim der Rote. »Die Eislande sind viel zu weit weg.« Jetzt endlich lässt Kol sein Bellen hören. Prompt fallen auch andere Hunde am Strand ein. Drak kann erst antworten, als sich das Gebell wieder gelegt hat.

»Es muss genug Land übrig bleiben, damit auch andere Männer, die nach euch zu den Eislanden segeln, siedeln können. Ihr könnt nicht alles an euch reißen, sobald ihr den Fuß an Land setzt, ohne Rücksicht auf die, die nach euch kommen.«

Helgas Großvater Skar reckt wütend die Faust in die Luft. »Soll das heißen, dass der König noch mehr Männer in die Verbannung schickt? Wenn er so weitermacht, werden wir alle vertrieben, und eines Tages gehörst vielleicht auch du dazu, Drak.«

Drak übergeht den Einwurf. »Die Eislande sind leer. Warum sollen nicht noch mehr dort siedeln? Die Lebensbedingungen sind gut, nicht nur für Weiden und Vieh, sondern auch für Geflügel und Fisch, und es gibt unendlich viele Seehunde zum Jagen.«

»Und? Was willst du damit sagen?«, fragt Helgas Vater.

»Na ja«, antwortet Drak, »ihr möchtet doch sicherlich nicht, dass sich auch diese... Brut von den äußeren Inseln aufmacht und zu den Eislanden segelt, überall herumschnüffelt, euer Vieh stiehlt, eure Äcker leer frisst, euch immer lästiger wird und euch schließlich das Land wegnimmt?«

»Sei kein Narr«, erwidert Idgar. »Die haben keine seetüchtigen Schiffe, um so weit nach Westen zu segeln.«

»Wer kann schon sagen, ob sie nicht eines Tages unsere Schiffe kapern oder ähnliche Schiffe selbst bauen? Irgendwann werden sie euch Schwierigkeiten machen, und dann werdet ihr den König auf Knien um Hilfe anflehen, damit er euch heraushaut.«

»Nur über meine Leiche«, knurrt Asgrim. »Eher will ich tot sein, als dass ich ihn um Hilfe bitte.«

»Aber ist es denn nicht sinnvoll, Land für andere frei zu halten? Auf lange Sicht ist es doch zu eurem Besten, wenn mehr von unseren Leuten dort siedeln. Je mehr ihr seid, desto stärker seid ihr.«

»Für unsere Bedürfnisse sind wir stark genug«, erwidert Helgas Großvater scharf. »Wir nehmen uns so viel Land, wie wir wollen! Zur Hölle mit denen, die nach uns kommen! Was kümmern die mich? Der König kann nicht bestimmen, was wir uns nehmen, und er hat kein Recht, einen Anteil an dem zu fordern, was wir uns erarbeiten!« Lauter Jubel begleitet seine herausfordernde Rede. »Wir haben unsere eigenen Pflichten, wir müssen viele Münder füttern, und alles andere ist uns egal. Stimmt doch, oder nicht, Raff?«

Vater stimmt ihm mit großem Nachdruck zu, gibt dann aber Sepp ein Zeichen, seinen Knüppel zu senken. Einar braucht keine Aufforderung und steckt die Axt in den Gürtel zurück.

Drak beäugt Vater mit hinterhältiger Miene. »Du hättest das Angebot des Königs annehmen sollen, Raff. Es wäre keine schlechte Abmachung gewesen.« Die Bemerkung kommt nicht gut an, aber Drak stört sich nicht daran. »Hört mir mal zu, Männer: Der König verlangt nicht viel, nur einen kleinen Tribut. Soll das zwischen Freunden zum Streit führen? Die Inseln sind leichte Beute. Ich werde nicht lange brauchen, um einen Ersatz für die Steuern einzutreiben, die der König erwartet. Zwei Plünderungen im Sommer und die Sache ist erledigt.«

»Du kannst dir die Stiefel mit Mist vollstopfen, es wäre mir scheißegal!«, brüllt Asgrim Jarlson.

Ein langes Hüsteln von Morfin Skarson, den wir den »Stotterer« nennen, ist das Zeichen, dass er etwas sagen will. »W-w-w-wäre uns a-allen sch-sch-scheißegal!«

Es ist lange her, dass Morfin eine so lange Rede gehalten hat. Helgas Onkel muss richtig sauer sein, denn er stottert so stark, dass er beinah nie etwas sagt. Selbst mit seiner Frau und seinen Söhnen redet er oft monatelang kein Wort. Morfin boxt Idgar mit dem Ellbogen an als Zeichen, dass sein Bruder für ihn sprechen soll.

»Wir Skarsons hatten hier das beste Land«, sagt Idgar bereitwillig. »Dafür wollen wir einen guten Ersatz haben. Wir werden Jahre brauchen, um Holz von den Hügeln zu holen, das Land trockenzulegen, Herden zu züchten – bis wir wieder das haben, was wir hier in Thwartdale hatten. In den Eislanden werden wir das Vieh frei grasen lassen, und niemand kann uns daran hindern.«

»Dagegen hat niemand etwas einzuwenden, soweit es die Heide oder das Moor betrifft«, antwortet Drak. »Der König will nur, dass das Eigentum jedes Siedlers von umzäuntem oder mit Steinwällen umgebenem Land begrenzt wird, das eine gewisse Größe nicht überschreitet.«

Sepp verschränkt die muskulösen Arme vor der Brust und schüttelt wütend den Kopf. »Was bedeutet das Gesetz für einen König, der es selbst bricht, wie es ihm beliebt?« Beim Sprechen ist Sepp gezwungen, den Kopf zur Seite zu neigen. Das hat irgendwie mit seiner Lähmung und seinem seltsamen Gang zu tun. Will er dabei den Angesprochenen ansehen, muss er aus dem Augenwinkel schielen. Drak starrt meinen Bruder an, betrachtet seine Behinderung genau, aber Sepp weicht seinem Blick nicht aus. Kol beginnt wild zu bellen, schüttelt sich vor Wut von der Schnauze bis zum Schwanz, doch Vater hält ihn am Nackenfell zurück.

Asgrim hat einen Blick auf die Hügel geworfen. »Was soll das ganze Gerede?«, ruft er. »Der Ostwind setzt ein. Wir können mit der nächsten Flut auslaufen, wenn wir uns beeilen. Los, Leute, macht das Floß bereit, bringt das Vieh auf die Schiffe, höchste Zeit, an Bord zu gehen.«

Jarl der Alte dreht sich zu uns um und zieht seine Priesterkette unter dem Wams hervor. Er küsst das Amulett, das Thors Hammer zeigt, und hält es hoch über den Kopf, damit alle es sehen können. Dann reckt er sich zu voller Größe und ruft laut eine Warnung: »Wir überlassen es anderen, das zu zerstören, was unsere Väter erarbeiteten und genießen konnten!« Die Männer jubeln, obwohl nicht ganz klar ist, warum, aber es scheint so, als würden sie im Moment alles bejubeln, was Jarl sagt.

»Ich werde mich nicht beugen«, fährt Jarl fort. »Ich werde nicht vor einem Mann zu Kreuze kriechen, der sich König nennt, und ich schwöre beim Allmächtigen Thor, beim Zeichen seines Hammers, dass wir auch in den Eislanden an unseren alten Gepflogenheiten festhalten werden!« Als er Thors Namen nennt, jubeln alle noch lauter als zuvor.

»Ich erinnere mich, was mir mein Vater einst sagte.« Jarl macht eine Pause und sucht nach den richtigen Worten. »Er sagte, dass ein Mann nicht mehr Land besitzen solle, als er am Mittsommertag von Sonnenaufgang bis Sonnenuntergang zu Fuß umgehen kann. Diese Regel soll uns in den Eislanden als Gesetz dienen.«

Drak will etwas sagen, aber seine Stimme geht im wütenden Gebrüll der Männer und im Spottchor der Frauen und Kinder unter. Seine Krieger schauen sich sehnsüchtig nach dem Langschiff um, auf dem sie ihre Waffen zurückgelassen haben.

Ein paar Frauen, darunter auch die beiden Töchter von Asgrim und Einars Frau Jofrid, sind inzwischen ein Stück weit am Strand entlanggelaufen und haben die Fischernetze geholt. Sie schütteln die Netze über den Schultern, sodass sie wie Flügel aussehen, und halten sich die Korkschwimmer wie lange Schnäbel vor die Nase. Dann stoßen sie den uralten Fluch des Landvolks gegen die Seeleute aus, der selbst dem härtesten Seemann das Blut in den Adern gefrieren lässt.

»Friss sie, brich sie, wild schäumendes Meer! Zerschmettre sie auf der felsigen Klippe!«

»Das geht zu weit!«, höre ich Vater zu Einar sagen. »Mach der Sache ein Ende. Bring deine Frau zum Schweigen!«

Vater flüstert auch Ma etwas zu. Einar hastet den Strand entlang und reißt Jo das Netz aus den Händen.

Der Fluchgesang verstummt. Drak geht zu Jarl und Skar dem Grauen hinüber und spricht leise auf sie ein. Asgrim der Rote gesellt sich ebenfalls zu ihnen, auch

Morfin und Idgar Skarson hören aufmerksam zu. Sie hecken etwas aus. Schließlich versetzt Drak Asgrims kahlem Schädel lachend eine scherzhafte Kopfnuss. Jarl sagt etwas zu den Kettenhemdkriegern, die daraufhin in rohes Gelächter ausbrechen. Es ist eigenartig, dass sie nach all dem feindseligen Gerede nun plötzlich alte Freunde zu sein scheinen.

Vater starrt finster zu ihnen hinüber, macht auf dem Absatz kehrt, zieht Kol mit sich und lässt ihn frei am Strand entlanglaufen. Er selbst bleibt stehen und hält Ausschau nach unseren Schafen. Dann geht er mit langen Schritten zu unserem Ruderboot, das an der Wasserlinie in den leichten Wellen schaukelt. Die Flut lässt das Wasser über seine Stiefel rinnen und zeichnet dunkle Linien zwischen die Kieselsteine, die fast wie Runen anmuten.

KAPITEL 3

Ein wunderbarer, sonniger Wintertag, viel zu kurz. Schnee glitzert auf den Hügeln, der Himmel wölbt sich blau und wolkenlos wie eine tiefe, leere Schale. Über Nacht ist wie gewöhnlich ein schwerer Schneesturm über das Land gefegt. Wir sind fünf auf jeder Seite, aber bevor unser Spiel beginnen kann, müssen wir alle zehn fast den ganzen Vormittag schwer arbeiten, um den Schnee von der Eisfläche zu räumen, die wir auf dem zugefrorenen Weiher als Spielfeld abgesteckt haben.

Sepp (für uns) und Geir (für die anderen) haben gemeinsam die vier Ecken des Eisfelds festgelegt und die Torlinien abgemessen. Den Schnee häufen wir an beiden Längsseiten zu einem hohen Wall auf, mächtige Schneemauern wie weiße Palisaden gegen den anrückenden Feind.

Wir fünf Thralson-Brüder – wir spielen immer zusammen – stehen der gegnerischen Mannschaft – den Zwillingen Bane und Gunnar Morfinson, Asgrims Söhnen Mord und Eyjolf sowie Geir Idgarson gegenüber.

Eigentlich habe ich keine Ahnung, warum es so wichtig ist, beim Knattleikr den Sieg zu erringen. Und danach mit dem Sieg und den eigenen Heldentaten zu prahlen. Aber ich denke, dass das für richtige Männer wichtig ist, ungefähr so, wie zu einer Schiffsmannschaft zu gehören, die auf Beutefahrt geht: ständig auf der Suche nach reicher Beute auf dem Meer zu kreuzen; an Land den einen oder anderen Streit vom Zaun zu brechen; jeden windelweich zu prügeln, der dumm genug ist, sich dir in den Weg zu stellen. Kann sein, dass der Vergleich nicht ganz stimmt, der Knattleikr ist schließlich nur ein Spiel. Aber warum wühlt es einen auf bis ins Mark, dem Gegner doch noch den Sieg zu entreißen, nach einem Kampf gegen einen überlegenen Feind und obwohl man in den Wetten am Anfang noch als Verlierer gehandelt wurde … wenn man dann trotzdem gegen alle Vernunft den Sieg davonträgt?

Was für ein Spiel! Von Anfang an sieht es so aus, als würden wir eine gehörige Tracht Prügel beziehen, wir haben die Niederlage ständig vor Augen. Dreimal schaffen sie es, durch unsere Abwehr zu brechen; es sieht so leicht und spielerisch aus, als Gunnar zweimal den Ball über unsere Linie bringt und Eyjolf dann kurz darauf ein drittes Mal.

Unsere Chance, ihre Abwehr zu überwinden, ist dagegen gering; wir sind vollauf damit beschäftigt, unsere Linie zu verteidigen. Also konzentrieren wir uns darauf, ihren Ansturm so früh wie möglich abzublocken, sie abzudrängen und zu weiten Würfen zu zwingen.

Kein Gedanke daran, den Ball über ihre Linie zu bringen. Dafür müsste man nämlich erst mal an den Ball herankommen.

Und so verteidigen wir verzweifelt unsere Torlinie, hoffen, dass einer ihrer Pässe auf der holprigen Eisfläche vom Kurs abkommt oder dass ein Weitwurf zufällig einem von uns vor die Füße fällt. Gunnar macht sich über unsere verzweifelten Versuche lustig und schleudert seinen Spott übers Feld, und Bane kriegt sich nicht mehr ein vor Schadenfreude und ruft uns dreiste Schimpfnamen zu.

Mord steht an ihrer Torlinie und feuert seine Kumpel mit frechen Zurufen an.

Ich muss es Geir und Eyjolf hoch anrechnen, dass sie in den Spott nicht einfallen.

»Spar deine Kraft für das Spiel, Mord!«, ruft Geir ihm zu. Aber die drei anderen brüllen nur noch lauter.

Geir ist ein geschickter Angreifer. Am besten ist er, wenn er, den Ball dicht am Schlagstock führend, in voller Geschwindigkeit übers Eis prescht. Auf faire Weise ist er dann nicht zu stoppen. Aber in einem Kampf wie diesem hier kann er nicht glänzen. Cormac blockt ihn bei jedem Lauf. Geir kann sich weder freilaufen noch Geschwindigkeit aufnehmen.

»Nagle ihn fest!«, schreit Einar Cormac zu.

Meine Brüder rasen los, um Geir abzufangen und ihm in die Beine zu fahren, bevor er den Ball abgeben kann. Aber Geir ist zu flink und umrundet Cormac blitzschnell.

Geir lässt Cormac hinter sich, im selben Moment wirft sich ihm Einar in den Weg. Aber Einar schätzt seinen Lauf falsch ein, rutscht aus und verpasst Geir, der nun freie Bahn hat, um den Ball über unsere Linie zu bringen.

Nun setzt sich Sepp in Bewegung, das lahme Bein hinter sich herschleppend, den Schläger weit vorgestreckt.

Sepp stürzt, Geir weicht ihm aus, springt knapp über ihn hinweg, seine Kufen verfehlen Sepps Kopf dabei nur um Haaresbreite.

Jetzt kann nur noch ich verhindern, dass Geir den Ball über unsere Linie bringt. Geir rast heran, nimmt den Ball vom Boden auf – um einen Punkt zu machen, muss er ihn in den Händen halten. Er packt den Ball fest, klemmt den Schläger unter den Arm, geht tiefer in die Knie, nimmt Geschwindigkeit auf, seine Schritte werden länger, bei ihm sieht alles so leicht aus! Er weiß, dass ich ihm vor der Linie nicht mehr in die Quere kommen kann.

Doch da taucht wie aus dem Nichts Feilan auf. Er holt mich ein, packt mich grob am Oberarm, und schon schlittern mein schmächtiger Bruder und ich schnell wie der Wind über das Eis, Seite an Seite, und auf Geir zu.

Geir erkennt die Gefahr sofort. Und gibt den Ball über die Schulter zurück.

Ich kann nicht sehen, wo der Ball landet – irgendwo weiter hinten im Feld – und kann auch nicht schnell genug abbremsen – der Zusammenstoß mit Geir ist nicht mehr zu verhindern. Kufen kratzen übers Eis, wir drei prallen in einem wilden Haufen aufeinander. Feilan landet auf mir, Geir wird durch den Aufprall weg-

geschleudert und kracht schwer auf das Eis, wobei ich seine Knochen förmlich knacken höre.

Ich komme sofort wieder auf die Beine, sehe, dass Gunnar den Ball aufgenommen hat und auf unsere Linie zurast. Ihr vierter Punkt! Wir liegen hoffnungslos im Rückstand.

Einar winkt uns zu sich, wir stecken die Köpfe zusammen, alle sind erschöpft und keuchen heftig, Sepps Bart kratzt über mein Gesicht, Einar brüllt mir ins Ohr, aber ich kann nicht verstehen, was er sagt, ich höre nur sein Brüllen. Cormac und ich hämmern mit den Schlägern aufs Eis, mit aller Kraft, wir zeigen, wie wütend wir sind, wie entschlossen – jetzt geht's ums Ganze.

Feilan küsst den Ball. Alle wissen, es bedeutet nichts, aber er sagt ein paar Verse, die Reime und die rhythmischen Worte, die mit seiner keuchenden Stimme wie ein Zauberspruch klingen.

Was bleibt uns noch, als auf eine Glückssträhne zu hoffen oder darauf, dass Feilans verrückter Zauberspruch wirkt? Geir ist momentan außer Gefecht, nach den Regeln ruht das Spiel, bis der Verletzte wieder auf den Beinen ist.

Helgas Bruder kämpft mit schmerzverzerrtem Gesicht weiter, aber er ist nur noch halb so schnell wie vor dem Sturz; der rechte Arm hängt kraftlos herab, er muss den Schläger einhändig schwingen. Seine Beine wirken wackelig, bestimmt fühlt sich sein Kopf weich wie Wolle an.

Bane und sein Zwillingsbruder Gunnar ziehen sich zur Abwehr zurück. Von Mord ist kein Spott mehr zu hören. Eyjolf ist außer Atem und erschöpft. Er taugt nur noch als Linienverteidiger. Einar und Cormac haben freien Lauf über die Flügel. Die Gegner sind faktisch einen Mann in der Unterzahl, aber es ist nicht irgendein Mann, sondern ihr wichtigster und bester Spieler. Sie sind uns ausgeliefert – jetzt machen wir uns daran, sie buchstäblich auseinanderzunehmen.

Der Höhepunkt kommt, als Cormac mit dem Ball über ihre Ziellinie stürmt – unser fünfter Punkt, mit dem wir das Spiel gewinnen. Er kommt jäh, urplötzlich, und nur ein paar Augenblicke vor Nachtanbruch. Bis wir uns den Sieg gesichert haben, bleibt die Sonne über der Hügelkuppe stehen. Kaltes Tageslicht erstarrt, wird still wie Eis, verzehrt vom blutroten Himmel.

KAPITEL 4

»Knirps!«

Ich schaue hoch. Vater beugt sich über den Bug. »Hast du Kol gesehen? Wo ist dieser Köter schon wieder?«

»Ich dachte, er ist bei dir, Pa, auf dem Schiff!«

Feilan und ich sind im Ruderboot, wir haben längsseits festgemacht und werfen gerade die leichten geflochtenen Wände unserer Schutzbehausung zu Cormac aufs Deck.

»Bei mir ist er nicht«, ruft Sepp von mittschiffs unter einem Öltuch hervor, wo er Teerflecken von den Getreidesäcken kratzt, damit das Saatgut nicht verdirbt.

»Hast du den Köter gesehen, Mel?«

Ma fährt Vater scharf an: »Du kümmerst dich mehr um deinen Hund als um uns!« Gleichzeitig wischt sie nicht sehr sanft mit dem Ende ihres Schals Mels Mund ab. Ausnahmsweise lässt es meine kleine Schwester ohne Geheul über sich ergehen.

»Wir haben ihn auch nicht gesehen«, meldet sich Einar von achtern. »Hier ist er jedenfalls nicht.«

Die Weidenruten, mit denen die senkrechte Achse des Ruders mit der quer eingesetzten Pinne verbunden ist, haben sich gelockert und müssen ausgetauscht werden – eine Arbeit, die unbedingt vor der Abfahrt erledigt werden muss. Einar hängt weit über das Heck und zieht mit seinen langen muskulösen Armen das neue Weideseil fest. Jo sitzt rittlings auf der Pinne, um sie in Position zu halten, und nagt an einem Schweinsrippchen.

Vater sieht mich an; der Hund lässt ihm keine Ruhe. »Ich kenne Kol, er wird so lange wie möglich am Strand nach Fressen suchen.«

»Soll ich ans Ufer rudern und ihn suchen, Pa?«

»Spar dir die Mühe, Junge«, sagt Vater mit einem Seitenblick auf Ma. »Kol wird schon von selber herfinden. Er weiß, dass wir an Bord sind, und er schwimmt wie ein Fisch.«

Vrekla und Alu sitzen auf dem Vordeck und helfen Bedwyr, den ersten Heuballen auseinanderzuzerren. Sie lachen, als sie hören, was Vater sagt, denn sie wissen genau, was er wirklich will – dass ich doch an den Strand rudere und Kol suche. Und bestimmt haben sie auch erraten, warum ich das so gern gemacht hätte – weil es eine letzte Gelegenheit gewesen wäre, Helga noch einmal zu sehen, bevor wir in See stechen. Feilan grinst nur und klettert an Deck. Ich stoße das Beiboot ab und rudere zum Ufer.

»Wie viel Zeit hab ich noch, bevor wir ablegen, Pa?«, rufe ich übers Wasser.

»Nicht mehr viel«, antwortet er. »Die Flut setzt bald ein.«

Ich rudere weiter, aber nach ein paar Schlägen ruft er mir gutmütig nach: »Keine Angst, Kleiner, wir fahren nicht ohne dich ab. Wir brauchen das Ruderboot noch!«

Am Strand wimmelt es von Menschen und Vieh; der Regen prasselt vom Himmel. Ich springe aus dem Boot und ziehe mühsam den schweren Bug auf den Strand. Der bleigraue Himmel kündigt noch mehr Regen an, düstere Wolken drücken auf den Fjord, von den Hügeln schleicht Nebel herab.

Die Skarsons beladen ihr zweites Schiff. Geir steuert das Floß, zwei Sklaven helfen ihm. Die Sklaven waten hinter dem Floß und schieben es mit der Rampe voraus zum Ufer. Dabei müssen sie gegen die Unterströmung ankämpfen.

Die Schafe sind bereits auf dem ersten Skarson-Schiff untergebracht; auf dem zweiten quieken die Schweine. Bei der letzten Ladung bringen die plötzlich höher werdenden Wellen das Floß zum Schaukeln, ein Zeichen, dass die Flut einsetzt. Von jetzt an wird die Arbeit schwieriger, und der heikelste Teil liegt noch vor ihnen, wenn die Rinder und Pferde verladen werden.

Die Jarsons haben es anscheinend nicht besonders eilig, an Bord zu gehen, aber immerhin haben die Sklaven inzwischen ihre Schafe von den Hügeln herabgetrieben. Die Herde, dreimal so groß wie unsere, blockiert fast den ganzen Strand; die Tiere suchen im angeschwemmten Seetang nach Fressbarem.

Jarl sitzt am Strand und ruht sich aus. Seine Enkelin Hungrid – wir nennen sie Hungi die Hungrige, ein fröhliches, nettes, pummeliges Mädchen – bringt ihm ein Horn Bier. Er stellt es neben sich auf die Steine und streckt gemütlich die Beine aus. Seine Schutzhütte ist noch nicht abgebaut, gerade fächelt seine Frau das Feuer unter dem Topf an.

Asgrim der Rote, nackt vom feisten Bierbauch aufwärts, breitet oberhalb des Strands auf einem Stück Grasland Heu für sein Vieh aus. Mit den Pendelbewegungen der Mistgabel schwingt auch sein kahler Schädel hin und her. Er arbeitet lässig, als hätte er alle Zeit der Welt. Auch ihm bringt Hungi ein Horn Bier. Mit dem Horn in der Hand kommt er herunter und setzt sich neben seinen Vater.

Mord und Eyjolf zerren einen Bullen am Nasenring vom Strand zur Wasserlinie. Eyjolf nickt mir wie immer freundlich zu, Mord jedoch beachtet mich nicht, seine Miene ist so säuerlich wie immer.

Skars Frau, die alte Freyda, Schlachtaxt genannt, schwenkt die Arme und treibt ihre Kühe mit lautem »Ho-ho!« vor sich her. Man erzählt sich, dass sie Skar in jüngeren Jahren als Schildmagd diente. Helga ist nicht bei ihrer Großmutter; sie ist überhaupt nirgends zu sehen. Ich laufe zu Geir hinüber.

»Wo ist Helga? Und deine Schwestern? Sind sie schon an Bord?«

»Keine Ahnung, Kregs, ich hatte zu tun. Olver hat das Boot, vielleicht hat er Ma, Helga und Ynvild mitgenommen. Dann sind sie auf dem zweiten Schiff, wir fangen gerade an, es zu beladen.«

Geir grinst und zwinkert mir zu. Er hat mir den Zusammenprall auf dem Eis nie übel genommen, obwohl er sich dabei sogar ein Handgelenk gebrochen hat.

Ich laufe ein Stück weiter am Strand entlang und komme zu der Stelle, an der die Mannschaft der *Rabe* um ein Feuer sitzt und säuft. Trotz des Regens ist die Luft schwül. Dampf steigt aus ihren nassen Haaren auf, während sie sich mit ihren Bechern zuprosten und Pökelfleisch und Trockenfisch essen – alles großzügig von Jarl gestiftet.

Ich sehe auch die wilden Männer mit dem Bärenfell und die Krieger in den Kettenhemden, aber keine anderen. Weder Drak noch die Wolfskrieger sitzen um das Feuer. Ihr Schiff liegt in der Nähe; sie haben das schwere Segel nicht ordentlich gerefft, sondern die Rahe heruntergelassen und das Segel in einem unordentlichen Haufen über den Ruderbänken liegen gelassen. Das zerknitterte Bild des Raben ist gerade noch sichtbar. Und auch Drak ist dort, er und ein paar andere liegen sturzbesoffen und laut schnarchend unter den Segelfalten.

Hinter mir bellt ein Hund. Kol stromert am Strand entlang und bettelt um Knochen und Reste des Pökelfleisches. Einer der großen Kettenhemdmänner hat ihm gerade einen Knochen zugeworfen. Unser gieriger Hund legt sich auf den Bauch, hält den Knochen mit den Vorderpfoten fest und beginnt mit Inbrunst daran zu nagen. Ich weiß, er wird sich erst vom Fleck rühren, wenn er den Knochen vollständig abgenagt hat. Draks Männer am Feuer starren mich gereizt an. Eine innere Stimme warnt mich, ihnen nicht zu nahe zu kommen.

»Was willst du hier, Kleiner?«, fragt einer der Kettenhemdmänner, ein blonder, langbärtiger Krieger. Was ich hier will? Blöde Frage. Er muss doch sehen, dass ich den Hund gesucht habe. Ich spare mir die Antwort.

Stattdessen gehe ich aufs Knie, klopfe dreimal auf den Oberschenkel und rufe Kol zu mir: »Bei Fuß, Kol, bei

Fuß!« Ma sagt, dass »Bei Fuß« zu den ersten Worten gehörte, die ich sagen konnte. Sie behauptet, ich hätte den Befehl von Cormac gelernt – wie ich überhaupt alles nachahme, was er macht.

»Bei Fuß, Kol, bei Fuß!« Kol hört mich, rührt sich aber nicht vom Fleck. Immerhin zögert er, wenn auch nur für einen Augenblick. Im selben Moment merke ich, dass die Männer am Feuer höhnisch grinsen, sogar die Bärenfelle mit ihren leeren, drohenden Gesichtern.

Das macht mich wütend. Ich spüre, dass mir die Röte ins Gesicht steigt. Aber meine Wut flammt nur kurz auf und erlischt wieder. Kol schnappt den Knochen und kommt zu mir gelaufen, lässt den Knochen fallen und leckt mir das Gesicht, dann nimmt er den Knochen wieder auf und wartet. Ich springe auf und laufe zurück zum Boot.

Und dort warten Helga und Olver. Helga war schon auf dem Schiff, aber als sie mich gesehen hat, hat sie Olver gebeten, sie ebenfalls ans Ufer zu bringen.

»Hier rede ich nicht mit dir«, sagt Helga, und sie wirkt, als hätte sie Sorgen. »Geh zum Wildbach. Bis zum schwarzen Baum, du weißt schon, der vom Blitz getroffen wurde. Ich komme gleich nach.« Olver grinst, als wüsste er genau, was los ist. Wenn, dann weiß er mehr als ich. Helga lächelt nicht, sie hat etwas auf dem Herzen. Ihr Bruder mimt mit lautem Schmatzen einen Kuss. »Olver«, faucht sie ihn an, »du bist so ein Idiot!« Sie packt mich am Ellbogen. »Geh zur alten Birke. Versprich mir, dass du dort auf mich wartest.«

Ich nicke nur. »Bei Fuß, Kol, bei Fuß«, rufe ich und laufe los.

Kurz darauf sitzen wir zu dritt, Helga, ich und Kol, unter der uralten Birke, die ihre schwarzen Äste in den Himmel reckt. Vor vielen Jahren wurde sie von einem Blitz getroffen, lange bevor ich oder Helga oder der Köter geboren wurden. Aber ihr halb verkohlter Stamm verströmt immer noch einen rauchigen Geruch.

Kol läuft ruhelos hin und her, plantscht im Wildbach, schnüffelt im Schilf herum, wo vielleicht vor Kurzem irgendein Tier, ein Molch, eine Maus oder ein Wasservogel, herumlief. Seine halb zerfetzten Ohren sind nicht mehr rotbraun; Meerwasser und Regen lassen sie schwarz und glänzend aussehen.

»Komm schon, Helga, sag's mir endlich!«, dränge ich. Sie nimmt meine Hand. Olver hatte recht, bestimmt will sie, dass ich sie küsse oder ihr etwas verspreche. »Warum wolltest du dich mit mir treffen?« Immer noch keine Antwort. Sie weicht meinem Blick aus. Ihre freie Hand liegt in ihrem Schoß, sie ist zerkratzt vom Ginster und zur Faust geballt. »Helga – ich kann nicht mehr bleiben. Ich muss gehen. Jetzt!«

»Können wir nicht einfach noch eine Weile hier sitzen bleiben?«

»Wie denn? Ich muss auf die *Vigtýr* zurück. Mein Vater bringt mich um, wenn sie auf mich warten müssen.«

Helga gehört nicht zu den Mädchen, die oft weinen, aber jetzt ist sie den Tränen nahe. »Ich werde dich verlieren«, flüstert sie. Meine Ungeduld ist wie weggeblasen.

»Nein, bestimmt nicht, mach keine große Sache daraus.« Ich gebe mir Mühe, tapferer zu klingen, als ich mich fühle. »In einer Woche oder in höchstens zwei Wochen werden wir in den Eislanden sein. Und dann wird alles wieder so wie vorher.«

»Nein, nichts wird wieder so wie vorher!«, sagt sie heftig, »nie mehr.«

»Wieso nicht?«

»Weil etwas Schlimmes passiert.«

Ich schaue sie von der Seite her an. »Etwas Schlimmes? Was meinst du damit?«

»Drak«, sagt sie zögernd, »und die Männer von der *Rabe*. Sie haben etwas … Schlimmes vor.«

»Das kümmert uns nicht. Auch wenn sie etwas Böses tun wollen, wir sind doch dann längst weg.«

»Und wenn sie euch verfolgen? Dich und deine Familie?« Jetzt umklammert sie meine Hand mit beiden Händen.

»Warum? Hast du etwas gehört?«

»Ich nicht, aber Ynvild hat etwas von Ingrid erfahren. Du kennst doch meine Schwester, sie erzählt mir alles. Natürlich kam sie sofort zu mir gelaufen.«

»Und?«

»Ingrid sagt, dass sie euer Schiff opfern wollen – Drak kriegt die *Vigtýr* und lässt dafür die anderen Schiffe in Ruhe. Ihr seid der Preis.«

Ich setze ein falsches Lächeln auf, bevor ich darauf antworte. »Das ist doch nichts als Gerede, Helga, dummes Mädchengeschwätz, das ist alles.« Aber damit mache ich sie nur wütend.

»Nein, es ist die Wahrheit. Du musst mir glauben!«

»Wenn Drak ein Auge auf die *Vigtýr* geworfen hat, warum holt er sich das Schiff dann nicht gleich, solange wir noch hier vor Anker liegen? Jetzt wäre es für ihn doch viel einfacher!«

»Wie denn? Jarl ist hier und mein Großvater Skar. Wenn einem von euch auch nur ein Haar gekrümmt wird, sind die anderen Familien zum Beistand verpflichtet.«

»Genau deshalb wird uns die *Rabe* keine Probleme machen. Unsere Stärke liegt in der Zahl, Helga. Alle drei Familien zusammen sind fast so viele wie ein ganzer Stamm.«

Sie zögert und überlegt eine Weile, aber da ist etwas, was ihr die Sicherheit nimmt. »Wenn ihr erst einmal auf dem Meer seid, Kregin, ist alles anders! Ein Schiff kann leicht von den anderen getrennt werden, und wenn das der Fall ist, kann Drak euch schnappen, bevor die anderen euch helfen können.«

»Ynvild hat dir diesen Unsinn eingeredet.«

»Meine Schwester hat nichts erfunden. Sie hat es von Ingrid erfahren.«

Kol schüttelt sich das Wasser aus dem Fell und besprüht uns mit Tropfen und Seetangfäden. Ein leichter Geruch nach verkohltem Holz weht mir in die Nase.

»Helga, du hast mir doch schon oft erzählt, dass Ingrid nicht zu den Eislanden mitfahren will. Sie würde alles tun, um es zu verhindern. Vielleicht versucht sie, mit diesem Märchen allen Angst einzujagen, damit sie nicht in See stechen.«

»Das ist kein Märchen! Ingrid hat Drak sogar angefleht, sie wieder bei sich aufzunehmen, schließlich ist er ihr Vater.«

»Und? Was hat Drak geantwortet?«

»Dass es dafür zu spät sei. Und da erzählte er ihr, dass er mit Jarl eine Abmachung getroffen habe, genau wie mit meinem Großvater. Unsere Schiffe wird er in Ruhe lassen und auch unseren Familien und Sklaven nichts tun.«

»Siehst du, Helga? Dann habe ich also doch recht. Ich hab dir doch gesagt, es gibt keinen Grund zur Panik.«

»Ja, aber das ist noch nicht alles.«

»Was denn noch?«

»Drak hat gesagt, die *Vigtýr* sei eine leichte Beute für ihn. Er hat noch eine Rechnung mit deinem Vater offen wegen irgendeines alten Streits. Er wird euer Schiff nehmen und alle an Bord umbringen.«

»Woher willst du das wissen? Du warst nicht dabei!«

»Drak redet sehr schlecht über deinen Vater. Er hat den Namen eures Schiffs immer wieder vor sich hin gemurmelt. Ingrid sagt, dass Jarl das Angebot von Drak angenommen hat. Und sie sagt, dass auch mein Großvater einverstanden ist. Angeblich haben sie einen Plan vereinbart: Sie lassen euch mit der *Vigtýr* voraussegeln, und unsere fünf Schiffe bleiben zurück. Dann seid ihr ganz allein, wenn die *Rabe* euch überfällt.«

»Das beweist es doch! Die ganze Geschichte ist wirklich dumm, sie ist frei erfunden!« Helga sagt nichts mehr, sie wischt sich nur den Regen von der Nase. Ich versuche noch einmal, sie zu überzeugen. »Du hast doch das Lied des Skalden gehört. Es wird bei jedem Julfest gesungen. Vater wurde als Sklave geboren. Er war viele Jahre lang Jarls Schildträger. Er hat seine Freiheit erhalten, nachdem er Jarl das Leben gerettet hat. Was für ein ehrloser Krieger wäre Jarl, wenn er den Mann verraten würde, dem er sein Leben verdankt?« Um meine eigenen Zweifel zu übertönen, rede ich schnell weiter. »Helga, glaubst du wirklich, Jarl würde tatenlos zusehen, wenn eines seiner Schiffe angegriffen wird? Er würde doch niemals zulassen, dass ihm jemand die *Vigtýr* wegnimmt! Wenn wir unser Schiff verlieren und unser Leben, wäre das auch für Jarl ein Verlust. Dann könnte mein Vater seine Schulden niemals zurückzahlen.«

KAPITEL 5

Ich rudere mit Kol zum Schiff zurück, so schnell ich kann. Aber ich weiß, dass ich Vater damit nicht beeindrucken kann – er wird mir auf jeden Fall Vorwürfe machen, weil ich so lange am Strand geblieben bin, und behaupten, das hätte ich nur getan, um nicht mithelfen zu müssen. Mir ist klar, dass ich eine Menge Probleme bekomme, aber ich rudere trotzdem, bis mir Hände und Gelenke wehtun.

Doch im Moment haben alle Wichtigeres zu tun; ich werde nicht ausgeschimpft. Vater und Cormac sind ins Wasser getaucht und versuchen, das Ankerseil zu lösen, das unter dem Kiel eingeklemmt ist. Kol entdeckt Vaters Kopf im Wasser und springt ebenfalls hinein. Aber der Spott meiner Schwestern bleibt mir nicht erspart.

»Wir haben dich gesehen!«, sagt Vrekla mit anzüglichem Grinsen. »Du bist mit Helga in den Wald verschwunden.«

»Stimmt.« Alu nickt und beugt sich über das Dollbord, den oberen Rand des Schiffs. »Ihr habt euch am Wildbach getroffen.«

»Sag nicht, dass es nicht stimmt.« Sogar die kleine Mel kichert. »Wir haben nämlich gesehen, dass du ihr einen ganz dicken Kuss gegeben hast!«

Den größten Teil der Strecke zum Mund des Fjords haben wir bereits zurückgelegt.

»Kregin, pass genau auf!«, ruft mir Einar vom Heck aus zu. »Dunkles Wasser auf Steuerbord, pass bloß auf, dass wir nicht auf Grund laufen!«

»Aye, aye, Skipper«, schreie ich vom Bug zurück. Mel hockt neben mir. Sie kichert, als sie mich »Skipper« sagen hört.

Niemand wundert sich darüber, dass Einar auf dieser Fahrt der Skipper ist. Keiner kann den Kurs so genau bestimmen und den Wind so gut einschätzen wie er. Wir würden uns ihm auf jeder Fahrt anvertrauen, und sei es bis ans Ende der Welt. Daher wundert sich auch niemand darüber, dass Feilan die erste Strophe seines neuen *Vigtýr*-Lieds auf Einar dichtete.

»Einar, Schiffer, bist mein Bruder,
führst mit sich'rer Hand das Ruder,
steuerst kundig unser Schiff,
umfährst so manches stürm'sche Riff.«

Unser blöder Bruder hat immer irgendein dummes Lied auf den Lippen, und er hat ganze Listen von Dingen im Kopf und dichtet Verse über alles, was es unter der Sonne gibt. Manchmal macht er sich auch einen Spaß daraus, Worte zusammenzusetzen, die sich am Ende reimen. Oder er reiht Gedanken wie Perlen auf einer Schnur aneinander; das hilft ihm, die Dinge in seinem Kopf zu ordnen und sie im Gedächtnis zu behalten. Ich kann mit seinen Wortketten und Versen nichts anfangen. Keine Ahnung, wozu die Reimerei dienen soll. Cormac meint das auch. »Damit kann man nichts und niemanden festnageln«, sagt er immer, obwohl ich nicht weiß, was er damit meint. Aber die Familie hat sich an Feilans Listen und Lieder gewöhnt, also lassen wir ihn in Ruhe. So ist es für alle leichter.

Feilan hat einen neuen Vers gedichtet, dem er die Namen der Besatzung der *Vigtýr* hinzufügt. Den Vers wiederholt er immer wieder, sodass er unsere Namen nacheinander in Reimen vor sich hin singt. Ein Singsang nach dem anderen, damit bringt er mich völlig durcheinander, und nach einer Weile gehen mir seine Verse nicht mehr aus dem Kopf.

Nach Feilans Liste hat jedes Besatzungsmitglied der *Vigtýr* eine bestimmte Aufgabe und einen bestimmten Platz. Niemand darf davon abweichen. Man kann die Liste nicht einfach ändern, denn wenn Feilan etwas erst einmal in Reime gegossen hat, ist es wie in Stein gemeißelt.

Einar wird als Erster erwähnt, Vater – der sich mit Einar den Befehl über das Schiff teilt – kommt an zweiter Stelle. Einar lässt Vater nur dann an die Ruderpinne, wenn er etwas reparieren, die Wetterfahne genau beobachten oder ein bisschen Schlaf nachholen muss. Wenn Pa nicht am Steuerruder steht, schleicht er unablässig auf dem Schiff herum, wie gerade jetzt wieder, überprüft die Takelage, sogar den Vorstag und die Wanten. Den Achterstag prüft er immer wieder, bis er ganz sicher ist, dass der Mast stramm befestigt ist.

Sepp, Cormac und Jo, die fast so stark wie ein Mann ist, sind für die Rahe, für das Segelsetzen und die Wendemanöver zuständig. Sepp steht am Großfall, Cormac an der Steuerbordbrasse und Jo an der Backbordbrasse. Muss das Segel ganz oder teilweise gerefft werden, kümmern sich Alu und Vrekla zusammen mit Ma um die Bändsel, mit denen es festgezurrt wird. Davon abgesehen, sind sie für unser Essen und das Füttern und Tränken der Tiere zuständig. Das kommt mir jetzt gerade in den Sinn: Essen und Trinken. Ich wette, Feilan hat gar nicht bemerkt, dass er diese Aufgaben in seiner Liste vergessen hat. Feilan selbst bleibt meistens auf dem

Achterdeck bei Vater und Einar, den träumenden Blick auf die Heckwelle gerichtet. Er ist unser Schotmann, hat die leichteste Aufgabe an Bord: Er sitzt nur da und wartet auf den Befehl, das Segel zu bedienen, also bei einer Wende die Schot zu fieren oder dichtzuholen.

Mel und ich hocken im Vorsteven und halten Ausschau. Einar behauptet, wir hätten den schwierigsten Job. Wir müssen genau aufpassen und ihm eine Warnung zubrüllen, wenn wir voraus unruhiges Wasser sehen, also Stellen, an denen verschiedene Strömungen aufeinandertreffen. Denn wenn unser Schiff unerwartet in solche gefährlichen Strömungen gerät, kann es sein, dass wir kentern oder auf Grund laufen. Wir beide sind die Letzten auf Feilans Liste – noch ein Fehler, denn er hat die Sklaven vergessen. Die Jungen kümmern sich um das Vieh, füttern und tränken es, misten ihre Stellplätze, werfen den Dung über Bord und leeren und reinigen die Jaucheeimer.

Die Arbeit macht uns Spaß, Mel und mir, wenn wir vorne im Bug hocken, von der Bugwelle nass gesprüht, Salzkrusten auf den Gesichtern, während die Planken und Spanten unter dem Aufprall der Wellen ächzen und stöhnen und über uns der Wind durch die Takelage und das mächtige Segel pfeift.

Wir haben drei Krähen in einem Käfig dabei, die uns helfen sollen, Land zu finden. Mel spielt immer mit ihnen. Der Käfig steht neben Mels Schlafplatz auf dem Vordeck, sie plaudert mit ihnen in ihrer einfältigen, erfundenen Kindersprache, als wären sie ihre Besatzung und sie der Skipper auf einem Fantasieschiff und als warteten die Krähen nur auf ihre kindischen Befehle.

Krähen sind klug: Wenn sie von hoch oben Land sehen, fliegen sie direkt darauf zu. Oft spüren sie nur einfach einen grünen Wind, der von einem unsichtbaren Ufer herüberweht, und fliegen dann zu diesem fernen Land. Wenn sie jedoch kein Land sehen oder spüren, kehren sie immer auf das Schiff zurück, wo sie Futter finden und schlafen können. Dann lassen sie sich leicht wieder in den Käfig locken. Wenn wir glauben, dass wir uns den Eislanden nähern, werden wir den Kurs nach ihnen ausrichten und ihnen folgen, bis wir Land sehen, und dann an der Küste entlangfahren, bis wir eine sichere Bucht finden, in der wir anlanden können. Diese Aufgabe wartet auf die Krähen in vielleicht sieben bis zehn Tagen.

»Hier kommen sie endlich!«, ruft Feilan vom Heck. »Zwei Schiffe, sie setzen gerade Segel.«

Die Skarsons haben endlos gebraucht, um den Anker zu lichten und abzulegen. »Ah«, ruft Feilan ein wenig später, wobei seine Stimme im Wind kaum zu hören ist, »jetzt sind sie nicht mehr zu sehen.«

Einar ist nach Backbord abgefallen, um den scharfen Felsspitzen und überspülten Schären auszuweichen, den Gefahren, die an der Spitze des südlichen Kaps lauern; jetzt luvt er wieder ein wenig an und nimmt Kurs auf das offene Meer.

Am Mund des Fjords warten weitere Untiefen auf uns, ein Kamm von Felsen, der knapp unter der Wasseroberfläche liegt. Der Wind weht ablandig, also vom Land weg, und wir segeln bei Ebbe, werden also gut über die Felsenschwelle hinwegfahren können. Aber Einar ist vorsichtig und steuert in die Mitte des Kanals, um uns sicher durch die Untiefen zu bringen.

»Kreuzsee voraus!«, brülle ich plötzlich. »Schau, dort, wo die Wellen zusammenfließen, dahinter ist dunkles Wasser, da könnte eine Untiefe sein!«

»Ich sehe es auch!«, quiekt Mel aufgeregt.

»Zu spät, um das Segel zu reffen«, ruft Einar zurück. »Wir müssen da durch!«

»Festhalten, Audeen«, brüllt Vater. »Bleib beim Mast und halte die Mädchen fest.«

»Keine Angst«, meint Alu lachend, »wir halten Ma fest, wir lassen sie schon nicht über Bord gehen.«

Das Meer ist rau, weiße Schaumfetzen sprühen von den Wellen, wir kommen in immer gefährlichere Gewässer. Hier begegnen sich Ebbe und Flut, die Strömung drängt den Bug der *Vigtýr* nach Steuerbord ab. Das Schiff neigt sich stark, richtet sich wieder auf, schlingert und neigt sich zur anderen Seite wie ein Betrunkener. Ein plötzlicher Stoß, von der Seite gegen unsere Planken, und schon werden wir wie von einem unsichtbaren Stiefel im Wasser aus dem Kurs getreten. Der Rumpf muss einen weiteren schweren Schlag wegstecken, dann noch einen. Unser Mast richtet sich nach jedem Stoß nur mühsam wieder auf; die Rahen und die daran befestigten Segel haben ein enormes Gewicht. Wellen brechen über die Bordwand und überfluten den Laderaum.

Schnell drehe ich mich um. Sehe Vater, der mit beiden Händen das Steuerruder gepackt hält und sich gegen die Planken stemmt, Feilan, neben ihm, mit schreckgeweiteten Augen, Kol rutscht hilflos übers Deck.

»Cormac«, brüllt Einar, »abbrassen steuerbords! Wir lassen das Tuch raus!«

»Aye, aye, Skipper, bin schon dabei!«, schreit Cormac zurück.

Jetzt hätte sich Feilan eigentlich um die Schoten kümmern müssen, jedenfalls nach seiner Aufgabenliste, aber er starrt wie gelähmt auf die wilden Wellen hinaus.

Einar springt mit einem Satz heran, löst mit flinken Fingern den Knoten und fiert die Schot aus.

»Kregin, die Halse los!«

Damit meint er das Seil, mit dem das Schothorn bugwärts dichtgeholt werden kann, wenn wir höher am Wind segeln. Das ist meine Aufgabe.

»Schon los, Einar, äh, Skipper.« Vielleicht hätte ich warten sollen, bis er mir den Befehl gibt.

»Jetzt, Jo, jetzt!«, brüllt Einar, »Backbordbrasse anholen!«

Jo macht sich sofort daran, die Brasse einzuholen, legt sich mit aller Kraft in das Seil, das dazu dient, die Rahe zu schwenken, hat aber nicht mehr genug Atem, um den Befehl zu bestätigen.

Der Wind drückt mit großer Gewalt gegen das Segel, das an der Rahe hängt. Sepp hinkt, so schnell es sein lahmes Bein erlaubt, über das Deck und hilft Jo. Wir wenden, es ist Wind gegen Flut, und wir müssen nicht lang warten. Etwas stößt achtern gegen den Rumpf, der Stoß kommt aus Windrichtung. Schon fällt der Wind wieder ins Segel, bläht und füllt es, packt es mit voller Kraft und hebt unser Schiff mit einem Stoß über die Welle.

Der vorn hinausragende Bugspriet taucht unter, die nächste Woge hebt uns hoch, wieder taucht der Bugspriet unter, dieses Mal noch tiefer, taucht ins Wasser, tief in die Woge hinein. Wieder werden wir hochgehoben, noch höher als zuvor, der nächste Brecher kracht gegen den Bug, sodass Mel und ich nach oben und über das Deck geschleudert werden. Unglaublich hoch steigt das Vordeck über uns empor, fällt wieder hinab, wieder hoch und wieder hinab. Vater steht breitbeinig, um sicheren Fußhalt zu haben, und dicht neben ihm stehen nun auch Einar und sogar Feilan. Alle drei halten die Ruderpinne gepackt, luven das Ruderblatt mit aller Kraft an, um das Schiff durch die Wende zu zwingen.

Im Laderaum steht Bedwyr und gibt alles, um das eindringende Wasser zu entfernen. Der kleine Tarkyr hat hinter einer Färse Schutz gesucht, steht mit den kleinen Füßen im Mist und klammert sich an den Nacken der Färse, so eng, als wäre sie seine Mutter.

Mitten unter den Schafen steht Gaukyr bis zu den Knien im Wasser, nimmt einen Eimer und hilft Bedwyr, das Wasser aus der Bilge zu schöpfen, Arme und Eimer, ein ständiges Schöpfen und Ausgießen.

Der Widder stößt ein tiefes Grunzen aus, es klingt wie ein wütendes Schnauben. Die Krähen krächzen und hacken hektisch auf das Weidegeflecht ihres Käfigs ein. Mel muss den Käfig festhalten, auf keinen Fall will sie ihn verlieren, während sie sich mit der anderen Hand an die Spiere klammert – Sepp hatte das Rundholz in weiser Voraussicht mittschiffs zwischen den Spanten festgeklemmt.

Das lose Ende des Segels knattert wie verrückt über meinem Kopf; ich ziehe an der Halse, um sie zu straffen, und blicke kurz achtern zu Einar, ob er damit einverstanden ist, aber er schaut nicht zu mir nach vorn.

Cormac hat mich von seinem erhöhten Sitzplatz aus beobachtet; er hält die Brasse mit fester Hand, so gelassen wie immer. Trotz des ganzen Durcheinanders bleibt er so ruhig wie sonst niemand im Schiff. Er grinst zu mir herüber. Ein Zwinkern von ihm bedeutet mir mehr als jedes Lob.

Meine Hände brennen; Salzspray frisst sich in mein Gesicht, Regen peitscht mir in die Augen, läuft mir in den Nacken. Wir steuern westwärts aufs offene Meer hinaus, die *Vigtýr* neigt sich stark nach Backbord.

Ma steht leewärts beim Mast, Alu und Vrekla sind bei ihr. Ma hält ihre Perlenschnur in der Hand, murmelt Gebete, und meine Schwestern beten mit ihr. Schon vor einiger Zeit hat Ma ihnen gezeigt, wie man ein Kreuz schlägt, hat ihnen Geschichten von einem Gott erzählt, der von einer Jungfrau geboren wurde, hat ihnen die Namen von heiligen Männern beigebracht. »Rufe schnell die Heiligen an und rette deine Seele.« Sie haben die heiligen Worte gelernt, so wie Ma sie als Kind in Erinland gelernt hatte.

Elgyr, unser jüngster Sklave, fast noch ein Kind, kriecht unter dem kieloben liegenden Beiboot hervor. Er ist krank. Sepp zaust ihm den verfilzten Haarschopf auf dem mageren Kopf und schubst ihn in den Laderaum zu den anderen Sklaven. »Hilf den anderen beim Wasserschöpfen«, sagt er, »dann hast du etwas zu tun, das lenkt dich ab.«

Einar brüllt plötzlich: »Segel teilweise reffen!«

Ma wirft sich die Perlenschnur über die Schulter und beginnt wie besessen zu reffen, betet aber gleichzeitig mit den Mädchen die Heiligenlitanei weiter. Der Skipper luvt an, das Segel wird schlaffer, wir fahren langsamer. Einar ruft vom Steuerruder: »Wir lassen das kurze Segel eine Weile stehen, damit die Skarsons aufholen können.«

Es muss der Ballast gewesen sein, der mir die Haut an den Händen aufgerissen hat. Gestern hatte uns Vater befohlen, Ballast aus dem Laderaum zu holen, um Platz für das Gatter des Widders zu schaffen, als er verladen wurde. Sepp fragte, ob wir die Steine über Bord werfen sollten, aber Pa sagte Nein, ohne weitere Erklärung. Cormac schüttelte den Kopf, er hielt das für dumm, und mir war auch klar, warum: Wir holten den Ballast aus dem Laderaum und verstauten ihn in anderen Gattern auf Deck, sodass sich insgesamt das Gewicht der Ladung nicht änderte. Das ergab keinen Sinn.

»Schaut doch«, brüllt Feilan jetzt aufgeregt, »dort drüben: Zwei rote Segel!« Alle Köpfe fahren herum.

Der Abstand zwischen uns und dem Land hat sich vergrößert, das Meer ist wie ein Himmel aus Wasser. Im Nebel kommt einem der Himmel immer größer vor. Feilan hat recht: Dort sind sie, zwei Segel, sie zeichnen sich vor den Felsen der Landzunge ab – die Schiffe der Skarsons, immer noch weit entfernt, aber wenigstens sehen wir sie jetzt.

»Die haben aber lang gebraucht, bis sie sich auf den Weg gemacht haben«, sagt Ma nachdenklich. »Was hat sie wohl aufgehalten?«

Einar wirft unseren »Schleppanker« über Bord, einen großen Leinensack, der mit einem Seil am Heck festgebunden ist. Der Beutel hüpft in der Gischt, sinkt unter die Oberfläche. Unter Wasser saugt er sich voll, wir spüren, dass er unser Schiff bremst. Wir schneiden nicht mehr ganz so schnell durch die Wellen.

»Keine Sorge, Ma«, sagt Einar, »der Schleppanker sorgt dafür, dass sie uns bald einholen können.« Vrekla lacht, Ma seufzt leise und wendet sich wieder ihrer Perlenschnur zu.

»Sie holen nicht auf«, sagt Vater nach einer Weile, »sie fallen sogar weiter zurück.« Er steht an der Ruderpinne und beobachtet die Schiffe der Skarsons. Einar läuft mittschiffs, Cormac lässt ihn auf seine Schultern steigen. Gegen den Mast gelehnt, um sicheren Halt zu finden, blickt Einar zum Horizont. Von dieser Höhe, fast ein Drittel der Masthöhe, kann er viel weiter übers Meer blicken.

Die beiden Landzungen, die den Mund des Fjords bilden, sind bereits verschwunden, ich jedenfalls kann sie nicht mehr sehen. Der Regen hat nachgelassen, der Dunstschleier hat sich gelichtet, der Himmel ist klarer geworden. Einar schützt mit der Hand die Augen gegen die Helle des Himmels, hoch ragt er von Cormacs Schultern auf, lässt den Blick über den Horizont schweifen, doch er schweigt. Ma schaut vom Deck besorgt zu ihm auf. Alu hält ihre Hand und drückt sie still.

»Jetzt sehe ich es auch«, sagt Sepp. »Sie entfernen sich von uns.«

»Was hältst du davon, Skipper?«, fragt Jo und streicht sich das Haar aus dem Gesicht.

»Sie fahren jedenfalls nicht vor dem Wind wie wir«, antwortet Einar, »das ist sicher.«

»Wie ist ihr Kurs – Süd?«, ruft Vater vom Steuerruder herüber. Er schaut nicht achtern.

»Vielleicht ist der ablandige Wind abgeflaut«, sagt Cormac, der sich damit auskennt, »denn dann werden sie eine Weile an der Küste entlangsegeln müssen, bis sie wieder wenden können.«

»Was meint Cormac damit, Kregin?«, flüstert mir Mel ins Ohr. »Was meint er damit?«, fragt sie auch ihre Krähen im Käfig.

»Dort, ein drittes Segel, schaut doch!«, ruft Feilan und deutet über die Gischtwelle nach Steuerbord. »Noch ein Schiff, seht ihr? Es nimmt Kurs auf uns!«

Nun dreht sich auch Vater um. Sogar der Hund stützt sich mit einer Pfote auf die Bordwand und hält Ausschau. Wir haben klaren Blick bis zum östlichen Horizont.

»Das Schiff holt auf«, sagt Cormac.

Vater weiß inzwischen, um welches Schiff es sich handelt und wer sich darauf befindet, aber er sagt nichts. Auch Einar hat es erraten, er rennt zum Heck und zieht hastig den Schleppanker aus dem Wasser.

»Alle Reffbändsel los! Ausreffen!«, kommt Einars Befehl klar und fest. Er will, dass das Segel wieder voll gehisst wird.

»Aye, aye, Skipper«, ruft Alu sofort, und auch Ma und Vrekla machen sich gleich an die Arbeit.

»Backbordbrasse, drei Spannen fieren!«, ruft Einar.

»Aye, aye, Skipper«, ruft Jo, ohne sich umzublicken, und lässt das Seil entsprechend nach.

Wir segeln vor dem Wind, der Bug schneidet tief in die Wellen. Inzwischen wissen alle, wer uns verfolgt, das Entsetzen auf ihren Gesichtern sagt mir alles. Ma fingert hektisch an ihren Perlen. Vrekla summt eine Melodie, immer wieder die gleiche Melodie. Feilan murmelt seine Schiffsliste vor sich hin. Nur unsere kleine Mel merkt von allem nichts; sie sitzt neben mir im Vorsteven, redet in ihrer eigenen Krähensprache mit ihren Vögeln, kichert, wenn unser Bug eine hohe Welle trifft, und wartet auf den nächsten Sprühregen, der auf uns niedergeht.

KAPITEL 6

Die Schiffe der Skarsons sind nur noch als ferne graue Punkte zu erkennen, bis sie vollends hinter dem Horizont verschwinden. Dagegen ist der Umriss des anderen

Segels gut zu sehen, wenn auch noch weit hinter uns. Wir sind inzwischen in eine Flaute geraten, segeln nicht mehr vor dem Wind, das Segel hängt schlaff und ölig und nass herab. Die Wellen plätschern träge gegen unseren Bug, das Meer ist nur leicht gekräuselt.

Aber wir konnten unseren Vorsprung ein wenig vergrößern. Für ein Handelsschiff ist die *Vigtýr* recht schnell, solange sie vor dem Wind segelt. Unsere Windposition war unser größter Vorteil, aber seit der Ostwind fast völlig abgeflaut ist, stehen wir praktisch still, treiben nur noch mit der Strömung. Das Meer hat uns im Griff, wir sind seiner Strömung ausgeliefert und treiben in südöstlicher Richtung ab. Natürlich werden auch unsere Verfolger in die Flaute geraten, aber im Gegensatz zu uns können sie jederzeit zu den Riemen greifen. Langschiffe sind Kriegsschiffe; sie haben immer eine größere Zahl von Ruderbänken und einen geringen Tiefgang, sodass sie leicht über die Wellen gleiten können. Die *Rabe* hat eine zwanzigköpfige Rudermannschaft an Bord. Immer wieder kommt mir in den Sinn, was mir Helga erzählt hat; ich kann es nicht mehr aus meinen Gedanken vertreiben. Sie ist irgendwo dort draußen, weit im Süden, über dem Horizont. Ich will nicht daran denken, was ihr jetzt durch den Kopf geht.

Mel vertreibt sich die Zeit mit einem ihrer Spiele. »Ich sehe was, was du nicht siehst, und es klingt wie« – sie spitzt die kindlichen Lippen und bläst den Laut aus – »Weh!« Ich spiele ihr Spiel mit, es ist harmlos und lenkt Sinn und Augen von dem kleinen grauen Fleck am Horizont ab, der immer näher kommt.

»Das ist kinderleicht, Mel.« Ich lächle, obwohl mir nicht danach zumute ist. »Weh wie *Vigtýr*, stimmt's?«

»Das ist blöd«, lacht sie, »versuch's noch mal.«

»Dann Weh wie Windfahne?«

Sie schaut zur Windfahne hinauf, ein wenig enttäuscht sagt sie: »Nein. Daran hab ich gar nicht gedacht.«

»Jetzt muss ich erst mal überlegen.« Ich blicke mich besorgt nach dem Verfolgerschiff um. Das Letzte, was ich sagen will, ist »Wikingerschiff«. Schließlich fällt mein Blick auf die fettige Walrosshaut, mit der unsere Getreidesäcke zugedeckt sind. »Weh wie in Walrosshaut?«, witzle ich.

»Nein, nein, nein«, kichert sie, »nicht Walross. Ich sag's dir, du errätst es ja doch nicht.«

»Ich geb's auf, Mel. Sag's mir.«

»Es ist Weh für Fass«, sagt sie und schaut mich stolz grinsend an.

»Fass? Aber das fängt mit Eff an, nicht mit Weh, Mel!« Ich kann nicht anders, ich muss laut lachen.

»Ätsch, reingefallen! Ich meine natürlich Wasserfass«, ruft sie triumphierend. »Direkt vor deiner Nase, du Dummkopf. Wo wir unser Wasser aufbewahren!«

»Was ist los, Audeen?« Vater versucht, so gelassen wie möglich zu klingen, während er mittschiffs zum hundertsten Mal die Spannung der Wanten überprüft. »Keine Gebete heute? Los, lass die Perlen rasseln! Wir brauchen ein Wunder, Ma, egal ob von deinem Gott oder von unseren alten Göttern. Wir brauchen starken Wind oder wenigstens eine dichte Nebelbank. Oder dass die Nacht früher anbricht, ein bisschen Dunkelheit, in der wir uns verstecken können. Schaffst du das?«

Ma hält sich am Rand des Wasserfasses fest, als könne sie jederzeit von einer starken Welle über Bord gespült werden. Dabei ist es gar nicht nötig, dass sie sich so breitbeinig hinstellt – die Wellen sind kaum mehr als ein sanftes Kräuseln.

Sie gibt keine Antwort, sondern taucht eine Schale ins Wasser und reicht sie Vater. Während er trinkt, sieht sie ihn fragend an. Vater weicht ihrem Blick nicht aus. Ma dreht sich um und schaut zum Himmel, dann auf das Meer.

Um diese Jahreszeit bricht die Nacht nicht sehr früh an, es wird noch eine Ewigkeit dauern, bis der Tag im Meer versinkt. Hohe, bauschige weiße Wolken ziehen vor dem Antlitz der Sonne vorbei. Der Regen ist nach Süden abgezogen, über der Horizontlinie, er folgt den Schiffen der Skarsons, wohin sie auch fahren mögen. Ein Nebel, der uns Schutz geben könnte, wie Vater sagt: Es wäre ein reines Wunder, wenn Mas Gebet erhört würde – um Dunst oder Nebel übers Meer zu treiben, ist Wind nötig, aber es ist kaum ein Windhauch zu spüren.

»Komm, Vrekla«, sagt Ma plötzlich, »gib allen etwas zu trinken. Dann haben wir wenigstens genug Spucke im Mund.«

»Ma?«, fragt Mel plötzlich. »Warum will Pa, dass du betest? Wer ist auf dem Schiff dort hinten?«

»Mach dir keine Sorgen, Kleines«, mischt sich Alu schnell ein, bevor Ma antworten kann.

Aber Mel läuft zu Vater und klammert sich an sein rechtes Bein. »Sind böse Männer auf dem Schiff, Pa?«

»Vielleicht, Kleines, oder vielleicht auch nicht.«

Er hebt unsere Jüngste hoch und küsst sie. »Wir wollen nur nicht herumtrödeln, um das herauszufinden, das ist alles.«

Einar gibt Cormac den Auftrag, die lose herabhängenden Seile sauber auf dem Deck aufzurollen. Die Rahe ist unten, querschiffs vor dem Mast, darunter liegt das Segel sauber in großen Falten, sodass es in kürzester Zeit gehisst werden kann. Jo und Sepp haben das schwere Tuch über die gesamte Schiffsbreite auseinandergezogen, dabei hat Feilan ihnen geholfen. Ma und die Mädchen kugeln sich fast vor Lachen, während ihnen Vater einen schmutzigen Witz nach dem anderen erzählt – er will sie ablenken, damit sie nicht ständig nach Osten schauen. Aber der schwarze Rabe auf dem Segel folgt uns immer noch. Niemand achtet darauf, niemand außer mir und Mel. Wir beobachten das Schiff, während die Planken unter den Querbrettern knarren.

Wir haben alles getan, was wir tun können, wir warten auf Wind, sehnen uns danach, aus welcher Richtung auch immer. Wir hoffen auf Wind, oder noch besser, auf Dunkelheit. Aber bis es Nacht wird, dauert noch eine Ewigkeit.

Die *Vigtýr* ist von der Strömung wieder in eine andere Richtung gedreht worden. Jetzt steht unser Bug sogar in ihre Richtung, gerade so, als hätten wir die Absicht, sie zu rammen. Und es gibt nichts, was wir dagegen tun können, hilflos wie ein Herbstblatt in einem kleinen Bach treiben wir unentrinnbar in eine Richtung: ihnen entgegen. Mel und ich starren wie gebannt das Langschiff an, das immer näher kommt. Noch können wir keine Männer ausmachen, wir sind noch zu weit entfernt, aber wir sehen das regelmäßige Heben und Senken der Riemen auf beiden Seiten der *Rabe*, sie rudern so geschickt, dass sie kaum das Wasser kräuseln. Und wir hören ein dumpfes, bedrohliches, rhythmisches Schlagen, mit dem den Ruderern der Takt angegeben wird. Aber abgesehen von diesem Geräusch, Eisen auf Eichenholz, ist von dem anderen Schiff nichts zu hören. Sie haben das Segel gerefft; ein schlaff hängendes Segel würde die Ruderer nur noch mehr Kraft kosten.

Unerbittlich kommen sie näher, jetzt sind sie noch zwanzig, höchstens dreißig Schiffslängen entfernt. In meinem Bauch beginnt es zu brodeln. Noch hat Vater sein altes, rostiges Schwert nicht hervorgeholt – es liegt in Leder gewickelt im Stauraum – und hat auch nicht zur Holzaxt gegriffen. Ich denke, er hätte wenigstens Einar und Cormac befehlen können, ihre neuen Schwerter parat zu halten. Wir dürfen nicht einfach sitzen bleiben und nichts tun!

Immer noch sehen wir niemanden auf dem Deck, außer den auf- und abnickenden Köpfen der Ruderer, die sich im Takt der hohlen Schläge bewegen, aber sie haben die Geschwindigkeit erhöht und schneiden nun durch die Wellen. Erst jetzt sehe ich im Bug ein Gesicht, nicht Draks feiste, schwarzbärtige Wangen, sondern das magere Gesicht des Mannes mit dem Kettenhemd, der mit dem blonden Bart, mit dem ich am Strand gesprochen habe. Er hat regelmäßige männliche Gesichtszüge, aber ich erinnere mich an sein schadenfrohes Grinsen, als Kol auf meinen Befehl nicht reagierte. Wut kocht in mir hoch.

Einar bellt einen Befehl: »Hissen! Segel *hissen!*«

Vater, Sepp, Cormac zögern nicht, im Nu haben sie die Rahe mit dem Segel gesetzt, während Jo und Feilan die Backbordbrasse nachfieren. Wind füllt das Segel, es ist nur eine Brise, aber sie kommt von Westen. Die *Vigtýr* dreht sich langsam in eine südöstliche Richtung, endlich schneiden wir wieder durch die Wellen, aber wir fahren immer noch auf sie zu, wenn auch nicht mehr direkt.

Einar steht am Ruder; wir dümpeln dahin, der leichte

Westwind ist kaum der Rede wert. Einar kann den Kurs in diesem leichten Wind nicht halten, sonst läuft er Gefahr, dass das Segel zu flattern beginnt; er runzelt die Stirn und fällt ein paar Handbreit ab. Mit diesem Kurs, so, wie das Segel jetzt steht, werden wir der *Rabe* wieder direkt vor den Bug laufen. Inzwischen sind wir dem Schiff so nahe, dass Ma und die Mädchen Ballaststeine aus den Gattern holen und sie auf die *Rabe* schleudern. Es sind hohe Würfe, nicht schlecht gezielt, aber vergeblich, die Geschosse fliegen nicht weit genug und platschen in die Wellen.

»Spart die Steine!«, brüllt Vater. »Wartet, bis wir auf Wurfnähe heran sind!«

Drak und seine Männer werden von unserer Aktion überrumpelt; finster starrt Drak vom Heck seines Schiffes herüber. Die Ruderer kommen aus dem Takt, heben die Riemen aus dem Wasser, ein Riemen geht verloren. Wütende Flüche schallen herüber, während die Männer hastig nach ihren Waffen greifen, und kurz darauf schwingen sie Speere und Äxte über ihren Köpfen.

Und schon regnen die Speere auf uns herab, die meisten fallen ins Meer, ein langer Wurf geht knapp über mich und Mel hinweg und über den Vorsteven ins Wasser, ein weiterer Speer klappert über das Achterdeck. Mittschiffs durchbohrt ein Speer den Nacken eines Schafs, es spuckt einen Schwall Blut, noch mehr Blut spritzt aus dem Hals, färbt das Fell rot und sprüht über das Stroh im Laderaum; blutiges Stroh ist zu nichts mehr zu gebrauchen.

Bedwyr reckt den Kopf, um nach dem Schaf zu schauen, zieht ihn aber schnell wieder zurück. Eine Axt wirbelt durch die Luft, fliegt über das Ruder, über Feilan und Vater, auch über Einar hinweg, der sich schnell duckt, trifft den Mast und hackt einen großen Splitter heraus, bevor sie in den Verschlag fällt und die Nase des Widders streift. Der Schafbock wird wild, trampelt auf der Axt herum, rammt den Käfig mit seinen Hörnern. Kol bellt, die Schnauze aufgerissen, zum Himmel hinauf, als wäre Thor schuld an dem Speerhagel.

Ich weiß nicht, wie es geschieht, aber plötzlich entfernen wir uns wieder von der *Rabe*, schon haben wir acht, dann zehn Schiffslängen Abstand gewonnen. Sepp findet endlich die Zeit, den Speer aus dem Nacken der Aue zu ziehen.

Unter dem Schaf entdeckt er noch mehr Blut – dort liegt ein unförmiger Blutklumpen. Sepp schüttelt den Kopf und hebt den kleinen Elgyr auf seine Arme. Der Junge wurde vom selben Speer getroffen, der auch das Schaf tötete: Er hatte sich hinter das Schaf geduckt, vielleicht hatte er gehofft, dass ihn das dichte Fell vor den Speeren schützen würde.

»Er hat nichts gespürt«, sagt Sepp. »Komm, Bedwyr, hilf mir, ihn dem Meer zu übergeben. Es tut mir leid, Junge, aber seine Zeit war gekommen.«

Bedwyr nimmt Elgyrs Beine, Sepp seine Schultern, sie lehnen sich gegen die Bordwand und lassen den Körper sanft ins Meer gleiten. Das kleine blutige Bündel verschwindet in der Heckwelle. Danach werfen sie auch das Schaf über Bord.

Cormac und Feilan sammeln die Speere auf und verstauen sie im Heck, immer abwechselnd Schaft neben Spitze, sodass sie aufgereiht dastehen wie Riemen. Vrekla überprüft die Wasserfässer, eine scharfe Speerspitze kann ein Fass leicht leck schlagen. Alu versucht so gut wie möglich, den Widder zu beruhigen. Aber er hört nicht auf, wütend zu blöken. Kol reibt seine Nase an Vaters Beinen. Ma kniet mittschiffs; sie betet wieder.

Gaukyr und Tarkyr räumen das blutige Stroh aus dem Laderaum und werfen es über Bord; Blut klebt an ihren Händen und an ihren Gesichtern und färbt das Wasser rot. Unsere Schafe sind in Panik geraten, ausgelöst durch den Blutgeruch, der überall an den Planken haftet. Plötzlich laufen sie los, wollen dem Geruch entkommen, sich blind vom Deck ins Meer stürzen. Aber Sepp und Bedwyr packen sie an den Hörnern. Wie wild schlagen die Tiere mit den Hinterbeinen aus, werden aber auf die Bilgeplanken gedrückt. Die Kälber stehen wie erstarrt, aber nicht ruhig, sie sind verängstigt, mit wild rollenden Augen, heraushängenden Zungen, sabbernd. Die Krähen in ihrem Käfig krächzen, Mel klammert sich an meine Schulter, vergräbt ihr Gesicht an meinem Hals, wimmernd. Ich schiebe das Kinn über ihr wuscheliges Haar, um einen Blick über das Schiff zu werfen. Ma blickt von ihrem Gebet auf, begegnet meinem Blick, sieht, dass Mel bei mir in Sicherheit ist.

»Jo!«, brüllt Einar plötzlich. »Backbordbrasse vier Spannen anholen!« Vater steht am Steuerruder, niemand außer mir blickt achteraus. Die Piraten haben wieder die Verfolgung aufgenommen, sie sind vierzig oder fünfzig Schiffslängen zurückgefallen, aber gerade jetzt setzen sie das Segel. Das Tuch mit dem schwarzen Raben steigt am Mast empor, bläht sich sofort auf. Der Wind mag schwach sein, aber jetzt jagt uns das Langschiff unter Segel.

Ich habe mir die Axt geholt, die im Käfig des Widders lag. Ihr Griff steckt in meinem Gürtel, wie ich es bei Einar gesehen habe, auf der anderen Seite steckt mein Holzmesser. Alle sehen die Axt in meinem Gürtel, aber niemand sagt etwas, nicht einmal Ma. Cormac schaut zu, wie ich die Klinge berühre, er nickt und zwinkert mir zu.

KAPITEL 7

Morgendämmerung. Seevögel schreien hoch über dem Mast. Ich bin immer wieder eingenickt. Meine Arme tun seltsamerweise nicht mehr so sehr weh, auch die Hände heilen, obwohl ich in der Nacht an den Seilen arbeiten musste. Vielleicht ist es das Salzwasser. Ich zähle die Tage an den Fingern ab. Unsere vierte Nacht; der fünfte Tag auf See bricht an.

Der Nebel hat uns gerettet. »Ein Wunder!«, sagte Vater gestern Nacht zu Ma. »Ziemlich lockeres Zeug, dein Nebel, Audeen, aber er hat gereicht. Und ein schlauer, geschickter Skipper, aber ohne *deinen* Nebel und *deine* Gebete hätte auch er es nicht geschafft.«

Einar nahm Vaters Lob mit einem Schulterzucken entgegen und blickte zur Wetterfahne hoch. »Schaut mal, Seevögel fliegen vorbei«, sagte er erwartungsvoll – aber das war gestern Abend, und bisher haben wir kein Land gesichtet.

Möwen kreisen kreischend um die Mastspitze. Ein Vogel schwingt tief unter dem Segel durch, landet auf dem Vordeck, taucht ins Wasser, ein gutes Zeichen. Einar könnte recht haben. Wenn uns Möwen begleiten, kann das Land nicht mehr weit sein.

»Land! Dort, im Nebel!«, ruft Mel. »Schaut, was ich auf *meiner* Seite sehe!«

Und tatsächlich, auf der Backbordseite taucht ein dunkler säulenförmiger Umriss aus dem Nebel auf wie eine kleine Insel. Wir hören Wellen, die sich an dem Gebilde brechen.

»Nein, Mel«, sagt Einar, »das ist es nicht. Aber hier auf unserer Seite sehen wir Land, hohe Klippen. Schau mal, wie hoch die Felsen aufragen.«

Er deutet über Steuerbord, und tatsächlich ragen dort hohe graue Klippen jäh, nackt, abweisend aus dem Meer. Bedwyr, der den Jaucheeimer leert, erstarrt und schaut hinüber. Ma stockt der Atem. Sie küsst ihre Perlen. Kol lässt sich von der Aufregung anstecken. Er springt auf und ab, schnüffelt, kläfft, hebt die Nase über den oberen Rand des Schiffes.

»Aber hier, schaut doch!«, schreit Mel und kommt zu uns herübergelaufen. »*Mein* Land: Sehr ihr es denn nicht?«

»Das ... das ist keine Insel, Kleines«, sagt Sepp zögernd. Wir alle sehen jetzt Mels Land.

»Tod und Teufel!«, schreit Jo. »Da sind sie wieder!«

Der hoch aufragende Drachenkopf vorn am Steven des Langschiffs bricht durch den Nebel, keine zehn Schiffslängen entfernt, der schlanke Bug schneidet durch das Wasser, reitet auf unseren Heckwellen, taucht in ein Wellental und hebt sich wieder weit über die nächste Welle hinaus.

Mit hoch erhobenem Bug ist der Mast nach achtern geneigt, und das Segel flattert im Wind, doch wenn das Schiff in das nächste Wellental kippt, Mast und Segel sich zu uns neigen und der Wind das Tuch wieder prall füllt, wirkt das Zeichen des schwarzen Raben noch bedrohlicher – Draks *Rabe* stürzt sich auf uns.

»Klar zur Wende!«, brüllt Einar von mittschiffs.

»Warte, Jo!« Jo und ich haben unsere Stellung an Steuerbord eingenommen, Schulter an Schulter, die Seile fest gepackt. Vater wartet am Ruder, ruhig, gelassen. Wind und Wellen treiben die blutrünstige *Rabe* immer dichter heran.

Ich kann meine Angst nicht mehr beherrschen, kann nicht verhindern, dass meine Stimme zittert. »Skip, jetzt, tu es!« Aber das letzte Wort kommt kaum noch über meine Lippen. Ich glaube nicht, dass Einar mich gehört hat. Auch Jo hat nicht darauf geachtet, obwohl sie direkt neben mir steht.

»Jetzt, Skip, jetzt!« Dieses Mal schreie ich meine Angst hinaus. »Jetzt, sonst ist es zu spät!« Aber ein heftiger Stoß erstickt meinen Schrei. Jo hat mir den Ellbogen in die Rippen gerammt.

»*Klarmachen!*«, gellt ihr Schrei in mein Ohr.

Ein feuchtwarmer Wind bläst vom westlichen Meer heran, ein neuer Wind, der uns von Steuerbord trifft. Aber backbords kommt die *Rabe* schnell auf uns zu, sie wird uns mittschiffs rammen. Ich kann jetzt alles deutlich sehen – die blitzenden Augen der Wolfskrieger, die Bärenhäuter, die an den Spitzhaken ihrer Äxte lutschen, die Krieger in ihren Kettenhemden und Helmen. Ein paar Kettenhemdmänner stehen in vorderster Reihe mit Wurfhaken und Seilen bereit, hinter ihnen warten andere mit Schwertern und Schilden. Ihre Augen blitzen, sie stoßen grausame Schreie aus, sie rasseln mit den Schilden, heulen wie Wölfe, knurren wie Bären, ein irres Getöse, tierische Wut bricht sich Bahn, brüllender Wahnsinn. Die *Rabe* stürzt sich auf uns, und am Ruder, höhnisch lachend, eisenbehelmt, ragt Draks riesige Gestalt auf.

Endlich brüllt Einar den ersehnten Befehl. Cormac

springt zu Jo und mir herüber, um uns zu helfen. Mit vereinten Kräften holen wir die Backbordbrasse ein, ziehen das Segel, so dicht es geht, heran; Sepp fiert gleichzeitig die Steuerbordbrasse. Das mächtige Rahsegel steht jetzt höher am Wind. Feilan holt das Schothorn bugwärts dicht, dann rennt er nach achtern und hilft Vater und Einar – mit aller Kraft stemmen sich die drei gegen die Ruderpinne. Doch plötzlich kracht das Ruder mit lautem Knacken aus der Halterung, entweder sind die Weideseile gerissen oder ihre Knoten haben sich gelöst, die Einar doch so sorgfältig festgezurrt hat, oder vielleicht sind sogar die Klampen, an denen die Seile befestigt sind, aus der Bordwand gerissen worden. Das Ruder wird nur noch durch drei Paar Hände an Ort und Stelle gehalten, die Pinne windet sich wie eine gereizte Schlange in ihren Händen, als hätte sie einen eigenen Willen, aber es sind starke Thrall-Hände, die das Ruder mit aller Kraft zwingen, durch die Wellen zu pflügen und den Kurs zu halten.

Endlich hat die *Vigtýr* die Wende durchlaufen und segelt so hoch am Wind, wie es mit einem Rahsegel möglich ist.

Einar hält einen nördlichen Kurs, glaube ich, es muss Norden sein, aber im Moment bin ich nicht sicher, wo Norden und Süden sind. Da! Es ist Norden, ich sehe es jetzt. Rechts von uns, im Osten, blitzt plötzlich ein scharfer, dünner Sonnenstrahl auf den Wellen auf wie eine leuchtende Speerspitze, die genau auf uns gerichtet ist. Oder wie ein goldener Stab, der nun am Mast hochläuft und dabei immer breiter wird und das Segel erfasst. Immer weiter schwillt die Sonne über dem riesigen brodelnden Wasserkessel an und übergießt alles mit ihrem goldenen Licht. Feurige Helligkeit bricht durch die Dämmerung, Tageslicht überflutet alles, nah und fern, füllt schließlich die Weite des Ozeans.

Bei der Wende ist unsere Ruderbefestigung beschädigt worden, aber unser Schiff wurde weit genug gedreht, und nun liegt unsere gesamte Schiffsbreite im Licht der Morgensonne. Plötzlich kreuzt die *Rabe* durch unsere Heckwelle und schießt davon. Ich höre Drak einen Befehl brüllen, wütend: »Wende!« Blitzschnell fliegt ihr Segel herum, ich habe noch nie gesehen, dass ein so schweres Segel so schnell gedreht werden kann. In seiner Wut hat Drak die Ruderpinne zu heftig an sich herangerissen, er steuert zu schnell, zu scharf in die Wende – und reagiert zu spät. Eine plötzliche Bö verstärkt den Schwung noch weiter, sodass die *Rabe* in den Wind schießt. Sie bleibt buchstäblich stehen, als ihr der Wind von vorn ins Segel kracht. Wir können entkommen, der Abstand zwischen uns wächst. Der schmale Rumpf der *Rabe* wird von den Wellen rücksichtslos hin und her geworfen, macht keine Fahrt mehr, neigt sich im Wellengang wie ein Betrunkener. Wütend schleudert Drak seine Befehle übers Schiff, will die überstürzte Wende korrigieren, aber noch liegt die *Rabe* fast unbeweglich, völlig aus dem Rhythmus geraten. Während wir uns davonmachen, schaukelnd von Welle zu Welle springen, immer noch Richtung Norden.

Im Westen und Norden ragen große Landzungen aus dem Meer, jetzt sehen wir sogar das Ufer, es leuchtet im hellen Licht, die Sonne steigt an den Klippen empor. Brütende Seevögel überall, sie flattern in Schwärmen von ihren Nistplätzen den schroffen Felsen hinauf, Unmengen lärmender Vögel steigen in den offenen Himmel. Kreisend halten sie Ausschau nach Fischen, fetten, silbrig glitzernden, die in dichten Schwärmen unter der

Wasseroberfläche umherhuschen. Schon stürzen sich die Vögel herab, brechen durch die glitzernden Wellen. Vor uns, hinter uns, über uns, überall um uns herum fliegen sie, und immer noch wirbeln weitere Schwärme in die Lüfte, unzählige Basstölpel schwirren hoch, stürzen sich hinab, ihr hungriges Kreischen schallt weit über das Wasser. Mit nass glänzendem Gefieder steigen sie wieder aus dem Wasser, die Schnäbel unerbittlich um ihre zappelnde Beute geschlossen.

Die Sonne hat die Felsenküste nun vollends erfasst, weiße Brecher sprühen ihre Gischt über den Fuß der Klippen. Doch die Sonnenstrahlen tauchen jetzt auch das Segel des Langschiffs in ihr Licht. Noch hält sich die *Rabe* an die Küste, sie sammelt Wind. Drak jagt uns nach Norden, und obwohl er an der Küste bleibt, holt er nach jeder noch so geringen Kurskorrektur auf.

Wir können ihnen nicht entwischen. Ob wir nach Westen abdrehen, um vor den Wind zu kommen, oder uns wie sie an der Küste entlanghangeln, wir werden unseren Vorsprung auf jeden Fall wieder verlieren. Es wäre töricht, nur deshalb vor ihrem Bug vorbeizukreuzen, um vor den Wind zu kommen. Wenn wir geradewegs ins offene Meer zu fliehen versuchen oder wenn wir auf westlichen Kurs gehen, um uns vielleicht doch noch um die weit vorragende Landzunge dort drüben zu retten, könnten wir es vielleicht schaffen. Aber nein, es ist schon zu spät. Einar hätte es schon viel früher tun müssen. Vor der Landzunge wartet dunkles Wasser auf den ahnungslosen Schiffer, die dort brodelnden Gezeiten würden sich in unser Schiff verbeißen und es womöglich direkt vor den Bug der *Rabe* werfen.

Eine breite Wasserfläche zwischen den Inseln könnte uns vielleicht retten – wenn sie zu finden wäre. Oder ein schmaler Isthmus, ein besonders enger Fjord, gerade breit genug für unsere Durchfahrt. Aber so eine Passage könnte sich auch als Sackgasse erweisen, in tödlichen Untiefen oder auf scharfen Felsen enden. Es wäre Wahnsinn, in einen dunklen Felsspalt zwischen den Klippen zu segeln, ohne zu wissen, was am Ende des Durchgangs liegt oder ob die Durchfahrt überhaupt möglich ist. Gerät man zwischen den Landzungen in die Falle, gibt es keinen Ausweg mehr, wir würden umkehren und uns der *Rabe* Bug gegen Bug stellen müssen, wenn wir nicht schon vorher auflaufen. Niemand kann sicher vorhersagen, was in diesen Felsschluchten auf uns wartet.

»Himmel und Hölle!«, brüllt Jo. Einar steuert die *Vigtýr* in die schmale Durchfahrt. Er hat sich für den Schatten entschieden, setzt alles auf eine Karte, hofft, genügend Wasser unter dem Kiel zu haben und genug Breite, um die Durchfahrt wagen zu können.

Auf beiden Seiten liegen Inseln, hoch und sehr nahe, das Brüllen der See hallt durch die Enge. Es ist so laut, dass es unsere Stimmen übertönt, nicht jedoch die Rufe der Basstölpel, die rau, gierig und laut über uns hinwegfliegen und kurz in der Luft innehalten, bevor sie sich auf die morgendlichen Fischschwärme im Meer hinabstürzen.

Wir segeln zwischen zwei senkrecht aufragenden Felswänden, die Brandung folgt uns mit schweren Brechern sogar in die Schlucht. Die *Rabe* haben wir aus den Augen verloren, aber sie muss dort draußen sein, auf uns lauern. In jedem Felsriss, jeder Nische brüten Seevögel, ihr Kot ist über sämtliche Vorsprünge versprüht, die Luft stinkt scharf und sauer nach Fisch, Salz, Kot und Kalk. Wellen brechen sich an den Riffs, wirbeln Sprühnebel auf, höher als unser Mast. Von hinten rollt die Flut herein, die *Vigtýr* neigt sich, richtet sich im schäumenden Wellengang mühsam wieder auf, es ist, als stürzte unser Schiff durch einen Wildwasserkanal, als würde die heftige Strömung den Meeresboden unter uns leer fegen, als ob Wasser und Schiff und Besatzung in eine noch tiefere See hinabgezogen würden.

Im Halbdunkel ducken sich Ma und meine Schwestern am Mast, ihre Gesichter sind kalt und grau, alles an Bord scheint die bleiche Farbe der nassen Felsen angenommen zu haben, die sich auf beiden Seiten immer näher an das Schiff heranschieben. Die Morgensonne ist hinter den massigen Felsnasen verschwunden. Die Inseln schneiden uns vom Licht ab, hier drin herrscht fast völlige Dunkelheit, Kol zittert von Kopf bis Schwanz.

»Sie folgen uns herein!« Noch während Feilan warnend schreit, rutscht er aus und schlittert über das Achterdeck.

Alle, sogar Vater und der kleine Tarkyr, springen auf, entsetzt starren wir achteraus in die Felsenenge zwischen den Klippen, wo noch der Morgenhimmel und die letzten Strahlen der Morgensonne zu sehen sind, ein Tor aus Licht, das sich langsam hinter uns schließt.

Und durch dieses Tor rauscht nun die *Rabe*, das gierige Drachenmaul ihres Stevens weit vorgereckt, und folgt uns in den dunklen Schlund. Das Schiff bricht durch das Tosen der Brandung, reitet auf der Flut, fliegt förmlich über die Wellen, scheint kaum die schäumende See zu berühren. Die Flut trägt ihren schlanken Rumpf durch die Enge, viel schneller, als sie unser breites, schwer beladenes Schiff voranträgt. Rasch verringert sich der Abstand, neun Schiffslängen, sechs, vier, dann nur noch drei. Hier in der Felsenenge ist das Meer der

Herr aller Dinge, nicht der Wind, ihr Schiff und unseres sind seine Spielzeuge. Wir stoßen weiter ins Dunkle hinein, getragen vom Ansturm des Meeres, gejagt von Mördern, bedroht von schwindelerregend aufragenden Felsen.

Einar hält die *Vigtýr* in der Mitte des Kanals – er hat auch gar keine andere Wahl. Vorbei an vorragenden Felsnasen, herabgestürzten Brocken, die von den Wellen am Fuß der Klippen zu glänzendem Schwarz poliert wurden. Ich höre nichts mehr, kann nicht mehr gehört werden, Rufe, das Flattern des Segels, selbst Vogelschreie werden vom tosenden Meer übertönt.

Wir warten auf ein Zeichen vom Steuermann. Einar kann nur geradeaus weitersteuern, während Drak versucht, längsschiff aufzuschließen. Der Kanal ist kaum breit genug für ihren und unseren Schiffsrumpf, geschweige denn für zwei quer stehende Segel. Vom Skipper kommen jetzt hastige Befehle – Halse fieren, so weit wie möglich. Die Halse am Vorliek, der Vorderseite, ist meine Aufgabe.

Ich renne zum Bug, unterwegs sehe ich, dass Vater, Sepp und Jo inzwischen zu den Speeren gegriffen haben, denselben Speeren, die beim ersten Angriff von der *Rabe* auf uns geschleudert wurden. Cormac hat sein Kurzschwert gezogen, in der anderen Hand hält er Sepps Knüppel. Ma und meine Schwestern, sogar die kleine Mel schleudern Ballaststeine auf die Männer im Langschiff.

Ich renne hinter ihnen vorbei, stoße Bedwyr zur Seite, der verängstigt am Steuerbord steht, denn ich muss die Halse fieren, der Skipper will es so.

Der Steven vorn an der *Rabe* schiebt sich immer weiter an uns heran, sie will längsschiff gehen, ihr Steuerbord auf unserer Backbordseite.

Schändlich ist es für Männer, sich zu ergeben, jeder Versuch wäre sinnlos und tödlich, aber für Frauen ist es keine Schande. Deshalb haben meine Schwestern ihr Haar herabgelassen. Ma hat es ihnen befohlen. Vreklas blonde Strähnen fallen bis zur Hüfte, Alus Haar ist dicht und rot, auf ihren weißen Schultern breitet es sich in ungebändigten Locken aus, und Mels Löckchen kringeln sich rotbraun. Aber ich frage mich, ob sie tun werden, was Ma von ihnen verlangt, wenn die Zeit kommt. Auch Ma hat ihre Zweifel. Sie will, dass ihre Töchter wie Frauen aussehen, dass sie nicht mit den Männern verwechselt werden können. Sie will, dass sie die Angreifer um ihr Leben anflehen, Drak um Gnade bitten. Sollten die Angreifer siegen, will Ma, dass die Mädchen auf Knien um Gnade flehen, sich unterwerfen, sich als Gefangene ergeben. Ma selbst hat ihr Haar nicht gelöst, und Jo hat sich ebenfalls geweigert. Weder für Ma noch für Jo, verheiratete Frauen, wird es eine Sonderbehandlung geben, aber sie werden auch nicht um Gnade flehen, wenn Drak mit seiner Meute die *Vigtýr* entert, was schon in wenigen Augenblicken der Fall sein wird.

Keine Möglichkeit zu fliehen. Die Meeresenge ist unsere Todesfalle. Wir können uns nur noch dem Kampf stellen, denn wir haben kein Meer vor uns, nicht genug Wind im Segel. Die *Rabe* ist fast gleichauf, nur noch eine Schiffslänge trennt uns. Die Bordwand der *Rabe* ist tief, wird von der Gischt fast überflutet, aber ihr Rumpf ist schlank, die Wellen donnern gegen die Planken, sie wirkt neben unserem kräftigen Schiff fast zerbrechlich und liegt viel tiefer im Wasser.

Enterhaken aus Eisen fliegen herüber, haken sich auf unserer Backbordseite fest.

An jedem Haken ein langes Seil – die Seillänge, die

uns vom Tod durch ihre Hände trennt. Sie ziehen an den Seilen, holen uns heran, längsschiffs, Bordwand an Bordwand. Sie werden die *Vigtýr* entern, uns in Nahkämpfe verwickeln; uns überwältigen. Kampferprobt sind sie, ihre Überzahl wird den Kampf schnell entscheiden. Sie haben ihr Segel gerefft, das Steuerruder ist aus dem Wasser. Die Ruderer stehen auf der Backbordseite der *Rabe*; Rudern ist in diesem tosenden Gewässer nicht möglich, stattdessen paddeln sie mit den Riemen und stoßen das Schiff von den scharfen Felsnasen ab, die immer wieder bedrohlich nahe kommen, so gut es in dieser aufgewühlten See möglich ist. Männer in Kettenhemden stehen uns gegenüber, hinter ihnen weitere Männer, die aber nicht Äxte oder Schwerter kampfbereit schwingen, sondern Schilder vor und über sich halten, um sich gegen den Steinhagel zu schützen, der von unserem Schiff auf sie niedergeht. Sie wehren die Steine lässig und verächtlich ab, für sie ist unsere jämmerliche Gegenwehr nichts als eine ärgerliche Verzögerung.

Zunächst werden die Kettenhemdmänner an Bord kommen – sofern sich nicht die Axtmänner vordrängen, um die ersten Schädel zu spalten. Vielleicht werden auch Drak und seine Bärenhäuter zuerst entern. Die Bärenhäuter haben sich im Heck versammelt, erst drei, dann vier, jetzt stehen schon fünf bereit, um auf unser Achterdeck zu springen und mit Äxten und Schwertern auf uns einzuhacken, sobald sich die Bordwände nahe genug kommen. Auf der anderen Seite, ihrer Backbordseite, haben sich ein paar Wolfskrieger versammelt, ihre Äxte stecken noch im Gürtel, sie haben das Schwert nicht gezogen, halten sich, irgendeinem vorher beschlossenen Plan folgend, zurück, was auch immer dann ihre Aufgabe sein wird. Und schon wird ihr Plan klar: Die

Wolfskrieger – Himmel und Hölle – steigen auf die Bordwand und ziehen an Leinen, die hoch am Mastkopf der *Rabe* befestigt sind, prüfen ihren Halt, ich erkenne, was sie tun wollen – sie wollen sich an den Leinen über das Deck und die Köpfe der anderen Männer auf der *Rabe* hinweg zur *Vigtýr* schwingen. Ich höre nichts mehr außer dem Tosen des Meeres, kein Gebrüll von ihnen, ich sehe nur Todesangst in unseren Augen, in unseren weit aufgerissenen Mündern, den Gesichtern meiner Brüder und Schwestern; Ma schreit, sie alle schreien, so laut sie können, brüllen ihre Todesangst hinaus, rasen und toben gegen die Blutrunst der Angreifer.

Ich höre nichts, sehe alles. Wie langsam Vater sich bewegt, jede einzige Bewegung, und doch kampfbereit. Cormac – niemand ist flinker zu Fuß als er –, aber er scheint es nicht eilig zu haben, seine Bewegungen kommen mir träge vor, verspotten seine gewöhnliche Flinkheit, und doch sehe ich ihn drei Männer niedermachen. Sepp kann seinen hinkenden Gang nicht vergessen machen, aber er beugt sich bei jedem Schlag fast anmutig vor wie ein Speerwerfer, der seine Kunst übt, und bringt mehrere Männer zu Fall. Feilan, schlank und beweglich wie eine Weidengerte im Wind, tötet einen Mann, der zweimal so groß und stark ist wie er.

Je mehr ich mich ansporne, über das Deck zu eilen, desto weniger folgen mir meine Glieder. Die Axt drückt mich nieder. Und doch bin ich gerade vorhin ohne jede Mühe die gesamte Schiffslänge entlanggerannt! Ich bewege mich schnell, aber ich kann meine eigene Schnelligkeit nicht spüren.

Ich habe die Halse am Vorliek gefiert, jetzt renne ich zurück, wo ich sein sollte, achtern neben Jo, unser Auftrag ist, den Skipper zu schützen, der beide Hände am Steuerruder braucht.

Von hier aus sehe ich alles. Die Plünderer, genau wie wir, haben es nicht eilig, sich in das Gemetzel zu stürzen; die gleiche Schwere hält sie gepackt, lähmt sie bis ins Mark. Draks Männer tun nur ihre Pflicht, mit Klinge und Schaft, mit Schwert und Schild, mit Riemen und Paddel, mit langsamer, wütender Entschlossenheit. Wir alle sind vom Bösen besessen, es hält uns in einer schwerfälligen Benommenheit gefangen. Als ob der Kampf Teil eines Traums wäre, eines langsam ablaufenden Albtraums.

Vom Meer, vom Schiff, von der Luft über uns kommt der gleiche langsame Takt: die Wellen, die sich in der Enge brechen, langsam sich auf das Deck senkende Gischt, Tölpel umkreisen den Mast, alles, alles kommt zum Stillstand, erstarrt im Entsetzen, im wütenden, nicht mehr enden wollenden Jetzt. Gefangen im düsteren Schatten der Schlucht, eingepackt in Stille, in völlige, absolute Stille. Endlos festgehalten im Hier, im geräuschlosen Hier, über das sich das tödliche Jetzt senkt.

Sie holen die *Vigtýr* mit den starken Eisenklauen heran, die Wolfskrieger schwingen sich von ihrem Deck hoch hinauf, über den wenige Fuß breiten Abstand zwischen den Bordwänden, über die Kettenhemden hinweg, beide Hände an den langen Seilen, die vom Mast der *Rabe* hängen; sie können keine Äxte halten; als sie auf unserem Deck landen, sind sie für einen Augenblick wehrlos.

Eine Gestalt fliegt auf Vater zu. Er bewegt sich langsam, aber geschickt seit- und rückwärts. Meine Brüder sehen, was Vater vorhat; wie er weichen sie einen Schritt zurück, einen langsamen Schritt. Vater muss kaum den Speer heben, um den ersten Wolfskrieger buchstäblich aufzuspießen. Feilan tötet den zweiten Wolfskrieger mit einem lässigen Stoß; sein Speer dringt durch den Nacken des Jungen, während Sepp einen dritten mit dem Speerschaft quer über den Bauch schlägt, mit der Speerspitze nachsetzt und ihn aufschlitzt, sodass die Gedärme herausquellen. Cormac scheint mit dem vierten Angreifer ein wenig spielen zu wollen, er lässt den Speer scheinbar endlos in dem Jungen stecken, bevor er ihn dreht und wieder herauszieht. Kurz danach erschlägt er zwei weitere Angreifer, schlitzt ihnen die Kehlen auf, und all das scheinbar so mühelos, als wäre er nicht von zweimal so vielen Wolfskriegern angegriffen worden wie Vater und Feilan.

Ma und meine Schwestern werfen immer noch Steine hinüber, Bedwyr hilft ihnen, Gaukyr und Tarkyr holen Nachschub aus den Ballastkisten. Sie werfen mit aller Kraft, ihre Hauptziele sind Drak und seine Bärenhäuter, und sie erzielen so manchen Treffer. Die Bärenhäuter haben keine Schilde, um sich gegen die Steine zu schützen. Schon fließt auch bei ihnen Blut.

Endlich hat Drak genug. Er tritt zurück, nimmt Anlauf für einen gewaltigen Sprung, landet, rasend vor Wut, auf unserem Deck. Die Bärenhäuter, durch Schmerzen und Wunden noch blutrünstiger, folgen ihm, die Augen wild, leer, irrsinnig, auch sie nehmen ein paar Schritte Anlauf und schnellen mit gestreckten Beinen, ohne auf die Kluft zwischen den Schiffen zu achten, zu unserem Deck hinüber. Einen Moment lang scheint es, als schwebten sie bewegungslos über der Kluft zwischen den Schiffen, erstarrt in einem plötzlich kraftlos gewordenen Sprung, und stürzen Hals über Kopf in den schmalen Spalt brodelnden Wassers zwischen den Rümpfen.

Schwere Wellen haben ihr Schiff plötzlich zurückschwingen lassen, hin zu den Felsen. Unser Schiff folgt einen Herzschlag später, aber schon diese Verzögerung hat gereicht, um den Abstand zwischen den Schiffen zu verbreitern. Die *Rabe* neigt sich zur Seite, kracht auf die scharfen Felsnasen, wird auf Backbordseite fast auf Schiffslänge aufgerissen, Planken bersten, Rumpf, Spanten, Balken, Ruderbänke splittern, Holzstücke regnen ins Wasser wie ein Bündel Feuerholz. Männer, die an den Seilen der Enterhaken zogen, und die Ruderer, die das Schiff mit den Riemen vergeblich von den Felsen abdrängen wollten, werden beim Aufprall über Bord gerissen, unter Wasser gezogen, ihre Körper zerschmettern auf den Felsen oder werden zwischen Schiffsrumpf und Felsen zerquetscht, Klumpen aus rohem Fleisch und Knochen und Schädel, Holz, Wolle, Leder, alles vermischt sich zu einer brodelnden roten Brühe. Der Rückstrom der blutroten Welle wirft die *Vigtýr* wieder weg von den Felsen, weg von der *Rabe*. Die Kettenhemdmänner stehen wie erstarrt, mit vor Entsetzen weit aufgerissenen Augen. Sie hängen weit über die Steuerbordseite, als wären sie auf dem Deck der sich stark neigenden *Rabe* festgeleimt; ihr Schiff splittert in zwei Teile, sie stehen auf einem Halbschiff, auf einem Rumpf mit unfertiger Beplankung, ein halbes Spantenskelett auf einem Kiel.

Und nun greift auch der Wind wieder in das lose hängende Segel der *Vigtýr*. Der engste Teil der Schlucht liegt hinter uns, Böen wehen von Norden herein, treiben unseren Bug auf das weit gähnende Felsentor zu, hinter dem die offene See liegt.

Wind kämpft gegen Wellen; der Wind drückt unser Segel gegen den Mast. Es bläht sich, fällt ein, die Rah wird herumgedrückt, zweimal, dreimal, so stark wird der Druck, dass unser Schiff mit voller Wucht gegen die halb gekenterte *Rabe* kracht. Einar wird die Ruderpinne aus den Händen gerissen, das lose an der Bordwand hängende Steuerruder verklemmt sich und steht weit abgespreizt; niemand kann es jetzt wieder hereinholen, nicht gegen diese starke Strömung, die mit voller Kraft gegen den Rumpf drückt. Steuerlos geworden, wird unser Schiff wieder gedreht, Wind und Flut rammen das Schiff zurück, noch einmal gegen das Wrack der *Rabe*.

Durch die Wucht des Aufpralls wird der Halbrumpf des anderen Schiffs erneut gegen die zerklüfteten Felsen geschmettert, wird aus dem Wasser gedrückt, steigt so hoch, dass er vorn über unseren Steven hinausragt, und noch höher, schützt aber damit unseren Rumpf vor den Felsen, während die Kettenhemdmänner über die Bordwand geschleudert werden, doch statt ins Meer stürzen sie auf uns herab, regnen wie Kieselsteine auf unsere Planken. Ihre Schilde klappern über das Deck, kaum können die Krieger ihre Schlachtäxte gerade halten, als sie über das Deck rutschen und sich mühsam wieder aufrappeln.

Drak ist nach seinem Riesensprung wieder auf die Beine gekommen, er hat sein Schiff verloren, nun sitzt er mit uns in der Falle, und auch seine Bewegungen scheinen sich zu verlangsamen. Die Kampflinien formieren sich neu: Auf einem Schiff, einem Deck, es kann nur einen Sieger, eine Beute geben.

Cormac wirft sich nach vorn, auf die Männer, die ihm die *Rabe* vor die Füße geschleudert hat, die Kettenhemdmänner. Sein Schwert trieft vom Blut der Krieger. Auch Feilan greift die Krieger an, sticht hier zu und dort, sie sind leichte Beute für seinen Speer, Blut spritzt über das Deck und ins Wasser, es ist, als fischte er in seichtem Bach Lachs mit dem Speer. Vater und Sepp greifen Drak an, bevor er mittschiffs zu den Frauen laufen kann, Kol riecht Blut und fletscht die Zähne, aber er weicht Vater nicht von der Seite.

Drak, der Grausame, der Unerbittliche, erschlägt den armen Gaukyr mit seiner Langaxt, spaltet dem Jungen mit einem Schlag das Rückgrat. Nun wendet er sich zu Tarkyr um, will ihm die Steine heimzahlen, jagt den kleinen Sklaven bis zum Bug, wo er ihm den spitzen Haken seiner Schlachtaxt lässig in den Schädel treibt.

Er springt an der Kalbin im Laderaum vorbei, hat nun Ma und die Mädchen ins Auge gefasst, die sich mittschiffs um den Mast drängen. Die Axt schleift er hinter sich her, zieht sie der Kalbin nebenbei quer über den Schädel, vom Auge bis zum Nacken, ein Schwall Blut schießt heraus, er tut es ohne Sinn, nur aus Hohn und Spott. Aber er behält die Frauen im Auge, sie will er vernichten und erschlagen, Vater und Sepp sollen es mit ansehen müssen, bevor er sich die beiden Männer vornimmt.

Bedwyr und Ma ziehen meine Schwestern hinter das Segel, als ob ein Stück herabhängendes Tuch die Mädchen vor Draks Blutrunst bewahren könnte. Sepp zielt und wirft den Speer auf ihn. Drak sieht den Wurf, duckt sich, der Speer fliegt über ihn hinweg. Drak lacht höhnisch und schaut dem Speer nach, der in den Fluten versinkt. Der Krieger ist nur kurz aus dem Schritt geraten, und mein Bruder ist nun waffenlos.

Nun stellt sich Vater allein Drak in den Weg, er wartet vor dem Mast und dem flatternden Segel auf ihn, hinter dem Ma, die Mädchen und Bedwyr Schutz suchen. Vater stellt sich breitbeinig auf, packt seinen Speer mit beiden Händen. Das Schiff schlingert heftig. Kol rutscht weg von Vaters Seite, will sich auf den Planken festkrallen, aber seine großen haarigen Pfoten gleiten über das nasse, blutige, glitschige Deck; er knurrt – ein Knurren, das tief aus seiner Kehle kommt –, er bellt, aber sein wütendes Bellen wird nicht erhört.

Ich muss zu Vater, muss ihm helfen, wenn er sich Drak entgegenstellt. Neben mir kämpfen Jo und Einar verzweifelt mit der Ruderpinne, Sepp hinkt mit leeren Händen achtern, um Cormac und Feilan zu helfen, mit bloßen Händen will er sich den Kettenhemdmännern stellen.

Jo kickt einen Speer zu ihm hinüber – sie darf die Pinne nicht loslassen. Sepp hebt den Speer auf. Inzwischen sind vier, fünf Männer von der *Rabe* wieder auf den Beinen und noch einer. Meine drei Brüder sind in der Unterzahl. Ich muss zu ihnen, bin hin- und hergerissen, Vater oder meinen Brüdern zu helfen.

Einar vertreibt mir jeden Zweifel, er packt mich an der Schulter, ein kurzes Handzeichen: schneiden, Seile, Enterhaken, Backbord. Die Widerhaken sind alles, was uns an die Reste ihres Schiffs fesselt, das Wrack hängt wie ein schwerer Ballast an uns, es treibt steuerlos in den Wellen und zieht uns zu den Felsen zurück. Ich sehe, was Einar von mir will – ich soll die Seile der Wurfhaken kappen.

Zwei Schläge mit der Axt, das erste Seil reißt, jetzt das zweite, das die Axt mit einem Schlag durchtrennt. Ich laufe hinter Cormac her, sehe, dass sein Wams blutverschmiert ist; an Sepp und Feilan vorbei renne ich weiter nach vorn, hacke das dritte und vierte Seil durch … sehe Feilan unter der Klinge eines Kriegers fallen. Es ist der verhasste Kettenhemdmann mit dem mageren bärtigen

Gesicht. Das fünfte Seil gekappt, das sechste ist salzverkrustet, stark getränkt, ich kann es nicht durchhacken. Ich habe keine Kraft mehr im Arm. Auge und Muskeln lassen mich im Stich.

Nicht Feilan ist gefallen, ein anderer, nicht mein Bruder. Es kann nicht der Körper meines Bruders sein, der dort auf dem Deck verblutet. Wieder gerät die *Vigtýr* heftig ins Schlingern, und ich haue mit dem nächsten Axtschlag daneben. Etwas lähmt meinen Arm, meine Zielsicherheit ist dahin, oder die Axtschneide ist stumpf geworden. Ohne die Axt loszulassen, ziehe ich das Holzmesser aus dem Gürtel und hacke damit verzweifelt auf das Seil ein, hacke mit letzter Kraft, bis die verhärteten Fasern reißen.

Um die beiden letzten Seile muss ich mich nicht mehr kümmern. Wellen schleudern das Wrack auf die Felsen, mit einem Schlag ist es verloren, und wir kommen endlich von der *Rabe* los, ihr Gewicht kann uns nicht mehr ins Verderben ziehen, die beiden restlichen Enterhaken werden mit berstendem Geräusch aus der Bordwand gerissen.

Vergiss die verdammten Seile! Unser Schiff rollt und schlingert wie irre, Blut, Wasser und schleimige Eingeweide schwappen übers Deck. Ich rutsche aus, falle, schlage schwer mit dem Kinn auf, beiße mir die Lippe blutig, komme wieder hoch, die Axt in der Hand.

Drak hat Kol erschlagen, der Hund krümmt sich sterbend zu seinen Füßen. Vater wird ihm das heimzahlen! Und schon stößt Vater mit dem Speer zu, rasend vor Wut, will dem Raben den Speer in die Schulter rammen, aber er ist nicht nahe genug, verliert den Halt am Schaft. Die Spitze gleitet ab, Drak verzieht voller Wut und Schmerzen das Gesicht, schwingt zum Gegenschlag herum, trifft mit einem vernichtenden Schlag Vaters Brust, reißt eine gewaltige, klaffende Wunde. Vater geht zu Boden, bricht in die Knie, direkt vor dem Käfig des Widders, ein zweiter Schlag wird ihn töten. Drak lässt den Axtgriff in der Hand kreisen, einmal, zweimal, eine verächtliche, triumphale Geste, und schwingt die Axt mit dem scharfen Spitzhaken auf Vaters ungeschützten Kopf.

Ich renne, schreie, werfe mich nach vorn, fliege förmlich von der Seite auf Drak zu, strecke mich zu seiner Riesengestalt hinauf, ziele, so hoch ich kann, auf seinen Nacken, auf seinen Kopf, hoffe, dass schon mein Schrei oder ein Kratzer meiner Axt genügt, um ihn von seinem Schlag abzulenken. Und er sieht mich nicht, sieht auch meine Axt nicht, hört mich nicht schreien. Ich weiß nicht, was ich tue, ich weiß nur, dass ich der mit der Axt bin, der Einzige, der auf den Kopf des Schwarzen Raben zielt, der ihn zerschmettern kann. Und meine Axt findet ihr Ziel, schräg oberhalb des Ohrs, spaltet seinen Schädel. Drak taumelt, bricht zusammen, fällt, mit dem Gesicht nach unten, in den Käfig des Widders, Hirn quillt heraus, Blut ergießt sich über das Tier, verfärbt Fell und Stroh.

Leblos liegt Drak über dem Käfig, kehrt mir den Rücken zu. Ich sehe den dicken, faltigen Hals unter dem Helm, behaart, weiß, nicht wettergegerbt. Hass treibt mich. Und ich hebe die Axt und schmettere sie mit aller Gewalt auf dieses Stück bleiche Haut, tief sinkt die Klinge hinein, schneidet knackend durch Knochen, Blut spritzt aus der klaffenden Wunde im nackten Fleisch, und lautlos weicht das schleimige Gemisch aus Knochensplittern und Blut vor meiner Klinge.

Ich weiß nicht, was noch kommen wird – sehe nichts

mehr, höre nichts mehr, fühle nichts mehr, meine Augen brennen, die rote Blindheit der Verzweiflung.

KAPITEL 8

Wir sind an einer Insel angelandet, sie hat keinen Namen, gehört zu einer Gruppe zerklüfteter Felsen, Schären und kleiner Inseln, hingestreut auf halber Strecke zu den Eislanden. Unsere Insel ist klein und abgelegen, wir hoffen, dass so weit draußen keine Siedler oder Fischer leben.

So weit wir sehen können, besteht die Insel aus harten grauen Felsen, auf denen wohl niemand überleben könnte. Über uns ragen steile Klippen auf, sie erstrecken sich über die Ostküste, oben dicht mit Ginster und Farn bewachsen, ein Wasserfall sprüht über die Felsnase herab. Eine Landspitze steigt jäh und nackt aus dem Meer, schwarz vor Nässe, zu steil, um hier einen Zugang zur anderen Seite der Insel zu erlauben.

Am Morgen ist Ma neben dem Wasserfall bis zu der Linie von Ginster und Farnen hinaufgestiegen, um neben dem frisch aufgehäuften Steingrab Wache zu halten. Bei Tagesanbruch hat sie sich auf den Weg gemacht, in Nebel und Regen, um neben dem Grab zu sitzen, allein mit ihrer Trauer.

Wir anderen bleiben unten, am Fuß des Steilhangs, wir haben unser Lager in der Nähe des eiskalten Wasserfalls aufgeschlagen, der von den Felsen herabdonnert. Am Morgen haben wir unten am Strand begonnen, das Schiff bis in seine tiefsten Innereien zu schrubben, es von den Spuren des Kampfs, dem Blut, dem Gestank der Schlacht zu befreien. Jetzt sind wir schwach und krank vor Hunger, aber erleichtert, die grausige Arbeit hinter uns zu haben.

Die Mädchen trocknen einander am Feuer, entwirren und kämmen ihre verschmierten, verfilzten, verdreckten Haare, Dampf steigt von ihren Köpfen in die kalte Luft. Wir Männer sehnen uns nach Nahrung. Uns ist klar, dass Ma nicht herabsteigen wird, um mit uns gemeinsam zu essen. Ich sehe sie durch den Dunst, ihr Haar hängt lose herab, Schal und Röcke völlig durchnässt. Mit einer Hand hält sie den Schal zusammen, die andere tastet über die Steine des Grabs. Manchmal zieht sie die Hand von den Steinen zurück, um sich eine Träne aus den Augen zu wischen oder die Perlen ihrer Gebetsschnur, die sie um den Hals trägt, durch die Finger gleiten zu lassen.

Ma hat die Leichen unserer Männer für die Beerdigung vorbereitet. Niemand durfte ihr dabei helfen. Sie befolgte genau die alten Traditionen, wie sie von unseren Vorfahren überliefert wurden, bis hin zum Schneiden der Zehen- und Fingernägel. Diese letzte Aufgabe führte sie erst im letzten Augenblick aus, kurz bevor die Toten mit Erde bedeckt wurden.

Feilan und mein Vater liegen in einem flachen Grab, unter einem Hügel aus Steinen. In einem zweiten Grab rechts neben Vater liegt Kol, der tote Hund, und neben ihm die jungen Sklaven, die Drak ermordet hat. Die Leichen der Kettenhemdmänner und ihres geköpften Führers haben wir schon gestern ins Meer geworfen. »Fischfutter«, sagte Jo mit bitterem Grinsen, als sie uns zusah, wie wir die Leichen über die Bordwand stießen, und schrie ihnen den Fluch hinterher: *»Friss sie, brich sie,* *wild schäumendes Meer! Zerschmettre sie auf der felsigen Klippe!«*

Hätten wir den Wasserfall nicht entdeckt, fließendes Frischwasser, wären wir niemals an dieser Felseninsel gelandet. Aber der weiße Sprühnebel des Falls war weithin zu sehen. Wir segelten näher heran, bis wir das Donnern des Wassers hörten. Es gab keine ideale Landestelle in der Nähe der Steilküste, nirgends, wo wir die Tiere leicht hätten an Land schaffen können, daher fuhren wir zur Ostseite der Insel und sind nun gut geschützt vor dem rauen Westwind. Einar hätte es niemals gewagt, die *Vigtýr* an die Küste zu steuern, wenn er sie nicht für sicher gehalten hätte. Er befahl uns, beide Anker achtern zu werfen, um das Schiff von den Felsen fernzuhalten.

Das Wildwasser kommt aus einer Felsenkluft, donnert in schnellem Lauf über eine Felsenkante und stürzt von dort direkt zum Fuß der Klippen herab. Zwischen dem Kiesstrand und der Steilküste gibt es einen schmalen Streifen Grasland, auf dem unsere Schafe grasen; auf dem Kiesstrand können wir den Widder auf die Schafe loslassen. In diesem Gewirr von zerklüfteten Felsen und Inseln hätten wir ansonsten vielleicht ewig nach einem Landeplatz suchen müssen und hätten ihn vor Einbruch der Dunkelheit sicherlich nicht gefunden. Wenigstens haben wir hier Wasser und genug Platz, um die Tiere grasen zu lassen. Nach der Seeschlacht hatten wir keine andere Wahl, als an Land zu gehen und unsere Toten eilig zu bestatten.

Die Wasserfässer müssen frisch gefüllt werden, vorher können wir die Fahrt nicht fortsetzen. Die mühselige Arbeit wurde Cormac und mir aufgetragen. Wir schleppen Eimer um Eimer vom Fall zum Strand hinunter, laden sie auf das Beiboot und rudern sie zum Schiff hinüber. Ich bin glücklich, etwas zu tun zu haben. So mühsam die Arbeit auch ist, sie macht es mir möglich, mich aus dem Streit zwischen Cormac und Einar herauszuhalten. Seit dem Morgen tobt ihr Streit, und sie hören nicht damit auf.

Cormac und ich streiten uns nie; ich liebe meinen Bruder blind und bedingungslos. Bisher hat er meine Verehrung immer als etwas Selbstverständliches betrachtet, meine kindlichen Bemerkungen gutmütig ertragen oder einfach überhört, aber seit meinem glücklichen Schlag mit der Axt sieht er mich mit anderen Augen: Er behandelt mich fast als Ebenbürtigen.

»Noch was«, knurrt Cormac verärgert, als er einen Eimer über den Kopf hebt, damit ich ihn von oben über die Bordwand hieven kann. »Alu hat recht. Warum lassen wir zu, was Einar und Jo treiben? Sie glauben, sie könnten alles stehen und liegen lassen und sich davonschleichen. Während wir anderen bis zum Umfallen schuften müssen.«

Seit Einar und Jo verheiratet sind, kann Cormac seinen Neid auf den älteren Bruder kaum verbergen. Ich nicke nur und packe den randvoll gefüllten Eimer. Ich will sein ständiges Grummeln nicht hören und auch kein schlechtes Wort über Einar.

Helga kommt mir in den Sinn, aber seltsam unbestimmt, vage, unerträglich fern. Ich erinnere mich an ihre letzten Worte, kann mir aber ihr Gesicht nicht mehr vorstellen. In meinem Kopf höre ich ihre Warnungen, höre meine blöden Antworten, während wir am Wildbach saßen und unter den verkohlten Aststummeln der alten Birke miteinander tuschelten.

Meine Gedanken führen mich noch weiter in die Vergangenheit, zurück zu unseren alten Tagen im Thwartdale, und doch ist Helga für mich verloren. Es ist unmöglich, mir ihr Gesicht in Erinnerung zu rufen. Ich kann den rußigen Geruch der regennassen alten, brüchigen Birke riechen, in die einst der Blitz einschlug. Ich rieche das Wasser des Baches auf Helgas nassen Händen, sehe sogar ihre vom Ginster aufgeschürfte Haut klar vor mir, aber sosehr ich es auch versuche, gelingt es mir nicht, mich an ihr Gesicht zu erinnern.

»Bei Fuß, Kol!«, befehle ich, aber kein Hund ist bei mir, und ich bin nicht am Wildbach. Langsam komme ich wieder zu mir: Ich stehe neben dem donnernden Wasserfall, hier, auf einem kargen Felsen hoch über dem Meer.

Die Färse mussten wir schlachten; mit der schweren Wunde, die ihr Drak über das Auge geschlagen hatte, war sie nicht mehr zu retten. Wir werden ihr Fleisch braten, jede einzelne Faser Fleisch, Bauch, Knochen, das Fett auslassen, bevor wir wieder Segel setzen. Das wird drei, vielleicht sogar vier Tage dauern, während wir das Tier am Feuer verarbeiten. Das Fett wird nicht weggeworfen, Einar hat vor, die Seile damit einzuschmieren. Dafür hat er vierzig Ellen Ersatztauwerk von der *Vigtýr* ans Ufer geholt.

Brennholz ist knapp, wir können uns nur ein kleines Feuer erlauben. Zuerst haben wir den zerbrochenen Käfig des Widders verfeuert, jetzt werfen wir auch Planken und Balken vom Schiffsdeck ins Feuer. An den nackten Abhängen auf dieser Inselseite wachsen keine Bäume, und die Strände sind so schmal, dass kein Treibholz liegen bleibt.

Einar und Cormac streiten sich ständig darüber, wie

lange wir auf der Insel bleiben müssen. Einar und Sepp wollen hier in Deckung bleiben, im Lager neben dem Wasserfall, vielleicht zwei Wochen oder auch länger, falls nötig, bis wir uns von den schweren Qualen erholt haben. Wir müssen uns ausruhen, sagen sie, wir müssen unsere Trauer hinter uns lassen. Und was für Sepp noch wichtiger ist: Er macht sich Sorgen um das männliche Kalb. Der Blutgeruch auf der *Vigtýr* hat das arme Tier heftig verstört, der Jungstier zittert noch immer, weil er all das Blut und Sterben mit ansehen musste. Sepp meint, er muss eine Weile auf dem Gras bleiben, bis er sich wieder beruhigt – sonst würde er später, wenn er herangereift ist, kaum zu bändigen sein. Ma stimmt ihm zu.

Cormac ist vollkommen gegen Einars Plan und noch wütender auf Ma und Sepp, weil sie auf Einars Seite sind. Er will so schnell wie möglich in See stechen, sobald das Frischwasser geladen ist, und die Fahrt zu den Eislanden fortsetzen. Aber was er wirklich plant, ist, Jarl und seinen Söhnen sowie den Skarsons mit dem Schwert in der Hand entgegenzutreten und mit ihnen abzurechnen. Was geschehen ist, hat ihn zutiefst verletzt. Er ist fest davon überzeugt, dass wir von Vaters sogenannten Freunden verraten und verkauft wurden. Was das angeht, hört er auf kein vernünftiges Wort mehr.

Sepp hat die Färse ausgeweidet und zerlegt, Alu räuchert die Fleischstücke am Spieß über dem schwachen Feuer und zerlässt das Fett in einem Eimer. Ein ständiger Regen geht über die Insel nieder und macht das Kochen und Braten mühselig und langwierig. Sepp und Einar haben die Überreste der Färse zwölf Schritte von unserem notdürftigen Lager entfernt vergraben, die Hufe in den vier Ecken der Grube. Sepp meint, dass sie im Jenseits bestimmt eine Weide finden wird. Den Schwanz haben wir gestern gegessen, ihr Fliegenwischer hatte gutes Fleisch und Knorpeln, und was man isst, muss man nicht mühsam begraben.

Nur der Widder ist glücklich, vielleicht so glücklich wie noch nie, denn seit wir ihn an Land gebracht haben, hat er es mit den Schafen getrieben. Die Schafe sind brünstig, was niemand erwartet hat, denn es ist noch nicht ihre Jahreszeit. Aber der Widder wurde auf der Hügelseite freigelassen und kann sie nach Lust und Laune bespringen. Die Hammel dagegen haben an ihren Schwestern kein Interesse, sie streifen lieber durch den Farn und gehen dem Widder aus dem Weg.

Ich wende mich um und kehre wieder zum Lager zurück – gerade habe ich die Eimer am Fall gefüllt –, als ich meinen Bruder und seine Frau entdecke. Sie haben mich nicht bemerkt. Jo steht breitbeinig über das Farnkraut gebückt, streckt ihm den nackten Hintern entgegen, und er nimmt sie von hinten, genau so, wie der Widder ein Schaf bespringt, und es regnet.

»Wo ist Feili-Brudi?«, will Mel wissen. Sie ist wieder in ihre Babysprache zurückgefallen, und nun dringt ihre kindliche Stimme durch das Schweigen am Nachtfeuer. »Wann kommt er wieder?« Vrekla wirft Alu einen Blick zu; aber weder sie noch Ma wissen, was sie Mel antworten sollen.

»Feilan ist mit Vater gegangen, Kleines«, sagt Sepp sanft. »Kann noch eine ganze Weile dauern, bis wir sie wiedersehen.«

»Aber ich hab sie nicht weggehen sehen«, quengelt

Mel und schluchzt auf. »Pa hat mir keinen Kuss gegeben, als er weggegangen ist. Ich habe meine Krähen gefragt. Sie sehen alles, aber sie sagen mir nicht, wohin Pa gegangen ist.«

»Jemand muss es ihr sagen«, murmelt Cormac im Dunkeln. Alufa springt auf. Ihr langes Haar glänzt rot im Widerschein des Feuers. Im Unterschied zu Vrekla hat sie ihr Haar seit der Schlacht gegen die Piraten nicht wieder zurückgebunden. Alu nimmt Mel auf den Arm und trägt sie aus dem Weidengeflecht, das uns als Schutz dient, hinaus in den Regen.

»Warum sollen wir sie mit der Wahrheit quälen?«, fragt Ma verärgert, kaum dass die beiden Mädchen verschwunden sind. »Es ist noch genug Zeit, es ihr beizubringen. In ihrem kleinen Herzen weiß sie längst, dass sie für immer gegangen sind.«

»Mel hätte dabei sein sollen, als wir die Gräber ausgehoben haben«, murrt Cormac stur. »Sie hätte sehen sollen, wie sie in die Erde gelegt wurden, anstatt am Feuer zu schlafen. Wenn sie die Beerdigung gesehen hätte, würde sie sich jetzt nicht mit ihren Zweifeln herumplagen.«

Am Fuß der Steilküste haben wir ein Stück Kieselstrand entdeckt, das bis zur Wasserlinie reicht, kaum breiter als das Deck unseres Schiffs. Seetang und Strandgut hängen an den scharfen Felskanten, und im Wasser wiegt sich weicher brauner Tang in den Wellen. Eine kurze Felsenbank ragt ins Meer wie ein natürlicher Bootssteg, an dem wir mit unserem Beiboot leicht an- und ablegen können, gleichgültig, ob Ebbe oder Flut herrscht.

Hinter dem Felsensteg, ein Stück weit oberhalb der Wasserlinie, haben Sturmwellen einen Spalt zwischen die Klippen getrieben, der breit genug ist, um Tiere und Menschen durchzulassen. Auf beiden Seiten der Öffnung haben sich Halden von Kies und groben Bruchsteinen aufgehäuft, von den Sturmfluten hereingetragen, und über sie führt unser Weg zu den Klippen hinauf. Der Weg ist in beide Richtungen gefährlich, schwer zu gehen, man sinkt bei jedem Schritt in den Kies ein, aber trotzdem haben wir es geschafft, die Schafe hier hinaufzutreiben und auch den Widder und den Jungstier durch den Spalt zu zerren.

Heute ist die Entscheidung gefallen. Wir bleiben an Land und warten ab. Sepp und Einar haben den Mast der *Vigtýr* umgelegt. Der kräftige Eichenmast liegt jetzt flach, erstreckt sich über einen Teil des Schiffs, fast vom Vordersteven bis zum Heck, der Mastkopf, gespalten wie eine Schlangenzunge, ragt über das Heck hinaus. Einar hat den Mast an den Deckbalken vorn und achtern festgezurrt.

Der Regen ließ nach, während wir die Arbeit ausführten, aber jetzt prasselt er wieder erbarmungslos herab. Bevor uns Nebel und Regen die Sicht nahmen, haben wir Cormac noch einmal gesehen. Er kletterte durch den Felsspalt hinauf, eine kleine Gestalt in der Steilküste über uns, und hatte schon die Hälfte des Aufstiegs hinter sich.

»Läuft voller Wut davon«, murrt Einar, »wütend auf mich, rasend vor Wut wie ein wilder Eber. Wir haben ihn gebeten, uns auf dem Schiff zu helfen, aber er hat sich geweigert.«

Nur jemand, der so mutig oder wütend ist wie Cormac, würde es wagen, eine solche Felswand hinaufzusteigen. Er setzt sein Leben aufs Spiel. Irgendwann wird er keinen sicheren Fußhalt mehr finden oder sich an den glitschigen Felsen nicht mehr festhalten können. Der Fels ist schleimig von all dem Vogelschiss, den Flechten, dem Moos und dem Regen.

»Bewahrt die Kalbsknochen für Cormac auf«, sagt Ma. »Die mag er am liebsten. Hörst du, Sepp? Hände weg! Ihr rührt die Knochen nicht an! Euer Bruder wird sie verschlingen, wenn er zurückkommt. Ich hab für ihn auch ein paar Stücke Fladenbrot in den Beutel gelegt. Wartet ab, ihr werdet schon sehen, er kommt bald wieder.«

Sie klang gezwungen fröhlich, aber schon wieder ein bisschen wie früher. Wir waren froh, als wir sie am Abend zum ersten Mal wieder lächeln sahen, zum ersten Mal, seit wir auf der Insel angekommen waren, hellte sich ihr Gesicht auf. Aber ihr Versuch, uns aufzumuntern, trifft auf taube Ohren. Niemand will die Wahrheit aussprechen. Dass wir Angst haben, Cormac könnte abgestürzt oder in den Tod gesprungen sein. Seit vorgestern haben wir nichts mehr von ihm gehört oder gesehen. Wir müssen mit dem Schlimmsten rechnen. Kein Mensch könnte diese Felswand hinaufsteigen oder wieder herabklettern und gesund unten ankommen. So etwas kann niemand überleben, nicht einmal Cormac.

KAPITEL 9

Mel rüttelt mich wach, der Morgen graut. Ich knurre sie an: »Nein.« Drehe ihr den Rücken zu, ziehe die Decke über den Kopf. In unserem engen Schutzverschlag höre ich die vertrauten Geräusche, das Ächzen und Schnarchen der Brüder, Vrekla, erkältet, ein pfeifendes Geräusch in der Kehle, Alu schnüffelt leise durch die Nase, und Bedwyr wälzt sich ruhelos im Fieber und lässt im Schlaf ein raues Husten hören.

Wieder rüttelt mich Mel. Bettelt, ich solle aufwachen, ihre Kinderstimme bebt, aber sie drängt mich immer weiter. Sie will, dass ich mit ihr auf die Klippe steige. Dabei bringe ich nicht einmal genug Kraft auf, um mich aus dem Schutzverschlag zu schleppen. Jeden Morgen ist mein Körper wie erschlagen, Schmerzen in allen Gliedern nageln mich gleichsam auf den harten Boden. Benommen, halbwach, komme ich taumelnd auf die Füße, verberge meine Leiden vor meiner Familie. Die Schmerzen lassen nach, je mehr ich mich bewege, meinem Morgenritual nachgehe. Aber ich weiß, am nächsten Morgen werden die inneren Schmerzen in der Morgendämmerung wiederkehren, ich werde von immer den gleichen entsetzlichen Albträumen geplagt. Im Dunkel der Träume werde ich von den tödlichen Hieben und Stichen der Kettenhemdmänner zerstückelt, so schnell, wie sie es mit Feilan gemacht haben. Und Nacht für Nacht trifft mich Draks schwerer, tödlicher Schlag in die Brust, es ist der Schlag, der Vater erwischt hat. Schwert und Axt fahren auf mich nieder, schlagen mich zu Boden, nageln mich fest, rauben mir die letzten

Kräfte aus den Beinen, lähmen meinen Willen zu fliehen. Wenn es das ist, was wir erleiden müssen, wenn wir erst einmal die tödliche Verwundung erlitten haben, wird es wohl besser sein, wach zu bleiben, statt zu schlafen – oder einzuschlafen, um nie mehr aufwachen zu müssen.

Mel drängt weiter, sie will, dass ich ihr helfe, Feilan zu suchen. »Wir müssen los. Wir müssen dort hinauf und ihn suchen und ihn hierher zurückbringen, wo er in Sicherheit ist.«

»Geh wieder schlafen, Kleines«, flüstere ich. »Es ist noch zu früh, um schon aufzustehen.«

»Nein, nein, Kregin! Ich will nicht mehr warten. Ich muss sofort los!«

Draußen im sonnigen Morgendunst betäubt das Rauschen des Wasserfalls so plötzlich unsere Ohren, als wäre er bis jetzt still gewesen und hätte erst in diesem Moment zu dröhnen angefangen. Ich genieße den Lärm, er befreit mich davon, Worte finden zu müssen. Ich nehme Mels kleine Hand, zusammen gehen wir still zwischen den grasenden Schafen hindurch, am unruhigen Widder vorbei, stapfen durch den vom Bullen weich gestampften Matsch, durch Farne und Ginster und stinkende Tümpel, und steigen langsam den Abhang zu den Gräbern hinauf. Wir spielen das alte Versteckspiel – wir suchen einen Bruder, der sich für immer versteckt hält. Feilan.

Zwei von unseren Schafen, die kräftigsten der Lämmer, sind hier heraufgestiegen und grasen in der Nähe der Gräber, ein Stück weit voneinander entfernt. Zuerst schauen sie neugierig herüber, wundern sich wohl, was wir hier oben zu suchen haben, aber bald wandern sie langsam grasend davon, schnüffelnd nach saftigeren

Gräsern zwischen dem Farnkraut suchend. Endlich stehen wir vor den Gräbern, stehen vor unseren Lieben, unseren Blutsverwandten, die wir in die kalte, nackte Erde betten mussten.

»Pa schläft da drunter«, flüstert Mel und drückt meine Hand. »Warum sagst du es mir nicht, Kregin?« Ich sage ihr mit einem Nicken, dass es wahr ist. »Ich wusste es die ganze Zeit«, fährt sie fort. »Darum geht Ma auch immer hier hinauf, nicht weil sie böse auf Pa ist und ihn schimpft, dass er endlich aufwachen soll, sondern weil sie froh ist, dass er weiterschlafen darf. Stimmt doch, oder nicht, Kregin?«

Ich wende mich ab, die über uns kreisenden Lunde lenken mich ab. Mel achtet nicht auf das Geschrei der Vögel. »Ich glaube nicht, was Vrekla sagt. Feili kann nicht bei Pa sein, es würde ihm unter den Steinen nicht gefallen. Und hier oben auch nicht, hier ist es kalt und immer neblig und es regnet.« Sie zittert vor Kälte. »Feili würde nicht hierbleiben, wo er ganz nass wird. Oder, Kregin?« Ich versuche zu lächeln, aber es gelingt mir nicht. »Warum weinst du?«, schimpft sie mich aus, als hätte ich kein Recht zu weinen.

Mel verdient eine Antwort. Sie hat recht: Unter diesem Steinhaufen kann Feilans Geist nicht glücklich sein. Wenn wir von hier wegsegeln, wird es ihm nicht gefallen, zurückbleiben zu müssen, kalt, nass, vergessen auf diesen elenden Klippen. Ich möchte, dass mein blöder Bruder plötzlich unter dem Haufen und dem Farn hervorspringt, einen seiner Verse singt, seine Zaubersprüche aufsagt, seinen irren Tanz auf einem Bein aufführt, wie ein verrückter Hammel um uns herumwirbelt, bis wir uns vor Lachen im Gras kugeln. Jetzt weine ich richtig.

»Feilan«, sage ich zu ihm, »warum mussten wir dich verlieren?«

»Weine nicht, Kregin«, sagt Mel und umklammert meine Knie mit einem langen, beruhigenden Seufzen, gerade so, wie es eine Mutter tun würde, aber wie man es von einem Kind nicht erwartet. »Wie fühlt es sich an, tot zu sein?«

Ich muss lachen, obwohl meine Augen in Tränen schwimmen. »Das weiß niemand, Kleines. Wie sollte man es fühlen, so lange man noch lebt?«

»Aber Feilan, der weiß es jetzt, oder nicht?«

»Ja, Mel, er weiß es jetzt. Die Männer von der *Rabe* haben sein Leben gestohlen. Er ist tot, er wird nicht zu uns zurückkommen, nie mehr.«

»Pa ist weg, und Cormac ist auch weg, er ist durch die Kluft gestiegen und kommt nicht mehr zurück. Aber wohin sind sie gegangen? Wohin gehen die Leute, wenn sie sterben?«

Ich suche nach einer Antwort. Als Erstes fällt mir die vertraute Erzählung des Skalden ein, die Sagen, in denen die Toten an Thors Tisch sitzen und mit ihm trinken, aber auch das, was uns Ma von den Heiligen erzählte und von denen, die ihnen folgten. Mel hat es verdient, dass ich es ihr sage, und im Moment spielt es keine Rolle, ob es richtig ist oder falsch.

»Ma sagt, Menschen, die wir lieben, gehen zu einem besseren Ort, wenn sie uns verlassen: Sie leben in einem hellen Land, Mel, wo es viel zu essen und zu trinken gibt, wo sie nie hungrig sind und nie frieren müssen und wo ihre Wunden fast sofort wieder heilen und sie nie mehr aufhören zu lächeln.«

»Und wir werden eines Tages auch dorthin gehen und mit Feilan und Pa und Cormac zusammen sein?«

»Ganz bestimmt.«

»Und Kol wird auch dort sein und Elgyr, Gaukyr und Tarkyr?«

»Ja, sie werden alle dort sein.«

Mel denkt darüber eine Weile nach, dann legt sie die kleine Hand auf den Steinhügel. »Ich bin froh, dass wir Feilan gesucht haben«, sagt sie glücklich, »und dass wir ihn nicht gefunden haben.«

Die grasenden Hammel fühlen sich plötzlich von irgendetwas gestört, etwas, das zwischen den langen Farnwedeln lauern mag. Sie werfen sich herum und laufen schnell den Abhang hinunter. Und über uns am Himmel bricht ebenfalls größere Aufregung aus – das Kreischen der Lunde nimmt zu. Sie kreischen so laut, dass ich schreien muss, um von Mel verstanden zu werden.

»Feilan ist nicht hier, Kleines. Komm, wir gehen wieder zum Lager zurück und schauen, ob Ma schon auf ist und Alu und Vrekla. Wir müssen das Feuer schüren. Ich bin nämlich ziemlich hungrig.«

»Ja, Knirps, ich bin auch hungrig!« Die Stimme kommt von irgendwo aus dem Farndickicht. »Knirps«, das Wort erinnert mich an Vater. Muss wohl ein Echo in meinem Kopf sein; eine momentane Hoffnung steigt auf, wird sofort von Zweifeln zerschlagen, Zweifeln und Ungläubigkeit. Das kann nicht sein! Und doch will ich, dass es stimmt, ich will, dass es Vaters Stimme ist, die mich so ruft wie früher. Er hat mich immer wieder gerufen, im Schlaf, in den letzten vier Nächten, und immer bin ich aufgewacht, in der falschen Hoffnung, und wusste doch, dass er es nicht sein konnte. Wieder höre ich die Stimme »Knirps« rufen, aber dieses Mal ist es keine Stimme im Traum.

Mein Bruder! Kein Zweifel mehr: Cormac winkt uns zu. Da ist er, lebensgroß, erhebt sich völlig durchnässt zwischen den riesigen Farnwedeln. Und läuft auf uns zu, schnell wie ein junger Hengst, rennt vom nächsten Hügel herab, breitet die Arme aus, um uns zu begrüßen. Er wirft ein großes Bündel salzverkrustetes Treibholz auf die Erde, das er mit seinem Fellwams zusammengebunden hat, Brennholz für unser Feuer. Ich staune; offenbar hat er einen Strand gefunden und das Treibholz aufgesammelt, aber noch mehr staune ich, dass ich ihn gesund und munter vor mir sehe: Er hat es geschafft und ist lebend zurückgekommen!

Wir sind es nicht gewohnt, von Cormac umarmt zu werden, aber genau das tut er jetzt, hebt Mel und mich vom Boden hoch und drückt uns mit seinen starken Armen an sich. »Ich darf dich nicht mehr Knirps nennen«, sagt er und küsst mich aufs Ohr, sodass ich vor Freude bebe. »Ich kann dich kaum noch hochheben, du großer Klotz.« Abrupt lässt er mich wieder fallen. Aber Mel behält er weiter im Arm, reibt seinen struppigen Bart an ihrem Hals, neckt und kitzelt sie. »Sag's mir doch, Kleines«, kichert er, »hab ich die kitzlige Stelle gefunden?«

»Du bist wieder da!«, kreischt Mel und strampelt in kindlicher Freude. »Aber wieso stinken deine Hände so?«

Cormac lacht und schnüffelt an seiner Handfläche. »Das kommt von dem Wal, den ich am Strand gefunden habe. Ich hab das Fleisch vom Blubber geschält, wollte herausfinden, ob noch etwas davon essbar ist. Aber Haut und Fleisch waren schon zu stark verwest.«

»Du hast einen Strand und einen Wal gefunden?«, fragen Mel und ich wie aus einem Mund.

Cormac lächelt und nickt voller Stolz.

Es gibt so viel zu fragen!

»Wir haben das Schlimmste befürchtet, Cormac! Wirklich! Wir dachten, du wärst abgestürzt. Erzähle, wie bist du die Felswand hinaufgekommen? Und wie bist du auf dieser Seite des Wasserfalls wieder heruntergestiegen?«

»Ich habe einen Weg über die Klippenspitze gefunden. Dort oben ist ein Tümpel, wahrscheinlich speist er den Wasserfall. Aber das Farn wächst so dicht, dass man den Tümpel erst sieht, wenn man bis zum Gipfel steigt.«

»Das hätte niemand außer dir geschafft, Cormac.«

Er schüttelt den Kopf. »Der Aufstieg war hart, aber von dieser Seite aus kann jeder über den Hügel klettern und dann zum Strand hinunter, dort ist eine Höhle, in der eine Menge Treibholz angeschwemmt wurde.«

»Cormac«, frage ich atemlos, »hast du auch ... Menschen gesehen?«

»Du hast also nur ein paar Fischer gesehen?«, fragt Sepp und legt einen von Cormacs Treibholzstecken auf das Feuer, »keine Langschiffe, keine größeren Boote, nichts unter Segel?«

»Nein«, antwortet Cormac, der sich fast verschluckt, so gierig stopft er sich Mas Fladen aus dem Beutel in den Mund. »Ich habe vier Ruderboote gezählt, später kam noch ein fünftes dazu. Sie waren im seichteren Gewässer draußen vor den Schären und warfen ihre Netze aus.«

»Seltsam, dass wir von unseren Freunden und ihren Knorren nichts zu sehen bekommen«, murmelt Einar nachdenklich. »Ganz bestimmt kreuzen sie in diesen Gewässern herum und suchen nach uns.«

»Uns geht es hier gut genug«, sagt Ma, »und sie sind auch nicht mehr unsere Freunde.«

Noch vor ein paar Tagen wäre Cormac bei der Erwähnung der anderen Familien in rasende Wut verfallen, aber das war, bevor er nach dem Aufstieg an der Felswand den Strand und das Treibholz entdeckt hatte und bei der Rückkehr wie ein Held gefeiert worden war. Heute bleibt uns der Zornausbruch erspart. Und Einar sagt nichts, was Cormac beleidigen könnte. Ma hat ihnen streng befohlen, sich nicht mehr zu streiten.

»Na gut«, sagt Sepp, »wenn unsere *Freunde* dort gewesen wären, wären sie dir bestimmt aufgefallen. Fünf Knorren kann man nicht einfach verstecken, sie brauchen Wind und Segel, um ans Ufer zu kommen.«

»Ich habe nichts unter Segel gesehen«, antwortet Cormac, »aber glaubt mir, es ist fast unmöglich, überhaupt etwas zu erkennen. Die Sicht im Norden ist schlechter als hier, die Insel ist dort ständig in Nebel und Regen gehüllt. Kein großes Schiff würde sich an den Riffs vorbei zum Ufer wagen, selbst die Fischer machen mit ihren Booten einen großen Umweg um diese Felsen. Ich habe keinen einzigen in die Höhle rudern sehen.«

»Ich will nicht, dass du noch einmal dorthin gehst«, sagt Ma.

»Zur Höhle?« Cormac lacht. »Aber warum denn nicht, Ma?«

»Sepp braucht dich hier, um einen Wassergraben um die Schutzhütte auszuheben, letzte Nacht hatten wir eine Menge Wasser in der Hütte.«

»Das kann ich alleine«, sagt Sepp. »Lass sie gehen, Ma. Wir brauchen mehr Brennholz.«

»Und außerdem«, fügt Einar hinzu, »kann ich auf der anderen Seite besser die Gezeiten überprüfen. Mach dir keine Sorgen, Ma, wir sind zurück, bevor es Nacht wird.«

Bedwyr kann uns auf unserem Marsch zum anderen Strand nicht begleiten, er ist zu krank und wagt sich nicht mal mehr aus der Schutzhütte. Er wäre nicht in der Lage, den steilen Abhang hinaufzusteigen und den ganzen Weg zu Cormacs Höhle zu schaffen. Schade, dass er nicht mitkommen kann; wir könnten jede Hilfe gut gebrauchen, denn wir wollen so viel Holz wie möglich zurückbringen.

Das Fieber begann in Bedwyrs Lunge und hat sich auf den ganzen Körper ausgebreitet. Ma hat ihm direkt neben dem Feuer ein Lager bereitet; das Feuer lodert jetzt mit Cormacs Holz ein wenig stärker. Aber Bedwyr hustet ständig schlimmen Schleim hervor. Ma hofft, dass ihm die Wärme hilft und die Schmerzen in seiner Brust erträglicher macht.

Sie hat Mel befohlen, sich auf Bedwyrs Rücken zu setzen, um seinen Körper warm zu halten. Der Junge soll schwitzen. Für meine kleine Schwester ist das ein lustiges Spiel, ihn zu kitzeln und mit ihm zu scherzen, aber für den Kranken ist es die reinste Qual. Mel kann nicht still sitzen, hört nie auf, Fragen zu stellen, plappert den ganzen Tag mit ihren Krähen.

»Bruni, Bruni, hier, mein Mädchen«, schäkert sie mit ihrer Lieblingskrähe, die auch tatsächlich an die Gitterstäbe kommt und einen kleinen Brocken Kalbsfett von Mels Finger pickt.

Vor dem letzten Teil des Aufstiegs, kurz vor dem Gipfel, müssen wir uns ein wenig ausruhen; bei den Gräbern legen wir eine Verschnaufpause ein, Einar, Cormac und ich. Weit unter uns sehen wir unsere Schutzhütte; der winzige Flecken Gras, auf dem die Tiere stehen, erscheint von hier oben nur wie ein winziger Farbklecks, ein kleines Stück vom Ufer des dunklen Meeres entfernt. Und weiter draußen, in sicherem Abstand vor den Klippen, liegt die abgetakelte *Vigtýr* vor Anker, umgeben von dunklen Wassern, getarnt durch Ginsterzweige, die wir vom Hügel geholt haben, sodass sie fast wie eine der vielen kleinen Schären aussieht.

Jetzt kann ich auch Sepp ausmachen, der sich hinkend bewegt; er hebt den Ablaufgraben rund um die Hütte aus, den Ma haben will. Wenn der Graben fertig ist, wird er das vom Hang herabschießende Wasser um die Hütte herum ableiten, sodass es im Innern trocken bleibt.

Vrekla und Jo erkenne ich an ihren Schürzen; sie stechen Grassoden aus, die sie als Schutzwall neben dem Eingang aufstapeln. Ma fächelt das Feuer, kriegt Rauch in die Augen. Sie wird die Brotfladen erst backen, wenn die Steine heiß genug sind. Alu wird wohl bei Bedwyr und Mel in der Hütte sein, ich kann sie nirgends sehen.

Wir kommen auf der Hügelkuppe an, die landeinwärts von der Landzunge liegt. Der Weg durch die Rinnen und Furchen in der Steilküste, die Cormac bei seinem Abstieg entdeckt hat, war schwieriger und hat uns mehr Zeit gekostet, als Cormac behauptet hatte. Denn niemand ist so trittsicher wie er. Er war uns immer voraus, kletterte flugs durch jeden Spalt, jede Rinne und blieb immer wieder stehen, um auf uns zu warten. Sein Gesichtsausdruck machte uns klar, dass er uns als lästigen Ballast ansah. Das ärgerte Einar natürlich grenzenlos, aber er hielt sich an das Versprechen, das er Ma gegeben hatte, und verkniff sich jede Bemerkung.

Hier oben ist es kalt, die neblige Luft vibriert förmlich mit dem gellenden Geschrei der Lunde. Die plumpen Seevögel sind überall, watscheln dicht hintereinander umher, Kopf an Schwanz, Flügel an Flügel, bevölkern das Heidekraut und das Moos. Ständig nicken und picken sie herum, flattern, streiten sich, schlagen mit den Flügeln; manchmal spielerisch, manchmal kämpfend, hacken sie mit ihren leuchtend roten Schnäbeln aufeinander ein. Die Hennen sind fetter als die Hähne und verschwinden immer wieder in den Erdhöhlen oder Felsspalten, in die sie ihre Eier gelegt haben.

Jenseits der Brutkolonien befindet sich der seichte Tümpel, den Cormac erwähnte, aus dem sich unser Wasserfall speist. Der Gipfelwind kräuselt seine Oberfläche, wirbelt Dunstschleier zur Landzunge hinüber, von wo sie auf das Meer fliehen.

»War's nicht wert, den Aufstieg hierher zu machen«, murrt Einar. Wie immer liegt in seiner Stimme genug Schärfe, um Cormac die Laune zu verderben. Einar starrt missmutig in den feuchten Dunst hinaus, dort, wo Meer und Himmel zu sehen sein sollten. »Von hier aus kann man überhaupt nichts erkennen.«

»Ist heute schlimmer als gestern«, gibt Cormac zu. »Ich hab dir ja gesagt, dass die Sicht schlecht ist, vielleicht klart es ein wenig auf, bis wir mit dem Holz wieder hier vorbeikommen.«

Cormacs Höhle ist genau so, wie er sie beschrieben hat, kaum mehr als ein kleiner Spalt, den die See in die Klippen geschnitten hat. Sie hat ungefähr die Form, die sich zwischen dem leicht abgespreizten Daumen und dem Zeigefinger ergibt; an beiden Seiten ragen kleine Felszungen ins Meer, dahinter zerklüftete Felswände. Der Strand davor wird von kleinen Bächen und Rinnsalen durchschnitten, die von den Klippen herunterkommen und sich wie schwarze Pechstreifen durch den aschfarbenen Kies zum Meer ziehen. Jede Menge Treibholz liegt herum. Uns ist sofort klar, dass hier niemand landet, um Treibgut aufzusammeln.

Wir finden Holz von einem Schiffswrack und ein paar kräftige Balken, die vielleicht für den Hausbau verwendet worden waren, und starke, gerade gewachsene Äste, die noch unbearbeitet waren und von einem riesigen Baum kommen mussten, der ins Meer gespült worden war. Das Salzwasser hat sie noch nicht sehr stark angegriffen, sie tragen noch ihre Rinde, die rötlich wie rostiges Eisen gefärbt ist, wie wir sie noch nie gesehen haben.

Cormac kickt gegen das Treibholz und grinst. »Hier liegt genug Holz, um unser Feuer wochenlang, vielleicht sogar monatelang zu nähren. Jetzt brauchen wir unser Schiff nicht mehr weiter auszuschlachten und können hierbleiben, solange wir wollen.«

Einar reibt sich den Bart. »Hoffen wir, dass wir nicht mehr sehr lange bleiben müssen.«

»Wenn du das glaubst«, sagt Cormac und sieht Einar verblüfft an, »warum hast du dann den Mast umgelegt und das Schiff abgetakelt? Und warum hast du die *Vigtýr* mit Ginster getarnt? Wir werden Tage brauchen, um sie wieder seetüchtig zu machen!«

»Ich dachte, der Grund sei offensichtlich«, sagt Einar. »Wir wollen unbemerkt bleiben.«

»Aber doch nicht von diesen Fischern? Sie sind keine Bedrohung für uns – du willst uns vor Jarl verstecken!«

»Will ich nicht leugnen.«

»Du willst ihm also unbedingt aus dem Weg gehen?«

»Ich habe keine Angst davor, mit ihm abzurechnen. Ist es das, was du meinst? Aber ich will ihn erst stellen, wenn ich dazu in der Lage bin. Ich will den Zeitpunkt selbst bestimmen.«

»Sie müssen für das bezahlen, was sie uns angetan haben!«, antwortet Cormac scharf. »Das sind wir Vater schuldig und Feilan.«

Das ist wohl das Ende des Waffenstillstands, den Ma den beiden befohlen hat. Ich lasse sie weiter streiten und schlendere am Strand entlang, um noch mehr Treibholz einzusammeln, das sich zu kleineren Stücken zerbrechen lässt, um es leichter tragen zu können. Ich gehe vor dem Wind, und der Gestank des Wals ist halbwegs erträglich; völlig umgehen kann ich ihn nicht.

Der Wal liegt in einer entfernten Ecke der Bucht. Als ich näher komme, nimmt mir der Gestank fast den Atem. Cormac hat sein Messer tief in den Kadaver getrieben, hat ihn aufgeschlitzt, Blubber und Tran sind in den Sand gesickert. Das tote Fleisch wimmelt von Fliegen und Maden. Seevögel, vom verwesenden Fett angelockt, hacken auf dem Kadaver herum, streiten sich um jeden Bissen.

»Was für ein Gestank!«, sagt Cormac, als er und Einar schließlich zu meinem Ende des Strands kommen. Cormac stolziert lässig herbei, die Hände in den Gürtel gesteckt, ein zufriedenes Grinsen im Gesicht.

»Den Gestank müsst ihr aushalten«, antworte ich mürrisch. »Höchste Zeit, dass ihr mir helft. Hier – das habe ich schon herausgeschnitten. Auf dem Haufen liegt schon mehr, als wir tragen können.«

Cormac lacht, weil ich es wage, ihm Befehle zu erteilen. »Vielleicht brauchen wir das Holz gar nicht mehr.«

Ich schaue ihn misstrauisch an, dann Einar. »Was meint er damit, Einar?« Cormac schaut den älteren Bruder erwartungsvoll an.

»Ich hab ihm versprochen, mit Sepp zu reden. Wenn er nichts dagegen hat und Ma ebenfalls nicht, bin auch ich einverstanden.«

»Einverstanden? Womit denn?«

»Großartige Neuigkeiten, Kregin«, erklärt mir Cormac – er kann es einfach nicht mehr für sich behalten. »Wir segeln in einem oder zwei Tagen ab oder spätestens in drei Tagen, stimmt doch, Einar, oder nicht?«

»Aber das könnt ihr nicht machen!«, protestiere ich. »Das dürft ihr nicht! Denkt an den armen Bedwyr! Wir müssen warten, bis er das Fieber überwunden hat. Wenn wir ihn jetzt mit aufs Meer hinausnehmen, ist er so gut wie tot!«

Ma und Sepp machen der Idee, bald Segel zu setzen, rasch ein Ende. Und Jo ergreift begierig die Gelegenheit, sich mit ihnen gegen Cormac zu verbünden, wobei sie Einar tödliche Blicke zuwirft, weil er auf Cormacs Vorschlag eingegangen ist.

»Himmel und Hölle!«, faucht sie Einar an. »Der Junge ist schlimm dran – auf See würde er nicht lange überleben! Es ist viel vernünftiger, wenn wir abwarten, bis es ihm besser geht. Wir brauchen ihn! Du sagst doch immer, dass sechs Mann Besatzung nötig sind, um die *Vigtýr* zu segeln. Wer kümmert sich um die Tiere, wer löst die anderen ab, wenn sie schlafen, wer kippt deine Scheiße ins Meer?«

Einar tut die Sache mit einem Schulterzucken ab; er hatte ohnehin nicht die Absicht, in See zu stechen. Denn ihm war klar, dass Ma Nein sagen würde. Und er weiß genau – inzwischen wissen wir es alle –, dass Ma immer und bei allem das letzte Wort hat.

»Feilan würde jetzt die Leute zählen«, sagt Mel. »Er würde es mit einem seiner Gedichte machen. Kannst du für mich zählen, Vrekla, einen nach dem anderen, wie Feilan es gemacht hat?«

Vrekla findet immer Zeit, mit Mel zu spielen, egal, wie müde sie auch sein mag. »Wir sind fünf Frauen«, beginnt sie, »schau, Mel, zähl mit den Fingern: Der kleine Finger, das bist du. Außerdem sind da noch Ma, ich, Jo und Alufa.« Sie biegt Mels Finger nacheinander um, Mel lacht. »Und jetzt versuchen wir es mit der anderen Hand und zählen die Männer«, fährt Vrekla fort. »Sepp, eins; Einar, zwei; Cormac, drei; Kregin, vier, und Bedwyr, fünf.«

Wir müssten uns nicht von Vogeleiern oder Lunden ernähren. Unser Vorrat an Kalbfleisch von der Färse könnte uns noch wochen-, vielleicht sogar monatelang ernähren. Aber auf dem Rückweg von der Treibholzhöhle hat Cormac für Ma einen besonderen Leckerbissen gesammelt – Lundeneier –, und sie haben Ma so sehr geschmeckt, dass sie Vrekla und Jo gebeten hat, noch mehr Eier aus den Erdhöhlen der Vögel zu holen.

Ma hat mir befohlen, sie zu begleiten – mein Pech! Ich soll sie durch die Felsspalten zu den Nistplätzen hinaufführen. Allerdings habe ich vor, mich dünn zu machen, sobald wir den Aufstieg hinter uns haben – während die beiden die Eier sammeln, will ich zum Tümpel laufen und meine Füße ins kühle Wasser hängen.

»Himmel, Arsch und Hölle!«, brüllt Jofrid wütend. Sie holt mit dem Fuß aus, um nach einer Lundenhenne zu treten, aber der Vogel ist zu schnell, bringt sich mit ein paar raschen Flügelschlägen in Sicherheit und starrt Jo gereizt an. Außer Reichweite des Schnabels steckt Jo die Hand tief in das Nistloch, um nach dem Ei zu tasten. Schon kommt die Henne wieder auf ihren breiten, mit Schwimmhäuten versehenen Vogelfüßen herangewatschelt, schlägt angriffslustig mit den Flügeln und hackt den roten Schnabel in Jos Fußknöchel.

»Du verdammtes Mistvieh!«, kreischt Jo auf und reißt die Hand aus dem Erdbau heraus. Kein Ei trotz all der Mühe und Schmerzen. Sie hockt neben dem Bau und reibt sich den Knöchel; ihre Haut ist nicht angekratzt, nur ihr Stolz. Sie greift nach einem Ast und versucht vergeblich, den bösen Vogel zu erschlagen.

Aber die Lunde ist behände wieder davongeflattert. Ihr Warnruf setzt sich von Henne zu Henne fort; die Männchen steigen in dichten Scharen in die Luft auf, Hunderte und Aberhunderte Lunde tauchen aus den unzähligen Erdhöhlen auf und stoßen schrille Schreie aus, die aus der Luft erwidert werden: »Ka-aar, ka-aar, ka-aar! Eierdieb! Eierdieb!«

Vrekla steht mit verschränkten Armen neben dem Bau. Meine Schwester und ich versuchen, unser höhnisches Gelächter zu unterdrücken. Jo lässt sich nicht gern auslachen oder belehren.

»Was hast du erwartet?«, fragt Vrekla trotzdem. »Hast du geglaubt, sie lässt sich einfach ihr Ei klauen?«

»Daran ist nur Ma schuld, weil sie uns befohlen hat, Eier zu holen«, sagt Jo säuerlich. »Diese Lunde sind verdammt zähe kleine Kämpfer. Ihre Hennen legen die Eier nicht einfach in offene Nester wie jeder andere Vogel. Sie vergraben sie in der Erde!«

»Komm, wir gehen«, sagt Vrekla und zwinkert Jo zu. »Wir erzählen Ma einfach, dass wir keine Eier gefunden hätten. Oder wir behaupten, wir hätten es nicht bis nach oben geschafft. Und dir rate ich, nichts zu verraten, hast du verstanden, Kregin?«

Aber so leicht gibt sich Jo nicht geschlagen, erst recht nicht, weil sie weiß, dass es Cormac ganz leichtgefallen war, ein paar Eier zu sammeln. »Kregin, sag uns, wie er es gemacht hat.«

Ich habe nicht vor, ihr zu verraten, dass Cormac in Wahrheit auch seine Probleme hatte, an die Eier zu kommen. »Da gibt es nichts Besonderes. Du drückst das Heidekraut über dem Loch mit einem Stecken weg, vergrößerst das Loch ein wenig, dann schiebst du die Hand hinein, tastest nach einem Ei und holst es heraus. Ganz einfach. Wenn eine Henne dir Schwierigkeiten machen will, schwingst du einfach deine Schürze durch die Luft und verscheuchst sie.«

Jo runzelt misstrauisch die Stirn. »So einfach soll das sein?«

»Du wirst schon sehen. Sobald du das Ei in der Hand hast, verliert die Henne das Interesse und fliegt davon.«

Aber Jo hat sich einen eigenen Plan ausgedacht. Sie bindet ihre und Vreklas Schürzen zusammen, sodass ein primitives Netz entsteht. Sie will die Henne aus dem Bau jagen, sie mit dem Schürzennetz einfangen und dann schnell die Höhle ausrauben. Vrekla und mir befiehlt sie, auf der Erdhöhle herumzustampfen, bis der Vogel in panischer Angst aus dem Bau flieht und direkt ins Netz läuft.

Vrekla und ich trampeln lachend und schreiend auf dem Bau herum, während Jo mit dem Netz vor dem Erdloch lauert. »Hab ich dich!«, schreit sie triumphierend, als das Tier in ihrem Netz verzweifelt zappelt. Jo tastet nach dem Vogelkopf, der Schnabel zeichnet sich klar unter dem Stoff ab, sie packt den Kopf, schmettert den Körper auf den Boden und dreht der Henne den Hals um.

KAPITEL 10

An den längeren Sommertagen regnet es nicht mehr so oft, dafür haben wir mehr Nebel. Dichte, feuchte Dunstschleier senken sich am Abend über die Insel und bleiben die ganze Nacht über uns hängen, manchmal auch den ganzen folgenden Tag, ohne sich zu lichten. Der Wasserfall stürzt nicht mehr mit voller Macht herab, sondern läuft nur noch als schmales Rinnsal über die Felswand.

Ma sagt, wir sollen das Trinkwasser austauschen, das Cormac und ich mit so viel Mühe auf die *Vigtýr* geschafft haben. »Wir müssen das abgestandene Wasser wegschütten und alle Fässer neu füllen.« Dabei schaut sie mich direkt an. »Das muss gemacht werden, bevor der Wasserfall völlig austrocknet.«

Morgen wollen meine Brüder den Mast wieder aufstellen und das Schiff auftakeln. Einar plant, in zwei, höchstens drei Tagen Segel zu setzen.

»Ablandiger Wind, passt uns gut«, sagt er. »Wir dürfen nicht mehr lange warten.« Ich beiße mir vor Wut auf die Lippen, wahrscheinlich bin ich der Einzige, der nicht von der Insel weg will.

Alle sind mit irgendwelchen Aufgaben beschäftigt. Meine älteren Schwestern laden unsere Habseligkeiten in das Beiboot, um sie zur *Vigtýr* hinauszurudern. Meine Brüder sind an Bord und takeln das Schiff auf.

Unsere primitive Schutzhütte steht nicht mehr am Fuß des Abhangs. Dort ist, neben der Feuerstelle, jetzt nur noch ein zertrampelter Flecken Erde zu sehen. Ein Pfad führt durch das zertretene Gras, vom Wassergraben, den Sepp um die Schutzhütte gegraben hat, bis zur Jauchegrube und zur Knochengrube, und ein Dutzend Schritte weiter unten, unterhalb des Steilhangs, ist ein Erdhügel zu sehen, unter dem die Reste der Färse mit Schädel und Hufen begraben liegen.

Ich wusste, dass das passieren würde. Wieder bürdet man mir die Aufgabe auf, einen schweren Eimer voller Wasser nach dem anderen vom Fall zum Schiff zu schleppen. Bedwyr ist keine Hilfe: Der Junge ist immer noch nicht bei Kräften. Ma lässt ihn bei sich am Feuer sitzen. Immer wieder sinkt sein Kopf auf ihren Schoß und er nickt ein.

Meine Schultern schmerzen vom Rudern. Vom Schleppen der Eimer. Ich muss zum Fuß der Klippen steigen, die Eimer im dünnen Rinnsal des Wasserfalls füllen, die vollen, schweren Eimer zum Beiboot tragen, über den Kies, in den meine Füße bei jedem Schritt einsinken, und zum Schiff hinausrudern, um dort die Fässer zu füllen – und wieder zurück. Und das mache ich seit gestern und immer allein.

Dabei sollte ich doch eigentlich auf der *Vigtýr* sein, bei meinen Brüdern, bei den Männern! Ich würde ihnen viel lieber dabei helfen, den Mast aufzurichten, ihn im Mastschwein fest zu verankern; ich kenne mich mit dem Takelwerk viel besser aus als Sepp. Ich kann die Klampen viel schneller mit Seilen belegen als Cormac. Oder ich hätte die Bilge, den Raum direkt oberhalb des Kiels, ausbessern und die Planken auf dem Deck festnageln können. Einar sagt, dafür habe er keine Zeit.

Aber er hätte mir die Aufgabe übertragen können. Ich hätte Alu helfen können, die Schafe an Bord zu schaffen, hätte mich um den Jungstier kümmern können, der sich weigerte, auf den Bootssteg zu gehen, hätte zusammen mit Vrekla und Jo die Lederplanen unserer Schutzhütte im Laderaum verstauen können.

Aber es wird immer noch mehr Wasser benötigt. Nach diesem Fass muss ich noch ein weiteres füllen. Immer gibt man mir die beschissensten Aufgaben!

»Können wir Bruni zu den Gräbern bringen?«, fragt Mel, als ich müde mit leeren Eimern an ihr vorbeitrotte. »Du hast es doch versprochen!«

Bruni war Mels Kosename für eine ihrer Krähen, die mit dem braunen Federbüschel im schwarzen Gefieder. Sie hat den Vogel heute Morgen tot im Käfig gefunden, er hatte schon seit ein paar Tagen kaum noch gefressen. »Können wir sie jetzt hinbringen?«, bettelt Mel weiter. »Du hast doch gesagt, wir können sie bei den anderen beerdigen.«

»Ich kann jetzt nicht einfach aufhören«, fauche ich sie gereizt an. »Ich bin noch nicht fertig, siehst du doch!«

»Ich könnte Mel und ihren Vogel doch zu den Gräbern bringen«, sagt Bedwyr. »Wenn Ma mich lässt.«

»Ist das nicht eine gute Idee, Mel?«, sagt Ma. »Bedwyr und ich begleiten dich. Hast du Bruni schon in das alte Leder eingewickelt, das ich dir gegeben habe?«

»Aber Ma«, sagt Mel, den Tränen nahe, »ich will, dass *Kregin* mitkommt. *Er* soll mich zu den Gräbern bringen.«

Mel hat darauf bestanden, dass wir auch die beiden noch lebenden Krähen im Käfig mitnehmen, damit sie bei der Beerdigung ihrer Käfiggenossin dabei sein können. Und tatsächlich beobachten die beiden Krähen alles, was wir tun, genau, hüpfen wie verrückt im engen Käfig hin und her, krächzen aufgeregt und flattern mit den Flügeln. Sie sehen Mel und Bruni und wissen, dass etwas im Gange ist. Mel trägt die tote Krähe auf den Händen, stützt ihren Kopf und die Brust sanft, während sie die leblosen braun-schwarzen Flügel herabhängen lässt. Mas altes Lederstück hat sie unterwegs in die Ginsterbüsche geworfen; sie hatte nie die Absicht, es als Leichentuch zu verwenden.

Brunis eines Auge ist geschlossen, das andere ist immer noch offen, so, wie Mel sie im Käfig gefunden hat. Es ist ein seltsames Gefühl, in ein totes Auge zu blicken. Mel will nicht, dass es geschlossen wird; sie will, dass alles so bleibt, wie es ist. Aber das Krähenauge zuckt nicht mehr hin und her, es ist leblos, glänzt nicht mehr. Und doch wirkt es immer noch weise, durchdringend, als ob der Vogel noch lebte.

Die Steinhügel über den Gräbern sind sonst immer feucht und kalt von Regen und Nebel, aber heute hat die Sonne sie getrocknet; sie haben einen eigenartigen Glanz, den ich bisher noch nie bemerkt habe, in den Steinen glitzern winzige silberne Körnchen.

Ich nehme ein paar lose Steine von einem der Gräber, drei oder vier seltsam geformte Felsbrocken, die sich leicht aus der Halde lösen lassen. Mels tote Krähe lässt sich in das entstandene Loch hineinschieben, sodass sie einen sicheren Ruheplatz findet, den wir mit den Felsbrocken wieder verschließen können.

»So, Mel, das wird wohl reichen. Leg den Vogel hinein.«

Aber Mel schüttelt den Kopf. »Nein, Kregin, das Loch ist noch nicht groß genug für sie.«

»Mir kommt es groß genug vor«, widerspreche ich. Allmählich habe ich Mels Getue satt, es ist ja nur ein toter Vogel.

»Nein!«, sagt Mel trotzig. »Bruni passt da nicht rein!«

Ich beherrsche mich nur mühsam. »Du musst ihr die Flügel anlegen«, erkläre ich, »und sie auf eine Seite legen.«

»Nein, so will ich es nicht haben. Sie soll die Flügel ausbreiten, als würde sie fliegen. Siehst du denn nicht, dass es so sein muss?«

Was wird Mel wohl noch einfallen? Ich seufze und nehme weitere Steine von dem Hügel, werfe sie ins Gras. »Ist dir der Spalt jetzt endlich groß genug?«

»Sei nicht böse auf mich, Kregin, ich mache das für Dada und Feilan.«

»Was hat der Vogel mit ihnen zu tun?«

Mel hört mich zwar, antwortet aber nicht, sie stellt sich auf die Zehenspitzen, um oben an den Steinhügel zu kommen, und konzentriert sich vollkommen darauf, den Vogel in die Mulde zu legen und seine Flügel voll auszubreiten.

»Jetzt kannst du die Steine wieder darauflegen«, sagt sie nach einer Weile und mahnt: »Aber sei vorsichtig mit den Flügeln.«

Sie überwacht genau, was ich mache. Auch die beiden Krähen im Käfig fixieren mich mit kalten Blicken. Brunis totes Auge starrt mich vorwurfsvoll an, als ich die Steine über sie lege.

»Ich weiß, warum Bruni tot ist«, sagt Mel schließlich, »aber ich bin traurig, dass sie sterben musste.«

Mir schmilzt das Herz. Plötzlich plagen mich Gewissensbisse, weil ich so gemein war. Die arme kleine Mel kann schließlich nichts dafür, dass die Krähe gestorben ist.

»Es tut mir leid, dass Bruni nicht mehr da ist, aber du bist nicht schuld daran, Kleines«, tröste ich sie. »Du hast mit ihr geredet und gespielt, du hast sie gefüttert und versorgt. Niemand hätte mehr für Bruni tun können. Vielleicht war sie einfach nicht glücklich, weil sie in einem Käfig leben musste.«

Mel schaut mich an, als hätte ich rein gar nichts begriffen. »Bruni ist gestorben, weil Dada und Feilan sie brauchen, sie muss ihnen zeigen, wohin sie gehen müssen. Sie muss bei ihnen sein.«

»Ich… ich verstehe nicht ganz, was du meinst, Kleines.«

Mel seufzt, so wie nur Kinder seufzen können, die einem Größeren etwas Wichtiges erklären müssen. »Bruni wird Dada zeigen, wie er übers Meer kommen kann. Sie wird vorausfliegen, bis sie Land findet. Dada wird ihrem Flug bis zu den Eislanden folgen und dort auf uns warten und Feilan und Kol auch und die toten Jungen.« Ich kann nur nicken, und sie fährt fort: »Wenn Einar es befiehlt, werde ich die Krähen freilassen, damit sie auf Landsuche hinausfliegen können.« Sie deutet auf die beiden anderen Tiere im Käfig. »Sie werden uns zu Bruni führen und zu Dada und Feilan und den Jungen. Dann werden wir alle wieder beisammen sein.«

Wir sind auf der *Vigtýr*, nur ungefähr eine Leuge von der Küste entfernt, trotzdem kann ich unseren Lagerplatz am Ufer kaum noch erkennen. Einar steht an der Pinne, er umsteuert die gefährlichen Felsnadeln und Schären nach Backbord mit größter Vorsicht und in weitem Bogen. Solange wir die Untiefen vor der Landzunge nicht hinter uns haben, werden wir den Nordkurs beibehalten. Ein ordentlicher Wind bläst warm aus südlicher Richtung, ablandig, treibt uns aus der Bucht hinaus. Das Segel haben wir stark gerefft, haben aber die Schoten fast dichtgeholt, um jederzeit manövrieren zu können. Der Rumpf der *Vigtýr* schaukelt gemächlich durch die Wellen und zieht eine nur ganz leicht schäumende Heckwelle hinter sich her.

Einar hat das Achterdeck mit Holz aus Cormacs Höhle ausgebessert, aber nicht vollständig. Es fehlen einige Deckplanken, und auch dort, wo wir mittschiffs sitzen. Ma sitzt achtern, stemmt sich mit den Füßen an der Bordwand gegen das Schaukeln des Schiffs ab. Sie will dort sein, wo Vater stehen würde, in Einars Nähe – Ma tut nichts ohne Grund.

»Ich kann den Wasserfall nicht mehr sehen«, meldet Vrekla, »aber der war ja sowieso kaum noch vorhanden.«

»Ich sehe ihn noch.« Alus Augen sind schärfer als Vreklas. »Von hier aus ist er kaum mehr als ein paar Tränen auf dem Felsen.«

»Oder ein Eiszapfen«, wirft Jo ein, nur um Alu zu übertrumpfen. »Ein tropfender Eiszapfen.«

Ma wiegt nachdenklich den Kopf. »Wer hätte gedacht, dass der Wasserfall trockenlaufen würde?«

»Wenn ich nicht gestern noch oben gewesen wäre«, sagt Cormac, »und es nicht mit eigenen Augen gesehen hätte, würde ich es auch nicht glauben, aber auch der Tümpel ist ausgetrocknet, nur eine kleine Sumpflache ist noch da.«

»Dann war es der richtige Zeitpunkt für die Abfahrt«, bemerkt Sepp. »Ohne Wasser hätten die Tiere nicht überlebt.«

»He, was ist mit uns?«, sagt Vrekla gereizt. »Müssen wir nicht auch trinken?«

»Und meine Krähen, vergiss sie nicht!«, mischt sich Mel scharf ein.

»Die armen, armen Krähen«, sagt Alu spöttisch und erntet dafür einen wütenden Blick von Mel.

Der Jungstier schnarcht, von den sanften Wellen in den Schlaf gewiegt. Bedwyr schmiegt sich eng an sein verfilztes Fell, um sich warm zu halten. Obwohl es warm ist, zittert der Junge vor Kälte.

»Kregin, Steuerbordbrasse eine oder zwei Spannen anholen«, ruft Einar.

»Aye, aye, Skipper«, gebe ich schnell zurück. Ich springe über die schlüpfrigen Planen, über fehlende Deckplanken und halte mich auf dem Weg nach Steuerbord vorsichtshalber am Käfig des Widders fest. Den Käfig haben wir aus einem Teil des Schwemmholzes gebaut, er ist Sepps Werk, steht mittschiffs und wirkt so kräftig wie die beiden Querbalken, auf denen er steht. Der Widder ist gereizt, aber still; es gefällt ihm nicht, wieder auf dem Schiff zu sein. Vorwurfsvoll starrt er mich aus seinem Käfig an, als ich an ihm vorbeikomme.

»Schau mal, dort«, sagt Mel und deutet über Backbord zu den Schären hinüber, an denen sich die Wellen brechen.

»Ah«, sagt Cormac, »das sind die Fischer, die ich schon am ersten Tag von der Höhle aus beobachtet habe.«

»Sie fischen mit Netzen«, ruft Ma, »sie ziehen sie zwischen zwei Booten her.«

»Kein Wunder, dass sie in dieser Gegend keine Segel setzen«, meint Einar. »Zwischen den Schären kommen sie mit Rudern schneller voran, und mit den Riemen können sie den Meeresgrund ausloten. Schaut nur den geringen Tiefgang ihrer Boote an.«

»Wenn du hier aufläufst«, sagt Sepp, »brauchst du mehr als nur einen geringen Tiefgang, um dich zu retten.« Er stopft eine Handvoll Heu zwischen den Brettern des Widderkäfigs hindurch, um den alten Burschen ruhig zu halten.

Die Männer in dem Ruderboot, das uns am nächsten ist, achten nur auf ihr Schleppnetz, sie haben uns noch nicht gesehen; der vordere Ruderer im anderen Boot aber steht auf und winkt uns zu, als ob er einen Freund grüßen wollte.

»Schaut, schaut, die Fischer winken uns«, ruft Mel aufgeregt und winkt zurück.

Ich winke ebenfalls, aber der Mann kommt mir seltsam bekannt vor, sein nackter Oberkörper ist bleich, aber Hände und Gesicht sind wettergegerbt. Er ist mager, aber sehnig wie Vater. Jetzt kann ich ihn ein wenig genauer betrachten, seine Gesten kommen mir jetzt drängender vor… kein Willkommensgruß, eine Warnung!

Einar reißt die Pinne herum, wechselt abrupt den Kurs, steuert hart auf Steuerbord, und schon kommt sein hastiger Ruf: »Er sagt, wir sollen uns von den Riffs fernhalten! Schaut! Dort, die Untiefen!«

Die *Vigtýr* schwingt herum, jetzt segelt sie auf halbem Wind. »Backbordbrasse fieren!«, brüllt Einar.

»Aye, aye, Skipper, schon dabei«, ruft Cormac zurück.

»Einholen auf Steuerbord!«

»Aye, aye, Skipper, schon dabei«, kommt meine Meldung. Ich hole das Segel noch dichter heran.

Einar steuert die *Vigtýr* in weitem Bogen herum, wir entfernen uns von den Untiefen. Als ich mich wieder zu den Fischerbooten umdrehe, fällt mir auf, dass sich der Ruderer wieder gesetzt hat und weiterrudert. Wir sehen nur noch ein kurzes Winken zum Abschied, dann sind die Fischerboote verschwunden.

»Gibst du mir einen Becher Wasser, Alu?«, bittet Ma. »Kregins Wasser«, fügt sie augenzwinkernd hinzu und grinst zu mir herüber. »Ich bin furchtbar durstig.« Alu bricht plötzlich in Tränen aus, ohne sichtbaren Grund. »Was ist mit dir, Tochter?«, fragt Ma besorgt, aber Alu kann vor Schluchzen nicht sprechen. Sie verbirgt das Gesicht in den Händen und sinkt in sich zusammen. Jo und Vrekla lassen alles fallen, was sie gerade in den Händen halten, und laufen zu ihr hinüber. Auch Ma klettert über die Deckplanen und legt Alu die Hand auf den dichten roten Haarschopf. »Alu, mein Liebes, was ist mit dir?«

»Vater hätte mich zu Hause im Thwartdale zurücklassen sollen«, stößt Alu schluchzend hervor. »Björn hat gesagt, er würde mich nehmen, er hat immer wieder gefragt. Aber Vater hat ihn weggeschickt.«

Jo schwankt plötzlich stärker als das Schiff, sie sieht blass aus und reibt sich den Bauch. Ma stolpert zu ihr und umarmt sie. »Himmel und Hölle!«, ruft sie aus, und im selben Moment verlieren beide das Gleichgewicht und fallen auf die Deckplanen, die mittschiffs verstaut sind. Jo fällt auf den Rücken, ihre starken Schenkel, weiß bis zu den Hüften, werden nach oben katapultiert. Die arme Jo wird rot im Gesicht, während ihr meine Schwestern wieder auf die Beine helfen. Ma und Cormac bekommen einen Lachanfall.

»Sepp!«, brüllt Einar wütend. »Nimm den Landungshaken und fiere das Segel so weit wie möglich auf, aber pass auf, dass es nicht zu flattern anfängt. Wir halsen – höchste Zeit, endlich wieder auf Westkurs zu gehen!«

Im Südosten – achteraus, weit hinter den hell glänzenden Wellen – sehe ich noch die Spitze der grauschwarzen Landzunge, die für kurze Zeit unsere Heimat auf der Insel war. Doch jetzt ist sie kaum größer als mein Daumennagel auf dem weiten, weiten Meer.

KAPITEL 11

Zwei Tage sind seit unserer Abfahrt von der Insel vergangen; backbords rollen die Wellen vom Süden heran, der Abendwind füllt unser Segel, treibt unser Schiff nach Westen. Kaum sinkt die Sonne hinter den Horizont, kommen die Sterne heraus. Einar befiehlt eine Wende, er will nach Norden in den Nachthimmel segeln und den Kurs auf den Nordstern ausrichten. Er glaubt, dass wir irgendwann morgen unser Ziel erreichen werden: die Eislande.

Gestern haben sich Ma und Jo richtig gestritten. Ich war nicht schuld, versuchte, mich aus der Sache herauszuhalten, brachte es aber dann doch nicht fertig, einfach nur dazustehen und nichts zu sagen, denn es ging auch um mich. Ma hat sich schließlich durchgesetzt, und das ist gut so. Ich bin froh, dass sie sich gegen Jo behaupten konnte. Die Entscheidung, wie es sein sollte, stand nur ihr zu, im Gedenken an Vater und Feilan.

Eigentlich sollte damit die Sache für Ma und auch für uns andere erledigt sein, aber wie ich Jo kenne, wird sie noch lange daran zu kauen haben. Sie gehört nicht zu den Leuten, die eine Schmach oder Beleidigung einfach so vergessen können. Ich wette, sie tobt innerlich immer noch vor Wut, dass Einar zu kurz kam und ich bevorzugt wurde.

Es ging um Vaters Nägel. Ma hatte ihm und auch Feilan die Finger- und Zehennägel geschnitten, der Brauch verlangt es, es ist die letzte Pflicht, die sie als Witwe und Mutter durchzuführen hatte, bevor man sie ins Grab bettete. Danach hatte sie die abgeschnittenen Nägel zu feinem Pulver zermahlen, ein winziges Häufchen für Vater, ein weiteres für Feilan, sie in die abgesägten Hornspitzen der geschlachteten Färse gefüllt und mit Talg versiegelt.

Als Ma sagte, dass Bedwyr Feilans Nägel bekommen sollte, hatte niemand auch nur mit der Wimper gezuckt. Nicht nach allem, was ihm auf der *Vigtýr* widerfahren war, und nachdem ihn Ma während seines schweren Fiebers gepflegt hatte. Sie sagt, Bedwyr sei die Antwort auf ihre Gebete – die Heiligen hätten ihn ihr anstelle des Sohnes geschickt, den sie verloren habe. Ich habe meine Zweifel, ob Bedwyr überhaupt begriff, was das Geschenk der Nägel bedeutete, als sie es ihm aufdrängte. Aber er sah, wie sehr Ma weinte, als sie ihm das kleine Amulett gab, und steckte es verlegen unter sein Wams.

Was dann geschah, schockierte mich genauso wie alle anderen. Das zweite Amulett, das mit Vaters Nägeln, legte sie in meine Hände. Alle hatten geglaubt, dass sie es Sepp geben würde. Die Nägel des Vaters, geschnitten nach dessen Tod, werden gewöhnlich dem ältesten Sohn übergeben, demjenigen, der das Schwert des Vaters tragen wird. Nach Alter und Geburt hätte es Sepp sein müssen. Zu Hause war Sepp ein Bauer gewesen, er verspürte nicht den Ruf des Schwerts, aber die Dinge hatten sich vielleicht geändert, und als ältester Sohn hätte er Vaters Schwert erhalten sollen – das schlachterprobte, rostige alte Ding, in dessen Klinge zahllose Kämpfe ihre Kratzer und Scharten hinterlassen hatten. Gut möglich, dass es nicht mehr viele Kämpfe überdauern würde, aber niemand wird bestreiten, dass sich Sepp auf der *Vigtýr* das Recht erkämpft hatte, Vaters Schwert zu tragen.

Vater hatte für Einar und Cormac Schwerter fertigen lassen. Jarl der Alte hatte sie geschmiedet, und ihr Gewicht war genau auf den Schwertarm des Trägers abgestimmt. Als sie zu Männern wurden, erhielten sie die Schwerter für ihr zukünftiges Leben als Seefahrer und Plünderer.

»Vater hat dafür gesorgt, dass ihr beide eure eigenen Schwerter bekommt«, erklärte Ma meinen Brüdern. »*Seine* alte Klinge braucht ihr doch gar nicht mehr.«

Ich muss zugeben, sie widersprachen ihr nicht. Weder Einar noch Cormac protestierten, als Ma das alte Schwert Sepp in die Hände legte; nur wenn Sepp Vaters Schwert erhielt, war zu erwarten, dass er auch seine Nägel erhalten würde. Das Hornamulett sollte von Rechts wegen ihm gehören.

Wir sahen alle, wie sehr sich Einar darüber ärgerte, Vaters Schwert nicht erhalten zu haben. Aber er nahm es wie ein Mann und beglückwünschte Sepp mit einem Schlag auf die Schulter, der vielleicht ein wenig härter als nötig ausfiel. Als Ma dann allerdings die kleine Hornspitze mit Vaters Nägeln mir überreichte, erstarrte er und musste förmlich die Zähne zusammenbeißen, um nicht wütend loszubrüllen. Wortlos drehte er sich um und ging davon.

Jo hatte natürlich fest damit gerechnet, dass ihr Einar nicht nur Vaters altes Schwert, sondern auch seine

Nägel erhalten sollte. Als Sepp das Schwert bekam, hielt sie den Mund; das war nur ein Rückschlag. Der eigentliche Schock kam für Jo, als Ma verkündete, dass sie Vaters Nägel, Zeichen und Andenken an seine Seele, mir übergeben wolle. Aber Ma gab nicht nach.

»Er hätte gewollt, dass Kregin sie bekommt. Die anderen haben bereits, was ihnen zusteht.«

Jo will das nicht hinnehmen. Sie versucht auf jede Weise, mit List und Tücke – und davon kennt sie eine Menge –, Ma zu bewegen, ihre Entscheidung zurückzunehmen. Nur gehört Ma nicht zu den Leuten, die ihre Meinung einfach so ändern.

»Aber Ma«, bringt Jo schließlich durch zusammengebissene Zähne hervor, »warum muss sich mein Einar so zurücksetzen lassen? Vater hat ihm mehr vertraut als allen anderen!«

Das gefällt nun Sepp überhaupt nicht.

»Ich habe mich entschieden«, antwortet Ma mit einem kurzen Seitenblick zu Sepp, »und jetzt ist Schluss damit.«

Jo muss ihre Wut an jemandem auslassen, an Ma wagt sie es nicht, aber an mir. »Ich kann nicht einsehen, warum alle plötzlich vor dem Knirps katzbuckeln, nur weil er einmal Glück hatte und einen guten Schlag landen konnte! Bloß weil er einer Leiche den Kopf abgeschlagen hat, ist der Knabe noch lange kein Held!«

Seit einer ganzen Weile steht der Skipper stockstill an der Pinne und wartet besorgt auf den Nachtanbruch. Genau wie uns anderen auch, dauert es ihm viel zu lange, bis die Sonne untergeht, ihre leuchtenden Abendfarben zeigt. Endlich verschwindet sie hinter roten Wolken, die sich am hintersten Horizont auftürmen. Kurz vor der Dämmerung scheint in Himmel und Meer eine seltsame Hitze zu herrschen. Der ovale Mond, vor drei Tagen noch voll, verblasst im Dunst. Die Sterne kommen heraus, aber sie leuchten nur kurze Zeit in der zunehmenden Dunkelheit, dann verschwinden sie wie der Mond im Dunst. Langsam vereinen sich Himmel und Ozean zu einem undeutlichen, dichten Firmament, bleich wie Milch.

»Schaut«, sagt Einar plötzlich, »der Nordstern kommt heraus, allerdings ist er kaum zu sehen.«

Hinter den Wolken bricht unerwartet ein glühender Sonnenstrahl hervor, blutrotes Licht zuckt über das Wasser, trennt den Himmel abrupt vom Meer, bevor er im Dunst über den Wellen verblasst. Und Augenblicke später kühlt die Sonne ab und versinkt im Meer. Der Mond entflieht den Wolken und funkelt auf den Wellen. Einar deutet steuerbords über den Mast, wo der Nordstern alle anderen Sterne am Abendhimmel überstrahlt.

Die Wellen plätschern leise gegen den Bug. Ohne Widerstand, fast ohne Heckwelle, gleitet die *Vigtýr* durch den Ozean. Wir fahren nach Norden, in immer kältere Gewässer, mit dem Nordstern hoch über dem Mastkopf. Noch liegt die Hitze in der Luft; es ist schwer, sich vorzustellen, dass wir unterwegs sind zu den Eislanden.

Ich stehe an der Pinne und steuere das Schiff. Einar schläft zwischen Jos Knien, Mann und Frau liegen ausgestreckt auf dem Achterdeck. Jo hält die Augen meistens geschlossen, aber sie schläft nicht. Ab und zu wirft sie verstohlene Blicke auf mich, zum Segel, das der Wind kaum füllt, oder starrt auf die mondbeschienenen Wellen hinaus, die sich hinter unserem Heck kräuseln.

»Vergiss nicht, mich zu wecken, Kregin«, hatte mich Einar ermahnt, bevor er sich zu seiner Frau legte. »Weck mich, sobald der Wind zunimmt oder wenn sich der Wellengang verändert oder wenn du den Mond nicht mehr siehst.« Aber ich bin sicher, Jo wird mir zuvorkommen.

Mel hat Ma dazu gebracht, mit den Krähen zu reden und sie beim Namen zu rufen. »Hier, Hrugi, mein Mädchen! Hier, Muni!« Und wann immer sie die Krähen ruft, schiebt sie ihnen kleine Stücke Schweinefleisch durch die Käfigstangen zu. Ma macht es Spaß, meine kleine Schwester bei Laune zu halten, um ihr die mondhelle Nacht zu verkürzen. Und Mel glaubt natürlich fest daran, dass ihre Krähen jedes Wort verstehen.

»Hrugi mag dich, Ma«, sagt Mel, »du bist ihr Liebling, und Muni mag dich auch, sie fressen dir aus der Hand, das machen sie sonst bei niemandem außer mir.«

Ma lacht leise. »Das machen sie nur, weil ich das Salz von der Kruste lecke, bevor ich es ihnen gebe.«

»Nein, Mama, wirklich, sie lieben dich.«

»Na gut, vielleicht sehen sie, dass ich eine alte Mutterhenne bin, eine Mama, genau wie sie.«

»Ich verrate dir ein Geheimnis«, sagt Mel mit ihrer Kleinmädchenstimme. »Ich will nicht, dass ihre kleinen Ohren es hören können.« Ma beugt sich zu ihr, und Mel küsst sie auf die Wange. Dann legt sie die Hände um den Mund, damit die Krähen nichts von ihren Lippen ablesen können, und erzählt Ma ihr Geheimnis, das sonst niemand erfahren darf und schon gar nicht Hrugi und Muni. Aber Mel kann kein Geheimnis lange für sich behalten, deshalb setzt sie sich wieder aufrecht hin und fragt aufgeregt: »Sagst du es mir, Ma? Wann können wir es machen?«

»Sobald es Tag wird, denke ich«, antwortet Ma. »Aber du musst Einar fragen. Er weiß es am besten. Nein, Mel, nicht jetzt, stör ihn nicht, du kannst ihn erst fragen, wenn er aufwacht.«

Cormac und ich sitzen auf dem nahe dem Bug kieloben liegenden Beiboot, wie Einar uns angewiesen hat, denn wir sollen den Horizont ständig nach Anzeichen für Land absuchen. Er erwartet, dass wir schon in den blassen Himmelsstreifen der Morgendämmerung etwas sehen werden. Inzwischen hat der Wind aufgefrischt, ein ordentlicher Südwester, und der Skipper befiehlt, das Segel um ein Drittel zu reffen, damit das Schiff sich nicht mehr so stark neigt. Schon bald müssen wir das Segel noch einmal ein Stück weit reffen, weil der Wind noch stärker geworden ist.

Bedwyr versorgt die Tiere, er hat sein Fieber überwunden. Als er Wasser in den Trog schüttet, geht ein großer Teil daneben. Die Schafe schubsen sich gegenseitig vom Trog weg. Bedwyr rennt achtern zum Wasserfass und wirft spielerisch den leeren Eimer in die Luft. Er genießt die wiedergefundene Kraft, läuft behände unter dem Tauwerk hindurch und turnt mit halsbrecherischer Schnelligkeit über den Käfig des Widders. Der Widder blökt wütend.

»Mach mal langsam, Junge«, mahnt ihn Sepp. »Kein Grund, sich Hals und Bein zu brechen. Der Widder kann noch ein bisschen warten, bis er sein Wasser bekommt.«

»He, Mel«, ruft Einar von der Ruderpinne her, »bring mir mal deine Krähen, kleine Schlafmütze, wach auf! Höchste Zeit, dass sie sich ihr Fressen verdienen!«

Noch bevor jemand sie aufhalten kann, packt Jo den

Käfig. Aufgeregt, wie sie ist, schwingt sie den Käfig herum, bückt sich unter dem Segel durch und läuft schnell achtern zu Einar. So eilig hat sie es, dass sie gegen Bedwyr prallt und ihn fast über Bord stößt; er muss verzweifelt nach dem nächsten Seil greifen, um nicht ins Meer zu fallen. Wäre er noch von seiner Krankheit geschwächt gewesen, wäre er sicherlich ins Wasser gestürzt.

»Langsam!«, brüllt Sepp, so laut er kann. »Pass doch auf, Frau!«

Mel fährt aus dem Schlaf in Mas Armen hoch, sieht Jo mit ihrem Käfig und stürzt sofort hinter ihr her. »Nein!«, kreischt Mel und versucht, Jo den Käfig zu entreißen, aber Jo hält ihn eisern fest. »Ich mach das, es sind meine Vögel!«, schreit Mel immer wieder. »Meine! Ich mach das!«

»Ist schon gut, Mel«, ruft Ma. »Jo wollte sie nur für dich holen. Sie hält den Käfig, und du öffnest das Gitter und lässt sie frei.«

Ein Blick in Jos Gesicht sagt mir, dass sie eigentlich etwas anderes wollte, aber nach ihrem Streit mit Ma wegen Vaters Nägeln wagt sie es nicht mehr, sich Ma noch einmal zu widersetzen.

Die beiden Krähen flattern hoch, kreisen um den Mast, schauen mal hierhin, mal dorthin. Sie fühlen sich anscheinend nicht wohl. Eigentlich sollten sie sofort davonfliegen, sobald sie freigelassen werden.

Eine von ihnen – ich weiß nicht, ob es Muni oder Hrugi ist – lässt sich schließlich auf der Mastspitze nieder. Von ihrem Ausguck lässt sie einen prächtigen Klacks Dung auf das Segel platschen. Die andere Krähe fliegt davon, Richtung Norden, wo wir auch tatsächlich Land vermuten. Wenigstens klappt die Sache mit einem Vogel – wir liegen also auf dem richtigen Kurs.

Die andere Krähe schwingt sich vom Mast herab und landet mit einem schwerfälligen *Plumps!* auf dem Deck. Sie hüpft über die Deckplane, flattert kurz hoch auf das Beiboot, wo Cormac und ich sitzen. Sicherlich fühlt sich der arme Vogel schwindelig und krank, denn er watschelt schwerfällig, wie benommen, den Schnabel tief auf die Brust gesenkt, zu müde, um auch nur zu krächzen.

»Flieg, Hrugi, flieg!«, schluchzt Mel. »Flieg und suche Bruni, tu es für mich!« Aber der Vogel ist nicht flugfähig. Er lässt sich von Mel auf den Arm nehmen. Mel drückt ihn an sich und streichelt die Flügel. »Er zittert ganz arg!«, sagt sie unter Tränen.

»Bring den Vogel hierher«, sagt Alufa. »Er muss vom Segel weg, es flattert zu sehr, vielleicht macht ihm das Angst.« Mel folgt dem Rat, aber plötzlich flattert ihr die Krähe aus den Händen, schwingt sich in den blassen Himmel hinauf, immer höher, und fliegt nach Norden davon.

Immer noch liegt Wärme in der Luft, obwohl der Wind noch weiter auffrischt. Die Nacht weicht nur zögernd, hängt grau über dem Meer, hindert die Sonne daran, ihr Licht von Osten her weiter auszubreiten. Cormac und ich halten immer noch Ausschau. Wir sind jetzt fast immer an derselben Stelle, hocken nebeneinander auf dem Kiel des Beiboots, das am Bug liegt.

Alu bringt mir Wasser. Zwei randvolle Becher können meinen Durst kaum löschen. Als ich ihr den Becher zurückgebe, sehe ich Schweißperlen auf ihrer Stirn und dem Nacken glitzern.

Und wenn ich achtern schaue, bleibt mein Blick immer wieder an Vrekla und Jo hängen. Sie liegen ausgestreckt auf der Deckplane, direkt hinter dem Verschlag des Widders, haben sich bis auf die Unterkleider ausgezogen und die ausgefransten Rocksäume bis weit über die Knie hochgeschoben. Ich denke, sie machen das, um sich ein wenig abzukühlen. Alu sieht, dass ich hinüberstarre.

»Ich hab's ihnen schon gesagt«, sagt sie. »Es ist nicht richtig, sich auf einem Schiff so weit auszuziehen. Wenn Ma von ihrem Nickerchen aufwacht, wird sie die beiden ausschimpfen.«

Etwas stimmt nicht. Das sollte eigentlich nicht passieren. Hrugi und Muni sind zum Schiff zurückgekommen; sie hocken auf der Steuerbordrahe, dicht nebeneinander, ihre Flügelfedern sind verklebt, als hätte jemand Leim darüber geschüttet, und sie machen keine Anstalten, noch einmal davonzufliegen. Wenn sie im Norden kein Land gefunden haben, müssen wir vom Kurs abgekommen sein.

Ma ist aufgewacht; Sepp und Einar flüstern auf dem Achterdeck miteinander, Jo kauert hinter dem Segel auf dem Jaucheeimer, Vrekla liegt halb nackt, nur in ihrer Unterwäsche, auf der Plane. Entweder hat Ma es noch nicht bemerkt oder es ist ihr egal. Mel wühlt in einem der Proviantsäcke herum.

»Was bedeutet das, Einar?«, fragt Ma. »Warum sind die Vögel zurückgekommen?« Einar und Sepp unterbrechen ihr Gespräch, aber Einar gibt keine Antwort auf die Frage.

»Komm runter, Hrugi!«, ruft Mel hinauf. »Hier gibt's was zu fressen! Muni, für dich auch!«

Mel leckt das Salz von einem Stückchen Fett, wie Ma es ihr gezeigt hat, und hält es in die Luft. Die Krähen lassen sich nicht herablocken. Sie flattern zwischen dem Vordersteven und der Rahe hin und her, irgendwie wirken sie unruhig, immer wieder krächzen sie laut.

Gänse fliegen über uns hinweg, ein ganzer Schwarm, sie fliegen höher als gewöhnlich, aber ganz ohne Zweifel sind es Gänse. Wir hören keine kehligen Rufe, hören nicht einmal das Flügelschlagen. Es ist, als wagten sie es nicht, die Luft zu stören. Und es sind viele, wie vor den Winterzügen, obwohl es noch nicht die Jahreszeit ist, in der sie sonst zu ihren Winterquartieren im Süden ziehen.

Viele Vögel sind am Himmel, tief fliegende Basstölpel, die wie auf Kommando gleichzeitig ihr Geschrei hören lassen, höher gleiten Möwen dahin, immer mehr kommen von Norden herbei, ihre harten, schrillen Schreie ausstoßend, und dann erscheint von Steuerbord eine weitere stille Gänseschar.

Jo ist fertig, und Bedwyr leert den Jaucheeimer über Bord. Er beugt sich weit hinunter, um den Eimer auszuspülen. »Was ist das?«, ruft er plötzlich. »Hier gurgelt etwas.«

»Nur die Bugwelle«, beruhigt ihn Sepp. »Die gurgelt manchmal unter dem Rumpf.«

»Nein, Herr, verzeih mir, aber schau selbst! Das sind Luftblasen, und sie kommen aus dem Wasser hoch.«

»Er hat recht, Sepp«, ruft Alufa, »auf der anderen Seite auch.«

»Was um Himmels willen ist das?«, fragt Vrekla und zieht rasch den Rock an, um anständig auszusehen. Cormac und ich hängen uns über die Bordwand und starren auf die Bugwelle hinunter.

»Puh«, sagt Cormac, »sieht aus wie Suppe im Kessel, aber es stinkt!«

»Stimmt.« Jo schnüffelt in der Luft. »Riecht wie alter

Kuhmist. Bedwyr, wann hast du den Laderaum zuletzt ausgemistet?«

»Hack nicht auf ihm herum, Jo«, mahnt Sepp. »Bei den Tieren ist alles sauber, und das Stroh ist frisch. Hat er heute früh gemacht, während du und Einar noch geschlafen habt.«

Niemand kann den Blick von den seltsamen Blasen im Wasser lösen.

»Land voraus«, brüllt Einar plötzlich, »über Backbordbug!«

Wir blicken hinüber. Seltsame Dunstbänke hängen auf dem Meer, dicht wie Nebel, und darüber ragt die Küstenlinie empor, ein schneebedecktes, aber rauchendes Gebirge.

Aus dieser Entfernung von ungefähr zwei oder drei Leugen sieht der schneebedeckte Bergzug wie ein riesiges Gehöft im Winter aus, dessen gewaltiges Dach bis zum Himmel reicht, mit Rauch, der aus dem Dach quillt, als ob jemand im Innern gerade das Feuer der Schmiedeesse für die harte Tagesarbeit entzündet hätte. Plötzlich erschüttert ein gewaltiges Beben Luft und Wasser.

»Höllenscheiße, Thors Hammer!«, brüllt Jo voller Entsetzen und Angst. »Was ist das – hält Thor hier Wacht, am Höllenfeuer?«

Und wie als Antwort auf unsere Angst rülpst der Berg: Ein wütendes Brüllen ist zu hören, der schneebedeckte Gipfel spuckt Feuer, ein gewaltiger Funkenpilz wächst in den Himmel, riesige rote Flammen zucken hervor, winden sich, lodern, blühen auf, züngeln in den Himmel, schwarzer und grauer Rauch quillt heraus.

Das Feuer gräbt sich mit wurzelartigen dunklen Fingern durch den Schnee an den Flanken des Berges, während an seiner Spitze immer neue funkensprühende Fontänen emporwachsen, die sich wie Äste eines gewaltigen Baumes ausbreiten und dabei immer mehr Flammen, Rauch und Dampfwolken ausspucken, schwarzen Rauch, tiefrotes, dunkles Feuer.

Ein Schwall heißer Luft bläst uns fast um, so heiß, dass Wind und Wellen buchstäblich ersticken, dass die Luft zu kochen scheint. Die Hitze fegt brüllend über unser Schiff hinweg, trifft es aber zugleich wie der Hammerschlag eines Riesen, wie ein Hieb mit glühend heißer Axt. Aus den Wolken kommen Donner und Blitz, es kracht, zuckt, blendet, funkelt auf dem Meer, auch von fern blitzt es auf, und vom Himmel züngeln Flammen herab, die sich auf dem nassen Deck spiegeln. Hinter uns knackt das Holz überlaut, ein furchtbarer Schlag erschüttert die gewaltige Himmelsschale, und unter uns, unter dem Schiff, hallt und rollt das Donnern bis hinunter zum Meeresgrund. Das Brüllen des Berges schallt über das Wasser, lässt es bis tief hinunter erbeben.

Weit im Osten verdunkelt sich der Himmel; wo Dämmerung und Tageslicht sein sollten, versinkt alles in der Düsternis, und hier, wo es noch dunkel sein müsste, brechen sich die Blitze Bahn, Blitz um Blitz erhellt die Umgebung.

Die *Vigtýr* neigt sich tief über Bug, eine Woge kracht über den Steven und schlägt in den Laderaum; unter uns wird das Meer wie von einem Erdbeben erschüttert. Erst der Bug, dann das Heck werden hochgeschleudert, steigen auf wie ein wilder Hengst, der seinen Reiter abwerfen will.

Wie ein kleines Kind strecke ich die Hand aus, Cormac ergreift sie, reißt mich hoch aus dem Wasserstrom, der über das Deck schießt. Er hält mich fest, während ich mit der anderen Hand nach Halt suche, das Vorstag, das den Mast hält, packen will, aber meine Hand fährt ins Leere: Das Vorstag ist verschwunden, brutale Kraft hat das gesamte Takelwerk aus Klampen und Haken gerissen.

»Der Mast!«, brüllt Cormac verzweifelt, schüttelt mich, dreht mich, sodass ich es selbst sehen kann. »Die Mastspitze ist weg!«

Die Wetterfahne, vom Blitz getroffen, weggerissen, liegt zischend auf dem überfluteten Deck im Wasser. Und da! Im kochenden Deckwasser schwimmen Mels Krähen, beide verbrannt und verkohlt. Das Segel flattert zerfetzt an der Rahe, Fetzen sind auf das Achterdeck gefallen, der Rest treibt im Meer neben dem Schiff her. Die Rahe ist geborsten, die Seile zerrissen, Taue und Flaschenzüge schleppen wir hinter uns her.

Wir sind ein Schiff ohne Takelwerk, ohne Vorstag, ohne Achterstag, ohne Wanten, auf der Höhe der Rahe ist der Mast gebrochen. Eines unserer Wasserfässer ist bis zum Achterdeck gerollt, ein weiteres ist in das erste Fass gekracht, beide zusammen haben den größten Teil des Segels unter sich eingeklemmt, und wenn die Fässer nicht gewesen wären, wäre das ganze Segel über das Heck ins Meer gespült worden. Die Ruderpinne ist unter den Segelfetzen begraben, ihr Umriss zeichnet sich darunter ab. Ma ist verschwunden. Einar und Sepp sind verschwunden – dort standen sie noch vor wenigen Augenblicken im Heck, Ma war bei ihnen. Alu hält Mel im Arm, sucht mit der freien Hand verzweifelt Halt am Mast, aber ohne Verstagung schwingt der Maststumpf lose hin und her, nach vorn, nach hinten, nach den Seiten; der Stumpf wird sich wohl auch aus dem Mastschwein gelöst haben. Steuerlos wird der Rumpf der

Vigtýr wie ein abgestorbenes Blatt in einem Bach hin und her geworfen.

Vrekla – verschwunden! Jo ebenfalls! Bedwyr läuft zum Heck, deutet aufgeregt in die Heckwelle. Jo ist über Bord gegangen, sie ist im Wasser!

Wir verlieren sie aus den Augen. Gerade noch sehe ich ihre Hand im Wasser, dann verschwindet sie völlig unter der Welle. Dunkle Wolken – ob Rauch, Nebel, Dunst – senken sich über das Meer, hüllen den Himmel ein, dämpfen sogar die grellen Blitze, verbergen den Berg und seinen feuerspuckenden Gipfel.

Bedwyr zieht mich zum Laderaum: Die Schafe sind in Lebensgefahr, ihre Köpfe ragen gerade noch aus dem Wasser. Der Jungstier, die Augen in Todesangst weit aufgerissen, steht bis zur Brust im Wasser. Wir müssen Wasser schöpfen, sonst gehen wir unter, schnell, schnell, die Eimer!

Cormac hat die Oberkleider bis auf die Hose abgeworfen, er muss verrückt sein! Er will ins Wasser springen, will Jo retten! Er wirft mir sein Wams zu: »Nimm es, Kregin, es gehört dir.« Und gibt mir auch seine Stiefel. Wahnsinn! Sich ins Meer zu stürzen, um Jo… ohne Seil, ohne Licht, ohne alles. »Bleib hier!«, brülle ich. »Du kannst sie nicht retten!« Aber er wirft sich bereits über die Bordwand, überschlägt sich rückwärts.

Cormac versinkt in der Dunkelheit. Ich sehe noch seinen Kopf, die Arme, die weit ausholenden Schwimmbewegungen, während er versucht, dorthin zu gelangen, wo wir Jo zuletzt gesehen haben. Rauch und Gischt und Nebel ballen sich zusammen, senken sich wie ein Leichentuch über die Wellen, und dann ist Cormac verschwunden.

KAPITEL 12

Ich stehe wie verwurzelt, breche auf dem überfluteten Deck in die Knie; ich drücke Cormacs Wams an mich und seine Stiefel. Das Segel zerrissen, das Schiff mit Wasser vollgeschlagen, schwere Schlagseite nach Steuerbord!

Kümmere dich um Alu! Um Mel! Jetzt sind nur noch wir da und Bedwyr? Er hat schon angefangen, schöpf Wasser im Laderaum – aber es ist sinnlos, wir sind schon zu weit überschwemmt, und ohne Mast und Takelage sind wir so gut wie verloren.

»Da!«, schreit Alu plötzlich und deutet zum Heck hinter mir. »Da! Unter dem Segel!« Sie starrt mich an, ihre Augen wirken verschleiert, sie scheint benommen, aber es ist, als ob sie erwartet, dass ich etwas tue. Ich versuche zu begreifen, was sie meint. Mel schreit. Alu wendet sich ab, bedeckt Mels Gesicht mit Küssen.

Aber dort, wo Alu hindeutete, im Heck, regen sich Umrisse unter dem schweren Segel, Lebenszeichen, sie versuchen hervorzukriechen, aber das Segel ist nass und schwer, und wie die Lunde unter Jos Schürze können sie sich nicht selbst aus der Falle befreien.

Lunde haben an Bord eines sinkenden Schiffs nichts zu suchen, und doch gehen sie mir nicht aus dem Kopf. Das Chaos ringsum, es lenkt mich ab, immer noch wird das Segel teilweise von den Wasserfässern auf dem Deck festgeklemmt, die darüber gerollt sind, und der Rest des Segels treibt im Wasser neben uns her.

Seile, Klampen, Segelfetzen hängen hinter uns, ziehen das Heck hinunter... und doch sorgen sie dafür, dass der

Rumpf sich nicht zu stark neigt, dass er von den Wellen nicht noch stärker hin und her geworfen wird.

Bedwyr arbeitet verzweifelt, er steht zwischen den Schafen, schöpft sogar mit zwei Eimern gleichzeitig, jetzt wirft er mir einen Eimer zu, seine Augen flehen mich an: »Schnell, Herr, hilf mir!«

»Lass es«, sage ich, mein Kopf ist plötzlich klar, ich spreche fest und ruhig. »Wir müssen das Segel hochheben und sie hervorholen. Hast du mich verstanden? Danach schauen wir weiter.« Zusammen versuchen wir, das Segel anzuheben, es ist ölig, nass, bedeckt mit einer dicken Schicht grauer Asche. Wir schaffen es nicht, das Segel gibt nicht nach, sosehr wir auch daran zerren. Die Wasserfässer klemmen es fest, und sie lassen sich nicht wegrollen. Ich weiß nur zu gut, dass sie bis zum Rand mit Trinkwasser gefüllt sind.

»Bedwyr!«, hören wir Ma schreien.

»Ma, ich höre dich. Bedwyr ist bei mir, wir versuchen, dich herauszuholen!«

»Bist du das, Kregin?« Eine andere Stimme tönt unter dem Segel hervor, es ist, als schnürte sie mir die Brust zusammen: Sepps starke Stimme! Ich hieve das Segel, um seinetwillen muss ich es schaffen, aber es gibt nicht nach.

»Sepp, hörst du mich? Das Segel ist zu schwer!« Ich keuche, ringe nach Atem, huste Aschestaub. »Festgeklemmt unter den Fässern. Was soll ich machen?«

»Wo ist Cormac?«, ruft Ma. »Und wo sind die Mädchen?«

»Alu ist hier, und sie hat Mel, sie sind in Sicherheit.«

»Dein Jagdmesser!«, brüllt Einar unter dem Segel hervor. »Säble ein Loch in das Segel, mach schon!«

Wieder dieses unheimliche Röhren und Brüllen aus

der Dunkelheit hinter dem Nebel. Und wieder erbebt das Meer, wieder brodelt das Wasser auf wie in einem Kessel; Rauch und grauer Staub senken sich über das Schiff, eine mächtige Woge packt die *Vigtýr* von Backbord und hebt sie empor. Mühsam halte ich mich auf den Füßen, während ich das Messer in das Segel ramme und es aufschlitze. Schon stößt Sepp den mächtigen Arm hindurch und reißt den Schlitz noch weiter auf.

Die *Vigtýr* wird zur anderen Seite geworfen, etwas hebt den Rumpf noch einmal hoch, und plötzlich sind wir aus dem Wasser, werden querschiffs weggetrieben, so sollte sich ein Schiff niemals bewegen, Seile und Segelreste flattern am geborstenen Mast und pflügen durch die Wellen, die gesamte Steuerbordwand ist nun unser Heck. Ich kann es nicht fassen, das Schiff neigt sich so stark, dass der Kiel fast völlig aus dem Wasser kommt. Und hinter uns donnern schwere Brecher heran. Würden wir nicht das Takelwerk hinter uns herschleppen, würden diese Wellen über uns hinwegrollen. Doch so neigt sich das Schiff in die andere Richtung, findet aber seine natürliche Bewegung nicht wieder, sondern hängt nun heftig nach Backbord.

Einar schiebt sich hastig durch den Schlitz; hinter ihm taucht Ma auf. Sepp bewegt sich unter dem Tuch, schließlich schiebt er den Oberkörper durch das Loch; er hält Vrekla in den Armen, schiebt sie hindurch, kommt taumelnd auf die Füße, muss sich gegen die Schräglage stemmen, doch er zwingt seine krummen, lahmen Beine, ihm zu gehorchen. Vreklas Kopf ist voller Blut, es läuft über ihre Brust, ihre Arme hängen schlaff herab.

»Leg sie hin, Sepp!«, brüllt Einar. »Lass sie, Ma, wir brauchen jetzt alle Hände für das Schiff! Du auch, Alu, steh auf, los, helft Bedwyr beim Schöpfen, das Wasser muss aus dem Laderaum!«

»Ich kann doch unsere Kleine nicht im Stich lassen!«, protestiert Alu schrill, völlig außer Fassung.

»Dann nimm Mel mit – sie kann auch helfen, oder nicht?«

»Nein, kann sie nicht!« Alu ist außer sich; wütend presst sie das Kind an sich, stützt sich gegen den Mast. »Siehst du nicht, wie sie zittert?«

Einar winkt nur ab und dreht sich zu Sepp um. »Wir beide müssen die Fässer wegrollen, den Rest vom Segel retten, sonst sind wir völlig verloren. Kregin, hol eine Leine, unter dem Widderkäfig liegt ein Seil. Zuerst müssen wir den Mast wieder sichern. Ma, bitte! Lass Vrekla, sage ich! Du wirst beim Schöpfen gebraucht!«

Ma reißt sich widerwillig von Vrekla los. Alu, Mel an sich gepresst, bindet mit der anderen Hand einen Jaucheeimer los, läuft mittschiffs und hilft Bedwyr. Ma folgt ihr, sie stehen bis zu den Schenkeln im Wasser.

Ich nutze die Gelegenheit und rufe Einar zu: »Cormac ist hinter Jo hergesprungen, aber es war zu dunkel, es ist hoffnungslos, unmöglich, dass er sie gefunden hat.«

Einar geht nicht darauf ein, er bellt mich nur wütend an: »Das Seil, Kregin! Bring es mir, sofort!«

Das Seil, aufgerollt, vierzig Ellen lang, völlig mit schleimigem Fett beschmiert, ist schwer und schlüpfrig. Im wankenden Schiff kann ich es kaum tragen. Um es sicher zu Einar zu bringen, schlinge ich es um Hüfte und Schulter, das Fett verdreckt das Wams, dafür wird mich Cormac umbringen. Aber egal! Das Seil muss gesichert werden, ich will Einar nicht sagen müssen, ich hätte es über Bord gehen lassen.

Aber ich taumle unter dem Gewicht, kann mich wegen

der starken Neigung des Schiffs kaum noch auf den Beinen halten; steuerbords ist der obere Rand des Schiffs schon fast unter Wasser; Rahe, verworrene Seile und das zerrissene Segel treiben immer noch hinter uns her.

Allerdings hat die Neigung es leichter gemacht, die Fässer vom Segel zu stemmen. Einar und Sepp rollen sie über die Bordwand ins Wasser. Unser Trinkwasser, das ich vor drei Tagen so mühsam vom Wasserfall zum Schiff geschafft habe, wird nun dem wütenden Meer geopfert.

Einar zieht das zerrissene Segel von der Ruderpinne, dann beugt er sich über das Ruder und prüft, ob die Weidenseile noch halten, mit denen Ruder und Pinne verbunden sind. Auf der Insel hatte er das Ruder wieder mühsam befestigt.

»Kregin!«, bellt er mich an. »Du übernimmst das Steuer!«

»Einar!«, brülle ich zurück. »Wozu? Das Ruder ist aus dem Wasser!«

»Tu, was ich dir sage! Halte das Ruder immer genau längsschiff, bis ich dir etwas anderes befehle! Ist das klar?«

»Aye, aye, Skipper.« Er nickt entschieden, will sich abwenden, aber ich brülle, so laut ich kann: »Hast du verstanden, was ich gesagt habe? Cormac ist hinter Jo hergesprungen. Er wollte sie retten! Dann kamen Rauch und Nebel, und ich hab sie aus den Augen verloren!«

»Ich hab's gehört, Knirps, aber was kann ich schon machen?«

Er sieht meine Tränen, schluckt, schüttelt den Kopf, packt mich an den Schultern, mitsamt Seil und Wams, drückt mich an sich, so fest, dass ich meine Rippen knacken höre. »Und jetzt«, sagt er und lässt mich wieder los, »gib mir endlich das Seil!«

Einar und Sepp rollen eine Hälfte des Seils auf dem schräg hängenden Deck aus, das noch aufgerollte Stück befestigen sie an der Bordwand, damit es nicht ins Wasser fällt. Sie wollen das Seil nicht zerschneiden. Ich höre, wie sie sich zurufen, dass das Seil als Ganzes erhalten bleiben muss, sie wollen es als primitive Vor- und Achterstage verwenden und den kürzer gewordenen Mast seitlich zusätzlich mit den Wanten sichern, die vom zerstörten Takelwerk noch übrig geblieben sind.

Einar befestigt zuerst die Wanten, die von beiden seitlichen Bordwänden zur Spitze des Masts führen sollen. Er wagt es allerdings nicht, auf den Mast zu steigen, um das Seil an der geborstenen Spitze zu befestigen; stattdessen bindet er eine Schlaufe in das Seilende, legt es über einen Riemen und hebt es, zusammen mit Sepp, zur Spitze hinauf. Dann messen sie die Länge des Seils ab, die sie brauchen, um es vom Bug über die Mastspitze zum Heck zu spannen. Wieder schieben sie das Seil mit einem zweifachen Knoten über die Mastspitze; Sepp hievt es an, spannt es, befestigt es am Bug an einer Klampe und das andere Ende am Heck, direkt hinter mir.

Das Meer hat sich wieder ein wenig beruhigt, und die Wellen schwappen nicht mehr über Steuerbord ins Schiff, aber immer noch rollen Brecher heran, und die Strömung ist so stark wie zuvor.

Der Mast steht jetzt, so gut wie möglich gesichert, das Wasser schwappt in Laderaum und Bilge nur noch knöchelhoch, der Rumpf richtet sich allmählich wieder auf. Und plötzlich zittert die Ruderpinne in meiner Hand, sie schneidet durch das Wasser. Ich kann es kaum glauben: Er hat es geschafft!

»Einar! Einar!«, schreie ich, bis meine Kehle vor Aufregung brennt. »Schau her! Die *Vigtýr* macht wieder Fahrt! Wir liegen gut im Wasser!«

Und tatsächlich: Das Heck unseres halb zerstörten Schiffs ist herumgeschwungen, jetzt treiben wir nicht mehr breitschiffs durch das immer noch aufgewühlte Meer. Einar hat es nicht eilig, die Seile und Segelfetzen zu kappen, die wir hinter uns herschleppen. Er sagt nicht, warum, aber wahrscheinlich glaubt er, dass uns der wirre Schleppanker daran hindert zu kentern.

Sepp und Einar haben den Rest des Segels zum Mast geschleppt, es ist jetzt nur noch dreieckig, sie verknoten es oben und unten am Mast; die freie Segelecke vertäuen sie am Bug.

Einar hat alle möglichen Stellungen ausprobiert, das Segel hierhin und dorthin gedreht, es ausgefiert und wieder dichtgeholt, während ich am Ruder immer seinen Befehlen folge. Mehr kann er nicht tun; trotzdem fällt kaum Wind ins Segel.

Er kommt zum Heck gelaufen, um das Ruder zu übernehmen. Wäre es jetzt nicht höchste Zeit, dass wir uns von dem Ballast trennen, den wir hinter uns herschleppen? Ich bin sicher, dass er mir gleich befehlen wird, die Seile mit meiner Axt zu kappen. Doch bevor ich meine Axt hole, taste ich nach der Hornspitze mit Vaters Nägeln, die an meinem Hals hängt. »Bring uns Glück, Pa«, flüstere ich, während ich die Hornspitze mit der Hand umschließe. Ich wage nicht, sie unter dem Wams hervorzuziehen, um Einar nicht zu verärgern.

Ma kniet neben Vrekla. Meine Schwester ist wieder bei Bewusstsein, aber ihre Augen sind nur schmale Schlitze in einem kreidebleichen Gesicht; sie wirkt benommen, Blut ist überall, es sieht nicht gut aus.

Sepp steht neben dem Widderkäfig und krault den Bock zwischen den Hörnern, um ihn zu beruhigen. »He, alter Junge«, höre ich ihn sagen, »ist doch gut, dass du ein bisschen schwimmen kannst.«

Bedwyr kümmert sich um die Schafe, und wie Sepp redet auch er mit den Tieren. Sie haben nichts mehr, um das Vieh zu füttern, Futter und Stroh hatten sich mit Salzwasser vollgesogen und waren unbrauchbar geworden, deshalb haben sie es beim Schöpfen über Bord geworfen.

Mit der Axt in der Hand warte ich auf Einars Befehl. Wir sollten uns so schnell wie möglich von dem Ballast trennen, aber er sagt nichts. Der Skipper braucht eine Ewigkeit, um den Befehl zu geben.

Alu hockt im Vorsteven und hält Ausschau, wie Einar es ihr befohlen hat. Sie hat Mel dicht an sich gepresst, singt leise und schaut in den leeren aschgrauen Himmel. Aschestaub hat ihre Stimme rau werden lassen, sie krächzt mehr, als dass sie singt. Der Skipper steht neben mir am Steuerruder. Die Sehnen an seinen Armen und Händen, die Venen an Nacken und Hals stehen hervor wie angespannte Seile, Stirn und Bart glänzen von grauem Schweiß. Der Ascheregen hat sein Gesicht in Stein verwandelt.

Der Berg hat Asche ausgespuckt, sandig und sauer. Der Gestank von Salz und verkohltem Holz liegt in der Luft. Die Asche klebt an Mast und primitivem Segel, verklumpt sich grau an Seilen und Stagen, breitet eine fahlgraue Decke über Schiff und Menschen und Tiere. Unter ihrem warmen, feuchten Dreck nimmt alles eine verkrümmte, verkrüppelte Gestalt an.

Längst hätte der Tag anbrechen sollen, vielleicht ist es

auch so, aber wir können kein Licht sehen, der Himmel ist dunkel verhangen, um uns ist nichts als Nebel, über Bug und Heck, über Backbord und Steuerbord. Auch auf das warme Meer geht der Staub nieder. Meinen verwirrten Augen kommt es vor, als erstarrten die Wellen, versteiften sich wie erkaltendes Tierfett in einer Pfanne.

Später. Die alles erstickende Aschewolke hat sich ein wenig gelichtet. Nebel und ein leichter Nieselregen lassen neue Hoffnung in uns aufkeimen. Der Regen fällt den ganzen Tag, alles ist grau und trostlos, der Übergang zur Nacht ist kaum zu merken. Kein Mond, keine Sterne, die uns den Kurs durch das schwarze Nirgendwo hätten leuchten können. Still und wach starren wir in die Dunkelheit, wagen kaum zu husten, lauschen auf jedes Geräusch, jedes Plätschern an den Planken, jedes Knacken im sich streckenden Holz, jeden Tropfen Regen, der von den Seilen fällt.

Schatten sind wir, Halbtote auf einem Geisterwrack, unterwegs in unbekannten Gewässern, mit nichts als einem Fetzen Segel, das kaum Wind einfängt und das wir nicht gesetzt haben, und keine Landmarke ist in Sicht. Wir würden das Segel setzen, so wertlos und schlaff es auch hängen würde, wenn wir nur ein Segel hätten, das uns an eine Küste brächte, irgendein Ufer, eine Klippe, einen Strand, selbst mit einem nackten Felsen, einer Schäre, einer noch so unwirtlichen Insel würden wir uns begnügen, mit allem, an dem wir anlanden könnten.

Die *Vigtýr* ist dem Untergang geweiht, sie kann den Wellen kaum noch trotzen. Wir sind den Gezeiten und der Strömung hilflos ausgeliefert.

Einar hat das Segel gerefft und will es nicht wieder

setzen: Ein Segel, selbst unser armseliger Fetzen, sagt er, wird uns nur schneller durch das Meer treiben. Das Risiko will er nicht eingehen, solange er nicht sehen kann, wohin wir getrieben werden. Unsere einzige Hoffnung liegt im Morgen: Wenn Glück oder Tageslicht es zulassen, können wir vielleicht Land sehen; wenn nicht, treiben wir blind über das grenzenlose offene Meer.

Unmöglich zu sagen, was das schlimmere Übel wäre: in den leeren, nebeligen, unendlichen Gewässern verloren zu gehen – oder blind auf die gefährlichen Felsen und Klippen einer unsichtbaren Küste geschmettert zu werden?

»Schaut, Eisschlangen!«, ruft Bedwyr. »Sie fressen unser Tauwerk!«

Sepp wirft einen Blick auf die dunkle Heckwelle, achtet aber kaum darauf. »Keine Eisschlangen, Junge, vielleicht eine Robbe oder ein junges Walross.«

Einar, am Ruder, dreht sich um und schaut ebenfalls hinunter. Sein Gesicht ist immer noch grau und starr wie Stein. »Wenn Robben im Wasser sind, sind wir vielleicht nicht weit von der Küste«, sagt er heiser. Er beugt sich über den oberen Rand des Bootes, schaut genauer hinunter, kneift die Augen zu, reißt sie wieder auf. »Unmöglich!«, stößt er plötzlich keuchend hervor, dann, voller Freude und Hoffnung: »Sie sind da hinten! Keine Ahnung, wie sie das gemacht haben, aber sie haben es geschafft! Helft mir, schnell, helft mir!«

Wir holen sie herauf, Cormac und Jo, sie hängen am Ende des Takelwerks, sie hatten ein loses Ende um die Brust gewickelt, sich eng zusammengebunden und sich an die abgebrochenen Stücke der Rahe geklammert, um in den warmen Wellen über Wasser zu bleiben. Was wir herausholen, ist ein einziger, großer Klumpen, wir ziehen ihn mühsam, Hand über Hand, heran, bis wir sie fast packen können.

Sepp springt in das aschgraue Wasser, das unser Heck leckt, er löst Jo aus den Seilen, hebt die nackte Frauengestalt zu uns empor. Einar und ich und Ma und Bedwyr, wir alle hängen weit über die Bordwand, strecken die Hände aus und holen sie in das Schiff. Sie ist noch warm, und sie lebt.

Sepp hat große Mühe, Cormacs Hand vom Seil zu lösen. Sie hat sich fest um das Tau verkrampft, das ihn und Jo vor dem Ertrinken rettete.

Arme Jo. Das Seil hat tiefe Schürfwunden hinterlassen, Blutergüsse bedecken ihre schweren Brüste, an die sie die zerbrochene Rahe gepresst hat. Ihre Augen sind verschwollen von Salz und Asche, die ganze Nacht und den ganzen Tag lag sie im dampfenden Wasser. Sie klammert sich an Ma und mich, immer noch in Todesangst, aber ich löse mich, ziehe Cormacs Fellwams aus und bedecke ihre Nacktheit. Ma zieht einen Fetzen Segeltuch heran und deckt sie zu.

Einar kümmert sich um Cormac, massiert ihm die Beine, um den Krampf zu lösen. »Gib mir sein Wams«, sagt Einar, »er zittert vor Kälte, im Wasser war es wärmer.«

»Himmel und Hölle, Ma«, sagt Jo und blickt sich um. »Was ist mit Vrekla passiert?«

»Keine Angst, sie hat einen Schlag auf den Kopf bekommen, ist gestürzt, sonst ist nichts mit ihr. Wir bringen sie bald wieder auf die Beine.«

Alu beugt sich über Mel, die Kleine hat sich in ihren Röcken vergraben. »Jo, wir hatten ja keine Ahnung, dass ihr dort hinten wart. Habt ihr nicht gerufen? Wir haben nichts gehört.«

»Höllenscheiße!«, sagt Jo. »Woher hätten wir denn die Luft nehmen sollen, um zu rufen?« Sie schaut zu Cormac hinüber. »Wir waren unter Wasser, sind fast erstickt, und konnten immer nur ganz kurz nach Luft schnappen. Wir konnten nichts tun, als uns festzuklammern! Er hat mich immer hochgehalten, meinen Kopf über Wasser geschoben, und dann hat er uns an das Seil gebunden.«

»Das sieht man, das Seil hat tief eingeschnitten«, sagt Ma und untersucht Jos Wunden.

»Wenn wir euch nur entdeckt hätten!«, wiederholt Alu, dieses Mal an Cormac gerichtet. »Wenn ihr nur gerufen hättet!«

»Warum?«, fragt Cormac knapp. »Was hätte das genutzt?« Er wälzt sich herum und würgt.

Sepp ist nicht glücklich über das Gerede, wütend hinkt er übers Deck, schüttelt wie ein nasser Hund das Wasser aus den Kleidern und streicht sich die Ascheflocken aus dem Bart. »Wir hätten euch schon irgendwie herausgeholt«, sagt er einfach.

»Das Schiff war kurz davor zu sinken«, sagt Cormac, »und ihr alle mit ihm. Was hättet ihr denn tun können? Ihr wart verloren, wir mussten selbst zurechtkommen.«

Bedwyr stößt einen Schrei aus, eher wütend als ängstlich. Wir drehen uns schnell um und sehen backbords einen riesigen Felsen auf uns zukommen, er taucht aus Nebel und Dunkelheit auf, kommt rasch näher, ragt immer höher über uns auf.

Wäre unser Mast noch ganz gewesen, er hätte nicht über den Felsen hinausgeragt. Einar rennt zum Steuerruder, ich hatte die Pinne festgezurrt, das Ruder geradeaus, wie er es mir gezeigt hatte. Er knüpft den Knoten mit fliegenden Fingern auf, jetzt ist er lose, Einar reißt die Ruderpinne hart herum, zwingt das Schiff nach Steuerbord, versucht verzweifelt, uns von dem Felsen wegzubringen.

»Scheiße, Scheiße!«, schreit Jo. »Zu spät!« Und dann zerreißt auch Mels Angstschrei die Dunkelheit.

Zwecklos, das Segel zu hissen, sinnlos, irgendetwas zu tun. Was auch immer Einar mit dem kläglichen Rest des Segels machen könnte, es würde nichts mehr nutzen. Die starke Strömung treibt uns geradewegs gegen den Felsen. Der Bauch des Felsens dampft unter Wasser, der Dampf steigt in die Luft empor wie Rauch. Jetzt sind wir so nahe, dass wir es sehen können – der Fels steht nicht fest, er bewegt sich im Wasser, bewegt sich wie wir, aber er ist viel höher als die *Vigtýr*, er ist wie ein riesiges Schiff, ein gewaltiger Rumpf aus Stein, eine brennende Treibinsel, die nicht auf dem Meeresgrund oder am Ufer verankert ist, sondern frei durch das Meer treibt.

Nichts kann uns jetzt noch helfen. Der Fels schiebt sich an uns vorbei, am Heck, ragt über uns auf, schon die geringste Berührung und die *Vigtýr* wird von Bordwand zu Bordwand bersten.

»Haltet euch irgendwo fest«, schreit Ma, »hier, Mädchen! Legt euch neben mich!«

Alu gerät in Panik, packt Mel, wirft sie Ma zu, wirft sich selbst über die beiden, um sie zu schützen, während Ma mit Mel trotz Alus Gewicht zu Vrekla kriechen will, um sie so gut wie möglich zu schützen, und ihren Arm und einen Schal über Jo legt.

»Nein, Ma!«, brüllt Sepp. »Ihr müsst auf den Beinen bleiben, hier bei mir, wir versuchen, ins Boot zu kommen!«

»Steuerbord!«, brüllt Einar. »Lasst das Boot über Steuerbord ins Wasser! Alle gehen von Bord!«

Mein Herz rast, ich berühre die Hornspitze unter meinem Hemd. »Hilf uns, Pa!«

»Kregin!«, brüllt Einar. »Leinen am Boot kappen! Bedwyr, schnell, die Riemen!«

»Vrekla, Vrekla«, ruft Ma, »sie bewegt sich nicht, helft mir!«

»Geh mit den anderen«, donnert Sepp, »ich trage sie.«

Schon ist das Boot im Wasser. Bedwyr und Einar stehen breitbeinig über den Ruderbänken, jeder mit einem Riemen in der Hand, sie halten sich an dem hoch aufragenden Steuerbordbug fest, damit das Boot nicht abtreibt. Ma und Jo steigen ins Boot, Alu reicht die kleine Mel hinunter, Alu rafft ihre Röcke hoch, schwingt ihre langen Beine über den Bug, hüpft zu den anderen hinunter. Und Sepp lässt Vrekla ins Boot gleiten, aber ich sehe nicht, ob sie sicher im Boot ankommt.

»Cormac!«, brüllt Einar. »Wo zum Teufel bleibst du? Wir brauchen dich hier!« Cormac kommt taumelnd auf die Füße, seine Beine sind verkrampft, sie brechen unter ihm ein.

»Lass mich«, schreit er wütend zurück. »Lass mich. Kregin, geh aufs Boot, rette dich!« Nun sind nur noch Cormac und ich auf dem Schiff. Ich kann ihn nicht im Stich lassen.

Ein heftiger Stoß erschüttert die Bordwand. Der Fels prallt mit solcher Wucht gegen uns, dass das Schiff bis in die Eingeweide zerschmettert wird. Mittschiffs strömt Wasser hinein, zieht uns nach unten. Eine Brühe von Tierblut, Stroh und Abfällen schwappt im Laderaum und in der Bilge herum. Die starken Eichenbalken des Achterdecks brechen wie dünne Zweige, sodass die Deckplanken wie lose Zähne ins Wasser fallen. Hungrige Wellen reißen die Schafe mit sich, als wären sie so leicht wie Wollflocken. Das Fell des Widders ist mit Asche bedeckt; es quillt förmlich auf, bis er fast doppelt so groß aussieht, und auch ihn verschlingt das unersättliche Meer. Der Fels glüht rot, er zischt wütend, als das Gemisch von Meerwasser und Blut über ihn gespült wird.

Der äußere Plankengang des Oberdecks leuchtet plötzlich auf – es brennt! Wir sind von einem Feuerring umgeben. Der süße Geruch von Eiche wallt wie ein neuer Nebel aus dem brennenden Holz. Funken und winzige Ascheflocken sprühen uns ins Gesicht. Heißer Staub vom Felsen fällt glühend und schwarz herab, verbrennt uns Hände und Haut. Cormacs Haar ist bis zum Schädel versengt, auch sein Bart ist bis auf die Haut verschmort. Eine Woge bricht über das Deck. Ich finde mit dem Fuß Halt auf einem zerbrochenen Sitzbrett, stemme die Beine gegen die bösartige Neigung des Schiffs. Eine Welle rollt über den Kopf meines Bruders; aber er bewegt sich nicht mehr. Die Flut wird ihn mit sich tragen. Ich hake mich bei ihm ein, Ellbogen an Ellbogen, folge ihm stumm ins Meer. Ringsum ist das Wasser flockig und trüb von Asche, Salz und Blut. Cormac hängt an mir wie ein Anker, ich kann nur noch eins tun: ihn festhalten, während wir versinken. Aus seinem Mund steigt eine Kette von Luftblasen an die Oberfläche. Seine Brust sackt ein, schrumpft durch den Luftmangel. Wir treiben in die Finsternis – klaglos, lautlos versinken wir in der dunklen Tiefe.

ZWEITER

TEIL

KAPITEL 13

Sie ist alt, die alte Kerling, alt und ungezähmt und weise. Hethrun heißt sie. Die Leute hier achten darauf, ihr nicht in die Quere zu kommen, aber in den vier Jahren, seit ich hier in Suthyre bin, habe ich gelernt, dass man vor dem alten Mädchen keine Angst haben muss; sie hat auch ihre guten Seiten. Sie schimpft und nörgelt, grummelt den ganzen Tag vor sich hin, und ich bin nicht der Einzige, der darunter zu leiden hat. Auch ihre Katze Ikki behandelt sie nicht besser und den alten Ziegenbock ebenfalls nicht, der immer am Gatter steht. Hethrun nennt ihn Ogg; sie behauptet, sie halte sich den Ziegenbock nur, weil sie seinen Mist als Dünger für ihre Kräuterbeete braucht und weil er ihr Gesellschaft leistet. Aber in Wirklichkeit hält sie ihn, damit er sie vor Eindringlingen warnt. Hethrun mag es gar nicht, wenn Leute vor ihrem Haus auftauchen, ohne eingeladen worden zu sein. Na ja, Haus? Eine alte Fischerhütte, die die ersten Eisfahrer vor Jahren gebaut haben. Sie steht oberhalb des Kieselstrands am Südufer der Flussmündung.

Sie behandelt mich, als gehörte ich ihr. »Du bist mein Findling«, wie sie sagt. Und das stimmt sogar: Sie hat mich gefunden, am Strand angespült wie ein Stück Strandgut. Für sie bin ich so etwas wie ein Sohn. Das würde sie zwar nie zugeben, aber so steht es zwischen uns. Ich habe nichts dagegen, von ihr bemuttert zu werden – es ist nicht so, dass sie jemals Mas Platz einnehmen könnte. Der einzige Nachteil ist, dass ich mit ihren Eigenheiten zurechtkommen muss, ihren verrückten Launen, ihrer ärgerlichen Angewohnheit, mir irgendeine irre Aufgabe zu befehlen, sobald sie wieder einen ihrer launischen Anfälle hat oder wenn gerade Vollmond ist.

Wie heute Morgen zum Beispiel: Sie hat mich losgeschickt, um noch mehr Wildvogeleier zu sammeln. Auch gestern musste ich in den Felsen herumklettern, weil sie unbedingt Eier haben wollte. Das schafft man nur mit Seilen und Gurten. Gestern habe ich genauso viele Eier geholt, wie sie haben wollte, nämlich neun bläulich-grüne Basstölpeleier, neun weiße Lundeneier und neun braune Enteneier. Und jetzt schickt sie mich schon wieder los; sie wirft mich förmlich aus dem Haus, damit ich noch mehr hole. Natürlich weiß ich, warum sie das macht: Sie will mich nicht in der Nähe haben, wenn die Bäuerinnen aus den Tälern oder die Fischerfrauen von Holmur kommen, zusammen mit ihren Töchtern, und irgendwelche Weibersalben oder Heilmittel haben wollen.

Natürlich hätte sie auch einfach sagen können: »Hör mal, Kregin, ich hab zu tun. Verschwinde! Und komm nicht zurück, bevor die Sonne am Horizont steht.«

Aber nein, das ist nicht ihre Art. Lieber behauptet sie, drei der blauen Basstölpeleier, die ich gestern gesammelt habe, hätten Risse. Aber ich weiß genau, dass sie gestern Abend noch ganz waren, als ich sie aus meinem Eierbeutel nahm. Ich würde doch keine Eier sammeln, deren Schale schon überreif und von feinen Linien überzogen ist und die jederzeit aufbrechen können. Ich weiß doch, wie pingelig sie ist! Sie will nur frisch gelegte Eier. Die Schalen müssen in perfektem Zustand sein, sodass sie

sie fein mahlen und das Pulver mit ihren Kräutern vermengen kann.

An den Rissen ist sie schuld, sie hat sie absichtlich angeknackt, als ich grade mal nicht hingeschaut habe, weil sie nach einer Ausrede gesucht hat, um mich heute noch einmal wegschicken zu können. Die bläulichen Basstölpeleier sind verdammt schwer zu bekommen, die Vögel nisten nämlich auf Felsnasen und Vorsprüngen, hoch oben in den Klippen. Um von dort auch nur in die Nähe ihrer Nester hinabsteigen zu können, braucht man Seile und Gurte.

Außerdem ist die Brutzeit fast schon vorbei. Nun gibt es nur noch ganz wenige Eier, und um ein ganz frisches Ei zu finden, muss man eine Ewigkeit suchen. Das weiß Hethrun ganz genau, und deshalb hat sie die blauen Eier angeknackt, die kostbarsten von allen, und nicht die »entenbraunen« oder die »lundenweißen«.

Ich sichere das Seil an meinen Hornstein. Diesen Namen habe ich ihm gegeben, weil er wie die Hornspitze geformt ist, in der Vaters Nägel aufbewahrt sind; ich trage sie immer noch an einem Lederband unter dem Wams. Wieder kommt mir in den Sinn, dass Ma die Nägel mir gegeben hat, nicht Einar, gegen Jos Willen. Ich schlinge das Seil zweimal um die Hüfte und schräg über die Schulter, das lose Ende nehme ich zwischen die Beine, verknote es und seile mich rückwärts über die Felskante ab. Der Wind packt mich. Ich schaue immer nach unten. Man sagt zwar, dass man das beim Bergsteigen und Abseilen nicht tun sollte, aber ich genieße den leichten Schwindel, das Gefühl der Gefahr, das Geräusch, wenn sich oben, wo mein Seil über die Kante scheuert, Steine lockern und an meinem Kopf vorbei nach unten poltern. Ich muss ziemlich lange warten, bis ich das trockene Klappern höre, wenn sie unten auf dem Kieselstrand ankommen.

Dieses Seil ist dasselbe, das wir auf der *Vigtýr* als Ersatzseil verwendet haben. Eine Woche nach dem Schiffbruch habe ich es am Strand von Suthyre entdeckt. Dort wird irgendwann alles an Land gespült, was vor der Westküste der Eislande im Meer verloren geht. Ich kann jetzt noch das rauchige Fett riechen – Kalbsfett –, mit dem Einar das Seil einschmierte, um es wasserfest zu machen. Fett von dem Kalb, dem Drak die Axt über Auge und Nacken zog. Alu brauchte drei Tage, um das Fett von den großen Fleischstücken auszulassen.

Das Seil ist immer noch so schwer, wie es auf dem Schiff war. Ich habe die Länge gemessen, in Ellen, also vom Ellbogen bis zur Spitze des Mittelfingers, es ist vierzig Ellen lang. Es kommt mir aber leichter vor als damals. Heutzutage könnte ich Seile tragen, die drei oder vier Mal so lang sind, ohne mich anstrengen zu müssen. Aber es gibt auch Momente, in denen mich das Gewicht des Seils fast erdrückt. Das ist immer dann der Fall, wenn ich daran zurückdenke, wie Einar das Seil mit Fett einschmierte, wenn ich über Ma nachgrüble, über meinen Bruder Sepp, über die anderen von meiner Familie, die mir das Meer genommen hat.

Wer in dieser Höhe Eier von wilden Vögeln sammeln will, braucht Übung, ein scharfes Auge und eine Menge Glück. Frischgelegte Eier findet man immer in Nestern, die unordentlich aussehen, also Nester, deren Ränder von den hastig startenden und landenden Eltern zerwühlt sind. Danach muss man zuerst Ausschau halten. Aber man braucht weder besonders viel Kraft noch irgendwelche Geschicklichkeit oder besonders starke Nerven. Ich denke nie daran, dass das Seil reißen und ich abstürzen könnte. Das Gefühl der Gefahr, dass mein Leben buchstäblich am Ende eines Seils hängt, erregt mich eher, als dass es mich ängstigt.

Heute zeigt sich, dass der Eierdiebstahl besser läuft, als ich mir erhofft habe. Ich muss gerade mal fünf oder sechs Felsnasen weit hinuntersteigen, bis ich genau die Eier finde, die ich haben will – drei wunderschöne große Basstölpeleier, makellos und bläulich-grün. Ich stecke sie in den Beutel und noch ein viertes als Ersatz; jedes Ei wickle ich in Stroh und verstaue sie behutsam in meinem Eierbeutel, damit sie unversehrt sind, wenn ich sie der Alten bringe.

Die Sonne steht hoch über dem Fjord, den die Einheimischen Os nennen; Ma hätte ihn in ihrer Muttersprache ein »lough« genannt, aber wie sie mir einmal erklärte, konnte das auch ein See sein. Ich bin schneller mit dem Eiersammeln fertig, als ich geplant hatte – zu früh, um schon zu Hethruns Hütte zurückzukehren. Denn dann würde ich mir eine Menge Beschimpfungen anhören müssen, außerdem würde sie bestimmt eine andere Aufgabe finden, nur um mich wieder wegschicken zu können.

Die Mündung schimmert silbern in der Sonne, eine Wolke verdunkelt sie kurz, dann glitzert sie wieder. Im Os-Fjord bläst der Wind meistens von Westen. Vom Meer treibt der Wind zerfetzte Wolken über den Fjord und landeinwärts, sie jagen sich, er treibt mit ihnen ein wildes Spiel. Von hier oben, hoch auf den Küstenklippen, erscheinen das Meer und der Strand jedes Mal noch heller, wenn die Sonne wieder hinter den Wolken hervorkommt.

Die fliehenden Wolken werfen Schattenflecken auf

den Nordstrand. Dort sehe ich mit Steinwällen eingegrenzte Felder, die Leif Njelson gehören, dem Goden von Osvellir. Doch seine küstennahen Weiden sind leer. Hier in den Eislanden lässt niemand sein Vieh im Sommer auf den tiefer liegenden Weiden grasen. Das gesamte Vieh, Rinder, Schafe und Pferde, steht vom Frühjahr bis zum Winteranbruch oben auf den Hügeln, ausgenommen die Schweine, die in ihrem Gatter bleiben.

Leif Njelson wird auch Leif der Große genannt. Er besitzt Land auf beiden Seiten des Fjords. Er ist der wichtigste Mann an diesem Ende des Fjords, aber Hethrun sagt, dass er nicht so reich ist wie der Gode Klepjarn, dem alles flussaufwärts östlich von Laxvik gehört, sowohl Heideland als auch Ufer, Fluss und Bäche. Der Ort am Kopfende des Fjords heißt sogar nach ihm: Klepjarnshof.

Leifs Land an der Nordseite des Fjords ist fruchtbar, im Gegensatz zu den Tälern, die er an die Kleinbauern vom Südufer verpachtet. Auf dieser Seite, von hier, dem Sandstrand von Suthyre, bis zum Vorgha-Berg, haben wir den größten Teil des Ascheregens abbekommen, den der Berg ausstieß. Das war damals, vor vier Jahren; der Os-Wind hatte wochenlang auflandig geblasen, sodass die Nordseite vom Niederschlag der Asche verschont blieb.

Von hier oben kann ich den Fjord hinunter bis Klettur Os blicken. Vor den Schären von Holmur staut sich die Strömung, sodass sie wie Felsenriffe aussehen. Die Gewässer um die Inselchen sind das Kabeljau-Fanggebiet der örtlichen Fischer. Blicke ich nach Osten, zum Kopf des Fjords, sehe ich sogar bis Laxvik, wo Klepjarns Männer immer einen reichen Fang an Lachs in die Netze holen – sie fangen sie zu Hunderten, wenn die großen silberglänzenden Fische den Fluss hinaufspringen, um zu laichen und zu sterben.

Wie anders sieht jetzt alles aus als damals, als ich am schlammigen Strand von Suthyre aufwachte! An jenem Morgen war der Himmel von Asche verdunkelt, und ich schwebte zwischen Leben und Tod. Die arme Alufa wurde mit der nächsten Flut an Land gespült, ertrunken. Am selben Tag fanden wir auch Mel an der Flussmündung in einem Wassertümpel, meine kleine Schwester, ihr kleines rundes Gesicht nun blau und runzelig, ihr Wuschelhaar war von der heißen Asche nicht versengt worden, im Wasser bauschte es sich um ihren Kopf wie Seetang.

Und jeden Tag trugen die Sommerfluten weitere Überreste des gesunkenen Schiffs an den Strand, Planken und Spanten, Seile, Segelfetzen, Dauben von den Wasserfässern, Bruchstücke des Masts und der Rahe, ertrunkene Auen und Hammel, bis so viel davon angeschwemmt worden war, dass man die *Vigtýr* und ihre Ladung wieder hätte zusammensetzen können, wenn Leute wie Hethrun einen passenden Zauberspruch gekannt hätten, um solche Wunder zu wirken.

Wer jemals das Glück hatte, aus dem Meer gefischt zu werden, wird wohl niemals aufhören, aufs Meer hinaus zu blicken, die leeren Wellen abzusuchen, darauf zu hoffen, dass die geliebten Menschen doch noch aus den tiefen Wassern steigen und an Land waten, ewig zu warten, zu hoffen … auf was sonst als auf eine Leiche?

Am dritten Tag: Cormac. Ich entdeckte seinen leblosen Körper im Watt, als Ebbe war, und nicht weit von seiner verkrümmten Gestalt lagen die zersplitterten Dauben eines unserer Wasserfässer. Und es trieb auch

Treibholz an, das aus Cormacs Höhle stammte, kräftige Bretter und Bohlen, mit denen Sepp das Gatter des Widders ausgebessert hatte.

Den Widder selbst fanden wir nicht und auch keine weiteren Leichen, nicht am vierten Tag, auch nicht am fünften oder sechsten. Kein Zeichen von Ma, meinen Brüdern, Vrekla, Jo, Bedwyr, dem Stierkalb, nichts. Und auch in der vierten, fünften, sechsten Woche wurde nichts mehr gefunden.

»Jetzt werden sie nicht mehr angeschwemmt«, war ein Satz, den ich in den folgenden Monaten von Hethrun immer wieder zu hören bekam. Jeden Abend, vor dem Schlafengehen, sagte sie das Gleiche, während sie mir ihren Heidelbeersaft einflößte, den sie über dem Feuer gekocht hatte, ein gegorenes, heißes, betäubendes Getränk, das mich fast sofort ins Land der Träume beförderte. »Aber such weiter, mein Junge, denn was an Land geschwemmt werden soll, wird irgendwann angeschwemmt werden.«

Wir begruben sie am Strand, Cormac und meine Schwestern. Ihre Gräber liegen unter einer Düne aus Sand, bedeckt von Asche, die der Wind auf ihnen anhäufte. Nichts ist mehr von ihnen zu sehen, nur ein paar Haufen Dreck und Sand. Kein Stein markiert die Grabhügel.

»Ein Steingrab ist nicht nötig«, sagte Hethrun. »Du weißt, wo sie sind.«

Ich bin oft hier, in den Dünen von Suthyre; wenn ich vom Eiersammeln zurückkomme, setze ich mich auf die Düne, denke an Mel und Alu, erinnere mich an Cormac in der Blüte seiner Jahre.

Cormac war mein Held, ich sehe ihn immer noch vor mir als großen jungen Mann, stärker als ich. Seltsam, sich vorzustellen, dass ich jetzt älter bin, als Cormac es war, als er ertrank. Letztes Jahr wurde mir sein Wams zu eng um Brust und Schultern – das Wams, das er mir gegeben hatte, war mein kostbarster Besitz.

Hethrun trennte das alte Rentierfell an den Nähten auf. Die besten Stücke nähte sie zu einem Paar Stiefel zusammen, die Stiefel, die ich jetzt trage, und von dem restlichen Leder nähte sie den Eierbeutel und fütterte ihn sorgfältig mit Stroh aus, »damit du nicht dauernd meine Eier zerbrichst«.

Die arme Alu. Ihr Leben hätte ganz anders verlaufen können, wenn Vater ihr erlaubt hätte, im Thwartdale zu bleiben. Sie hätte Björn heiraten können, hätte mit ihm Kinder haben können, würde heute noch leben. Und die kleine Mel mit all ihren Plänen für ihre Krähen. Sie dachte, die Krähen würden zu den Eislanden fliegen und Vater und Feilan suchen, aber ihre traurigen kindlichen Träume wurden grausam zerstört.

»Wusste ich doch, dass ich dich hier finden würde«, ertönt plötzlich Hethruns Stimme hinter mir. »Wo auch sonst?«

»Du hast mir verboten, mich vor Sonnenuntergang wieder blicken zu lassen.«

»Die Bauernweiber sind schon weg. Sie haben bekommen, was sie haben wollten.«

»Ich habe die Basstölpeleier, vier sehr schöne große, und keins hat Risse.«

Hethrun lacht. Ich öffne den Beutel und zeige sie ihr. Sie nimmt eines der blauen Eier heraus, bewundert es, ohne ihre Fäustlinge auszuziehen, lässt es auf dem Handschuh ein wenig hin- und herrollen. Es ist ein warmer Sommertag, aber sie trägt ihren Winterumhang, dunkelblau wie der Nachthimmel, mit Pelzkapuze und Katzenfellsäumen, und die dunklen, fellgefütterten Handschuhe passen dazu.

»Warum bist du angezogen wie im tiefsten Winter?«

»So ziehe ich mich immer an, wenn Blots Frau und seine Töchter zu mir kommen. Ich bin losgelaufen, um dich zu suchen, sobald sie weg waren, ohne mich umzuziehen.«

Sie legt das blaue Ei vorsichtig in den Beutel zurück und bettet das Stroh darum herum. »Und du? Wieder mal beim Tränenvergießen?«

»Das liegt nur am Stroh in den Nestern oder am Staub von den Klippen, der lässt meine Augen tränen.«

Die Kerling lächelt. »Höchste Zeit, dass ihnen geholfen wird, dorthin zu gelangen, wo sie hingehen.« Sie schaut mich mit ihren scharfen Augen aufmerksam an: Wie kommt es nur, dass ich genau weiß, was sie meint?

»Schickst du sie irgendwohin, wo es sicher ist, Hethrun?«

»Ja«, sagt sie nur. Sie kneift die Augen zusammen, als suche sie etwas unter dem Sand zu unseren Füßen.

Dann nimmt sie drei der Eier aus meinem Beutel, blassblau wie der Sommerhimmel sind sie. Nacheinander zerbricht sie die Eier, gießt sie aus, Dotter, Eiweiß, wirft die Schalen dazu. Dabei murmelt sie etwas vor sich hin und zählt an den Fingern ab: eins und zwei und drei. Sie lässt mich ihre Namen wiederholen, dreimal drei Namen, Cor und Mel und Alu, und zermalmt dabei alles mit dem Stiefel.

»Cor und Mel und Alu, zum letzten Mal«, verkündet sie. Das letzte Ei zerbricht sie nicht, sie lässt es im Beutel.

Ich schwitze auf Hethruns Feld; ich muss Torf stechen, in rechteckigen Blöcken, wie es mir Vater gezeigt hat, als ich noch ein Junge war und ihm half, unser Dach im Thwartdale abzudichten. Hethrun fühlt sich heute nicht wohl, sie hat sich ins Bett gelegt. Sie ärgert sich über die Löcher im Dach; wenn sie in der Hütte ist und im Dunkeln vor sich hin brütet, hört sie das Regenwasser von den Dachsparren tropfen. Sie hat mir monatelang in den Ohren gelegen, endlich die Löcher abzudichten, bevor der Winter anbricht.

Das Wetter ist schlechter geworden, die Luft deutlich kühler, kaum ein Tag vergeht ohne Schneeregen oder Schnee. Nach dem Mond kann es noch nicht Schlachtmonat sein, aber die Talmänner auf dieser Seite des Fjords, in Laugdale und Skogurdale, haben ihr Vieh schon von den Hochweiden herabgetrieben. Die besten Milchkühe stehen bereits im bequemen Stall und werden mit Heu gefüttert. Kühe, die im Sommer nur wenig Milch gaben, lassen sie noch draußen auf den kargen Wiesen grasen, auf denen nur ein paar Grasbüschel wachsen, und haben sie mit einem Farbklecks an den Ohren gekennzeichnet – auf sie wartet das Schlachtbeil.

Hethrun hält kein Vieh, weder für Fleisch noch für Milch. Muss sie auch gar nicht. Die Bauernweiber bringen ihr Käse, Dickmilch, gepökeltes Rindfleisch oder Speck, sie lassen es auf dem Stein vor dem Gatter liegen, mit neun Schritten Abstand, außer Reichweite des Ziegenbocks, der vor der Hütte angeleint ist. So machen es auch die Fischerweiber vom anderen Fjordufer. An den meisten Tagen, wenn die Fischer die ganze Nacht draußen bei den Holmur-Schären gefischt haben und ihr Fang gut war, finden wir morgens einen Fisch auf dem Stein, einen Seelachs oder Leng, eine Flunder oder eine

Scholle. Das ist der Lohn für Hethruns Arbeit als Kerling.

Kerling – das ist ein altes Wort für eine alte, weise Frau. Eine Kerling kennt sich mit Kräutern und Arzneitränken gut aus, sie kann vorhersehen, was kommen wird, in die Zukunft blicken und Dinge sehen, die uns übrigen Menschen verborgen bleiben. Eigentlich macht es Hethrun nichts aus, den Leuten das zu erzählen, was sie in ihren hellseherischen Träumen erfahren hat, aber ziemlich oft behält sie es für sich. Sie sagt, die Leute glaubten im Allgemeinen immer, dass es ihnen nutzt, wenn sie wissen, was die Zukunft bringt; ist es aber etwas Schlechtes, vor dem Hethrun sie düster warnt, betrachten sie es als schlimme Nachricht, und dann wollen sie plötzlich die Wahrheit nicht mehr hören.

Auf dem nassen Dach sitzend, fällt mir wieder einmal auf, wie groß das Haus darunter ist. Hethrun behauptet, es sei früher eine Fischerhütte gewesen, aber als ich sie fragte, wie es gekommen sei, dass sie nun das Haus besitzt und was aus dem Fischer und seiner Familie geworden sei, wurde sie wortkarg und wandte sich ab.

Der Vorbesitzer musste jedenfalls einen sehr großen Haushalt gehabt haben, denn das Haus hat einen großen Wohnraum mit Bänken und kastenförmigen Betten; es gibt Ställe für Kühe und Schweine, eine Molkerei mit halb in den Boden eingelassenen Fässern, in denen die Molke gesäuert wird, eine Räucherkammer für die Fische und eine Dachscheune für das Heu. Draußen führt eine Leiter auf das Torfdach, das Dach selbst reicht fast bis zum Boden. Die Ställe werden nicht mehr benutzt, sie dienen als Schuppen für das Gerümpel und das Strandgut, das bei Flut angespült wird. Sie sammelt alles, der Schuppen ist voller Treibholz, das Hethrun im Laufe der Jahre am Strand zusammengetragen hat.

Ich sitze rittlings auf dem Dach und packe Torfstücke auf den Dachfirst, wo sich die meisten undichten Stellen befinden. Schneeregen treibt mir ins Gesicht, der Os-Wind bläst rau über den Fjord. Durch das Rauchloch im Dach kräuselt sich Rauch; er bleibt tief hängen, riecht nach Salz von dem Treibholz, das Hethrun auf das Feuer geworfen hat, der vertraute Geruch von Schafgarbe steigt mir in die Nase, bittersüß.

Hethrun hat mit Büscheln von Schafgarbe ein Gebräu gekocht und getrocknete Stängel und Blüten der Pflanze zu Pulver zerrieben und darüber gestreut. Die Dämpfe atmet sie ein, sie erleichtern ihr die Leiden. Ich höre ihre halb benommene Stimme, sie singt wirres Zeug, begleitet vom schrillen Miauen der Katze. Die Dämpfe machen die Alte und ihre Katze so benommen, dass sie bestimmt bis zum Abend nicht mehr aus ihrem Schafgarbenrausch aufwachen. Wenn Hethrun dieses üble Gebräu trinkt und die Dämpfe und den Rauch vom Feuer einatmet, kommt es manchmal vor, dass sie bis zum Morgen nicht mehr aus ihren Albträumen erwacht, während die Katze neben ihr unheilvoll gähnt.

Ein heftiger Windstoß wirft mich fast vom Dach. Ich bin fertig. Die schlimmsten Löcher sind geflickt und versiegelt. Hethrun wird nichts merken, wenn ich noch ein oder zwei Torfblöcke liegen lasse und die Sache morgen zu Ende bringe. Denn ich habe es eilig, ich will nach Laugdale, Blots Tochter wartet bestimmt schon auf mich.

KAPITEL 14

Der Schneeregen ist in starkes Schneetreiben übergegangen, als ich mich auf den Weg über die Hügel aufmache. Ich will dem Bach aufwärts bis nach Skogurdale folgen. Auf dem schneebedeckten Wurzelgewirr rutsche ich immer wieder aus, meine Gedanken laufen durcheinander, immer öfter stolpere ich über Steine, Wurzeln und abgebrochene Äste, mein Stiefel rutscht ins eisige Wasser. Ich habe den längeren Weg eingeschlagen, der unter den Bachweiden nach Laugdale führt, sodass ich bei dem Wäldchen von Birken und Wacholder oberhalb von Blots Hof herauskomme. Ich muss unbedingt zu den heißen Quellen von Hver gelangen, ohne gesehen zu werden. Blots Tochter Idris will nicht, dass ihr Vater oder ihre Brüder von unseren geheimen Treffen erfahren.

Wieder stolpere ich, kämpfe mich am Bachufer hinauf, der hier unter den Weiden hindurchrauscht. Hethruns Worte an dem schönen Sommertag gehen mir nicht aus dem Sinn, als sie die drei Eier mit dem Fuß im Sand zermalmte und dabei Cormac, Alu und Mels Namen nannte. Der Zauberspruch der Alten hat gewirkt und wirkt immer noch: Ich sehe meinen Bruder und meine Schwestern nicht mehr so vor mir, als ob sie noch lebten, aber ich stelle sie mir auch nicht so vor, wie sie unter dem Sand begraben liegen.

»Die Basstölpel«, sagt Hethrun, »fordern die Toten ein, wenn man ihnen Eier aus den Nestern stiehlt. Aber jetzt sind die Vögel in ihre Winterquartiere im Süden gezogen und haben deine Familie mitgenommen, sie kommen nicht mehr zurück.«

Hethruns Zauberspruch hat gewirkt, und seit sich die Vögel zum Flug nach Süden aufmachten, habe ich keine Tränen mehr vergossen. Die Erinnerung an Cormac ist verblasst, und nicht nur die an ihn, sondern auch an Alu und Mel. Sosehr ich es auch versuche, ich kann mir Mels wirre Löckchen und die Farbe ihres Haars nicht mehr vorstellen. Und was Alu betrifft, weiß ich nicht mehr, wie ihr Gesicht aussah: Ich sehe den Umriss ihres Kinns, sehe die Schweißperlen an ihrem Hals glitzern, als sie Jo und Vrekla ausschimpfte, weil die beiden sich an jenem heißen Tag frech und fast völlig nackt auf dem Deck aufhielten, an dem Tag, als der Berg plötzlich Feuer spuckte. Die Eier mochten ihren Zauber wirken, aber seit dem Winteranbruch füllt etwas anderes die Leere in meinem Kopf, das nicht weniger schmerzhaft ist: Ich plage mich mit Schuldgefühlen gegenüber Ma und Sepp herum. An die anderen denke ich seltener; ihren Verlust habe ich nie so schmerzhaft empfunden.

»Ma, bist auch du ertrunken? Oder hat dich einer der glühenden Felsen, die durch die Wellen trieben, verbrannt? Sepp, du hättest für Ma und Vrekla und Bedwyr alles getan, was du konntest, du hast allen immer geholfen, bis du dir selbst nicht mehr helfen konntest! Aber Ma, du wärst doch bestimmt gesprungen! Du hättest doch nicht einfach gewartet, bis dich die Flammen verzehren! Aber wenn du ins Meer gesprungen bist, hättest du dann nicht wie wir anderen am Strand von Suthyre angetrieben werden müssen? Oder ist vielleicht das Boot abgetrieben? War es so? Hat euch das Boot ans Land getragen, euch alle?«

Jedes Jahr zur Zeit des Schmelzmonds, wenn das Schmelzwasser aus den Tälern abfließt und die Luft mild und sanft wird, nehme ich mir vor, mich auf die

Suche nach Ma und Sepp zu machen, allein aufzubrechen, Hethrun und ihrer Hütte Lebwohl zu sagen und nach Norden zu ziehen oder über die Hügel nach Süden, irgendwo und überall nach ihnen zu suchen.

Ich glaube nicht, dass sie überlebt haben, klammere mich nicht an die Hoffnung, sie jemals zu finden. Es ist eher so, dass ich mich schuldig fühle, weil ich sie im Stich gelassen habe, es sind Gewissensbisse, die mich ständig mahnen, nach ihnen zu suchen. Ein Sohn oder ein Bruder sollte das tun. Das schuldet ein Mann seiner Familie.

Ich weiß, dass es meine Pflicht wäre, aber jedes Jahr zerrinnt mein Entschluss aufs Neue. Die Angst, sie nicht zu finden, hält mich zurück, und was noch schlimmer wäre: die Schande, wenn ich tatsächlich entdecken würde, dass sie noch leben – dass ich ihnen mit lahmen Ausreden vor die Augen treten müsste, ihnen erklären müsste, warum ich nicht schon früher gekommen war. Was würde Ma sagen, wenn ich nach all den Jahren plötzlich auftauchte?

Und es gibt noch etwas anderes, das in mir nagt, als nur die Angst vor der Scham: Die Skarsons haben es bestimmt bis in die Eislande geschafft. Skar, Idgar und Morfin sind hier irgendwo an der Küste. Wenn ich mich auf den Weg mache, um Ma und Sepp zu suchen, könnte ich vielleicht sogar Helga über den Weg laufen. Wie sollte ich Helga begrüßen? Wie könnte ich ihr wirklich ins Gesicht sagen: »Ich bin der Einzige von meiner Familie, der überlebt hat«?

Wenn der Schnee im Frühjahr schmilzt und das schmutzig braune Schmelzwasser aus den Tälern in den Fjord abläuft, wenn man wieder zu Fuß über die Hügel gehen kann, wird trotzdem alles genauso sein wie in den anderen Jahren. Die Scham, am Leben zu sein, nagelt mich hier in Suthyre fest.

Blots Männer arbeiten im Wald, sie schlagen Birken am Rand der Lichtung. Jetzt haben sie mich gesehen, aber aus der Ferne können sie niemanden erkennen. Sie hetzen ihre Hunde auf mich – sie glauben bestimmt, ich wäre einer der Burschen aus Skogurdale, die hier manchmal Brennholz stehlen. Aber ich bin schneller als Blots Hunde, und im Schnee verlieren sie bald meine Spur.

»Wo warst du denn so lange?«, fragt Idris. »Ich wollte schon wieder gehen. Beeil dich, zieh dich aus und komm ins Wasser, hier wird dir warm.«

Die Quelle ist heiß und dampft. Im Wasser sind Idris' nackte weiße Schultern gerade noch zu erkennen. Die kalte Winterluft hat ihr rundes Gesicht gerötet, Schneeflocken fallen leicht auf ihr Haar, vergehen sofort im heißen Dampf und schmelzen auf ihrer Stirn.

Ich ziehe mich bis auf die Hose aus, rolle das Wams zusammen und stopfe es in meine Stiefel. Idris betrachtet mich von oben bis unten, während ich mein Jagdmesser, den Gürtel und das Hornamulett mit dem Bändel unter das Wams schiebe. Meine geliebte Piratenaxt lege ich quer darüber.

»Was trägst du da um den Hals?«, will Idris wissen.

»Gehörte meinem Vater.«

Blots Tochter runzelt die Stirn. »Ich hab noch nie gesehen, dass du das trägst.«

»Es ist nur ein Anhänger. Ma hat ihn mir gegeben, als mein Vater starb.« Ich wate barfuß über die warmen Felsen und steige am seichten Ende vorsichtig in das Felsbecken.

»Aber warum trägst du das Horn?«

»Verdammt heiß, Idris!« Ich lache laut, um sie von ihrer Fragerei abzulenken. Dann tauche ich in das warme Wasser ein und bespritze ihren Kopf.

»Dein Vater hieß Raff«, lässt Idris nicht locker, als wir uns wieder in den Schlamm sinken lassen. »Das hast du mir doch einmal erzählt, oder nicht?«

»Du hast mich nach den Namen aller meiner Familienmitglieder gefragt, und ich habe sie dir genannt.«

»Das bedeutet, dass du Kregin Raffson heißt«, sagt sie und legt mit wohligem Seufzen den Kopf im warmen Wasser zurück. Was ich ihr jedoch nicht erzählt habe, ist, dass ich der Sohn eines Thralls bin, dass Vater als Sklave auf die Welt kam. Sie muss schließlich nicht alles wissen.

»Warum bist du so spät dran?«, fragt sie noch einmal. Sie formt die Hände zu einer Schale, lässt sie volllaufen und spritzt mir mit einem frechen Grinsen das Wasser ins Gesicht.

»Ich hab einen Umweg gemacht, du wolltest doch, dass mich niemand sieht.«

»Ich bin schon den ganzen Morgen hier und dachte, du würdest nicht mehr kommen.«

»Dein Vater hat seine Männer in den Wald geschickt, sie fällen Birken. Und sie haben die Hunde auf mich gehetzt. Ich musste ein ganzes Stück den Bach entlangrennen, damit die Hunde meine Spur verlieren.«

»Hat dich einer von den Männern erkannt?«

»Glaube ich nicht, es wurde viel Schnee von den Bäumen geweht, der ihnen die Sicht genommen hat, und sie waren auch zu weit weg.« Idris nickt beruhigt. »Warum fällen sie die Bäume?«, frage ich. »Für das Julfeuer?«

»Nein. Das Holz ist für eine Scheune, aber nicht für uns. Sie werden es mit der Laxvik-Fähre zum Goden in

Osvellir schicken; wir zahlen damit einen Teil unserer Schulden ab. Vater schuldet Leif Geld für das Heu, das er uns vor vier Jahren geschickt hat, nach dem Ascheregen, als wir unsere Kühe nicht auf die Weiden auf dem Hügel bringen konnten.«

»Leif der Große? Hethrun redet immer sehr gut über ihn, sie sagt, er ist ein ehrenwerter Mann und hält sich an die Gesetze.«

»Mag sein, aber Vater hat nicht viel für den ›großen Mann am anderen Ufer‹ übrig. Der Gode lässt uns nie vergessen, welche Rechnungen er mit uns noch offen hat, wir schulden ihm für das und für jenes. Jedes Jahr, wenn sich alle zum Thing versammeln, lässt er sich dafür huldigen. Wir schulden ihm Geld für die Pacht, für Heu, für ein Pferd. Und deshalb glaubt er, dass er mit uns machen kann, was er will.«

»Ich habe keine Ahnung, wie der Gode ist, ich habe ihn noch nicht kennengelernt. Ich wiederhole nur, was ich von Hethrun gehört habe. Er soll gerecht und umgänglich sein, es ist gut, ihn zu kennen, zumal das ganze Land hier in der Gegend ihm gehört. Warum regst du dich über ihn auf?«

»Vergiss es«, sagt Idris verärgert, »ist ja auch egal.« Sie schaut mich fragend an. »Die Alte weiß nicht, dass du hier bist, oder?«

»Mach dir keine Sorgen, ich hab gewartet, bis sie fest eingeschlafen war. Nach dem Frühstück hat sie ihren Schafgarbensud eingeatmet, der hilft gegen ihre Schmerzen. Als ich ging, schnarchte sie am Herd, die Katze im Arm, in tiefe Träume versunken. Bestimmt wird sie den ganzen Tag nicht mehr aufwachen.«

Das gefällt Idris. »Schau mal, hier: Ich bin schon so lange im Wasser, dass meine Zehen ganz faltig werden!«

Idris lehnt sich zurück und hebt das Bein aus dem dampfenden Wasser, bis hin zu ihrem roten Knie. Ihr Fuß streift meinen Arm, ihre Zehen kommen immer höher, streifen mir über Brust und Hals, bis ihr großer Zeh direkt vor meiner Nase schwebt, damit ich auch ganz genau sehe, wie faltig die Haut geworden ist und wie weiß. Aber dann verliert sie das Gleichgewicht, rutscht noch tiefer ins Wasser, hantiert unter der Oberfläche herum, berührt mich zärtlich. Plötzlich zieht sie an den Bändeln, zieht meine Hose über die Hüfte herunter. Sie taucht wieder auf, erhebt sich, vom Dampf umwallt, aus dem Wasser, zeigt sich mir nackt, wie die Götter sie schufen, weiße Brüste, runder Bauch, ihre Schenkel dampfen in der kalten Luft. Ein Kälteschauder läuft über ihren Körper, dann – mit einem herausfordernden Kichern – taucht sie wieder ins Wasser.

Idris hat mich zu einer verlassenen Schutzhütte geführt, die kaum mehr ist als ein Unterstand. In den Sommermonaten treiben sie hier Blots Kühe zum Melken zusammen. Die Hütte hat nur dünne Wände aus Birkenzweigen und ist mit einem Geflecht von Wacholderzweigen überdacht; der gestampfte Lehmboden stinkt nach saurer Milch. Aber inzwischen herrscht starkes Schneetreiben, deshalb sind wir dankbar für den Schutz, den die Hütte uns bietet. Wer auch immer das Melken besorgt – oder wer sonst die Hütte benutzt –, hat ein wenig Zunder und Holzspäne in einer Ecke zurückgelassen. Idris braucht nicht lange, und schon züngeln wärmende Flammen empor. Sie sitzt zwischen meinen Beinen, direkt vor dem Feuer, und lässt mich ihr Haar kämmen, während es in der Wärme trocknet. Ich bin ungeschickt, manchmal lacht sie darüber, manchmal zuckt sie schmerzhaft zusammen, und einmal quiekt sie, als ich Ascheflocken und Schmutz aus ihrem Haar kämme – das gleiche Quieken, das sie auch vorhin in der heißen Quelle von sich gab. Wir haben nichts zu essen und nichts zu trinken.

»Kregin, ich möchte, dass du mich zum Julfest begleitest. Aber vorher musst du Vater um Erlaubnis bitten, er wird bestimmt Ja sagen – weil ich ihm vorher sage, dass er es erlauben soll.«

»Macht es dir nichts aus, wenn er erfährt, dass wir …?«

»Wenn du mich zum Vorgha-Berg begleitest, werden es alle wissen.«

»Und was passiert dann?«

»Dann wirst du in Laugdale für meinen Vater arbeiten müssen – nur für ein Jahr oder höchstens zwei –, bis du das Brautgeld für mich gezahlt hast.«

Der Streit mit Hethrun hat den ganzen Morgen gedauert. Es fing mit dem Dach an, sie beschwerte sich, dass ich die undichten Stellen immer noch nicht abgedeckt hätte, und dann ließ sie mir keine Ruhe, bis ich es ihr schließlich sagte. Dabei hatte sie längst erraten, dass ich mich in den heißen Quellen mit Idris getroffen habe.

»Ich kenne Blot«, sagt die Alte, »ich weiß, wie gemein und selbstsüchtig der Mann ist. Er wird dich bis zum Umfallen schuften lassen. Bestimmt nicht weniger als fünf Jahre – das ist der übliche Preis für eine Braut!«

»Dann arbeite ich eben fünf Jahre lang für ihn, wenn er es verlangt.«

»Und was hast du dann vorzuweisen? Mittlerweile verknallt sich dieses Flittchen in einen anderen, oder Blot bekommt ein besseres Angebot für sie, dann stehst du dumm da. Er wird dich fallen lassen wie einen heißen Stein. Und glaub es mir, ein Bursche wie du, Kregin, ohne Vater, ohne eigenes Land – reden wir nicht darum herum: Du bist ein Thrall, und das wird Blot ganz bestimmt nicht beeindrucken.«

Ein Thrall! Das Wort bringt mich fast zum Rasen. Bisher habe ich es nicht für schlimm gehalten. Daheim, im Thwartdale, waren wir stolz darauf, Thralsons zu sein.

Hethrun starrt mich unerbittlich an. »Du hast es ihr also noch nicht erzählt, oder?«

»Was erzählt?«

»Dass du der Sohn eines Thrall bist.«

»Warum auch? Raff war der Name meines Vaters. Er war schon ein freier Mann, bevor ich geboren wurde!«

»Es wird Blot ganz bestimmt nicht gefallen, wenn er herausfindet, dass sich seine Tochter mit deinesgleichen verbinden will.«

Das nimmt mir den Wind aus den Segeln. »Ich kann mir denken, warum du dagegen bist«, schreie ich sie an. »Du bist sauer, weil ich weggehe und für ihn arbeite!«

»Warum? Kann mir doch egal sein.«

»Wenn ich bei Blot auf seinem Hof in Laugdale arbeite, hast du niemanden mehr, der die Sklavenarbeit für dich macht! Niemand, der den Ziegenstall ausmistet, niemand, der das Dach flickt, den Strand absucht, in die Klippen steigt und Eier sammelt – und niemand, an dem du deine beschissene Laune auslassen kannst wie an einem … Thrall!«

Daraufhin ist sie erst einmal eine Weile still und nickt mit ihrem grauen Kopf, beugt sich auf ihrem wackligen Hocker vor und schürt gedankenverloren das Feuer. Ich würde gern zurücknehmen, was ich gesagt habe, würde ihr gern mitteilen, dass es mir leidtut, ihre runzelige Hand nehmen und sie beruhigend, zärtlich drücken, wie das ein Junge vielleicht bei seiner Mutter tun würde – aber die harten Vorwürfe sind schon heraus, sie hängen in der Luft und haben den Schaden angerichtet.

Wütend auf Hethrun, aber eigentlich eher voller Scham über das, was ich gesagt habe, stürme ich zur Tür, renne an der erschrockenen Katze vorbei und in den strömenden Regen hinaus. Über Nacht hat der Regen den gestrigen Schnee weggeschmolzen. Ogg, der alte Ziegenbock, kommt gelaufen, die Leine vom Pfosten am Gatter streckt sich, während er versucht, mich mit seiner bärtigen Schnauze zu schubsen. Er will ein Stück Rübe haben oder einen Stängel Lauch, seine normalen Leckerbissen. Aber ich stoße die fordernden Hörner weg, packe den Holzspaten und mache mich auf den Weg, um noch ein paar Blöcke Torf zu stechen. Ich werde draußen bleiben, will ihr nicht mehr unter die Augen kommen. So wird es am besten sein. Die Blöcke werde ich dann hinter dem Haus zurechtschneiden, wo mich niemand sieht.

Auf den letzten Abschnitt des Firsts packe ich zwei Blöcke Torf und eine Schaufel feuchten Lehm. Jetzt ist das Dach wieder dicht. Den ganzen Tag hab ich nichts gegessen, bin seit dem Morgen nicht in der Hütte gewesen. Der Geruch von Fischsuppe, gesund und kräftig, gekocht mit dem Dorsch von gestern, wabert durch das Rauchloch, und es riecht nach gedünstetem Mehl: Sie backt Gerstenbrot auf dem heißen Herdstein. Aber ich bin zu stolz und schäme mich zu sehr, als dass ich mich im Haus blicken ließe.

Ich trödle herum, das Treibholz ist gehackt, liegt als Brennholz bereit, falls der Winter anbricht. Der kommt heute früh, senkt sich über den Os. Eine Schar Reiher steigt in die Lüfte, die letzten Vögel, die ihr Frühstück im Schlamm am Fjord gefressen haben; sie fliegen hierhin und dorthin, schließlich ziehen sie über den Fjord davon, nach Norden, in die Dunkelheit, bestimmt schlafen sie irgendwo in den Dünen bei Osvellir.

»Komm endlich rein, das Essen ist fertig.« Ihre leise Stimme erklingt an der Haustür. »Der Fisch wird sonst kalt. Komm schon, Junge. Was gesagt ist, ist gesagt – hat keinen Sinn, ewig darüber zu grübeln.«

Karghyll heißt der Bauer aus Skogurdale, er hat eine raue Stimme, aber jetzt versucht er, leise und respektvoll zu sprechen. Er will die Alte nicht beleidigen, nicht vor ihrem eigenen Herdfeuer. Seine Kleider sind vom Regen völlig durchnässt, Dampf steigt von ihm auf, weil er zu nahe am Feuer steht.

»Sei doch nicht so stur, Hethrun!«, sagt er. »Komm und schau sie dir an. Die Sau hat schon den ganzen Sommer über gekränkelt, aber seit dem letzten Ferkelwurf tränen ihr ständig die Augen. Außerdem sind die Ohren und ihr Hintern wund. Du musst mitkommen!«

»Den ganzen Weg nach Skogurdale«, seufzt Hethrun. »Bei diesem Wetter? Wie soll ich da an einem Tag wieder zurückkommen?«

»Du kannst gern bei uns im Bett neben meiner Frau schlafen, wenn du willst. Du kannst so lange bleiben, wie du magst, solange du nur dafür sorgst, dass meine Sau nicht mehr fiebert.«

Hethrun überlegt eine Weile. »Der Weg ist schlecht, aufgeweicht, steil. Wie soll eine alte Frau wie ich noch durch das Tal hinauf- und nachher wieder heruntersteigen?«

»Auf meinem Gaul«, sagt Karghyll. »Ich hab extra eine alte Mähre mitgebracht, sie hat einen ruhigen Tritt und ist gutmütig, sie wird dich sicher über Stock und Stein tragen.«

»Und sie hat Winterbeschlag an den Hufen«, mischt sich Karghylls ältester Sohn ein, ein Bursche namens Viggi, der bisher geschwiegen hatte. »Damit wird sie keinen Fehltritt auf dem Eis tun – du wirst sicher auf ihr reiten können.«

Der jüngere Sohn, Grith, grinst mich ständig dümmlich an. Keine Ahnung, was das doofe Grinsen soll. Während sein Bruder redet, grinst er schon wieder.

Hethrun kippt sich auf die Hinterbeine des Hockers, Ikki, die Katze, springt ihr auf den Schoß. »Ich setze mich auf keinen Gaul, Viggi, egal, wie bequem es ist. Ein Reiter, der nicht daran gewöhnt ist, sitzt nicht sicher auf einem Pferd!«

»Bitte, Hethrun«, fleht Karghyll sie an. »Komm mit uns. Ich habe wirklich große Angst, dass ich die Sau verliere. Bring deine Kräuter und dein Zauberzeug. Reinige sie von der Pest. Spüle ihr Gedärm aus. Beim großen Gott Thor, hab Mitleid mit ihr!«

Hethrun denkt eine Weile darüber nach, streichelt die Katze und starrt ins Feuer. »Wann hat sie zuletzt geworfen?«

Karghyll muss kurz überlegen. »Zwei Wochen nach dem Beginn des Schlachtmonats«, sagt er schließlich. »Also vor ungefähr sechs Wochen.«

»Und wie viele Ferkel hat sie geworfen?«

»Neun«, sagt der Bauer traurig. »Neun lebende, zwei waren tot.«

»Wie hat sie sie gesäugt? Sind die neun Ferkel gesund?«

»Sie hatte fast keine Milch. Vier sind verendet.«

»Und jetzt ist sie ganz trocken?«

»Ja, völlig trocken. Schwach wie ein Kätzchen«, murmelt Karghyll niedergeschlagen. »Ich würde gern den Eber zu ihr stellen, um sie ein wenig aufzumuntern, aber ihr Hintern ist so wund, dass sie ihn kaum bewegen kann, das arme Mädchen, und erst recht nicht, sich von ihm bespringen zu lassen.«

Hethrun hebt ihren Gehstock vom Boden auf, steht schwerfällig auf und bleibt mit verkniffenem Mund vor dem Feuer stehen, wo sie mit dem Stock auf den Rand des Herdsteins klopft. »Hör mir genau zu«, sagt sie schließlich, wobei sie noch schneller klopft. »Wir machen das so.« Karghyll nickt hoffnungsvoll. Hethrun klopft immer schneller, während sie ihm ihre Befehle gibt. »Du musst alle fünf Ferkel töten. Verbrenne sie, niemand darf ihr Fleisch essen. Ich gebe dir eine Salbe gegen den Durchfall. Halte den Eber von der Sau fern. Dieses Jahr darf sie nicht ferkeln, das ganze Jahr nicht, hast du verstanden? Nicht vor dem Julfeuer nächstes Jahr.«

Das ist nicht, was Karghyll hören will. »Ein Jahr lang keine Ferkel von ihr, keine Frischlinge zum Tauschen, kein Schmalz? Wie sollen wir uns das leisten können? Womit soll ich die Pacht für die Farm bezahlen? Leif wird sich bestimmt nicht freuen, wenn er kein Fleisch von mir bekommt.«

Hethrun hört auf, mit dem Stab auf den Stein zu klopfen. »Wenn du machst, was ich sage, kann sie vielleicht gesund werden. Aber das liegt an dir. Mach, was du willst.«

Sie gibt den Besuchern noch etwas zu essen und schickt mich hinaus, um das Pferd zu füttern, bevor sie sich wieder auf den Rückweg nach Skogurdale machen. Als ich aus dem Regen zurück ins Haus komme, sitzen die beiden Jungen am Tisch und essen gierig. Der Bauer macht sich große Sorgen um seine Sau, er hat die Mehlklöße auf seinem Teller kaum angerührt. Grith, der jüngere, zögert nicht und isst auch den Teller seines Vaters leer. Sie reden nicht mehr darüber, dass sie die Ferkel schlachten müssen. An der Tür verabschieden sie sich; Grith dreht sich mit fiesem Grinsen zu mir um.

»Idris, du kennst sie ja, Blots Tochter? Ich führe sie dieses Jahr zum Julfeuer. Hab ihren Vater schon gefragt. Ich gehe dann nach Laugdale, hab dort auf Blots Hof Arbeit gefunden und wohne auch dort.«

Es ist eine klare, kalte Nacht, die Julfeuernacht, mondlos, Sterne funkeln an der umgekehrten Himmelsschale, heller als die Feuer, die zu Thors Festnacht entzündet werden.

Wir sitzen auf dem Dach der Hütte, Hethrun und ich. Sie hat darauf bestanden, aufs Dach zu klettern. Es ist eishart und rutschig, aber sie ist hinaufgestiegen wie eine junge Frau, hat meine helfend ausgestreckte Hand zurückgewiesen. Verblüffend, wie behände die Alte sein kann – und zu allem fähig, wenn sie sich erst einmal dazu entschlossen hat. Wir sitzen mit dem Rücken zum Vorgha, dem kahlen schwarzen Bergrücken oberhalb von Skogurdale, auf dem das Julfeuer brennt, das aber von hier nur noch als schwaches rotes Glimmen zu sehen ist.

Wir hocken rittlings auf dem First, die Schenkel auf die Torfblöcke zu beiden Seiten des Rauchlochs gepresst – der wärmste Platz, auf den man sich in einer kalten Winternacht setzen kann. Unsere Blicke gehen über die zugefrorene Flussmündung. Am Kopf des Fjords, bei Laxvik, in der Nähe des Klepjarnhofs, wo jedes Frühjahr das Thing stattfindet, brennt auf dem Moor ein weiteres großes

Feuer. Das Feuer selbst können wir von hier aus nicht sehen, aber die Spiegelung der hoch auflodernden Flammen auf dem Eis.

Auch drüben, auf der anderen Seite des Fjords, bei Osvellir, haben sie ein Thorsfeuer entzündet, dort liegt der Hof von Leif dem Großen. Sein Feuer ist kleiner als das in Laxvik, es wirft nur einen kleinen Lichtflecken auf die gefrorene Mündung. Jedenfalls war der Schimmer gerade noch da, ist aber jetzt unter den Spiegelungen der Sterne nicht mehr zu sehen.

Hethrun ist sturzbesoffen. Wir sind alle beide benommen, zu lange haben wir den Rauch eingeatmet, nachdem sie zermahlene Schafgarbe ins Feuer geworfen hatte. Ich habe nicht so viel Rauschbeerensaft getrunken wie Hethrun, aber wenn ich statt auf den Fjord zum Himmel hinaufblicke, dreht sich alles um mich, als stünde ich auf einem Schiff, das vom stürmischen Ozean hin und her geworfen wird. Und plötzlich sehe ich mich auf dem Schiff, verliere den letzten Fußhalt auf der zerbrochenen Ducht, die *Vigtýr* geht unter, sinkt, mein Kopf ist unter Wasser, ich versinke Arm in Arm mit Cormac. Still gleiten wir hinab, ich blinzle, schnappe nach Luft, zwinge meinen Blick zurück, bevor das Meer über das Dach steigt und mich in die Tiefe reißt.

Auf dem Vorgha wird Grith, Karghylls dämlicher Sohn, seine Pfoten nicht von Idris lassen können, er wird sich mit ihr alles erlauben können. Bin ich neidisch, eifersüchtig? Ja, ja, das bin ich! Hethrun hatte recht, als sie mich davon abhielt, mich vor Idris zum Narren zu machen. Eigentlich bin ich sogar dankbar, dass ich Idris' Klauen entkommen bin und auch ihrem Vater Blot und einem Leben nicht enden wollender Plage in Laugdale, trotzdem ist es nicht leicht, an Idris zu denken, ohne mir vorzustellen, wie sie jetzt mit Grith herumschmust, wie sie unter ihm liegt, splitternackt, sich auf der Felldecke windet, und nichts verhüllt ihre Nacktheit.

Plötzlich steigt die lebhafte Erinnerung an Helga in mir auf – so nahe, so frisch, dass es mich zugleich beruhigt und beunruhigt. Ihr Bild erscheint in einem Dunst von Rauch und Rauschbeerensaft. Ich stelle sie mir vor, wie sie neben mir unter den Fellen liegt. Und ich denke an die heiße Quelle von Hver, in der wir herumtollten, aber statt Idris sehe ich nun Helga. Dumm, solche Gedanken in meinen Kopf zu lassen. Helga, wo immer sie auch sein mag, wird inzwischen bestimmt schon mit irgendeinem Kerl zusammen sein, der ihrem Vater gefiel.

»Ohne sie bist du besser dran«, lallt Hethrun, als hätte sie meine Gedanken erraten.

KAPITEL 15

Der Schmelzmond bringt den herben, feuchten Geruch der Sümpfe; das Schmelzwasser schießt von Heide und Hügel zum Strand hinunter. Es regnet, die Luft über der Mündung ist salzgeschwängert. Ich atme sie tief ein, genieße die milde Süße. Mein Körper soll sich mit dem warmen Geruch füllen, soll die länger werdenden Tage genießen, die die schier endlosen dunklen Tage voller Schnee und Eis und Kälte vertreiben.

Letzten Winter war der Os bis nach Laxvik hinauf zugefroren. Noch bis letzte Woche bildete das Eis eine geschlossene Decke, sodass man sicher vom Nord- zum

Südufer gelangen konnte. Doch innerhalb von wenigen Tagen ist das Eis geschmolzen. Jetzt fahren die Fischer von Holmur wieder hinaus, nachdem sie drei Monate lang nicht in See stechen konnten. Mühsam hatten sie Löcher ins Eis bohren und die Fische mit Leine und Senkstein fangen müssen.

An einem schönen Morgen wie heute bin ich draußen im fröhlichen Os-Wind, spate die aschige Erde in Hethruns Kräutergarten um, breche den Boden in großen Schollen auf, die ich später zerhacke, damit ich Gemüse und Pastinaken säen und unsere schon keimenden Saatlinge für Lauch und Steckrüben stecken kann. Der Ziegenmist, den wir den Winter über draußen gelagert haben, ist steinhart gefroren – als Dünger unbrauchbar. Ich habe ihn zusammen mit verkleinertem Grünzeug vom letzten Jahr in großen Blöcken neben dem Schuppen aufgehäuft.

In der Hütte ist die Luft so dick, dass man sie schneiden könnte; Hethrun schwitzt über ihrem Kessel, in dem irgendwelche Wurzeln köcheln, die wir im Winter auf der Heide oben auf dem Skagi-Berg gesammelt haben. Die würzigen Wurzelknollen will sie zu heilsamen Duftkerzen verarbeiten, die Brühe verwendet sie für ihre Salben. Die Arbeit macht die alte Vettel glücklich, obwohl ihr von den Dämpfen und der Hitze des Feuers die Tränen aus den Augen strömen. Wenn ich nicht wüsste, dass sie schon den ganzen Morgen über den kochenden Kesseln hängt, könnte ich glauben, dass sie weint.

Hethrun kommt in den Gemüsegarten, um ein bisschen frische Luft zu schnappen. »Schau mal«, sagt sie und deutet auf ein Boot, das eben am Ufer des Os anlegt, »wir bekommen Besuch. Wahrscheinlich irgendein

Fischer vom anderen Ufer des Fjords, von Kletturvik oder von den Inseln.«

»Was meinst du, Hethrun? Vielleicht bringt er uns einen Fisch.« Der Mann hat Mühe, sein Ruderboot aus dem seichten Uferbereich an Land zu ziehen. »Soll ich ihm helfen?« Kaum habe ich das gesagt, als der Mann auch schon zusammenbricht. Er verschwindet aus unserem Blickfeld, liegt dort unten am Rand des Flusses, sein Boot treibt vom Ufer weg. Ohne auf eine Antwort zu warten, renne ich über den Sand zu ihm hinüber.

Ich laufe an ihm vorbei, am Ufer entlang, gegen den böigen Os-Wind, und wate durch das Wasser, um sein Boot ans Ufer zurückzuholen. Erst als ich es weit genug aus dem Wasser gezogen habe, wende ich mich dem Mann zu, der immer noch im seichten Wasser liegt. Er ist alt und stinkt nach *mungát*, wahrscheinlich hat er Unmengen des leichten Biers in sich hineingeschüttet, keucht und presst die Hände auf die schmerzende Brust. Einen Fisch hat er nicht mitgebracht.

Wir legen ihn neben dem Feuer auf eine Strohmatratze. Ikki, die Katze, hat sich in eine Ecke verkrochen und starrt den Fremden mit ihren grünen Augen an, ohne jemals zu blinzeln. Hethrun hält dem Alten einen Becher mit dampfender Tinktur vor Nase und Lippen, um ihm das Atmen zu erleichtern. »Was ist, Mann? Warum bist du zu mir gekommen?«

»Leifs Sohn«, antwortet er. »Der Junge stirbt. Braucht dich. Wir müssen zu ihm.«

»Was fehlt ihm denn?«

»Ein Fieber, Lähmung«, nuschelt der Alte undeutlich. »Er zittert sich zu Tode.«

»Du selber bist auch nicht gerade ein Kraftbündel«, sagt Hethrun. »Ich muss mich zuerst einmal um dich kümmern.«

»Achte nicht auf mich«, sagt der Graubart. »Wir müssen heute noch zu Leifs Gehöft kommen, sonst ist es zu spät und der Junge stirbt, das ist sicher.«

»Ich bestimme, ob und wann ich hingehe. Mit einem wie dir setze ich nicht mein Leben aufs Spiel.« Sie muss ihn kennen, sonst würde sie nicht so unbedacht mit dem Fremden reden, ihn wie einen unartigen Sohn ausschimpfen.

»Du kannst mich ruhig beim Namen nennen«, sagt der Alte verärgert, »Himmel und Hölle, Hethrun, du bist immer noch ein hübsches Weibsstück, wenn du wütend bist.«

Hethrun beugt sich zu ihm hinunter und schnüffelt seinen Atem. »Was fällt Leif nur ein, einen alten Narren wie dich loszuschicken? Schau doch nur, in welchem Zustand du bist!«

»Er hat mich nicht geschickt, er weiß gar nicht, dass ich hier bin. Aber ich kann doch nicht einfach zusehen, wie mein Neffe stirbt, wenn ich weiß, dass du ihm helfen könntest!«

»Du bist ein besoffener alter Kauz, ein Wunder, dass du nicht gekentert und ertrunken bist.«

»Nüchtern oder nicht, ich rudere besser über den Fjord als jeder andere. Ich bitte dich, Thruna, denk an die alten Zeiten, tu es für mich, hab Mitleid, komm mit mir bei der nächsten Flut.«

»Cuin.« Endlich nennt sie ihn beim Namen. »Du wirst nirgendwohin rudern, bevor du dich nicht ausgeschlafen hast. Ich gebe dir etwas gegen das Zittern.«

Hethrun hat beschlossen, mit dem Boot des Alten

über den Fluss zu setzen, ihn selbst aber zurückzulassen. Sie weigert sich stur, ihn mitzunehmen. Beharrt darauf, dass er in Suthyre bleiben muss, bis er wieder nüchtern ist. Droht, überhaupt nicht zu gehen, wenn er nicht aufhört, ihr die Ohren vollzujammern. Schließlich gibt Cuin nach, aber jetzt hat er Angst um sein Boot. Erst da fasst er mich ins Auge, erklärt mir, wie ich beim Rudern die Flutströmung auf dem Os ausnutzen muss.

Und er hört nicht mehr auf, als hätte ich noch nie die Riemen eines Boots in den Händen gehalten, aber da ist etwas in seiner Stimme, das mich aufhorchen lässt. Er nennt die Mündung »Loch«, das Wort hätte auch Ma für einen langen Meeresarm benutzt, der sich tief ins Land erstreckt, mit Wasser, das teilweise salzig ist, aber landeinwärts auch frisch, und der vom Fluss genährt wird und zum Meer hin offen ist.

Mittlerweile kramt die Alte in ihren Tinkturen und Salben herum, murmelt vor sich hin, nimmt das und jenes vom Regal, stopft Samen, Knollen und Wurzeln in meinen Eierbeutel. Dann zögert sie, überlegt, ob getrocknetes Moos oder Blumen besser wären.

»Hör mal, Cuin-rua«, sagt sie, als sie schon marschbereit an der Tür steht, »ich habe weder Bier noch Met im Haus, also kannst du dir die Mühe sparen, danach zu suchen, wenn ich weg bin. Und sei nicht so töricht, das Zeug zu trinken, das in den Töpfen ist. Du würdest schwer krank werden oder dich damit gar vergiften, hast du das verstanden? Viel, viel schlimmer als ein Kater, das kann ich dir sagen!«

Cuin-rua zieht mich zu sich hinunter und flüstert heiser: »Wo hat sie den Rauschbeerensaft, Junge?« Er stinkt nach Bier.

»Unter dem Bett, in der Kiste«, höre ich mich antworten.

Er zwinkert mir zu, zwinkert sogar der Katze zu, dann schließt er die Augen. Ikki miaut den Alten kläglich und ängstlich an. Es kommt mir sehr seltsam vor, dass die Katze überhaupt irgendwelche Gefühle zeigt, ob gut oder schlecht, das tut sie sonst nur bei Hethrun. Dann springt sie mit einem Satz vom Herd an mir vorbei und schießt zur Tür hinaus, als hätte ihr Schwanz Feuer gefangen.

Ich rudere über den Fjord, befolge Cuin-ruas Anweisung genau – gegen die Strömung, wir entfernen uns von Osvellir. Nach dem Gezeitenwechsel können wir uns wieder zurücktreiben lassen. Die Katze liegt zusammengerollt zu meinen Füßen. Hethrun ist nicht gern auf dem Wasser, sie hockt verkrümmt und verkrampft auf dem Sitz im Heck. Ich rudere mit dem Rücken zum Fjordkopf, tauche gleichmäßig die Riemen ins Wasser, rudere hart durch die Strömung, der Bug schlägt kräftig in die Wellen. Es ist nicht leicht, mit einem so schweren, breiten Kahn schnell voranzukommen. Und die Strömung wird stärker, als sich die Mündung bei Laxvik verengt.

Da es Schmelzmond ist, herrscht hier im Lachsfluss oberhalb von Laxvik starke Strömung. Der Fluss bringt das Schmelzwasser in den Fjord hinunter. Wenn die starke Flussströmung auf ablaufendes Ebbwasser trifft, rauschen die Wellenkämme wie eine durchgehende Herde von Pferden die ganze Strecke bis Klettur Os hinunter. Der Fährmann, der die Querung von Laxvik nach Osvik bedient, fährt um diese Jahreszeit noch nicht, sogar ihm ist die Strömung zu stark.

»Wird nicht leicht sein«, hat mich Cuin gewarnt,

»aber wenn du genau das machst, was ich dir sage, kannst du es schaffen. Zuerst ruderst du, als ob du nach Laxvik wolltest. Rudere hart, so hart, als ginge es um dein Leben, bis du die Mitte erreicht hast, dann lässt du dich in Richtung Osvellir treiben, das geht dann ganz leicht, du kannst sogar die Riemen aus dem Wasser nehmen, und bevor du nur blinzeln kannst, bist du schon sicher und bequem am Strand angelangt.«

»Cuin ist ein dummer alter Säufer«, sagt Hethrun vom Heck, »aber eins muss man ihm lassen: Er kennt die Strömungen im Fjord wie kein anderer.«

Und tatsächlich trägt uns die Strömung ans Nordufer. Knirschend fährt der Bug auf den Kiesstrand und kommt mit einem Ruck zum Stillstand, so heftig, dass Hethrun von der Bank rutscht. Ikki springt ihr auf den Schoß. Auf einer kleinen Landzunge, die in den Fluss ragt, ist eine bunt gemischte Schar zusammengelaufen, alte Leute und Kinder; wahrscheinlich hatten sie erwartet, dass Cuin im Boot sitzt und dass er weiter unten am Ufer anlegt und nicht hier. Aber als sie gesehen haben, wer da ankommt, sind sie schnell herbeigelaufen. Sie sind aufgeregt, die Kinder springen herum, alle drängeln sich vor, jeder will als Erster die alte Vettel begrüßen.

Hethrun rührt sich nicht vom Fleck, bis ich sie ans Ufer trage, sie will keine nassen Füße bekommen. Sie winkt mir, auch Ikki ans Ufer zu bringen. Aber kaum habe ich die Katze auf den Kies gesetzt, schaut sie die lärmenden Kinder misstrauisch an und jagt voller Angst davon.

Die Kinder sind zerlumpt, armselig gekleidet und betteln Hethrun an. Sie nimmt kandierte Wurzeln aus dem Beutel und wirft den Kindern die Süßigkeiten zu, dann wendet sie sich an die älteren Leute. »Hört mal, euer

Gode hat nach mir geschickt, ich soll mich um seinen kranken Sohn kümmern, es geht um Leben und Tod. Es kann Tage dauern, vielleicht sogar Wochen, bis ich im Hof fertig bin. Ich lasse von mir hören, wenn ich frei bin. Ihr könnt mich dann hier am Ufer aufsuchen.«

»Ich bin Haldis, Leifs Tochter«, sagt die vollbusige Frau an der Haustür. Keine Wärme, kein Willkommen ist in ihrer Stimme zu hören. »Vater ist am Krankenbett. Komm herein.« Sie humpelt ins Haus. Offensichtlich hat sie ein lahmes Bein, denn sie stützt sich auf eine Krücke.

»Wer ist der Bursche, den du mitgebracht hast?«, kommt eine Männerstimme aus dem düsteren Zimmer.

Der Hauptraum ist lang und breit, fast wie die Halle, in der sich alle zum Thing versammeln, groß genug, um darin ein prächtiges Fest oder eine Beerdigung zu veranstalten. Keine Kerzen oder Lampen brennen, der Raum wird nur durch ein großes Herdfeuer in der Mitte erhellt, das offenbar schon für den Abend auf der ganzen Länge des Herds entfacht ist. Die Flammen werfen ihren flackernden Schein über fünf oder sechs Reihen Bänke und Arbeitstische.

»Ohne diesen guten Ruderer wäre ich nicht hier«, gibt Hethrun scharf zurück. »Cuin liegt sturzbesoffen in meinem Haus in Suthyre. Warum schickst du mir den alten Narren in diesem Zustand? Er hätte kentern und ertrinken können!«

»Er ist kein Narr, und das weißt du ganz genau. Und ich habe ihn auch nicht zu dir geschickt, er ist von sich aus gefahren.«

»Leif Njelson, Gode«, sagt Hethrun ohne eine Spur von Hass oder Groll, »der Ton deiner Stimme verrät mir, dass du mich hier nicht willkommen heißt.«

»Ich glaube daran, dass sich ein Körper selbst heilen soll, wenn er krank wird.«

»Wenn du meinen Salben nicht vertraust, kann ich dir oder deinem Sohn nicht helfen.«

Leifs Gesicht taucht aus dem Schatten am hinteren Ende der Halle auf. »Ich bin schon zu lange Witwer, um nicht zu wissen, was Salben bewirken.« Schmerz liegt in seiner Stimme. »Vor vierzehn Jahren ist meine Frau in der Sommerhitze gestorben. Gebar unsere zweite Tochter und starb. Die Alte von Osvik versuchte es mit Salben und Zaubersprüchen, aber alles nützte nichts. Wenn du mich fragst, ich glaube, der ganze Unfug machte ihre Krankheit nur noch schlimmer.«

Hethrun fühlt sich nicht beleidigt. Sie wendet sich wieder zur Tür und winkt mir, ihr zu folgen. »Ich kümmere mich jetzt um die Fischerleute, Junge, und danach kannst du mich wieder zurückrudern. Dann ist die Überfahrt wenigstens nicht umsonst gewesen.«

»Schick sie nicht weg, Vater«, mischt sich die junge Frau ein, die uns an der Tür begrüßt hatte. »Sie soll sich Sigi wenigstens anschauen. Wem schadet das? Unser Junge steht vielleicht auf der Schwelle zum Tod.«

»Bringt mir eine Lampe«, sagt Hethrun, »ich sehe ihn mir einmal an. Und schließt die Tür zum Scheißhaus, wie soll ich die Krankheit in seinem Atem riechen können, solange es hier so stinkt?«

Der Kranke hat offenbar ihre Stimme gehört, denn er schiebt den Laden seines Bettverschlags zurück und starrt heraus, ausgemergelt, mit vor Erschöpfung tief eingesunkenen Augen. Er zittert am ganzen Körper. Ich habe die Würmerkrankheit schon ein paarmal zu sehen bekommen, aber noch nie so schlimm wie bei ihm. Trotzdem hält er den Kopf stolz und tapfer aufrecht, versucht, das Zittern zu verbergen.

»Ich nehme an, du bist der junge Leifson«, sagt Hethrun. »Beim großen Gott Thor, wenn du dich selbst sehen könntest! Aber du bist kein Knabe mehr, sondern ein Mann.«

»Wir nennen ihn Sigi«, sagt ein Mädchen, das gerade eine Lampe hereinbringt.

»Eigentlich heißt er Sigurd«, fügt Haldis hinzu, allerdings weniger fröhlich als die andere.

»Kann er nicht selbst reden?«, will Hethrun wissen.

Sigi lächelt gezwungen und betrachtet die alte Vettel von oben bis unten. »Mit dem alten Mädchen wirst du nicht fertig, Haldis.« Das bringt ihm einen sauren Blick von seiner älteren Schwester ein, während Hethrun laut lacht.

»Alle haben mir erzählt, dass du im Sterben liegst, Bursche, aber ganz bist du noch nicht am Ende.«

»Du weißt nicht, wie er früher war«, sagt Haldis plötzlich mit sanfter Stimme und nimmt seine Hand. »Groß und stark war er! Dieses furchtbare Zittern … er hat keine Kraft mehr, kann nicht mal das Essen bei sich behalten.«

»Was ist das in seinem Bettzeug?«

»Entenfedern«, antwortet Haldis. »Bera und ich haben Daunen in seine Kissen gefüllt.«

»Zu weich für einen Mann«, entscheidet Hethrun und dreht sich abrupt zur jüngeren Schwester um. »Du da, Mädchen! Hol Stroh aus der Scheune. Ich will, dass seine Matratze und die Bettdecke mit Stroh gefüllt werden.«

Hethrun hat heute Morgen wieder ihre ganzen Tricks ausgespielt. Zuerst gab sie Leif einen völlig überflüssigen Auftrag, nur um ihn aus dem Haus zu haben, und schickte mich mit ihm zusammen los. Sie behauptete, noch Blutlungenmoos zu brauchen, eine Moosart, die auch Fiebermoos genannt wird, und zwar müsse das Moos vollkommen frisch sein. Ohne das Moos könne ihre Medizin nicht wirken, sagte sie.

»Das Blutlungenmoos wird die Schmerzen in der Brust erträglicher machen. Nimm Kregin mit, Gode. Er weiß am besten, wo man das findet, was ich brauche.«

Leif und ich reiten auf zwei gutmütigen Schecken; die beiden Hengste sind noch nicht geschlechtsreif und dürfen im Sommer frei auf der Heide laufen, sind deshalb nur halb gezähmt. Wir reiten über das Hochmoor zum Bergsee von Grisedale.

»Um diese Jahreszeit«, erklärt mir der Gode, »ist dort oben der einzige Platz, an dem das Moos grün bleibt. Überall sonst steht es unter Schmelzwasser oder ist erfroren.«

Als ich das höre, dämmert mir, dass Hethrun das sehr genau wusste – die Suche nach dem Moos sollte uns fast den ganzen Tag vom Haus fernhalten.

Die Pferde sind nicht beschlagen und sinken im sumpfigen Boden ein. Hohe Gräser und Sträucher streichen an ihrem Bauch entlang, das stachelige Heidekraut pflanzt seine Samen in ihr Fell. Aber die Hengste schlagen stolz mit den Schweifen, halten sie über das Gewächs, als ob sie genau wüssten, wie sie verhindern können, dass sich die Schweifhaare im Heidekraut und im Dornengestrüpp verfangen. Sie gehen durch das sumpfige Feld und genießen den ersten großen Ausflug über die Heide, nachdem sie den ganzen Winter über in Leifs Ställen gestanden haben. Aus ihren Nüstern steigt der Atem, ihre Flanken dampfen in der kalten Heideluft. Der Frühling ist nur noch einen Mond entfernt, dann werden sie auf die Heide gelassen, werden bis zum Wintereinbruch mit ihrer Herde frei über die Hügel ziehen, mit anderen gleichaltrigen Hengsten kämpfen, auf ihre erste Paarungszeit im nächsten oder übernächsten Sommer warten und den älteren Hengsten zuschauen, die nach rossigen Stuten suchen.

Auf halbem Weg zur Bergkuppe hinauf überholen wir zwei Schäfer von Leifs Gutshof, die seine Hammel auf die Sommerweide treiben, es sind mindestens hundert Stück. Um diese Jahreszeit tragen die Hammel noch kein Fell, ihr brauner Winterpelz wurde geschoren, jetzt kann man sehen, wie plump und gut genährt sie sind.

»Ich mäste sie mit Rüben«, erklärt Leif und bewundert seine Herde, »und mit Seetang vom Strand.«

Die Schäfer warten, ob er sie anspricht, mit der Unterwürfigkeit, die bei Sklaven vorausgesetzt wird. Der Gode plaudert freundlich mit ihnen, erkundigt sich, in welches Tal die Männer ziehen wollen, zeigt sich besorgt, ob sie genug Verpflegung bei sich hätten, ob sie eine Schutzhütte für die Nacht finden würden.

»Grisedale ist überflutet«, sagt der eine, »wir woll'n nich höher als wie zum Tümpel.«

»Ah, Ulph«, antwortet der Gode, »genau dort wollen wir auch hin.«

»Und was das Essen angeht, Herr«, sagt der andere Hirte, dessen nackte Füße schwarz vom Torf sind, »hat dein' Tochter Haldis uns gut versorgt, so wahr ich Snorri Hasenscharte heiß', wie sie das immer macht.«

»Ist wahr, was Snorri sagt«, fügt Ulph hinzu und wirft

dem Goden einen schlauen Blick zu, »das ham wir der Tochter vom Herrn zu danken, dass wir auf'm Berg wie Könige leb'n könn'.«

Die Schmeicheleien des Mannes bringen ein Lächeln auf die Lippen des Goden. Er treibt sein Pferd an und trabt gut gelaunt davon, vergisst sogar für eine kurze Weile, dass ich auch noch da bin, während sein Pferd stolz durch den schlammigen Bach spritzt. Eins muss man dem Goden lassen, er hat unendlich viel Geduld: Seit er erfahren hat, dass ich nur sehr selten auf einem Pferd gesessen habe, und auch dann immer nur mit einem Eisenstück zwischen den Zähnen des Gauls, und auch noch nie auf einem ungesattelten Pferd, hält er seinen Schecken ständig direkt neben mir, Flanke an Flanke, und erklärt mir dabei alles, was man über Trense und Zügel wissen muss.

»Junger Mann«, sagt er, als er absteigt, um mein Pferd aus einem kleinen Graben zu ziehen, »erzähl mir von deiner Sippe. Woher kommst du?«

Leif »der Große«, sein Name passt zu ihm. Er ist gut eine Elle größer als die meisten anderen Männer. Um durch die Giebeltür zu kommen, muss er sich bücken, und auch in der Halle geht er mit eingezogenen Schultern herum, damit er sich nicht ständig den Kopf an den Deckbalken anschlägt. Der Gode ist ein Mann, zu dem man aufblickt, und nicht nur deshalb, weil er groß gewachsen ist. Wenn seine Leute zu ihm kommen, sei es, um von ihm einen kniffeligen Rechtsstreit klären zu lassen, über das Werfen der Lämmer, das sogenannte Ablammen, oder die Schafschur zu reden, mit Fisch oder Getreide zu handeln oder einfach nur, um mit ihm ein wenig zu plaudern, widmet er ihnen seine ganze Aufmerksamkeit. Er wendet sich nie von ihnen ab, lässt sich durch nichts ablenken, wie ich es bei anderen wichtigen Männern schon beobachtet habe. Ich verstehe jetzt, warum Blot ihn nicht mag: Leif ist ein Mann, der zu seinem Wort steht.

Bera ist seine Lieblingstochter. Sie ist in meinem Alter, ein hübsches Mädchen mit weiblicher Figur und freundlichem Lächeln, obwohl sie immer ein ernstes Gesicht macht, wenn ihre ältere Schwester in der Nähe ist. Bera wird eine nette Frau abgeben, aber ich würde mir nie erlauben, sie für mich zu erhoffen. Sie ist freundlich und umgänglich; ein wenig erinnert sie mich an meine Schwester Alu.

Haldis kümmert sich um den Herd und überwacht die Milchmädchen beim Buttern oder wenn sie die Molke in großen Bottichen ansäuern. Bera arbeitet hauptsächlich am Webstuhl, und mit jedem Schlag des Webschwerts wird das Gewebe länger und ihr Vater reicher. Von morgens bis abends schießt die jüngere Schwester den Schussfaden durch die Kettfäden; noch nie habe ich so flinke Finger an einem Webstuhl gesehen.

Leifs Stoffballen stapeln sich allerorten, ein Teil davon wird auf Knorren verladen und irgendwo anders verkauft, nach Farbe und Gewicht sind das die besten. Bera stapelt sie auf Bänken an der hinteren Wand der Halle. Wenn es dunkel wird, greift sie zu Nadel und Faden; sie kann auch sehr schnell und geschickt nähen. Alles macht sie nach Gefühl, sogar ohne viel Licht, auf einem Stuhl neben Sigis offenem Schrankbett. An den meisten Abenden sitzt sie dort neben ihrem kranken Bruder, die Näharbeit auf dem Schoß, und näht; wenn es Zeit zum Schlafengehen ist, steigt sie in ihr eigenes Bett, das über dem ihres Bruders liegt, und schließt die Klappe.

Hethrun hat kaum geschlafen, seit wir nach Osvellir gekommen sind – sie wacht die ganze Nacht an Sigis Bett. Sie sagt, sie muss immer ein Auge auf ihn haben, »solange die dunklen Geister noch zugange sind«. Nach einem Becher Bier und dem Abendessen am Herd verjagt sie Ikki mit einem Tritt aus dem Haus; die Katze soll wie jede Nacht auf Jagd gehen; Leifs Hunde sorgen dafür, dass der Katze nicht langweilig wird. Vor dem Schlafengehen döst Hethrun neben dem Herd für eine Weile, um während der Nachtwache nicht einzuschlafen, und tatsächlich ist sie dann hellwach, während wir anderen schlafen. Die Familie tut alles, was Hethrun sagt. Selbst Leif befolgt ihre Anweisungen sehr genau. Denn der Alten und ihren Salben und Tinkturen ist es zu verdanken, dass sich Sigis Zustand allmählich bessert.

Sie hat einen übel stinkenden Sud aus Flachssamen und Blutlungenmoos gebraut, ein klumpiges, schleimiges Zeug, so ähnlich wie Knochenleim. Sigi hat das ekelhafte Gebräu beäugt, schnüffelte kurz daran und wollte nichts mehr damit zu tun haben. Daraufhin gab Hethrun Bera die Schale und einen Löffel und bedachte sie mit einem Blick, der besagte: »Wenn du deinen Bruder nicht dazu bringst, die Medizin zu schlucken, kann ich ihm nicht mehr helfen.« Bera weiß genau, wie sie ihren Bruder dazu bringt, das zu tun, was sie ihm sagt. Bevor sie ins Bett steigt, sorgt sie dafür, dass er die ganze Schale »Knochenschleim« leer gegessen hat und einschläft.

Inzwischen sitzt Sigi mit untergeschlagenen Beinen, eine braune Felldecke um die Schultern, auf der Bank. Seit er weiß, dass er allmählich gesund wird, weigert er sich, im Bett zu bleiben. Seine Schwestern hätten gern, dass er weiterhin das Bett hütet, aber sie können auch nicht verbergen, wie sehr sie sich freuen, dass er wieder bei ihnen sitzt und alles miterleben will.

Bera ist heute zu aufgeregt, um nähen zu können. Das Haus brummt vor freudiger Erwartung: Ein Fest soll gefeiert werden. Es soll nächste Woche stattfinden, und gefeiert wird Sigis Gesundung. Cuin nimmt einen kräftigen Schluck Bier, den ersten an diesem Abend, und zwinkert mir übers Herdfeuer hinweg zu. Ich mag den alten Onkel. Höre ihm gern zu, wenn er seine Geschichten erzählt – immer wieder rutscht ihm ein Erinwort heraus, was mich an Ma erinnert. Seit ich allerdings gehört habe, dass er vier Nächte in Hethruns Haus verbracht hat, mache ich mir Sorgen, dass er ihren ganzen Vorrat an Rauschbeerensaft getrunken haben könnte.

Sie hatten Cuin holen müssen; der Fährmann von Osvik fuhr gestern eigens hinüber, um ihn von Suthyre abzuholen, aber aus irgendeinem Grund tauchte Cuin erst heute Abend in Leifs Haus auf. Kaum war der alte Mann da, als er auch schon wieder losgeschickt wurde, um sämtlichen Gästen von Sigis Fest eine persönliche Einladung zu überbringen. »Lad sie alle ein, Onkel«, sagte Leif, »keiner darf ablehnen, die ganze Gegend soll sehen, dass Sigi wieder ganz der Alte ist.«

Und deshalb wird Cuin morgen mühsam auf das Pferd steigen und nach Kletturvik, Grisedale, Osvik und Laxvik reiten, den Goden Klep auf dem Klepjarnshof aufsuchen, auch Blot und Karghyll, Leifs Pächter auf der anderen Fjordseite und sogar zu Hals auf dem Vorgha-Hügel hinauf. Den Eingeladenen winken gute Geschichten, Geschenke und so viel zu essen und zu trinken, wie sie nur können. Ich bin ziemlich sicher, dass der alte Knabe bei seinen Besuchen auf den Nachbarhöfen nicht Nein sagen wird, wenn man ihm ein Bier anbietet.

Sigi prahlt mit seinen Heldentaten im letzten Winter, als es beim Eissport auf dem Grisedale-Tümpel richtig zur Sache ging, aber das meiste klingt zu schön, um wahr zu sein – waghalsige Angriffe auf den Kufen, geschickt herausgespielte Punkte beim Knattleikr. Wenn man dem jungen Leifson glaubt, kann ihn auf dem Eis keiner schlagen. Aber die Angeberei klingt immer abenteuerlicher, sogar für seine Schwestern.

Als ihr Bruder außer Hörweite ist, flüstert mir Bera zu: »Nimm ihn nicht ernst, Kregin. Das ist reine Angeberei. Das Gerede haben wir alles schon mal gehört. Aber wenigstens ist Sigi jetzt über den Berg, das haben wir Mutter Hethrun zu verdanken. Deshalb freuen wir uns, dass er wieder so herumprahlt wie früher.«

»Ich habe eine Idee«, fährt Bera fort, als ihr Bruder wieder in die Halle kommt und die Tür zum Scheißhaus mit einem kräftigen Tritt zuschmettert. »Warum spielt ihr nicht eine Runde Hneff, du und Kregin?«

»Gute Idee«, stimmt Haldis zu.

Das passt mir gar nicht. »Tut mir leid, Bera, ich kenne keine Brettspiele.«

»Du wirst es schnell lernen, die Regeln sind ganz einfach«, meint Sigi grinsend. »Jedes blöde Schaf kann Hneff spielen.«

»Aber ich hab's noch nie ausprobiert!«

»Nichts leichter als das«, sagt Sigi. »Du musst nur ein paar Figuren von einem Viereck zum anderen schieben. Es ist ein Kriegsspiel, es geht darum, die Krieger des Gegners zu schlagen. Wer zuerst den König des Gegners schlägt, hat gewonnen.«

»Soll ich das Spiel holen?«, fragt Bera. »Wo ist der Kasten?«

»Ich hab ihn weggeräumt«, sagt Haldis. »Während Sigi krank war, hat niemand gespielt.« Sie klappt die Sitzbank hoch und holt eine kleine Kiste mit Figuren und Würfeln hervor.

Sigi setzt sich dicht ans Feuer, damit er den besten Blick auf das Spielbrett hat. Wir stellen die Figuren auf, in einer Reihe, die schwarzen und weißen stehen sich wie zwei Kriegsheere gegenüber. Sie sind aus Speckstein geschnitzt, ungefähr daumengroß, und sollen Jarls, Schildmägde, Reiter, Zwerge, Bluthunde, Schlangen und Drachen darstellen.

Sigi erklärt die Regeln: Jeder Zug wird mit Würfeln eingeleitet – wohin und um wie viele Felder die Figuren auf dem Brett verschoben werden dürfen, welche Figuren schwach sind, sodass man sie opfern kann, welche gefährlich oder wertvoll sind und dass man die geflügelten Reiter, die den König beschützen, auf keinen Fall opfern darf.

Kaum habe ich begriffen, wie das Spiel gespielt wird, als Sigi seine Truppen auch schon auf meine Reihen wirft. Kühn greift er an, mit Axt und Pfeil und Speer. Er lässt sich vom Spiel mitreißen, kämpft am Spielbrett so hart, als wäre es ein echter Kampf, ein blutiger Krieg, eine Mischung von Hneff und Magie. Es dauert nicht lange, dann fegt er meine Reiter beiseite und nimmt mir den König – »Ich hab dich vom Antlitz der Erde gefegt«, bejubelt er seinen Sieg.

Voller Aufregung kann er es kaum erwarten, eine neue Schlacht anzufangen. »Komm schon, schauen wir mal, ob du dieses Mal mehr draufhast.«

»Aber, Sigi«, beschwere ich mich, »das ist nicht fair! Du hast mir nicht gesagt, dass so ein Zug erlaubt ist!«

»Was jammerst du jetzt schon wieder?«, fragt er mit einem Seitenblick auf Bera.

Sie mischt sich ein. »Sigi, du hast nur eine Vier gewürfelt, bist aber mit deinem Axtzwerg neun Felder vorgerückt. Das ist nicht fair, nimm den Zug zurück.«

Haldis nickt. »Wenn du deinen Zwerg fünf Felder zurücksetzt, wo er eigentlich stehen sollte, hätte Kregin eine Möglichkeit, ihn zu schlagen. Und von diesem Feld aus kann er dich besiegen, Sigi.«

»Ich hab nicht geschummelt«, behauptet Sigi frech. »Mein Zwerg kann durch die Zauber-Neun vorrücken. Ich kann die Regel anwenden, sobald der Zwerg in Schwierigkeiten kommt – und das hab ich gemacht.«

Das macht mich nun richtig wütend. »Was zum Henker ist eine Zauber-Neun? Davon weiß ich nichts!«

»Ein Zwerg kann sich verwandeln – er kann verschwinden und wieder erscheinen, die Regeln erlauben das.«

»Stimmt, Sigi«, sagt Bera, »aber nicht, nachdem du eine Vier gewürfelt hast, für die Verwandlung brauchst du eine Doppel-Vier, und außerdem muss die Schildmagd das Feld daneben decken.«

»Na gut, ihr habt mich ertappt«, murrt Sigi verlegen und zieht den Zwerg fünf Felder zurück. »Tut mir leid, Kregin.« Er lacht. »Ich musste es einfach versuchen. Beim Hneff ist es so wie in der Liebe und dem Krieg – alles ist erlaubt.«

Haldis hat schon bei Tagesanbruch angefangen, die Halle zu putzen, hat Bänke und Tische verrückt, die Asche um den Herd zusammengefegt, Spinnweben von den Deckbalken gewischt und über der Giebeltür eine Menge Staub aufgewirbelt, den sie bis zur letzten

Staubflocke zur Tür hinaus und in die Morgensonne fegte.

Sie bewegt sich schnell und sicher, heute ist von ihrer Krücke nichts zu sehen. Leif kommt gebückt durch die Tür, er muss der Staubwolke und Haldis' kräftigen Besenschwüngen ausweichen, denn sie macht unverdrossen weiter.

Der Gode und ich haben im Schafpferch bei den Auen nachgesehen, ob bereits erste Anzeichen des Ablammens zu bemerken sind. Ich folge Leif und seiner älteren Tochter in die Halle.

»Olafs Wollpacht ist fällig«, ruft sie ihm nach. »Nicht viel, zwanzig Ellen gesponnenes Garn und drei Vliese von der Schur.«

»Können wir das nicht aufschieben, bis Sigis Fest vorbei ist?«

»Nein, Vater«, widerspricht Haldis, »wenn wir die Pacht jetzt nicht einfordern, kommt Olafs Frau ganz durcheinander. Sie vergisst immer, was sie schuldet. Ich würde selbst hingehen, aber du siehst ja, dass ich bis über die Ohren zu tun habe.«

Olaf habe ich gestern kennengelernt, er ist einer der Kleinbauern, der seine Schafe von Leif pachtet, sein kleines Haus ist nicht mal einen Morgenmarsch entfernt.

»Dann schick doch mich zu Olafs Haus«, schlägt Bera vor. Sie steht vom Webstuhl auf, streckt die Arme und massiert sich die Nackenmuskeln. »Ich ziehe die Pacht ein. Kregin könnte mitkommen und die Wolle tragen.«

»Wo ist denn dein Bruder?«, erkundigt sich Leif. »Ist er immer noch nicht gesund genug, um mit dir zu gehen?«

»Sigi war heute ein wenig durcheinander«, erklärt Bera. »Er spaziert am Strand entlang. Hethrun ist auch dort, sie kümmert sich um die Fischerleute.«

Leif sieht nicht sonderlich erfreut aus. »Wenn es so ist, muss er morgen im Kuhstall arbeiten.«

»Die Wahrheit ist, dass ich ihn aus dem Haus jagen musste«, sagt Haldis. »Er muss nicht mehr das Bett hüten und ist wieder ganz so wie vor der Krankheit – und das heißt, dass ich es kaum aushalten kann, wenn er in der Nähe ist.«

KAPITEL 16

Osvellir, das Langhaus und der Hof, ist jetzt seit zwei Jahren mein Zuhause. Leif Njelson, Gode von Osvellir, hat mich an Kindes statt angenommen; er ist mein Adoptivvater. Inzwischen kenne ich ihn besser, fast so gut wie ein Sohn seinen Vater. Und ich kann mit Fug und Recht sagen, dass er überragend ist, stark und gut zu seiner Familie, wirklich ein rechtschaffener Mann.

Aber eigentlich verdanke ich Hethrun mein Glück. Denn ich bezweifle, dass mir der Gode auch nur einen Gedanken gewidmet hätte, wenn sie nicht gewesen wäre. Ich erinnere mich noch gut, wie sie sich damals verabschiedete, mir wie beiläufig von Cuins Boot etwas zurief, ängstlich Ikki an sich pressend, als könne der Kahn jeden Augenblick sinken, während ich das Boot mit ihr und ihrer kostbaren Katze ins Wasser schob und der alte Onkel lachend nach den Riemen griff.

»Es ist ein fairer Lohn«, rief sie, »dafür, dass ich den jungen Sigi wieder auf die Beine gebracht habe.«

Hethrun tat so, als wäre es ein einvernehmlicher Handel gewesen, ein Geschäft zwischen ihr und Leif.

Aber ich bin nicht davon überzeugt, dass sie ihn nicht dazu gedrängt hat. Andererseits ist der Gode kein Mann, der sich von anderen zu etwas zwingen lässt. Er kennt sich mit den Gesetzen genau aus und ist gegenüber Leuten wie Hethrun zu misstrauisch, um sich hereinlegen zu lassen. Aber ich kenne auch Hethrun und weiß, dass die Alte jede Menge Tricks auf Lager hat. Sicherlich hat sie ihn an seine Vatergefühle erinnert, sodass es ihm unmöglich war, sich zu weigern.

Aber Leif ist nicht nur ein Mann des Gesetzes, sondern auch ein geschickter Schmied; sicher hat er die Dinge gegeneinander abgewogen, so wie er an der Esse Erde und Eisenerz genau abwägt, und nur zugestimmt, weil er davon überzeugt war, dass die Sache auch für ihn einen Nutzen hat. Ganz abgesehen davon, dass wohl kein Mann einen Preis für das Leben seines Sohnes festsetzen würde.

Aber eines muss man Leif lassen: Was auch immer der Grund gewesen sein mag, mich als Pflegesohn bei sich aufzunehmen, er stand zu seinem Wort. Die Adoption wurde innerhalb weniger Tage durchgeführt, Pils und Djup waren Zeugen. Ich hätte mir nichts Besseres wünschen können, denn ich werde geachtet wie ein leiblicher Sohn, ohne Wenn und Aber. Ich habe zwei wunderbare Schwestern, die für mich sorgen, in Sigi den besten aller Brüder und kann mich immer an den guten alten Cuin wenden, wenn ich einen Rat brauche.

Ich gehöre zu einem Haushalt, dem es an nichts fehlt. Der Wohlstand unserer Höfe wächst, gleichgültig, woran man ihn misst: an Land oder Pacht, an Pferden oder Schafen, an Webstoffen oder Käse, an Getreidespeichern oder Kuhställen. Es gibt keine Gemeinheit, keinen Geiz: Langhaus und Hof sind dafür da, dass es allen gut geht, ob Familie, Pächter oder Sklaven.

Wenn Vater in der Schmiede arbeitet, verkohlt er Holz zu Holzkohle; das teerige Harz sammelt er und lässt es abkühlen. Er baut das Feuer in der Esse auf, fächelt die Flamme bis zur Weißglut, erhitzt das Sumpferz zu einem großen Klumpen, zieht die Schlacke heraus. Auf jede Klinge, jedes Werkzeug, das er auf seinem Amboss hämmert, schlägt er seine Namensrune als dauerhafte Erinnerung an den Erzeuger und als Beweis für sein handwerkliches Geschick. Und genauso macht er es mit seinen Höfen. Er prägt allem sein Siegel auf: die Gründlichkeit, mit der er das Leben im Gutshof leitet und regelt, alles wird so gemacht, wie er es wünscht. Wenn ich auch inzwischen begriffen habe, dass es Haldis ist, die für einen reibungslosen Ablauf sorgt. Soweit es die alltäglichen Dinge betrifft, hat unsere Schwester das Sagen – nicht Vater und Sigi erst recht nicht.

Das darf man nicht missverstehen, weder Vater noch Sigi weichen der täglichen Schwerarbeit auf den Feldern oder beim Vieh aus, keiner von beiden führt den Pflug zu locker über den Acker, schreckt vor den vielen schlaflosen Nächten zurück, wenn die Lämmer geboren werden, oder drückt sich vor dem Heuen, Nacht für Nacht unter dem Mittsommermond. Aber andere Dinge überlassen sie lieber Haldis: die Pacht und die Wolle zu berechnen oder zu bestimmen, welche Milchkühe im nächsten Schlachtmonat gekeult werden müssen, damit sich keine Seuchen ausbreiten. Niemand widerspricht ihr, wenn es um Scheune oder Herd, Tisch oder Nahrung geht. Leif ist Witwer, und seine älteste Tochter hat die Rolle der Herrin des Hauses übernommen.

Vaters Pflichten mit »dem Gesetz« bedeuten, dass er oft abwesend ist, besonders um diese Jahreszeit. Vor dem Sommerthing ist er die meiste Zeit unterwegs, geht diesen oder jenen Ansprüchen von Pächtern nach, regelt Rechtsfragen für jedermann.

Und er umgeht auch nicht die Hausbesuche, weder oben in den Bergen noch unten im Tal, und übernachtet oft bei Leuten wie bei Pils in Grisedale oder bei Hals oben auf dem Vorgha. Er stattet jedem einen Besuch ab, der ihn um Rat bittet, ob er nun dafür bezahlen kann oder nicht. Wann immer ihm jemand einen Gefallen tut, dem gibt er auch wieder etwas zurück.

Beim diesjährigen Thing werden Sigi und ich unseren Vater zur Thingstätte begleiten. Wir sind beide sechzehn Sommer alt geworden, sind jetzt also volljährig. Gemeinsam wollen wir uns zu den Männern gesellen und mitbrüllen, wenn der Sprecher zur Abstimmung aufruft.

Jeder Streit im Umkreis von zwei Reittagen um Laxvik wird auf der Thingstätte verhandelt: Geschädigte tragen ihre Beschwerde vor, Zeugen werden gehört, das ist nicht anders als bei anderen Thingen – aber in Laxvik wird ein großer Teil von Vaters Rechtsarbeit schon vorher erledigt. In neun von zehn Fällen weiß er schon im Voraus, wie die Sache entschieden wird, bevor der Sprecher zur Abstimmung ruft.

Im Fall des gestrandeten Wals jedoch ist es anders. Niemand, nicht einmal Vater, weiß, wie dieser Streit entschieden wird. Neulich hat mir Olaf ein Gerücht erzählt – der Pächter ist immer gut für Tratsch –, wonach die Sache wohl zugunsten von Blot ausgehen werde. »Nicht, wenn wir es verhindern können«, war meine Antwort, aber mir ist klar, dass Vater dazu jede einzelne Stimme braucht, auch Sigis und meine, um ein Urteil zugunsten von Karghyll zu erlangen. Ich kann es kaum fassen: Sigis und meine Stimme werden gleich bewertet wie die Stimmen von Pils und Djup!

Weil jedoch Klepjarn damit zu tun hat, muss der Fall sehr sorgfältig verhandelt werden. Vater will ihn gewinnen, kann es sich aber nicht leisten, zu viel Unruhe hervorzurufen. Das weiß jeder, der zwischen Klettur Os und Laxvik wohnt. Vater hat die Hoffnung noch nicht aufgegeben, dass der alte Klep Sigi und mich für seine Töchter auswählt. Die Schwestern würden anständige Bräute abgeben. Grima, die jüngere, ist zwar ein bisschen zu knochig für meinen Geschmack, aber unsere Schwester Haldis sagt, dass sie »oben und unten« bestimmt noch ein bisschen fülliger wird, wenn sie erst einmal verheiratet ist.

Vater will, dass seine Jungen »sesshaft« werden, aber es steckt noch mehr dahinter. Klepjarn hat keine Söhne, denen er Haus und Hof und Herden hinterlassen könnte. Wenn der Alte dahinscheidet, wird also alles zwischen seinen Töchtern und ihren Ehemännern aufgeteilt.

Im Sommer, mindestens einmal im Monat oder wenn Haldis ohne mich zurechtkommt, leihe ich mir Cuins Boot und rudere über den Fjord, um Hethrun für einen oder zwei Tage in ihrem alten Fischerhaus in Suthyre zu besuchen. Ich erledige ein paar Arbeiten rund ums Haus für sie, erfahre alle möglichen Neuigkeiten und höre mir ihre Klagen über ihre Wehwehchen und ihre echten Schmerzen an.

Am Anfang, als ich gerade adoptiert worden war, habe ich Hethrun jede Woche besucht und ihr Geschenke aus Osvellir mitgebracht, Knochenperlen oder Talg. Aber das wollte sie nicht; die Mühe sollte ich mir nicht machen, nur um ihr einen Gefallen zu tun, sagte sie. Jetzt nimmt sie höchstens noch ein Bündel Blutlungenmoos vom Grisedale-Tümpel als Gastgeschenk an.

»Bist du sicher, dass du dafür genug Zeit hast?«, fragt Hethrun streng, als ich wieder einmal bei ihr am Gatter auftauche. »Ogg darfst du nicht so heftig umarmen, du erdrückst ihn ja! Thor schütze uns vor deinen Umarmungen! Du bist schuld daran, Kregin, dass der alte Bock so sanft wie ein Lamm geworden ist!« Aber dann fügt sie mit milder Stimme hinzu: »Komm rein, iss erst einmal ordentlich und erzähl mir, was los ist. Karghylls Frau hat einen Packen Walfleisch geschickt, und die eingelegten Rüben sind jetzt reif, um gegessen zu werden.« Wir beide grinsen uns über den Tisch hinweg zu, als sie Karghylls Wal erwähnt.

»Der gestrandete Wal hat Vater eine Menge Schwierigkeiten gemacht, der Fall wird nächste Woche beim Thing verhandelt. Die Sache steht auf der Kippe; es ist völlig unklar, wer gewinnt.«

»Das Neueste, was ich gehört habe, ist, dass der Gode versucht hat, alle Männer auf seine Seite zu ziehen. Er will nicht dulden, dass einer seiner Pächter verliert.«

»Das stimmt, aber Blot gibt keine Ruhe. Gegen unseren Rat hat er mit Klepjarn gesprochen. Und jetzt scheint es so, als würde ganz Laxvik auf dem Thingplatz gegen Karghyll stimmen.«

»Wäre eine Schmach, wenn Karghyll verlieren würde«, sagt Hethrun und löffelt den Rest des Blubbereintopfs aus. Ich nicke und esse, während sie weiterplaudert. »Viggi Karghyllson hat den Wal gefunden und ihn auf der Stelle für sich beansprucht; des einen Freud', des anderen Leid. Es ist ganz einfach Skogurdale-Strandgut, das sollte doch allen klar sein.«

»Aber, Hethrun, Blot schwört, dass der Wal zuerst auf seiner Flussseite strandete, und behauptet, Viggi hätte ihn wieder ins Wasser gezogen. Er sagt, der Wal gehöre eigentlich Laugdale.«

»Geschieht Blot ganz recht, wenn er leer ausgeht. Karghyll hat ihm die Hälfte angeboten, das weiß ich mit Sicherheit, aber der gierige alte Tunichtgut hat es abgelehnt.«

»Seit sich Klep auf seine Seite stellt, verlangt Blot eine Entschädigung und will, dass Viggi hart bestraft wird, weil er den Wal weggezogen hat.«

»Dein Vater ist zu gescheit für den Goden Klep. Er wird den Fall schon gewinnen.«

»Reden allein nutzt nichts. Vater sagt, wenn es bei einer Abstimmung auf der Thingstätte knapp wird, hängt alles davon ab, ob man genug Vergünstigungen verteilt hat – wie viel und wem ein Nachbar etwas schuldet und so.«

»Wer würde Blot schon gern als Nachbarn haben wollen? Da kann man Blutsbande und Verwandtschaft vergessen. Bedeutet es ihm denn gar nichts, dass Karghylls Sohn seine Tochter geschwängert hat?«

KAPITEL 17

»Bitte, Pa«, sagt Bera, als sie vom Webstuhl aufsteht, »du sollst nicht denken, dass ich undankbar bin.«

»Das denke ich doch gar nicht, Liebes«, sagt Vater sanft.

»Ich weiß, dass du immer nur das Beste für mich willst. Es tut mir leid, Pa, aber ich will nicht mitgehen. Warum soll ich mich von allen Leuten als hoffnungsvolle Braut anschauen lassen wie alle anderen Mädchen, obwohl ich das überhaupt nicht will? Warum soll ich mit dir nach Laxvik gehen? Ich suche keinen Mann. Hier in Osvellir bin ich vollkommen glücklich.«

Eine Träne rinnt über Vaters Wange. Von der Arbeit an der Esse sind Bart und Hände rußgeschwärzt, die lange Lederschürze ist schmutzig. Wenn er nicht so stark nach Ruß und Dreck und Schweiß stinken würde, hätte er Bera auf der Stelle umarmt und ihren Kopf so zärtlich an sich gedrückt, als wäre sie noch ein kleines Mädchen.

Ihre Antwort ist eigentlich mehr, als er sich wünschen kann. Er ist bereit, Sigi zu verheiraten und mich mit »diesem Mädchen Grima« zu verbinden, aber seine Töchter will er nicht verlieren. Er würde sich ihnen nicht in den Weg stellen – wenn sich ein Mann mit guten Aussichten für eine von ihnen interessieren würde –, aber eigentlich wünscht er sich, dass seine Mädchen zu Hause bleiben.

»Ich zwinge dich nicht dazu, Mädchen«, sagt Vater. »Vielleicht kommst du nächsten Sommer mit zum Thing, und wir können stolz auf dich sein.«

Sigi lacht laut auf. »Warum willst du nicht mitkommen, Bera? Gib den Burschen eine Chance – vielleicht begegnest du dort dem großen Glück?«

»Es gibt keinen, für den ich von zu Hause weggehen würde«, erwidert Bera scharf.

»Dieses Jahr kommen auch ein paar neue Burschen, die du noch nie gesehen hast – Fremde aus dem Norden, Eisköpfe vom Langfjord. Sie wollen ihre Pferde vorführen und an den Ringkämpfen teilnehmen.«

»Nicht nötig, sie damit zu locken, Junge«, mischt sich Cuin ein. »Sie wird selber wissen, wann sie dazu bereit ist.«

»Warum sollen wir überhaupt etwas ändern?«, fragt Bera. »Alles ist so, wie wir es haben wollen. Haldis in der Molkerei, ich am Webstuhl. Wer soll denn die Wolle weben, wenn ich nicht mehr da bin?«

Ohne auf die Antwort zu warten, trägt sie einen fertigen Stoffballen nach hinten und schiebt ihn auf den Stapel, den wir dort lagern.

Morgen beginnt das Thing in Laxvik; Vater steht im Hof und brüllt, dass wir endlich kommen sollen. Es regnet in Strömen, prasselt so stark herab, dass das Wasser fast bis auf Schulterhöhe von den Pfützen hochspritzt. Haldis hinkt ins Haus zurück, um nicht völlig durchnässt zu werden, Bera aber begleitet uns bis zum Gatter am Ende des Hofs, wo sie sich verabschiedet. Es hört nicht auf zu regnen, der Weg ist aufgeweicht und schlammig, aber wir lassen uns davon die gute Laune nicht verderben. Sigi hat sich für den Schecken als Reittier entschieden, ich für den jungen Rotfuchs. Vater reitet auf dem Rotbraunen voraus, Cuin hält sich neben ihm. Wir reiten zu den nebelverhangenen Hügeln hinauf, um auf den Reitpfad nach Osvik zu gelangen. Unsere Hunde laufen voraus, Diener mit Packpferden folgen uns.

Die drei Saumpferde sind mit Leinen, Zeltstangen und Stäben beladen. Sobald wir unseren Platz auf der Gemeindewiese von Laxvik gefunden haben, werden wir unsere drei Zelte aufbauen – ein Zelt zum Schlafen, eines als Lager für unsere Verpflegung (und um das Bier besser bewachen zu können) und ein drittes, in dem Vater seine Gäste empfängt. Dieses »Zelt des Rechts« ist schöner und größer als die beiden anderen, es hat sogar ein Vordach. Die Zeltplane wurde aus einem alten

Segel genäht. Sie ist so schwer, dass man sehr starke Stäbe und Zeltstangen braucht.

Am Morgen haben wir in letzter Minute noch ein paar Seehundfelle auf die Lasttiere gepackt; sie stammen von der Seehundjagd auf dem Eis im letzten Winter. Vater hat vor, sie als Geschenke zu verteilen, es sind sauber geschabte Felle, mit denen er sich Wohlwollen und Stimmen auf dem Thing erkaufen will.

Für die Saumtiere ist Olaf zuständig. Der Pächter wird beim Thing unser Diener sein, dafür erhält er zwei Wochenlöhne oder noch mehr, wenn sich der Rechtsstreit länger als geplant hinzieht. Die Arbeit mit den Lastpferden hätte Vater auch jedem anderen unserer befreiten Sklaven übertragen können. Ulph der Schäfer kann besser mit Pferden umgehen und Snorri, Vaters rechte Hand in der Schmiede, kann besser kochen, aber Olaf ist nun mal unser Pächter, hat für eine Familie zu sorgen und hat Schulden. Der Einsatz beim Thing ist gut bezahlt, das hilft ihm, einen Teil seiner Schulden abzutragen.

Außerdem begleiten uns fünf Knechte, die unsere Bierschläuche und die Verpflegung tragen. Wir hätten mehr Knechte brauchen können, aber Haldis hat ein Machtwort gesprochen: »Fünf müssen reichen, von mir kriegt ihr keinen einzigen weiteren Mann.« Und das hat sie so lange wiederholt, bis Vater endlich nachgegeben hat. Es ist der Monat der »drei Melkzeiten«. Man benötigt drei berittene Männer, die eine Staffel bilden, um die frisch gemolkene Milch von den Sommerweiden zum Hof zu schaffen. Wenn sie nicht mindestens drei Männer im Einsatz hat, sagt Haldis, geraten die Mädchen in der Molkerei bei der Käseherstellung und beim Auffüllen der Bottiche mit Molke in Rückstand.

Wäre es nach Vater gegangen, hätte er sämtliche Männer nach Laxvik mitgenommen, um allen seinen Besitz zu zeigen. Je mehr Knechte, je mehr Hunde und Pferde er zum Thing mitbringt, desto glücklicher fühlt er sich. Nicht nur, weil er ein stolzer Mann ist – denn das ist er tatsächlich –, sondern weil es sich bei den Rechtsstreitigkeiten auszahlt, mit Reichtum und Macht zu protzen. Es hilft dem, der das Gesetz vertritt, neue Klienten zu gewinnen. Und je mehr Kläger er übernimmt, desto größer ist der Anteil, den er von den Entschädigungen einstreichen kann, die das Gericht verhängt.

Ich bin nicht sicher, ob Olaf weiß, dass Sigi mit seiner Tochter herumgemacht hat, aber das ist inzwischen auch egal, denn die Sache ist längst vorbei. Olaf ist nicht mehr für Knara verantwortlich, sie ist jetzt mit Viggi Karghyllson verheiratet und wohnt auf der anderen Seite des Fjords in Skogurdale.

Für Sigi bedeutete das nur ein bisschen Spaß, völlig harmlos, nichts weiter, als Knaras Röcke hochzuschieben und sich ein bisschen mit ihr zu vergnügen. Keine Ahnung, wie er das in der kurzen Zeit geschafft hat, wenn ihre Mutter grade mal nicht hinsah.

Sigi ist keiner, der solche Dinge für sich behalten kann. Wie er mir erzählte, möchte Knara es jedem Mann recht machen. Und sie hat auch nichts dagegen, wenn ein junger Mann wie Sigi herauszufinden versucht, was ihr Spaß macht. Wenn ich meinem Bruder glauben soll, durfte er auch ihr süßestes Geheimnis aufdecken, bevor ihr Vater sie hastig mit einem anderen verheiratete. Aber ich habe Sigi kein Wort von Blots Tochter Idris erzählt – die Episode sollte möglichst in Vergessenheit geraten.

Olaf geht zu rau mit den Pferden um. Er ist nicht direkt absichtlich grob zu ihnen, sondern eher, weil es ihm an Voraussicht mangelt. Jeder Narr sieht, dass er die Zeltstangen, Stöcke und das schwere Segeltuch falsch auf die Pferde gepackt hat. Offenbar hat er nicht begriffen, dass man das Gewicht gleichmäßig auf die Stuten verteilen muss.

Wieder ziehen dichte schwarze Wolken über die Berge heran. Dunkles Torfwasser strömt vom Hochmoor herunter, der Grisdale-Tümpel ist über die Ufer getreten und das Wasser lässt den Reitweg schlüpfrig und gefährlich werden. Selbst bei gutem Wetter wäre der Weg für die halb zahmen, unbeschlagenen Pferde schwierig, aber jetzt haben wir schon zweimal anhalten müssen, um Olafs Ladung neu zu packen und festzuzurren, was sehr ärgerlich ist und uns unnötig lange aufhält. Die Hunde sind unruhig; unsere fünf Lastenträger stehen herum und ruhen sich aus, ihre Haare dampfen im Regen. Wenn wir es vor Mittag nicht bis nach Osvik schaffen, wie wir gehofft haben, wird Vater sehr unzufrieden sein.

»Ulph«, brüllt Vater, »leg dein Gepäck ab und hilf Olaf mit der Stute. Das Packseil scheuert über ihre Flanken, kein Wunder, dass das alte Mädchen ständig jammert.«

»Der Weg ist so sumpfig, das hält uns auf«, murrt Olaf säuerlich. »Vielleicht hätten wir noch ein Pferd mehr mitnehmen sollen.«

»Wenn wir zu langsam vorwärtskommen, ist das mein Fehler«, sagt Vater, jetzt wieder mit ruhigerer Stimme. »Ich hätte Haldis klarmachen müssen, dass wir noch ein Pferd brauchen.«

»Schau doch, wie schwer die Last dem Tier ist, Herr«, klagt Olaf, der die Gelegenheit nutzt, um seine Meinung durchzusetzen. »Wenn wir nach Osvik kommen, könnten wir doch den Bauer Finn fragen, ob er uns nicht ein Pferd ausleihen kann.«

»Wir werden eins mieten oder notfalls auch kaufen«, antwortet Vater. »Ich will nicht, dass Finn überall herumerzählt, ich hätte von ihm ein Pferd ausgeliehen.«

»Finn-buna wird nicht zu Hause sein«, wirft Cuin ein. »Er ist bestimmt schon zum Thing aufgebrochen. Und seine Frau wird sich wohl kaum in seine Pferdegeschäfte einmischen, egal, ob wir es ausleihen, mieten oder kaufen wollen.«

»Dann müssen wir eben so zurechtkommen«, entscheidet Vater.

»Wie wäre es, wenn wir die Lasten gleichmäßiger auf alle verteilen?«, schlägt der Onkel vor. »Uns vier Reitern würde es doch nichts ausmachen, wenn jeder ein Dutzend Felle übernimmt?«

»Nein, Onkel«, widerspricht Sigi mit vor Wut rotem Gesicht. »Das ist keine Lösung.« Und schon springt mein Bruder vom Schecken und wirft die Satteldecke auf den Boden. »Die Zeltstangen und Stäbe sind unordentlich gepackt«, sagt er. »Das ist alles. Lass mich mal ran. Wir packen die drei großen Zeltstangen auf mein Pferd, mir macht es nichts aus, zu Fuß zu gehen. Kannst du meine Taschen nehmen, Kregin? Ein wenig mehr Gewicht macht dem Rotfuchs nichts aus!«

»Das kann er«, antworte ich, »aber wir beide wechseln uns ab mit dem Reiten.«

»Dann macht das so, aber beeilt euch«, sagt Vater und nickt Olaf zu.

Unsere Männer setzen ihre Lasten ab und machen sich daran, die Zeltstangen und Stäbe von den Lasttieren zu nehmen. Die Hunde jaulen, bellen, rennen ihnen ständig vor die Füße und machen eine Menge Ärger. Sie glauben wahrscheinlich, wir wollten hier an diesem nassen Flecken unser Lager aufschlagen. Der Onkel pfeift die Hunde zu sich. Er und Vater reiten weiter, während wir die Ladung umpacken. Olaf schmollt säuerlich, weil wir ihm helfen wollen; es freut ihn gar nicht, dass Sigi sich eingemischt hat.

Finns Hof liegt tatsächlich verlassen vor uns; vom Dach steigt kein Rauch auf, die Tür ist verschlossen. Eine Sau ist ausgebrochen, sie streift mit ihren Frischlingen frei im Stoppelfeld neben dem Haus herum und scharrt verkohlte Rüben aus der Erde. Wenn der Bauer oder seine Familie zu Hause wäre, hätten sie die Sau längst in den Pferch zurückgetrieben.

Finns Frau und Töchter müssen wohl oben auf der Hochweide beim Melken sein und haben die Pferde mitgenommen, um die Milch zurückbringen zu können. Finn und sein Stiefsohn Lar haben sich vielleicht von der Fähre nach Laxvik übersetzen lassen oder reiten am Küstenweg entlang zur Thingstätte.

»Wo sollten sie sonst sein?«, meint der Onkel. »Die Koppel ist leer.«

»Ich bin froh, dass Finn nicht da ist«, sagt Vater. »Wenigstens müssen wir jetzt nicht um ein Pferd betteln.«

Wir überqueren den Fluss an der oberen Furt, die untere lag zu tief unter Wasser, als dass wir mit unseren Gepäckträgern über den Fluss hätten kommen können. Um diese Zeit strömt viel Wasser vom Tümpel zu Tal. Im Winter friert der Wasserfall zu einer großen Eiswand. Wenn man dem eisigen Fluss nach Grisedale folgt, gelangt man zum Tümpel. Den Marsch haben Sigi und ich im letzten Jahr zusammen mit Finns Stiefsohn Lar unternommen. Wir haben eine Woche beim Tümpel verbracht und mit den Burschen von Grisedale Knattleikr gespielt. Am frühen Nachmittag, wenn das Tageslicht verblasste, haben wir dann in einer Höhle ein Feuer angezündet, uns mit Bier gewärmt und unsere hungrigen Bäuche mit Pökelfleisch gefüllt.

Über die Felsenpässe oberhalb von Grisedale kann man im Sommer unter den schneebedeckten Gipfeln sogar bis zum Langfjord reiten, wobei man einen Umweg um den Gletscher machen muss. Nach sechs Tagen Marsch über das Hochland führt der Weg sanft abwärts bis zu dem Hafen, in dem die Kaupskips vom Osten anlegen, um Wolle zu laden. Vor drei Jahren sind Sigi und der Onkel dorthin geritten, um den Ostleuten eine Ladung Wolle zu verkaufen. Auf den Pässen konnten sie Polarfüchse beobachten, die über den Felsschutt streunten, die Füchse jagten zu zweit; Rüden und Fähen jagen immer zusammen und mit den Jungen.

Sigi hat natürlich dafür gesorgt, dass er in der Furt nur nasse Stiefel bekam, er ritt auf dem Rotfuchs hinüber. Ich dagegen wurde platschnass, weil er mich ins Wasser schubste – nur ein kleiner Scherz unter Brüdern. Und dann stolperte ich und fiel noch einmal ins Wasser, so tief, dass die eiskalte Strömung über meinen Kopf hinwegschoss. Olaf musste zu mir schwimmen und mich herausholen.

Doch dann sind wir fünf auf der anderen Seite, die vier beladenen Pferde sind ans Ufer gezogen, unsere Lastträger waten durch die Furt, Bierschläuche und Verpflegung hoch über dem Kopf tragend, begleitet von den Hunden, die ständig fast auf Schulterhöhe neben ihnen herschwimmen und die schwankende Last ankläffen, als ob die Hunde verstünden, dass die Last nicht über den Köpfen der Menschen sein sollte, sondern auf dem Boden, oder noch besser, ordentlich auf die Schultern der Männer gepackt, wo sie hingehört. Auf Vaters Befehl hin legen wir eine Pause ein, obwohl wir spät dran sind, damit die Lasttiere und die Männer wieder zu Atem kommen können, bevor wir uns auf den letzten Teil des Weges nach Laxvik machen.

Die Birkenwälder auf dieser Seite des Flusses gehören Finn. Er hat das Recht, Bäume am Ufer bis hinauf zum Lachsfluss zu fällen. Die Stämme liegen zum Verkauf bereit, der größte Teil geht an Klep. Jenseits von Osvik hat er bereits alle Bäume geschlagen, vom Wald ist nichts geblieben außer Brachland voller Baumstümpfe und Haufen von verrottendem Laub, Holzsplittern und Sägemehl. Über die Lichtung hinweg haben wir freien Blick auf das Südufer der Mündung, wo sich der Rauch der Lagerfeuer in den Himmel kräuselt. Eine Rauchglocke liegt über dem Ufer, darunter sind Zelte jeder Art und Farbe zu sehen, die den Männern gehören, die im Umkreis von zwei Tagesritten leben und sich zu Handel, Wettkampf und Gerichtsbarkeit hier eingefunden haben.

In dichten Schwärmen steigen Sanderlinge in den Himmel über der Mündung, dicht an dicht flattern ihre Flügel. Sie fliegen nach Osten, nach Westen, kreisen wie berauscht vom Fliegen, suchen ungeduldig nach sicheren Landeplätzen. Auf dem sandigen Seichtufer, dicht an der Wasserlinie, stolzieren Watvögel durch die Wellen, schwärmen auf, streiten sich um die ergiebigsten Futterplätze.

Im Vogelflug ist es nicht weit über den Os nach Laxvik, auch nicht, wenn man die Fähre nimmt. Aber Mittag ist schon vorüber, der Fährmann ist zur Anlegestelle am Südufer gefahren, sein Boot ist nirgends zu sehen. Wir lassen Sigi zurück, endlich ist er dran, zu Fuß zu gehen, er wird mit unseren Lastträgern auf die Rückkehr der Fähre warten. Vater, der Onkel, Olaf und ich reiten weiter und nehmen die Saumpferde und die Hunde mit. Wir folgen dem Küstenpfad, auf dem wir beim Lachsfluss ans andere Ufer gelangen können. Vater und der Onkel reiten mit den Hunden voraus.

Sigi hat ein »Signalfeuer« am Ufer entfacht, das auf der anderen Seite des Os zu sehen ist, und hat die Flammen mit feuchten Zweigen erstickt, damit Rauch aufsteigt, das Zeichen, mit dem der Fährmann von Laxvik herübergerufen wird. Mit ein wenig Glück werden er und die Lastträger noch vor uns auf der anderen Seite sein.

Mit den Saumpferden und dem Schecken ist Olaf so langsam wie eine Schnecke, zu langsam für mich. Ich beschließe, in ordentlichem Tölt an ihm vorbei- und vorauszureiten, den Wind durch Haar und Bart streichen zu lassen. Mit der Körperwärme des Rotfuchses zwischen den Schenkeln wird meine Hose bald trocken sein. Ich lasse Srelni freien Lauf. Den Namen Srelni hat er sich verdient, denn wenn man ihm die Zügel freilässt, läuft er los wie ein Blitz. Aber noch bevor ich an den Saumpferden vorbeikomme, versperrt mir Olaf den Weg, und ich bin gezwungen, Srelni zu zügeln.

»Ich hab gesehen, wie er dich dahinten behandelt hat«, sagt Olaf mürrisch. »Warum lässt du dir das gefallen?«

»Wer? Was meinst du?«

»Sigi Leifson, der junge Herr. Sein Vater verwöhnt ihn, der Junge kann tun und lassen, was ihm beliebt. Er würde sogar mit einem Mord durchkommen!«

»Pass auf, was du sagst. Diese Dinge gehen dich nichts an.«

»Und er darf auf die Fähre warten«, fährt Olaf fort, »während wir uns abrackern müssen.«

»Jemand muss bei den Bierschläuchen und der Verpflegung bleiben und den Fährmann bezahlen.«

»Er hat dich absichtlich ins Wasser gestoßen«, sagt Olaf unbeirrt, »ich hab's genau gesehen.«

»Das hast du falsch verstanden. Wir haben nur herumgeblödelt.«

»Deine Hose ist patschnass, oder nicht?«

»Macht mir nichts aus, und deine Hose ist auch nass, Olaf. Danke übrigens, dass du mich herausgefischt hast.«

»Sigi wird dich nie wie einen Bruder sehen, du bist ein Dorn in seinem Fleisch.«

»Jetzt gehst du aber *wirklich* zu weit!«, rufe ich verärgert, dränge mich an ihm vorbei, wobei ich ihn fast vom Pferd stoße, und versetze der Flanke seines Pferdes einen Schlag.

Ich galoppiere durch den Wald davon, wobei Olaf mir viel zu laut hinterherruft: »Jungen Männern wie Sigi darf man nicht trauen! Du wirst schon sehen! Eines Tages bringt er dich in Schwierigkeiten!«

KAPITEL 18

Am ersten Morgen des Things wachen wir vom Vogelgesang auf; wieder schwingen sich riesige Schwärme von Sanderlingen über den Mooren von Laxvik in die

Lüfte. In der Nähe fangen Hunde an zu bellen; das Gebell setzt sich von Zelt zu Zelt fort, die Hunde markieren ihre neuen Reviere im Lager. Im Zelt brummt und summt es, unzählige Bremsen schwirren uns um die Ohren. Es wird ein warmer Tag werden. Der beißende Gestank von Meeresschlick und Salzwasser weht aufs Land, ein wenig ist noch der Regen zu riechen, der in der Nacht auf die Dünen niedergegangen ist. Über dem Lager liegen der Rauch und die Gerüche von zahlreichen Holzfeuern und der erdige Geruch von Pferdemist und Hundekot.

Karghyll haben wir es zu verdanken, dass wir unser Lager an einem hervorragenden Platz aufschlagen konnten, einen Steinwurf vom Gerichtsfeld entfernt. Wir haben Vaters Empfangszelt vor den anderen Zelten aufgestellt, damit alle es gut sehen können. Karghyll und Viggi sind schon gestern aus Skogurdale angekommen, sie haben den Platz für uns freigehalten und die Neuankömmlinge weggejagt, die hier ihr Zelt aufstellen wollten.

Gestern Abend wurde gefeiert, bis spät in die Nacht. Von den Männern, die dabei waren, sind bisher nur wenige aufgestanden, von den Dienern und Sklaven abgesehen, die sich um die Lagerfeuer kümmern müssen. Ein paar Jungen nutzen die Gelegenheit, sich heimlich auf den Pferden ihrer Väter ein Wettrennen zu liefern. Karghyll ist eine Ausnahme, schon früh am Morgen haben wir ihn im Nachbarzelt aufstehen hören, »so früh wie die Sanderlinge und so frisch wie ein Fisch«, wie sein Sohn Viggi bewundernd sagte – worüber ich nur staunen kann, weil Karghyll am Abend eine Menge getrunken hatte.

Der große Mann aus Skogurdale verliert keine Zeit;

er lädt uns zum Frühstück ein, sauer eingelegtem Walfleisch und Gerstenbier. Unter dem rauen grauen Zeltdach hocken wir mit ihm und Viggi beisammen. Vater und Sohn machen lange Gesichter; sie wissen, dass ihr Anspruch auf den Wal auf der Kippe steht, nachdem Blots Anspruch nun auch vom Goden Klep unterstützt wird. Karghyll sieht keine Möglichkeit mehr, dass der Streit doch noch zu seinen Gunsten beigelegt wird.

»Noch vor einem Monat war ich ziemlich sicher, dass wir Blots Anspruch abweisen können. Aber jetzt läuft die Sache nicht mehr gut für uns.«

»Blot muss auch mal zurückstecken können«, sagt Cuin, »und der Gode Leif ist genau der Mann, der ihn dazu bringen kann.« Der Onkel schlägt Karghyll kräftig auf den Rücken und zwinkert Viggi ermutigend zu.

Vater nickt zustimmend. »Ich kenne keinen Mann, der so eitel ist wie er.«

»Blot ist ein ständiges Ärgernis«, sagt Karghyll. »Schaut euch nur an, wie er herumstolziert und prahlt. So ist er, seit Klep sich auf seine Seite geschlagen hat. Er glaubt, dass er den Streit bereits gewonnen hat.«

Vater kaut nachdenklich auf einem Stück Fleisch. »Keine Ahnung, was Klep dem Mann gesagt hat, dass er so frech wird, aber eins ist sicher: Dem Gesetz nach ist die Sache eindeutig.«

Sigi mischt sich ein: »Wir werden doch gewinnen, stimmt's, Vater?«

»Nichts ist sicher, Sohn, aber wenn man sich die anderen Fälle anschaut, über die schon entschieden wurde, sollten wir gewinnen. Jeder Mann hat Anspruch auf das, was er am Strand findet. Das ist ein Gebot der Vernunft: Wer zuerst kommt, mahlt zuerst. Der junge Viggi hier hat den gestrandeten Wal gefunden, wobei es keine

Rolle spielt, wo er ihn gefunden hat – ob in Suthyre oder woanders –, und er hat Anspruch auf ihn erhoben. Und deshalb gehört er jetzt ihm und seinem Vater.«

»Wer könnte das bestreiten?«, fragt Cuin.

»Tatsache ist aber, Gode Leif«, entgegnet Karghyll, »dass Blot einen Sturm im Wasserglas verursacht hat. Er hat alle möglichen Leute von nah und fern aufgefordert, ihn zu unterstützen, und sein Kampf ist nicht nur gegen mich gerichtet, sondern auch gegen dich. Erzähl ihnen, was du gestern gehört hast, Viggi.«

»Hals und die Männer vom Vorgha-Berg haben sich nun auch gegen uns gestellt«, sagt Viggi. »Grith hat mir erzählt, Klep hätte ihnen einen viel höheren Preis für ihre Wolle versprochen.«

Vater zuckt mit den Schultern. »Passt mir gut, wenn Klep den Preis in die Höhe treibt, das ist doch für uns alle gut, meinst du nicht auch, Karghyll?«

Aber Karghyll geht darüber hinweg. »Womöglich verlieren wir auch die Unterstützung von Djup und den Lachsfischern von Laxdale. Wenn auch sie gegen uns stimmen, sind wir erledigt. Blot droht uns Strafen an. Wie soll ich die bezahlen?«

»Noch sind wir nicht geschlagen«, mischt sich Cuin ein. »Pils und die Männer von Grisedale werden für uns stimmen. Darauf kannst du dich verlassen.«

»Aber sie sind noch gar nicht gekommen!«, antwortet Karghyll. »Wo ist Pils, wenn man ihn braucht? Weiß er denn nicht, was auf dem Spiel steht?«

»Der kommt schon noch«, meint Vater zuversichtlich. »Und Finn von Osvik kann man zur Vernunft bringen, er ist ein harter Mann, aber so gesetzestreu wie sonst keiner. Er wird für das stimmen, was richtig und gerecht ist. Und der junge Lar wird dieses Jahr volljährig – er ist genauso alt wie meine Jungs – und wird in Finns Fußstapfen treten.«

»Wann wird denn der Fall verhandelt?«, fragt Cuin. »Morgen oder übermorgen?«

»Hängt davon ab, wie schnell wir uns auf den Wollpreis einigen«, antwortet Vater. »Könnte schon morgen sein.«

»Wenn unsere Freunde von Grisedale nicht erscheinen, sind wir in Schwierigkeiten«, meint der Onkel.

»Müssen wir denn so lange warten?«, überlegt Vater laut. »Vielleicht würde Blot einem Vergleich zustimmen. Das sollten wir herausfinden, bevor dein Fall verhandelt wird, Karghyll.«

»Kein fauler Pferdehandel, Gode«, sagt Karghyll finster. »Kein kampfloser Rückzug.«

»Hast du jemals erlebt, dass ich einen Mann vor Gericht im Stich gelassen habe? Kämpfen ist gut und schön, aber gleichzeitig muss man auch nach Wegen suchen, um den Streit beizulegen, nach dem goldenen Mittelweg.«

»Was ist mit Kleps Töchtern, Pa?«, fragt Sigi und wendet sich grinsend zu mir um.

Cuin wischt sich Walfett aus dem Bart. »Er wird die Mädchen früher oder später unter die Haube bringen müssen. Thor sei ihnen gnädig. Könnte doch was für dich sein?«

»Vielleicht wäre das eine gute Gelegenheit«, murmelt Vater nachdenklich.

»Das ist nicht alles, was wir haben«, sagt der Onkel. »Du hast bestimmt noch etwas in petto.«

»Blot schuldet mir noch Geld für das Heu, das wir ihm nach dem Ascheregen nach Laugdale geschickt haben. Die Schulden machen ihm Schwierigkeiten.

Ich wäre bereit, die Schulden zu vergessen. Aber fragen muss er schon selbst, von Mann zu Mann.«

»Aber ist das nicht genau das, was ich die ganze Zeit sage?«, entgegnet Karghyll. »Er fordert den Wal von mir und verbündet sich mit Klep, aber das alles macht er nur, Gode, um mit dir abzurechnen.«

Der offene Platz um den Gesetzesstein ist zum Startpunkt des Wettlaufs durch das Brachlandtal bestimmt worden. Die sandige Talsenke zwischen dem Stein und dem Strand ist unter dem Namen »Thors Tor« bekannt. Die Talläufer wärmen sich auf, strecken Arme und Beine, vor Aufregung sind sie ganz rot im Gesicht, wollen unbedingt sofort losstürmen, prahlen lautstark, wie schnell sie seien, aber es ist nichts als heiße Luft – viele von ihnen werden gar nicht bis zum Ziel durchhalten. Die meisten sind müde und so steif wie Eisen, schließlich haben sie zwei Nächte lang Unmengen Bier in sich hineingeschüttet.

Nur die Burschen vom Vorgha-Gebirge sind fit; alle wissen, dass sie nur leichtes Bier getrunken haben – für einen »Läufer« ist Bier viel besser als Met. Außerdem sind sie besser an Steigungen gewöhnt, sie sind gelenkig, denn sie müssen jeden Tag über Berg und Tal laufen, wenn sie ihre Lämmer und Hammel auf die Heide oder zum Pferch treiben, und sie sind schnell, weil sie von Kindheit an hinter den verirrten Schafen ihrer Väter herjagen müssen. Sicherlich werden sie das Gleiche machen wie in den Vorjahren – einen ihrer Leute vorausschicken, der als Schrittmacher ein strenges Tempo vorlegt. Ihr Plan ist, die anderen einfach abzuhängen. Wenn der Schrittmacher bei den Hügeln ankommt, lässt er sich zurückfallen; ein anderer Vorgha-Junge setzt sich mit frischen Kräften an die Spitze und jagt dem Feld bis zum Ziel voraus. Auf diese Weise sorgen sie dafür, dass Läufer wie Sigi im Endspurt keine Kraftreserve mehr haben.

Ich möchte nicht mit ansehen, wie Sigi verliert. Mein Bruder ist ein starker Schwimmer und im Laufen schnell wie der Wind. Die Bergstrecke bis zum Wasserfall hinauf wird er ohne Schwierigkeiten hinter sich bringen. Das wilde Kraulen unter dem Fall hindurch, durch eiskaltes Wasser, kann vielleicht andere abschrecken, aber ihn nicht. Dann kommt der steile Abstieg zum Tal und der Endspurt über die Gemeindewiese von Laxvik – für ihn ein Spaziergang. Und Sigi kennt die Taktik der Vorgha-Burschen genau; wenn einer von ihnen zur Spitze vordrängt, wird er sich davon nicht verleiten lassen, schneller zu laufen. Er wird abwarten, bis der richtige Augenblick kommt, und dann plötzlich losrasen.

»Vergesst alles um euch herum«, sagt Vater immer. »Denkt nur an euer eigenes Rennen.«

»Bist du am Wasserfall, wenn ich mit dem Sprint anfange?«, fragt Sigi zum dritten Mal, als er sich bis auf die Hose auszieht. Er hat vor, die ganze Strecke barfuß zu laufen.

Ich nehme seine Stiefel und das Wams und binde sie zu einem Bündel zusammen. »Nicht mal ein wilder Eber wird mich davon abhalten«, ist meine Antwort. »Ich bin dort. Und du sorgst dafür, dass *du* als Erster durchs Wasser schwimmst! Ich will keinen anderen vor dir im Wasser sehen!«

»Wo ist der Onkel?« Sigi hat gestrahlt, als ich kam, jetzt verzieht er enttäuscht das Gesicht. »Ich dachte, er kommt zum Start, um mir Glück zu wünschen? Und Vater hat es auch versprochen.«

»Sie verhandeln noch mit Klepjarn. Sobald du das Rennen gewonnen hast, wollen sie dich mit Grima verheiraten! Das ist das Mädchen, nach dem du dich sehnst.«

Er lacht laut auf. »Nein, ich will Gudrun oder keine. Grima kannst du haben, die ist mir zu mager.«

Wie jeder junge Hengst will Srelni nichts mehr, als seine Lungen mit frischer Luft zu füllen und ohne Zaumzeug und Reiter über die Heide zu galoppieren. Ich habe Olaf befohlen, den Rotfuchs einmal bis zum Wasserfall und wieder zurück zu reiten, um seine Flanken aufzuwärmen, bevor ich ihn in einem richtig flotten Tölt durch das Tal jage. Aber im Moment habe ich es nicht eilig, zum Wasserfall zu kommen: Ich habe etwas anderes im Kopf: den Ringkampf. Ich will meine Chancen beim offenen Wettkampf morgen verbessern.

Sigi muss sich keine Sorgen machen, ich werde dort oben auf ihn warten. Ich werde nicht zu spät kommen, denn wenn einer von uns dem anderen etwas verspricht, hält er es auch. Wir haben uns noch nie gegenseitig im Stich gelassen.

Das Talrennen ist Sigis Ding; das will ich ihm nicht streitig machen. Fürs Laufen bin ich nicht gebaut, auch nicht für den Axtwurf, das Seilziehen oder solches Zeug. Mein Sport ist das Ringen. Ich habe schon Lar Finnson in der ersten Runde mit zwei zu eins geschlagen, Grith habe ich in der zweiten Runde bezwungen. Und jetzt bin ich bereit, es auch mit den Burschen vom Norden aufzunehmen – wenn sie sich überhaupt blicken lassen.

»Schlag ihnen die Köpfe ein, Bruder«, sagt Sigi und meint die Nordleute. »Dann werden wir schon sehen, woraus ihre Eisschädel gemacht sind.«

Die örtlichen Burschen hängen hinter den Ständen ab und warten auf eine neue Herausforderung. Die meisten sind raue, freche Jungs, alle wollen ihre Chance nutzen. Hier findet man jederzeit einen Gegner für einen Kampf. Es wird meinem Ruf als Kämpfer bestimmt nicht schaden, wenn ich noch schnell zwei oder drei von ihnen besiege. Und siegen muss ich, damit ich unter die Finalisten komme. Ältere Ringer, die man noch von den Vorjahren als Sieger oder Verlierer kennt, nehmen es in den ersten Tagen des Wettkampfs recht locker. Sie müssen nichts mehr beweisen, während Anfänger wie ich einen Kampf nach dem anderen bestehen müssen. Wenn jüngere Ringer nicht immer wieder kämpfen und siegen, werden sie nicht ernst genommen. Die alten Knacker würden uns in der Endrunde keine Chance mehr geben.

Ich bleibe bei den Ständen stehen. Im Norden, auf der anderen Seite des Fjords, steigt bräunlicher Rauch auf, driftet vom Osvik-Ufer bis hin zu Finns Wäldern. Es ist ein dünner Rauchfaden, er wird durch feuchte Zweige verursacht, nicht durch ein Kochfeuer. Ein Signal. Das werden wohl unsere Nachbarn sein, die Leute von Grisedale, die die Fähre rufen. Ich muss Cuin Bescheid sagen, muss ihn aus Klepjarns Zelt rufen, damit er es Vater melden kann. Unsere Freunde von Grisedale sind endlich da – lieber spät als nie. Gut, dass sie gekommen sind, vielleicht kann Vater damit Blot unter Druck setzen.

Da kommt der Onkel schon, schiebt sich durch die versammelten Ringer. »Warum bist du immer noch da, Bursche?«, will er wissen. »Sollst du nicht längst beim Wasserfall sein und auf Sigi warten?«

»Ich hoffe, dass ich noch einen Gegner finde – will noch schnell einen Sieg einheimsen, bevor ich gehe. Hast du gesehen? Feuchter Rauch über dem Osvik-Wald – das sind bestimmt unsere Nachbarn aus Grisedale. Das wird Vater gefallen!«

Cuin tut so, als interessierten ihn die Ringwettkämpfe. Gerade ist ein neuer Kampf ohne jede Ankündigung losgegangen. Slegl, ein kräftig gebauter Bursche, den eigentlich ich herausfordern wollte, nimmt einen Stallknecht aus Skogurdale auseinander. Slegl kann man nicht leicht auf den Rücken legen – letztes Jahr hab ich's versucht und verloren.

Ich stoße Cuin mit dem Ellbogen an. »Sollten wir nicht Vater Bescheid geben, dass wir den Rauch gesehen haben, Onkel? Das interessiert ihn bestimmt!«

»Nicht nötig. Sie streiten sich nicht mehr, alles ist in Ordnung.«

»Dann haben sich Vater und Klep geeinigt?«

Hinter uns jubeln sie einem Ringer zu. Slegl hat den Gegner zum ersten Mal geworfen.

»Anfangs ging es nur um den Wollpreis«, antwortet Cuin. »Aber am Ende haben sie sich die Hände geschüttelt: ein Preis für den Handel unter uns, ein höherer Preis für die Leute vom Osten.« Cuin weiß, dass mich die Wollpreise kaltlassen, er will mich nur necken. »Aber eigentlich willst du wissen, was mit Blot ist, stimmt's?«

»Ich kann mir denken, dass sie sich irgendwie geeinigt haben. Schlechte Neuigkeiten? Sind die Grisedale-Leute zu spät eingetroffen?«

»Das kümmert niemanden, wir brauchen ihre Unterstützung nicht mehr. Es wird keine Abstimmung beim Thing geben.«

»Also haben sie sich schon vorher geeinigt?«

»Blots Klage wird nicht gehört. Der Streit ist beigelegt. Blot kann zufrieden sein.«

»Ich kann es nicht glauben, dass Vater so leicht aufgibt!«

»Hat er doch gar nicht! Er hat dafür gesorgt, dass Blot so zufrieden ist wie ein Eisbär im Winterschlaf.«

»Also muss Karghyll eine Strafe zahlen?«

Cuin zwinkert mir nur zu und schüttelt den Kopf.

Wieder jubeln die Zuschauer: Die Kämpfer haben die Stangen des Kampfrings umgestoßen, aber weil sie nun unter der Leinenplane liegen, kann ich nicht sehen, wer wen auf den Rücken gelegt hat. Hat Slegl gewonnen?

»Dein Vater hat Blot die Schulden erlassen. Als Gegenleistung hat Blot seine Klage zurückgezogen. Vor Gericht wird Klep morgen eine seiner prächtigen Reden halten. Alle werden hören, wie der Gode von Laxvik alles zurücknimmt, was er in dieser Sache gesagt hat. Der Anspruch auf Strandgut und das Gesetz, dass der Finder den Fund behalten darf, bleiben weiterhin gültig.«

»Dann hat Karghyll gewonnen?«

»So kann man es nicht sagen. Er musste Blot ein wenig entgegenkommen.«

»Wie?«

»Er muss ihm beweisen, dass er sich ihm verwandtschaftlich verbunden fühlt. Am Thor-Tag muss er ein Wintergeschenk nach Laugdale schicken – ein paar Ferkel von seiner besten Sau für das Fest.«

Hethruns Warnung, wie verschlagen Blot ist, kommt mir wieder in den Sinn. »Aber was ist, wenn Blot sein Versprechen widerruft? Das hat er schon mal gemacht.«

»Er hatte die Wahl, und Karghyll ebenfalls. Nehmt die Vereinbarung an oder bringt die Sache vor das Thing. Zwei Parteien können sich ewig streiten und nichts erreichen, oder sie können sich einigen, dann haben beide Seiten etwas davon. Was würdest du denn machen?«

»Wenn es ein Ringkampf wäre, würde ich gewinnen wollen. Keine faulen Kompromisse, alles oder nichts!«

Er lacht und zupft mich am Bart. »Dann wünsche ich dir viel Glück. Ich gehe – auf mich wartet ein großes Horn Bier.«

»Hör mal, sag mir endlich, was los ist!«

»Äh – was meinst du, Junge?«, fragt er mit unschuldiger Miene, aber einem Funkeln in den wässrigen Augen.

»Kleps Töchter, Vaters Heiratsgerede – kriegen wir nun die Mädchen oder nicht?«

Cuin streicht sich den Bart, als müsse er überlegen, was er mir sagen könne. Dann kommt er näher, um mir ins Ohr zu flüstern. Der Lärm vom Ringkampf ist so laut, dass ich ihn kaum verstehe.

Wieder wird ein Wurf bejubelt. Slegl hat gesiegt. Jetzt gibt es für mich keinen Zweifel mehr: Slegl ist der Gegner, den ich bezwingen muss.

Donnernd stürzt das Wasser vom Felsen herab, hämmert in Nischen und Spalten, von unten steigen Gischt und Dampf herauf. Feine Sprühtropfen bedecken Felsen und Farne. Der längste Fall kommt kalt wie Eis herab, brodelt unten weiß am Fuß des Felsspalts, wühlt das Wasser im Becken wie bräunlich-grauen Milchschaum auf. Der Wasserfall betäubt die Ohren, übertönt alle anderen Geräusche. Über mir und dem Rotfuchs wölbt sich blauer Himmel, keine Wolke ist zu sehen, der Regen hat die Luft reingewaschen, es ist der hellste, fröhlichste Tag seit Langem. Wir sind erhitzt vom Ritt über den Hügel. Hals und Nacken des Pferdes sind mit Schweiß bedeckt, er dampft in der kühlen Luft. Die Sonne zeichnet bunte

Regenbögen unter den Wasserfall, Farben entstehen und verblassen, Formen tanzen, verändern sich, Spiegelungen flittern über die düsteren Felsspalten.

Ein junger Mann steigt aus dem Gischtnebel, nass, weil er unter dem Fall hindurchgeschwommen ist, Arme und Beine sind mit Farnwedeln bedeckt, Füße und Hände geschwärzt von den Flechten und dem Moos auf den nassen Felsen. Sigi Leifson steigt ans Ufer und tritt in das helle Sonnenlicht.

»Hab ich's dir nicht gesagt?«, ruft er triumphierend, als er mich sieht. »Ich bin als Erster durch den Fall!« Ich springe vom Pferd und umarme ihn, hebe ihn hoch, für mich ist er ein Leichtgewicht, Sigi besteht nur aus Haut und Knochen. Kein Wunder, dass er schneller als der Wind laufen kann.

Ich renne zur Felskante und spähe durch den Gischtnebel. »Nicht schlecht, Bruder, keiner in Sicht!«

»Von hier kannst du sie nicht sehen, Kregin. Sie sind noch auf der anderen Seite der Schlucht. Wird ewig dauern, bis sie hier ankommen.«

»Du hast sie einfach weggefegt!«

»Bin noch nicht am Ziel«, sagt er keuchend. »Jetzt kommt noch der Endspurt den Hügel hinunter, aber erst muss ich mich ein bisschen ausruhen.«

»Beim Sprint haben sie gegen dich keine Chance.«

»Sag's mir endlich, was gibt's Neues?«

»Was glaubst du denn, Bruder? Ich bin im Endkampf. Jetzt müssen sie mich endlich ernst nehmen. Ich bin gegen Slegl angetreten, hab ihn zwei zu eins geschlagen.«

»Tod und Teufel!« Sigi lacht. »Ich hatte nie Zweifel, dass du es schaffst, aber ich habe die Klepjarn-Mädchen gemeint, nicht deine verdammten Ringwettkämpfe!« Mit angehaltenem Atem starrt er mich gespannt an.

»Vergiss sie, Sigi. Gudrun und Grima wurden den Jungs vom Langfjord versprochen.«

»Was? Wer sagt das?«

»Cuin. Und er hat es aus erster Hand erfahren. Zwei Brüder vom Norden, Zwillinge, sollen die Klepjarn-Mädchen heiraten. Anscheinend hat sich der Gode Klep mit dem Vater der Brüder geeinigt, als er neulich am Langfjord Wolle verkaufte.«

»Also keine Gudrun für mich«, sagt Sigi und sieht plötzlich müde und enttäuscht aus. Er keucht immer noch, bückt sich, berührt die Zehen, als müsse er nach Luft schnappen. Aber er kann seine Tränen nicht verbergen.

Die Gemeindewiese von Laxvik ist menschenleer, nur die Pferde grasen darauf; das Lager und die Zelte sind verlassen, nicht einmal ein Hund ist zu sehen, nur schlammige Wege, zertretenes Gras, leere Ringkampfarenen. Wenn die Sklaven nicht wären, die sich um die Feuer kümmern und sich um Brennholz streiten, könnte man meinen, das Thing wäre schon vorüber oder es wäre etwas Unvorhergesehenes geschehen, sodass die Versammlung abgebrochen werden musste.

Sigi beäugt die verlassene Thingstätte. Das ist für ihn eine weitere Enttäuschung, genau wie der Verlust von Gudrun, ein Tiefschlag für seinen Stolz. Niemand ist zu Thors Tor gekommen, um zu sehen, wie er zum Ziel am Gerichtsstein sprintet – an der Ziellinie steht kein einziger Mensch, weder Cuin, Snorri Hasenscharte oder Ulph noch unsere Männer aus Osvellir.

Der Grund dafür wird uns bald klar. Sämtliche Männer, Frauen und Kinder sind über die Furt unterhalb des Wasserfalls zum Landesteg der Fähre gelaufen; dort hat sich eine große Menschenmenge versammelt. Und was auch immer da vor sich geht, stiehlt Sigi den großen, triumphalen Augenblick. Der Tallauf und die Läufer sind vergessen.

»Komm, Sigi.« Ich strecke ihm die Hand hin, um ihn hinter mich auf das Pferd zu ziehen. »Wir reiten über die Furt und schauen nach, was die ganze Aufregung soll – vielleicht haben die Hundekämpfe schon begonnen.«

»Sei nicht albern«, sagt er gereizt. »Es ist noch zu früh am Tag, um die Hunde bluten zu lassen. Und warum sollten sie sie über den Fluss bringen?«

Sigi behält recht: Auf dem Sand beim Fährenanleger finden keine Hundekämpfe statt – es ist kein Jaulen, Kläffen und Böllen zu hören, keine blutig gebissenen Schnauzen sind zu sehen oder Hunde, die ihre Wunden lecken. Aber neben der Fährhütte drängen sich die Männer, sie schreien und reden aufgeregt miteinander. Vater und Cuin sind mitten unter ihnen, Blot, Olaf, Finn und Karghyll – sogar der Gode Klep ist da. Sie alle rempeln sich gegenseitig an und drängen sich zum Fährmann und seinen Fahrgästen vor. Der Fährmann kämpft sich aus dem Gedränge, den Riemen in der Hand. Jetzt sehe ich: Die Männer wollen nicht zu ihm, sondern zu den Fahrgästen.

Die Hunde laufen frei herum, keiner achtet auf sie. Sie kreisen um die Menge, aufgeregt fletschen sie die Zähne, knurren, scharren mit den Pfoten im Sand, beäugen sich misstrauisch. Die Frauen und die Kinder stehen ein wenig abseits von den Männern und verfolgen mit angstvollen Blicken, was vor sich geht.

Von Pils und seinen Söhnen, unseren Nachbarn aus Grisedale, ist nichts zu sehen. Nicht sie, sondern drei

Fremde sind mit der Fähre herübergekommen – von ihnen hören wir wütendes Gerede und sehen sie wild gestikulieren, während sie dem Goden Klep etwas erklären. Dann löst sich das Gedränge auf; Finn stürzt aus der Menge, Lar, Cuin, Olaf und andere laufen ihm nach. Finn brüllt vor Wut und Entsetzen, schüttelt die Fäuste, heult und jammert, so laut er nur kann, fällt schließlich im Sand auf die Knie. Lar bleibt hilflos neben seinem Stiefvater stehen.

»Was habe ich getan, um so bestraft zu werden?«, schreit Finn verzweifelt und verbirgt das Gesicht in den Händen.

Olaf sieht uns herankommen; er schüttelt den Kopf und erklärt uns mit vor Schreck weit aufgerissenen Augen: »Eine Katastrophe in Grisedale. Eine Schlammlawine ist vom Bergsee abgegangen – eine riesige, aus Eis und Schlamm, den ganzen Weg hinunter ins Tal. Finns Land ist völlig zerstört, das Tal ist komplett verschüttet.«

»Wir sollten nicht zu hastig sein«, sagt Cuin, zieht Lar auf die Füße und streckt Finn die Hand hin, um auch ihm hoch zu helfen. »Kommt, Männer, fahren wir hinüber, schauen wir, was wir tun können.«

»Du hast nicht richtig zugehört, Alter!«, brüllt einer der Fremden ihn an, als ob Cuin taub wäre. »Die Schlammlawine hat das Tal völlig überrollt, alles ist nur noch Schlamm und Eis, an manchen Stellen so hoch wie die Bäume!«

»Das kann niemand überlebt haben«, sagt der zweite Fremde und zuckt gleichgültig mit den Schultern.

»Wir haben schon so manche Schlammlawine erlebt«, antwortet Cuin, »das ist bei Weitem nicht die erste. Überflutete Bergtümpel, die ins Tal abgehen,

Schmelzwassersturzfluten im Sommer – und alle haben immer schlimmer ausgesehen, als sie in Wirklichkeit waren.«

»Aber diesmal scheint es wirklich furchtbar zu sein, wie Gunnar sagt«, meint Klep.

Der Fremde namens Gunnar nickt nachdrücklich. »Im Tal ist alles vom Schlamm überflutet – es besteht wirklich keine Hoffnung, dass jemand das überlebt haben könnte. Und niemand sollte sich ins Tal hinaufwagen, solange sich der Schlamm nicht gesetzt hat – ob zu Fuß oder zu Pferd, es ist zu gefährlich.«

Vater achtet nicht auf ihn. »Finn«, sagt er, »was immer geschehen sein mag und wie schlimm es auch ist, wir müssen wenigstens versuchen hinaufzukommen. Du und Lar, ihr nehmt die Fähre. Wir anderen reiten zur Furt am Lachsfluss; wir treffen uns dann in Osvik. Was ist mit Pils und den Grisedale-Leuten? Vielleicht müssen wir ihnen auch helfen.«

Cuin legt Lar die Hand auf die Schulter. »Wo stehen eure Pferde, Junge?«

»Ma und die Mädchen haben alle Pferde mitgenommen, um die Milch ins Tal zu bringen.«

»Was das Ganze noch schlimmer macht«, murmelt Finn leise. »Dann sind auch meine Pferde und Kühe verloren.«

Vater versucht ihn zu beruhigen. »Du wirst jede Hilfe brauchen, Mann, so wie es aussieht. Was ist mit dir, Karghyll, können wir auf dich zählen?«

»Du kannst auf mich zählen«, sagt Karghyll, ohne zu zögern. »Blot, alter Freund, reitest du mit uns?«

»Keine Herde wilder Pferde könnte mich davon abbringen«, entgegnet Blot sofort. »Wenn das Schicksal zuschlägt, müssen wir zusammenhalten.«

Hals vom Vorgha-Berg steckt die Finger in den Mund und stößt einen gellenden Pfiff aus, das Zeichen, mit dem sie im Gebirge Hilfe herbeirufen. Er und seine Leute sind bei der Rettung dabei. Andere folgen seinem Beispiel, sodass sich der Pfiff zu einem langen, schrillen, durchdringenden Ton ausdehnt.

Die Sanderlinge, aufgeschreckt vom Lärm der Vorgha-Männer oder vielleicht auch nur von den Seeschwalben gestört, steigen in einem riesigen Schwarm aus den Sümpfen auf und breiten sich wie ein schwarzer Schatten am Himmel aus.

Eine Gruppe von Läufern, zwanzig oder dreißig, schleppt sich müde vom Tal herbei. Sie sind über die Furt gekommen, sehen völlig erschöpft aus, aber trotzdem folgen sie dem Hilferuf. Keiner der Laxdale-Männer eilt ihnen entgegen.

Klepjarn hebt die Hand, zum Zeichen, mit dem Pfeifen aufzuhören. »Unsere erste Pflicht ist das Haus, diese Männer vom Langfjord sind gekommen, um ihr Eheversprechen zu geben. Nichts darf der Heirat meiner Töchter im Weg stehen!«

»Zur Hölle mit deinen Töchtern!«, brüllt Cuin den Goden voller Wut an. Zornig zieht er Finn endgültig auf die Füße. »Komm, steh auf, Mann!«

»Vater, sollen wir die Zelte abbauen?«

»Nein, Kregin«, antwortet er, »das kann Olaf machen, schließlich wird er dafür bezahlt. Du und Sigi, holt die Pferde her. Wir machen uns auf den Weg nach Osvik. Unsere Leute können später nachkommen.«

Der Fremde namens Gunnar vom Langfjord – der, der so grob zu Cuin war – löst sich plötzlich aus der Menge und drängt sich an Klep vorbei, sodass er dem Goden fast den Federhut vom Kopf stößt. »Dich kenne ich doch!«, brüllt er aufgeregt und deutet auf mich. »Du da, der auf dem Schecken!«

Gunnar – es ist kein anderer als Gunnar Morfinson – drängt sich durch die Männer auf mich zu. Sigi und ich sitzen immer noch auf dem Rotfuchs. Jetzt plötzlich sind alle Blicke auf uns gerichtet. »Kann man das glauben?«, ruft Gunnar grinsend. »Schaut her, was der Sumpf ausspuckt! Noch ein Thralson aus Thwartdale! Kregin – du bist es doch, oder nicht?«

»Du hast recht«, stimmt ihm der andere Fremde zu. »Cormacs jüngerer Bruder, er hat jetzt zwar einen Bart, aber ich würde sein Gesicht überall erkennen.«

»Hat dich der magere Knabe auf dem Sattel hinter dir aus dem Meer gefischt?«, ruft der dritte Langfjordmann.

»Kennst du die Eisköpfe?«, brüllt Sigi wütend hinter mir hervor. »Was für Scheißbeutel!«

»Sigurd«, mahnt der Gode Klep mit einem wütenden Blick auf meinen Bruder, »pass auf, was du sagst!«

»Wir kennen diese Männer nicht, Sigi«, mahnt ihn auch Vater. »Wir behandeln sie mit Achtung, solange wir keinen Anlass haben, sie anders zu behandeln.«

»Ich kenne sie«, rufe ich wütend, »zu meinem größten Bedauern!«

Helgas Vettern, Bane und Gunnar, die Söhne von Morfin Skarson dem Kahlen, und der dritte Fremde, ein so hässliches Gesicht kann wohl niemand vergessen, ist Mord Asgrimson.

»Himmel und Hölle!«, sagt Mord. »Uns hat man erzählt, du wärst im Meer versoffen!«

»Ich hab's überlebt. Aber euch und eurer Familie hab ich das ganz bestimmt nicht zu verdanken! Jarl der Alte hat uns verraten und verkauft!«

»Unsinn!«, brüllt Mord. »Großvater ist schon lange tot und zum ewigen Ruhm gegangen.«

»Ein Thralson spuckt immer nur Scheiße aus, wenn er den Mund aufmacht«, sagt Bane.

Mord Asgrimson beäugt den Rotfuchs mit neidischem Blick. »Wie ich sehe, lebst du jetzt in Saus und Braus. Während dein lahmer Bruder, das alte Krummbein Sepp, kaum genug fürs Leben zusammenkratzen kann. Er und deine Ma wären längst verhungert, wenn mein Vater Asgrim nicht für sie sorgen würde!«

KAPITEL 19

Finn hatte vor, noch vor Sonnenuntergang vom Berg herab und bis zum Langfjord-Hafen zu reiten, um dort das Lager aufzuschlagen. Aber inzwischen wird der Himmel auch im Westen immer dunkler, sodass wir den Hafen im Hellen nicht mehr erreichen können.

»Wir schaffen es nicht mehr«, sagt Vater mit Bestimmtheit. Normalerweise würde ihm niemand widersprechen.

Aber Finn-buna, der unsern Trupp anführt, meint trotzig: »Ich sage, wir schaffen es!«

Cuin, der hinter Finn reitet, klatscht sich auf den Schenkel und kichert in sich hinein, sagt aber nicht, was er so komisch findet.

Sigi und Lar reiten auf dem Viehabtrieb voraus. Sie sind bereits um die nächste Biegung verschwunden und außer Hörweite. Abgesehen vom Onkel hören nur Svena und ich den scharfen Austausch zwischen Finn und

Vater. Warum streiten sie sich so heftig? Ohne wirklich einen Grund zu haben! Egal, wer recht behält, die Dunkelheit wird ohnehin nur einen flüchtigen Augenblick dauern und wird nichts ändern. Denn auf keinen Fall werden wir unseren Pferden eine Ruhepause gönnen, bevor wir den Langfjord erreicht haben. Jetzt, mitten im Sommer, vergeht die Dämmerung schnell wieder, kaum geht die Sonne unter, steigt sie auch schon wieder über den Horizont. Nicht lange nach Mitternacht wird es wieder taghell.

Vater hatte es eilig, seit wir von Osvellir losgeritten sind. Und das ist nun fünf Tage her. Er legte einen strengen Schritt vor und gönnte den Pferden kaum eine Pause. Wenn uns irgendeine nichtige Sache für kurze Zeit aufhielt, ließ er seinen Zorn an Finn aus. Von dem Augenblick an, in dem wir am Morgen das kurze Lager abbrachen, hörten die Streitereien zwischen ihm und Finn nicht mehr auf. Vater hat nur noch eins im Sinn: wie schnell unser Mann die Lastpferde antreiben kann.

Der Onkel weiß natürlich schon die ganze Zeit, was los ist, aber erst jetzt, am Abend, dämmerte es auch mir allmählich. Vater ist es eigentlich völlig egal, wie schnell wir die Pferde antreiben oder wie wagemutig wir zum Langfjord reiten. Seine Streitereien mit Finn haben nur einen Zweck: den armen Mann von seinen düsteren Grübeleien abzulenken.

Dabei muss man zugeben, dass Finn und Lar hervorragend mit den Pferden umgehen. Cuin wird nicht müde, »unsere Freunde aus Osvik« zu loben. Auf dem Ritt nach Norden haben wir fast einen ganzen Tag eingespart, fünf Tage statt der üblichen sechs.

Wenn es die Schlammlawine vom Grisedale-Tümpel nicht gegeben hätte – einen Erdrutsch, der bis hinunter nach Osvik alles mit sich riss –, hätten sich Finn und Lar nicht um die Pferde kümmern müssen. Stattdessen wäre zu unserem Leidwesen Olaf diese Aufgabe zugekommen, der völlig unfähig ist, ständig über die »schlimme Arbeit« und sein Bauchweh jammert und dafür sorgt, dass die Ladung immer wieder verrutscht und die Stuten unruhig werden.

Doch Finn ergriff begierig die Gelegenheit, für uns zu arbeiten, um nicht ständig an das Unglück denken zu müssen. Niemand macht ihm einen Vorwurf, dass er Osvik so schnell wie möglich verlassen will. Nach der Tragödie gibt es nichts mehr, was ihn dort zurückgehalten hätte. Die Arbeit kommt ihm zupass, umso besser für ihn, wenn er sich ständig um die Pferde und ihre Lasten kümmern muss, wenn er bei jedem Auf- oder Abstieg überlegen muss, wie er die Tiere führt und unablässig den Weg im Auge behält. Es ist ihm egal, dass er jetzt Befehle von Vater entgegennehmen, dass er als Saumtiertreiber für einen Mann arbeiten muss, der noch vor Kurzem sein Nachbar und vielleicht auch Rivale gewesen ist. Falls ihm das einen Zacken aus der Krone gebrochen hat, lässt er sich jedenfalls nichts anmerken, sondern geht gewissenhaft seiner Arbeit nach.

Nur nachts kommt die Trauer zurück und verfolgt ihn. Sein Klagen hält uns wach. Es ist schwierig genug, unter dem rasch heller werdenden Mitternachtshimmel überhaupt einzuchlafen, aber nun hören wir ihn ständig um seine Kühe weinen, nur unterbrochen von gelegentlichem Schnarchen oder wildem Fluchen. Es ist erbarmenswert, einen großen, rauen Mann wie ihn im Schlaf weinen zu hören.

Finn hat seine gesamte Herde verloren, keine einzige Kuh, kein Kalb ist der Schlammlawine entkommen. Die

Eis- und Schlammmassen haben alles unter sich begraben. Finns Frau und seine sechs Töchter werden vermisst, keine Spur von ihnen; die Melkhütten, in denen im Sommer die Kühe gemolken wurden, die Heuschober, sämtliche Pferde, ob Hengst oder Stute oder Fohlen – alles, alles wurde von der gewaltigen Masse aus gefrorener Erde und Schlamm mitgerissen, überrollt, zermalmt, lebend begraben.

Nur eine seiner Stieftöchter, Svena, eine Halbschwester von Lar, hat unverletzt überlebt. Das Schicksal wollte es, dass sie gerade auf einer Stute von Osvik auf dem Weg zur Hochweide war, nachdem sie ein paar Milchschläuche am Hof geleert hatte. Sie hörte das Gerumpel, sah, wie eine riesige Eismasse vom Berg herabrollte, und ritt um ihr Leben. Aber das Eis und die Schlammflut waren schneller, überrollten die Stute, die in dem halb gefrorenen Matsch ertrank – anders als Svena. Auch sie wäre umgekommen, hätte sie nicht geistesgegenwärtig die leeren Milchschläuche an sich gepresst, die sie irgendwie an der Schlammoberfläche hielten, als sie auf der Woge stromabwärts trieb. Die arme Svena – welches Unglück, als einzige Tochter überlebt zu haben!

»Das beweist es, falls ihr überhaupt einen Beweis braucht«, erklärt uns Cuin und streicht sich weise über den Bart. Was er damit meint, wollen Sigi und ich lieber nicht wissen.

Finn hat die Sauen und den Eber verkauft, die Ferkel geschlachtet. Den Hof in Osvik hat er in Ruinen zurückgelassen. Wenn er nicht das Anrecht auf den Holzeinschlag am Ufer gehabt hätte, wäre er jetzt völlig mittellos.

Das ist der Grund, warum ihm Vater Arbeit für die Strecke von Osvellir zum Langfjord angeboten hat. Wir brauchen einen Mann, der weiß, wie man die Saumtiere über den Berg führt, die die Wollballen und Webstoffe zu den Kaupskips der Ostleute bringen. Finn ist für die Arbeit als Saumtierführer besser geeignet als jeder andere.

Lars Schwester gehört nicht zu den Mädchen, die man leicht übersieht, ich weiß nicht, warum. Sie sieht nämlich nicht mal besonders gut aus. Aber sie hat etwas Rätselhaftes an sich, vor allem, was ihr Alter angeht. Keiner hat auch nur die blasseste Ahnung, wann sie geboren wurde. Nicht einmal Svena selbst.

Man möchte meinen, dass ihre Mutter das Rätsel um Svenas Geburt hätte lösen können, wenn sie noch lebte, aber die Frau hatte elf Kinder zur Welt gebracht. Lar sagt, seine Ma hätte nur sehr verschwommene Erinnerungen an Svenas Geburt gehabt. Man glaubt, dass sie jünger ist als ihr Halbbruder, der wiederum genauso alt ist wie Sigi und ich.

Lar selbst hat ebenfalls keine Ahnung, wann sie geboren wurde, sie wurden schon als Säuglinge getrennt, aber er glaubt, dass sie ungefähr vierzehn oder fünfzehn sein müsste. Tatsächlich könnte sie noch so jung sein oder auch nicht, das ist schwer zu sagen bei einem Mädchen, das so mager und ohne jegliche weibliche Rundung ist. Ihre Augen wirken älter und passen nicht so recht zu ihrem kindhaften Gesicht. Das dunkle Haar trägt sie sehr kurz geschnitten, es ist dünn und strähnig und so unansehnlich wie das einer alten Frau.

Ihr trauriges Erlebnis mit der Schlammlawine und der Schock, den sie dabei erlitt, haben jedenfalls nicht dazu beigetragen, ihr Aussehen zu verbessern. Schade, dass das arme Mädchen so freudlos und schwermütig geworden ist. Finn konnte seine Stieftochter nicht allein und unbeschützt in seinem fast völlig zerstörten Hof zurücklassen, dort hätte es für sie nichts mehr zu tun gegeben, nachdem die Sauen und der Eber verkauft worden sind; sie hat keine kleineren Schwestern mehr, um die sie sich hätte kümmern können, und es gibt keine Milch, um daraus Butter oder Käse zu machen. In Osvik konnte sie auch nicht bleiben, dort gab es nichts mehr zu essen und keine Unterkunft. Finn hatte gar keine andere Wahl, als sie mitzunehmen.

Svena kümmert sich tagsüber um eines der Saumpferde, aber mit der Stute, die Finn ihr zugewiesen hat, kommt sie nicht gut zurecht. Am Abend ist sie unsere Dienstmagd, sorgt für das Essen, während Sigi, Lar und ich mit den Hunden herumtollen oder oberhalb der Schneegrenze Polarfüchse jagen. Nicht dass wir einen der flinken »Buschschwänze« erwischt hätten, aber es macht Spaß, die kläffenden Fähen in ihre Bauten zu jagen.

Finn-buna redet ständig mit Vater und Cuin über seine ungewisse Zukunft, schon seit wir von Osvellir weggegangen sind. Er kann sich nicht entschließen: Soll er verkaufen, was ihm geblieben ist, nach Osten zurückgehen und sein Glück mit Piratenüberfällen auf andere Inseln oder auf dem Festland versuchen oder soll er in den Eislanden bleiben und als Bauer weiterarbeiten, vielleicht als Pächter bei meinem Vater oder bei Klep? Beide würden ihn gern für sich gewinnen, aber für welchen Goden sich der Bauer entscheiden wird, weiß nur der Wind.

Wenn er sich nicht für einen Pachthof entscheidet, und das ist es, worüber er jetzt neuerdings redet, könnte er sich ein paar Saumtiere anschaffen und Lasten transportieren, zum Beispiel Holz über die Berge bringen. Es wäre einen Versuch wert, meint er, bis er eine endgültige Wahl treffen kann.

Finns Äcker und Wiesen in Osvik, die unterhalb des Bergsees liegen, sind jetzt wertlos, darauf können noch jahrelang keine Kühe grasen. Cuin meint zwar, die unteren Weiden könnten schon im kommenden Frühjahr wieder genug Gras haben, um Schafe grasen zu lassen, aber das hängt davon ab, wie schnell das Gras wieder wächst. Vater hat Finn zugeredet, Schafe von uns zu pachten, gegen einen fairen Preis, und mit ihnen eine eigene Herde zu züchten. Aber Finn ist nicht sehr begierig auf die Wolltiere, er hat bisher nur Schweine und Kühe gehalten.

Cuin hat ihm versprochen, ihm zu helfen. Niemand weiß mehr über Schafe als der Onkel – wann die Auen im Winter besprungen werden müssen, wie man einen jungen Widder auswählt, indem man die Hornansätze abtastet, wie viele Tage nach der Geburt man einen Hammel kastriert, dieses ganze Zeug. Aber als er sich Cuins Ratschläge anhört, stöhnt Finn, wie kompliziert das alles doch ist, wenn man vor dem ersten Schnee die Schafe zum Überwintern von der Hochweide holen muss.

Um Finn durch den ersten Winter zu helfen, hat Vater angeboten, ihm Ulph den Schäfer auszuleihen, zumindest für die Zeit des Abtriebs vom Winteranbruch bis zum Thor-Fest, und Finn müsste nur den halben Arbeitslohn zahlen, den ein befreiter Sklave normalerweise erhält. Aber Finn sagt nur, dass er es sich überlegen will.

Schafe sind nicht das einzige »Geschäftliche«, das sie miteinander besprechen. Ich wünschte, es wäre so.

Worum es sonst noch geht? Darum: Man »ermutigt« mich, Finns Stieftochter zur Frau zu nehmen. Svena! Ist das noch zu fassen? *Dieses* Mädchen soll ich heiraten!

Wenn Vater es auch nicht direkt ausspricht – was

ziemlich ungewöhnlich für ihn ist. Aber seit wir uns auf den Weg nach Norden gemacht haben, geben sich Vater und Finn alle Mühe, Svena und mich so oft wie möglich zusammenzubringen; es ist so ungefähr, als würden sie eine junge Sau zum Eber treiben.

Finn hat da keine Skrupel, er will Svena loswerden, und es ist ihm völlig egal, wer sie nimmt. Das kann man schon daran sehen, wie er das Mädchen behandelt, nämlich so beiläufig und verächtlich, wie man sonst nur mit einem Dienstmädchen redet, aber niemals mit einer Tochter. Kein einziges Mal habe ich gehört, dass er sie über den Verlust der Mutter oder der Schwestern getröstet hätte. Finn ist nicht so warmherzig und fürsorglich wie Vater, er gehört nicht zu den Männern, die Zuneigung offen zeigen können. Auch zwischen Finn und Lar gibt es nicht viel Liebe. Es ist deutlich sichtbar, dass beide mehr für die Pferde übrig haben als füreinander.

Es ist fast Nacht, aber hell genug, um bis zum Fjord hinunterschauen zu können. Von hier oben sehen wir die Boote, die im Lichtschein der Strandfeuer der Händler ankern; zwei kräftige Schiffe liegen auf den Kies gezogen, sie verbleiben dort für zwölf Monde, von diesem Sommer bis zum nächsten, wie das die Ostmänner immer machen – sie liegen auf dem Kiel, die Masten sind schräg nach achtern gekippt, die Deckplanten stehen aufrecht an der Bordwand, um das Be- und Entladen zu erleichtern.

Die Rümpfe, die schräg stehenden Masten und die aufrecht stehenden Planken werfen im Licht der Flammen seltsame Schatten auf den Kieselstrand, scharf und stachelig wie Igel. Zwischen ihnen und den dunklen Hügeln auf der anderen Seite liegt der Fjord still und tief, kaum gekräuselt von der Brise, im zunehmenden Mondlicht so glatt und ruhig wie Milch in einer Schale.

Wir beschleunigen den Schritt der Tiere, wie es wohl alle Reisenden tun, die das Ziel vor Augen sehen, aber wir kommen den Feuern und den Schiffen auf dem Strand, den dunklen Hügeln und Bäumen auf der anderen Seite nicht näher. Denn der steinige Reitweg führt nicht mehr direkt nach Norden, sondern wendet sich in östliche Richtung, landeinwärts, um den Fjord und die Heuwiesen herum; er folgt dem Deich und dem Zufluss. Unterhalb am Strand sehen wir brennende Fackeln, die sich bewegen, Stimmen schallen aus einem Gehöft zu uns herauf.

Weiter entfernt, in der Dunkelheit gerade noch zu erkennen, verzweigt sich der Weg, ein Pfad führt jäh nach unten zum Strand. Jenseits des Deichs liegt frisch geschnittenes Heu auf den Wiesen, ein feuchter Geruch, süß und vertraut, steigt auf, und windabwärts, im Hof vor dem Langhaus, hören wir die Hunde unseren eigenen antworten.

Svena hat sich zurückfallen lassen, sie nimmt sich Zeit für den Abstieg, führt ihr Pferd vorsichtig über die Steine – viel vorsichtiger als nötig, denn Lar hat dafür gesorgt, dass ihr Tier nicht überladen wurde. Je mehr sie zögert und so tut, als wäre es äußerst schwierig, das Tier zu führen, desto größer wird der Abstand zu uns Männern, denn wir haben es eilig, zum Strand zu gelangen.

Schließlich fällt Vater Svenas Zögern auf, er sieht, wie weit sie zurückgefallen ist, und zügelt sein Pferd.

»Du wartest hier, bis Svena aufgeholt hat«, befiehlt er mir. »Bleib bei ihr, Kregin, sei so gut. Sorg dafür, dass sie in der Dunkelheit nicht stolpert.«

Lar und Sigi kriegen Lachanfälle auf meine Kosten,

aber ein strenger Blick von Finn-buna und ein listiges Zwinkern von Cuin lässt sie verstummen. Ich folge Vaters Befehl und warte auf Svena am Steinwall des Heufelds, steige ab und kraule den Rotfuchs unter dem Kinn. Srelni ist daran gewöhnt, aber heute Abend schüttelt er unwirsch den Kopf, will nicht gekrault werden. Er schaut mich forschend an, mit klugen, weit geöffneten Augen, ein Blick, den nur Pferde haben.

»Du brauchst nicht auf mich zu warten«, sagt Svena, als sie herankommt. Sie tritt einen Stein in den Graben. »Warum bleibst du nicht bei den anderen?«

»Weil Vater es mir befohlen hat, deshalb. Was ist mit der Stute, lahmt sie oder was?«

»Es wäre mir lieber, du würdest mich in Ruhe lassen«, sagt Svena, sie achtet nicht auf meine sarkastische Bemerkung, lässt sich müde auf den Steinwall sinken. »Ich weiß doch, dass ich dir völlig egal bin. Macht mir nichts aus, aber du brauchst nicht so zu tun, nur damit sie es glauben.«

»Ich tue nicht so.«

»Sag Finn, dass du mich nicht haben willst. Und Leif auch, dann ist die Sache erledigt!«

Jetzt hat sie es offen ausgesprochen, und ich muss ihr antworten. Ich will ehrlich zu ihr sein, es gibt keinen Grund, unfreundlich zu reagieren. Irgendwie bringe ich die Worte nicht richtig heraus. »Ich glaube, mein Vater will nur ein guter Nachbar sein. Verstehst du denn nicht, Svena? Er tut alles, um Finn zu helfen.«

»Was meinst du damit?«

Die sanfte Art hat nichts gebracht, ich versuche es andersherum. »Dein Stiefvater hat einen schweren Verlust erlitten und braucht dringend Hilfe. Wenn wir beide, du und ich, zusammenkommen, wäre das eine

Lösung. Was mein Vater anbietet, hilft deinem Vater, einen neuen Anfang zu machen und wieder Boden unter die Stiefel zu kriegen.«

»Einen neuen Anfang? Boden unter die Stiefel? Angebot? So nennt ihr das also? Dein Vater tut das alles doch nur, um Finns Land an sich zu reißen!«, ruft sie erregt.

»Wenn wir heiraten, kommt natürlich auch noch Grund und Boden dazu und Holz und Vieh.«

»Und dir macht es nichts aus, als Teil des Handels verschachert zu werden?«

»Ich tue, was man mir sagt. Ich habe meinem Pflegevater alles zu verdanken.«

Sie lässt sich das durch den Kopf gehen. »Ich sehe doch, wie du mich anschaust, von oben bis unten. Du … verachtest mich. Kann ich dir nicht mal zum Vorwurf machen, ich bin kein guter Fang.«

»Das brauchst du mir nicht vorzuwerfen! Ich bin wie jeder andere Bursche, aber wenn ich mir ein Mädchen aussuche, dann hoffe ich, dass ich für sie stärkere Gefühle habe als für dich.«

»Du kannst dir aussuchen, wen du zur Frau willst. Leif wird dich nicht zu der Heirat zwingen. Aber ich … bei mir ist das anders, ich muss jeden nehmen, den Finn für mich aussucht.«

»Aber von Finn wegzukommen ist vielleicht nicht das Schlechteste. Wo du auch hingehst, ich bin sicher, dass du das Beste daraus machst.«

»Das werde ich, Kregin, ganz bestimmt. Aber eins weiß ich: Für dich wäre es nicht gut, wenn du mich heiratest. Es würde dich nur zornig machen, zorniger, als du ohnehin schon bist. Selbst ein Narr kann das sehen.«

»Wer sagt denn, dass ich zornig bin?«

»Du kannst es nicht verbergen. Und den Schmerz auch nicht.«

»Erst sagst du, ich bin zornig. Dann sagst du, ich hätte einen Schmerz. Wie willst du denn wissen, wie es in mir aussieht?«

Ich war laut geworden, aber sie antwortet mir leise: »Lar hat mir von deiner Ma erzählt, dass du sie für tot gehalten hast, wie der Rest deiner Familie im Meer ertrunken. Und dass du jetzt von den Fremden gehört hast, dass sie noch lebt, irgendwo im Norden, und du willst zu ihr gehen.«

»Mein älterer Bruder Sepp hat auch überlebt. Ich muss den beiden gegenübertreten.«

»Gegenübertreten! Wie furchtbar, so etwas zu sagen! Bist du denn nicht froh, dass sie nicht tot sind? Ich wünschte, meine Mutter wäre noch am Leben! Natürlich kann das nicht sein, zwecklos, auch nur daran zu denken – aber ich würde alles geben, wenn mir ein Fremder erzählen würde, dass sie noch lebt!«

»Nach einer Weile verblasst die Erinnerung und das Hoffen lässt nach, das kannst du mir ruhig glauben.«

»Ich werde mich immer an Ma erinnern, an sie denken und an die Kinder. Wie könnte es anders sein?«

»Die Schlammlawine ist erst zwei Monate her, deine Erinnerung an deine Ma und deine Geschwister ist noch frisch. Du willst sie zurückhaben. Das habe ich mir nach dem Schiffbruch auch gewünscht!«

Tränen rinnen ihr über die Wangen, aber ich achte nicht darauf, rede kalt weiter, ohne eine einzige Träne zu vergießen.

»Es ist sechs Jahre her, dass ich meine Familie verloren habe. Niemand kann ewig trauern.«

»Aber sollte dann die Freude nicht umso größer

sein?«, schluchzt sie mit gebrochener Stimme. »Ist es denn nicht wunderbar zu erfahren, dass sie nach dieser langen Zeit doch noch leben?«

»Für mich nicht. Ich habe mit ihnen abgeschlossen, habe sie hinter mir gelassen, im Sand begraben. Vielleicht fühle ich mich deshalb so schlecht.«

Svena nickt nur. Ich bin froh, dass sie nichts mehr sagt.

Vater und die anderen sind schon ein ganzes Stück weiter talabwärts gezogen. Es ist fast Mitternacht, über das Dickicht von Ginster und Farnen hinweg sind die zotteligen Mähnen der Pferde zu erkennen. Wenn Vaters breite Schultern und Cuins grauer Haarschopf nicht zu sehen wären, würde mir meine neue Familie plötzlich fremd und fern vorkommen – als ob ein ganzer Ozean zwischen uns läge. Die Hunde, unsere und die im Lager am Strand, sind inzwischen wieder verstummt. Eine milde Mittsommerbrise weht von den Bergen herab. Zwischen uns und dem Strand ist von Finn oder Lar nichts zu sehen. Wahrscheinlich sind sie abgestiegen, gehen den letzten Abschnitt zu Fuß, um unsere Lasttiere sicher durch das dornige Gestrüpp zu führen.

Svena sitzt an den grasüberwachsenen Steinwall gelehnt. Ich rieche das gestrige Holzfeuer in ihrem Haar, den Schweiß der Stute an ihren Händen. Ich will sie nicht berühren, will nicht von ihr berührt werden, will sie nicht auf Nacken und Haar küssen, nicht von ihr geküsst werden… doch ich sehe, dass ihre Lippen offen sind und feucht, die gleiche salzige Feuchtigkeit wie ihre Tränen. Svena schließt die Augen, auch ich schließe die Augen. Ihre Beine, die mir bisher so hässlich vorkamen, fühlen sich weich und sanft an, dabei kräftig bis zu den Knien. Spielt es noch eine Rolle, dass ihre mageren Schenkel mit Brandwunden übersät, faltig und fleckig sind – nicht durch ihre Schuld –, weil sie endlose Stunden am Herd in Osvik kniete oder hockte, um das Feuer zu schüren?

Wir lassen die Pferde frei laufen, fassen uns an den Händen, wenden uns von der Mauer ab und springen mit einem Satz zusammen ins Heufeld, laufen über die Stoppeln und stürzen uns Hals über Kopf in eine halb auseinandergerissene Heuhocke. Das bringt sie zum Kichern und mich auch, wir kichern wie kleine Kinder.

»Denk immer daran«, sagt Vater, als er sich am Strand von mir verabschiedet, »niemand bezweifelt, was du durch deine Geburt deiner Ma schuldest und dass du auch deinem älteren Bruder verpflichtet bist, aber du musst dich auch immer als mein Sohn betrachten und Osvellir als dein Zuhause.«

»Ob es dir gefällt oder nicht«, fügt Cuin mit seinem wissenden Augenzwinkern hinzu, »du bist einer von uns.«

»Wir reiten in drei Tagen vom Langfjord ab«, sagt Vater streng, »und ich erwarte, dass du mit uns über die Berge zurückreitest.«

»Komm schon am Abend vorher zurück, wenn du kannst«, rät der Onkel. »Es ist besser, die Nacht vor dem Ritt im Lager zu schlafen.«

Sigi hält mich noch einen Augenblick auf, macht sich an Srelni zu schaffen, zieht den Gurt noch etwas fester an. »Hör mal, Kregin, ich hab Bera versprochen, einen Fuchsschwanz mitzubringen. Wenn du nicht mit uns zurückreitest und mir hilfst, haben wir keine Chance, eine Fähe im Schnee zu erwischen.«

Vaters strenge Ermahnung, Cuins Abschiedshüsteln,

Sigis lautes Lachen klingen mir noch lange in den Ohren, als ich vom Fjord wegreite, es sind verlässliche, beruhigende Geräusche wie das ferne Bimmeln der Schafglocken von den Hügeln herab. Mein Hengst ist ruhig, aber er stellt die Ohren auf, als hörte auch er die Geräusche.

Ich folge einem von Hunderten kleiner Bäche und Rinnsale, die in den Langfjord münden, reite bergauf, immer nach Osten. Der Baerskard-Pass, den ich suche, soll nur einen halben Tagesritt entfernt sein, habe ich erfahren. Ma und Sepp leben in einer Hütte im Hochland.

Vaters Strenge war nicht böse gemeint, er hat aus dem Herzen gesprochen, seine Augen waren sogar ein wenig feucht, männliche Zuneigung eben. Aber während ich nun über seine Worte nachdenke, kommt mir gerade seine Güte wie ein Vorwurf vor. Ich verdiene es nicht, sein Sohn und Sigis Bruder zu sein; ich habe ihnen dafür nichts gegeben, nichts, womit ich ihre Liebe verdient hätte.

Die Narben reißen wieder auf, Salz beißt in den Wunden. Ich liege als Schiffbrüchiger auf dem Strand von Suthyre. Und dort auf den Dünen ist mein Bruder Cormac, er trägt immer noch sein Rentierwams, aber er ist nicht tot, er lebt. Dort steht er, grinst, wartet auf uns, auf meine Schwestern und auf mich, am Ende des Strands. Ich drehe mich um, schaue Alufa in die Augen, in das strahlende Blau, und unsere kleine Schwester Mel klammert sich an Alufas Beine, blickt zu uns auf mit ihrem leuchtenden, zutraulichen Kindergesicht.

Svenas Trost hielt nicht lange an. Die Befriedigung, die ich mir auf ihre Kosten verschaffte, brachte nur neue Sorgen für uns beide. Es macht mich wütend, dass ich sie benutzt habe, ihr Liebe vorgaukelte. Schon heute Morgen waren ihr Lächeln und ihr freundliches Winken zum Abschied vergeudet: Ich habe ihr keinen einzigen Blick geschenkt, als ich aus dem Lager ritt.

Hier im Hochland steigen keine Falken hoch in die Lüfte, um aus schwindelnder Höhe ihre Beute auszuspähen, keine flugunfähigen Vögel suchen Zuflucht in Moos oder Heidekraut; nicht einmal das vertraute sommerliche Summen der Bergfliegen ist zu hören. Die letzten lebenden Geschöpfe habe ich weiter unten gesehen, eine kleine Herde von Wildpferden, trinkend an einem Bach. Sie rannten erschrocken davon, als sie Srelni und mich daherkommen sahen. Ein elender Ort, sich anzusiedeln. Von welchem bösen Geist war Sepp besessen, sich so weitab vom Meer niederzulassen?

Je höher ich komme, desto kälter und windiger wird es. Der Himmel war schon den ganzen Morgen über bedeckt, die Berge düster und öde. Wenn es hier im Sommer schon so kalt ist, wie bitter muss es dann erst mitten im Winter sein! Jeder Pass bringt mich in noch rauere, felsigere kahlere Landschaften. Das braungrüne Gras und die reich duftenden Heuwiesen unten am Fjord sind längst Ginster und Geröll gewichen. Jetzt reite ich durch enge Schluchten und schmale Täler und gelange auf eine offene Heide, eine trostlose Einöde, vollkommen baumlos, die Ebene ist von verwitterten Felsen und Geröllhalden übersät. Ich muss mich verirrt haben, vielleicht habe ich an einem der tiefer gelegenen Pässe eine Wegscheide übersehen. Was ich suche, kann nicht hier sein. Ich hätte niemals so weit hinaufreiten dürfen. Besser umzukehren und auf demselben Weg zurückzureiten.

»Ho, Srelni!« Ich beuge mich vor, dicht an das Pferdeohr, und tätschle ihm den Hals. Etwas hat das Tier verschreckt, etwas, das sich weiter vorn hinter einer Gruppe spitznadliger Felsen befinden muss. Srelnis Sinne sind angespannt, seine Augen blicken aufmerksam, die Ohren stehen aufrecht.

Aus dem Himmel fällt ein Stein herunter, ein Geschoss. Wenn er mich treffen sollte, hat er sein Ziel verfehlt. Harmlos fällt er zu Boden, weit von mir entfernt. Ein zweiter Stein fliegt heran, dieses Mal besser gezielt, er prallt von einem Felsen ab und landet direkt vor Srelnis Vorderhufen, ist so groß wie eine Männerfaust.

Eine schrille Kinderstimme tönt von den Felsnadeln herüber. »Ich krieg dich, Fremder, keinen Schritt weiter, sonst mach ich dich fertig!«

Auf dem Felsen steht ein Junge, klar zeichnet sich seine Gestalt vor dem Himmel ab. Er geht in Kriegerhaltung, einen Fuß vorgestellt, den anderen zurück, und ist offenbar drauf und dran, den nächsten Stein zu werfen. Ich lasse mich auf sein Spiel ein. »Wird wohl besser sein, wenn ich anhalte«, rufe ich zurück. »Aber sag doch mal, Knirps, wer hat dich denn als Wächter hier postiert?«

»Ich bin kein *Knirps!*«, brüllt der Junge stolz. »Ich bin Einars Sohn, ich heiße Hvard Einarson!«

KAPITEL 20

Der Hof hat irdene Wände, ist klein und sauber, nur das Lebensnotwendige ist zu sehen, ein alter verbeulter Topf, ein niedriger Herd, auf dem ein kleines, rauchloses Feuer brennt. Die einzigen Möbelstücke sind vier Bettpritschen auf Stützen; tagsüber gegen die Wand geschoben, dienen sie als Sitzbänke. Keine weiteren Räume, keine Schränke oder Kammern, nur ein enger Vorraum. Durch die offene Tür dringt ein wenig Tageslicht herein, das das düstere Innere kaum aufzuhellen vermag, aber doch ausreicht, um zu zeigen, wie wenig sie besitzen.

Ma lässt ihren Tränen freien Lauf. Aus Freude über das Wiedersehen, sagt sie, und aus Trauer über das, was sie längst für Cormac befürchtet hatte. Sie sitzt in dem armseligen Wohnraum zu meinen Füßen, die Gebetsperlen liegen unbeachtet in ihrem Schoß. Ein abgegriffener Bimsstein in der Form von gekreuzten Hämmern, denen des großen Gottes Thor, die für Ma jedoch den gekreuzigten Heiligen symbolisieren, liegt unbeachtet auf dem Boden.

Ma umfasst meinen Fußknöchel, als wollte sie mich nie mehr loslassen. Sie ist jetzt viel magerer, ihr Gesicht viel faltiger, als ich es in Erinnerung habe, aber wenn sie spricht, ist immer noch der weiche Klang herauszuhören, der von ihrer Muttersprache kommt. Und ihr Haar hat noch immer den warmen Schimmer von rotem Sand, den Vater so liebte, wenn er sie küsste und Audeen nannte.

Sie blickt mit dunklen Augen zu mir auf, schaut mich durchdringend an, hört mir aufmerksam zu, nimmt alles in sich auf; sie hört schweigend zu, als ich schildere, wie wir die Leichen meiner Schwestern und meines Bruders in den Dünen bei Suthyre begruben, wie Hethrun von Leif Njelson eine Belohnung für die Heilung seines Sohnes forderte und dass ich es der List und der Güte der alten Frau zu verdanken habe, dass ich in Osvellir aufgenommen wurde.

Hvard hat zu seiner großen Freude einen Onkel gefunden, einen, von dem es immer hieß, er wäre im Meer ertrunken. Er sitzt auf meinem Knie und befingert das Amulett, das ich um den Hals trage.

»Es hat unserem Kregin das Leben gerettet«, sagt Ma.

»Was ist das unter dem Wachs, Oma? Was macht es?«

»Frag deinen Onkel, er erklärt es dir«, antwortet Ma und schließt die Augen, um einer Erinnerung nachzuhängen oder sie aus ihren Gedanken zu verbannen.

»Darunter liegt ein Schatz aus unserer Vergangenheit«, flüstere ich, »etwas, das uns von deinem Großvater geblieben ist. Es gab mir immer Hoffnung, wenn ich einsam und verloren war, und es hat mich hierhergebracht.«

Hvard gibt sich damit zufrieden, vorerst. Er legt den Kopf vertrauensvoll gegen meine Brust. Ich habe meinen Neffen in dem Augenblick für mich gewonnen, in dem ich ihn auf Srelni setzte und ihm sagte, er sehe aus wie sein Vater. Auch der Rotfuchs fand an dem Jungen sofort Gefallen, vielleicht deshalb, weil Hvard schon beim ersten Ritt kerzengerade, stolz und furchtlos auf dem Pferd saß. Der arme Junge, er musste schon früh lernen, mutig zu sein, kaum war er entwöhnt, raubte ihm das Fieber die Mutter.

»Wir verloren Jo schon im zweiten Winter in Baerskard«, erzählt Ma. »Einar verließ uns im Sommer danach, um nach Osten zu segeln. Er tat sich am Langfjord mit einem Händler zusammen, einem Mann aus dem Osten, der ihm anbot, sich durch Arbeit auf dem Schiff die Überfahrt zu verdienen.«

»Warum ist er gegangen? Er hat sich ja kaum Zeit genommen, sich hier niederzulassen. Wenn er so dringend weg wollte, warum hat er dann nicht wenigstens gewartet, bis der Hof euch besser versorgen konnte?«

»Worauf hätte er warten sollen? Der Hof ist zu klein, er reichte nicht aus für zwei Männer unter einem Dach. Er bringt kaum genug ein, um einen wie Sepp zu ernähren, geschweige denn einen starken, gesunden Mann. Nein: Dein Bruder wusste, dass er ein neues Leben suchen musste, dass er über das Meer fahren musste. Vielleicht wäre das Leben für uns noch schwieriger gewesen, wenn er hiergeblieben wäre.«

Ma hat sich in den Kopf gesetzt, dass Einars Abreise zu ihrem Besten gewesen sei – nicht zu seinem eigenen. Sie sieht nicht ein, dass er seinen Sohn im Stich ließ, ihn dazu verdammte, ohne Vater aufzuwachsen. Und wahrscheinlich ist mein Bruder wieder zu den alten Zeiten als Pirat und Plünderer zurückgekehrt. Er hat sie alle im Stich gelassen, vor allem den armen Sepp, der allein gegen alle Widrigkeiten ankämpfen muss.

»Und ihr habt nicht mehr von ihm gehört, seit vier, nein, fünf Sommern?«

»Nein.« Ma schüttelt traurig den Kopf. »Ich bete jeden Tag für seine Rückkehr. Ich bete für Hvard, nicht um meinetwegen.« Hvard spielt mit der Hornspitze und tut so, als hörte er nicht zu. Ma drückt mein Fußgelenk. »Seltsam, dass du Sepp nicht begegnet bist. Er hat sich früh am Morgen auf den Weg zum Langfjord gemacht; er bringt ein Kalb zu Asgrim, um die Pacht für das letzte Vierteljahr zu bezahlen.«

»Es ist ein langer Weg zum Fjord und wieder zurück. Wie schafft er das ohne Pferd?«

»Daran denken wir nicht. Du kennst Sepp doch, er würde sich niemals beklagen.«

»Aber, Oma«, mischt sich Hvard ein, »Onkel Kregin ist nicht auf dem Viehtriebweg heraufgekommen.«

»Nicht auf dem Viehtriebweg? Wie denn sonst?«

»Er ist über die fünf Pässe geritten«, erklärt Hvard, »und über die Baerskard-Felsen. Dort hab ich ihn nämlich entdeckt.«

»Stimmt, Ma. Ich hatte mich verirrt und wollte gerade umkehren, als Hvard anfing, Felsbrocken auf mich zu schleudern.«

Hvard lacht und boxt in kindlichem Übermut meine Arme.

Stolz wie Thor führt mein Neffe Srelni in dem Geviert hin und her, das Ma »Pferch« nennt, aber eigentlich nichts weiter ist als ein Flecken zertrampelter Erde hinter dem Haus. Hier hielten sie früher Pferde, aber inzwischen hat der Hof kein Vieh mehr, und von dem Pferch ist nichts geblieben außer einem Schlammloch, in dem eine Sau und ihre Ferkel längst alles aus dem Boden gescharrt haben, was sich fressen lässt. Aber auch die Sau und ihre Ferkel sind nicht mehr dort, nur noch ein Mastschwein, der Kümmerling des letzten Wurfs, wühlt außerhalb des zerbrochenen Zauns im Dreck.

Hvard ist kräftig für sein Alter, er hat den starken Körperbau von seiner Mutter geerbt. Von den Schultern abwärts ist er so kräftig, wie Jo es war, er erinnert mich eher an Cormac als an Einar, aber wenn er neben den starken Flanken des Pferdes steht, wirkt auch er winzig. Srelni ist ein eigenwilliges Tier. Wie die meisten jungen Hengste ist er nicht leicht zu führen, auch nicht an Zügeln. Aber von dem Jungen lässt er sich ohne Trense führen. Der Junge und das Pferd, Vertrauen gegen Vertrauen, es ist wunderbar, wie schnell sie zueinandergefunden haben.

Gerade habe ich von Ma erfahren, wie Alu ums Leben kam. Eine Welle hat sie vom Beiboot gerissen, mit der kleinen Mel in den Armen, und in einem einzigen – den Göttern sei es gedankt, kurzen – Augenblick wurden sie in die Tiefe gezogen.

Und ich erfuhr, wie Sepp und Einar und Jo und Bedwyr sich an den Riemen ablösten, wie verzweifelt sie ruderten, ohne auf Hunger und Durst zu achten, wie sie gegen die tobende See kämpften, die ihnen in der zweiten Nacht die Riemen aus den Händen reißen wollte. Zwei Tage und Nächte haben Ma und Vrekla das Wasser aus dem Boot geschöpft, bis ihre Finger vom Salzwasser wund waren. Endlich, als sie bereits jeden Willen zum Rudern verloren hatten, war das Boot landwärts getrieben worden, und sie waren am Ufer der Robbeninseln gelandet, ungefähr eine Leuge oder zwei nördlich des Hafens am Langfjord.

Wann immer Ma die Geschichte erzählt, schmückt sie sie weiter aus, fügt Einzelheiten hinzu; es hilft nicht nur ihr, sondern auch mir zu verstehen, was damals geschah – ohne dass ihr klar wird, dass mir jedes weitere Wort einen neuen schmerzhaften Stich versetzt. Ich kann ihr ihr Recht, ihr Herz zu öffnen, nicht verwehren, wenn sie nur nicht immer alles so ausführlich wiederholen, über die Qualen grübeln würde, die sie auf dem Meer erlebten, jede einzelne Wendung aufs Neue erzählen würde. Fast so, als fürchte sie, dass ich alles gleich wieder vergessen würde, wenn ich es nicht durch ihre Augen sah.

»Du musst Vrekla in Twaindale besuchen«, sagt Ma. »Die Zeit musst du dir nehmen.«

»Und Bedwyr«, fügt Hvard hinzu, »oder nicht, Oma?«

Ma nickt, wendet den Blick ab. »Im Sommer schicken

wir ihn an die Küste, damit er bei den Fischern selbst seinen Lebensunterhalt verdient.«

»Aber zum Julfest kommt er heim«, ergänzt Hvard, »und bleibt dann bis zum Wali-Fest. Ich mag es, wenn Bedwyr zu Hause ist. Er und Sepp erzählen mir dann immer Geschichten von der *Vigtýr*.«

Noch eine Gelegenheit, Hvard reiten zu lassen: Ich nehme ihn mit auf einen Ausritt, lasse Srelni vom Schritt in sanften Trott übergehen. Der Junge ist außer sich vor Begeisterung, als er die Bewegungen des muskulösen Pferdekörpers unter sich spürt. Er sitzt auf dem Pferd, die Beine an den Körper geschmiegt, hält sich mit beiden Händen an der Mähne fest, so sicher und natürlich, als wäre er auf dem Pferd geboren worden.

Er zieht es vor, Srelni mit den Händen in der Mähne zu lenken, nicht mit dem Zügel. Ich halte ihn an der Leine, lasse mich mitziehen, doch dann geht der Hengst in Tölt über, ich kann nicht mehr mithalten und werfe Hvard den Zügel zu. Jetzt reitet Hvard zum ersten Mal völlig frei, ohne jede Hilfe.

»Nach vorn beugen, Junge, so ist es gut!«

Als wir wieder nach Hause reiten, er hinter mir, legt er die Hand auf die Pike an der Axt. »Ist das die Piratenaxt?«, fragt er. »Darf ich sie anfassen?«

»Die Klinge ist höllisch scharf, pass auf, dass du dich nicht schneidest.«

»Ist das die Axt, mit der du Drak erschlagen hast?«

»Woher weißt du das?«

»Von Bedwyr, er hat alles gesehen.«

»Du darfst nicht alles glauben, was dir die Leute erzählen.«

»Aber er hat dich gesehen! Er hat gesehen, wie du

ihm mit einem einzigen Hieb den Kopf abgeschlagen hast!«

Sepp ist nicht zu verkennen, breite Schultern, humpelnder Gang – die Gestalt würde ich überall erkennen.

»Hallo, Sepp!«, brüllt Hvard schon von Weitem. »Schau mal, wer hier ist! Ich hab meinen Onkel gefunden!«

»Ich sage dir, Jarls Leute tun uns nur Gutes. Wir sind auf sie angewiesen, stimmt doch, Ma? Natürlich ist nicht alles perfekt, aber ohne Asgrims Hilfe würden wir nicht überleben.«

»Willst du etwa behaupten, die Jarlsons seien nicht schuld daran gewesen, dass Drak uns verfolgt hat?«

»Cormac hat sich geirrt, Kregin, so einfach ist das. Jarl der Alte hat uns nicht verraten und verkauft.«

»Aber, Sepp, sie haben uns im Stich gelassen, wir waren in dem Augenblick erledigt, als wir das Segel setzten! Wir hatten keine Chance! Selbst Helgas Vater hatte sich von uns abgewandt!«

»Wie kommst du denn darauf?«

»Warum sind die Skarsons wohl zuerst nach Süden gesegelt? Skar hielt sich an die Küste und überließ es uns, aufs offene Meer hinauszufahren. Er hat uns unserem Schicksal überlassen! Mit drei Schiffen wären wir ihnen zahlenmäßig überlegen gewesen, Drak hätte niemals gewagt, sich mit uns anzulegen.«

»So war es aber nicht«, wirft Ma ein. »Niemand hat deinen Vater oder die *Vigtýr* verraten.«

»Jarl wusste, dass Drak nichts Gutes im Sinn führte«, fährt Sepp fort. »Der Alte versuchte sogar, ihn dazu zu bringen, uns alle in Ruhe zu lassen. Silber wechselte den

Besitzer, und Drak gab sein Wort. Aber der Bastard hat es dann gebrochen.«

»Mit dem Wenigen, was wir noch hatten«, sagt Ma, »wären wir nicht durchgekommen, wenn Vrekla hiergeblieben wäre. Ich musste an den Jungen denken und an Sepp und mich. Das darfst du uns nicht zum Vorwurf machen, Kregin. Wir mussten sie gehen lassen.«

»Wo sie jetzt ist, geht es ihr viel besser als hier«, fügt Sepp hinzu. »Idgar Skarson ist ein anständiger Mann. Seine Tochter ist letzten Winter gestorben, und seine Frau Gerta ist bettlägerig. Er braucht eine Frau, die sich um alles kümmert. Vrekla geht es gut, sie trägt ihre Last so tapfer wie ein Mann.«

»Eine von Idgars Töchtern ist gestorben? Doch nicht Helga?«

»Nein, die andere, die magere, Ynvild hieß sie. Hat sich irgendeine schlimme Krankheit eingefangen und ist einfach gestorben. Die junge Helga ist so munter wie ein Fisch, und bald wird sie heiraten.«

Ich habe versucht, mich herauszuwinden, aber Ma lässt nicht mit sich reden. »Du bist den ganzen Weg hergekommen und willst nicht einmal deine Schwester besuchen? Kommt nicht infrage.«

»Aber Ma, wie denn? Ich habe Leif versprochen, rechtzeitig zum Langfjord zurückzukehren!«

»Du brauchst dich nur kurz in Twaindale blicken zu lassen, Kregin. Rede ein wenig mit ihr, dann kannst du weiterreiten.«

Hvard reitet mit mir auf Srelni. Ich habe Ma erklärt, dass ich seine scharfen Augen brauche, um den Weg zu finden. In der Morgendämmerung haben wir das Hochland schon hinter uns gelassen und reiten durch eines der Täler Richtung Norden. Sepp sagt, eines von ihnen führe zur Küste, nördlich des Langfjords würden wir dann auf das Meer treffen. Wir sind auf dem Weg nach Twaindale, wo sich Idgars Langhaus befindet.

Der Ritt bergab rüttelt uns kräftig durch, trotzdem nickt Hvard ein, ohne dass sich sein Griff an meinem Gürtel löst. Ich werde warten, bis er wieder aufwacht, bevor ich zum Strand hinunterreite. Von der letzten Klippe vor dem Abstieg lasse ich meinen Blick übers Meer wandern, über den Dunst hinaus, der sich an die Küste schmiegt, auch jenseits der Fjordmündung, bis er an dem dünnen, landlosen Strich hängen bleibt, der Meer und Himmel trennt. Der Dunst lichtet sich; mein Blick kehrt wieder zurück. Eine Leuge oder zwei von der Küste entfernt kann ich eine pfeilförmige Strömung erkennen, die durch die Wellen schneidet, und in dieser Strömung mache ich wie Schwertmuscheln geformte Fischerboote aus. Sie fahren paarweise, von Riemen getrieben, und ziehen ein Schleppnetz zwischen sich her, folgen den Fischschwärmen, denn in diesen Strömungen finden sie Fische im Überfluss.

Am Ufer direkt unter mir stehen Fischerhütten, aber keine Häuser, keine Höfe oder Hofstätten. Am Strand sind jede Menge Frauen und Kinder zu sehen. Möwen kreisen kreischend über ihnen, die gelben Schnäbel im scharfen Küstenwind geöffnet. Sie stürzen sich gierig auf die Innereien und Fischreste, während Wellen auf den Kiesstrand rollen. Im Kreischen der Möwen ist das Plappern der Fischerweiber, das Singen, Rufen, Lachen, die Neckereien, der ganze lärmende Chor der Menschenstimmen kaum zu hören, der ihre Arbeit begleitet, während sie den Fang vom Vorabend ausnehmen und putzen, die Stockfische für den nächsten Winter aufspießen und in Rahmen zum Trocknen aufhängen und die Netze flicken.

Zwei Sklaven streichen einen kieloben aufgebockten Bootsrumpf mit Pech aus, eines der schwertmuschelähnlichen Boote. Der Gestank des kochenden Pechs, das ins Feuer tropft, weht heran, vermischt mit dem Geruch von Fischinnereien, salziger Meeresluft und Trockenfischen. Die Rahmen sind aus Trauerweide und werden seewärts geneigt aufgestellt, schwer beladen mit Hunderten Kabeljauen, aufgeschlitzt vom Schwanz bis zum Kopf; die kühle Brise weht durch ihre weit geöffneten Fischmäuler, durch aufgeschlitzte Bäuche und Kiemen.

Endlich ist Hvard aufgewacht, er springt vom Pferd, läuft zu den Sklaven hinunter und brüllt, sodass es alle hören: »Bedwyr, die Axt hat er immer noch! Und schau mal, sein Pferd!«

»Ich bleibe lieber in Baerskard«, sagt Bedwyr und streicht Pech auf die Bootsplanken. »Ich hab es mir nicht ausgesucht, wo ich lebe, Herr, aber deine Mutter weiß, was für mich das Beste ist. Ich bin ein Mietsklave und er auch.« Er deutet mit dem Daumen auf den anderen Sklaven. »Wir sind für den ganzen Sommer an die Fischer ausgeliehen worden.«

»Das Leben dort oben ist hart für Ma und Sepp.«

»Niemand schuftet so hart wie dein Bruder.«

»Wenn sich auf dem kargen Land irgendjemand behaupten kann, dann er.«

Bedwyr wirft mir einen Blick zu und wendet sich dann wieder ab. »Das Gras ist dünn und schlecht, die Sommer sind kurz, die Äcker steinig und versumpft.«

Er schlägt einen neuen Klumpen Teer auf den Rumpf. »Kein Wunder, dass die Kühe mager bleiben.«

»Mein Bruder wird eine Niederlage niemals eingestehen, er wird arbeiten, bis er umfällt.«

»Die Arbeit bringt ihn nicht um, aber die Schulden.«

Ich habe Hvard mit dem Pferd am Strand reiten lassen. Habe ihm gesagt, dass Srelni am liebsten direkt an der Wasserlinie entlang durch die auslaufenden Wellen galoppiert, sodass das Wasser hoch aufspritzt. Danach reibt er sich gern trocken, indem er sich auf dem Kies wälzt wie ein übermütiges Fohlen.

Ich nehme einen Lappen, um beim Abdichten des Boots zu helfen. So gibt es keine Vorwürfe von den Fischweibern, die mich misstrauisch von oben bis unten anstarren. »So muss kein Mann leben«, flüstere ich ihm ins Ohr. »Ständig wirst du beobachtet. Warum forderst du nicht deine Freiheit, du hast sie dir längst verdient.«

Bedwyr wirft einen schnellen Blick zu seinem Gefährten hinüber. »So geht es mir besser.«

»Niemand will heutzutage noch Sklaven haben. Das ist Vergangenheit.«

»Bitte, Herr!« Er scheint wirklich bestürzt zu sein. »Warum erzählst du mir das?«

»Ein Bauer mit eigenem Vieh verdient mehr, wenn er das Vieh ausleiht.«

»Sklaven kosten nichts. Für einen Bauern ist es günstiger, Sklaven zu halten, die sich um seine Herde kümmern.«

»Nein. Er spart zwar Kosten, aber insgesamt ist es nicht günstiger. Ein Freier, der Kühe mietet, kann nach fetteren Weiden suchen. Er tut es zu seinem eigenen Nutzen und die Kühe geben mehr Milch.«

»Bitte um Verzeihung, Herr, aber das stimmt nicht.

Wie sollte ich mit Viehzucht in Baerskard überleben? Das Sommergras hat kaum Zeit zu wachsen, zehn Monde im Jahr wächst dort überhaupt nichts.«

Das stimmt, ich nicke. »Der Boden ist karg. Selbst wenn Sepp dort bleibt, kann alles nur noch schlimmer werden.«

Bedwyr schaut mich angstvoll an. »Will mich dein Bruder loswerden?«

»Nein, keineswegs – darauf will ich nicht hinaus! Aber wenn du die Freiheit forderst, wird er nicht Nein sagen. In Mas Augen gehörst du zur Familie. Für sie bist du wie ein Sohn.«

»Ich bleibe lieber Sklave.«

»Aber als Freier könntest du gehen, wohin du willst!«

Jetzt legen beide ihre Pechlappen weg und starren mich an. »Was kann ein befreiter Sklave denn schon machen?«, fragt der andere Sklave verbittert. »Solange nicht ein Preis für ihn festgesetzt wird? Und als Freier… Um mit einer Viehzucht anfangen zu können, braucht man erst einmal ein paar Tiere, sonst ist die Freiheit wertlos.«

»Er hat recht.« Bedwyr nickt. »Ich kann nicht von Sepp verlangen, einen Preis für mich festzusetzen. Die Hofstelle gehört ihm doch gar nicht, er besitzt nichts! Und was seine Schulden angeht, so ist er selbst ein Sklave! Er müsste Geld von Asgrim leihen, um den Preis für meine Freilassung bezahlen zu können! Er wäre dann noch ärmer als jetzt!«

»Und außerdem«, flüstert der andere Sklave, »wer würde Leute wie uns schon nehmen?«

Bedwyr neigt sich näher zu mir, er flüstert so leise, dass ich ihn durch das Möwengeschrei kaum verstehen kann. »Asgrims Pächter waren Sklaven seines Vaters, bevor sie befreit wurden, alle.«

»Aber das sage ich doch!«

»Nein, Herr, hör mir zu. Als Jarl starb, setzte Asgrim für jeden Sklaven, den er von seinem Vater erbte, einen Preis fest und bot ihnen einen Handel an: Sobald sie frei waren, mussten sie sein Vieh pachten.«

»Das macht mein Pflegevater auch so.«

»Klar! Für Asgrim war das ein gutes Geschäft. Seine Herde wächst, sein Pachtzins steigt, und auch die befreiten Sklaven hatten einen Gewinn. Ein Freier kann für sich selbst sorgen, das ist sicher. Aber würden sie zulassen, dass noch weitere Sklaven befreit werden? Neulinge wie wir, die nun auch einen Teil vom Kuchen haben wollen? Das kannst du vergessen.«

»Was ist mit Idgar und seinem Bruder Morfin, würden sie nicht befreite Sklaven als Pächter haben wollen?«

Bedwyr richtet sich auf und schaut mich offen an. »Du hast keine Ahnung, Herr, wie diese Dinge hier geregelt werden.«

Hvard führt Srelni über den Strand zu uns zurück, ein Fremder ist bei ihm, ein junger Fischer, ganz in Seehundfell gekleidet. Der Junge sieht fröhlich aus. »Ich hab's dir doch gesagt, Geir! Hier ist er!«

»Dich hätte ich jederzeit wiedererkannt«, sagt der junge Mann und zeigt mir die offene Hand als Geste der Freundschaft. »Na ja, der Bart macht es ein bisschen schwieriger.«

Ich zeige ihm ebenfalls die offene Hand, und wir umarmen uns wie Freunde. Geir hat das rotbraune Haar und die helle Haut seiner Familie, sein Lächeln, seine Gesten erinnern mich an seine Schwester. »Helga erwartet dich, Kregin, sie und deine Schwester sind im Hof. Nicht weit von hier.«

»Sie wussten schon, dass ich kommen würde?«

Geir lacht. »Neuigkeiten verbreiten sich schnell, wir haben von Mord erfahren, dass du noch lebst. Die Hochzeit findet bald statt, sie ist für den nächsten Wali-Tag geplant, deshalb besucht er Helga zweimal in der Woche. Bringt meinem Vater Geschenke, das übliche Zeug, Walrossseile und Seehundfelle, um ihm als zukünftiger Schwiegersohn seine Achtung zu zeigen.«

Hvard sitzt immer noch auf dem Hengst, der aber unruhig tänzelt und die Trense schüttelt, als wolle er sie loswerden. Vom Galopp am Strand ist sein Fell von Sand und Schweiß bedeckt. Geir geht auf der anderen Seite, erzählt vom Eislaufen, vom Knattleikr, redet aber nicht über seine Familie. Ich bin aufgeregt, unsicher, schwitze. Verspüre plötzlich furchtbaren Durst, meine Kehle ist wie ausgetrocknet, und mir ist warm und kalt zugleich. Salzgeschwängerter Wind bläst landeinwärts, obwohl wir uns inzwischen weit vom Ufer entfernt haben. An einem warmen Sommertag fühlt sich der kalte Schweiß seltsam an.

Auch Geir schwitzt, denn er trägt immer noch die Seehundfelle, die er beim Fischen am frühen Morgen angelegt hat. »Twaindale«, sagt er mit stolzer Geste. »Unser Langhaus ist das erste, wenn man von dieser Seite her kommt. Großvater Skars Haus liegt dort drüben, auf der anderen Seite des Bachs.«

Am Fuß des Hangs, halb eingerahmt von dichten Weidenhainen, liegen zwei Hofstellen, die durch einen Bach getrennt werden. Saftiges Gras wächst auf den Dächern und Wiesen. Es gibt Heuschober, Nebengebäude, Winterställe für die Kühe und außerhalb der Steinmauern, von denen der Hof eingegrenzt wird, eine Hauswiese voller Heu, das erst kürzlich gewendet wurde. Ein Willkommensgeruch von feuchtem Hochlandwald, Walblubberrauch, Schweinepferch und Jauche liegt in der Luft – und die scharfe Meeresbrise bringt den Geruch nach Sauermilch und Molke mit; ich rieche sogar Walfleisch, das in einer Grube reift.

Vom diesseitigen Haus steigt ein dünner Rauchfaden auf, das Sommerfeuer auf dem Herd wird niedrig gehalten. Auf der anderen Seite des Bachs dagegen wallt dicker schwarzer Rauch vom Haus in den Himmel und verflüchtigt sich zwischen den Weiden und im nahen Wald am Berghang. Die Türen sind von hier aus nicht zu sehen, sie liegen an den Schmalseiten des Hauses, vom kalten Meereswind abgewandt.

»Meine Schwester hat ihn zweimal abgewiesen«, sagt Geir hastig, als wir näher kommen.

»Mord?«

»Klar. Sie hasst ihn! Aber die Heirat wurde noch zu Jarls Lebzeiten vereinbart. Großvater Skar und Jarl der Alte hatten schon lange geplant, die beiden Familien zu verbinden.«

Ein Schauder jagt mir über den Rücken, als ich höre, dass Helga Mord nicht ausstehen kann. Ich will mehr darüber hören, viel mehr – aber jetzt wurde Skar erwähnt, Höflichkeit und Tradition verlangen, dass ich mich zuerst nach Geirs Großvater erkundige.

»Skar der Graue ist noch mit uns? Er muss doch schon ungewöhnlich alt sein, ist er noch rüstig und gesund?«

»Er kann kaum noch gehen«, antwortet Geir, »aber sein Verstand ist messerscharf. Doch so scharf er auch sein mag, gegen Asgrims Verschlagenheit kommt er nicht an.«

»Soweit ich mich an Mord erinnere, war auch er immer verschlagen und gemein, genau wie sein Vater.

Wie kann deine Schwester einen wie ihn zum Mann nehmen?«

Geir zuckt mit den Schultern. »Ich habe meinem Vater gesagt, was ich von Mord halte. Dass er nicht der Richtige für Helga ist.«

»Warum zwingt man sie dann dazu?«

»Der Großvater hat sein Wort gegeben, bevor Jarl starb. Wenn es nach Vater ging, würde er Mord abweisen. Aber Asgrim besteht darauf, dass Helga ihre Pflicht erfüllt. Von seinen eigenen Töchtern erwartet er das Gleiche. Du weißt doch, wie diese Priestermänner sind! Für ihn kommt nicht infrage, dass Jarls Plan aufgegeben wird.«

»Asgrims Töchter? Ich erinnere mich an Hungrid, sie sollte Olver heiraten. Und die andere, Thora, was ist mit ihr?«

»Thora Asgrimdottir… nein, nein, sie ist noch nicht so weit.« Er verzieht säuerlich das Gesicht. »Mein Bruder und Gridi sind verbunden – sie brachte acht Kühe als Mitgift in die Ehe. Er ist fein heraus, rammelt sich Bauch und Börse voll. Und Gridi ist eine willige Bettgefährtin.«

Ich lache. »Und du, Geir? Was ist mit deiner Heirat? Ist Thora für dich vorgesehen?«

Geir verzieht noch einmal voller Abscheu das Gesicht.

Hvard, der mit offenem Mund eifrig zugehört hat, findet die ganze Sache zum Brüllen komisch. Plötzlich fängt er übermütig an zu singen: »Hungi die Hungrige, Gridi die Gierige! Die eine frisst, die andere klaut!«

KAPITEL 21

Hvard reitet plötzlich los, quer über den Hof und zur Tür des Langhauses, die wir von hier aus nicht sehen können. Er ist schon jetzt ein bemerkenswert geschickter Reiter. Zwar hält er die Zügel in der Hand, aber das ist nur Angabe – er braucht sie nicht. Seit dem ersten Aufsitzen lenkt er den Hengst nur durch leichtes Ziehen an der Mähne. Am Gatter und im Hof zieht er Srelni scharf herum, der Hengst folgt ihm willig, sein Schweif wischt durch die Luft, seine Hufe wirbeln den Dreck gegen die Steinmauer. Hvard blickt zu mir zurück und wartet auf mein anerkennendes Nicken, aber seine Reittricks waren nicht nur für mich bestimmt, sondern auch, um die Frauen im Haus zu beeindrucken.

Geir und ich sind inzwischen näher gekommen, wir sehen zwei Frauen in Melkschürzen vor der Haustür beim Buttern, das Butterfass vor sich, die Stößer zwischen den Knien. Sie plaudern miteinander, achten aber sonst nur auf ihre Arbeit. Geir und mich haben sie noch nicht bemerkt und zu Hvards Enttäuschung auch nicht auf seine Reiterkunststücke geachtet. Neben der Tür sitzt eine alte Frau, verrunzelt, mit trüben Augen, eine Mütze tief über Ohren und Stirn gezogen. Ihr Gesicht hellt sich auf, als sie Geir sieht. Sie sitzt auf einem Strohballen und schaukelt vor und zurück wie eine Kranke; ein grober Wollschal liegt um ihre Schultern, eine Wolldecke über ihren Knien. Obwohl es ein warmer Tag ist, hat sie sich völlig in Winterwolle gehüllt.

Aufgeregt schreit Hvard zu mir herüber: »Schau, hier, meine Tante Vrekla und Helga!«

Jetzt erst heben die Frauen die Köpfe und blicken sich um. Meine Schwester lässt den Stößer in das Butterfass fallen, schaut mich verblüfft an, wischt die Hände an der Schürze ab. Ihr Gesicht glüht vor Freude, sie steht auf, so plump wie die Butter im Fass, es können nur noch ein paar Wochen bis zur Niederkunft sein. Mein Blick wandert weiter zu Helga.

»Onkel! Onkel! Komm her!«, brüllt mein Neffe. »Worauf wartest du denn?« Und tatsächlich stehe ich wie verwurzelt auf dem Weg. Ich spüre Geirs Hand, er zieht mich mit sich.

»Bruder!«, sagt Vrekla mit frohem Lachen. »Was für ein Anblick für meine alten Augen! Ihr Götter im Himmel! Es ist, als ob Vater von den Toten auferstanden ist! Hör auf, mich wie ein Blöder anzustarren, komm her und gib deiner Schwester einen Kuss!«

»Wenn das nicht der kleine Kregin Thralson ist!«, sagt Helga errötend. »Ein richtiger Mann ist er geworden, mit Bart und allem.« Mit einer zögernden Bewegung streicht sie sich eine Haarsträhne aus dem Gesicht und hinter das Ohr, die Geste soll wohl das Erröten verbergen.

»Ja, nicht zu fassen, wie groß der Bursche geworden ist!«, sagt Geir lachend.

Hvard beobachtet alles vom Pferd herab.

Vrekla wirft mir die Arme um den Hals; Helga, die hinter Vrekla steht, blickt mich forschend an. Sie streckt die Hand aus, und während ich meine Schwester umarme, berührt sie meine Hand, als wollte sie ganz sichergehen, dass ich es wirklich bin, dass ich tatsächlich da bin – kühle Finger, milchnass, weich, schließen sich um mein Handgelenk.

»Wer ist da?«, fragt die Alte mit heiserer, brüchiger Stimme. »Wer ist der Fremde?«

»Kein Fremder, Ma«, antwortet Helga. »Vreklas Bruder, Kregin, du erinnerst dich doch an ihn?« Die Alte mit den dicken Wollkleidern ist also tatsächlich Helgas Mutter!

Damals, in Thwartdale, war Gerta eine kräftige Bauersfrau mit frischem rosigem Gesicht, genau wie ihre Tochter, aber jetzt ist sie verkümmert, verkrümmt und kaum noch wiederzuerkennen. Helga kniet neben ihr nieder und tastet unter den Wolldecken nach ihrer Hand.

»Dir ist kalt, Ma. Soll Geir dich ins Haus tragen und ans Feuer setzen?« Gerta nickt dankbar, gefügig.

Geir hebt seine Mutter hoch. Obwohl sie federleicht ist, bewegt er sich schwerfällig, behindert durch seine Fellkleider, und gerät an der Schwelle ins Stolpern. Die Wolldecke fällt von Gertas Schoß, enthüllt ihre Knöchel, schwarz verfärbt, verdorrt, rissig wie die Borke einer alten Eiche. Helgas Gesicht wird düster, als fiele ein Schatten auf ihre geröteten Wangen. Schnell hebt sie die Decke auf und legt sie ihrer Mutter wieder über Schoß und Beine, aber als sie sich dem stolzen Reiter zuwendet, strahlt sie schon wieder.

»Na, junger Mann, willst du ewig auf deinem prächtigen Gaul sitzen bleiben oder doch lieber ein Stück Pfannkuchen essen?«

»Er heißt Srelni«, erklärt ihr Hvard voller Stolz. »Du darfst ihn nicht einfach Gaul nennen. Er ist ein Rotfuchs, ein Hengst, solche Tiere reiten die Jarls, wenn sie in die Schlacht ziehen!«

»Ja, natürlich ist er ein Hengst und nicht einfach nur ein Gaul.« Helga nickt und lacht über Hvards Stolz. »Aber auch Häuptlinge müssen manchmal etwas essen, sonst fallen sie vom Gau… vom Hengst, und den meisten schmeckt frisch gebackener Pfannkuchen am besten.«

Bevor man auch nur »Thors Nase« sagen kann oder »Gierige Gridi«, ist Hvard auch schon vom Pferd herab und lässt sich von Helga an der Hand ins Haus führen.

»Kregin«, kommt Helgas Stimme von drinnen, dann streckt sie den Kopf durch die Tür, »der Wassertrog ist hinter der Walfleischgrube. Vrekla, zeigst du es ihm? Der Hengst könnte ein wenig Wasser brauchen, und Kregin ist bestimmt auch durstig.«

Vrekla rafft ihre Schürze zusammen und schlurft hinter das Haus. Ich folge ihr an der Walfleischgrube vorbei. Sie ist von einem Steinring umgeben und mit Zweigen und Stroh abgedeckt. In der Grube gärt das Walfleisch, Dünste steigen auf. Rings um die Grube sind ein paar Stücke dunkles Fleisch und abgenagte Walrippen zu sehen, die Idgars Hunde übrig gelassen haben.

Ich führe Srelni zum Trog, reibe den Sand von seinem Nacken, nehme die Zügel ab. Trense, Lederzügel und Seil werfe ich über die Schulter, nun kann er unbehindert saufen. Wenn er genug getrunken hat, wird er zur Hausweide laufen und grasen. Neben dem Pferd tauche ich mein Gesicht ins Wasser, spüle den Mund aus, ein Kloß sitzt in meiner Kehle, sie ist zu eng, um schlucken zu können.

Meine Schwester steht neben mir, ihr ist es zu heiß, sie keucht ein wenig, stützt mit beiden Händen ihren prallen Bauch. Geschwollene Hände, geschwollener Leib, beides erinnert mich an Ma. Auch sie ging so, als sie mit Mel schwanger war.

»Warum starrst du mich ständig an?«, fragt Vrekla.

»Du weißt, warum.«

»Was dagegen? Was ist schlimm daran?«

»Wer ist der Vater? Olver oder Geir?«

Vrekla lacht bei dem bloßen Gedanken. »Würde keiner von ihnen wagen«, sagt sie und seufzt noch einmal vor Hitze.

»Sag's mir, Vrekla, wer war es?«

»Ich teile Idgars Bett«, sagt sie einfach. »Er ist der Vater.«

»Nimmst du denn keine Rücksicht auf Gerta? Du und Idgar, ihr treibt es vor ihren Augen?«

»Du hast Gerta gesehen, oder nicht? Die Schwindsucht hat aus ihr eine alte, verhärmte Frau gemacht. Helga und ich tun alles für sie, was wir können.« Traurig schüttelt sie den Kopf. »Gerta wird den nächsten Winter nicht mehr überleben.«

»Das macht alles nur noch schlimmer. Was sagt Helga dazu?«

»Sie versteht es.« Vreklas zufriedener Blick – der mir verrät, dass meine Fragen ihr keine Schwierigkeiten bereiten – nimmt mir den Wind aus den Segeln.

»Aber die arme Gerta, versteht sie es auch?«

»Die gute Frau stirbt, Kregin! Sie weiß, dass Idgar eine neue Frau braucht, wenn sie nicht mehr da ist.«

»Und du wirst ihn heiraten – wenn sie tot ist?«

»Wie denn? Ich habe nichts, was ich einem Mann bieten könnte. Sepp hat nichts, das er mir als Mitgift mitgeben könnte. Keine Familie, die auf ihren Ruf Wert legt, würde eine Frau aufnehmen, die mit leeren Händen kommt. Warum, glaubst du, bin ich hier? Ich hab die Gelegenheit gierig ergriffen, als Idgar mich bat, in sein Haus zu kommen.«

»Er hat dich gefragt?«

»Er war ehrlich von Anfang an. Hat mir gesagt, was er von mir will.«

»Und darauf bist du eingegangen?«

»Was hätte ich denn machen sollen? In Baerskard

bleiben? Ma und Sepp konnten mich nicht auch noch ernähren.«

»Ich kann's nicht glauben, dass Ma das zugelassen hat. Und Sepp. Wusste er, was Idgar eigentlich wollte?«

»Natürlich! Es lag alles offen auf dem Tisch. Du hast kein Recht, wütend zu werden! Du warst nicht da! Du kannst nicht einfach auftauchen und hier mitbestimmen!«

»Idgar nutzt unsere Familie aus, nutzt unsere Armut aus! Er hat dich dazu gezwungen!«

»Was ich getan habe, habe ich mit offenen Augen getan! Idgar ist ein guter Mann. Ich bedaure nichts.«

»Bedauern hat nichts damit zu tun. Siehst du denn nicht, dass du ausgenutzt wirst?«

»Was erwartest du denn? Gerta ist schon lange keine Frau mehr für ihn.«

»Mein Pflegevater ist seit sechzehn Jahren Witwer. Er hat keine neue Frau gebraucht.«

»Bist du sicher, dass er so tugendhaft ist?«

»Ich habe ihn nie anders gesehen.«

»Das sagst du nur, weil er dir die Tür geöffnet hat, dich aufgenommen, ernährt, gekleidet hat, dir dieses schöne Pferd gegeben hat.«

»Das will ich nicht abstreiten. Ich verdanke ihm alles.«

»Aber du verlangst, dass ich für Idgar etwas anderes empfinde als du für deinen Pflegevater?«

»Ihr beide macht lange Gesichter«, sagt Helga verwundert, die unbemerkt hinter uns auftaucht. »Bleibt mir von der Milch weg, sonst wird sie sauer.«

»Achte nicht darauf«, sagt Vrekla leichthin. »Nur dies und jenes.«

Helga zuckt fröhlich mit den Schultern. »Ich hab Geir

losgeschickt, damit er Vater von der Hochweide holt. Er will dich bestimmt sehen, Kregin, und dich begrüßen von Mann zu Mann.«

»Du hast nach deinem Vater geschickt? Ich habe nicht vor, so lange hierzubleiben!«

»Er braucht nicht lange, die Melkzeit ist fast vorbei.«

»Hvard und ich müssen zurückreiten! Ich bringe den Jungen nach Baerskard, und heute Abend muss ich wieder in Langfjord sein. Meine Familie, mein Pflegevater warten auf mich.«

Helga wendet enttäuscht den Blick ab. »Ich habe Hvard gesagt, er kann mit Geir zur Weide gehen. Tut mir leid, Kregin, ich dachte, du würdest gerne mit uns zu Abend essen. Olver wird auch hier sein, er bringt seine Frau Gridi mit – und Großvater Skar und Freyda kommen auch.«

Bevor ich Ja oder Nein sagen kann, mischt sich Vrekla ein und erkundigt sich nach der alten Frau. »Wie geht es Ma Gerta? Wir sollten sie nicht allein im Haus lassen. Braucht sie mich?«

»Danke, du bist so gut zu ihr«, antwortet Helga. »Aber sie ist neben dem Feuer eingeschlafen.«

Die beiden Frauen machen sich wieder an die Arbeit; das Buttern muss weitergehen, bevor der Rahm zu warm wird. Sie rühren und stampfen mit dem Stößer, wechseln sich ab, ihre Hände überkreuzen sich in perfekten Bewegungen, um den Rahm im Bottich zu schlagen.

»Was ist los, Kregin?« Helga gibt sich nicht mit unserem Schweigen zufrieden. »Zunge verschluckt?«

»Mein Bruder schmollt«, antwortet Vrekla für mich. »Ich soll lieber verhungern, als hier bei euch leben.«

Ich bin tief getroffen. »Das ist nicht gerecht, Vrekla, das habe ich nicht gesagt!«

»Und es gefällt ihm nicht, dass ich ein Kind von deinem Vater bekomme.«

Helga hört mit dem Buttern auf und starrt mich an. »Nach allem, was wir ertragen mussten … zuerst ist Ynvild gestorben, jetzt stirbt Ma … Vreklas Kind ist genau das, was wir jetzt brauchen, es gibt uns neue Hoffnung. Glaub mir, Kregin, niemand wird mehr geliebt als deine Schwester.«

»Aber ein Kind von ihm zu bekommen, unter den Augen deiner Mutter, das findest du richtig?« Ich hätte gern noch mehr gesagt, aber Helga unterbricht mich mit einer wütenden Handbewegung.

»Wenn du uns als Familie sehen würdest, würdest du das nicht fragen!«

»Wie kann es deine Mutter ertragen, das Vrekla schon an ihre Stelle tritt, obwohl sie noch lebt?«

Vrekla, jetzt wirklich verärgert, lässt den Stößer fallen und tritt gegen den Bottich, sodass Buttermilch über ihre und Helgas Schürzen spritzt.

Helga achtet nicht darauf. Sie schaut mich ernst an – als ob mir längst klar sein müsste, was sie sagen will. »Ma und Vater hatten eine gute Zeit zusammen, und das gilt heute noch genauso wie früher, als sie jung waren.«

»Ja.« Vrekla nickt. »Und warum sollte es jetzt anders sein, nur weil ich da bin? Glaubst du denn, ich würde mich zwischen die beiden drängen?«

Helga nimmt einen Lappen und wischt sich die Spritzer von der Schürze. »Kregin, zwischen Ma und Vater hat sich nichts geändert. Am Feierabend sitzt er bis spät in die Nacht bei ihr, sie reden über die alten Zeiten in Thwartdale, über die Sommermonate, die er auf dem Meer verbracht hat, als Ma den Hof ganz allein führen musste. Für sie waren das harte Zeiten, für uns alle war es hart, wir wussten nie, ob sein Schiff wieder zurückkehren würde, aber es waren auch wunderbare Zeiten – Vater hatte viel Glück, er hatte ein Heim, einen sicheren Hafen.«

Vrekla nickt, will sich ebenfalls an die alten Zeiten erinnern, aber die Erinnerungen sind zu schmerzhaft für sie, ihre Stimme bebt. »Erinnerst du dich, Kregin? Für uns war es auch so, wenn wir auf Vater warteten und nie wussten, ob er wieder nach Hause kommen würde.«

Aus dem Haus kommt ein schwacher, zittriger Schrei. Helga lässt sofort den Lappen fallen und läuft hinein. Kaum ist sie außer Hörweite, wende ich mich an Vrekla.

»Wenn es so ist zwischen Gerta und Idgar, dann bist du der Eindringling.«

Vrekla ist ins Haus gegangen, um den Bottich zu leeren. Helga sucht meinen Blick, aber ich kann nicht anders, einfältig, wie ich bin, weiche ich ihrem Blick aus. Als Vrekla wieder herauskommt, ist sie immer noch böse auf mich, sie lässt den Bottich vor der Tür fallen und verschwindet wieder im Haus.

Wir hören sie wütend schreien: »Ich bleibe bei Ma Gerta! Sie braucht mich! Wer soll sie denn sonst auf den Eimer setzen?«

»Großvater will dich unbedingt sehen«, sagt Helga, während sie den Bottich ausspült. »Seit er weiß, dass du wieder aufgetaucht bist und hierherkommen wirst, hat er von nichts anderem geredet.«

»Skar der Graue hat nach mir gefragt? Ist er mit deinem Vater auf der Hochweide beim Melken?«

»Nein, dazu ist er zu alt und zu krank. Inzwischen bleibt er lieber beim Herd.« Sie deutet auf das Langhaus auf der anderen Seite des Bachs, wo das Kaminloch im Dach eine dicke Rauchwolke in die Luft ausstößt. »Großmutter muss sich ständig um ihn kümmern, er ist sehr gebrechlich geworden, sie lässt ihn keinen Augenblick allein.«

»Die alte Ma Freyda... Wir haben sie immer die ›Schlachtaxt‹ genannt. Damals hieß es, die Narben in ihrem Gesicht hätte sie aus der Zeit, als sie Schildmagd auf den Schiffen war. Ich weiß aber nicht, ob die Geschichten stimmen, denn in den Liedern der Skalden wird sie nicht erwähnt.«

»Es stimmt alles, soweit wir wissen. Sie ist mit Großvater auf den Schiffen gesegelt, als sie noch jung war. Aber jetzt ist sie so alt wie die Berge und ein wenig eigen und wirr im Kopf. Aber was für ein Sauertopf! Sie wird dir den Butterstößer über den Schädel ziehen, bevor sie dich auch nur anschaut.«

Das Langhaus der alten Leute ist schwarz vom Rauch, dunkel wie eine Pechgrube, obwohl ein großes Feuer auf dem Herd in der Mitte lodert. Darüber hängt ein eiserner Kessel, unbeachtet, etwas kocht über, Blubberfett spritzt heraus, darunter zischt und flackert das Feuer.

Helgas Großvater, er ist immer noch unverkennbar, sitzt auf einer Bank neben dem Feuer, und auf seinem Schoß hockt, was man für eine junge Frau halten könnte, blondes Haar bis über die Schultern, wie eine junge Maid in einem Skaldenlied. Ihr Gesicht ist im Bart des Alten vergraben.

Als wir die Tür aufstoßen, dreht die mädchenhafte Gestalt das Gesicht zu dem schmalen Lichtspalt, der durch die Öffnung das Dunkel durchdringt. Das Gesicht gehört keiner jungen Schönheit, es ist die alte Freyda. Sie blinzelt in die Sonnenstrahlen, eingesunkene

Augen über vernarbten, runzligen Wangen. Ein schwacher Schimmer des Erkennens.

»Bist du das, Ynvild?« Die Alte schnalzt mit der Zunge. »Beeile dich, Liebes, nimm den Kessel vom Feuer.«

Ich flüstere Helga zu: »Sie erkennt dich nicht, hält dich für Ynvild?«

Helga nickt nur und nimmt den Kessel vom Feuer. »Ist gemacht, Großmutter«, sagt sie anstelle einer Begrüßung. Die Flammen lodern auf, blutrot, noch mehr Rauch füllt den düsteren Raum.

»Wer ist der Mann?«, fragt Skar der Graue.

»Raffs Sohn, Großvater«, antwortet Helga. »Ich habe dir doch versprochen, ihn zu dir zu bringen.«

»Komm näher, junger Krieger, lass mich dein Gesicht sehen.« Ich rieche den schalen Geruch von Bier im Bart des Alten. »Ihr großen Götter, du bist wirklich Raffs Sohn, sein Ebenbild!«

»Viel größer ist er, sage ich«, erklärt Freyda, »und die Brust ist zu breit für einen Thrall.«

»Ich will seine Hand spüren«, murmelt der Alte.

Freyda, so leicht und dünn wie ein Mädchen, rutscht von seinem Schoß und kniet pflichtschuldig neben seiner Schwerthand nieder. Ohne ihre Hilfe kann er sich offenbar nicht mehr bewegen. Sie nimmt seine riesige behaarte Hand, die im Widerschein des Feuers blutrot erscheint, und legt sie in die meine.

Es ist nicht der Widerschein der Flammen: Seine Hand ist nass von Blut. Meine Finger und meine Handfläche sind damit beschmiert, es fühlt sich schlüpfrig und schleimig an. Jederzeit würde ich das klebrige Gefühl nassen Blutes auf meiner Hand erkennen. Vom Ellbogen bis zum Handgelenk ist der Arm übersät mit Narben, verheilenden und frischen Wunden.

Sein Griff wird stärker. »Diese Hand«, sagt er und hebt meine Hand näher an die Augen, »*diese* Hand soll den Schwarzen Raben ausgelöscht haben?« Die Verwirrung ist offensichtlich, die Gewissheit weicht dem Zweifel. Sein Griff wird schlaff. »Aber wie … Wie hätte die Hand eines Jungen so etwas zustande bringen können?« Ich gebe keine Antwort, starre immer noch seine Wunden an.

»Kregin«, drängt mich Helga, »wir wissen, wie euer Kampf damals auf dem Meer ausgegangen ist. Vrekla hat uns alles erzählt.«

Sie stößt mich leicht an, und ich entziehe ihm meine Hand. »Ich bin kein Krieger wie du, Herr. Aber als Drak meinen Vater erschlug – hätte ich da etwas anderes tun können?«

Er scheint sich über meine Worte zu freuen. Frei von allen Zweifeln, breitet sich ein feuchtes, zahnloses Lächeln in seinem dichten Bart aus. »Ist das die Axt, mit der du dem Teufel den Kopf abgeschlagen hast?«

Ich ziehe die Axt aus dem Gürtel und reiche sie ihm, mit dem Griff voraus, lasse sie aber nicht los. Freyda hebt seine Hand, sodass er danach greifen kann.

»Raffs Sohn«, sagt der Alte feierlich, »für diese Tat wirst du auf dem Hochsitz der Ewigen Halle thronen. Du wirst neben deinem Vater sitzen, neben Jarl und auch neben mir, wenn mich die Unsichtbaren, Thor möge mir beistehen, in die Ewige Halle geleitet haben.«

Seine Frau blickt stolz zu ihm auf, reibt mit ihren knochigen Fingern über seinen vernarbten Schwertarm. »Unsere Schlachten«, sagt sie, »zähle sie für mich auf, Mann. Tu es für mich, zähle deine Wunden.«

Und gehorsam beginnt der Alte, die Kämpfe aufzuzählen. Wie ein Kind, das gerade zählen gelernt hat, fängt er immer wieder von vorn an, unsicher, wie er weiterzählen soll. Als die Aufgabe endlich hinter ihm liegt, blickt er erschöpft auf und fleht seine Frau mit brüchiger Stimme an: »Schau mein Blut, Mädchen, frisch von der Schlacht. Bei allen Kriegsschilden, die du für mich getragen hast, wie könnten mich die Geister vor der Ewigen Halle abweisen?«

Kaum sind wir der blutrot flackernden Düsternis im Langhaus der Alten entkommen, muss ich Helga fragen: »Warum kümmert sich Freyda nicht um seine Wunden?«

»Er duldet es nicht. Er will nicht, dass die Blutungen aufhören. Sobald die Wunden verkrusten, nimmt er ein Messer und schneidet sie wieder auf, bis das Blut wieder fließt.«

»Das macht er selbst?«

»Blutverehrung. In seinem Alter kann er nicht mehr in einer Schlacht verwundet werden, deshalb muss er sich selbst verwunden. Wie sonst soll ein alter Kämpe zeigen, aus welchem Holz er geschnitzt ist? Seine größte Angst ist, dass er unblutig auf dem Strohlager sterben könnte.«

»Es ist die reinste Hölle dort drin, als stünde die Zeit still, all der Rauch, die Finsternis. Skar nennt sie Mädchen, Freyda schmiegt sich an ihn wie eine verliebte junge Ehefrau, sie leben in einer ganz eigenen Welt, dem Traum ihrer Vergangenheit. Und deine Großmutter hat dich gar nicht mehr erkannt!«

Helga lacht ein wenig traurig. »Ich hab dir ja gesagt, dass sie allmählich ein bisschen wirr im Kopf wird.«

»Aber du und Ynvild habt euch nie besonders ähnlich gesehen, du bist blond und groß, ihr Haar war rabenschwarz.«

Ich stehe auf und streiche Helga das Haar aus der

Stirn und hinter die Ohren. Sie lässt es geschehen, errötet – das lässt mich mutig werden.

»Ich habe davon geträumt, dich zu berühren.« Was ich sage, sollte ich nicht sagen. Sie nimmt mich an der Hand und zieht mich mit sich, wie sie es früher gemacht hat.

»Komm mit«, sagt sie mit einem halb fröhlichen, halb traurigen Seufzen. »Komm, wir schauen mal, was aus deinem Pferd geworden ist.« Wir springen über die Trittsteine im Bach; erst als wir den ausgetretenen Pfad zum Haus laufen, spricht sie wieder.

»Ynvilds Haar war glänzend und schwarz, aber als wir auf dem Meer waren, wurde es über Nacht grau, und in den Monaten, bevor sie starb, wurde es schlohweiß wie das einer uralten Frau. Die Schmerzen wurden immer schlimmer; manchmal konnte sie sich nach dem Aufwachen kaum noch bewegen, ihre Kniegelenke schwollen an, die Knöchel wurden schwarz, wie Mas Knöchel es jetzt sind.«

»Das tut mir leid. Ich war wirklich traurig, als Sepp mir erzählte, dass du deine Schwester verloren hast. Ich weiß, wie sehr ihr euch geliebt habt.«

»Ich stelle mir vor, dass sie jetzt Ruhe und Frieden gefunden hat. Wohin haben die Geister sie gebracht, Kregin?«

»Man sagt, die Toten gehen ins Jenseits, und dass es dort so ähnlich ist wie im Leben – nur dass es nie endet. Soweit ich mich erinnere, war Ynvild immer aufgeregt und lebhaft. Schwer vorzustellen, dass sie jetzt Ruhe gefunden hat.«

Helga ist still.

»Vergib mir, Helga. Ich wollte dir nicht wehtun. Ich habe es nicht so gemeint.«

»Und wenn ich dir sage, dass ich nicht traurig bin, dass sie nicht mehr da ist?«

»Dass du nicht traurig bist? Aber warum nicht?«

»Ich wusste, dass unsere Ynvild ihr Leben nicht hier verbringen wollte, wusste es von dem Moment an, als wir an Land gingen und Vater und Großvater den Berg und die Wälder hier als unser neues Land in Besitz nahmen. Sie kam hier einfach nicht zur Ruhe. Schon die alltäglichsten Dinge, eine Nebelbank vom Meer, ein Sturm, jagte ihr Angst und Schrecken ein. Sie wurde immer schweigsamer, redete manchmal tagelang kein Wort, fiel in tiefe, düstere Stimmung.« Helga schwieg eine Weile. »Ma konnte sie nicht herausreißen, ich habe es auch versucht, aber Ynvild wurde für uns zu einer Fremden.« Helga hakt sich bei mir ein, wie sie es als Kind immer getan hatte. »Wir haben Großvaters Dach rechtzeitig vor dem Winter mit Torf gedeckt, wir schliefen auf Bänken neben seinem großen Feuer, aber Ynvild hielt es in keinem Haus aus. Sie fühlte sich eingesperrt, und das hasste sie mehr als alles andere. Sie fing an, bei jedem Wetter draußen zu sitzen oder nachts durch die Weidenwälder zu streunen. Und die kalten Nächte im Freien und das Herumstreunen brachten ihr schließlich den Tod.«

»Konnten ihr dein Vater oder Großvater denn nicht einfach befehlen, im Haus zu bleiben?«

»Vater? Der wusste nicht mehr weiter. Er sperrte sie ins Schrankbett, er verrammelte die Haustür. Ynvild weinte ständig, jaulte und jammerte wie eine Katze, bis er sie schließlich aus dem Haus lassen musste, wir anderen hätten sonst nicht schlafen können.« Ich spüre Helgas Fingernägel, die sie, ohne es zu merken, in meinen Arm bohrt. »Hier haben wir sie dann gefunden«, sagt sie leise und traurig.

»Hier? Auf dem Misthaufen?«

»Nein, dort auf dem Rand der Walfleischgrube. Dort hockte sie stundenlang und starrte in die Nacht. Von dort aus sah sie den Walbullen, der sich aus der Grube zwängte und in die Dunkelheit floh. Sie sah sein Maul, die Flossen, das Blasloch, im Nebel ist er ins Meer zurückgekehrt.«

Ich schaue den Steinring an, der die Walfleischgrube umgibt, die verstreuten Knochen, blank geleckt von Idgars Hunden. Die warme Luft stinkt durchdringend nach gärendem Walfleisch.

»Dünste«, sage ich. »Das war alles, sie sind ihr in den Kopf gestiegen. Gärendes Fleisch stinkt so sehr, dass wohl jeder ohnmächtig werden würde. Sie war berauscht.«

»Es war kein Rausch. Sie hat gesehen, wie der Geist des Wals aufs Meer hinausschwamm.«

»Ich sage dir, sie war berauscht! Das kommt von der Walgärung, die Dünste sind giftig. Schlimmer als jeder Misthaufen.«

»Nein, Kregin, nein! Ich sage dir: Sie hat den Wal *wirklich* gesehen!«

KAPITEL 22

Der Waldbach fließt schnell in die Talsenke hinunter, blubbert und sprudelt direkt vor unseren Füßen vorbei. Wir haben uns unter einem Baum auf das moosbewachsene Ufer gesetzt, ein kurzes Stück mussten wir durch einen Birkenhain bergauf steigen. Wir sind jetzt fast bei den Hochweiden, auf denen die Kühe grasen und gemolken werden, die Helgas Vater gehören. Über uns hängt ein dichtes Laubdach aus federleichten Birkenblättern herab.

Der Tag ist noch wärmer geworden, wir haben die Stiefel ausgezogen, lassen die Füße ins Wasser baumeln. Von unten steigt ein Hauch von Rauch herauf, der den Gestank des Blubberfetts in Skars Haus in sich trägt, er stört sogar die wenigen Sonnenstrahlen, die durch das Blätterdach dringen. Idgars Hunde sind irgendwo in der Nähe, über uns auf dem Berg, von der anderen Seite des Waldes schallt ihr Gebell herüber.

Helga drückt meine Hand, so sehr, dass ihre Knöchel weiß hervortreten, das hat sie schon als kleines Kind gemacht, auch an jenem verregneten Morgen, als wir unter der alten, verkohlten Birke saßen – an dem Tag, als unsere Schiffe zu den Eislanden in See stachen.

Sie stößt mich leicht an, drängt auf eine Antwort. »Du hast kein Wort zu ihm gesagt, oder? Zu deinem Vater, meine ich.«

»Hat Vrekla dir das erzählt?«

»Nicht direkt, aber sie sagte, dass niemand auf der *Vigtýr* eine Ahnung hatte, dass ihr verfolgt werdet – bis ihr schon weit draußen auf dem Meer wart. Deshalb wusste ich, dass du ihnen nichts verraten hast.«

»Und du? Hast du Vrekla erzählt, dass du mich vor Drak gewarnt hast?«

»Nein, natürlich nicht! Das war nur zwischen uns.«

»Es war auch besser, dass ich nichts gesagt habe. Ynvild hat dir nicht die Wahrheit gesagt. Ich behaupte nicht, dass sie es selbst erfunden hat, aber Ingrid hat sie belogen. Und deine dumme Schwester hat daraus ein ganzes Netz von Lügen gestrickt.«

»Aber am Ende behielt sie recht. Die *Rabe* hat euch verfolgt – das ist *wirklich* passiert!«

»Deine Schwester hat behauptet, dass sich Jarl und Drak abgesprochen hätten, dass er und dein Großvater die ganze Sache ausgeheckt hätten. Nichts war weiter von der Wahrheit entfernt.«

Helga zögert mit der Antwort. »Ynvild hatte eine Gabe… Sie konnte Dinge sehen, die wir anderen nicht sehen konnten.«

»Nein, Helga, du versuchst nur, sie zu entschuldigen!«

»Schrei mich nicht an, Kregin!«

»Ich *hab* dich nicht angeschrien!«

»Und?«

»Viele Jahre lang habe ich immer und immer wieder darüber nachgedacht, bis mir fast der Kopf geplatzt ist. Verstehst du nicht? Selbst wenn ich es Vater erzählt hätte, es hätte nichts geändert.«

»Wieso nicht?«

»Selbst wenn die Geschichte wahr gewesen wäre, hätte er sie mir niemals geglaubt.«

»Muss Geir Thora heiraten?«

»Nicht, wenn es nach ihm geht.« Wir brechen beide in lautes Gelächter aus – schon als Kinder haben wir oft gleichzeitig über etwas gelacht.

»Ich hab mir schon gedacht, dass er nicht scharf darauf ist – so wie er über sie redete«, pruste ich.

»Er hofft, dass Asgrim noch gieriger wird und den Brautpreis noch weiter in die Höhe treibt und dass Vater dann die Absprache aufkündigt. Einen anderen Plan hat er nicht, um aus der Sache rauszukommen.«

»Ich kann's nicht fassen, wie viel Beute heutzutage bei diesen Verlöbnissen gemacht wird.«

»Bei meinem Brautpreis ist es genauso. Sie handeln immer noch.«

»Willst du damit sagen, dass es noch gar nicht endgültig ist?«

Helga schüttelt den Kopf. »Jedes Mal, wenn Vater mit Asgrim darüber spricht, kommt eine neue Forderung – es geht immer um Land. Asgrim ist regelrecht besessen davon, wer seinen Besitz erben wird, wenn wir nicht mehr sind … wie viel Land und Vieh unter unseren Söhnen aufgeteilt wird. Für ihn ist es selbstverständlich, dass wir Söhne haben werden.«

Eine lange Pause.

»Und du? Willst du das alles mitmachen?«

»Wie könnte ich Nein sagen?«

»Du hast schon zweimal Nein gesagt.«

»Wer hat dir das erzählt?«

»Geir.«

Helga beißt sich auf die Unterlippe. »Ich hab es hinausgezögert, nicht abgelehnt. So, wie es um Ma steht, hatte ich keine andere Wahl, als die Heirat hinauszuschieben. Niemand kann von mir erwarten, dass ich Twaindale verlasse oder auch nur an Heirat denke, solange sie lebt und mich braucht.«

»Mord ist nicht der Richtige für dich. Der Mann ist ein Arschloch, Helga.«

Sie lacht über meine Wut. »Manchmal ekelt es mich bei dem Gedanken, ihn zu heiraten.«

»Dann weigere dich doch!«

»Wenn wir absagen, verliert Vater das Gesicht, ganz abgesehen von den Kosten. Für das gebrochene Eheversprechen müssten wir teuer bezahlen.«

Ich will ihr sagen, was in mir brennt – aber ich finde nicht die richtigen Worte. Und ich kann nicht erkennen, ob sie will, dass ich etwas sage oder schweige – sie hat den Blick gesenkt.

»Was wäre«, beginne ich schließlich zögernd, »was wäre, wenn noch ein weiteres Angebot von jemand anderem käme? Nehmen wir mal an, es taucht ein Mann auf, und nehmen wir an, dass du ihn lieber nehmen würdest – würde ihn dein Vater nicht in Betracht ziehen?«

Idgars Hunde sind näher gekommen, sie laufen bereits am Bach entlang, ich höre sie kläffen, höre sie durch das Wasser platschen. Der Kuss kommt plötzlich, nicht von mir, sondern von Helga. Der leichte Milchduft von ihrer Schürze, der weiche Druck ihrer Brüste gegen meine Brust, die willige Sanftheit ihrer Lippen … das alles weckt in einem einzigen, flüchtigen Augenblick mehr Hoffnung, mehr Freude in mir, als ich ertragen kann.

KAPITEL 23

Nach dem abnehmenden Mond, der als bleiche, scharfe Sichel am Nachthimmel steht, bleibt uns weniger als eine Woche, bis der Schlachtmonat beginnt. Der Wintereinbruch hat längere Nächte und kürzere, dunklere Tage gebracht, aber bisher hat es weder Schneeregen noch Schnee gegeben, auch nicht auf den Hügeln und Bergen. Auf den Hängen südlich des Langfjords herrscht immer noch kühles, aber trockenes Wetter, sodass der Schafabtrieb über festen Boden gehen kann. In zwei Tagen werden wir mit der Herde bei Idgars Hof in Twaindale ankommen.

»Nicht schlecht, wie?«, sagt Cuin, dem Vater den Abtrieb anvertraut hat. »Neun Tage Abtrieb von Osvellir, und kein einziges Schaf ist uns verloren gegangen, keins ist abgestürzt, kein Fuchs hat eins gerissen! Dein zukünftiger Schwiegervater wird dich über den grünen Klee loben, Kregin. Und das Mädchen ist dir dann so gut wie sicher.«

»Bitte, Onkel«, seufzt Sigi mit einem Anflug von Neid. »Kein Gerede mehr über Bräute! Er macht sich dann nur noch mehr Hoffnungen, dabei schwebt er schon jetzt über den Wolken.«

Der harte Winter hatte Idgar die Hälfte seiner Schafherde gekostet. Wir treiben ihm jetzt zwanzig Hammel als Wollträger, einen jungen Widder und vier Auen zu, damit er eine gesunde neue Herde aufbauen kann. Das soll als Beweis dienen, dass wir die Brautwerbung um Helga ernst meinen – denn es ist ein großzügiges Geschenk, das da auf eigenen Hufen in Idgars Hof läuft. Und es geht noch um mehr. Wenn mich Helgas Vater als zukünftigen Schwiegersohn anerkennt, wird er ganz bestimmt mit Forderungen rechnen müssen, weil er damit das Eheversprechen bricht, das er Asgrim und Mord gegeben hat. Vater hat den Wert der kleinen Schafherde genau berechnet – ein vorehelicher Brautpreis, der höher ist, als die voraussichtliche Entschädigung sein wird.

Bei seinem letzten Besuch im Norden hat Vater die Vereinbarung besiegelt, die wir angestrebt haben: Idgar war damit einverstanden, unser Brautgebot genau gleich mit Asgrims Angebot in Erwägung zu ziehen. Vater wiederum hat zugesichert, rechtzeitig zum nächsten Wali-Fest sein Angebot offen auf den Tisch zu legen. Es wird noch harte Verhandlungen über Geräte, Waren und Vieh geben, aber das sind nur Haushaltsangelegenheiten, die Idgars Entscheidung nicht sehr stark beeinflussen werden. Die entscheidende Frage ist, wie viel Land Idgar seiner Tochter Helga als ihren Anteil in die Ehe mitgeben wird.

Skar der Graue hat erklärt, dass er es begrüßen würde, wenn ich in die Familie einheirate. Der Alte mag zwar ein wenig wirr im Kopf sein, aber er hatte noch genug Verstand, um Mord zu versichern, dass er ihn »nicht vor den Kopf stoßen« wolle. Aber Sigi hat recht: Dass sich Skar auf meine Seite stellt, hat meine Hoffnung überschäumen lassen. Cuin meint, ich solle mich nicht mitreißen lassen und mich nur an das halten, was ich sicher wisse – dass Helga lieber mich als Mord nehmen würde.

Es gibt noch einen Gewichtsstein, der die Waagschalen niederdrücken könnte – aber ich bin mir nicht sicher, auf welcher Seite. Denn Vrekla hat inzwischen eine Tochter zur Welt gebracht. Meine Nichte wird Ynvild heißen, im Andenken an Helgas Schwester. Asgrim, in seiner Funktion als Thorpriester, weigert sich, die Taufzeremonie vorzunehmen und die Stirn des Kindes zu benetzen. Das ist eine deutliche Warnung für Idgar, dass er die Verhandlungen mit uns abbrechen soll, weil ansonsten der Name des Kindes und damit auch die Erinnerung an Idgars verstorbene Tochter nicht gesegnet wird.

Wie jeder Vater will auch Idgar, dass sein Neugeborenes die Segnung vom Priestermann empfängt, damit es sein Leben unter günstigen Vorzeichen beginnen kann. Und er schreckt auch vor dem Streit mit Asgrim zurück; dessen Weigerung, die kleine Ynvild zu taufen, macht es für Idgar schwerer, sich für uns zu entscheiden.

Cuin meint aber, das ganze Getue um Vreklas Kind

könne sich auch zu unseren Gunsten auswirken. Die verweigerte Taufe ist eine Beleidigung für Idgar. Kein freier Bauer, der auf seinen Ruf achtet, lässt sich so herumstoßen. Die Drohungen, die Asgrim ausspricht, sind wie wütende Pfeile, die er abschießt, um unsere Chancen zu schmälern – aber sie könnten auch in seine Richtung zurückfliegen.

Cuin hat einen guten Platz für unser Nachtlager gewählt, windabgewandt vom Berg, mit trockenem Boden und von hohen Gebüschen, Gräsern und Felsen gegen den kalten Wind geschützt. Die Nacht kommt früh, wir haben unser Zelt in Richtung Norden aufgebaut und dafür gesorgt, dass das Feuer die ganze Nacht über brennt. Die Schafe stehen unterhalb des Lagerplatzes in einer Mulde, sie sind bisher ruhig geblieben, nichts hat sie gestört. Irgendwo weiter draußen kreisen Füchse um uns, aber Ulph der Schäfer sagt, darüber müssten wir uns keine Sorgen machen. Das Feuer brenne so hell, das würde sie abschrecken.

»Kein Mond«, murmelt Cuin und schürt das Feuer. »Sterne, und bitterkalt. Eine Nacht für die Nachtreiter aus der Volkssage, was meinst du, Ulph?«

Als die Nachtreiter erwähnt werden, schlägt Ulph, ein gottesfürchtiger Mann, das Zeichen des Hammers über der Brust, Thors Zeichen. Er schluckt ein Stück von dem Blutkuchen hinunter, den uns Haldis als Verpflegung eingepackt hat, und schmatzt genussvoll.

»Du hast recht, Herr, die Füchse sind still, das ist doch ein sicheres Zeichen, oder nicht? Füchse bleiben ruhig, aus Angst vor der ›Wilden Jagd‹ am Himmel.«

Snorri Hasenscharte grunzt zustimmend und spuckt ins Feuer, während er über seinen nächsten Zug auf dem

Spielbrett nachdenkt. Sein Gegenspieler Sigi ist still, er liebt es, vor dem Schlafengehen noch eine Runde Hneff zu spielen, und gegen Snorri gewinnt er immer, denn der ist kurzsichtig und bei Dunkelheit so gut wie blind, weil er dann kaum noch die Spielfiguren unterscheiden kann.

»Bist du sicher, dass heute Nacht die Nachtreiter kommen?«, fragt Lar, der mit einer Fischgräte zwischen den Zähnen stochert. »Manchmal kommen die Lichter, wenn man es am wenigsten erwartet.«

»Sicher? Wessen soll ich sicher sein?«, fragt Sigi geistesabwesend, ohne den Blick von dem Brettspiel zu heben. Ulph zuckt nur mit den Schultern und wischt sich einen glitzernden Tropfen von der Nasenspitze.

»Sag mal, Lar«, frage ich, während ich Trockenfisch aus dem Beutel nehme und unter den Männern verteile, »bereust du es nicht, dass du nicht mit Finn und den Ostmännern gegangen bist, die jetzt irgendwo übers Meer segeln?«

Lar starrt mich mit schief gelegtem Kopf an, als ob irgendwelche Kobolde aus ihren Erdlöchern gesprungen wären und mir den Verstand geraubt hätten. »Wie kommst du nur darauf, dass ich es bereuen könnte? Selbst wenn er mich gefragt hätte, ob ich mitkommen will?«

»Ich dachte, Finn hätte dir die Wahl gelassen, zu bleiben oder mit ihm zu gehen?«

»Hat er aber nicht. Er war froh, uns beide los zu sein – mich und Svena. Und ehrlich: Wir waren froh, ihn los zu sein.«

»Ich weiß, deine Schwester hasst ihn, aber ich dachte, Finn und du, ihr kommt gut miteinander aus wie Vater und Sohn?«

»Du meinst, mit den Pferden?«

»Ja, auch mit den Pferden, ihr beide habt das im Blut, ihr kennt auch eure Gewohnheiten genau.«

»Kann sein, aber wir waren nie richtig eng, Kregin, nicht wie du und Leif.«

Das versetzt mir einen Schlag in den Magen. »Ich hätte mir keinen besseren Pflegevater wünschen können«, verteidige ich mich.

»Seltsam«, flüstert Lar, »aber ihr beide seid euch so ähnlich, als wäre er dein echter Vater. Ich würde sagen, du schlägst ihm mehr nach als Sigi.«

»Hör auf damit – damit tust du Sigi unrecht.«

»Verstehst du nicht, worauf ich hinauswill?«

»Ich versuche, ihm keinen Ärger zu machen und zu tun, was er sagt. Soll ein Sohn sich anders verhalten?«

»Er hält große Stücke auf dich. Sieht doch jeder.«

»Du musst nicht glauben, dass zwischen uns alles glatt läuft. Tut es nämlich nicht immer.«

»Kann sein, aber es sieht so aus.«

»Leif ist nicht schwach und mild, er duldet keinen Unfug, vor allem dann nicht, wenn er glaubt, dass wir uns nicht voll einsetzen – und das gilt für Sigi *und* für mich.«

»Wir sind mit euch zusammen, seit Finn nach Osten gegangen ist, und kein einziges Mal hat der Gode die Stimme gegen euch erhoben. Finn hat uns immer angebrüllt und ständig getobt.«

»Leif gehört nicht zu den Männern, die immer herumbrüllen. Wenn er unzufrieden ist, zeigt er das auf seine Weise – Blicke, Schweigen, das sagt schon genug. Wenn er auch nur die Stirn runzelt, wird man kleinlaut.«

»Keine Angst, Kregin«, sagt Lar, den Mund voller Fisch, »meine Schwester nimmt es dir nicht übel.«

Mir wird sofort klar, dass Svena ihrem Bruder gegenüber ausgeplaudert hat, was wir im Heufeld getrieben haben. »Du bist mir nicht böse?«

»Nein, bestimmt nicht. Und Svena … es ist nicht ihre Art, anderen etwas zu missgönnen, was sie selbst nicht haben kann.« Ich schaue ihn forschend an, aber er beschäftigt sich so intensiv mit seinem Essen, dass ich im Flammenschein nicht erkennen kann, was er wirklich denkt. Und was er dann noch sagt, macht mich auch nicht schlauer.

»Für uns war es kein Unglück, von Osvik wegzugehen. Es war immer Finns Hof, nicht unserer. Glaub mir, Svena ist ganz bestimmt nicht traurig, dass sie nicht nach Osvik zurückkehren muss.«

»Sie hat sich bei uns ganz gut eingelebt.«

»Hm. Sie und Bera sind wie Schwestern.«

»Und Haldis auch – sie wirkt vielleicht ein bisschen schroff, aber im Innern ist sie eine gute Frau.«

Er schweigt so lange, dass ich mir Sorgen mache, etwas Falsches gesagt zu haben.

»Hast du keine Bedenken, den Hof in Osvik zu übernehmen?«, fragt er nach einer Weile.

»Überhaupt nicht. Warum denn auch?«

»Wird es dir nicht schwerfallen, einen Hof ganz allein zu bewirtschaften? Frisch verheiratet, und alles musst du ganz neu aufbauen. Schafzucht ist harte Arbeit, viel schwerer, als Pferde zu halten.«

»Ich bin mit Schafen aufgewachsen. Sie sind meine zweite Natur. Außerdem habe ich am Anfang Ulph bei mir und Cuin auch. Vor dem Abtrieb oder während der Ablammzeit ist immer eine Menge zu tun. Nichts wird einem geschenkt. Da muss man durch, so gut es geht.«

»Du hast keine Angst vor einem neuen Erdrutsch? Es

könnte doch jederzeit wieder passieren, dass der Bergsee überläuft.«

»Cuin meint, es wird eine ganze Generation dauern, bis eine neue Schlammlawine abgeht. Es dauert Jahre, bis sich im Teich wieder genug Eis und Lehm aufgestaut haben. Und wenn es passiert, dann kann man ohnehin nichts dagegen machen. Was soll's, wenn wir ein paar Schafe verlieren? Wenigstens ist der Schlamm letztes Mal kurz vor dem Osvik-Wald zum Stehen gekommen.«

Das ist eine unbedachte Bemerkung, über die sich Lar vielleicht ärgern könnte, aber zu meiner Erleichterung geht er nicht darauf ein.

»Ich jedenfalls bin froh, da raus zu sein«, sagt er. »Du wirst mich oben in Grisedale nie mehr zu sehen bekommen, wenn ich es vermeiden kann. Ich werde immer darauf achten, dass die Stuten am Osthang bleiben und nicht auf die Heide hinausstreunen.«

»Und wenn sie dir nicht folgen? Oder vielleicht laufen sie einfach los, wenn die Hengste hinter ihnen her sind.«

»Wenn das passiert, werde ich sie holen, schließlich erwartet der Gode das von mir. Aber ich werde sofort wieder von der Heide verschwinden, schneller, als du ›Thors Blitz‹ sagen kannst, das darfst du mir glauben.«

»Patt«, sagt Sigi enttäuscht und fegt missmutig die letzten Spielsteine vom Brett.

Snorri schneidet Sigi eine Grimasse und boxt triumphierend in die Luft, dann springt er auf, reckt die Fäuste und tanzt ums Feuer. Erst als ihm Ulph einen wütenden Blick zuwirft, setzt sich der alte Snorri Hasenscharte kleinlaut wieder hin. Für Leute wie ihn ist ein Unentschieden beim Hneff gegen Sigi ein Sieg – während es Sigi mehr ärgert als eine Niederlage.

»Es ist völlig unnötig, so einen Aufstand zu machen«, sagt Ulph zu dem vermeintlichen Sieger, der sich mit zufriedenem Grinsen daranmacht, die Spielsteine einzusammeln und sie genau zu zählen, bevor er sie in den Beutel wirft.

»Ein Patt ist kein schlechtes Ergebnis für alle beide«, sagt Cuin zu niemandem im Besonderen. »Der Stolz wird ein bisschen verletzt, aber das ist auch schon alles. Wenn richtige Kämpfe nur auch so einfach ausgehen würden …«

Wir rücken ein wenig näher ans Feuer, nur Sigi schleicht allein in die Dunkelheit. Er geht durch die Schafherde, mitten durch, statt um sie herumzugehen. Ulph flucht leise. Wir können Sigi hören, er ist außerhalb des Lichtscheins, grunzt und murmelt etwas vor sich hin, entleert irgendwo windabwärts sein Gedärm.

»Cuin-rua«, sagt Lar, »erzählst du uns eine von deinen Geschichten?«

»Warum sollte ich?«, ziert sich Cuin. Er mag es, wenn man ihn förmlich anfleht, eine Geschichte zu erzählen.

»Eine von den ganz dreckigen«, fügt Lar hinzu, »vielleicht die, in der lüsterne Burschen die Maiden in den Wald jagen.«

»Woher soll ich etwas über Maiden wissen? Schließlich hatte ich nie eine Frau«, antwortet Cuin verschmitzt.

»Glaub ihm kein Wort, Lar«, sagt Ulph. »Der alte Cuin ist heute vielleicht nicht mehr im Geschäft, aber als junger Rammler hatte er seine Pfoten unter jeder Schürze.«

Cuin lacht leise vor sich hin, aber er beginnt zu erzählen.

»Warum hast du nie geheiratet, Onkel?«, frage ich später.

»Na ja, Kregin, vielleicht deshalb, weil ich nie eine Frau wie Idgars Tochter gefunden habe, die mich genommen hätte. Welche Frau hätte denn einen hoffnungslosen Fall wie mich geheiratet?«

»Onkel«, sage ich leise, sodass es kein anderer hören kann, »glaubst du, unser Geschenk für Idgar, die Schafe … glaubst du, dass es etwas nutzt?«

»Schwer zu sagen«, murmelt er, »ich denke, in ein oder zwei Tagen wissen wir es, wenn wir mit dem Vater gesprochen haben.«

Das Feuer flackert, knackt und sprüht Funken in den Nachthimmel, als der alte Snorri darin herumstochert, wobei er vor sich hin grinst und immer noch seinen »Sieg« über Sigi feiert. Ulph und Lar legen sich unter die Plane zum Schlafen. Auch Sigi legt sich hin und schläft fast sofort ein, er schnarcht, schon während Cuins Geschichte wäre er fast eingeschlafen.

Nur noch der Onkel und ich sind wach. Ich kann mir nicht helfen, ich muss immer wieder an etwas denken, das mir Sorgen macht.

»Bitte verstehe mich nicht falsch, Onkel. Ich bin dankbar für alles, was Vater getan hat. Aber das ist der letzte Besuch vor dem Winter – warum ist er nicht selbst mit uns gekommen? Warum schickt er dich an seiner Stelle?« Cuin tut so, als sei er leicht beleidigt. »Nein, Onkel, im Ernst«, fahre ich schnell fort. »Ich sage ja nicht, dass du das nicht kannst. Aber wäre es nicht besser gewesen, wenn Vater selbst mit Idgar geredet hätte?«

»Vertrau deinem Vater. Er weiß, was er tut.«

»Aber er bleibt absichtlich fern, das stimmt doch, oder?«

»Hm … ja, deshalb hat er mich geschickt.«

»Wozu soll das nutzen?«

»Er will, dass ich mich an Idgar heranmache, eine ganze Nacht lang mit ihm saufe, wenn es sein muss.« Er schaut mich an, spielt immer noch den Beleidigten. »He, Bursche, das Trinken fällt mir verdammt schwer, du solltest mir dankbar sein!«

Wir stehen ein Stück weit vom Feuer entfernt, schauen hinauf in den Nachthimmel, Cuin und ich, dann kommt auch Ulph vom Feuer herüber. Grün und silbrig schimmernd wie der Staub unzähliger Sternschnuppen zieht es sich von Westen bis zum Nordstern, wirbelnde Lichterwolken setzen in der »Wilden Jagd« das Himmelstor in Brand.

»Schaut«, sagt Ulph in ehrfürchtigem Staunen, »dort, die Himmelsschatten, neun Jäger, neun Pferde, sie jagen den Goldenen Eber.«

Cuin ist kein richtiger Skalde, er kann nicht reimen, aber er versucht es mit einer uralten Sage, dem Lied von der *Blutjagd der Neun*. Und während er die Geschichte aus dem Gedächtnis aufsagt – es sind viele, viele Strophen –, starren Ulph und ich wie gebannt in den Nachthimmel hinauf.

Im frühen Morgenlicht wirft Cuin Erde auf das sterbende Feuer, er achtet darauf, dass die Glut der nur halb verbrannten Holzstücke erstickt wird. Damit wir die Feuerstelle bei unserer Heimreise trocken vorfinden, deckt er sie mit ein paar Torfstücken zu, denn wir rechnen damit, dass wir in einem oder zwei Tagen unser Lager wieder hier aufschlagen werden, nachdem wir Idgar die Schafe übergeben haben.

Ein paar Tiere haben sich von der Herde entfernt, aber über Nacht ist ein wenig Schnee gefallen, sodass es nicht schwer ist, ihren Spuren über die weiße Heide zu folgen. Wir brauchen nicht lange, dann haben wir alle Schafe zusammengetrieben und zählen die Köpfe. Es fehlen drei Hammel. Ulph und Snorri laufen voraus, wahrscheinlich werden sie die Streuner ein Stück weit talabwärts finden.

Als wir die beiden unten am Berghang einholen, sehen sie nicht sehr glücklich aus. Beklommen berichten sie, dass die drei Schafe immer noch vermisst werden. Aber das ist noch nicht alles – was sie wirklich beunruhigt, ist, dass sie menschliche Fußabdrücke im Schneematsch gefunden haben, Spuren von drei verschiedenen Paar Stiefeln, genau dort, wo die Hammel verschwunden sind.

Wir treiben den Rest der Herde weiter am Bach entlang, finden aber keine weiteren Spuren. Am Berghang hat uns der leichte Schneefall die Suche erleichtert, aber die tiefer liegenden Wiesen sind schneefrei und der Boden ist steinhart gefroren.

»Dort unten, beim Fjord«, sagt Ulph wütend, »in dem großen Hof, dort werden sie sein, bestimmt haben die Burschen vom Hof unsere Hammel gestohlen.«

»Das glaube ich nicht, Ulph«, widerspreche ich. »Das Land und der Hof gehören den Jarlsons. Asgrim ist der Priestermann in dieser Gegend und bekommt genug Fleisch von den Nachbarn, er hat es nicht nötig, uns zu bestehlen.«

»Priester oder nicht«, wirft Sigi ein, »wenn die Schuldigen dort unten sind, werden wir unsere Schafe zurückholen, und sie werden unsere Wut zu spüren bekommen.«

»Gut gesprochen, junger Herr.« Ulph nickt.

»Wir werden ihnen zeigen, wie der Hase läuft, bist du dabei, Kregin?«, brüllt Sigi herausfordernd.

Ich brülle genauso laut wie er: »Darauf kannst du Gift nehmen, Bruder!«

»Ihr jungen Herren habt recht«, meint Snorri, »Schafdiebe dürfen nicht ungestraft davonkommen.«

»Langsam, Jungs«, mahnt uns Cuin. »Denkt erst einmal nach. Wir können den Leuten nicht einfach vorwerfen, Diebe zu sein. Ulph, bist du sicher, dass unsere Streuner nicht doch von Füchsen geschlagen wurden?«

»Sicher? Wie denn? Aber hast du irgendwo Blut oder Wollflocken gesehen?«

»Wir können es nicht völlig ausschließen«, meint Cuin und kratzt sich nachdenklich den Bart.

»Wenn es Füchse gewesen wären, hätten wir Habichte am Himmel sehen müssen. Vögel können Aas sogar noch in anderen Tälern riechen – sie wären gegen den Wind hergeflogen, um sich ihren Anteil zu holen.«

»Ich will sicher sein, dass es keine Füchse waren, bevor wir uns vor den Leuten im Hof dort unten zum Narren machen«, sagt Cuin.

»Dann sag einfach, was wir tun sollen«, mischt sich Lar ein, der beim langen Herumstehen vor Kälte zittert.

»Du und Ulph, ihr bleibt bei den Schafen. Snorri und ich halten noch weiter nach Spuren Ausschau. Sigi und Kregin, ihr sucht am anderen Ende des Tals.«

»Onkel!«, widerspricht Sigi. »Das ist doch sinnlos! Du hast die Hufspuren gesehen, du hast gehört, was Ulph gesagt hat. Ganz bestimmt finden wir die Hammel dort unten im Hof.«

»Ihr tut, was ich euch sage!«, befiehlt Cuin brüsk. »Wir suchen nach den Streunern – etwas anderes würde eurem Vater nicht gefallen.«

KAPITEL 24

Am Berg sind unsere verlorenen Schafe nirgends zu finden, womit wohl auch keiner von uns, nicht einmal Cuin, gerechnet hat. Die Suche hat uns müde und hungrig gemacht, denn es gibt kaum etwas Schlimmeres, als talabwärts nach verlorenen Schafen zu suchen, über Stock und Stein, durch schmale, schlüpfrige Felsspalten, durch Matsch, Schnee und Schlamm zu stapfen und am Ende doch keine Belohnung für die sinnlose Plackerei zu bekommen. Als wir endlich bei Asgrims Hofstelle ankommen, geht der Nachmittag schon in den Winterabend über. Ulph und Snorri haben unsere Herde zum Ufer des Fjords getrieben, wo die Schafe Ampfer und Seetang fressen können. Lar ist mit den Stuten weiter in Richtung Norden gezogen; er hat unsere Verpflegung, die Planen und die Zeltstangen mitgenommen. Am sandigen Ufer unterhalb von Wasdale wird er ein Lager aufschlagen und auf uns warten, an einem geschützten Platz, den wir mit ihm ausgemacht haben.

Mein Magen knurrt vor Hunger. Vom Hof weht der vertraute Geruch eines Herdfeuers zu uns herauf, verlockende Düfte nach Suppe und frisch gebackenem Brot. Ich habe recht behalten: Das ist Asgrims Gehöft. Hier werden wir nicht willkommen sein.

Inzwischen ist es mir egal, was aus unseren Schafen geworden ist. Cuin ist auch nicht mehr voll bei der Sache, aber Sigi geht an unseren Hunden vorbei und marschiert geradewegs zur Hausweide. Er ist davon überzeugt, dass er dort unsere Hammel findet. Ohne lange nachzudenken, laufe ich ihm nach, um ihn zurückzuhalten. Wenn er tatsächlich unsere Schafe entdeckt, wird er vielleicht etwas tun, das uns später leidtun könnte.

In der Schmiede war den Tag über gearbeitet worden, aber jetzt ist die Glut fast erloschen. Ein großer Mann stapft aus dem Dunkel der Hütte, rußgeschwärzt von der Schmiedearbeit. Er tritt Sigi mit bloßen Händen in den Weg. Sein Schädel ist kahl bis auf einen schmalen, längst ergrauten Haarkranz – nicht mehr rot, wie ich ihn in Erinnerung habe. Dieser Rohling muss Asgrim Jarlson sein.

»Wohin, junger Fremder?«, bellt er Sigi an.

»Nachschauen, ob unsere Hammel auf deiner Weide stehen«, antwortet Sigi kühn. »Drei von unserer Herde sind letzte Nacht aus unserem Lager gestohlen worden.«

»Wie kommst du darauf, dass sie hier sein könnten?«

»Wir haben den Berg nach ihnen abgesucht«, mischt sich Cuin schnell ein, »und keine Spur von ihnen gefunden. Könnte doch sein, dass sie zusammen mit deiner Herde ins Tal getrieben wurden, oder nicht? Aber natürlich«, fügt er schnell hinzu, »wäre es ein Versehen, wenn es so wäre ... ein Irrtum. Ist schließlich schwer, an einem dunklen Abend die Schafe voneinander zu unterscheiden.«

»Du wirst nicht zur Weide gehen«, sagt Asgrim unbeirrt. »Mein Wort muss dir reichen. Sie sind nicht hier.«

Der Onkel erwidert die wütende Grimasse mit einem Lächeln. »Unsere Schafe haben eingekerbte Ohren«, erklärt er milde. »Nur eine kleine Kerbe als Kennzeichen des Besitzers. Die kann man leicht übersehen, wenn man nicht weiß, wonach man suchen muss.«

»Ich sag's nur einmal«, gibt Asgrim zurück, »vergeudet nicht meine Zeit.«

Er dreht uns den Rücken zu, als ob wir nicht mehr da

wären, bückt sich über den dampfenden Wasserbottich der Schmiede und reibt sich den Ruß vom Gesicht.

Hinter uns hustet ein anderer Mann, ein heiseres, rasselndes Husten wie von einem, der zu viel kaltes Bier getrunken hat. »Ihr habt gehört, was mein Vater gesagt hat. Wir haben eure verdammten Schafe nicht.« Wir drehen uns zu Mord Asgrimson um, der gerade aus der Scheune gekommen ist.

Mords Stiefel sind rot von Blut, die Arme ebenfalls, und Blut tropft auch von der Schlachterschürze. Drohend hält er ein Schlachtbeil in der blutigen Hand. »Es ist besser, wenn ihr jetzt geht«, bellt er, »sonst hetze ich die Hunde auf euch.«

Sigi antwortet ebenfalls mit einer Drohung. »Wir wollen unsere Schafe wiederhaben, und wir gehen nicht ohne sie weg.« Ich trete vor und stelle mich neben Sigi.

Vier junge Mädchen kommen aus dem Molkereischuppen gelaufen, weil sie unsere lauten Stimmen gehört haben, und die Frauen erscheinen in der Haustür. Von der Herdwärme und vom Kochen sind ihre Gesichter gerötet. Die Letzte, die herauskommt, ist die Hübscheste, sie hält einen Säugling im Arm, ein Kleinkind an der Hand, das dritte klammert sich an ihre Schürze.

»Eyjolf«, ruft sie ins Haus, »komm heraus, Mann, dein Bruder braucht dich.«

Gleich darauf erscheint ihr Mann an der Tür, drängt sich an den Frauen vorbei, eine Säge in der einen und ein Stück eines kräftigen Balkens in der anderen Hand. »Was gibt's, Ingrid?«

Ich erkenne den schüchternen Mann wieder, Eyjolf, Asgrims jüngerer Sohn. Ihn habe ich immer für einen anständigen Burschen gehalten. Thor steh ihm bei, dass ausgerechnet er Ingrid heiraten musste! Ich versuche, seinen Blick aufzufangen, aber seine Frau bemerkt mich zuerst. Ihre kalten Augen sagen mir alles.

Cuin achtet nicht auf die Zuschauerinnen vor dem Haus und dem Molkereischuppen. Er mustert Mord von oben bis unten und starrt das Blut auf der Schürze besonders aufmerksam an. »Ist noch nicht Schlachtmond«, bemerkt der Onkel, »wie ich sehe, fängst du sehr früh mit dem Schlachten an.«

»Wir haben einen großen Haushalt«, sagt Asgrim, bevor sein Sohn antworten kann. »Viele Münder müssen gefüttert werden.« Er hat seinen kahlen Schädel nicht völlig sauber bekommen, das Wasser hat schwarze Rußschlieren hinterlassen. Nun leckt er sich die schwarzen Lippen, will noch mehr sagen, aber sein Sohn unterbricht ihn.

»Vater, wir sind diesen Landstreichern keine Erklärung schuldig!«

Aber Asgrim kommt näher, setzt so etwas wie ein falsches Lächeln auf. »Ich bin ein gerechter Mann«, sagt der Priestermann und reibt sich den Kopf mit einem schmutzigen Lappen trocken. »Und ich lasse mich nicht als schurkischen Fiesling beschimpfen.«

»Dann sag, was du sagen willst, Bauer«, antwortet Cuin.

»Wir haben einen großen Hof. Nie schlachten wir weniger als zwei Dutzend Schafe, in manchen Jahren sogar doppelt so viele.« Er bemerkt die verblüfften Blicke, die wir uns zuwerfen – die Zahlen sind viel zu hoch. »Die Hälfte wird von mir als Priester geopfert. Und wir vergeuden kein Heu für Schafe, die ohnehin geschlachtet werden müssen. Deshalb fangen wir mit dem Schlachten an, sobald die Herde vom Berg herabgetrieben ist.«

»Was aber euch einen Dreck angeht«, wirft Mord ein.

»Das geht uns *sehr wohl* etwas an, wenn es unsere Schafe sind«, gibt Sigi scharf zurück.

»Du hast verstanden, was mein Bruder gesagt hat«, mische ich mich ein. »Du wirst das noch bereuen, Mord.« Ich weiß, dass ich ihm nicht hätte drohen sollen, aber ich kann es nicht mehr zurücknehmen.

»Nein, werde ich nicht«, faucht Mord zurück, »aber ein anderer wird es ganz bestimmt bereuen.«

»Bruder nennt er ihn?«, schreit Ingrid schrill herüber. »Kregin hat sich einen kleinen Bruder angeschafft, dem er den Rotz von der Nase wischt!«

Das findet Mord lustig, und nun mischt sich Eyjolf ein, nicht unfreundlich, scheint mir. »Bei Thors Bart, Kregin Thralson! Jahrelang dachten wir, die Fische hätten dich gekriegt.«

»Sohn eines dreckigen Sklaven«, fügt Mord verächtlich hinzu.

»Rede nicht schlecht über einen Toten«, mahnt Asgrim.

»Vom Mist kann man nicht schlecht reden«, schreit Ingrid giftig. »Egal, wie, er stinkt immer.« Für einen Augenblick sehe ich, wie sehr sie ihrem Vater Drak ähnelt.

Asgrim achtet nicht weiter auf sie, sondern fasst mich ins Auge. »Zum letzten Mal, Bursche, aber nur aus Achtung gegenüber deinem Vater: Wir haben eure Schafe nicht gestohlen. Wieso sollen wir drei Hammel stehlen, wenn wir schon so viele haben?«

Inzwischen haben sich auch Asgrims Männer auf dem Hof versammelt, Schäfer und Schmiedeburschen, Knechte und Vogelfänger, manche mit Knüppeln, andere mit Sicheln. Wir haben ihnen nichts entgegenzusetzen, sogar Sigi wird das jetzt klar.

»Komm schon«, sagt Cuin und zieht ihn am Arm mit sich. »Kann sein, dass wir uns getäuscht haben. Vielleicht haben Ulph und der alte Snorri die Streuner längst unten am Ufer gefunden.«

Inzwischen hatte Lar das Ufer in Wasdale abgesucht und ein paar Eichenplanken vom Wrack eines Fischerboots gefunden, die die Abendflut an Land gespült hatte. Sie dienen uns als Brennholz für ein gutes Feuer, als wir müde am Ufer ankommen. Aber keiner denkt ans Schlafen.

Am Feuer auf dem winterlichen Strand hetzen wir uns mit unseren wütenden Reden gegenseitig auf. Alle haben eine Eichenplanke zwischen die Knie geklemmt, die wie Schlachtbanner aufragen. Niemand wagt zu widersprechen, als wir beschließen, Gleiches mit Gleichem zu vergelten, wie auch immer wir das machen wollen. Sie müssen dafür bezahlen, darin sind wir einer Meinung.

»Es muss heute Nacht geschehen«, erklärt Sigi. Das hat er schon mindestens viermal gesagt. »Wir haben uns lächerlich gemacht. Wir haben die Schwänze eingezogen, jetzt hocken sie in ihrer großen Halle, machen sich über uns lustig und essen unsere Schafe.«

»Wie sollen wir das machen?«, fragt Lar. »Wir sind nur zu sechst, sie sind uns überlegen.«

»Überraschungsangriff«, antwortet Sigi. »Schnell und hart zuschlagen, wo sie es am meisten spüren. Und wieder weg wie der Blitz, bevor sie sich von ihrem Schrecken erholt haben.«

»Zuschlagen? Wie und wo denn?«, sagt Cuin. »Sie werden uns verfolgen, wohin wir auch gehen, du hast doch ihre Knechte gesehen! Und mit unseren Schafen können wir nicht schnell abhauen, sie würden uns sofort einholen.«

»Willst du etwa sagen, Onkel, dass du Asgrim und Mord ungestraft davonkommen lassen willst?«, rufe ich wütend aus.

»Nein, Kregin, bestimmt nicht, aber denk doch mal nach! Warum sind wir hier? Unsere Aufgabe ist, Isgar Skarson die Schafe zu bringen. Das ist es, was dein Vater erwartet. Es geschieht zu deinem eigenen Nutzen, Junge! Das dürfen wir nicht vergessen!«

»Vielleicht«, meint Lar nachdenklich, »vielleicht sollten wir einfach vergessen, dass drei fehlen, und die restlichen übergeben. Könnte ja wirklich sein, dass die drei von Füchsen geschlagen wurden.«

»Wir können nicht einfach so tun, als wäre uns die Sache egal«, entgegne ich wütend. »Wir können nicht einfach nichts tun und weiterziehen!«

»Was sagst du, Sigi?«, fragt Cuin. »Sollen wir die Abrechnung aufschieben, bis wir die Schafe nach Twaindale gebracht haben?«

Sigi hämmert wütend mit dem Treibholzstock auf den Boden, doch bevor er antworten kann, sagt Ulph: »Wenn wir noch einen oder zwei Tage warten, werden sie auf uns vorbereitet sein.«

»Genau das meine ich auch«, sagt Sigi. »Man soll das Eisen schmieden, solange es heiß ist – am besten noch heute Nacht.«

Snorri hat bisher geschwiegen, jetzt mischt er sich ein: »Junger Herr, hast du nicht gesagt, dass der Bauer in der Schmiede gearbeitet hat, als ihr zum Hof kamt?«

»Stimmt«, antwortet Sigi, »seine hässliche Fratze war rußverschmiert. Warum fragst du?«

»Na ja«, sagt Snorri mit listigem Gesichtsausdruck,

»wo Funken sprühen und Flammen lodern, droht ständig die Gefahr, dass ein Feuer ausbricht. Unfälle gibt's immer mal. Ich hab selbst erlebt, wie einem Mann die Schmiede bis auf den Grund abgebrannt ist.« Snorri lacht voller Stolz über seinen Einfall und wirft den Treibholzprügel ins Feuer, ohne ihn in kleinere Stücke zu zerbrechen.

»Willst du damit sagen, wir sollen dafür *sorgen*, dass so ein Unfall passiert?«, will Cuin wissen.

»Würde uns doch nur passen, oder nicht?«, sagt Ulph. »Sie hätten alle Hände voll damit zu tun, das Feuer zu löschen, und könnten uns nicht verfolgen.«

»Dann hätten wir tatsächlich die Chance, abzuhauen«, meint auch Lar zögernd.

»Was mir daran gefällt«, sagt der Onkel, »ist, dass sie nicht wissen können, wie das Feuer ausgebrochen ist. Sie können es nur vermuten. Natürlich werden sie uns die Schuld geben – aber sie werden es nicht mit Sicherheit wissen.«

»Dann ist es sinnlos«, wirft Sigi ein. »Darum geht es doch! Wenn wir etwas tun, dann sollen sie *wissen*, dass wir es waren.«

»Wenn das so ist, junger Herr«, sagt Ulph, »dann können wir genauso gut aufs Dach steigen und ihr Rauchloch verstopfen. Das Haus wird sich mit Rauch füllen, während sie schlafen, und natürlich werden sie sich denken können, wer es war, aber wir sind bis dahin längst über alle Berge.«

»Das geht noch besser«, ruft Sigi. »Wir stopfen brennendes Heu durch das Rauchloch! Dann brennt das ganze Haus restlos ab.«

Jetzt hat der Onkel genug. »Das geht nun wirklich zu weit! Im Haus schlafen Frauen und Kinder!«

Ich schüttle den Kopf. »Achte nicht auf sie, Onkel, das ist nichts als unsinniges Geschwätz. Wie könnte jemand so etwas tun?«

»Was redest du da, Kregin?«, faucht mich mein Bruder wütend an.

»Begreifst du das denn nicht, Sigi? Wir hätten doch sofort ihre Hunde am Hals, sie würden zu bellen anfangen, bevor wir auch nur in die Nähe des Hauses kommen. Asgrim würde uns auf frischer Tat ertappen.«

»Richtig reinreiben, junger Herr«, drängt Ulph. »Trag es so dick wie möglich auf.«

Cuin grinst. »Wollfett stinkt erbärmlich, du wirst duften wie ein Schaf. Sobald dich die Auen in Asgrims Hofweide wittern, denken sie, du bist ein Hammel von ihrer Herde.«

»Und die Köter am Tor können dich auch nicht von den eigenen Hammeln unterscheiden«, fügt Ulph hinzu.

Snorri hat sich ein Schaf zwischen die Beine geklemmt, während Lar das Tier am Nacken festhält, das sich nach Kräften zu wehren versucht. Ulph durchkämmt das ölige Fell am Schwanz mit den Fingern, schabt das Fett von den kotverschmierten Hinterschenkeln und ballt es zu Wollfettklumpen zusammen. Das Zeug klebt an den Händen, es ist so zäh wie Harz.

Sigi und ich haben uns bis auf die Unterhose ausgezogen und schmieren uns das klebrige Zeug von Kopf bis Fuß auf die Haut. Gesichter, Haare, Bärte, Nacken, Arme, Brust, sogar unsere Hosen sind mit Wollfett und kleinen öligen Fellflocken bedeckt. Die Kälte der Winternacht spüren wir nicht mehr, unsere Körper sind erhitzt und schimmern im Widerschein des Feuers wie Bronze.

Ulph hat sich völlig ausgezogen, er ist zu arm, um sich Unterhosen leisten zu können. Auch er hat sich mit Wollfett eingeschmiert. Wir drei werden uns zu Asgrims Hofstatt schleichen. Cuin hat uns strenge Befehle erteilt, was wir zu tun haben, wenn wir dort sind. »Ihr haltet euch genau an das, was wir vereinbart haben, ist das klar? Keine Mätzchen, denn sie würden eurem Vater nicht gefallen.« Besonders eindringlich schärft er uns ein: »Ihr werdet keinen Schaden anrichten, kein Feuer legen, weder ans Haus noch an die Scheunen. Es darf keinem Menschen und keinem Tier etwas geschehen! Ihr brecht nur in den Schafpferch ein und nehmt drei Hammel mit – ihr holt nicht mehr und nicht weniger, als uns zusteht.«

Snorri lacht über etwas, das ihm Ulph zuflüstert, während er die Hneff-Spielsteine aus dem Beutel schüttet und stattdessen Seetang und Sauerampfer vom Strand hineinstopft. Der Geruch des Futters soll die Schafe zu uns locken, wenn wir in den Pferch einbrechen.

Aus einem salzverkrusteten Stück Eiche – es stammt aus dem Treibholz, das Lar am Strand gefunden hat – schneidet Cuin hastig drei fingergroße Späne. Es ist ein alter Trick: Mit dem Span zwischen den Zähnen fällt uns beim Rennen das Atmen leichter, außerdem hält er uns vom Reden ab. »Denkt daran«, ermahnt er uns, »kein lautes Wort!«

Mein Herz klopft laut, ich atme tief ein und aus.

Fast blind laufen wir los, aber als wir das Lagerfeuer weit genug hinter uns haben, gewöhnen sich unsere Augen allmählich an die Dunkelheit, wenn der Boden unter unseren Füßen auch weiterhin schwarz ist. Ulph und ich bleiben beisammen, Sigi, der immer den Schritt angeben will, läuft voraus. Im Sternenlicht sehe ich sein Haar glänzen, das er offen trägt, sodass es über dem Nacken hin und her schwingt. Er ist ein viel besserer Läufer als ich, sein Atem geht leicht und gleichmäßig, sein Schritt ist flüssiger, und er wird schneller.

Barfuß laufen wir über Sand und Kies, der zwischen den Zehen knirscht. Kalte, breiige Tangklumpen schmatzen unter unseren Füßen. Mal laufen wir durch den Schlick, den das Schmelzwasser im Sommer von den Bergen herabgespült hat, dann wieder durch kleinkörnigen Kies, vermischt mit Sand – und etwas, das ich nicht beschreiben kann. Wir platschen durch den weichen Sand am Ufer, in den die Füße tief einsinken, dann sind wir wieder auf trockenem Boden, springen über zerbrochene Muschelschalen, die von der Flut auf den Strand gespült wurden und heimtückisch scharf im Kies auf unsere ungeschützten Fußsohlen lauern.

Ich beiße auf den salzigen Span. Ich möchte ihn ausspucken, muss schlucken, brauche mehr Luft zum Atmen, will den Schweiß von den Lippen lecken, meine Zunge endlich befreien – schreien! Endlich hält Sigi an, schnauft geräuschvoll durch die Nase, während er auf seinem Span kaut. Er winkt uns zu – Richtungsänderung. Jetzt läuft er mit dem Wind, wie Cuin ihm befohlen hat. Ulph und ich folgen ihm bergauf. Es geht nun über Gras, über abgestorbene Büschel von Kräutern und Gestrüpp, das Vieh hat alles abgeweidet und nur hart gefrorene, stachelige Stoppelfelder zurückgelassen. Unsere Füße werden vom Ginster zerstochen und zerkratzt. Scharfkantige Steine, Gräben, dann wieder ein Stoppelfeld, alles stinkt nach Mist, Jauche, Schweinekot, bald riechen wir auch Ruß von der Schmiede. In den Geruch feuchter Erde mischt sich der metallische Gestank von Blut und Schlachtabfällen. Je näher wir dem Ziel kommen, desto stärker wird der Geruch von Sauermilch und Rauch, von Pökelfässern und Hundekotze, von Kot und Bier.

Ein Hund ist zu hören, ein schläfriges Jaulen, dann noch einer, von ihm kommt kaum mehr als ein Gähnen. Wir sind in Asgrims Hofstelle angekommen. Wir nähern uns von unten her, sodass wir nicht über den großen Hof laufen müssen. Die Schafe stehen im Pferch – mindestens zweihundert Tiere; sie sind ruhig, aber wach. Ich kann sie in Umrissen erkennen, kann die Köpfe von Hammeln und Auen unterscheiden, die laut schnaufend auf den Tagesanbruch und die Fütterung warten.

Der Pferch ist von einem schulterhohen Lattenzaun umgeben, alle paar Schritte ist ein kräftiger Weidenpfahl in den harten Boden gerammt worden. Die Lattenabschnitte sind durch Bänder aus Weidenruten an den Pfosten befestigt. Wir haben weder Axt noch Messer, um die Schnüre zu durchschneiden.

Asgrims Männer haben ganze Arbeit geleistet, als sie die Pfosten in die Erde trieben. Sosehr wir es auch versuchen, es gelingt uns nicht, einen Pfosten im tief gefrorenen Boden zu lockern. Wir rütteln und zerren daran, lehnen uns mit unserem ganzen Gewicht dagegen, aber unsere Hände sind glitschig von Wollfett und Schweiß. Sigi versucht es am oberen Ende, Ulph und ich schieben von unten gegen den Pfosten. Aber sie sitzen zu tief in der Erde, und der Boden ist zu hart. Immer wieder rutschen wir weg, unsere Hände gleiten ab, und die Pfähle rühren sich nicht.

Noch immer haben wir nichts erreicht, wir versuchen es nun schon seit einer Ewigkeit. Die Schafe kommen näher, schnüffeln am Zaun, reiben ihre nassen Nasen an den Latten, schon hören wir kleine schnaubende Rufe hinter dem Zaun.

Ulph ist verschwunden, er kriecht um den Pferch herum, tastet nach dem Gatter, durch das die Tiere in den Pferch getrieben werden. Wenn er es findet, wird er es öffnen und die Schafe herauslassen.

Er müsste es längst gefunden haben.

Wo zum Henker bleibt Ulph?

Ich schiebe ein Seilende durch eine Lücke im Zaun, lehne mich zurück, stütze die Füße gegen einen Pfosten und zerre und ziehe an dem Seil – fast unmöglich mit meinen fettigen Händen, aber nachdem ich das Seil um das Handgelenk gewickelt habe, geht es ein wenig besser.

Sigi sieht, was ich vorhabe, er klettert über den Zaun, sodass die Schafe lärmend zurückweichen. Ihr Mähmäh klingt wie Warnrufe in der Nacht. Die Rufe gehen von Schaf zu Schaf weiter, bis die ganze Herde blökt. Ich spüre, dass mein Bruder von innen gegen den Zaun drückt, jetzt rammt er voller Wut mit der Schulter gegen die kleine Lücke, die ich inzwischen in den Zaun gerissen habe.

Die Hunde fangen an zu bellen, irgendwo oben im Haus weint ein Kind, in der Scheune wachen Kühe und Kälber auf. Jetzt kommt auch Leben in den Schweinestall, eine Sau fährt mit wütendem Quieken aus dem Schlaf hoch. Das Schwein klagt mit entsetzlichem grunzendem Gebrüll, so laut, dass es sogar im allgemeinen Durcheinander gut zu hören ist. Kein Schwein lässt sich gern aufwecken, wenn es nichts zu fressen gibt!

Vor dem Haus sind nun Männerstimmen zu hören, die Hunde kläffen und bellen noch lauter, ich beiße auf meinen Salzspan und schmecke Blut auf den Lippen. Sigi bricht durch den Zaun, fällt über mich – aber wenigstens haben wir jetzt eine Lücke in den Zaun gerissen!

Ulph der Schäfer hat das Gatter gefunden, das Schließseil gelöst und ist in den Pferch eingedrungen. Er kommt von der Hofseite zu uns herunter, drängt sich, ein nackter, fettglänzender Körper, durch die Herde hindurch, es entsteht noch mehr Unruhe, als die Schafe vor ihm zu fliehen versuchen.

Den Beutel mit dem Seetang braucht er nicht mehr, die Herde ist in Bewegung, die Tiere rennen an Sigi und mir vorbei; durch die Lücke, die wir in den Zaun gerissen haben, fliehen sie, dicht gefolgt von Ulph, aus dem Pferch. Er hält zwei Hammel an den Hörnern, Sigi und ich fangen einen dritten Hammel ein; wir erwischen einen sehr fetten und folgen Ulph in die Nacht.

»Hört nur, wie sie schreien!«, ruft Ulph schadenfroh.

»Woher kommt der Gestank?«, fragt Sigi.

Ich höre nichts und rieche nichts, ich renne, so schnell ich kann, alles, was ich spüre, ist das Seil in meinen Händen und das schmutzverkrustete Fell des Hammels, das an meinem nackten Bein schabt. Meine Füße sind längst taub geworden, ich spucke den Holzspan aus und lecke mir das Blut von den Lippen.

Als wir wieder bei Cuin und den anderen am Strand sind, schwinden Erregung und Furcht rasch dahin. Nichts bleibt mehr als der ekelerregende Geruch von Wollfett und dreckverkrustetem Fell. Erst jetzt rieche ich den Gestank, spüre die kalte Schwere des Schlafs, die sich über mich senkt. Ich kämpfe dagegen an, will wach bleiben. Snorri Hasenscharte ist irgendwo draußen in der Dunkelheit, ich höre ihn lachen.

Lar hat kein Wort gesagt, seit wir das Lager abgebrochen haben, und der Onkel auch nicht. Auch Ulph und Snorri haben ihr boshaftes Tuscheln eingestellt, sogar Sigis endloses Quasseln ist verstummt. Unser tollkühnes Gehabe, unsere sinnlose Prahlerei sind bedrücktem Schweigen und bohrendem Hunger gewichen. Wir werden keine Pause mehr einlegen, bis wir Twaindale erreichen. Dann wird es wieder dunkel sein.

Im fahlen Morgengrauen stapfen wir durch Felder und über Hügel, treiben unsere Schafe ohne Rast und Ruh voran. Wir haben den Aufstieg von der Küste hinter uns, ziehen jetzt oberhalb des Langfjords nach Norden. Auch bergauf haben wir keine Rast eingelegt, aus Angst, von Asgrims Leuten eingeholt zu werden. Wir hätten uns keine Sorgen zu machen brauchen: Niemand verfolgt uns. Sie hatten sicher alle Hände voll damit zu tun, das Feuer zu löschen.

Von hier, auf der Südseite der Küste, können wir über den Fjord blicken, wo in der Nacht ein großes Feuer zu sehen war. Immer noch glüht es rot in der Dämmerung, aber die Flammen, die von Asgrims Schmiede aufloderten, sind erloschen. Nichts ist geblieben außer einem kahlen Fleck nicht weit von Asgrims Langhaus.

DRITTER

TEIL

KAPITEL 25

»Dich habe ich wirklich nicht erwartet«, sagt Hethrun und gibt sich große Mühe, ihre Freude nicht zu zeigen. »Ich dachte eigentlich, dass du nicht kommst, solange das Wetter so schlecht ist.«

Sie wischt den Schnee von meinen Stiefeln und fegt ihn über die Schwelle aus dem Haus, dann stemmt sie die Tür gegen den eiskalten Winterwind zu. Ich habe Knochenkufen unter die Stiefel geschnallt und hopple nun laut klappernd zum Feuer. Ikki hebt den Kopf aus dem Katzenschlaf und reibt den gekrümmten Rücken an meinem Bein. Und Ogg, der Ziegenbock – der die kalten Julmonate im Haus verbringen darf –, schnüffelt an dem Beutel voller Fleisch, den ich für Hethrun mitgebracht habe, reibt die Nase an meinen Schneeschuhen und leckt meine kalten Hände – damit bettelt er um einen Leckerbissen.

Aus dem Fleischbeutel tropft Fett. Ich lege ihn auf Hethruns Stuhl. »Haldis schickt dir sauer eingelegte Schweinshaxen. Ich wollte nicht bis zum Julfeuer warten. Wollte dir jetzt schon alles Gute zum neuen Jahr wünschen.« Ich setze mich auf den Herd und mache mich mit klammen Fingern daran, die Riemen meiner Kufen zu lösen.

»Schöne Kufen«, sagt sie. »Woher hast du sie?«

Ich grinse nur und schüttle die nassen, blank geschliffenen Knochen von den Füßen. Hethrun hebt sie auf und betrachtet sie genauer, schließlich rümpft sie die Nase. »Und was hast du mit den Kufen gemacht, die ich für dich geschnitzt habe? Waren wohl nicht mehr gut genug für den edlen Herrn?«

»Die hier sind aus Walknochen. Sie gehören Helgas Bruder. Ich hab ihm gesagt, dass es am Laxvikufer zu matschig ist, um richtig eislaufen zu können, und er hat gesagt: ›Probier es doch mal mit diesen Kufen, damit fliegst du nur so übers Eis!‹«

»Und? Bist du geflogen?«

»Nicht so hoch wie du, wenn du mit Ikki Schafgarbensud schnüffelst!«

Hethrun kichert bei dem Vergleich. »Werd bloß nicht frech!«

Ich fahre mit dem Daumen an der Kufe entlang und prüfe die Schärfe. »Auf weichem Eis sind sie nicht schlecht – wenn man über die Mündung läuft. Aber die Kufen, die du aus dem alten Maststück gemacht hast, sind auf dem See besser, ich würde keine anderen nehmen.«

»Helgas Bruder, hast du gesagt?«

»Geir, ihr jüngerer Bruder. Er ist vor dem Schnee gekommen und hat Jul-Geschenke mitgebracht. Idgar hat zwei Bärenfelle geschickt. Beide haben einen dichten milchweißen Pelz. So etwas hast du bestimmt noch nie gesehen. Sie stammen von Eisbären, die Helgas Vater erlegt hat.«

»Und der junge Idgarson wird bei euch überwintern?«

»Er hat keine andere Wahl. Es ist zu spät, um jetzt noch über die Berge zurückzukehren. Deshalb bleibt er bis zum Ablammen bei uns. Geir ist ein netter Bursche, du würdest ihn mögen.«

»Na, so was«, murmelt sie vielsagend und streicht

sich übers Kinn. »Ist das nicht ein ziemlich langer Besuch, nur um euch zwei Felle zu bringen?«

Dann steht sie auf und läuft in die Kälte hinaus, um ihre Schneeschuhe zu holen, die bei dem Gerümpel im Schuppen liegen – und um noch mehr Moosbeerensaft mitzubringen. Sie mag es, ihr Wintergebräu auf dem Herd anzuwärmen, bevor sie es trinkt.

Später sitzt sie beim Feuer, hält einen dampfenden Becher auf dem Schoß, die nassen Füße auf die warmen Herdplatten gelegt. »Knattleikr, hast du gesagt?«

»Gode Klepjarn hat den Wettkampf angekündigt. Knatt auf dem Eis, fünf auf jeder Seite, am Morgen nach dem Julfeuer. Er hat bei Vater nachfragen lassen, ob er eine Mannschaft zusammenbringt, die gegen Klepjarns eigene Mannschaft antritt. Wir haben Glück, dass Helgas Bruder bei uns ist. Geir ist sehr schnell auf dem Eis. Er wird auf unserer Seite spielen. Das wird ein harter Kampf – auf der anderen Seite spielen Mord Asgrimson, Gunnar und Bane.«

Bis Mittag habe ich Hethrun alles erzählt, was sich bei unserem Besuch im Norden abgespielt hat, und auch die Neuigkeiten von meiner Familie in Baerskard. Und natürlich auch von Twaindale, alles, was sie über meine Schwester Vrekla und ihren Säugling wissen will, den vergeblichen Kampf gegen die Krankheit von Helgas Mutter – und, nicht zuletzt, auch den Segen, den ich vom alten Großvater empfangen habe.

Als Hethrun von unserem nächtlichen Überfall auf Asgrims Hofstatt erfährt und hört, dass seine Schmiede in Flammen aufging, ist sie alles andere als erfreut. »Wessen blöde Idee war das denn?«

»Wenn du es unbedingt wissen musst: Sigi hatte den Einfall.«

»Hätte ich mir denken können.«

»Aber Onkel Cuin hat mitgemacht. Wir alle haben mitgemacht.«

»Cuin? Thor steh uns bei! Das macht alles noch schlimmer!«

»Aber, Hethrun, wir mussten es ihnen doch irgendwie heimzahlen! Sie haben uns ein paar Schafe gestohlen!«

»Das hat euch doch nichts gekostet – ihr wolltet die Schafe doch verschenken! Welche Rolle spielte es denn, ob ihr ein paar Schafe weniger verschenkt oder nicht? Selbst mit den drei fehlenden Schafen war das immer noch ein stattliches Geschenk für Idgar!«

»Wir durften Mord nicht ungestraft davonkommen lassen. Und außerdem ist uns nichts passiert. Uns hat niemand dabei erwischt.«

»Wenn du allen Ernstes glaubst, dass dieser Mann, Asgrim, es damit gut sein lässt, täuschst du dich gewaltig.«

»Was kann er denn schon tun?«

»Er ist ein Priestermann und außerdem ein Gode. Und du hast ihn an der Nase herumgeführt, das kann er nicht durchgehen lassen. Er wird sich schon etwas einfallen lassen, um es euch heimzuzahlen.«

»Wir haben nur drei Hammel genommen. Nur so viele, wie uns sein Sohn gestohlen hat.«

»Und was ist mit dem Feuer? Einem Mann die Schmiede wegzubrennen, das geht nun wirklich zu weit.«

»Ich schwöre dir, Hethrun, wir haben das Feuer nicht gelegt! Das war einfach Pech für Asgrim – oder vielleicht auch unser Glück, denn das Feuer hat sie abgelenkt, sodass wir mit den Schafen über den Berg fliehen konnten.«

»Merk dir meine Worte«, sagt die Alte, »damit ist die Sache nicht zu Ende. Diese üble Geschichte wird dich schon bald in große Schwierigkeiten bringen. Wer ein Ei zerschlägt, muss damit rechnen, dass der Dotter herausläuft.«

Hethrun wagt sich nur höchst selten weit vom Haus weg, solange Schnee liegt. Sie möchte es nicht riskieren, zu stürzen und sich zu verletzen oder gar von einem Schneesturm überrascht zu werden. Aber jetzt drängt sie durch Schnee und Eis voran, auf Schneeschuhen und die steif gefrorenen Röcke wie Stulpen um Knie und Knöchel gebunden. Wir haben uns jetzt schon halb über die gefrorene Heide auf dem Skagi-Berg gekämpft; vor uns ragt die lang gestreckte Kuppe des Bergzugs über der zugefrorenen Mündung in die Höhe. Jenseits der Mündung erstreckt sich das endlose Meer, von Eisschollen übersät, glitzernd im Licht der Wintersonne. Die schneidende Meeresluft beißt wie Eisnadeln in unsere Gesichter.

Ich habe längst genug. »Wann kehren wir um?«, frage ich schließlich mürrisch.

»Nur Geduld«, antwortet sie ein wenig außer Atem. »Wir haben es fast geschafft – jetzt ist es nicht mehr weit.«

»Wohin willst du eigentlich?«

Als Antwort höre ich ein raues Husten. Dann: »Wirst du schon sehen, wenn wir dort sind.«

»Es wird bald wieder zu schneien anfangen. Du willst doch bestimmt nicht mehr draußen sein, wenn es losgeht.«

»Nein«, antwortet sie mit Bestimmtheit, »der Schnee kommt erst in der Nacht, für heute sind die Schneewolken vorüber. Schau mal auf die Mündung hinaus. Man kann bis zum Klettur Os blicken. Man sieht die Fischerhütten am Ufer – und sogar die Holzstege, die sie über das Eis gebaut haben.«

Tatsächlich hat sich der Himmel im Norden über dem erstarrten Mündungstrichter gelichtet. Die Inseln von Holmur ragen aus dem Meer, umgürtet von hellgrauem Eis. Es sieht so aus, als könne man sicheren Fußes über das Meer gehen, aber auf dem Meer ist das Eis immer trügerisch, es bewegt sich ständig. Deshalb legen die Männer von Kletturvik Holzplanken auf das Eis, um sicher über die Eisschollen gehen und ihre Fischlöcher in das Eis schlagen zu können. In der Abenddämmerung lassen sie ihre Fischleinen mit Senksteinen in die Löcher hinunter und holen den Fang beim ersten Tageslicht heraus.

»Willst du dorthin, Hethrun, zu dem Felsbrocken? Was suchen wir denn eigentlich?«

»Wichtig ist nur, was unter dem Felsbrocken ist«, schnauft sie, als wir dort ankommen. »Zieh das Moos weg und schüttle den Schnee ab. Die Öffnung müsste groß genug sein. Trödle nicht herum! Hinein mit dir!«

Ich folge ihrem Befehl und rutsche mit den Füßen voraus in die trockene, schmale Öffnung unter dem Felsbrocken. Ein süßlicher Geruch von Kleeblüten und Sommerheidekraut empfängt mich in der Höhle. Die Felswände sind von Blutlungenmoos überwuchert, das so dick und dicht wie ein Teppich wirkt. Der unterirdische Durchgang ist schmal und dunkel.

»Wie weit geht es hinein?«, will ich wissen.

»Krieche weiter, dann siehst du es selbst. Links von dir!« Ich kann sie kaum noch hören, sie ist immer noch vor dem Höhleneingang. »Taste dich an der Wand entlang«, ruft sie mir nach. »Du kommst dann in eine Kammer, dort wirst du besser sehen können und dort hast du auch mehr Platz.«

Die Luft in der Kammer kommt mir wärmer vor, obwohl sich über mir die feuchte Felsendecke wölbt und draußen der eiskalte Wind bläst. Durch den von Moos und Flechten verhangenen Einstieg dringt nur wenig Tageslicht herein, aber doch genug, um zu erkennen, dass sich die unterirdische Höhle nicht mehr in ihrem natürlichen Zustand befindet. Sie ist ausgeräumt und sauber gefegt worden, ringsum ist Holz aufgestapelt, alles ist sehr ordentlich, offensichtlich waren dafür viele Besuche nötig.

Der Höhlenboden ist, genau wie in Hethruns Hütte in Suthyre, hart gestampft und mit trockenem Stroh bedeckt, aber dem Stroh sind hier auch Kleeknospen und Heidekraut beigemengt. Die Wände sind mit großen Treibholzplanken bedeckt, und eine Bank, die einmal eine Ruderbank auf einem Schiffswrack gewesen sein mochte, ist gegen das Treibholz geschoben worden, sodass sie die hölzernen Planken an der Wand festklemmt.

Die Alte ist hinter mir durch die Öffnung gestiegen, wie ich muss sie auf Händen und Knien kriechen. Die Kammer ist zu niedrig, um sich aufrichten zu können. Ich rieche den schalen Gestank ihrer steif gefrorenen Röcke.

»Du wirst mich hierherbringen«, sagt sie leise. »Hier muss ich meine Reise beginnen, wenn die Zeit gekommen ist.« Sie nimmt mein Schweigen als Einverständnis, mein Nicken ist ihr Antwort genug. »Kregin, hör mir genau zu. Ich werde dir zeigen, wie du die Höhle verschließen kannst, wenn du mich hier niedergelegt hast, und vergiss nicht Ikki und Ogg – sie müssen bei mir sein.«

Jetzt verwandelt sich meine Trauer in Gelächter. »Wie soll ich diese beiden Schlingel denn dazu bringen, mir auf den Skagi-Berg zu folgen und dann auch noch mit mir in dieses Loch zu steigen? Das kannst du vergessen. Sie werden mich nicht hier in die Höhle begleiten, nur weil ich sie darum bitte.«

»Mach dir darüber keine Gedanken«, sagt sie, »ich kümmere mich um die beiden. Sie werden mit mir gehen, ob sie wollen oder nicht, auch wenn ich ihnen ein Rauschmittel geben muss.«

Eine Stimme dringt durch meine Träume. »Ich hab's dir schon mal gesagt. Gegen deine Krämpfe kann ich nichts tun. Du wirst sie mit einem tapferen Lächeln ertragen müssen.«

Die Stimme der Alten weckt mich. Das ist nun schon der dritte Morgen, den ich verschlafe. Ich bin noch nicht richtig wach, glaube, dass sie mich gemeint hat, gähne. Schließlich stoße ich die Tür des Bettschranks auf, um meine Beine auszuschütteln, aber erst als ich aufrecht neben dem Bett stehe, merke ich, dass sie doch nicht mit mir geredet hat. Wir haben eine Besucherin.

Knara, Viggi Karghyllsons Frau, Olafs Tochter. Das arme Mädchen ist völlig verstört, ihr Gesicht ist verschwollen vom Weinen. Sie erwartet ihr erstes Kind, und nach ihrem Bauchumfang zu urteilen, wird sie wohl früher Mutter, als sie es sich gedacht hat.

»Schon gut, schon gut«, sagt Hethrun in etwas milderem Ton. »Schau'n wir erst mal.« Sie streicht über Knaras Bauch. »Ich gebe dir eine Kräutermedizin, nur eine kleine Dosis, um dein Wasser zu beruhigen. Aber hör mir zu, Mädchen: Du solltest besser bei deinem Mann in Skogurdale bleiben, statt im Schnee herumzutapsen. Mach dir keine Sorgen – deinem Baby geht es gut.«

Als Knara mich sieht, bricht sie in Tränen aus. Hethrun dreht sich um und sieht mich streng an. »Endlich aufgestanden? Miste den Boden aus. Los, mach schon. Und Ogg muss dringend raus an die frische Luft.«

Der Ziegenbock hat während der Nacht den Boden freizügig mit seinem Mist gepflastert. »Ich würde vorher gern was essen.«

»Vergiss es und verschwinde. Ich ruf dich, wenn du den Bock wieder hereinbringen kannst.«

Von der Tür aus, wo ich mit dem Jaucheeimer kurz stehen bleibe, sehe ich, dass Hethrun den Arm um Knara gelegt hat und das Mädchen recht unsanft auf den Boden drückt. Ein wenig später dringt ein schriller Schrei aus dem Haus. Hethrun schiebt den Kopf aus der Tür. Inzwischen hat es angefangen zu schneien. »Komm rein«, ruft sie. »Nein, lass Ogg noch draußen. Schlag einen Pflock ein und binde ihn an.«

Knara kauert in einer dunklen Ecke am Giebelende der Hütte auf dem Boden. Sie ist nackt bis auf ein Unterhemd, das bis zu ihren Brüsten hochgeschoben ist, ihre Schenkel sind nass von Fruchtblasenwasser und Schweiß. Im Halbdunkel schaukelt sie vor und zurück, vor und zurück, schaukelt wie ein Schiff im Wellengang. Das Mädchen versucht, das Baby hinauszupressen. Bei jedem Pressen hält sie den Atem an, beißt die Zähne zusammen, schiebt das Kinn vor, sodass die Wangenknochen weiß hervortreten. Zwischen den Presswehen stößt sie ein langes schmerzvolles Jammern aus.

Hethrun sieht besorgt aus, redet aber mit ruhiger Stimme auf das Mädchen ein. »Knara, hör auf zu pressen. Ich lege mich unter dich, dann kann ich von unten schieben. Wir machen das zusammen, wir beide. Kregin, halt die Hände zwischen ihre Schenkel. Sobald der Kopf erscheint, nimmst du ihn in die Hände.« Knara wendet das Gesicht ab.

Die Alte sieht, dass ich zögere, und stößt mich auf meinen Platz; ich muss zwischen Knaras Beinen niederknien. »Pass genau auf, Bursche! Ein Neugeborenes ist glitschig – das hier ist kein Knattspiel! Ich will nicht, dass du es fallen lässt!«

In der engen, dunklen Ecke muss sich Hethrun winden und drehen, bis sie die richtige Stellung unter Knara gefunden hat. Sie schiebt Knara über sich, packt ihren Brustkorb unterhalb der Brüste und schiebt den aufgeschwollenen Bauch hoch, so weit es geht, bis er so hart ist wie ein Hammerkopf. Direkt vor meinen Augen weitet sich Knaras Spalt für die Geburt, ihre nackten Füße kicken gegen meine Oberarme. Knara liegt nackt vor mir, und ihre weißen Schenkel sind mit Blutergüssen bedeckt.

Knara krallt ihre Nägel in die Hände der Alten. Sie lockert den schmerzhaften Griff auch in den Pausen zwischen den Wehen nicht. Hethrun ist der völligen Erschöpfung nahe, ihre Augenlider sind schwer, sie kämpft gegen Schlaf und Übermüdung, aber sie hält Olafs Tochter, die Hände fest über den Bauch gelegt, und wartet auf die nächsten Wehen.

Dunkel ist es in der Hütte, keine Flamme flackert auf dem Herd. Meine Knie werden taub, auch meine Arme. Später am Tag haben wir immer noch nichts erreicht, nichts vorzuweisen: keine Belohnung für Knaras Tapferkeit und Hethruns Mühen. Knara ist erschöpft, liegt mit weit geöffneten Beinen über Hethrun, das Kind ist immer noch nicht geboren.

Der Wind bläst die Tür auf, mein Fehler, ich habe sie nicht richtig verrammelt. Draußen tobt ein Schneesturm. Schneeflocken werden durch die Hüttentür geweht, sie kommen nicht bis zu der Ecke, in der wir kauern, sondern schmelzen auf den warmen Steinen der Herdstelle. Draußen ist es dunkel, auch in der Hütte ist es noch düsterer geworden, das Feuer ist heruntergebrannt und unversorgt. Ogg steht allein draußen in Wind und Schneetreiben. Er ist unruhig, fast wild vor Angst.

»Lass die Tür!«, blafft mich Hethrun an. »Bleib, wo du bist. Und lass ihn jammern.« Sie meint den Bock.

»Wie lange noch?«, fragt Olafs Tochter flehend.

In der Hütte wird es immer kälter. Die Tür klappert, schlägt auf und zu. Die Wehen setzen wieder ein, Sehnen und Muskeln an Knaras Schenkeln spannen sich. Knara presst und schreit. Hethrun schnauft im Takt mit dem Mädchen, zieht die Luft ein, hält den Atem, hechelt während der Wehe wie die gebärende Mutter – gerade so, als ob sie selbst in den Wehen läge, während sie Knaras dicken Bauch schiebt und drückt, ihre Finger pressen den hochragenden harten Hammerkopf aus weißem Fleisch. Völlig entkräftet, sackt das Mädchen in der nächsten Wehenpause in sich zusammen, schlaff liegt sie in den Armen der Alten.

»Was siehst du, Kregin?«, keucht Hethrun. »Kommt der Kopf durch?« Olafs Tochter stöhnt. »Höllenscheiß!«, schreit Hethrun plötzlich. »Sag schon, was siehst du? Er muss doch endlich durchkommen!«

Keine Zeit für die Antwort. Plötzlich sehe ich den Kopf, er stößt durch den Muttermund, Blut läuft über Knaras Schenkel – nicht der volle Kopf, nur ein Stückchen weit ist er zu sehen, ein runzeliger Schädel, heraus bis zu den Augenwülsten. Vorwärts wird er gepresst, hält still, halb drin, halb draußen, gefangen zwischen zwei Welten.

»Er kommt!«

»Kopf voraus oder nicht?«, brüllt Hethrun wütend.

»Der Kopf ist durch!«

»Es hat sich gedreht.« Hethrun ist erleichtert. »Mach weiter, Mädchen, du machst das hervorragend, alles wird gut.«

Knara presst und schiebt und stöhnt. Die Augen des Neugeborenen sind geschlossen, Kinn, Lippen, Wangen, Nase faltig und verrunzelt. Der kleine Kopf ist still – völlig bewegungslos –, noch immer nicht ganz durch, kein Arm stößt heraus, keine Faust. Ich beginne mich zu fragen, ob dieses Leben gewonnen oder schon verloren ist.

Meine Hände und Finger sind kalt wie Eis. Die Tür klappert und rattert in den Angeln. Ich zwicke die Wangen des Kindes leicht, um Nase und Mund zu befreien – das hat mir Sepp beigebracht, vor vielen Jahren in Thwartsdale, um ein schläfriges Lamm bei der Geburt von der Mutter zu lösen. Die Haut des Kindes ist rot wie eine reife Sommerfrucht, an meinen kalten Fingern fühlt sie sich heiß an. Ich zwicke noch einmal, ein wenig fester, und sehe ein wenig Schaum aus dem Mund dringen.

Knara schreit. Und mit ihrem Schrei fällt das Kind buchstäblich in die Welt – fällt in meine Hände, erst eine Schulter, dann stößt ein Arm durch, dann der andere, schließlich das ganze Kind. Es lässt einen kleinen Halbschrei hören wie als Antwort auf den Schrei seiner Mutter. Knaras Tochter ist da, die kleinen Wangen glänzen schleimig auf meinen schützenden Händen.

»Wach auf, Hethrun, es ist da!« Und der jungen Mutter flüstere ich ins Ohr: »Schau sie an, Knara, sie ist wunderschön, ein Mädchen.« Knaras Lider öffnen sich flatternd. Ich lege ihr das Kind an die Brust.

»Sigis Tochter«, weint sie, »es *muss* sein Kind sein. Schau doch, wie schön sie ist.«

KAPITEL 26

Der Os ist zugefroren, das Eis grau, es knirscht und knackt brüchig und gefährlich unter den Stiefeln. Darüber ein grauer Himmel, kein Sonnenstrahl dringt durch die schwere, ungleichmäßige Wolkendecke, die sich drückend über den Fjord legt und mich an den verbeulten Deckel eines alten Topfes erinnert. An den vier Seiten des Spielfelds stehen die Zuschauer dicht gedrängt, um den bevorstehenden Kampf nicht zu versäumen. Ein paar haben Kufen untergeschnallt, aber die meisten tragen Stiefel, mit denen sie zuerst im groben Flusssand herumgestapft sind, um die Sohlen rutschfest zu machen.

Haldis verschwindet fast unter dem schweren Seehundfell, den Handschuhen aus Fuchsfell, die an ihren Handgelenken zugebunden sind, und den kräftigen Winterstiefeln. Bera hat die Sohlen gut bekiest, sodass Haldis sicherer gehen kann, denn sie hat ihren Gehstock nicht mitgebracht – auf dem Eis wäre es zu gefährlich, sich auf den Stock zu stützen. Damit sie das Gleichgewicht nicht verliert, stützt sie ständig die Hände in die Hüften. Ihr kräftiges Gelächter schallt über den Os, sie lacht voller Freude auf, als sie ihren Bruder sieht. Sigi fegt nur so über das Eis, dreht sich zweimal, noch ein drittes Mal, legt einen angeberischen »Jul-Schritt« ein – so nennt er einen schnellen Schritt auf den Kufenspitzen. Mühelos schlägt er sogar ein Rad, als ob er auf der zugefrorenen Flussmündung und nicht auf festem Boden aufgewachsen wäre.

Wenn Sigi nicht gewesen wäre, wäre Haldis nicht gekommen. Aber er hat so lange auf sie eingeredet, bis sie schließlich nachgab – er hat damit gedroht, seinen Platz im Team einem anderen zu überlassen (ausgerechnet dem langsamen Olaf) und seine Kufen ins Feuer zu werfen. Nie mehr würde er einen einzigen Ball über das Eis werfen, wenn sie nicht mitkäme und ihm beim Wettkampf gegen Klepjarns Leute zuschauen würde.

Natürlich glaubte sie ihm kein Wort. Weder seine Drohungen noch sein Schmollen hätten sie dazu bewegen können, aufs Eis zu gehen, wenn ihr beides nicht bewiesen hätte, wie sehr er seine Schwester liebte – und wie sehr er ihr Lob und ihre Anerkennung brauchte. Für niemanden sonst hätte sie sich vom heimischen Herd weglocken lassen, nicht einmal für Vater. Doch jetzt, am Morgen nach dem Julfest, humpelt sie tapfer über das Eis, um unserem Knattspiel zuzuschauen.

Bera und Svena gleiten auf ihren Kufen über das Eis. Das haben sie schon den ganzen Morgen gemacht. Zuerst sind sie zur anderen Seite des Fjords gelaufen und haben in Ufernähe ihre Runden gedreht. Inzwischen haben sie sich sogar bis zu den Lachsnetzen an der Furt gewagt, wo der Fluss vollständig zugefroren ist. Wie die anderen Kufenläufer wissen auch sie, dass sie sich von dem Eislaufplatz fernhalten müssen, auf dem wir unseren Kampf austragen werden.

Hier sind sie wieder. Selbst auf die Entfernung kann ich sie klar erkennen. Viele junge Mädchen gleiten auf Kufen über den Fluss, meistens zu zweit oder zu dritt, manchmal bilden sie auch zu fünft eine Kette und halten sich an den Händen. Aber unsere Mädchen unterscheiden sich von den anderen durch die kostbaren Pelze, die Geir nach Hause gebracht hat. Bera ist ganz in einen weißen Pelz gekleidet, und vor dem eisgrauen Fjord scheint sie mühelos wie ein Schwan über das Eis zu gleiten.

Gestern Nacht, der Julnacht, wurde ein großes Julfeuer auf dem Vorgha-Berg entzündet. Vom Laxvik-Ufer aus war es nicht zu sehen. Der Himmel über dem Os war schwarz, ein eisiger Nebel hing über der Mündung. Wir hatten ein eigenes großes Feuer bei Klepjarns Hof entzündet, das uns wärmte und einen großen Lichtkreis um uns warf. Genährt wurde es durch eine Schlittenladung Holz, die uns Vater geschickt hatte; das Holz stammte von Finns Pachtwald.

Am Thorstag gibt Gode Klep immer ein großes Fest, um den Beginn des neuen Jahrs zu feiern. In Osvellir hätten wir unsere eigene Feier gehabt, mit dem üblichen Gelage, viel Fleisch und Bier für alle Gäste, aber dieses Jahr hatte Vater Kleps Einladung angenommen und unser eigenes Fest abgesagt. Und es ist auch sehr sinnvoll, am Julfest hier zu sein. Das Gute daran ist, dass wir unsere Leute dabeihaben, nicht nur als Zuschauer, sondern weil sie unsere Seite lautstark unterstützen. Und uns Spielern erspart es einen frühen Aufbruch, ganz zu schweigen von dem dunklen, gefährlichen Ritt durch den Schnee – es wird ohnehin kaum lang genug hell bleiben, um das Spiel noch bei Tageslicht zu Ende zu bringen.

Und wir sind alle hier – die engere Familie, die Knechte, die Pächter, die Fischer von Klettur Os –, insgesamt ungefähr vierzig Njelson-Leute, die alle in der großen Halle auf dem Klepjarnshof oder in den darum herumstehenden Scheunen, Ställen und Heuschobern übernachten.

Die Karghylls sind schon gestern eingetroffen, aber ohne Knara. Viggi erklärte ihre Abwesenheit damit, dass seine Frau mit einem Neugeborenen an der Brust nicht reisen könne, aber noch bevor es Abend wurde, war die Wahrheit längst durchgesickert. Inzwischen wusste selbst der letzte Stallknecht, wer Knara geschwängert hatte. Und es war auch allgemein bekannt, dass das Mädchen schon vorher von seinem Ehemann immer wieder gnadenlos verprügelt worden war. Als nun bekannt wurde, dass Sigi es mit Viggis Frau immer noch munter weitertrieb, war das ungefähr so, als würde immer noch mehr Öl ins Feuer gegossen. Ich habe keine Ahnung, wer das Geheimnis verraten hatte – ich war's jedenfalls nicht.

Ich weiß nur, dass Knara Angst vor Viggi hat. Sie will nicht seine Frau bleiben. Derzeit beherbergt Hethrun das Mädchen in Suthyre und lässt niemanden in die Nähe der jungen Mutter und ihres Säuglings kommen.

Seit Knaras Flucht streitet Karghyll über den Preis, den er für die Braut seines Sohnes gezahlt hat. Gestern Abend, vor allen Gästen, forderte er Olaf auf, ihm die gesamte Brautgabe zurückzuerstatten, bis auf das letzte Stück Schweinefleisch und Käse, Pökelfleisch und eingelegtes Gemüse.

Aber Olaf kann nicht zahlen, und er will auch nicht zahlen. Er sagt, Karghyll müsse sich anderswo nach einer Entschädigung umschauen. Er hat nicht genug Mumm, um das direkt vor meinem Vater zu sagen, aber es ist klar, dass er Sigi die Schuld gibt. Während des Fests ließ sich Vater nichts anmerken und mischte sich nicht in den Streit ein. Aber ich gehe jede Wette ein, dass er Sigi sehr streng zur Rede stellen wird, sobald wir wieder zu Hause sind.

Wir vom anderen Ufer des Os waren nicht die Einzigen, die zum Julfest in Klepjarns Halle eingeladen worden waren. Schon vor einem Monat, bevor es richtig zu schneien begonnen hatte, waren Helgas Onkel Morfin Skarson, der dümmste Mensch unter der Sonne, mit seinen Söhnen und deren Frauen bei Klepjarn erschienen. Bane und Gunnar hatten sich über den Besuch ihres Vaters nicht besonders gefreut. Sie wussten genau, dass er erwartete, auf ihre Kosten zu leben, dass er ihre Vorräte verächtlich begutachten und ihnen eine Menge Bier wegsaufen würde, bevor der Winter zu Ende geht.

Auch Mord Asgrimson ist hier. Asgrim hat ihn geschickt, um Auskünfte einzuholen, bevor die Kaupskips im nächsten Sommer in den Langfjord kommen. Man erzählt sich, er sei hier, um mit Klep über Wolle und Handel zu reden, aber Cuin, der immer misstrauisch ist, meint, dass es bestimmt noch um etwas anderes geht.

Vater hätte auf Klepjarns Gehöft eigentlich Ehrengast sein sollen, das hätte ihm als Goden zugestanden. Auch Gode Klepjarn wird immer als unser Haupt- und Ehrengast behandelt, wenn er nach Osvellir kommt. Aber gestern Abend wurde der Ehrenplatz Morfin zugewiesen, dem alten Stotterer. Er durfte neben dem Gastgeber am Hohen Tisch sitzen, und Mord wurde der zweite Platz zugewiesen – was bedeutete, dass Vater seinen Sitz am Hohen Tisch räumen musste. Er schien die Herabsetzung gutmütig hinzunehmen, jedenfalls ließ er sich äußerlich nichts anmerken.

Für Klep jedoch ging dieser Schuss nach hinten los. Morfin ist kein Mann der vielen Worte, öffentlich reden kann er schon gar nicht, und je weiter der Abend voranschritt, desto betrunkener wurde er – schließlich war er so besoffen, dass er nicht einmal mehr von seinem Stuhl aufstehen, geschweige denn einen Trinkspruch ausbringen konnte. Und so fiel die Aufgabe, im Namen der Gäste einen Trinkspruch auf Klepjarn auszubringen und ihm für seine Gastfreundschaft zu danken, Vater zu.

Natürlich nutzte Vater die Gelegenheit, ein wenig gegen unseren Gastgeber zu stänkern. Bis Vater mit ihm fertig war, saß Gode Klep mit vor Verlegenheit hochrotem Gesicht am Tisch. Niemand kann zweideutige Anspielungen – Sticheleien, die ins Schwarze treffen und die Zuhörer trotzdem zum Lachen bringen – besser in einer geschliffenen Tischrede verstecken als ein Mann des Gesetzes.

Graues Eis, sonnenloser Himmel, um die Mittagszeit bläst der Os-Wind scharf über das Eis. Die Zuschauer haben sich an den jeweiligen Spielfeldseiten ihrer Mannschaft versammelt, also zum Ufer hin oder vom Ufer abgekehrt, je nachdem, welche der beiden fünfköpfigen Läufergruppen sie anfeuern wollen. Die Frauen stehen beisammen, sie haben die Kinder nach vorn geschoben; hinter ihnen stehen die Männer, alle grölen schon ziemlich fröhlich, manche sind immer noch oder schon wieder betrunken – zu den Nachwirkungen der Unmengen Bier, die sie in der Nacht hinuntergekippt haben, kommt nun auch noch der Morgentrunk. Einige können sich kaum auf den Beinen halten. Die Trunkenbolde sind schuld daran, dass der Spielfeldrand rutschig und unsicher geworden ist: Sie schlagen ihr Wasser einfach da ab, wo sie gerade stehen, und weil sie schon während der Nacht überall hingepisst haben, ist der Schnee rings um das Spielfeld von unzähligen gelben Flecken übersät, die sich nun mit der neuen Pisse zu einem übelriechenden Matsch vermengen.

Unsere Njelson-Leute haben sich am uferseitigen Ende des Spielfelds zusammengerottet, um uns anzufeuern. Cuin steht breitbeinig da und färbt das Eis noch ein bisschen gelber, aber wenigstens hat er sich von den Frauen abgewandt, Snorri pisst ebenfalls. Olaf starrt kalt und düster vor sich hin. Haldis ist bester Stimmung, sie und ihre Milchmädchen biegen sich vor Lachen über irgendetwas. Olafs Frau macht großes Getue über ihren Jüngsten, während die älteren Kinder in ihren Lumpenkleidern vor Kälte bibbern. Auch die Fischer vom Klettur Os und ihre Weiber sind bestens aufgelegt. Ein junger Fischer namens Yarg ist stockbesoffen umgekippt und liegt auf dem Eis. Grölend versuchen seine Brüder, ihn wieder auf die Füße zu stellen.

»He!«, brüllt der Onkel. »Ihr zwei seid zu schnell!«

Bera schlittert direkt in Olafs Familie hinein. Svena, die dichtauf folgt, schlittert zu schnell, um abdrehen oder anhalten zu können; beide fallen übereinander, rutschen weiter über das Eis, sodass Olafs Kinder schreiend auseinanderstieben. Bera bleibt liegen und markiert eine Tote. Die Kleinen springen auf sie, umarmen sie, schmiegen sich in ihren weißen Pelz. Sie küsst sie, drückt sie alle an sich, rollt mit ihnen über das Eis, tollt fröhlich mit ihnen herum. Svena ist inzwischen wieder auf die Füße gekommen und jagt zwei Kleinkindern nach. Die beiden flüchten ausgerechnet zum immer noch breitbeinig dastehenden Cuin, rutschen zwischen seinen Beinen hindurch und schlittern durch die gelbe Eismatschpisse, wobei sie fast Yarg mit sich reißen.

Gudrun und Grima sind nicht zu übersehen. Beide haben das Kinn mit den tiefen Grübchen grimmig vorgeschoben, die Haut ist dunkelrot vor Kälte, ihre dichten schwarzen Pelzmützen haben sie tief über die Stirn herabgezogen. Sie stehen dicht gedrängt mit Karghylls Frauen zusammen, um sich gegenseitig zu wärmen. Blots Frau ist ebenfalls da, zusammen mit ihrer Schwiegertochter Idris, die inzwischen so fett wie ein Schaf ist, ein weiteres Kind ist unterwegs.

Ganz Laxdale hat sich am uferfernen Ende des Eisfelds versammelt, um die Gegenseite anzufeuern, Lachsfischer, Torfgräber – vom alten Djup bis zum kleinsten Säugling brüllen Männer, Frauen und Kinder für Kleps Leute. Auch die Rotbärte von Blots Waldecke und Karghylls Verwandte vom Skogurdale haben sich zu den Laxdale-Leuten gesellt. Karghyll würde sich niemals neben Olaf stellen. Er und Blot sind jetzt ganz dicke Freunde. Kaum zu glauben, dass sie einander vor einem oder zwei Jahren wegen eines blöden Wals fast an die Kehle gehen wollten.

Die Zuschauer auf beiden Seiten werden immer lauter, aber der Lärm von unserer Seite ist stärker als von der anderen, daran gibt es keinen Zweifel. Wir haben die Frauen von Klettur Os bei uns – niemand kann die Fischweiber in einem Schreiwettkampf besiegen. Ihnen haben wir es zu verdanken, dass unsere Njelson-Leute Kleps Meute glatt überbrüllt. Und ich brauche mir nur Svena anzuschauen – sie schneidet Grimassen wie eine Idiotin und streckt die Zunge bis zur Nasenspitze heraus. Das nenne ich frech – natürlich verzieht sie das Gesicht nur, um Blots Frau zu ärgern.

Unser Team ist schon lange bereit, wir sind scharf auf den Kampf, aber wir dürfen erst anfangen, wenn die großen Männer kommen, und damit meine ich Vater und Klep. Von Morfin ist nichts zu sehen. Ich glaube nicht, dass er sich heute vom Herd wegschleppen wird. Nichts ist schlimmer, als die Zeit zu vertrödeln, in der eisigen Kälte herumzuhängen und immer wieder die gleichen Aufwärmübungen zu machen. Geir, Sigi und ich haben längst unsere Pelzkleider abgelegt, in Hose und Tunika kann man besser schlittern. Pelze sind zu schwer, sie würden den Schlagarm lähmen und uns langsamer machen.

Wir bleiben ständig in Bewegung, um uns warm zu halten, schlittern dreist vor den Nasen unserer Gegner vorbei, starren sie drohend an, mit richtig gemeinen Blicken, hart und kalt wie Eis, wir wollen doch mal sehen, wer es wagt, uns in die Augen zu sehen!

Geir und Lar laufen von einer Endlinie zur anderen, wedeln, ducken sich, täuschen Angriffe vor, springen kniehoch über nicht vorhandene Hürden, wollen allen zeigen, wie mutig sie sind und wie gut sie übers Eis flitzen können. Auch Bane und Gunnar schwingen ihre Schläger, üben freie Schläge über Kopf, direkte Schläge auf dem Eis, Rückhand, Vorhand… alles ziemlich lahmes Zeug, das kaum eine Schweißperle auf die Stirn treibt – aber als sie an ihren Frauen vorbeilaufen, strengen sie sich ein bisschen mehr an, angeberisch schwingen sie den Schläger durch die Luft.

Gunnar ist siegessicher, er übt einen Wurf, der das Spiel entscheiden soll. Die magere Grima schnappt vor Stolz fast über, springt, rutscht aus, klammert sich an

Gudrun. Ihre Schwester bewahrt sie vor dem Sturz, aber ihr Mann, der gerade vorbeiläuft, achtet nicht auf sie, er kriegt nichts von der Aktion mit.

Mord, Viggi und Grith waren beim Fest Saufkumpane. Und haben erst aufgehört, als der Morgen dämmerte. Sie werden sich auf dem Eis nur sehr vorsichtig bewegen. Außerdem sind sie einfach noch zu benebelt, um ein richtiges Spiel zu liefern. Ihre Augen sind blutunterlaufen und tränen, während sie Schulter an Schulter über die Eisfläche ziehen, bis zum Hals in dicke Pelze gepackt. Wenn sie vor dem Spiel das Bier nicht noch ausschwitzen, werden sie leicht umzuwerfen sein, schon beim sanftesten Körperkontakt mit uns werden sie aufs Eis krachen und alle viere von sich strecken. Sie üben keine Schüsse, ihre Schläger liegen am Spielfeldrand in einer gelben Pfütze.

Ulph ist unser Abwehrspieler. Er steht an der Endlinie, ganz allein und bindet sich den Beinschutz aus Baumrinde fester um die Beine. Er hofft, dass der Rindenschutz seine Schienbeine und Fäuste vor Blutergüssen bewahren wird, aber darauf möchte ich lieber nicht wetten. Auch die Hände hat er dick umwickelt, um besser greifen zu können und sie besser zu schützen. Die Hose, die er trägt, ist ihm zu groß und hat viele Löcher; sie gehört mir. Er sieht darin ziemlich komisch aus. Wenn uns Ulph, eingewickelt in Binden und Rinden, kein Glück bringt, dann wüsste ich nicht, mit was wir sonst noch aufwarten könnten.

Bisher haben sich Klep oder Vater noch nicht blicken lassen, und auch Morfin ist nicht aufgetaucht, aber das haben wir schon erwartet. Die Menge drängelt sich immer dichter um das Eisfeld, ein paar Spätankömmlinge drängeln nach vorn und trampeln auf den Linien herum, die das Spielfeld markieren. Sie drängen die vor ihnen Stehenden weiter vor, sodass das Spielfeld immer kleiner wird. Gestern war das Spielfeld genau markiert worden. Blots Männer haben alles abgemessen, zuerst spannten sie Seile und streuten dann die Linien mit rotem Ruß von Kleps Schmiede, sodass sich auf dem Eis ein regelmäßiges Rechteck ergab. Aber das war reine Zeitverschwendung. Die roten Seitenlinien sind fast völlig verschwunden, entweder von sandigen Stiefeln verwischt und zertrampelt oder durch gelbe Pisse weggeschwemmt. Und je mehr Zuschauer kommen, desto kleiner wird das Spielfeld. Dabei warten wir immer noch auf die großen Männer, ohne sie dürfen wir nicht anfangen. Schon ist so viel Tageslicht verloren! Gode Klep ist an der Verzögerung schuld. Jede Wette, dass er Vater in der Halle aufgehalten hat.

Sigi und ich haben nichts anderes zu tun, aus Langeweile spielen wir Fangen, er ist der Fänger, ich der Gejagte, dann bin ich der Fänger und jage hinter ihm her, erwische ihn, wieder wechseln wir die Rollen. Wir spielen nicht sehr ernsthaft, eher wie Kinder, und es ist uns auch egal, wer gerade der Fänger ist. Aber es tut uns gut, schnell zu laufen, das Tempo zu steigern, keuchend nach frostiger Luft zu schnappen. Es gibt keine bessere Methode, einen vom Bier benebelten Kopf freizubekommen.

»Ziemlich lahmes Spiel, Jungs!«, brüllt Cuin vom Feldrand. »Ihr beide könntet nicht mal eine Schnecke fangen!«

»Los, setzt endlich eure Ärsche in Bewegung!«, höre ich irgendwo hinter mir Olaf rufen. »Ihr wollt Schlittschuhläufer sein?«

»He, Kregin«, ruft mir Cuin zu, »wenn Sigi der Jäger ist, machst du dich davon – hau ab, dann ist er erledigt!«

Und wieder Olaf: »Ja, mach, was dein Onkel sagt! Der junge Herr spielt doch uns allen immer wieder Streiche! Jetzt ist er mal dran! Lass ihn richtig schwitzen!«

Cuin lacht rau, schnäuzt sich in den Bart und flucht wie ein Fischweib. Olafs Frau packt den Jüngsten und hält ihn hoch, damit er besser sehen kann. Sogar sie lässt sich von der Aufregung mitreißen. Snorri Hasenscharte krümmt sich vor Lachen. Bera und Svena feuern mich an. Unsere Seite brüllt begeistert, alle sind auf meiner Seite, Olaf brüllt am lautesten. Nur Yarg kriegt kaum was mit, sein Gesicht ist verschwollen vom Bier, die Augen schmal wie Schlitze, sodass er kaum noch etwas sehen kann.

Jetzt ist Sigi wieder der Jäger, aber er kriegt mich nicht. Ich schlittere davon, locke ihn über die ganze Spielfeldlänge. Sigi wird wütend, brüllt hinter mir her, schüttelt drohend den Schläger. In seinen Augen liegt ein boshaftes Glitzern, als er hinter mir herjagt. Er schlittert bis an den Spielfeldrand, wo die Menge und Olafs Kinder stehen – holt mit dem Schläger aus, um mich zu berühren, aber ich ducke mich weg, jage seitwärts davon, entkomme ihm knapp, rase direkt an Svena vorbei, ducke mich unter den ausgestreckten Armen der Zuschauer hindurch. Haldis schwankt, kann sich kaum noch auf den verkrüppelten Beinen halten, stürzt fast in den Eismatsch.

Dieses Mal will ich Sigi einen Streich spielen. Ich umkreise Ulph, der in der Nähe des Spielfeldrands steht, umkreise ihn noch einmal, um Sigi herauszufordern und um ihm eine Gelegenheit zum Zuschlagen zu geben. Und schon stürzt er sich auf mich, aber Ulph steht zwischen uns, und so stürzt Sigi sich wie ein Falke auf uns beide. Ich täusche eine Flucht nach links vor, tauche aber nach rechts weg und lasse ihn ins Leere laufen – nein, nicht ins Leere: Er kracht mit voller Geschwindigkeit mit Ulph zusammen. Ulph hilft ihm auf, und schon ist Sigi wieder auf den Kufen, seine Schnelligkeit verblüfft mich, dieses Mal will er mich unbedingt fangen – aber ich bin jetzt an Kleps Spielfeldrand und habe die spöttisch brüllende Schar der Gegner hinter mir. Ich habe mich in eine Ecke manövriert. Kein anderer Fluchtweg mehr – außer durch den Wall der Zuschauer zu brechen und aus dem Spielfeld zu fliehen.

Da – eine Lücke, hier stehen die Leute nicht so dicht gedrängt. Ich halte darauf zu, Blots Frau sieht mich kommen und weicht aus, aber Idris ist zu langsam. Ich darf nicht mit voller Geschwindigkeit gegen sie prallen, nicht mit ihrem Kind im Bauch. Und so verpasse ich den Augenblick für den richtigen Absprung, laufe Gudrun über den Haufen, dann auch noch ihre magere Schwester samt ihren schwarzen Pelzen. Jetzt rollen vier Frauen übers Eis, aber wenigstens habe ich den Durchbruch geschafft. Frei wie ein Vogel presche ich auf den Os hinaus, weg vom Eislauffeld, ich lasse die Menge hinter mir, sprinte, ohne nachzudenken, auf das dünne Eis am Osvik-Ufer hinaus. Und Sigi verfolgt mich erbarmungslos.

Schon höre ich das Eis unter den Kufen knacken, laufe aus, komme zum Stillstand. Hier, an dieser Seite des Ufers, ist die Eisdecke zu dünn; ich muss anhalten, muss scharf abdrehen, wenn ich nicht ins eiskalte Wasser einbrechen will. Und schon zucken die Risse durchs Eis, eine große Scholle gibt unter meinem Gewicht nach, sinkt, splittert auseinander, dass sie fast wie ein mit Steinen gepflasterter Weg aussieht, bricht immer weiter auseinander, Wasser quillt durch die Spalten und Risse, umspült meine Stiefel.

»Halt, Sigi! Komm nicht näher, sonst brichst du ein! Zurück, bevor es zu spät ist!«

Inzwischen ist Nachricht von Kleps Hof eingetroffen. Klep und sein Vater sind aufgehalten worden – irgendwelche geschäftlichen Angelegenheiten, die sie dringend regeln müssen. Morfin ist bei ihnen. Wir sollen das Match ohne sie beginnen.

Kurze Zeit nach dem Anstoß steht es schon eins zu null für uns. Geir hatte den ersten Punkt gemacht – ein wunderbarer Sololauf, der der Gegenseite den Atem verschlägt und unsere Anhänger in einen irren Freudentanz versetzt. Aber nach Geirs brillantem Vorstoß gelingt uns nicht mehr viel. Die beiden Seiten sind sich ungefähr ebenbürtig, keine Seite schafft einen weiteren Punkt, es gibt keine langen Seitenpässe, nichts, worüber die Zuschauer in Jubel hätten ausbrechen können. Aber die Gegner scheinen keine Punkte machen zu wollen – sie beschränken sich auf die Abwehr, sie wollen, dass wir ständig angreifen, um sich dann erbarmungslos auf uns zu stürzen. Sie haben eine solide Abwehrmauer aufgebaut, vier Männer hinten, vorn läuft nur ein einziger – Viggi. Und mit dem werden wir leicht fertig, er ist immer noch vom Bier benebelt. Ulph in seiner weiten Hose hat kein Problem, Viggi von unserer Linie fernzuhalten. Wir anderen kommen bei unseren Sturmangriffen nicht so leicht davon. Ihre Schläge sind grausam. Immer wieder gehen wir aufs Eis – sie hämmern vor allem gegen unsere Schienbeine und Knöchel.

Sigi und Geir, die besten Läufer auf dem Feld, stürmen ein ums andere Mal voran, aber was bringt uns das? Gunnar und Bane jagen gar nicht hinter dem Ball her –

sie schlagen uns nur in die Beine. Und Mord schlägt immer sehr hoch, was gefährlich ist, denn er will uns am Körper oder am Kopf treffen. Aber Mord ist nicht schnell genug, um Geir am Kopf zu erwischen. Geir ist zu gewitzt für ihn, er weiß, wie er sich außer Reichweite halten muss. Sigis Gesicht ist schon schwarz und blau von den Schlägen, die sie ihm mit Ellbogen oder Fäusten zugefügt haben; zum größten Teil hat er sie Mord zu verdanken.

»Da, nimm das, du großer Scheißkerl!«, brüllt mir Gunnar ins Ohr, als er mich aufs Eis schleudert.

»Ich hab ihn!«, schreit Lar, fährt mit dem gekrümmten Schläger zwischen Gunnars Beine und holt sich den Ball.

»Nein, ich hab ihn!«, brüllt Bane. Er hat Lar den Ball ziemlich behende abgejagt und schickt ihn mit einem kräftigen Rückhandschlag zu seinem Zwillingsbruder. Gunnar läuft zu schnell, um den Pass zu erwischen, der Ball schießt an ihm vorbei, bis hin zu Geir … nein, Sigi steht näher.

»Nimm ihn!«, brüllt Geir, deutet mit dem Schläger auf den Ball – beim Knattspiel ein klares Signal, dass der Ball meinem Bruder gehört.

»Der gehört mir!«, brüllt Mord und rammt Sigi hart. Allen ist klar, dass er Blut sehen will. Und tatsächlich – schon spritzt Blut aufs Eis! Aber es ist Mords Blut, nicht Sigis. Mord hat eine große Platzwunde über dem Auge – geschieht dem Scheißkerl recht!

Gudrun verbindet Mord rasch, und schon stürzt er sich wieder ins Gewühl. Keine gute Nachricht für Sigi, denn nach dieser Schmach jagt ihn Mord noch unnachgiebiger.

»Hol ihn dir, Grith«, brüllt Viggi. Grith schwingt den Schläger und lässt ihn Sigi in die Rippen krachen. Sigi geht aufs Eis, ringt nach Luft.

»Steh auf, Sigi!«, brüllt Lar. »Um Thors willen, steh auf!«

»Schlag ihm die Beine weg!«, brüllt Mord, aber er meint meine Beine. Grith jagt auf mich zu und wirft mir den Schläger zwischen die Kufen, sodass ich das Gleichgewicht verliere und in die Menge rase. Idris lacht und hilft mir auf die Füße.

Immer noch trennt uns nur der eine Punkt, den uns Geirs Sololauf gebracht hat. Noch ist alles offen.

Die Dämmerung ist längst angebrochen, der Tag war ohnehin sonnenlos mit düsteren Wolken. Auf dem Eis ist der kleine Lederball kaum noch auszumachen – es ist, als würden wir ständig ins Leere schlagen. Schließlich sehen wir ihn überhaupt nicht mehr, müssen praktisch erraten, wo er liegt oder wohin er fliegt. Kleps Leute haben Fackeln mitgebracht, aber nicht, um das Spielfeld zu erhellen, sondern um den Zuschauern nach dem Spiel den Weg zurück zur Halle zu leuchten.

Endlich kommt auch Vater, kurz danach Klep. Im Schein der Fackeln zeigt sich das gleiche freudlose Lächeln auf ihren Gesichtern. Inzwischen ist es fast vollständig dunkel, das Spiel kann nicht mehr lange dauern, aber es ist Kleps Vorrecht, das Ende auszurufen, schließlich befinden wir uns auf seinem Grund und Boden. Aber natürlich macht er das nicht – jedenfalls nicht, solange seine Fünf im Rückstand liegen.

Die Spielfeldgrenzen sind längst verschwunden, die Zuschauer drängen immer weiter auf das Feld, sodass uns kaum noch zwei Schiffslängen bleiben. Auf einem nur noch halb so großen Spielfeld haben es lahme Enten wie Viggi und Grith leichter. Jetzt können sie uns abblocken und uns mit heftigen Schlägen zusetzen, ohne zu schnellen Läufen gezwungen zu sein. Für Geir ist es eine Katastrophe – unser schnellster Mann braucht Raum, um ihre Abwehrlinie zu umlaufen. Sigi ist schon wieder aus dem Spiel, er hat einen schweren Schlag von Viggi einstecken müssen.

Dann passiert es! Gunnar jagt zu unserer Endlinie und macht einen Punkt. Er taucht so schnell auf und täuscht Ulph so geschickt, dass der keine Chance hat, ihn aufzuhalten. Gunnar hat den Ausgleich erzielt, Sigi ist am Boden, Lar ist in einen Zweikampf mit Grith verwickelt, und Bane tritt meine Beine weg. Und Geir Idgarson, der als Einziger von uns noch frei ist, lässt den Schläger fallen und applaudiert dem Gegner.

Thor, schick ihm einen Todesblitz! Aber Gunnar ist wirklich gut, das muss man ihm lassen. Kein Wunder, dass sich seine Anhänger um ihren Helden scharen. Gunnar hebt seine Frau Grima auf die Schultern und gleitet mit ihr um den Platz. Das ganze Gesindel auf der Klep-Seite läuft ihm jubelnd hinterher. Auch unsere Seite macht eine Menge Lärm: Unsere Fischweiber schleudern obszöne Beleidigungen übers Feld, aber dieses Mal bleiben ihnen die Laxdale-Weiber nichts schuldig.

Unsere Mannschaft hat nur noch vier Läufer auf den Kufen. Sigi liegt auf dem Boden. Wie können wir sie abwehren? Wir brauchen Sigi, um einen neuen Angriff zu starten, sonst werden wir eine Niederlage einstecken. Die Mädchen kümmern sich um ihn, aber er liegt immer noch auf dem Eis, benommen und angeschlagen. Sie tasten sämtliche Glieder ab.

»Haldis!«, schreie ich ihr ins Ohr. »Ist irgendwas gebrochen?«

Sie formt den Mund zu einem »Nein«.

Aber eine seiner Kufen hat sich gelöst, Viggis Schlag gegen seinen Knöchel hat die Bänder in Stücke gerissen.

»Hörst du mich, Sigi? Wach auf, Mann!« Langsam richtet er den Blick auf mich, er hat Angst, so viel Angst habe ich bei ihm noch nie gesehen.

»Komm sch-sch-schon, Junge«, nuschelt Cuin, halb betrunken. »Die annern wart'n, sch-schie brauchen dich ...«

»Junger Herr«, fleht ihn Snorri an, das Gesicht hochrot von Eiswind und Bier, »steh auf, gib dem Schweinehund Mord Saures! Zeig ihm, was dein Schläger kann!«

»Würde ich auch«, sagt Sigi und deutet auf seinen Stiefel, »wenn ich noch Kufen an den Füßen hätte.«

Haldis zieht ein Lederbändel heraus, mit dem sie ihren Fuchsfell-Handschuh am Handgelenk festgebunden hat, und gibt ihn mir. »Kregin, versuch es damit, ist lang genug, oder nicht?«

Ich nicke und knie nieder, um die Kufe an Sigis Stiefel festzubinden; ich binde sie doppelt um seinen Knöchel und ziehe den Knoten fest zu. Sigi verzieht das Gesicht und starrt mich vorwurfsvoll an. Dann helfen Snorri und ich ihm aufzustehen.

»Sigi! Sigi! Sigi!«, feuern ihn Bera und Svena an, und die Fischweiber kreischen begeistert.

»Sigi, lass uns bloß nicht im Stich!«, schreit Haldis zornig, der Ruf klingt mir in den Ohren nach.

Inzwischen ist es so dunkel, dass das Kampffeld wie eine schwarze Fläche vor uns liegt. Sie zünden noch mehr Fackeln an, deren Licht wie Halbmonde über das Eis flackert und hundert erwartungsvolle Gesichter zum Glühen bringt.

Kaum beginnt das Spiel wieder, stürmt Geir blitzschnell vor, täuscht an, weicht aus, sucht eine Lücke in ihrer Abwehr und schickt einen harten Pass zwischen Griths Beinen hindurch, über die volle Breite des Felds bis zu Sigi hinüber. Und mein Bruder sammelt sämtliche Kräfte und rast los. Wenn er den Ball erreicht, könnte er mit einem kurzen Angriff einen Punkt machen – unsere letzte Chance, das Spiel zu gewinnen.

Aber was um Thors willen macht Sigi? Er sprintet ins Mittelfeld, weg vom Ball! Schnell wie der Wind rast er auf Mord Asgrimson zu. Höllenscheiße! Sigi hämmert Mord den Schläger ins verbundene Gesicht – hart und unbarmherzig schmettert er ihm das Holz über Nase und Brauen. Mord bricht auf dem aufgeweichten, nassen Eisfeld zusammen. Grith und Viggi starren mit offenen Mündern hinüber, wir alle stehen bewegungslos, wie zu Eis erstarrt. Aber nein, nicht alle! Bane und Gunnar rasen auf Sigi zu. Bane erreicht ihn zuerst. Sigi weicht nicht von der Stelle. Er haut dem Zwilling den Schläger in den Hals, direkt unter dem Ohr. Banes Arme fallen herab, er stürzt wie ein Sack aufs Eis.

Jetzt greift Gunnar Sigi an. Mein Bruder weicht einen Schritt zurück und holt mit dem Schläger aus. Zuschauer und Spieler stürmen übers Feld. Aber zu spät! Sigi schlägt zu, der Holzknüppel kracht gegen Gunnars Bein, direkt unterhalb des Knies. Trotz des Tumults hören wir ein lautes Knacken: Gunnars starker Knochen bricht, er geht zu Boden.

KAPITEL 27

Das große Fest für Wali, den Gott der Natur und des Frühlings, ist vorüber, das Ende des Winters naht. In Osvik, dort, wo sich einst Finns Hofstatt befand, werden die Tage lichter, der Morgen ist nicht mehr düster und kalt, sondern feucht und mild. In den Wäldern knospet und sprießt es. Goldregenpfeifer kehren als Frühlingsboten von jenseits des Meeres zurück, um hier zu brüten, nisten in den silbrig glänzenden Wipfeln der Birken, und kaum wirft die Sonne ihre ersten Strahlen über den Os, bricht auch schon das aufgeregte Zwitschern und der Gesang der Vögel los.

Über der Hofstatt hängt der Geruch von Pech und Teer: Cuin-rua dichtet die Lecks am Dachtrauf ab, er streicht Tannenharz in die Stellen, an denen sich die Dachbalken durch eindringendes Schmelzwasser verfärbt haben. Von unserem primitiven Schafstall kommt der starke Geruch der Auen, die bald lammen werden, in unserem ersten Jahr haben wir nur fünf, mit denen wir die Herde aufbauen wollen. Alle trächtigen Schafe stehen kurz vor dem Ablammen und warten nur noch auf den rechten Moment.

Von den Hügeln und Bergen rauscht das Schmelzwasser aus den Sümpfen und Mooren oberhalb der Hofstatt herab, es bringt eisenrotes Geröll und Schwefelschlamm ins Tal, Hunderte kleiner Bäche und Rinnsale ergießen sich bei Osvik in den bereits stark angeschwollenen Fluss. Graugänse, Enten und Schwäne ziehen in Paaren durch das Schilf. Jeder Geruch, jede Knospe, jede helle Färbung und jeder Lufthauch, der durch den Wald und über die Wiesen bläst, ist uns als Frühlingsbote willkommen.

Heute sind wir wieder in Finns Wald gezogen, zu dritt, um Bäume zu fällen. Sigi und ich sägen mit der Zweimannsäge. Die gefällten Birkenstämme splitten wir mit Äxten und Keilen der Länge nach auf, um Bretter herzustellen. Lar hat die Aufgabe, die Rinde von den jüngeren Stämmen zu schälen, die Frauen werden sie dann in Streifen zu Bast oder Schnüren verarbeiten. Äste und Zweige dienen als Anzündholz. Hier wird nichts vergeudet, alles wird verwendet, sogar das Sägemehl wird für den Schweinestall gesammelt.

Wir nennen den Wald immer noch Finns Wald, aber natürlich gehört er ihm nicht mehr. Lars Stiefvater hat letzten Sommer das Land verlassen, an Bord einer der Knorren, die nach Osten zurückkehrten. Das gesamte Land, das ihm einst gehörte, gehört jetzt uns, vom Ufer bis zum Gebirge, und Finn erhielt den Kaufpreis in hartem Silber.

Die oberen Weiden um den Grisedale-Bergsee, von wo die Schlammlawine abging, sind immer noch die reinste Schlammlandschaft, aber auf den unteren Wiesen sprießt schon wieder das Gras. Das Frühjahrsgras war unsere Rettung. Ohne Weiden, ohne all das, was ein funktionierender Hof zum Überleben braucht, wäre unser Versuch, Helga für mich zu gewinnen, vor der letzten Hürde gescheitert.

Vater war fest entschlossen, sich von Asgrim nicht ausstechen zu lassen. Um den Handel mit Idgar abzuschließen, hat er Finns Land – samt Hofstatt und Wäldern – als Brautgabe angeboten. Die Hälfte von allem wird ihr gehören, die andere Hälfte mir, sobald wir heiraten.

Geir ist zweimal in zwei Wochen über die Berge geritten, um die Nachricht, dass der Handel besiegelt ist, zwischen uns und seinem Vater zu überbringen. Helga wird nicht von zu Hause wegdürfen, solange es ihrer Mutter so schlecht geht, daher haben wir genug Zeit, um Osvik zu einer Hofstatt zu machen, die »einer Braut würdig« ist, wie es Cuin ausdrückt.

Allerdings hat die Geschichte auch eine Kehrseite: Laugdale und Skogurdale gehören jetzt zu Klepjarns Besitz. Es war für uns alle ein Schock, als uns Vater von dem Verkauf erzählte. Ohne unser Wissen hat er darüber heimlich mit Gode Klep verhandelt. Geeinigt haben sie sich in der Nacht des Thor-Fests. Am nächsten Tag wurden die letzten Einzelheiten geklärt, als Morfin nüchtern genug war, um den Handel zu bezeugen – das erklärt, warum sie erst am Nachmittag zum Knattspiel kamen. Cuin war an den Verhandlungen nicht beteiligt – er war einfach zu besoffen, um etwas Sinnvolles beitragen zu können. Der Verkauf überraschte ihn daher nicht weniger als Haldis und Sigi.

Deshalb sind Blot und Karghyll nicht mehr unsere Pächter. Von diesem Sommer an wird Klep bei den Abstimmungen im Thing auf ihre Stimmen zählen können; sie stehen mit Land, Pacht und Erzeugnissen unter seinem Schutz. Vater behauptet, der Handel sei vorteilhaft für uns oder wird es jedenfalls sein, wenn der ganze Austausch abgeschlossen ist. Wir würden den Preis, den wir für Finns Land zahlen mussten, wieder hereinholen und außerdem unsere Herde stark vergrößern, denn wir erhalten insgesamt sechzehn Stiegen Schafe, das sind dreihundertzwanzig Tiere, für Karghylls Pacht zehn mal zwanzig Jährlinge und weitere sechs mal zwanzig für Blots Pacht.

Aber noch stehen die Schafe nicht auf unserem Land. Klep wird sie uns in zwei Lieferungen übergeben, die erste beim Auftrieb, sobald die kastrierten Lämmer auf dem Vorgha-Berg sommergehärtet sind, und die zweite ist für den folgenden Winteranbruch versprochen. Vater wird nur die schwarzen Hammel nach Osvellir holen, die schwere, dichte Wolle tragen, insgesamt zweihundert Stück, mit denen er seine eigene Wollschafherde stark vergrößern will. Die übrigen einhundertzwanzig Tiere sind Jährlingsschafe, braun, schwarz oder weiß, wie es sich gerade ergibt; sie sind für mich vorgesehen, eine gemischte Herde als Grundlage für die Schafzucht in Osvik.

Der Gedanke, Land auf der Südseite der Flussmündung zu verkaufen, ist nicht neu – Vater hat darüber schon seit Jahren nachgedacht. Aber niemand hätte geglaubt, dass daraus jemals etwas werden würde. Wir sind an das düstere Gerede am Herd im Winter gewöhnt, wenn alles trostlos aussieht, das Wetter hart und kalt ist und die Tage kurz sind. Das sind die Zeiten, in denen Haldis ständig irgendwelche Zahlen durch den Kopf gehen, wenn sie aufzählt, welche Schulden nicht beglichen wurden und wie viele Pachtzinszahlungen überfällig sind.

Die Landwirtschaft in Laugdale und Skogurdale war nie besonders gut, weder für uns noch für die Pächter. Ständig geraten die Pächter mit ihren Pachtzahlungen in Rückstand, kommen mit einer Ausrede nach der anderen, und vor sieben Jahren hat ein heftiger Ascheregen die Viehweiden schwer geschädigt. Aber die Familie hat das Land schon den Vätern von Blot und Karghyll verpachtet, seit der Zeit von Sigis Großvater Njel. Und es galt immer als selbstverständlich, dass auch Sigi als Erbe die Pachtverträge weiterführen würde.

Haldis hat darüber ihre eigene Meinung. Sie ist froh, mit Blot und seiner Frau nichts mehr zu tun zu haben. Mit den Leuten in Laugdale ist sie nie gut ausgekommen, und nachdem nun auch über Knaras neugeborene Tochter ein heftiger Streit ausgebrochen ist – längst deuten alle Finger auf Sigi als Erzeuger –, hegt sie auch noch einen Groll auf Karghyll und seinen Sohn. Sie hält Viggi für einen jämmerlichen, Frauen prügelnden Fiesling, und das ist noch eine ihrer freundlicheren Bezeichnungen.

»Die waren nie gute Pächter«, hörte ich sie gestern sagen. »Sie haben uns mehr gekostet, als sie uns eingebracht haben. Ich sag dir, Bera, wir sollten froh sein, dass wir sie los sind.«

»Wenn Vater es vereinbart hat«, antwortete Bera ruhig, »dann wird es wohl das Beste sein. Vater weiß immer, was er tut.«

Sigi nimmt die Sache nicht so leicht. Die Pächter sind ihm zwar völlig egal, aber er ärgert sich, weil ihn Vater nicht vorher in seine Pläne eingeweiht hat. Wie der Onkel und ich hatte auch er keine Ahnung von dem Verkauf.

Frisch gefälltes Birkenholz ist weich und biegsam, ideal für Bänke und Bettgestelle. Unser Zimmermann wird Finns altes Gehöft neu einrichten, sodass sich Helga darin wohlfühlen kann. Von neuen Sitzbänken abgesehen, planen wir noch, die nackten Lehmwände im Wohnbereich der Frauen mit Holzpaneelen zu verkleiden. Cuin behauptet, dass wir drei ausgewachsene Birken brauchen. Wir haben vor, jeden Tag eine Birke zu fällen und zu splitten. Jeden Morgen arbeiten Vater und Snorri in der Schmiedhütte in Osvellir, wo sie Haken,

Riegel und Klammern schmieden sowie Eisennägel für die Möbel und die Holzverkleidungen.

Bera und Svena kamen gestern und brachten einen Beutel mit neuen Nägeln. Die Mädchen wollen hierbleiben, um beim großen Hausputz zu helfen. Sie putzen vom Boden bis hinauf zu den Dachbalken, waschen Geschirr und Pfannen, polieren einen alten Kupferkessel so lange mit Salz und Asche, bis er glänzt, und entdecken sogar noch ein paar alte Töpfe, die Svenas Mutter gehörten.

Haldis hat eine Menge Nahrungsmittel geschickt, sie war sehr großzügig, Hafer und Gerste und zwei kleine Fässer gepökeltes Schweinefleisch; Töpfe mit Butter und der Käse kommen nächste Woche.

Als Bera und ich einen Sack Hafer ins Haus tragen, schaut sie zu den Dachsparren auf und entdeckt ein großes Spinnennetz. »Wir dürfen es Helga nicht zumuten, wenn sie hier ist, alles von unten bis oben putzen zu müssen. Wenn ich heiraten würde, wäre ich froh, wenn ich mich nicht auch darum noch kümmern müsste.«

Cuin hat die Länge der Bänke abgemessen, die wir brauchen. Er arbeitet gern mit Holz. »Keine Angst, Junge. In einer Woche bin ich damit fertig.«

Ich zweifle nicht daran, dass er mit den Schreinerarbeiten in einer Woche fertig sein wird, ich hoffe nur, dass ihm nicht das Bier in die Quere kommt, sonst werden wir Sitzbänke haben, deren Stauraum sich nicht öffnen lässt, oder Bettschränke ohne Türen.

»Alles Scheiße!«, ruft Sigi und wirft wütend die Säge auf den Boden. »Weil wir Asgrims Schmiede angezündet hätten? Sie können es drehen und wenden, wie sie wollen – aber *das* können sie uns wirklich nicht vorwerfen!

Eher können wir *ihnen* etwas vorwerfen!« Mein Bruder lässt sich schwer auf einen Holzstapel sinken, wischt sich den Schweiß von der Stirn und blickt Lar wütend an – als ob Lar schuld wäre, weil er die Neuigkeiten mitgebracht hat.

»Ich sage nur, was ich gehört habe, und ich habe mich nicht verhört«, verteidigt sich Lar. »Mord hat Gode Klep aufgefordert, deinen Vater anzuklagen – wegen Brandstiftung. Und Klep hat gesagt, dass er es sich überlegen wird.«

»Er will Vater vor Gericht bringen? Das ist verrückt, er war doch gar nicht dabei!«

»Aber dein Vater ist das Familienoberhaupt, Sigi. Also muss er sich vor Gericht verantworten.«

Ich mische mich gereizt ein. »Wir wissen, wie das Gesetz funktioniert, Lar. Aber war denn nur von der Schmiede und vom Feuer die Rede und nicht von den Schafen – unseren oder ihren?«

Wütend blafft mich Sigi an, weil ich danach frage: »Das ist doch alles Unfug! Achte nicht auf das, was Lar sagt.«

Jetzt ist Lar beleidigt. »Hört mal, ihr zwei – ich kann nur wiederholen, was ich heute Morgen von Olaf gehört habe, und er hat es von Kleps Leibwächter im Klepjarnshof erfahren.«

Sigi blickt hoch und runzelt die Stirn. »Wieso kann uns Mord anklagen? Sein Vater hat doch gar keine Rechtsgewalt in unserem Bezirk.«

»Und was noch wichtiger ist, Bruder«, murmle ich, »wir haben Asgrims Schmiede gar nicht abgefackelt.«

Etwas hat die Vögel aufgescheucht, sie stieben aufgeregt in die Höhe und suchen Deckung. Unter den Rotdrosseln in den Birkenwipfeln bricht heftige Unruhe aus,

Federn wirbeln durch die Luft, weiße vom Wintergefieder eines Schneehuhns und zarte Daunen von den Rotdrosseln, mit denen sie ihre Nester auskleiden. Lar kratzt sich ein paar Federn aus dem Bart und blickt verwundert hinauf. Sigi greift nach der Axt.

Auf der anderen Seite der Lichtung zeichnen sich die Umrisse eines Reiters ab. Er reitet am Ufer entlang, sein Gesicht ist hinter den Büschen nicht zu erkennen. Aber weil er zu Pferd ist, wird er wohl kaum mit der Fähre herübergekommen sein. Seltsam, dass er so weit im Norden durch die Wälder reitet. Er muss unsere Axtschläge und die Säge gehört haben, trotzdem ruft er uns nicht grüßend zu. In diesen Gegenden wäre es für einen Nachbarn sehr ungewöhnlich, sich nicht anzukündigen.

»Wer reitet da?«, ruft Sigi warnend durch den Birkenwald.

Keine Antwort, aber der Reiter lenkt sein Pferd in unsere Richtung. Jetzt erkennen wir ihn: Bane Morfinson. Er reitet Klepjarns Falbstute. Es ist das erste Mal, dass wir Bane nach dem Knarr-Gerangel auf dem Eis wiedersehen.

Bane steigt vom Gaul, wobei er erst das Knie herüberschwingt und dann angeberisch herabspringt.

»Du bist vom Weg abgekommen«, sagt Sigi und lässt die Axt wieder auf den Boden fallen. »Der Reitweg nach Grisedale führt am Fluss entlang, nicht hier herauf. Hast dich wohl verirrt, wie?«

»Ich hab mich nicht verirrt«, antwortet Bane und schiebt sein Pferd aus dem Weg. »Ich will zu euch.«

Sigi starrt ihn nur an, sagt aber nichts.

»Wie geht es Gunnar?«, fragt Lar. »Ist er wieder gesund?«

»Keine Sorge,« meint Bane lachend. »Er steht wieder

auf beiden Beinen und geht Grima Tag und Nacht an die Unterwäsche. Hat es wohl auch geschafft – sie ist schon wieder schwanger.«

»Und wie geht's Mord?«, frage ich sarkastisch.

Wieder lacht Bane. »Er trägt euch nichts nach. Er trägt alles wie ein Mann. Nicht wie ein paar andere, die ich nicht beim Namen nennen will.«

Das ist zu viel für Sigi. »Wir dulden es nicht, wenn Männer ohne Einladung auf unser Land kommen. Du hättest leicht unsere Axtklinge zu spüren bekommen können!«

»Ich habe etwas mit euch zu besprechen«, sagt Bane. »Klep schickt mich.«

»Was hättest du wohl mit uns zu besprechen?«

»Wir könnten uns zum Beispiel mal über Holz aus Finns Wäldern unterhalten«, antwortet Bane. »Das gleiche Tauschgeschäft wie letztes Mal – gegen Lachs und Wolle. Was sagt ihr dazu?«

»Der Wald gehört jetzt Vater«, gibt Sigi zurück. »Holz ist knapp. Er wird nicht tauschen wollen.«

»Und in Laugdale gibt es jede Menge Birken und Weiden«, wirft Lar ein. »Die Wälder am Hollbenfluss gehören jetzt Klep. Warum fragst du nicht Blot? Dort kannst du so viel Holz schlagen, wie du willst – und zu einem günstigen Preis.«

»Genau«, sagt Sigi. »Wie kommt denn Gode Klep dazu, dich zu uns zu schicken?«

Was auch immer Bane im Sinn gehabt haben mochte, verliert er jetzt jedenfalls das Interesse daran, über Holz zu reden. Er grinst gezwungen. Und weil es nichts mehr zu besprechen gibt, dreht er sich um und führt die Stute davon. Aber er geht nicht den Weg zurück, den er gekommen ist, sondern den Abhang zum Fluss hinunter.

Bevor er hinter dem Hügelkamm verschwindet, brüllt er uns noch einen Abschiedsgruß zu. »Wenn wir uns das nächste Mal sehen, Leifson, wird es auf dem Gerichtsfeld sein. Dein Vater wird für das geradestehen müssen, was du getan hast. Wer eine Schmiede abfackelt, muss dafür bestraft werden.«

Svenas Rock ist durchnässt, als sie die Furt hinter sich gelassen hat. Er klebt an ihren Schenkeln und ihren Hüften. Lars Schwester hat richtig weibliche Formen bekommen. Das fällt auch Sigi auf, der sie von oben bis unten betrachtet. Als sie sich bückt, um Brot aus dem Korb zu nehmen, verschlingt er sie regelrecht mit seinen Blicken.

Lar gefällt das nicht. Er dreht sich zu mir um und fragt nachdrücklich: »Lebt Olafs Tochter eigentlich immer noch in der Hütte der Alten? Wie geht's ihrem Kind?«

»Schwer zu sagen«, antworte ich. »Das kleine Ding schläft meistens.«

Lar lässt nicht locker, bei der nächsten Frage schaut er seine Schwester bedeutungsvoll an, obwohl die Frage an Sigi gerichtet ist. »Und was ist mit dir, Sigi? Willst du Knara und ihren Säugling nicht bald mal besuchen?«

»Warum sollte ich das?« Sigi wirft sein Brot auf den Boden und steht auf. »Wie oft soll ich es dir noch sagen, Lar? Das Kind ist nicht von mir. Es ist von Viggi. Knara ist seit einem Jahr mit ihm verheiratet. Sag du es ihnen, Kregin: Wann war ich jemals auf dem Südufer?«

Fordert mich mein eigener Bruder jetzt auf zu lügen?

Svena windet sich vor Verlegenheit und stößt Lar mit dem Ellbogen in die Rippen. Um ihr aus der Klemme zu helfen, frage ich: »Bist du unterwegs Bane Morfinson begegnet, Svena? Er wollte zur Furt hinunterreiten.«

»Du kannst ihn nicht verpasst haben«, fügt Lar hinzu. »Er saß auf einer großen Falbstute.«

»Ich hab niemanden gesehen«, antwortet Svena. »Vielleicht war er noch hinter den Bäumen, und das Wasser rauscht so laut, dass ich ihn bestimmt nicht gehört hätte.«

»Aber wo ist Bera? Ist sie im Gehöft geblieben?«

»Sie hat mich bis zum Fluss begleitet, weil sie dort ein paar Töpfe auswaschen wollte. Und wenn ich zurückkomme, wollen wir im Felsbecken bei der Furt baden, um den Staub loszuwerden.« Svena kratzt sich am Kopf und schüttelt Mücken und Hausstaub aus ihrem mattbraunen Haarschopf.

»Und wo ist der Onkel geblieben?«, will Sigi wissen. »Er hat versprochen, mit einem Pferd herzukommen und das Holz wegzuschleppen.«

»Er ist... es geht ihm gerade nicht so gut«, antwortet Svena taktvoll.

Es ist Schwerstarbeit, mit einer Langsäge einen Stamm durchzusägen, der noch in vollem Saft steht, vor allem jetzt, im Frühjahr, wenn der Saft bis in die Blätter steigt. Sigi sägt schweigend, beide Hände fest um den Handgriff an seinem Ende der Säge gelegt – stoßen, ziehen, stoßen, ziehen, die Zähne der Säge beißen sich durch die lebende Birke. Mit jedem Stoß hin zu Sigi, mit jedem Zug zu mir schneidet die Säge tiefer in das Holz.

Sigi wird nicht aufhören zu sägen, bevor ich aufhöre. Und ich höre nicht auf, bevor der Baum nicht gefällt ist. Sägemehl rieselt von der Schnittstelle herab, wird vom Wind hochgewirbelt, dringt in unsere Stiefel, breitet sich wie gelber Schnee rings um unsere Füße aus. Sigis Bart und sein Hemd sind schweißnass, die harte Arbeit hat sein Gesicht gerötet. Über dem linken Auge ist eine frische Narbe zu sehen, die Wunde hat ihm Mord zugefügt, sie hebt sich dunkelrot von der Augenbraue ab. Haldis hatte die Wunde vernäht, die Punkte der Naht sind noch deutlich zu sehen.

Es ist heiß heute, am Himmel ziehen die grauen Vorboten eines Gewitters auf. Wir würden gern Hemd und Tunika abwerfen und nackt bis auf die Hose weiterarbeiten, besonders jetzt, da Svena wieder gegangen ist, aber dann würden Mücken und Bremsen über unsere nackte Haut herfallen, und die Qual wäre noch größer.

»Schau mal!«, ruft Lar plötzlich. »Ein Schwan!« Tatsächlich schwingt sich mit großen Flügelschlägen ein aufgescheuchter Schwan zwischen den Bäumen hindurch. Selten sieht man einen Schwan durch einen Wald fliegen – er findet kaum genug Platz, um die mächtigen Schwingen auszubreiten, noch für das Liebesspiel mit dem Gefährten.

Sigi und ich ruhen uns ein wenig aus. Der Schwan hat erschrocken abgedreht und ist wieder verschwunden. Wir hören nur noch seinen Flügelschlag irgendwo zwischen dem hohen Farn, dann schallt ein halb erstickter Ruf herüber. Und dann hören wir ein ganz anderes Geräusch, eine wütende Männerstimme, irgendwo hinter uns, schnelle Schritte, Stiefel, die herantrampeln.

»Das muss Bane sein!«, ruft Lar. »Warum kommt er von da hinten zurück?«

Bane steigt die Böschung hoch, er jagt seiner Stute nach. Sie stolpert, verliert den Fußhalt, versinkt bis zu den Sprunggelenken im Schlamm. Kaum ist Bane über der Böschung, als er auch schon mit einer Weidengerte auf die Stute einschlägt. Mann und Pferd sind völlig durchnässt, am Fell der Stute hängt Tang vom Fluss. Der

Schwan, der aus dem dichten Farn aufsteigt, schwingt an uns vorbei, wild mit den Flügeln schlagend. Bane schlägt erneut auf die Flanken der Stute ein.

»Mir wird schlecht, wenn ich das mit ansehen muss!«, sagt Lar wütend. »Wie kann ein Mann sein Pferd so behandeln?«

»Klep ist ein Idiot, wenn er seine Stute so einem Burschen anvertraut«, antworte ich. »Vielleicht hat Bane sie genommen, ohne ihn zu fragen. Sie ist der kostbarste Besitz des Alten.«

»Sieht so aus, als hätte Bane ein Bad im Fluss genommen«, meint Lar. »Die Stute hat ihn abgeworfen. Deshalb ist er so wütend.«

»Na, hoffentlich wirft sie ihn noch einmal ab«, sagt Sigi. »Und zwar so, dass er sich das Genick bricht.«

Bane schlägt nun so heftig auf die Stute ein, dass sich auf ihrer Kruppe blutige Striemen bilden, ihr Schwanz ist bereits blutbefleckt. Das ist zu viel für Lar. Er hebt einen Birkenast auf, den wir schon entlaubt haben, fährt damit zweimal durch die Luft, es klingt wie eine Peitsche, und marschiert entschlossen auf Bane zu.

»Ich kann nicht warten, bis ihm das Pferd den Hals bricht«, brüllt Lar wütend, »das mach ich!«

Bane, dieser Feigling, sieht Lar mit dem Stock herankommen, schwingt sich auf den Rücken der Stute, treibt sie an und galoppiert zwischen den Bäumen hindurch davon.

Schreie, durchdringende, schrille, entsetzliche Schreie von irgendwo unterhalb am Flussufer. Svena, verzweifelt: »Lar, Lar, hilf mir!«

»Deine Schwester!«, ruft Sigi.

Lar ist schon losgerannt, halb läuft, halb schlittert er die Böschung hinunter, so schnell ihn seine Beine tragen können. »Svena!«, brüllt er. »Bleib, wo du bist, ich komme!«

Als wir bei ihr ankommen, kriegen wir kein Wort aus ihr heraus. Sie ist nicht ohnmächtig; ihre Augen sind weit aufgerissen. Ihre Schreie gehen in heftiges Schluchzen über, das ihren ganzen Körper schüttelt. Sie spricht nicht, gibt keine Antwort auf unsere Fragen. Das arme Mädchen ist völllig verstört, sie ist die Uferböschung hinuntergestürzt, und sie ist zu Tode verängstigt. Ihr Rock ist zerrissen, die Knie sind blutig geschürft, die Hände blutrot zerkratzt, als sie versucht hat, sich an Wurzeln und scharfen Felskanten festzuhalten.

Lar ist heiser vor Wut. »Ich glaube, er hat ihr etwas angetan. Schaut ihren Rock an ... das kann nur er gewesen sein!«

»Bane?«

»Wer denn sonst?«, brüllt Lar.

Sigi zwickt das Mädchen in den Arm. »Svena!«, schreit er sie an. »Was hat er mit dir gemacht?« Endlich reagiert Svena, schaut Sigi kurz an, schüttelt heftig den Kopf und wendet das Gesicht ab. »Nicht mit mir«, bringt sie mühsam hervor. Erst da beginnen die Tränen zu fließen. Und plötzlich wird mir alles klar.

KAPITEL 28

Zu allem Übel machte auch noch Cuin Probleme. Sobald er wieder nüchtern war – und die ganze entsetzliche Wahrheit begriffen hatte –, lief er aus dem Haus, setzte mit der Fähre nach Laxvik über und ging von dort zu Fuß nach Suthyre. Wo sich Hethrun um ihn kümmern musste.

Allerdings wollte die Alte ihn nicht unter ihrem Dach haben. Heute Morgen, als ich sie besuchte, verlangte sie, dass ich ihn sofort nach Osvellir zurückbringen solle. Aber mit dem Onkel war nicht zu reden – ich hätte ihn an Händen und Füßen gefesselt zur Fähre schleppen müssen. Er wollte auf niemanden hören. Knara flehte ihn an, und Hethrun drohte ihm, aber es war nichts zu machen. Nichts kann den alten Mann davon abbringen, dass das alles seine Schuld war. Er bleibt stur dabei, dass er dafür verantwortlich ist, dass Bera diesen furchtbaren Überfall erdulden musste.

Wäre er nicht sturzbesoffen gewesen, hätte er nicht praktisch besinnungslos auf dem Boden gelegen – dann wäre er bei den Mädchen am Fluss gewesen. Dann hätte er sie beschützen können. Dann hätte … Er hat sich in den Kopf gesetzt, dass das Verbrechen an unserer Schwester niemals begangen worden wäre, wenn er sich nicht betrunken und seine Pflichten vernachlässigt hätte. Das war seine feste Überzeugung.

Innerhalb eines einzigen Monds ist die Unterstützung, die wir auf dem Gesetzesfeld hatten, weggeschmolzen. Dieser Zustand wäre noch vor Kurzem undenkbar gewesen. Drei Streitfragen wurden vor Gericht verhandelt, und dreimal haben wir verloren. Vater wird selbst von Männern im Stich gelassen, die er für seine Freunde gehalten hat. In drei Streitfällen der Verlierer zu sein, eine Niederlage nach der anderen erleben zu müssen hat seinen Stolz zutiefst verletzt und lässt ihn an Recht und Gesetz zweifeln.

Das letzte Urteil – mit dem Bane vom Vorwurf der Vergewaltigung freigesprochen wurde – hat Vater besonders schwer getroffen. Für einen gesetzestreuen Goden war es schon schlimm genug, zwei Fälle verloren zu haben. Aber dieses Urteil betraf Bera, seine Tochter, und danach war er nicht mehr derselbe. Er wurde von einer ohnmächtigen Wut zerfressen. Und wie hätte es auch anders sein können, wenn man erleben muss, dass das Wort und die Ehre der eigenen Tochter in den Schmutz gezerrt werden und der Mann, der für diese Schande verantwortlich ist, ungestraft davonkommt?

Was die beiden anderen Urteile gegen uns angeht, so hatten wir keine andere Wahl, als den Schaden zu bezahlen und die Schmach einzustecken. Wir wurden für schuldig befunden, das Feuer in Asgrims Gehöft gelegt zu haben. Niemand glaubte unsere Version der Geschichte. Am Tatort waren angeblich Beweise für die Brandstiftung gefunden worden; sie wurden dem Gericht vorgelegt – von niemand anderem als von Mord, der auch noch ein paar Zeugen aufmarschieren ließ. Das entschied die Abstimmung zu Mords Gunsten. Nicht ein einziger Mann auf dem Gerichtsfeld erhob für uns die Stimme.

Wir haben nun bis zum Winteranbruch Zeit, um uns mit Asgrim über eine Entschädigung wegen »absichtlicher, böswilliger Brandstiftung« zu einigen. Das trifft uns schwer – die Wiedergutmachung könnte uns die gesamten Jahreseinnahmen aus der Wollweberei kosten. Dann hätte sich die arme Bera ein Jahr lang umsonst am Webstuhl abgerackert. Denn sie ist diejenige, die unseren Vorrat an Wolle erzeugt hat – nur um nun erleben zu müssen, dass alles für die Katz' war.

»Salz in ihre offenen Wunden«, wie Haldis es ausdrückte, als Bera außer Hörweite war.

Die riesige Entschädigung, die Vater an Asgrim zahlen

muss, ist eine schwere Last; damit sinken auch meine Aussichten auf eine baldige Heirat. Ich bin mir inzwischen ziemlich sicher, dass ich Helga verlieren werde. Zwar hat Vater das nicht offen ausgesprochen, noch nicht, doch so, wie die Dinge im Moment stehen, kann ich ihn nicht auch noch damit belasten – und allein die Beinahe-Gewissheit, sie zu verlieren, zerreißt mich innerlich.

Auch mein Bruder steht vor einer ungewissen Zukunft. Vater meint, es könne gut drei Jahre dauern, bis er noch einmal genug »für eine anständige Brautgabe« aufbringen kann. Fairerweise muss man sagen, dass das Sigi ziemlich egal ist. Die Vorfälle haben die Mädchen völlig verängstigt, und Sigi sorgt sich vor allem um sie. Die Tragödie hat ihn zutiefst aufgewühlt.

Nach dem Urteil des Gerichtsfelds über Viggis entflohene Frau Knara hat Vater gestern die Brautgabe an Karghyll gezahlt. Das war eine recht bescheidene Ausgabe im Vergleich zu dem, was wir Asgrim schulden, aber wenigstens ist Karghyll jetzt zufrieden und Knara wird endlich von Viggi befreit. Sie hat inzwischen einen Namen für das Kind gefunden – Eyra. Hethrun sagt, Mutter und Kind könnten so lange in ihrem Haus wohnen bleiben, wie sie wollen. In Osvellir hat man Sigis Mitwirkung an der ganzen Sache fast schon wieder vergessen.

KAPITEL 29

Unsere Schmiede arbeitet seit einer Woche ununterbrochen. Snorri Hasenscharte schläft neben der Esse; so kann er während der Nacht immer wieder nach dem Feuer schauen und gleich bei Morgendämmerung weiterarbeiten. Und so hören wir vom frühen Morgen bis zum späten Abend das Schnaufen des Blasebalgs und, in regelmäßigen Abständen, das Brüllen der auflodernden Flammen in der Esse. Den ganzen Tag lang schallt das harte *Klang-klang* des Hammers auf dem Amboss herüber, und lautes Dampfzischen sagt uns, dass wieder glühend heißes Eisen in den Wassertrog getaucht wird.

Am Abend ist Vaters Bart schwarz von Ruß, die Augen sind rot gerändert vom Rauch und vor Müdigkeit. Doch trotz aller Plackerei läuft die Arbeit in der Schmiede nicht gut. Vater und Snorri schmelzen altes Eisen ein – verrostete Werkzeuge, die auf Finns Gehöft in Osvik eingesammelt worden sind –, um eine neue Schar für unseren zerbrochenen Pflug zu gießen. Das geschmolzene Eisen, das aus der Esse kommt, ist von Schlacke verunreinigt, aber Vater gibt nicht auf und feuert die Esse immer weiter an, bis er mit der Qualität des Eisens zufrieden ist.

Irgendwann treibt Haldis Vater ins Haus. Fast grob stößt sie ihn durch die Tür, achtet nicht auf seinen Protest, dass sie ihn gegen seinen Willen aus der Schmiede holt. Er wäre noch ewig am Amboss geblieben und hätte einen Becher Bier nach dem anderen in sich hineingeschüttet. Aber Haldis zwingt ihn, sich erst einmal von all dem Ruß und Rauch zu erholen. Sie duldet keinen

Widerspruch. »Zieh die Rußschürze aus, Vater! Setz dich in die kühlste Ecke. Hier! Lösch erst einmal deinen Durst.«

Auch Sigi und ich kommen ins Haus. Wir haben Neuigkeiten vom Ablammen zu berichten. Jeden Tag haben wir neue Tiere bekommen, wieder gab es keine Totgeburten, die beiden gestern geborenen Lämmer stehen auf eigenen Beinen und trinken – diese Neuigkeiten hätten früher ein Lächeln in sein Gesicht gezaubert.

Den ganzen Morgen über ist Bera nun schon dabei, die Webballen zu wenden. Das macht sie einmal jeden Monat, um den Staub aus den Ballen zu schütteln und frische Luft an die Wolle zu lassen. Von Svena ist nichts zu sehen.

»Wo ist dieses Mädchen?«, will Sigi wissen. Er nennt Svena nie beim Namen und redet immer nur ein wenig verächtlich über sie, selbst wenn Lar in Hörweite ist.

»Sie ist rauf auf den Hügel, mit ihrem Bruder«, antwortet Bera. »Sie wollen nach den letztjährigen Fohlen schauen und die Herde für Vater zählen. Es tut ihr bestimmt gut, wieder mal draußen auf der Heide zu sein.«

»Mir auch«, sagt Haldis mit saurer Miene. »Ich kann ihr langes Gesicht nicht mehr ertragen. Man könnte meinen, sie wäre überfallen worden und nicht unsere Bera.«

»Reg dich ab«, sagt Sigi und schaut seine ältere Schwester zornig an.

Bera nimmt Svena in Schutz. »Bitte, Haldis, ich will nicht, dass du schlecht über sie redest.«

Vater sitzt still mit seinem Durstlöscher in einer dunklen, kühlen Ecke. Wie zu sich selbst flüstert er: »Mit ein wenig Geduld kommt man weiter, Tochter.«

»Geduld? Gut und schön«, gibt Haldis verärgert zurück, »aber dieses Mädchen legt sich nicht gerade ins Zeug, sie ist säumig und träumt vor sich hin – und sagt den ganzen Tag lang kein Wort. Vielleicht schicke ich sie in die Molkerei. Ich kann es nicht mehr ertragen, wie sie sich hier vor der Arbeit drückt.«

»Nein!«, sagt Bera mit harter Stimme, die wir bei ihr nicht gewohnt sind. »Es ist besser, wenn sie bei mir bleibt, sonst komme ich mit dem Weben nicht nach.«

Vaters Gesicht liegt im Dunkeln, wir können nicht sehen, was er denkt, aber er bringt es eh nur selten über sich, Bera einen Wunsch abzuschlagen. Doch bevor er antworten kann, stürmt Haldis wütend aus dem Haus, wobei sie mit dem Gehstock die Tür hinter sich zustößt.

Haldis hat einen frisch abgeschöpften und fast überschäumenden Krug Buttermilch zur Schmiede gebracht. Sie ist zu gutherzig, um einfach so mit anzusehen, wie sich der alte Snorri abschuftet. Danach bringt sie noch einen weiteren Krug zu Ulph, der im Schafstall arbeitet. Ulph ist bis ins Gesicht vollgespritzt vom Blut und Rotz einer lammenden Aue. Er kann ihr den Topf nicht abnehmen, solange er nicht fertig ist. Haldis steht nachdenklich im Stall, blickt geistesabwesend vor sich hin und leckt den Schaum vom Krug.

Sigi und ich helfen Ulph mit den Mutterschafen, die schon vor Wochen hätten lammen sollen. Sie sind die letzten unserer Herde, die ihre Lämmer zur Welt bringen, ob aus Faulheit, Angst oder Sturheit, jedenfalls haben sie es nicht eilig.

Die dürre Aue, die wir gerade vor uns haben, ist eine Kämpferin – sie müht sich ab, hat aber bisher nichts vorzuweisen als ein paar Klumpen Schleim an ihren Hinterbeinen. Das arme Tier ist vor Schwäche zusammengebrochen, liegt auf der Seite, schäumt aus dem Maul, ringt keuchend um Atem. Sigi drückt mit beiden Händen auf die Brust des Tiers, um die Lungen in Bewegung zu halten. Ich halte die Hinterbeine gespreizt, um den Geburtskanal zu weiten, während Ulph den Arm in voller Länge hineinschiebt, um zu ertasten, warum die Geburt so lange dauert.

»Sieht nicht gut für die Aue aus«, meint Haldis, während sie weiter an dem Krug nippt, den sie für Ulph gebracht hat. »Vielleicht verlieren wir sie?«

»Nicht, solange ich etwas dagegen tun kann«, sagt Ulph, ohne den Blick zu heben. Er schiebt den Arm noch tiefer in den Leib der Aue hinein und tastet darin herum, während er dem verängstigten Tier etwas zuflüstert. Es sind keine Worte, die wir verstehen, sondern leise Laute, so ähnlich wie das, was Schafe von sich geben, und sie scheinen die Aue zu beruhigen.

»Warum ziehst du das Lamm nicht einfach an den Vorderbeinen heraus?«, fragt Sigi. »Dann wird sie schon selbst zu pressen anfangen.«

»Welche Beine denn?«, fragt Ulph zurück. »Sie sind durcheinander, zu viele Beine da drin.«

»Was soll das denn heißen?«, fragt Haldis.

»Zwei schlagende Herzen«, erklärt Ulph. »Sie kriegt Zwillinge, aber die beiden sind ineinander verschlungen, ihre Körper kleben zusammen. Ich kann das eine nicht fassen, ohne das andere zu verletzen.«

Das erste Lamm kommt tot zur Welt. Ulph trägt den kleinen Kadaver nach draußen, um ihn zu häuten – er will das Tier schlachten und an seinen Lieblingshund verfüttern. Sigi und mir überlässt er es, das zweite Lamm auf die Welt zu holen. Das kleine Bündel, das herauskommt, ist schwach, fast zu schwach, um zu überleben. Wenn es Glück hat, wächst es zu einem Widder heran, oder es wird kastriert und verbringt sein Leben als Wollhammel auf den Hochweiden. Die Augen sind geschlossen, und die Zunge hängt ein wenig aus dem Maul, aber es hebt schnüffelnd die Schnauze und findet endlich eine Zitze. Während es saugt, beschnüffelt die Mutter es und leckt es ab. Es scheint ihr nichts auszumachen, dass das andere Lamm gestorben ist.

Sigi blickt nachdenklich auf das Schaf und das Lamm hinab; plötzlich wendet er sich zu Haldis um. »Was meinst du, ist Bera von Bane geschwängert worden? Hat sie den Saft und Samen von diesem Schurken in sich?«

»Kann man noch nicht sagen«, antwortet Haldis. »Aber nach allem, was sie mir erzählt hat, ist es nicht sehr wahrscheinlich. In der Hinsicht brauchst du dir wohl keine Sorgen zu machen.«

»Keine Sorgen?«, rufe ich aufgebracht. »Bane ist straflos davongekommen!«

Darauf gibt mir Haldis zuerst keine Antwort. Sie trinkt einen langen Schluck aus dem Krug, der inzwischen fast leer ist, obwohl er eigentlich für Ulph bestimmt war. »Ihr beide hättet den Bastard sofort verfolgen müssen, alle beide«, sagt sie schließlich, »dann hättet ihr gleich mit ihm abrechnen können.« Sie stößt ihren Stock direkt vor meinen Füßen hart auf den Boden. »Wenn ich ein Mann wäre, hätte ich ihn mir vorgeknöpft, hätte ihn bewusstlos geprügelt – oder tot. Jedenfalls hätte er danach nie mehr auf zwei Beinen gehen können.«

»Er hatte ein Pferd!«, antworte ich lahm. »Wir waren zu Fuß. Wir hätten ihn nicht einholen können.«

»Und er war schon über den Lachsfluss«, fügt Sigi

hinzu, »und längst in Laxvik in Sicherheit, als uns Svena erzählt hat, was wirklich passiert ist. Wir dachten zuerst, er hätte sie und nicht Bera vergewaltigt.«

Doch Haldis ließ unsere Ausreden nicht gelten. »Selbst wenn er zur Hölle geritten wäre, ihr hättet ihn sofort verfolgen müssen! Warum habt ihr ihn nicht gejagt – egal, wohin?«

»Aber, Haldis, wir mussten doch Bera nach Hause bringen!«

»Vater hätte uns nie verziehen, wenn wir Bera zurückgelassen hätten, um Bane zu verfolgen«, sagt Sigi.

»Das war ein großer Fehler«, sagt Haldis stur. »Ihr habt die Gelegenheit verpasst, ihn direkt nach der Tat zu stellen – die Chance, noch am selben Tag sein Blut fließen zu lassen. Ihn auf der Stelle in Grund und Boden zu prügeln – das hätte uns zugestanden. Begreift ihr das denn nicht? Unser Anspruch auf Blutrache war in dem Moment verwirkt, als Vater erfuhr, was geschehen ist. Ihr wusstet doch, dass er darauf bestehen würde, die Angelegenheit auf dem Rechtsfeld zu regeln. Er glaubt an das Recht! Und was hat es uns gebracht?«

»Jetzt sofort, solange die Buttermilch noch frisch ist«, sagt Haldis mit strenger Stimme zu mir. »Los, bring den Krug zur Schmiede!« Sie hat den Zinnkrug bis zum Rand mit Buttermilch gefüllt, dem wunderbaren Durstlöscher für Vater und Snorri. Ich lecke den Schaum ab, bevor er vom Krug auf den Tisch tropft. Wieso wurde Svena nicht zur Schmiede geschickt – schließlich hatte sie den ganzen Morgen nichts geleistet? Oder eines der Milchmädchen?

»Was ist? Machst du es heute noch oder erst nächste Woche?«, fragt Haldis in schneidendem Ton. »Ich hab alle Hände voll zu tun!«

»Schon gut, ich geh ja schon.« Ich hebe den Krug an die Lippen und trinke einen Schluck, damit er nicht überläuft, dann gehe ich zur Tür.

Haldis ruft mir – jetzt mit sanfter, schwesterlicher Stimme – nach: »Und trink nicht alles aus, bevor du zur Schmiede kommst.«

Auf dem Aschepfad, der zur Schmiede führt, bleibe ich kurz stehen. Rauch steigt auf, das Dach ist rußgeschwärzt. Ein paar Torfblöcke wurden aus dem Dach genommen, durch das Loch kann der Rauch abziehen. Die Blöcke sind neben der Tür aufgestapelt, an der Unterseite sind sie verrußt und verdreckt.

Ich erinnere mich, dass der alte Jarl immer im Freien geschmiedet hatte. Er hatte das glutrote Eisenstück aus dem Feuer gezogen und es den ehrfürchtigen Zuschauern hingestreckt, bevor er es angeberisch mit dem Hammer bearbeitete – es war fast eine Art priesterliches Ritual. Vater ist da viel zurückhaltender. Er arbeitet in der Schmiede, steht den ganzen Tag am Amboss, das Wasserfass neben sich, immer in der Nähe der Esse. Er übt seine Kunst lieber vor fremden Blicken geschützt in der Schmiedhütte aus.

Licht blitzt durch den engen Eingang, eine Hitzewelle bläst mir ins Gesicht. Vater steht mit dem Rücken zur Tür. Er trägt seine Lederschürze, Stiefel bis zu den Knien, Schultern und Kopf werden vom Widerschein des Feuers umrahmt, es stinkt nach Ruß und Schweiß. Er schöpft Schlacke vom geschmolzenen Eisen ab, während Snorri, einen Fuß auf dem Blasebalg, das Feuer von unten her anfacht.

Snorri steht mit dem Gesicht zu mir, nackt bis auf die Hose. Er trägt zwei verschiedene Stiefel, die er ausgeliehen hat, um sich gegen den Funkenflug aus der Esse zu schützen. Wegen der übergroßen Stiefel sind seine Bewegungen ungeschickt. Er wirft mir einen kurzen Blick zu, sieht den Buttermilchkrug und verzieht den Mund zu seinem Hasenschartengrinsen. Vater wendet den Blick nicht von der Arbeit ab. Beide Feuer lodern, das in der Esse und ein zweites auf der offenen Feuerstelle, um das Eisen zu härten. Die Hitze verschlägt mir schier den Atem.

»Jetzt, Snorri. Öffne den Abfluss, lass die Schlacke ablaufen«, sagt Vater durch das Geräusch der lodernden Flammen.

Ich habe schon oft zugesehen. Gleich wird Snorri an der Unterseite der Esse den Riegel aus nassem Torf durchstoßen, damit die geschmolzene Schlacke durch eine Rinne in die mit Sand gefüllte Herdgrube hinunterläuft, wo sie abkühlen kann. Wenn die Schlacke abgelaufen ist, bleibt an den Innenseiten der Esse die gelb glühende Eisenluppe zurück. Mit einem Rechen wird Vater die Schlacke von der Luppe schaben, sie mit einer großen Zange packen und zum Schmiedefeuer tragen, um den Klumpen mit dem Hammer weiter zu bearbeiten. Jetzt! Snorri stößt mit dem Schüreisen durch den Torfriegel. Ich schütze die Augen mit der Hand, aus Erfahrung weiß ich, dass nun ein blendend grelles, heißes Auflodern zu erwarten ist, das die ganze Schmiedehütte erhellt.

Das Aufblitzen ist gewaltig – viel stärker als sonst, ich schlage die Hände vors Gesicht, der Krug fällt herab und ergießt sich über den Boden – überall bilden sich kleine Buttermilchlachen, die zischend verdunsten. Snorri stolpert in seinen zu großen Stiefeln vor, taumelt wieder zurück, lässt den Schürhaken fallen. Wieder schießt ein Blitz aus dem Ablaufloch, gleißend hell. Dann erlischt die Schlacke. Der Torfriegel ist regelrecht aufgeplatzt, das Loch ist viel größer, als Snorris Haken es hätte hineinstoßen können. Snorri ist in die Sandkuhle gestürzt, liegt verkrümmt, völlig bewegungslos. Aus der Esse läuft ein armdicker Bach von geschmolzener Schlacke, gelb-heiße Dämpfe steigen auf. Die glühende Zunge schlängelt sich in die Sandkuhle, auf den bewegungslos darin liegenden Snorri zu. Wird er nicht sofort aus der Kuhle gezogen, wird ihn die glühende Schlacke verbrennen.

Vater wirft Rechen und Zange weg, mit einem, zwei Schritten ist er dort, springt in die Sandgrube. Ich knie am Grubenrand und versuche Snorri zu packen, aber sein Kopf rutscht mir aus den Händen.

»An den Schultern! Gesicht nach oben!«, brüllt Vater. Ich bücke mich noch tiefer in die Grube, befolge den Befehl, während Vater Snorri an den Beinen hochhebt.

Noch einmal kräftig heben, dann wäre Snorri aus der Grube.

»Komm raus, Pa!«, schreie ich.

»Zieh!«, brüllt er zurück. Die glühende Schlacke hat bereits das Ende der Rinne erreicht. Snorris Bart wird durch die Hitze versengt, meiner auch, an Vaters Stirn löst sich die Haut. Aber wir haben ihn, gemeinsam heben wir Snorri aus der Grube.

»Um Thors willen, Pa! Pass auf!«

Der erste Klumpen Schlacke, größer als ein Männerkopf, fällt in die Grube, breitet sich flammenlos rauchend aus, sickert in den Sand. Dann folgt der nächste Klumpen, sie folgen immer schneller tropfend aufeinander, verbinden sich zu einer Glutader, schon versengt die Schlacke Vaters Stiefelspitze. Flammen schlagen aus dem Leder, sie beißen ein großes Loch in den Stiefel, jetzt ist sein Fuß schutzlos den Flammen ausgesetzt!

Vater springt aus dem Sand, hüpft auf einem Fuß, brüllt vor Schmerzen. Aus dem großen Loch im Stiefel dringt Rauch, dahinter ist schwarz verkohltes Fleisch zu sehen. Wo Vaters Zehen sein sollten, ist nichts mehr, nur noch ein Fußstumpf. Der große Mann verliert das Bewusstsein. Seine Größe und sein Gewicht sind zu viel für mich, wir stürzen beide zu Boden – zwischen uns liegt einer von Snorris übergroßen Stiefeln.

KAPITEL 30

Bei Winteranbruch treiben wir die Schafe ins Tal. Die zwei oder drei Tage, die wir brauchen, um sie von den Bergen zu treiben, vergehen nie ohne Zwischenfälle, Panik oder ein größeres oder kleineres Unglück. Nach allem, was wir am ersten Tag erlebt haben, wird es auch dieses Mal nicht anders sein.

Wenn im Herbst das Gras nicht mehr so schnell wächst, steigen die Wollschafe auf der Suche nach saftigem Futter zum Ärger der Schäfer sogar in die engsten Felsspalten und Ritzen. Und hat sich ein Schaf erst einmal auf einen hoffnungslos hohen Felsenvorsprung gewagt, findet es oftmals den Weg nicht allein zurück und gerät in Panik. Dann ist es sehr schwer, es wieder auf sicheren Grund zu locken oder zu ziehen.

Wir sind in der Morgendämmerung aufgebrochen, als die Berggipfel noch nicht zu sehen waren. Doch jedes Mal, wenn es zu regnen anfängt, lichtet sich der Nebel ein bisschen. Der Boden abseits der Trampelpfade ist zu unsicher für Pferdehufe – zu Fuß kommt man besser voran.

Srelni bleibt in Sichtweite, kommt, wenn ich pfeife, oder folgt mir auch ohne Aufforderung, wenn ich über nassen Schotter, glitschige Felsen oder ölige Torfhänge steige oder knietief durch klumpige Sümpfe wate.

Das Tageslicht hält nicht lange genug an. Wir sind mit elf Männern auf die Berge gegangen, haben uns aber in drei Gruppen aufgeteilt, um ein möglichst großes Gebiet zu durchstreifen – Osten, Nordosten und Westen. Vater ist nach Westen zum Gjother-Berg geritten. Ich war froh, ihn wieder auf dem Pferderücken zu sehen. Er hat Snorri und zwei Knechte mitgenommen. Sigi, Lar und die beiden Grisedale-Burschen Pilson und Bjorn, die wir als Tagelöhner angeheuert haben, durchsuchen die östlichen Hänge. Ich bin nach Nordosten geritten, Ulph und Olaf begleiten mich zu Fuß.

Wir haben vor, so viele Schafe wie möglich zusammenzutreiben. Aber es ist klar, dass wir nicht alle finden werden. In zwei Tagen dann werden wir uns mit allen Tieren, die wir gefunden haben, auf den Weiden von Dugdale sammeln, fünf Leugen außerhalb von Osvik. Dort werden wir die Herden eine Woche lang mit Heu füttern, bevor wir sie nach Hause in die Winterställe in Osvellir treiben.

Ulph und Snorri werden in einem oder zwei Tagen wieder in die Berge zurückkehren, um nach den verlorenen Schafen zu suchen, bis das Wetter zu schlecht wird. Die unglücklichen Streuner, die wir nicht finden können, werden den Winter in der Wildnis verbringen müssen – wenn sie nicht heimlich von unseren Nachbarn gestohlen wurden.

Die erste Rate für die Pachtlande am Südufer wird in dieser Woche fällig; zur Übergabe werden wir uns mit Kleps Männern in Dugdale treffen. Gesundheit und Fell jedes einzelnen Schafs muss geprüft werden. Und die Herde muss zweihundert Stück zählen. Vater kann es kaum erwarten, die Schwarzen zu sehen. Die Aussicht, dass er sie bald in seine Herde einfügen kann, hat ihn den ganzen Sommer über angespornt.

Seit dem Unfall in der Schmiede musste Vater im Hof bleiben. Die glühende Schlacke hat ihn den vorderen Teil des Fußes gekostet, sämtliche Zehen sind verbrannt. Er erlitt einen Schock, und während der beiden ersten Tage lag er in schwerem Fieber. Sigi und ich befürchteten schon das Schlimmste, aber Haldis hat nie an der Wirkung ihrer Salben gezweifelt. Zweimal täglich hat sie seine Verbände gewechselt und die Brandwunden mit Honig und Hafer gereinigt. Als dann der Heilungsprozess begann, hat sie Fleischmaden auf die Wunden gesetzt – sie sollten die abgestorbene Haut und das verbrannte Fleisch wegfressen.

Vater hat kaum mehr als einen kümmerlichen, vernarbten Fußstumpf behalten, kein schöner Anblick, ganz geschwollen und gelb-rot. Und er hat auch kein Gefühl mehr vom Knöchel abwärts. Bera versucht jeden Abend, ihn aufzumuntern, wenn sie vor seinem Bett kniet und sein Bein in Salzwasser badet: »Sei froh, Pa, wenigstens sind die Wunden sauber.«

Wenn da nur die ungesund aussehenden Geschwülste nicht wären.

Vater kann noch nicht gehen. Bis heute hat er sich nicht weiter als bis zur Scheune oder zur Molkerei gewagt. Mit uns zum Gjother-Berg aufzubrechen dient ihm vor allem dazu herauszufinden, ob er wieder genug Kraft und Durchhaltevermögen hat. Also hat er heute Morgen tapfer den verstümmelten Fuß in den Steigbügel geschoben – früher hat er sich selten auf einen Sattel gesetzt – und ist in flottem Trab in den Morgennebel geritten, als ob nichts geschehen wäre.

»Nein, Ulph!«, brüllt Olaf und klammert sich am Gestrüpp fest, während er voller Angst einen Blick über die Felsenkante in die Schlucht wirft. »Du bringst mich nicht dazu, da hinunterzuklettern, schon gar nicht bei diesem Wetter, das ist zu gefährlich, Mann!«

»Wir machen das mit Seilen«, sagt Ulph. »Was meinst du, junger Herr?«

Wir stehen auf einer Felsnase, die kaum Platz für uns drei bietet. Ulph hat ein Schaf entdeckt, das über der schmalen Schlucht auf einer Felsplatte steht, ein einjähriger Hammel mit kurzem Fell und noch nicht voll entwickelten Hörnern. Eine falsche Bewegung, und unser Hammel stürzt in den Wildbach. Wir hören das schäumende, wilde Wasser vorbeirauschen, und von weiter vorn kommt der Lärm des Wasserfalls. Sehen können wir den Wildbach nicht, eine Nebeldecke liegt in der Schlucht.

»Wir können ihn nicht da stehen lassen!«, antworte ich. »Er ist den Versuch wert. Kannst du einen Weg nach unten entdecken, Ulph? Was meinst du?«

»Ihr seid verrückt, alle beide!«, schreit Olaf. »Das ist zu gefährlich! Der blöde Hammel überlebt auch ohne unsere Hilfe. Er findet dann allein zu den anderen Streunern zurück.«

Olafs Feigheit gibt bei mir den Ausschlag. »Keine Angst, Olaf, wir setzen ja nicht *dein* kostbares Leben aufs Spiel, oder?« Und schon klettere ich den Abhang hinauf, um die Seile von Srelnis Sattel zu holen.

»Hier, junger Herr«, sagt Ulph, »ich nehme die Seile. Du bleibst beim Pferd. Überlass mir den Hammel. Ich weiß, wie man mit diesen jungen Schafen reden muss.«

Olaf bleibt auf der Felsnase und hält das Seil, während ich Srelni ein Stück weit höher in eine Erdmulde bringe. Hier hat mein Pferd einen sicheren Stand, während wir die Rettungsaktion durchführen. Ich schlinge ihm das Seilende um den Hals; der Rotfuchs muss Ulphs Gewicht aushalten, wenn er sich abseilt. Was auch immer mit dem Schaf geschieht, der Mann jedenfalls wird sicher am Seil hängen.

Ulph schlingt sich die Leine um Hüfte und Schultern. Wenn er das Seil um den Hammel gebunden hat, werden Olaf und ich das Tier heraufholen, mit Srelni hinter uns. Ulph probiert die Standfestigkeit, steckt das Seil für das Schaf in den Gürtel, rafft seine Schäfertunika hoch und steigt barfuß über eine abgestorbene Wacholderwurzel. Festhalten kann er sich daran nicht, denn es könnte sein, dass sich die Wurzel aus der Erde löst, aber er tastet sich auf der Suche nach einem sicheren Fußhalt vorsichtig mit dem Fuß daran entlang. Das Wurzelgeflecht erstreckt sich durch das lockere Geröll und bildet fast eine natürliche Treppe.

Zwischendurch bleibt Ulph stehen, um sich auszuruhen. Er befindet sich jetzt auf dem ersten Vorsprung, der mit saftig-grünem Gras bewachsen ist und wahrscheinlich den Hammel dazu verleitet hat, sich in die Schlucht zu wagen. Beruhigend redet er auf das Tier ein, das weiter unten auf einem weiteren Vorsprung steht, aber wegen des laut rauschenden Flusses können wir nicht hören, was er sagt oder ob das Tier reagiert. Wir sehen nur, dass Ulph redet, und die schwarze Nase des Hammels, der immer noch nichts ahnend Grashalme kaut.

Ulph nähert sich dem Streuner. Er klettert jetzt weiter hinunter, um auf den zweiten grasbewachsenen Vorsprung zu kommen. Dazu wählt er den Weg seitwärts zwischen den schmächtigen Ebereschen entlang, die sich trotz ihres zwergenhaften Wuchses mühsam in den Felsspalten festklammern. Im Halbnebel scheinen ihre wächsernen roten Beeren zu glühen. Das Seil hat ein paar reife Beerenbüschel abgerissen und an den Felsen zu einem blutroten Brei zerquetscht.

Die Sicherheitsleine, die von Ulphs Schultern bis zu dem Vorsprung, auf dem Olaf und ich warten, reicht, spannt sich. Die Spannung setzt sich auch hinter uns fort; der Rotfuchs spürt sie und schnaubt aus Protest, dass er sich gegen das fremdartige Gewicht stemmen muss. Ulphs Leben hängt an dem Seil. Wieder schnaubt Srelni, dieses Mal voller Stolz auf seine Kraft; aber vielleicht bilde ich mir das auch nur ein – oder er hört etwas über dem harten Wind, der über die Hügel bläst, und dem Rauschen des Wasserfalls.

Der Nebel in der Schlucht wird dichter, hat längst Schaf und Schäfer verschluckt. Wir sehen nur noch die beiden Seile, die im Nebel verschwinden: Ulphs Sicherungsleine, die bis zum Zerreißen gespannt ist, und die andere, lose hängende Leine, mit der wir den Streuner heraufziehen wollen. An der Sicherungsleine regt sich nichts, keine Bewegung ist zu spüren, und es zieht auch niemand an der Rettungsleine, um uns zu signalisieren, dass wir das Schaf hinaufziehen können.

»Ulph!«, brüllt Olaf in den Nebel hinunter. »In Thors Namen, wo bist du?«

Keine Antwort.

Olaf schaut mich vorwurfsvoll an. »Er ist verschwunden! Kregin, ich hab's dir doch gesagt: Das ist zu gefährlich!«

»Bleib hier, Olaf«, sage ich ruhig. »Rühr dich nicht

von der Stelle, hast du verstanden? Und lass auf keinen Fall die Seile los! Ich muss mal schnell nach Srelni schauen, er wundert sich bestimmt, warum er so lange allein gelassen wird.«

»Der arme Mann!«, ruft mir Olaf nach. »Was ist mit ihm passiert?«

»Weiß ich nicht. Ich muss mich zuerst um Srelni kümmern. Wir brauchen ihn, um das Seil zu sichern. Ohne das Pferd würde Ulph in die Schlucht stürzen.«

Als ich mich abwende, bricht etwas aus Olaf heraus, das mich erstarren lässt: »Wenn Ulph abstürzt, kann es dir ja nur recht sein!«

»Was soll das denn heißen?«

»Versteh mich nicht falsch, junger Herr. Ich sage nicht, dass du ihm etwas zufügen willst, jedenfalls nicht absichtlich, aber nach dem, was bei Asgrims Hofstatt geschehen ist, würde es euch allen bestimmt nicht viel ausmachen, wenn er tot wäre. Gode Leif hat sein Gesicht verloren und ein Vermögen… und du hast deine Braut verloren. Und das habt ihr alles Ulph zu verdanken.«

Ich koche fast vor Wut auf Olaf – Wut über das, was er gesagt hat, und dass es ausgerechnet jetzt, in diesem gefährlichen Augenblick, sein musste. Ich muss mich um das Pferd kümmern, damit das Seil gesichert bleibt, aber diese Sache kann ich nicht einfach überhören. »Wieso… wieso soll Ulph daran schuld sein? Wir sind zu dritt zu Asgrims Hofstatt gegangen!«

»Ja, aber als du nicht hingeschaut hast, hat Ulph die Schmiedehütte in Brand gesteckt.«

»Scheiße, Olaf! Woher willst *du* das wissen? Warst du dabei? Nur weil die Abstimmung auf dem Gesetzesfeld gegen uns ausging, heißt das noch lange nicht, dass wir den Brand tatsächlich gelegt haben!«

»Ich weiß es genau«, brüllt Olaf zurück, »ich weiß es, weil Snorri es mir erzählt hat!«

»Das beweist, dass du lügst! Snorri war nicht dabei. Er ist am Strand geblieben. Mit Cuin und Lar, um die Herde zu bewachen.«

»Das stimmt, junger Herr, Snorri war nicht beim Hof, aber er hat Ulph genau erklärt, dass er Holzgeist nehmen muss, damit die Flammen sofort auflodern – so machen es die Schmiede. Und deshalb konnten Asgrims Leute das Feuer auch nicht so schnell löschen.«

Sigi ist schon da, als wir nach Dugdale kommen. Er hat einen kurzen Wetterumschwung ausgenutzt und ist in der Nacht bei hellem Mondschein von den Bergen herabgestiegen. Wie er sagt, hatten sie auf den östlichen Höhenzügen keine Schwierigkeiten; es gab keinen Grund, noch einen Tag länger dort oben zu bleiben.

Das Feuer lodert, und es riecht nach Bier. Der junge Bjorn mit seinen zwölf Jahren kann sich kaum noch auf den Beinen halten, das Bier hat ihn umgehauen. Von Vater und den Tieren, die er auf dem Gjother-Berg zusammengetrieben hat, ist nichts zu sehen. Auch von Kleps Männern, die uns die Herde der Schwarzen von Laxvik zutreiben sollen, haben wir nichts gehört.

Als unsere beiden Herden – meine und Sigis – zusammenkommen, geraten die Schafe in große Aufregung. Sofort schallt das Blöken der Tiere über die Stoppelfelder, auf denen das Heu geschnitten worden war. Wir haben die Jährlings-Widder von den Schafen getrennt und jagen sie hinter ein Ginsterdickicht. Junge Widder kämpfen gern, beißen, rammen sich, schaben die Hörner aneinander und rennen wild herum, aber sie streunen nicht weit. Sie bleiben immer so weit in der Nähe, dass sie die Herde wittern können.

Ich weise unsere Leute an, die Auen und Hammel auf das obere Feld auf der anderen Seite des Deichs zu treiben. Dort wollen wir eine erste grobe Zählung vornehmen. Damit wird das untere Feld frei, und es hat noch genug Stoppeln zum Grasen, wenn Kleps Männer mit den Schwarzen kommen.

Ulph erzählt Sigi und Lar ausführlich von seinem Abenteuer in der Schlucht – wie er sein Leben riskiert habe, als er in die Schlucht abstieg, um den Hammel von dem sumpfigen Felsvorsprung zu retten. Der junge Bjorn hört ihm mit offenem Mund wie gebannt zu. Pilson ist älter als Bjorn und weiß, dass Schäfer gern übertreiben. »Ich bin froh, dass du nicht bei uns warst, Ulph«, sagt er lachend. »Wenn wir dich dabeigehabt hätten, wären wir immer noch da oben und würden Schafe jagen!«

»Und was ist mit dir, Olaf?«, fragt Lar. »Woher hast du die Wunde an der Stirn? Hast du nichts zu erzählen?«

Der Kleinbauer wirft mir einen verstohlenen Blick zu. »Das ist nichts, nur ein Kratzer von den Hörnern.«

Gegen Abend ist es der junge Bjorn mit seinen Adleraugen, der eine einsame Gestalt erblickt, die den Abhang herabrennt. Wer immer er auch ist, er kommt vom westlichen Höhenzug her, muss also einer von uns sein, von Vaters Gruppe. Er hat es eilig, nimmt die Abkürzung am Bach entlang, die viel steiler ist.

Sigi reagiert impulsiv, springt über den Flutdeich und rennt über das untere Feld dorthin, wo der Mann ankommen wird. Wir anderen folgen etwas langsamer. In der Dämmerung können wir die Gestalt jetzt deutlicher sehen, die Art, wie er läuft – der Hüpfsprung eines barfuß laufenden Mannes: Es muss Snorri Hasenscharte sein. Er sieht uns kommen, hört unsere Stimmen und bleibt stehen, beugt sich vornüber, stützt die Hände auf die Knie, während er keuchend um Atem ringt.

»Wo ist Vater?«, brüllt Sigi, kaum dass er in Hörweite ist. Kalt hallt der Schrei von den Felsen wider.

»Darum ... bin ich ... gekommen«, keucht Snorri.

»Was ist los, Mann?«, fragt Ulph.

Snorri ist den Tränen nahe. »Verdammte Schlacke! Verdammtes Feuer, verdammte Stiefel!« Wir starren ihn an, während der alte Snorri nach Worten sucht. »Dem Meister geht's schlecht. Gibt nicht auf! Nein! Will oben bleiben, bis wir das letzte Schaf gefunden haben.«

KAPITEL 31

Der Nachthimmel ist zu dunkel, ohne Mond ist es zu gefährlich, einen Hilfstrupp auf den Gjother zu schicken. Aber so früh es geht, schon im ersten Tageslicht, machen sich Lar, Olaf und Snorri an den Aufstieg. Sie wollen die restlichen Streuner zusammentreiben und Vater ins Tal bringen. Nicht lange danach brechen auch Sigi und ich auf, wir reiten nach Osten in Richtung Osvik; die beiden Grisedale-Jungen begleiten uns zu Fuß. Ulph bleibt allein auf der Dugdale-Weide, um die Herde zu hüten. Sigi und ich wollen bis zu Finns Wald reiten und am Pass warten.

Kleps Männer hätten in Dugdale zu uns stoßen sollen. Sie sind einen Tag überfällig, aber das war zu erwarten, wenn man im immer kürzer werdenden Tageslicht zweihundert Schafe über Land treiben muss. Deshalb wollen wir ihnen entgegenreiten und sie am Pass treffen – das erspart ihnen einen halben Tag –, gemeinsam mit ihnen die Zählung der Schwarzen durchführen und mit der neuen Herde so schnell wie möglich nach Dugdale zurückkehren. Das sollten wir schaffen, bevor Vater vom Gjother zurück ist. Wir müssen Vater nach Hause schaffen. Je schneller er wieder in der Obhut unserer Schwestern ist, desto besser.

»Was soll das?«, brüllt Sigi und stößt einen von Kleps Schaftreibern zu Boden. »Du wagst es, nur die Hälfte der vereinbarten Schafe herzutreiben? Schau sie dir nur mal an, ich hab noch nie so magere Schafe gesehen! Und wo sind die schwarzen?«

Ich muss Sigi zurückhalten; Pilson hilft dem Treiber wieder auf die Beine. Der Mann klopft sich den Dreck von den Kleidern, während der junge Bjorn, der die Zügel unserer Pferde hält, die Szene beobachtet und nicht weiß, ob er lachen oder wütend dreinblicken soll.

Ich versuche, so ruhig wie möglich zu bleiben. »Kein einziges Schaf ist ein echtes schwarzes. Uns wurden zweihundert Schafe zugesagt, und alle sollten schwarz sein. Ihr taucht hier mit nicht mal hundert Schafen auf, braun und weiß gemischt. Was ist hier los? Das passt nicht zu eurem Herrn, dass er sein Wort bricht!«

»Ich tue nur, was mir befohlen worden ist«, wehrt sich der Schaftreiber. »Verratet nicht, dass ich es euch gesagt habe – aber unser Gode hat sich mit den Leuten oben auf dem Vorgha zerstritten.«

»Was hat das mit uns zu tun?«

»Klep musste Schafe von den Vorgha-Leuten kaufen. Jeder weiß doch, dass Klep die schwarzen braucht, um seine Schulden bei Leif bezahlen zu können. Und deshalb hat Hals, oben auf dem Vorgha, mehr für seine Schafe verlangt.«

»Und Klep wollte nicht so viel zahlen?«

»Genau so ist es – aber bitte erzählt niemandem, dass ihr das von mir habt.«

»Wir nehmen die Schafe nicht an«, sagt Sigi. »Was wir erfahren haben und von wem, spielt keine Rolle. Treib die Schafe zurück nach Laxvik.«

»Tut mir leid, junger Herr«, antwortet der Treiber, »aber dein Wort reicht nicht.«

Sigi knirscht mit den Zähnen. »Du wagst es, dich mir zu widersetzen?«

»Wir haben den Befehl, die Hammel nach Dugdale zu treiben und Leif eine Nachricht von Klep zu überbringen, ihm persönlich und niemandem sonst.«

»Wie lautet die Nachricht?«, frage ich.

»Klepjarn will seinen Teil des Handels erfüllen. Diese Schafe hier will er euch leihen, für diese und die nächste Schur habt ihr die Wolle auf dem Hof, zwei Jahre Schur bekommt ihr kostenlos – auf Kleps Kosten. Beim nächsten Winteranbruch wird die gesamte Übergabe stattfinden, nur schwarze Schafe. Übermorgen wird unser Gode euren Vater Leif besuchen und die Angelegenheit direkt mit ihm besprechen, damit alles seine Richtigkeit hat.«

»Er soll bloß nicht wagen, sich bei uns blicken zu lassen«, bellt Sigi den Treiber an. »Er ist bei uns nicht willkommen. Und was diese verlotterten Hammel angeht – treib sie wieder zurück, wir wollen sie nicht! Sie sind eine Beleidigung für meinen Vater. Er wird sie nicht annehmen, sondern dich auf der Stelle zurückschicken.«

»Ob es dir gefällt oder nicht, das können wir nicht machen. Klepjarn wird beleidigt sein und wird es euch sehr übel nehmen, und uns wird er verprügeln lassen.«

Sigi grinst breit. »Mach es nur, überbring ihm meine Botschaft, auch wenn er sich beleidigt fühlt. Das ist mir völlig egal.« Sigi nimmt dem Jungen die Zügel aus der Hand und schwingt sich auf den Grauen. »Los, steig auf, Kregin, wir reiten.«

Bjorn will mir die Zügel reichen, aber der Rotfuchs spürt, dass etwas nicht stimmt; er scharrt unruhig mit den Hufen. Pilson nimmt die Zügel und versucht, das Tier zu beruhigen. »Wohin?«, frage ich Sigi.

»Zum Klepjarnshof«, antwortet er. »Um die Sache mit diesem Bastard Klep direkt zu regeln.«

»Nein, Sigi. Das würde Vater nicht gefallen.«

»Kann sein. Aber dieses Mal regle ich die Sache auf meine Art.«

»Sigi, wir reiten zuerst nach Dugdale zurück. Lass uns die Sache erst einmal mit Vater besprechen.«

»Nein, Kregin!« Er schaut wütend auf mich herab. »Den Fehler mache ich nicht noch einmal. Ich gehe – mit dir oder ohne dich. Das ist meine Chance, die Sache in Ordnung zu bringen!«

Der junge Bjorn läuft zu ihm. »Nimm mich mit«, bettelt er. Sigi nickt, beugt sich hinunter und zieht Bjorn hinter sich auf das Pferd. Sie reiten davon, in flottem Trab, das Pferd wedelt freudig mit dem grauen Schweif. Ohne ein Wort dreht sich Pilson um und rennt hinter ihnen her in Finns Wald hinein.

KAPITEL 32

Olaf ist kein zuverlässiger Mensch, aber im Moment müssen wir glauben, was er uns erzählt – wir haben bisher keine anderen Nachrichten. Nachdem Sigi Bane Morfinson in Laxvik getötet hatte, war er mit Pilson und Bjorn nach Grisedale geflohen. Die beiden Burschen kennen ihr Heimatgebirge wie ihre Hosentasche. Sie führten ihn zu einer Höhle im Gebirge oberhalb des Bergsees, wo er sich nun versteckt hält. Wie Olaf sagt, hat Sigi dort alles, was er braucht – Fleisch, Feuer, Pelze, Schutz vor dem Wetter. Pilson versorgt ihn mit Bier, und die beiden Jungen leisten ihm an den meisten Abenden am Feuer Gesellschaft.

»Sie haben ihm sogar ein Spielbrett besorgt«, erzählt Olaf und verzieht das Gesicht. »Dein Bruder kann jetzt den ganzen Tag Hneff spielen und sich selbst bescheißen, wie es ihm Spaß macht.«

Für die Beleidigung hätte ich dem Bauern am liebsten einen Haken versetzt, aber kann man einen Mann schlagen, der dir gerade das Pferd deines Bruders zurückgebracht hat? Sigi hatte Bjorn seinen Grauen anvertraut, damit er ihn nach Hause zurückbringe. Das Pferd hätte den harten Winter dort oben nicht überlebt. Außerdem sollte er der Familie ausrichten, dass es Sigi gut gehe und dass er in Sicherheit sei. Glücklicherweise begegnete Bjorn auf dem Reitweg oberhalb von Finns Wald Olaf, wodurch sich Bjorn einen halben Tagesritt ersparte. Als »Gegenleistung« für den Gefallen, den Olaf ihm tat, indem er dem Jungen das Pferd abnahm, ließ er sich von Bjorn brühwarm alles über Sigi erzählen – auch, wo sich Sigis Höhle befand.

Wir sind Bjorn dankbar, dass er Sigi oben in Grisedale geholfen und dass er sein Pferd bis nach Osvik gebracht hat, aber niemals hätte er einem Plappermaul wie Olaf erzählen dürfen, wo sich Sigi versteckt hält. Doch im Moment ist das bei Weitem nicht unsere größte Sorge.

KAPITEL 33

Inzwischen haben wir mehr darüber erfahren, was geschehen ist, dieses Mal von Karghyll, der die Überfahrt mit der Fähre auf sich nahm, um Vater die Nachricht zu überbringen. Offenbar hat mein Bruder Bane offen und ehrlich und vor Zeugen herausgefordert. Morfins Sohn hätte sich weigern können, hätte den »Köder« nicht zu schlucken brauchen. Es war nicht seine Sache, seinen Schwiegervater Klep wegen der Angelegenheit mit den Schwarzen zu verteidigen, aber er war trotzdem einverstanden zu kämpfen. Er hat sich mit Sigi angelegt und musste mit dem Leben bezahlen. Anscheinend war der Kampf im Nu vorbei. Sie hatten kaum die Äxte gekreuzt, als Bane einen zu heftigen Ausfallschritt machte und ins Straucheln geriet. Sigi nutzte die Chance sofort und gab seiner Axt Blut zu schmecken.

Aber natürlich war allen klar, wie auch Karghyll sagte, dass es bei dem Duell nicht um ein paar Schafe ging – die waren nur die vorgeschobene Begründung –, sondern dass Sigi die Gelegenheit beim Schopf ergriff, Bane für das zu bestrafen, was er Bera angetan hatte. Karghyll zufolge stritten sich jetzt alle um eine einfache Rechtsfrage: War Kleps Wortbruch in Bezug auf die Schafe ein ausreichender Grund für eine Blutrache?

Selbst für Vater, der das Fehdegesetz in- und auswendig kennt, ist die Frage nicht eindeutig zu beantworten. Wir befürchten aber, dass die Frage mit »Nein« beantwortet werden könnte – in diesem Fall hätte Sigi das »erste Blut« vergossen. Sigi wäre somit »vogelfrei«; fortan könnte sich dann jeder Hitzkopf aufmachen und ihn jagen, jeder, der gern einen Schädel einschlägt, eine Rechnung offen hat oder ein paar Silberlinge braucht. Dem Blutgesetz zufolge ist Morfin als Banes Vater der Geschädigte, er hat das Recht zur Rache. Aber auch Klep und Gunnar haben das Recht, den Tod eines nahen Verwandten zu rächen.

»Vater, können nach dem Gesetz alle drei Rache ausüben?«, frage ich.

Auf die Frage muss ich mir eine lange Lektion mit vielen »wenn« und »aber« und »sofern« anhören, nach der ich nur noch verwirrter bin. Je mehr ich versuche, Vater auf eine Erklärung festzunageln, desto ausweichender werden seine Antworten. »Das Blutrecht wird seinen Lauf nehmen«, sagt er schließlich, »so wie ein Fluss immer den richtigen Weg zum Meer findet.«

»Aber es muss doch eine einfache Antwort geben, was richtig und was falsch ist?«

»Weiß denn ein Fluss, was richtig oder falsch ist?«

Wenn es nach mir gegangen wäre, hätte ich mich nicht auf den Weg nach Grisedale gemacht. Denn wenn sich Sigi in den Kopf gesetzt hat, nicht nach Hause zu kommen, sondern im Gebirge zu überwintern, dann werden ihn weder Lar noch ich zu etwas anderem überreden können. Aber wie sollten wir unseren Schwestern diese Bitte abschlagen?

Um ihretwillen mussten wir es wenigstens versuchen. Bera ließ nicht locker; seit dem Moment, in dem Olaf Sigis Pferd auf den Hof führte, hat sie ruhig und leise auf mich eingeredet. Und Svena hat Lar bearbeitet – es ist niemandem verborgen geblieben, dass sie scharf auf Sigi ist. Und Haldis steigerte sich wegen dieser Sache sogar in einen richtigen Wutanfall hinein. So blass vor Wut habe ich sie noch nie gesehen.

»Wir können ihn nicht dort oben lassen!«, schrie sie und schüttelte ihre Krücke drohend in meine Richtung. Damit war die Sache für sie so gut wie geklärt. Sie packte Vorräte und Felle ein und füllte zwei Schläuche mit Bier. Bis zu diesem Punkt hatte Svena nicht offen geweint, aber als sie hörte, dass ich mich endlich bereit erklärt hätte zu gehen, strömten ihr die Tränen nur so aus den Augen. »Du musst mit ihm gehen, Lar. Du kannst Kregin nicht allein ziehen lassen.«

»Bitte, Bruder«, waren Beras letzte Worte für mich, als ich loszog, »du musst dafür sorgen, dass Sigi nach Hause kommt. Nur hier ist er in Sicherheit!«

Die Pferde stehen bereit, aber ich werde noch zu Vaters Schrankbett gerufen, damit er mir seinen Segen zuflüstern kann. Als er sich zu mir umdreht, stöhnt er vor Schmerzen. Ich spüre seine Tränen auf meiner Wange. »Sag Sigi, er soll dort bis zum Wali-Fest bleiben. Vorher darf er sich nicht blicken lassen. Er muss mir Zeit geben, die Sache zu regeln.«

Wir lassen die Pferde in den tieferen Lagen beim Osvik-Hof zurück. Im Gebirge kann ein Pferd in dieser Jahreszeit eine Last sein. Das Letzte, was wir brauchen können, ist, uns bei einem Schlechtwettereinbruch Sorgen um die Pferde machen zu müssen. Zu Fuß wollen wir so schnell wie möglich nach Grisedale hochsteigen. Wir haben uns für den steileren Pfad über den Grat entschieden, den Lar vorgeschlagen hat, um Zeit zu sparen.

Wir haben unsere Schneeschuhe mitgenommen. Schon in ein paar Tagen können wir es mit dichten Schneestürmen zu tun bekommen. Außerdem führen wir Weidenstöcke mit uns, um die Schneetiefe auszutesten, falls wir beim Abstieg in Schneeverwehungen geraten. Mit etwas Glück können wir Sigi vor Nachtanbruch erreichen und uns in seiner Höhle ans wärmende Feuer setzen und unser Bier schlürfen. Inzwischen sind meine Bedenken verflogen. Ich kann es kaum erwarten, ihm von Vaters Plan zu erzählen.

KAPITEL 34

In der Höhle brennt das Feuer hell; draußen ist die Nacht mondlos, zu kalt für Schnee. Aus den tiefen Eingeweiden des Berges streicht eiskalte Luft über unsere Gesichter, lässt die Flammen auflodern, wirft unsere Schatten wie rastlose Geister über die kahlen Felswände. Mir ist bitterkalt bis auf die Knochen, doch auf meinem Nacken liegt kalter Schweiß. Zwei Felle wärmen meine Schultern, mein eigenes und Sigis. Am Feuer liegt genug Lammfleisch bereit, das Bier wartet, aber weder Essen noch Trinken wärmen mein Innerstes. Selbst die Hitze der Flammen spüre ich nur auf der Haut, gleichgültig, wie nah ich ans Feuer rücke. Meine Wangen sind nass, sie brennen vor Hitze, und die Fingerspitzen, eben noch taub vom Einwickeln der Leiche, beginnen zu kribbeln, als ich sie zu nahe ans Feuer halte.

Morgen werden wir ihn nach Hause bringen. Wenn meine Schwestern gesehen haben, was Mord Sigi zugefügt hat, werden sie meinen Entschluss verstehen: Ich werde keine Ruhe finden, bis ich es dem Mörder meines Bruders mit gleicher Münze heimgezahlt habe. Vater wird dagegen sein, er wird versuchen, mir auszureden, Mord zu stellen, aber seine ganze Überredungskunst wird nicht ausreichen, mich von meinem Entschluss abzubringen. Die Zeit der Vernunft ist vorbei. Warum sollten wir uns der Macht des Gesetzes beugen, wenn Mord ungestraft einen Menschen töten kann?

Ich habe Sigi in die Schaffelle gewickelt, die Pilson hergeschafft hat. Der Leichnam liegt am Höhleneingang, wo es trocken und kalt ist. Immer wieder wird mein Blick wie magisch zu ihm hingezogen – dem unförmigen Haufen alter Felle, halb im Dunkeln außerhalb des Feuerscheins. Dunkelheit und Nacht und ein hastig um ihn gewickeltes Leichentuch mögen verhüllen, was Mords Axt angerichtet hat – aber sie vermögen es nicht, die Erinnerung zu löschen. Bevor ich Sigi eingewickelt habe, habe ich mir jeden Riss, jede klaffende Wunde, jeden gespaltenen Knochen eingeprägt, die Sigi bei seinem letzten Kampf hinnehmen musste, habe, ohne zurückzuzucken, die Wunde betrachtet, die der tödliche Schlag hinterlassen hat, habe mir jede einzelne Verletzung gemerkt, die ihm der Mörder in seinem wahnsinnigen Blutrausch noch zufügte, nachdem Sigi längst tot war.

Die Grisedale-Jungen standen stumm am Ufer des Bergsees, als ich Sigis blutverkrusteten Körper im eiskalten Wasser wusch, sein Bein oberhalb und unterhalb des Knies schiente und ihm aus fast steif gefrorenem

Bast einen Verband um den Hals legte, um die weit aufklaffende Axtwunde zu bedecken – der mörderische Seitenhieb gegen den Hals, der meinen Bruder das Leben kostete.

»Die Mädchen werden es nur schwer ertragen können, ihn so zu sehen«, sagt Lar, als wir uns am Feuer wärmen. »Sigis Leiche ist ohnehin schon zwei Tage alt. Wir werden ihn auf einen Schlitten binden und über den Berg nach Osvik ziehen müssen. Er wird ständig gerüttelt und geschüttelt werden. Wie wird er dann erst aussehen, wenn wir in Osvellir ankommen?«

»Meine Schwestern haben ein Recht darauf, ihn zu sehen«, entgegne ich kalt. »Und deine Svena«, füge ich hinzu. »Auch sie hat ein Recht darauf. Die Mädchen werden ihn waschen und herrichten, ihm feine Kleider anziehen. Er wird bei seinem Großvater im Steingrab liegen – Vater wird es so haben wollen.«

»Aber was würde Sigi wollen?«, fragt der junge Bjorn. »Sollte nicht auch sein Wunsch gelten?«

»Wie kann sich ein Toter etwas wünschen?«, faucht ihn sein Bruder gereizt an. Aber nach einem Schluck Bier bessert sich Pilsons Laune wieder. »Wenn Sigi noch reden könnte, würde er Revanche verlangen. Er würde sagen: ›Lasst mich noch einmal gegen Mord antreten. Ihr werdet schon sehen, beim nächsten Mal mache ich ihn fertig.‹«

Bjorn lacht laut auf, schon fast betrunken. »Du meinst, er hat einen guten Wu-Wurf mit den Würfeln, rückt drei F-Felder vor auf dem Schp-ielbrett und stößt ihn über den Grisedale-Felsen?«

»Redet keinen Unsinn, ihr zwei«, fährt Lar dazwischen. »Schaut, dort liegt Sigi, eingewickelt in alte Felle, zerschunden und zerschlagen, von Mord buchstäblich in Stücke gehackt. Wenn das *eure* Leiche wäre oder von jemandem aus *eurer* Familie, würdet ihr dann auch so über ihn reden?«

Bjorn schwankt betrunken hin und her, fällt fast in die Flammen, reißt einen brennenden Ast aus dem Feuer.

»Lasst Schigi sprechen!«, lallt er. »Ich sage, Schigi soll… sagen, was er… w-will!«

»Setz dich hin, Bursche!«, blafft ihn Pilson an und kann gerade noch einem Funkenregen ausweichen, als Bjorn mit dem brennenden Ast durch die Luft fuchtelt. »Sei kein Idiot und hör auf, mit dem Feuer zu spielen!«

Aber Bjorn bleibt stur, schüttelt den Kopf. Plötzlich ahmt er Sigi nach, ob aus jungenhafter Bewunderung oder weil er zu besoffen ist, kann ich nicht sagen – ahmt ihn nach, als würde er beim Hneff-Spiel ausrufen: »Schschickt mich über die Wasch… Wasser. Lasset mich in der Tiefe des Teichs ins… Je-Jenseits eingehen.«

Bjorns Unfug bringt uns alle zum Lachen.

»Aber so könnten wir es machen«, sagt Pilson nach kurzem Schweigen nachdenklich. »Wir könnten ein Floß bauen und Sigis Leichnam vom Ufer wegtreiben lassen. Dauert ja nicht lange, ein paar Baumstämme zusammenzubinden.«

Lar schaut mich ernst an. »Wir machen das, wenn du es willst. Du musst es nur sagen.«

»Er lebt! Er lebt! Ich sag euch, er lebt!« Nur Worte, sie hallen mir in den Ohren nach, immer wieder. Ein Traum. Die Stimme weckt mich. Bjorn, spinnt er wieder? Oder redet mein Bruder? Verwirrt fahre ich hoch.

Lar ist schon hellwach, er legt Holz aufs Feuer. Jetzt lässt er das Holz fallen und rennt zum Höhleneingang, stolpert an Pilson vorbei, der sich erschrocken aufsetzt, den Kopf noch unter den Fellen vergraben.

»Sigi lebt!«, schreit Bjorn. Der Schrei hallt durch die Höhle und jagt mir einen Schauder über den Rücken. »Kommt und seht selbst!«, jammert Bjorn unter Tränen. »Er bewegt sich, glaubt mir doch!«

Wir versammeln uns um den bewegungslosen Fellhaufen, unter dem mein Bruder liegt.

»Bjorn, du Idiot!«, schreit Pilson mit aschfahlem Gesicht. »Du hast uns vielleicht einen Schrecken eingejagt!«

»Ich hab gesehen, wie er die Hand bewegt hat!«, verteidigt sich der Junge. »Die Finger … sie haben sich geöffnet.«

Die Weidenruten, die wir um die Felle gewickelt haben, haben sich gelockert, sodass Sigis rechter Arm aus den Fellen hervorgleiten konnte. Arm und Hand sind in der Kälte längst erstarrt.

Lar grinst spöttisch. »Der Frost spielt manchmal solche Spielchen mit einer Leiche. Hab ich mal bei einem Pferd gesehen, das wir tot auf dem Berg gefunden haben. Das gefrorene Blut schwillt im Körper an, und dann zucken die Glieder, als ob das Tier noch lebt.«

»Ich weiß, was ich gesehen habe!«, sagt Bjorn trotzig. »Er hat gelebt!« Er dreht sich um und rennt voller Angst aus der Höhle.

Danach will Bjorn nicht mehr in die Höhle zurück. Ich sage Pilson, er solle seinen Bruder in Ruhe lassen. Zitternd sitzt der Junge am Ufer des Bergsees, schnitzt Dübel und Nägel und schaut schweigend zu, wie wir das Floß bauen.

Meine Hände sind taub vor Kälte, aber innerlich glühe ich, bin fast fröhlich. Es fühlt sich gut an, etwas tun zu können, und für Sigi will ich es gut machen. Der Himmel ist grau, auf den Kieseln am Ufer funkelt matt der Frost. Die Berggipfel verbergen sich in eiskaltem Nebel, der Wind kräuselt den See, grau wie die Berge, die Landschaft ist trostlos und öde wie der Himmel.

Lar schält den Stamm einer jungen Birke – das wird der Mast, das stärkste und geradeste Stück, das er unter dem Feuerholz finden konnte. Oben schnitzt er eine Kerbe in das Holz, dort wird er seine einfache Version einer Rahe befestigen. Es war Pilsons Idee, Sigis Leichenfell als Segel an die Rahe zu hängen, damit der Wind das Floß auf den See hinaustreiben kann. Bedrückt reiche ich ihm das Segel.

Der Schnee hält sich zurück, wir werden keine Schneestöcke brauchen, wenn wir vom Berg absteigen. Pilson schiebt ein paar Stöcke durch die Löcher, die er in das Segelfell geschnitten hat, um es auszufieren. Jetzt ist es breit genug und hängt an der Rahe wie das Hemd einer Vogelscheuche.

Bjorn schaut zu, als ich eine Birke der Länge nach spalte und in regelmäßigen Abständen einkerbe. In die Kerben werden die Keile eingefügt, die die Stämme halten, sodass sie nebeneinander einen flachen Schwimmkörper bilden. Die Dübel, die Bjorn geschnitzt hat, habe ich an einem Ende zugespitzt, das andere Ende bleibt stumpf; sie sorgen dafür, dass die Balken dicht aneinandergepresst werden, damit das Wasser nicht zwischen ihnen hindurchdringen kann.

»Wo hast du das gelernt?«, fragt der Junge.

»Von meinem Bruder.«

»Von Sigi?«

»Nein. Von meinem älteren Bruder, vor vielen Jahren.«

»Ist er nicht mit dir in die Eislande gekommen?«

Pilson mischt sich ein und schimpft Bjorn aus, er solle mich nicht mit Fragen belästigen. »Geh und zünde die Fackeln an. Trödle nicht rum, Junge. Und hör auf, wie ein Mädchen zu tratschen.«

Bald darauf ist das Floß im Wasser, Sigis Leiche liegt darauf. Der Mast ragt nur auf Manneshöhe auf, unten ist er mit einem Holzblock fest verkeilt, der Block ist kaum größer als ein Männerfuß. Ich habe die Felle von Sigis Kopf weggeschoben, ihm mit nassen Händen Bart und Haar gekämmt, sein Gesicht hergerichtet, so, wie er es hätte haben wollen. Sein Gesicht ist nun dem Wind ausgesetzt, die klaffende Wunde am Hals ist bedeckt, von dem zerschlagenen Körper ist nichts zu sehen.

Unter und über dem Körper haben wir klein geschnittenes Anfeuerholz aufgeschichtet, darüber liegen stärkere Zweige. Alles ist bereit. Über Sigis Kopf flattert das Segelfell wie das Kleid einer Vogelscheuche. Bjorn hält zwei brennende Fackeln bereit, die einen schwachen Lichtschein verbreiten; ihre Flammen lodern im Gebirgswind immer wieder auf, Funken sprühen herab und erlöschen zischend auf den frostigen Kieseln am Wasserrand.

Lar und ich ziehen das Floß auf den See, bis das Wasser über unsere Stiefel schwappt. Hinter uns hebt Pilson das andere Floßende über den Kieselsteinen an, aber er hebt es zu hoch an, sodass ein wenig Brennholz ins Wasser fällt.

»Pass doch auf!«, brüllt Lar.

»Jetzt, Bjorn!«, schreit Pilson. »Steck den Scheiterhaufen in Brand! Um Thors willen, mach schon, bevor es abtreibt!«

»Nein, warte, Bjorn!«, brülle ich. »Noch nicht!« Ich erkenne meine Stimme fast nicht wieder.

Lar hält das Floß fest, während ich ein Knie auf den Bug schiebe, direkt vor dem Mast. Unter meinem Gewicht sinkt das Floß ein wenig tiefer ins Wasser. Ich beuge mich über Sigis Gesicht, mein Atem dampft über seine Wangen, weicht den Frost in seinem Bart auf. Unter meinem Hemd habe ich die kleine Hornspitze mit den Nägeln meines Vaters hervorgeholt – das letzte Andenken an meinen ersten Vater. Ich lege das Amulett und das Lederband lose um Sigis Kinn. Seinen Hals will ich nicht berühren, damit die Axtwunde nicht aufplatzt.

Niemand hört, was ich meinem Bruder ins Ohr flüstere.

KAPITEL 35

Es ist Sigis Kind, das Svena zur Welt bringen wird, daran gibt es keinen Zweifel. Gestern, als ich mit der tragischen Geschichte von Grisedale zurückkehrte, kam die Wahrheit ans Licht. Sie hätte nicht mehr lange verborgen bleiben können, und jetzt geht sie in der allgemeinen Trauer fast unter. Seit Wochen hatte Svena die Sache nur mühsam für sich behalten können – nur Bera hatte sie sich anvertraut. Aber als sie dann die Nachricht von Sigis Tod erfuhr, als ihr voller Angst bewusst wurde, dass ihr Kind nun vaterlos aufwachsen würde, konnte sie sich nicht mehr beherrschen – in einem Schwall von Tränen platzte sie mit der Wahrheit heraus, kaum dass die Suppe auf dem Tisch stand.

Vater lag in seinem Schrankbett, aß schweigend weiter – kein Wort von ihm. Lar warf seiner Schwester einen säuerlichen Blick zu, als wolle er sagen: »Ich hab dir immer gesagt, das wird nicht gut enden – aber du wolltest es nicht hören.«

Und Haldis? Die Nachricht von Sigis Tod hatte sie schwer getroffen. Bedrückt und niedergeschlagen saß sie am Tisch. Ich hatte damit gerechnet, dass sie nun durch die Decke gehen würde, dass sie Svena vorwerfen würde, Sigi verführt zu haben – dass sie das Mädchen aus dem Haus werfen oder sie zumindest mit Schimpf und Schande zu den anderen Mägden in die Scheune verbannen würde.

Aber nichts davon geschah. Haldis gab Svena einen mütterlichen Kuss auf die Stirn, zog sie in ihre mächtigen Arme und sagte leise: »Sigis Kind! Mach dir keine Sorgen, Mädchen – wir werden uns um dich und das Kleine kümmern.«

Letzte Nacht vor dem Schlafengehen, als ich Snorri zur Tür brachte, packte er mich am Arm. Er war gekommen, um mit Vater zu sprechen, ihm sein Beileid auszudrücken. »Junger Herr«, sagte er zu mir, »wär mir lieber, ich wär gestorben als dein Bruder. Ich war nie mehr so traurig, seit Beras Mutter starb.« Dann flüsterte er mir zu: »Hab deinem Vater das mit dem Feuer erzählt … in Longfjord, du weißt schon … ich musste es ihm sagen!«

Vater ist bettlägerig. Er verlässt sein Schrankbett nur, wenn er zum Scheißhaus muss – ich muss ihn hintragen. Sein Mut, seine Kraft – alles versiegt. Er regt sich über die nichtigsten Dinge auf, eine Schärfe liegt in seiner Stimme, die ich noch nie zuvor gehört habe. Gereizt brüllt er seine Befehle, hämmert wütend an die Holzwände der Koje, wenn sich nicht sofort jemand um ihn kümmert. Die Haustür muss den ganzen Tag offen stehen, auch wenn der Os-Wind ins Haus bläst, damit wir seine Befehle auch draußen auf dem Hof hören können. Er schickt uns zur Scheune, zum Stall, aufs Feld, zum Ufer, oft ohne jeden Grund.

»Das dulde ich nicht!«, blafft er plötzlich Haldis an, als wir drei allein im Haus sind. »Ich dulde nicht, dass die Arbeit wegen des Trauerns und Geplärres liegen bleibt! Sigi ist tot, das ist grausam und schwer zu ertragen, aber damit muss jetzt Schluss sein! Jetzt ist Schlachtmonat. Ihr habt draußen genug zu tun!«

Haldis schaut ihn zornig an, aber in ihrem Blick liegt mehr Trauer als Wut. Schon bindet sie sich die Schürze um, die alte, zerschlissene Schürze, die sie nur bei der Arbeit draußen auf dem Hof trägt. Sie streicht die Schürze über den Hüften glatt, zieht die Kette am Herd hoch, schürt das Feuer, dass es Funken sprüht, wischt die Asche von den Steinen und schiebt einen Topf zurecht, völlig überflüssige Tätigkeiten.

»Was machst du da, Tochter? Der Herd kann warten. Hast du entschieden, was du mit den Hammeln machst? Wie viele willst du keulen? Bera soll das Waschen überwachen – ich will, dass sie gründlich gewaschen werden, in Salzwasser, unten am Ufer, bevor sie geschlachtet werden –, wie wir das immer tun. Bera soll dafür sorgen, dass es richtig gemacht wird.«

»Ich sag's ihr, Pa.«

»Und wo ist Ulph schon wieder? Wie lange braucht dieser Mensch, um das bisschen Mauer auszubessern?«

Vaters Körper fühlt sich glühend heiß an. Ich ziehe ihm die Hose über die Knie herab und setze ihn auf den Holzsitz über dem Loch. Kalte Zugluft bläst durch das Spülloch unter dem Sitz herein, Vater zieht das Fell über die Schenkel.

Ich drehe mich noch einmal um, bevor ich die Tür schließe. »Soll ich das Talklicht anzünden? Es ist so dunkel hier drin.«

»Vergeude keine Kerzen. Ich bin an die Dunkelheit gewöhnt.«

»Wie lange brauchst du?«

»So lange es dauert.« Er grinst gezwungen. »Geh nicht. Höchste Zeit, dass wir miteinander reden«, sagt er in drängendem Ton. »Du schaffst es doch noch, bevor die Fähre nach Suthyre ablegt?«

»Natürlich, ich hab noch Zeit.«

»Komm zurück, bevor es Nacht wird. Achte auf die Flut.«

»Ich bringe sie heute noch zu dir, keine Sorge. Sie wird dein Bein schon wieder richten.«

»Es geht mir nicht um Mutter Hethrun. Ihre Salben nützen mir nichts mehr. Und das Letzte, was ich jetzt brauche, ist, dass sie ständig an mir herummacht.«

»Warum muss ich sie dann holen, wenn du ihre Hilfe gar nicht haben willst?«

Vater atmet tief ein, seine Hände zittern vor Kälte. Ich nehme meinen körperwarmen Pelz ab und lege ihn um seine Schultern. »Nein, ich brauche Hethrun nicht. Bring mir Cuin. Er muss kommen. So schnell wie möglich, Kregin. Und dieses Mal will ich kein Nein hören.«

»Ich glaube nicht, dass er kommen wird. Er ist fest entschlossen, dort zu bleiben. Und du weißt, wie stur er sein kann.«

»Er wird kommen. Sag ihm, dass ich im Sterben liege!«

»Das werde ich ihm nicht sagen!«

»Mir egal, was du sagst. Solange du ihn nach Osvellir zurückbringst.«

»Gut, ich schaffe ihn her, wenn du das unbedingt willst.«

»Cuins Platz ist hier, bei mir – und bei dir! Ein Gode braucht einen guten Mann an seiner Seite. Schnell, heb mich hoch – ich hab keine Lust, auf dem Scheißloch zu erfrieren.«

KAPITEL 36

Als die Flut unser Boot um die Landzunge am Nordufer trägt, sehen wir unsere Schlachtschafe, die zum Strand getrieben werden. In einigem Abstand folgt eine einsame Gestalt, Bera, ein weißes Fell über den Schultern, Vaters Hirtenstab in der Hand.

Alte Hammel brauchen eine strenge Hand; sie müssen fest mit dem Krummstab an den gekrümmten Hörnern gepackt werden, damit sie dem Hirten folgen, nachdem sie fünf Sommer lang frei über die Bergwiesen streunen durften. Es sind die Wollschafe, die Haldis für die Schlachtung morgen ausgewählt hat. Die Halbschur – die Halbjahresschur vor dem Winter – bleibt ihnen erspart, deshalb werden sie nach der Schlachtung gute Pelze liefern. Ohne ihr nahes Schicksal zu ahnen, lassen sie sich am Wasserrand nieder, knabbern am Seetang und lassen den Os-Wind durch ihr Fell streichen.

Bera schaut uns entgegen, als wir mit der Flut zum

Ufer treiben. Als wir aus dem Boot steigen, lässt sie den Stab fallen, rafft den Rock bis über die Knie hoch und plantscht durch das seichte Uferwasser auf uns zu. Sie packt Cuin und fällt ihm um den Hals.

Vater duldet nicht, dass ihm die Binden vom Fuß genommen werden, und erst recht lässt er nicht zu, dass wir die Puder benutzen, die Hethrun geschickt hat. Von seiner Bettstatt geht ein grauenhafter Gestank aus, schlimmer als verrottender Schwefel, kalt und ranzig. Nur der Onkel darf bei ihm bleiben, uns andere jagt Vater weg. Sie unterhalten sich flüsternd.

Als der Abend dämmert, komme ich von der Scheune herein. Vater schläft, Cuin sitzt reglos vor seinem Bett, starrt in den dunklen Bettkasten, wartet darauf, dass Vater wieder aufwacht. In der Halle ist es fast still, nur das frische Brennholz knistert und knackt auf dem Herd. Es klappert leise, als Haldis ihren Topf vom Brett nimmt, sie wischt sich die Hände an der öligen Schürze ab, einen Moment später ist das Klicken des Hakens an der Scheißhaustür zu hören.

Bera und Svena sitzen auf der Frauenbank, ohne Licht, sie nähen, nur mit den Fingern tastend, an den beiden Enden einer Decke. Lar und ich sitzen neben dem Herd und spielen Hneff. Wir werfen die Würfel auf einen viereckig zugeschnittenen Lappen, den uns Bera gegeben hat, um den Lärm der Würfel zu dämpfen. Vater schreckt aus dem Schlaf auf und stöhnt.

»Lar«, sagt er, »wo ist Lar? Ah, da bist du ja. Sattel die Pferde, deins und Cuins, ihr dürft keine Zeit verlieren. Ihr werdet die Nacht hindurch reiten, bis zum Klepjarnshof. Beim ersten Tageslicht müsst ihr dort sein, du und Cuin-rua.«

Lar steht auf und geht ohne ein Wort zur Tür. Ich will ihm folgen.

»Nein, Kregin, bleib hier. Ich brauche dich bald, du musst mich tragen, du weißt schon, wohin.«

»Es ist besser so«, sagt Cuin und schlägt mir leicht auf die Schulter. »Wir schaffen das auch ohne dich.«

Ich schaue Vater fragend an, aber er starrt an mir vorbei.

»Schwarze, hast du mich verstanden, Cuin? Die volle Zahl, die er uns schuldet – und Klep selbst muss sie übergeben, niemand sonst.«

»Überlass das mir, Gode«, sagt Cuin. »Du kannst dich auf mich verlassen.«

»Wenn das getan ist, wenn sich Klep nicht herauswinden will und bis zum letzten Schaf liefert, gibt es keinen Grund mehr für Vergeltung. Er hat mein Wort – es muss kein Blut mehr vergossen werden.«

KAPITEL 37

Regen. Dämmerung, zu früh heute, draußen im Hof lodert ein Feuer im Os-Wind auf. Die Flammen werfen ihr Glutlicht an das Haus, als wäre es Nacht, obwohl Mittag gerade erst vorbei ist. Haldis hat zwei Kessel auf dem Feuer, in einem blubbert das Fett, sie lässt Talg aus den geschlachteten Hammeln, der andere Topf ist bis zum Rand gefüllt mit Wasser, in dem sie Blutwurst und Innereien kocht. Dieses Jahr haben wir viele Tiere geschlachtet, wir haben viel Fleisch; die gekochten Innereien werden als Winterfutter für die Hunde in der Erdhöhle aufbewahrt.

Svena zerlegt die Schlachttiere auf dem Schlachttisch. Die Hunde laufen aufgeregt kläffend herum, schnappen nach Knochen und Abfällen. Svena achtet nicht auf das Gebell. Still arbeitet sie, führt Messer und Schlachtbeil sicher, wirft die Knochen auf den Boden, über die gierig hochgereckten Schnauzen der Hunde hinweg, ohne den Blick von ihrer Arbeit zu wenden. Ihr Bauch ist rund, deutlich zu sehen. Und auch ihr Gesicht ist voller geworden. Das Feuer legt ein mütterliches Glühen auf ihre Wangen. Neben ihr mahlt Bera Hafer und Gerste. Vermischt mit dem Blut wird es zu Blutwurst gekocht. Haldis lässt niemanden an den großen Topf, in dem alles miteinander verrührt wird. Sie nimmt eine Handvoll des Breis heraus – Blut vom Schlachten in der letzten Woche, verdickt mit Hafer- und Gerstenmehl –, presst die Mischung in einen Schafsmagen und wirft ihn ins kochende Wasser. Der Wurf ist ungeschickt, zu heftig, fettiges Wasser spritzt auf, läuft über den Kesselrand und gerinnt zu rauchendem Fett; und aus dem Talgkessel spritzt Fett ins Wasser zurück, als ob ein Kessel den anderen mit seinem ranzigen Gestank übertreffen will.

Haldis brüllt die Hunde an, dann schreit sie über den Hof, dass ihr niemand hilft. Wenn unsere Schwester so schlechte Laune hat, wagt es niemand, sie daran zu erinnern, dass sie selbst es war, die die Milchmägde zu früh weggeschickt hat. Haldis versucht, meinen Blick aufzufangen, aber ich hüte mich, in ihre Richtung zu schauen. Unauffällig ziehe ich mich in die Scheune zurück. Dort hole ich den Schleifstein, nehme die Axt zwischen die Knie und wetze die Klinge – nach der Schlachterei am Morgen könnte sie stumpf geworden sein.

Aber meine Schwester folgt mir in die Scheune, steht krumm, auf ihren Krückstock gelehnt, an der Tür im spärlichen Licht. Sie hat die vom Blut geschwärzten Arme vor der Brust verschränkt. »Kregin! Versprich mir, dass du nicht tun wirst, was er sagt.«

»Warum zweifelst du an mir?«

»Ich zweifle nicht an dir, aber ich weiß, dass du dein Wort hältst, wenn du es gibst – ob du es Vater gibst oder sonst jemandem.«

»Ich will warten, bis Cuin zurückkommt, bevor ich mich entscheide. Wenn mit den Schafen alles in Ordnung ist, werden wir tun müssen, was Vater sagt.«

»Gode Klep wird die schwarzen nicht liefern, wie er es versprochen hat. Er ist kein Narr. Er wird die Schafe nicht selbst bringen. Er wird überhaupt keine Schafe bringen.«

»Cuin kann ihn überzeugen, darin ist er sehr geschickt ...«

»Sie werden den Onkel von der Schwelle jagen. Mach dir nichts vor, Klep wird sich ins Fäustchen lachen. Inzwischen hat ganz Laxvik erfahren, dass Vater im Sterben liegt. Für Klep und seinen Schwiegersohn ist das die beste Gelegenheit, uns zu ruinieren.«

Ich fahre mit dem Finger über die Schneide. Die alte Axt des Raben, damals war sie zu groß für mich, jetzt fühlt sie sich klein an. Ich hätte die Schneide nicht wetzen müssen – sie bleibt immer scharf.

Vater hört meine Schritte an der Tür und ruft nach mir. Ich laufe schnell zu ihm, noch in meinen Winterkleidern. Er packt mich am Arm. Nur mit größter Mühe kann er sich im Bett umdrehen, er muss warten, bis er wieder zu Atem kommt.

»Sag's mir noch mal«, keucht er mühsam, »sag's mir, was wir heute Morgen besprochen haben, ich muss wissen, ob du es wirklich fest im Kopf hast.«

Ich wische ihm den Speichel vom Bart, spreche leise, obwohl niemand sonst in der Halle ist. »Sobald der Winter vorüber ist, reiten wir nach Norden.«

»Lauter!«

»Lar und ich machen uns auf den Weg in die Berge, sobald die Wege passierbar sind.«

»Und am Langfjord?«

»Treffe ich mich mit Asgrim Jarlson.«

»Weiter!«

»Die Entschädigung für das Feuer wird gezahlt, die Strafe in Silbermünzen, der volle Betrag, wie es das Urteil verlangt.«

»Natürlich der volle Betrag. Und was noch?«

»Ich soll ihm sagen, dass du die Wahrheit über das Feuer herausgefunden hast. Dass wir den Mann erwischt haben, der seine Schmiede in Brand gesteckt hat.«

»Und wirst du ihm den Schuldigen nennen?«

»Ja.«

»Du wirst ihm sagen, was wir vorschlagen – um Gerechtigkeit walten zu lassen?«

Ich zögere mit der Antwort. »Muss unsere Strafe so hart sein? Willst du es dir nicht noch einmal überlegen?«

»Nein, Kregin. Wir müssen Ulph hart bestrafen. Das ist es, was ein Mann wie Asgrim von uns erwartet.«

»Aber Asgrim erhält die Pferde und die Entschädigung für seine Schmiede. Und auch das Strafgeld bekommt er. Ist das denn nicht genug?«

»Die Pferde sind keine Entschädigung – sie sollen nur unseren guten Willen beweisen. Lar muss die besten Pferde aussuchen.«

»Wie du schon gesagt hast – wir wollen Asgrim nicht über den Tisch ziehen.«

»Asgrim wird dir sehr genau zuhören. Du sagst ihm die Wahrheit über den Brand, du wirst ihm zahlen, was wir ihm schulden, du sorgst für Gerechtigkeit, wir schenken ihm die Pferde. Was dann?«

Ich ziehe die Fellmütze herab und kratze mich am Kopf. »Ich kann nicht mit Asgrim wie mit meinesgleichen sprechen – er ist ein Priestermann, nach Jahren und Stand steht er weit über mir, und ich bin mit dem Reden nicht so gut wie du.«

»Du brauchst nur deine Gedanken auszuspucken. Die Worte kommen von allein.«

»Wenn ich das tue, Vater, werden mich meine Gedanken verraten. Die Wahrheit ist: Ich kann seinen Sohn auf den Tod nicht ausstehen.«

»Die Wahrheit ist weniger wichtig als das, was die Leute glauben wollen. Rede ganz einfach, wie es dir in den Sinn kommt. Vertraue auf die Tatsachen: Asgrim wird sich jedes Wort von dir anhören.«

»Aber wenn es anders ist? Wenn er mir gar nicht zuhören will?«

»Er wird dir zuhören, weil es in seinem eigenen Interesse ist. Glaub mir, mein Sohn, das ist der richtige Weg, die Dinge zu regeln. Denn er weiß genau: Wenn du erst einmal mit Idgars Tochter verheiratet bist, wird sein eigener Sohn ohne Angst vor deiner Rache leben können.«

»Asgrim wird es als Schwäche empfinden.«

»Spielt das eine Rolle, solange er auf dein und mein Wort vertraut?«

»Ich muss immer an Sigi denken. Es ist, als würde ich die Heirat mit Helga mit seinem Blut erkaufen. Und, Vater, was werden Haldis und Bera sagen? Sie werden mich dafür hassen!«

»Das werden sie nicht, denn du tust es mit meinem Segen. Und du tust es auch um ihretwillen, für die Familie, du handelst in unserem Interesse.«

»Eher in meinem Interesse.«

»Dagegen habe ich nichts einzuwenden, solange es auch deinen Schwestern und mir nutzt.«

KAPITEL 38

Spätabends, als die Mädchen schon zu Bett gegangen sind, sitzen Snorri und ich noch mit unserem Met beim Herd. Vater stößt im Schlaf einen Schrei aus, der nur gedämpft aus seinem Schrankbett herausdringt. Dann noch ein Schrei, deutlicher dieses Mal und mit seiner normalen Stimme.

»Raus!«, brüllt er dann. »Bringt mich weg von diesem Gestank! Hört mich denn niemand?«

»Was ist?«, fragt Haldis aus dem Dunkeln. »Was hat Vater schon wieder?«

Jetzt sind alle wach. Bera kommt als Erste barfuß in den Lichtkreis des Feuers. Haldis und Svena klettern aus dem Frauenbett. Haldis zündet mit vom Schlaf verquollenen Augen die Talgkerze an, stellt sich vor Vaters Schrankbettklappe und lauscht auf seine Geräusche.

»Was sagt er denn?«, fragt sie mich flüsternd. »Ist er wach oder träumt er?«

»Er redet im Fieber.«

Snorri öffnet die Klappe. Ein entsetzlicher Verwesungsgestank schlägt uns entgegen. Svena wendet sich ab, stolpert über Beras Füße, fällt auf die Knie, übergibt sich auf den Boden. Bera hält sie an den Schultern, bis sie fertig ist, und führt sie zu der Bank am Herd.

»Raus!«, schreit Vater noch lauter.

»Raus… wohin?«, fragt Haldis leise.

»In den Hof, Tochter! Begreifst du das nicht? An die Luft!«

»Aber, Pa, draußen ist es eiskalt, du wirst dir den Tod holen!«, antwortet Haldis.

»Bringt mich weg von hier.« Jetzt klingt seine Stimme schwach, aber zornig. »Ist das zu viel verlangt?«

Vaters Schreie haben die Stille der Nacht durchbrochen. Die Hunde jaulen und stellen die Ohren auf, als sie ihren Herrn im Hof sehen. Sie schnüffeln wild nach ihm, aber vom Os bläst ein böiger Wind herüber, der jeden Geruch und Gestank über das Dach bläst und die Hunde täuscht.

Die Dachklappe in der Scheune öffnet sich knarrend, und einer der Knechte streckt gähnend den Kopf heraus. Ein Fluch von Haldis treibt ihn zurück ins Heu. Bera stellt einen Melkschemel neben die Tür, breitet ein Fell darüber und hält weitere Pelze bereit. Vorsichtig setze ich Vater auf den Stuhl. Doch so sanft ich auch mit ihm umgehe, er schreit trotzdem auf vor Schmerzen. Haldis bringt Seehundfelle, Bera ihre weißen Pelze.

»Ohne Feuer kannst du hier nicht bleiben«, sagt Haldis. »Snorri, hol Holz, beeil dich, wir entzünden hier auf den Steinplatten ein kleines Feuer.«

Vater gibt keine Antwort, wirft aber Snorri einen strafenden Blick zu, der nur »Nein« bedeuten kann. Er schaut zum Nachthimmel auf. Sternenlos, aber ein wenig grau – ein schwaches Licht zeigt sich, der Himmel trägt Schnee. »Lasst mich hier«, sagt Vater. »Geht rein und wärmt euch am Feuer.«

»Wir wechseln uns ab. Einer von uns bleibt immer bei dir. Ich hole meinen Pelz.«

»Nein, Kregin. Ich will allein sein. Geht ins Haus, alle. Schließt die Tür, sperrt die Nacht aus.«

KAPITEL 39

Im Langhaus riecht es nach frischem Lammfleisch, das auf dem Herd brutzelt, ein vertrauter Duft im Schlachtmonat. Haldis steht am Herd und wendet die Gerstenbratlinge auf dem heißen Herdstein. Ohne aufzublicken, stellt sie mir noch einmal die gleiche Frage wie schon vor ein paar Augenblicken: »Der Onkel kommt doch vor Nachteinbruch zurück, oder nicht?« Sie schluckt heftig und wartet ängstlich auf die Antwort, als ob ich sie nicht gerade eben schon gegeben hätte.

Ich gebe mir Mühe, sie nicht gereizt anzufahren; Vater wäre auch ruhig geblieben. »Darum habe ich doch Olaf mit einem Pferd losgeschickt! Der Onkel wird Srelni in Osvik zurücklassen und mit dem neuen Pferd nach Laxvik reiten. Inzwischen muss er am Klepjarnshof angekommen sein und wird ihnen die Nachricht überbracht haben.« Haldis schüttelt den Kopf, sie hat ihre Zweifel. »Und vielleicht«, füge ich ungeduldig hinzu, »vielleicht beeilt sich Olaf ja, dann könnte er dem Onkel und Lar begegnen, wenn sie schon auf dem Rückweg sind. Mach dir keine Sorgen, Haldis, sie werden heute Abend zurückkommen.«

Aber so leicht lässt sie sich nicht überzeugen. »Bera und ich haben uns überlegt, ob wir die Beerdigung nicht bis morgen aufschieben. Falls der Onkel nicht rechtzeitig zurückkommt. Was meinst du?«

»Wir halten uns besser an das, was wir angekündigt haben. Wir haben die Nachricht schon nach Holmur, Kletturvik, Laugdale und Skogurdale geschickt. Blot kommt mit der nächsten Flut. Sogar Karghyll wird mit der Fähre übersetzen.«

»Die Fischerleut' von Kletturvik sin' auch schon da«, sagt Snorri, »alle zusamm', Herrin, und sie haben Frau'n und Kinder mitgebracht. Wie willst du so vielen was zu essen geben?«

Haldis hebt den Deckel von dem großen Topf und wirft eine Handvoll Salz hinein. Auf dem Herd stehen noch zwei weitere Kessel mit fertig gekochtem Inhalt. »Niemand wird hungrig nach Hause gehen. Die Beerdigung wird für alle, die kommen, ein Fest sein, das haben wir versprochen und werden es auch halten.«

Bera nimmt die fertigen Bratlinge vom Herdstein und legt sie in einen Brotkorb neben dem Herd. »Olafs Frau war da und hat nach ihrem Mann gefragt«, sagt sie. »Ich hab ihr gesagt, dass er zum Klepjarnshof geritten ist, wie du ihm befohlen hast, und dass er am Abend wieder hier sein wird.«

»Seit heute Morgen haben sich unsere Planungen geändert, Bera. Ich habe Olaf befohlen, noch etwas anderes zu erledigen. Nachdem er den Onkel benachrichtigt hat, wird er nach Grisedale aufbrechen – allerdings nur, wenn das Wetter so bleibt, wie es ist. Pils ist einer von Vaters ältesten Freunden. Wir müssen ihm die Nachricht schicken, auch wenn ich nicht glaube, dass er bis zur Beerdigung hier sein kann. Du solltest Olafs Frau sagen, dass sie ihn nicht vor morgen früh zurückerwarten soll.«

Haldis mischt sich ein, bevor Bera antworten kann. »Bera kann nicht vom Herd weg, nur um einer Pächtersfrau nachzulaufen. Das könnte Ulph machen, aber er lässt sich nicht blicken.«

Plötzlich stöhnt Snorri verzweifelt auf, er jammert wie ein kleines Kind. Tränen rinnen ihm über die Wangen in den Bart. »Wir sind schuld«, schluchzt er. »Wenn Ulph und ich nicht gewesen wär'n, mit dem ganzen Feuer und so, dann würd der Meister noch leben. Lieber hätt ich ins Gras gebissen als er. Oder Ulph, dieser verrückte Schurke.«

Haldis schnaubt verächtlich. »Was macht Ulph eigentlich? Seit gestern hat er sich nicht mehr blicken lassen.«

Snorri wirft mir einen schnellen Seitenblick zu. »Ist weg, der Bursche, wir werd'n ihn nie mehr zu seh'n bekommen.«

»Aber wo findet er Unterschlupf?«, fragt Haldis. »Wer gibt ihm etwas zu essen?«

»Soll er doch verhungern, Herrin, was kümmert uns das?«

Haldis weiß so genau wie ich, dass wir Vater unter die Erde bringen müssen, ob der Onkel rechtzeitig zurückkommt oder nicht. Das Grab ist ausgehoben, schmal und so tief, dass ein Mann aufrecht darin stehen kann, aber es wird mit Regenwasser vollllaufen, wenn wir Vater nicht bald hineinlegen, die Grube schließen und mit Steinen bedecken. Außerdem haben wir die Hunde freigelassen, und es bringt Unglück, die Hunde wieder an die Kette zu legen, bevor ihr Herr in der Grube liegt.

Karghyll, Snorri, ich und der junge Fischer Yarg tragen den Leichnam. Die Leichendecke riecht nach gesalzenem Fett – ein Balsam, mit dem Haldis liebevoll Vaters ganzen Körper eingerieben hat. Wir tragen unsere Bürde feierlich zu der frisch ausgehobenen Grube neben Njels Steinhaufen. Die Hunde sind verwirrt, laufen uns ständig vor die Füße. Die Frauen folgen uns, als wir langsam durch Nebel und Regen den Hang hinunterschreiten, um den Schafstall herum. Haldis trägt Vaters Hirtenstab, Bera und Svena gehen neben ihr, die Schwestern halten sich an den Händen. Hinter ihnen folgen Olafs Frau, ihre Kinder und die jungen Milchmägde, dann die Fischweiber von Kletturvik und Holmar – alle mit ernsten grauen Gesichtern, tief in ihre Schals gewickelt. Die Männer tragen graue Robbenfelle, als ob sie aufs Meer hinausfahren wollten, nach ihnen kommen unsere Knechte und Schafscherer. Ihnen folgen Blot und die Rotbärte von Laugdale und Viggi von Skogurdale. Grith musste mit Idris zu Hause bleiben, hat aber einen Topf Honig für den Bierkessel geschickt – zu Ehren des Verstorbenen, wie es der Brauch verlangt.

Der Regen prasselt vom Himmel, wir alle, auch die Hunde, sind tropfnass. Sogar die Seevögel sind landeinwärts geflogen, um Schutz vor dem Sturm zu suchen. Laut zanken sie sich um jeden Wurm, jedes Korn, das sie auf den nassen Feldern finden. Vom Dach unseres Langhauses steigt dunkler, fetter, rußiger Rauch auf. Schwarze Krähen, die Begleiter des Todes, kreisen durch die Rauchschwaden, wirbeln sie mit ihrem Flügelschlag durcheinander.

Die Schafe im Stall sind brünstig, ihr Wintergeruch erregt den Widder, der aufgeregt auf der anderen Seite der Mauer hin und her läuft. Auch die Hammel sind unruhig, nach der Schur zittern sie vor Kälte und laufen mit regennassen Gesichtern bis zum Hügelkamm hinauf. Kein Ulph ist da, der sie tröstet, zusammenhält, ihnen mit seinen seltsamen, weichen Schafwörtern gut zuredet. Der Schäfer ist spurlos verschwunden.

Als die Leichenfelle zurückgeschlagen werden, stößt Haldis einen lauten, jammervollen Klageruf aus, der tief aus ihrem Inneren kommt, aus ihrer Seele, ein atemloses, schier endloses Wehklagen, in dem all ihre Sorgen liegen. Ich höre die Auen und Hammel nicht mehr, auch nicht das schrille Kreischen der Krähen, das Bellen der Hunde, das Heulen von Wind und Regen. Das herzerweichende Klagen verschließt mir die Ohren.

Karghyll und ich legen Seile um die Schultern des Leichnams. Wir lassen Vaters groß gewachsene Gestalt mit den Füßen voraus in die Grube hinab, in der sich Regenwasser gesammelt hat. Leif der Große vom Nordufer, Njels Sohn, der Mann des Gesetzes, der verstorbene Gode von Osvellir, steht nun aufrecht in seinem Grab, neben dem Grab seines Vaters. Mit seinen großen, kräftigen Fischerhänden greift Yarg nach der Schaufel und füllt die Grube, bis er das letzte Torfstück auf den Grabhügel legt. Das Letzte, was ich von meinem Pflegevater sehe, ist sein kahler Schädel, der von einem steifen Fell aufrecht gehalten wird.

Das Klagen meiner Schwester klingt mir in den Ohren. Der Wind beißt kalt und unerbittlich in die Wangen, als ich mich bücke, mit vor Tränen halb blinden Augen den ersten Stein aufhebe und ihn den anderen Trauergästen zeige – das Zeichen, einen neuen Steinhügel neben Njels Grab aufzuhäufen.

Karghyll stößt mich an und deutet zum Reitpfad hinunter, der sich zwischen den Birken hindurchschlängelt.

Jenseits des Rauchs, der von unserem Dach aufsteigt, ist eine Herde Schafe erschienen, ein dichtes Gewimmel von schwarzen Schafen. Die erste Lieferung des Kaufpreises strömt in unseren Hof, dicht an dicht drängeln sich die schwarznasigen Hammel, mit ungeschorenem Fell, Hunderte Mäuler stoßen ihren dampfenden Atem in den Regen.

Und hinter der Herde reiten Cuin und Lar; Olaf führt Srelni am Zügel, und ihnen folgen Pils von Grisedale sowie vier weitere zu Fuß, unter ihnen Pilson und Bjorn. Immer mehr Reiter treffen ein, darunter ein Mann, der auf einem erhöhten hölzernen Sattel thront. Er trägt eine gefiederte Kappe, die unter dem Kinn verschnürt ist, und hält gegen den heftigen Os-Wind den Kopf gesenkt.

Unverkennbar ist die blaue Kappe des Goden Klep.

KAPITEL 40

Knara, die morgens immer als Erste aus der Tür tritt, lange vor Hethrun und Cuin, findet einen Fisch auf dem Stein neben dem Gatter, eine Flunder mit großen runden Augen, die ein Fischer dort hingelegt hat. Die Fischerboote fahren jetzt jeden Tag früh hinaus. Das Eis auf dem Klettur Os und Homur ist geschmolzen. Hier, am Suthyre-Ufer, lecken die Wellen den Strand, aber weiter oben, hinter Laxvik, ist der Fjord über die Einmündung des Os hinaus immer noch zugefroren.

Olafs Tochter – für uns ist sie Olafsdottir und nicht Viggis Frau – bringt den Fisch ins Haus, hält ihn am

Maul hoch und streicht mit der Hand von den Kiemen bis zum Schwanz über die Schuppenhaut.

»Der wird unser Abendessen – eine wunderbare Fischsuppe zum Wali-Fest.«

Der Onkel grinst und zwinkert ihr zu. Er sitzt wie jeden Morgen neben dem Feuer, döst aber sofort wieder ein. Hethrun ist erst halb wach, der Fisch und das Wali-Fest sind ihr gleichgültig. Sie beugt sich vor und schnüffelt an der Schale mit Schafgarbensud, der neben dem Herd vor sich hin dampft. Knara achtet nicht auf sie. Sie wirft den Fisch klatschend auf die Bank, wo ich mit Eyra auf dem Schoß sitze.

»Alte Leute sind immer so mürrisch«, sagt sie fröhlich zu ihrer Tochter. »Aber das ist uns egal, nicht? Das hier ist ein richtig guter Fisch mit viel Fleisch.«

Eyra starrt den Fisch mit großen Augen an. Sie ist noch recht unsicher auf den Beinen, aber neugierig. Nun drängt sie sich zwischen meine Beine und streckt vorsichtig die Hand aus, um eines der großen Augen der Flunder zu betasten. Sie stupst den Fisch schnell an, steckt den Finger gleich wieder in den Mund und leckt den salzigen Geschmack ab. Dann verzieht sie schmollend das Gesicht.

»Mein tapferes kleines Mädchen«, meint Knara stolz lachend. »Du bist ja richtig mutig, dass du das schuppige Ungeheuer anfasst! Komm, gib Mama einen Kuss.«

Die Eisschollen sind vom Os verschwunden, aber auf den Bergen hat die Schneeschmelze noch nicht eingesetzt. Nach dem Mond wird heute Abend das Wali-Fest gefeiert. Von nun an werden die Tage heller, aber der Frühling mit seinen grünen Knospen hat noch nicht begonnen. Der Schmelzmond sollte eigentlich schon vorbei sein. Gewaltige Tauwassermassen hätten sich in den Wildbächen durch die Schluchten ins Tal stürzen müssen, die Schlammflut hätte die Flussmündung füllen müssen, aber immer noch hält sich der Schnee in den Tälern, blockiert sie, harscher Schnee, der unter den Stiefeln knirscht, brüchiges Eis liegt auf den Bächen und die Bäume sind vom Frost überzuckert.

Ich hätte eigentlich schon am Langfjord sein müssen, aber die Reitpfade nach Norden sind noch nicht sicher genug. Lar hat einen jungen Hengst und zwei Zuchtstuten als Geschenk für Asgrim ausgewählt. Wir können es nicht riskieren, dass sie unterwegs ausrutschen und lahmen oder auf dem Weg stürzen.

Idris, Griths Frau, kommt nach ihrem Fußmarsch von Laugdale müde, halb erfroren und elend an. Sie ist krank und braucht Hethruns Hilfe. Ihren nassen Pelz schüttelt sie am Herd aus, wobei Ogg einen Sprühregen abbekommt. Aber der alte Bock weicht nicht von der Stelle. Er ist schon den ganzen Winter über im Haus und betrachtet den Platz neben dem Herd als sein Vorrecht. Allerdings weiß er, dass er Idris nicht mit den Hörnern drohen darf; bestimmt erinnert er sich noch an den Nasenstüber, den sie ihm vor einem oder zwei Jahren versetzt hat. Stattdessen knirscht er trotzig mit den Zähnen.

Cuin packt den Bock am Bart und zerrt ihn in eine Ecke. Ogg stößt einen gellenden Schrei aus und fletscht die Zähne. Cuin nimmt jedoch einfach eine Rübe aus dem Sack, der von den Deckenbalken hängt, und schiebt sie dem alten Bock ins Maul.

»Mutter Hethrun«, sagt Idris, »hast du nicht gehört, was ich sage, du taube alte Nuss? *Ich* brauche das Pulver, nicht sie!« Dabei deutet sie auf Knara.

Hethrun schaut sie mit glasigen Augen an, gibt aber keine Antwort. Knara überhört die Gemeinheit, hebt Eyra hoch und schiebt die Kleine unter ihren warmen Schal. Eine ganze Weile starrt Hethrun ausdruckslos ins Leere, doch nun hebt sie ihren krummen Finger, ob als Warnung oder als Anweisung gedacht, ist schwer zu sagen. Dann plötzlich richtet sie sich steif auf, und ihre Augen flackern wie in Trance. Sie öffnet sie weit und schließt sie wieder, taub für ihre Umgebung.

»Ich kann dir ein Pulver mischen, Idris«, sagt Knara forsch. »Ich kenne mich damit aus. Oder möchtest du lieber einen Mond lang warten, bis Mutter Hethrun wieder aus ihrer… Laune erwacht?«

Der Onkel hat Ogg aus dem Haus gebracht, nicht aus Gefälligkeit gegenüber der Besucherin, sondern weil es dem alten Bock gefällt. Cuin deutet auf seinen Stuhl neben dem Feuer. »Häng erst mal deinen Pelz zum Trocknen auf, junge Frau. Die Wärme wird dir guttun, bevor du dich wieder auf den Rückweg machst.«

Idris zögert kurz, aber das genügt Knara schon. »Na, was denn nun?«, fragt Olafs Tochter, wobei sie sich keine Mühe gibt, ihr triumphierendes Grinsen zu unterdrücken. »Soll ich das Pulver mischen, oder machst du dich mit leeren Händen wieder auf den Heimweg?«

Idris weiß, dass sie verloren hat. Sie verzieht das Gesicht, schüttelt noch einmal den Pelz aus und setzt sich schmollend auf Cuins Stuhl am Feuer.

Idris ist wieder nach Laugdale aufgebrochen, solange es noch hell genug war. Über Suthyre senkt sich bereits wieder die Dunkelheit. Ich bringe Brennholz ins Haus und staple es neben dem Herd auf. Auf den Herdsteinen brutzeln Brot und Fisch, Knara bereitet das Abendessen vor. Hethrun hat sich nicht aus ihrem alten Stuhl gerührt und sich auch nicht um ihre Salbentöpfe gekümmert. Ihre Füße schmerzen wie die Hölle, sagt sie.

Cuin-rua gießt heißes Wasser in eine Schale. Ohne ein Wort stellt er die Schale vor Hethruns Stuhl. Knara streut die getrockneten Blüten von Disteln und Klee hinein; ein sommerlicher Duft verbreitet sich, es ist fast, als schiene die Sommersonne in den Raum. Sie fügt noch andere Kräuter hinzu, nimmt ein Töpfchen nach dem anderen vom Brett, riecht daran; sie scheint zu wissen, was sie tut. Ikki schleicht umher und geht mit zitternden Schnauzhaaren dem Wasser aus dem Weg.

»Runter mit den Stiefeln, Kräuterweiblein!«, befiehlt Cuin der Alten in vertraulichem Ton. »Ich will dir die Füße baden.«

Und schon kniet er vor ihr nieder und bindet ihr die Stiefel auf. Die lehmverkrusteten alten Kalbslederstiefel lassen sich nur mühsam von ihren verkrümmten Füßen ziehen. Sanft schiebt er ihre Füße ins warme Wasser. Hethrun wehrt sich nicht. »Was machst du denn, du alter Narr?«, fragt sie, aber Cuin schüttelt nur den grauen Kopf, zwinkert mir und dem Geißbock zu, verdreht die Augen zu den Deckenbalken und macht weiter.

Knara bindet Brusttuch und Schal auf und legt die kleine Eyra an ihre linke Brust. Die winzige Nase und die Wange verschwinden im weichen Fleisch. Das Feuer knackt. Knara wiegt das Kind in den Schlaf, schaukelt langsam vor und zurück. »Cuin-rua«, flüstert sie und bedeckt Eyras Ohr mit der Hand, »erzählst du uns eine Geschichte?«

Heute Abend sträubt sich der Onkel nicht lange. »Das mache ich, kleine Mutter, aber du musst dir eine aussuchen. Welche soll es sein – das Lied von den Ostleuten, von Königen, Kriegen und so weiter? Oder eine düstere Geschichte von den Eislanden, von Trollen und Zwergen und von den Höhlen unter dem Wasser, in denen sie ihre Beute verstecken?«

Knara seufzt und schaut ins Feuer. »Ich möchte lieber etwas von normalen Leuten hören«, sagt sie nachdenklich. »Von Leuten wie uns, die Fisch und Suppe essen und unter Torfdächern leben – eine glückliche Geschichte, nicht eine, die traurig ausgeht.«

»Bisschen viel verlangt«, murrt Cuin, aber es klingt gutmütig. »Geschichten von normalen Leuten nehmen selten ein glückliches Ende.«

Ogg, der in einer Ecke auf dem Stroh schläft, lässt sein Ziegenbockschnarchen hören. Neben dem Herd ist Ikki hellwach; ihre Augen glitzern im Feuerschein.

»Ich kenne eine Geschichte, die du erzählen kannst«, sagt Hethrun plötzlich; seltsam, dass sie so wach ist.

»Welche meinst du, Kräuterweiblein?«

»Die Geschichte dieses Hauses, vom Fischer und seiner Frau, die das erste Haus über dem Sand von Suthyre gebaut haben. Die Geschichte von meinen Eltern und was aus ihnen wurde.«

Der Onkel rutscht ein wenig auf seinem Stuhl hin und her und wirft mir einen Seitenblick zu. »Ich glaube nicht, dass sie diese Geschichte hören will, Hethrun. Sie hat nämlich in der Tat kein glückliches Ende.«

»Das soll unsere Knara selbst entscheiden«, gibt Hethrun zurück.

Plötzlich springt Ikki auf Cuins Schoß und rollt sich zusammen.

KAPITEL 41

Idgars Langhaus brummt förmlich vor Aufregung, seit ich gestern auf den Hof geritten bin und die große Neuigkeit verkündet habe: Helga und ich werden heiraten! »Unbesorgt und unbehindert«, wie Asgrim es in der altmodischen Sprache der Priester ausdrückte, als ich mich von ihm und Eyjolf verabschiedete. Eine große Last wird Idgar von den Schultern genommen. Jetzt kann ihm niemand mehr vorwerfen, das Brautversprechen gebrochen zu haben, und er muss sich nicht mehr vor Asgrims Drohungen fürchten. Und Mord muss sich anderswo nach einer Braut umschauen.

Helga ist noch in Trauer um ihre Mutter. So war ihr Willkommen gestern Abend gedämpft wie auch verständlicherweise ihre Freude über die Nachricht, aber ihre lange, innige Umarmung (der Idgar mit breitem Grinsen zusah) zeigte mir, wie erleichtert und dankbar sie ist.

Seit meiner Ankunft und bis heute Morgen habe ich nicht viel von ihr gesehen. Vrekla und Hungrid haben sie gleich zu einem ausgiebigen Frauenschwätzchen in die Scheune entführt. Und wir Männer, also Helgas Vater, ihre Brüder und ich, haben uns zu Großvater Skar in seine alte, verrauchte Kate gesetzt und einen Krug Bier nach dem anderen geleert.

Das warme Bier, von Freyda unermüdlich nachgeschenkt, half uns durch die Nacht. Idgar und seine Söhne lieferten sich einen gutmütigen Streit über die Hochzeit. Idgar war dafür, den Bund seiner Tochter mit mir ohne weiteren Aufschub zu besiegeln, auf die traditionelle Weise, wobei die Ehe mit einem einfachen Pfand in Silber besiegelt wird. Das hätte auf der Stelle geschehen können, hätten nicht seine beiden Söhne, Olver und Geir, Einspruch erhoben.

Sie warfen ihrem Vater vor, die Heirat auf die »billigste Weise« durchführen zu wollen. Sie wollten eine große Feier für ihre Schwester, ein Fest, auf das sie »stolz« sein können, aber erst im kommenden Jahr, wenn das Trauerjahr vorbei wäre. Dann mischte sich Großvater Skar in den Streit ein und zum Schluss auch noch Großmutter Freyda. Die beiden Alten machten ihrem Sohn klar, dass sie es nicht dulden würden, wenn er seiner Tochter nur eine billige Feier ausrichtete.

»Für Olver und Gridi hast du weder Kosten noch Mühe gescheut«, sagte die Alte, nahm ihrem Mann den halb vollen Krug aus der Hand und leerte ihn in einem Zug. »Warum sollte es bei Ynvild anders sein?« Sie war betrunken und brachte die Namen durcheinander – natürlich meinte sie Helga, nicht Ynvild.

Und so war es für niemanden eine Überraschung, dass sich heute Morgen auch Vrekla mit Helgas Brüdern verbündete. Meine Schwester ist überglücklich, dass bald ein großes Fest im Langhaus stattfinden soll – es gibt ihr die Gelegenheit, Hausherrin und Gastgeberin in der Halle zu sein und Idgar zu beweisen, wie gut sie für ihn und seine Gäste sorgen kann.

Helgas Mutter wurde eingeäschert – sie war so abgemagert, dass ein hoch lodernder Scheiterhaufen die einzige vernünftige Art der Bestattung war. Das wird heutzutage nicht mehr oft gemacht. Gertas Rauch verflog in das Jenseits, verwehte im kalten, trostlosen Winter, nicht einmal eine Woche nach dem Thor-Fest. Noch am selben Tag, Gertas Asche war noch warm, übertrug

Idgar meiner Schwester die Aufsicht über Haus und Herd, was, wie viele meinen, für Vrekla der erste Schritt war, bald seine Ehefrau zu werden.

Helga und mir fällt es schwer, uns an die Regeln zu halten, wie es von Verlobten erwartet wird. Zumal wir unter demselben Dach wohnen. Wenn wir uns beim Schlafengehen die Kerzen reichen oder ich morgens einen Kübel Milch von Idgars Melkhütte hole, berühren wir uns manchmal oder streifen dicht aneinander vorbei, zu dicht, um keine Erregung zu spüren. Und was für mich die Sache noch schwerer macht, ist, dass ich mit absoluter Gewissheit weiß, dass ihre Sehnsucht nach mir genauso groß ist wie meine nach ihr. Das spüre ich jedes Mal, wenn ich ihren Blick auffange, und das belastet mich immer mehr. Denn unser zukünftiges Glück hat nicht nur einen Grund, nämlich Asgrims Zustimmung, sondern auch einen Preis, den ich zahlen musste: Ich habe Sigi verraten, sein Mörder kommt ungestraft davon. Aber das ist noch nicht alles: Noch schlimmer ist, dass Asgrim ein letztes Zugeständnis erzwungen hat, eines, das Vater nicht vorhergesehen hat, als er auf dem Totenbett seinen Plan ausheckte. Ich kann Helga nicht davon erzählen. Es ist, als ob mir damit ein Eisennagel durch den Kopf getrieben würde.

»Wir haben jetzt so lange gewartet, da kommt es doch auf einen oder zwei Monate nicht mehr an, oder?«, sagt Helga tapfer, als Vrekla der Familie das Essen austeilt, einen großen, dampfenden Braten und in Milch gekochten Dörrfisch.

»Der Sommer kommt schneller, als wir denken«, sagt Olver. »Bis dahin werden die Knorren im Hafen liegen. Dann können wir auch die Ostleute zur Hochzeit einladen, und wenn hier Kaufleute mit Taschen voller

Silber auftauchen, werden sie sicherlich auch ein paar Geschenke mitbringen.«

»Wir könnten die Sitze versteigern«, schlägt Geir vor. »Soundso viel für einen Platz am Hohen Tisch, und für die Übernachtung in der Scheune legen wir einen Strohpreis fest. Je mehr kommen, desto lustiger wird die Feier – wir werden jeden freien Mann vom Langfjord einladen.«

»Und wir schmücken das Haus«, fügt Olver hinzu. »He, Gridi, so, wie wir es bei unserer Hochzeit hatten – die besten Tücher, Leinen und all das feine Zeug, wenn schon, dann machen wir das richtig, meinst du nicht auch?« Gridi lächelt zustimmend, hebt aber den Blick nicht von ihrer Fischportion.

Helga schüttelt den Kopf und schaut mich an. »Zu viel Aufhebens, wir wollen die Sache nicht übertreiben, nicht wahr, Kregin?«

Vrekla reicht mir ein weiteres Stück Fisch, dann klopft sie mit dem Löffel auf den Tisch und schüttelt ihn drohend vor meiner Nase. »Komm schon, antworte deiner zukünftigen Frau! Ja oder nein?«

Wenn mir die Schwester mit dem Löffel droht, gibt es nur eine Antwort. »Ja, sicher, eine Hochzeit mit allem, was dazugehört … Wenn Helga es will.«

»Was ist falsch daran, eine Abordnung vom Twaindale einzuladen?«, fragt Geir.

»Was daran falsch ist?«, fragt Helga. »Es ist eine Verschwendung meiner Brautgabe! Warum sollen sich die Geizhälse vom Langfjord auf unsere Kosten den Bauch mit Essen und Bier vollschlagen? Ich bin ihnen doch völlig egal, und ob Kregin und ich heiraten oder nicht, interessiert sie nicht im Geringsten!«

»Du musst sie nur dazu bringen, dass sie sich dafür

interessieren«, widerspricht Olver. »So macht man das heutzutage.«

»Nachbarn haben ein langes Gedächtnis«, nickt Geir. »Wenn ein Mann nicht zu einer Hochzeit eingeladen wird, könnte er sich bei nächster Gelegenheit gegen uns stellen.«

»Ah, darum geht es also!«, sagt Helga bitter. »Die große Feier nutzt nur euch Männern – um euch geht es, nicht um mich!«

»Sei doch keine Spielverderberin, Helga«, mahnt sie ihr Vater. »Und dein Bruder hat recht. Wer weiß schon, ob wir nicht eines Tages auf dem Thingplatz die Stimmen unserer Nachbarn brauchen.«

»Und du darfst auch nicht vergessen, Schwester«, fügt Geir hinzu, »dass dein Mann jetzt zu den wichtigsten Männern in den Eislanden gehört – er ist Gode von Osvik und Osvellir. Alle sollen sehen, was für eine gute Partie du machst.«

Eigentlich wollte ich nach Baerskard reiten, um mit Sepp und Ma zu reden, aber ein unerwarteter Besucher ist an Idgars Tür erschienen, sodass ich meine Pläne ändern musste: Asgrims Skalde, wichtigtuerisch, voller falscher Komplimente.

Würde Asgrim in Idgars Langhaus gut empfangen werden, wenn der Priestermann zu Besuch käme?, wollte er wissen. Würde Großvater Skar den Segen des Priesters für Hof und Herde entgegennehmen, und würde Idgar von ihm sein neugeborenes Kind segnen lassen? Es sei doch höchste Zeit, so lautet die Botschaft des Priestermannes, dass Idgars neue Tochter einen Namen erhielt. Und in aller Bescheidenheit fügte der Skalde hinzu, dass er persönlich ein besonderes Lied zur Kindesfeier dichten und es bei der Segensfeier vortragen wolle.

Idgar war außer sich vor Freude über die Nachricht und schickte Asgrim sofort ein großzügig bemessenes Stück Walfleisch als Antwort. Er und Vrekla haben einen guten Grund, Asgrim willkommen zu heißen und ihm jede nur denkbare Gastfreundschaft zu gewähren. Endlich wird das neugeborene Mädchen Ynvild bekommen, was ihm zusteht. Asgrim wird die heiligen Gebete sprechen, und damit wird der Priester dem Kind das Recht verleihen, einen eigenen Namen zu führen. Wenn das Mädchen aufwächst, wird sie sagen können: »Ich bin Ynvild, Idgars Tochter.« Eyjolf Asgrimson, Olvers Schwager, ist als Taufpate des Kindes auserwählt worden. Das bedeutet, dass Eyjolfs Frau Ingrid als Gast ebenfalls zu Idgars Langhaus kommen wird.

»Was ist los mit dir?«, fragt Helga, als ob sie es nicht längst wüsste.

»Ich hab Ingrid nie gemocht, und jetzt mag ich sie noch weniger. Ihr ist nicht zu trauen!«

»Das ist kein Grund, deiner Schwester alles zu verderben. Denk doch an Vrekla und die kleine Ynvild.«

Ynvild treibt eine weitere Spinne in die Ecke unter dem Herd, fängt sie an einem Bein und stopft sie sich in den Mund. Vrekla wartet geduldig, bis das Kind die kleine Beute verschluckt hat und sich den Mund mit einem Schürzenzipfel abwischt. »Ynvild«, schimpft sie milde, »ich hab dir schon hundertmal gesagt, dass du keine Spinnen essen sollst! Das bringt Unglück! Hier, wenn du hungrig bist, kannst du den Rahm vom Löffel lecken.« Die Kleine nimmt den Löffel, aber statt ihn sauber zu lecken, steckt sie ihn in die Ritze zwischen den Herdsteinen, in der sie die Spinne entdeckt hat, und klappert damit.

Vrekla seufzt und dreht sich zu mir um. »Du willst heute Nachmittag nach Baerskard reiten?«, fragt sie in dem halb vorwurfsvollen Ton, in dem sie gerade ihre Tochter gerügt hat.

»Nein, das muss bis morgen warten.«

Meine Schwester gehört nicht zu den Leuten, die ihre Meinung für sich behalten. »Du glaubst doch nicht, dass Sepp und Ma das tun, was du geplant hast? Dass sie alles stehen und liegen lassen und nach Süden umziehen, nur weil du es so willst?«

»Das glaube ich doch gar nicht!«

»Oh ja, genau das glaubst du! Was ist, wenn Sepp Nein sagt? Vielleicht will er dort bleiben, wo er ist!«

»Warum sollte er etwas dagegen haben? In Osvik werden er und Ma ein viel besseres Leben haben, Hvar hätte eine bessere Zukunft und Bedwyr könnte als freier Mann neu anfangen. Warum also sollte Sepp nicht froh sein, dass er Baerskard den Rücken kehren kann? Dort oben ist es die reinste Hölle. Keine Ahnung, warum er sich überhaupt dort niedergelassen hat.«

»Du weißt doch, wie stolz er ist!«

»Wie kann man stolz sein, wenn man auf solchen Schulden sitzt? Jetzt kann ihm Asgrim nichts mehr befehlen. Sepp und Ma können aus Baerskard wegziehen – jederzeit, wie es ihnen beliebt! Ich habe alles zurückgezahlt, was sie sich von ihm geliehen haben, sogar Vaters alte Schuld für das Schiff.«

»Aber warum hast du nicht mit Sepp geredet, bevor du zu Asgrim gegangen bist? Es wird ihm überhaupt nicht gefallen, dass solche Dinge über seinen Kopf hinweg geregelt werden.«

KAPITEL 42

In Idgars Langhaus ist die Luft dick vom schalen Gestank des Fests, das fast die ganze Nacht andauerte – des Namensfests der kleinen Ynvild. Reste vom Schweinebraten, der zu lange auf dem Herd brutzelte, schon ranzig riechende Walfleischstücke in einer dunklen Ecke, vergossenes Bier auf dem Tisch, Erbrochenes auf dem Boden, all das treibt mir Tränen in die Augen. Vrekla wird bald aufstehen, um sich um ihre Tochter zu kümmern. Sie wird kaum geschlafen haben, denn sie war die Letzte, die den Kopf auf das Strohkissen bettete, nachdem das Fest in glückseliger Trunkenheit zu Ende gegangen war. Aber wie ich sie kenne, wird sie schon früher als alle anderen auf sein, den Herd putzen, den Boden wischen, Bänke und Tische zurechtrücken und den ganzen Dreck aus dem Haus fegen, bevor die Gäste aufwachen und ihr Frühstück erwarten.

Auf beiden Seiten des Hauses dringen Schnarchgeräusche aus den Bettkästen, manche vertraut und beruhigend, wie Idgars zufriedenes Rasseln oder Geirs sportliches Keuchen, aber auch andere, die ich nicht kenne, wie das seltsame Brummen von Asgar und seiner Frau Thordis. Und was den Skalden angeht: Sein singendes Schnarchen lässt sogar die Dachbalken erzittern. Aus einem Doppelschrankbett am hinteren Ende dringt Ingrids erregtes Liebesgestöhn durch die geschlossene Klappe; ihr Kopf schlägt in regelmäßigem Takt gegen die Holzplanken des Betts. Und ich höre auch Eyjolf gegen die Holzbretter pochen, schwerer als Ingrid, aber im selben Takt – der Mann auf der Frau.

Ich ziehe die Tür hinter mir zu, verschließe sie aber nicht, und fliehe in den Hof. Weder Idgars noch Asgrims Hunde geben Laut, rasseln nicht mit den Ketten. Viele Brocken wurden ihnen hingeworfen, und meine Schwester hatte ihnen ein paar Schalen Bier hingestellt, die sie gierig leer leckten; nun schlafen sie ihren Rausch aus. Sie weiß, was sie tut, unsere Vrekla – mit dem Bier hat sie dafür gesorgt, dass die Hunde still sind und unsere Gäste ausschlafen lassen.

Vom Ufer weht ein milder Wind herauf, ein Fischerwind; der Morgen ist still, außer dem Lärm der Kühe und jungen Kälber und der Mutterschafe im Lammstall ist nichts zu hören. Tief atme ich die kalte Morgenluft ein, es ist noch nicht hell, ich rieche die süß-feuchte Luft, die im Schmelzmond vor der Morgendämmerung aus den Wiesen steigt. Und ich höre ein leises Plätschern, wie ein Lied, vom Wind getragen: Schmelzwasser strömt zu Tal, hier, dort, überall. Leise gehe ich an Idgars Walgrube vorbei – lächle bei dem Gedanken an den toten Wal, der in der Fantasie von Helgas Schwester aus der Grube floh – und komme bei der Pferdekoppel an. Die Pferde stehen schlafend in der hintersten Ecke neben der Mauer, nur als dunkle Umrisse auszumachen.

»Srelni«, rufe ich leise, fast ist es nur ein Flüstern. »Komm her, alter Junge!«

»Nimm mich mit«, sagt Helga und schiebt ihre Hand in meine. »Ich hab gehört, wie du weggegangen bist, und mir gedacht, dass du zu den Pferden gehst.«

Srelni trägt uns beide auf seinem breiten Rücken. Mein Pferd ist ungesattelt, wir haben weder Zaum noch Zügel – Idgars Knechte wären nicht begeistert gewesen, wenn ich so früh am Morgen nach Sattel und Zaumzeug verlangt hätte. Der Rotfuchs ist gut aufgelegt, stark, weise und eigenwillig, das sieht man schon an seinem Blick. Helga sitzt vor mir, lehnt sich über seinen Hals, die Beine eng um seine Schultern gelegt, nackte Haut auf nacktem Fell, sie lässt ihn die Kraft ihrer Schenkel spüren.

Mit starkem Griff lenkt sie das Pferd an der Mähne aus der dunklen Koppel hinaus über den Hof, überquert die Furt des schmalen Bachs, durch Idgars Birkenhain und das Tal hinauf, das von unzähligen Schmelzwasserbächen durchzogen ist. Ich sitze dicht hinter ihr, am Ende des Rückens, muss mich mit leichtem Griff um ihre Hüfte festhalten, und sie stärker umfassen, wenn der Rotfuchs über raues Gelände geht oder den Huf in einem der Bäche über einen großen Stein setzt. Wenn ich die Arme ohne Anlass, aber mit Absicht, ein wenig fester um sie schließe, lacht Helga ohne ein Wort, aber ich spüre den Schauder, der durch ihren Körper läuft.

Weiter oben am Wildbach stürzen unzählige winzige Bäche vom Hochmoor über eisverkrustetes Gestein herab. Darunter ist der Boden durchtränkt und sumpfig; wir steigen ab, reiten ist auf diesem aufgeweichten Boden zu unsicher. Helga rafft den Rock bis zu den Schenkeln hoch und streift die Stiefel von den Füßen, wie sie es schon als Mädchen immer tat, um das Gras unter den nackten Füßen zu spüren. Sie nimmt eines der Gürtelbänder von ihrem Rock, bindet meine und ihre Stiefel zusammen und hängt sie um Srelnis Hals.

Barfuß gehen wir über den Hang. Die Dämmerung zeigt sich in grauen Streifen über den schneebedeckten Felsen.

Als es heller wird, sehen wir, wie weit wir uns vom Hof entfernt haben. Ich erkenne einen Gipfel in der Ferne, auf der anderen Seite der Bergkette. Wir sind keine zwei Wegstunden von den Schafweiden von Baerskard entfernt.

»Elendes Weideland«, sagt Helga und blickt nach Osten. »Kurzer Sommer. Du wirst froh sein, deine Familie von dort wegholen zu können.«

Wieder auf dem Pferd, durchqueren wir eine kieselbedeckte Senke zwischen den Felskämmen, eine flache Wildnis, ohne Gras, ohne Heidekraut, ohne Büsche oder Bäume, nur schwarzer grobkörniger Sand und Kiesel, der Bodensatz des Schmelzwassers, das sich hier zu einem festen, fast felsenartigen Boden verdichtet hat. Dieses Mal sitzt Helga hinter mir, die Arme um meine Hüften gelegt, die Hände hat sie unter meinen Gürtel geschoben. Srelni verlangsamt den Schritt, als die Schneeflecken dichter werden, zwischen denen sich tiefe Schmelzwasserlachen angesammelt haben. Aber er geht leicht, fröhlich, das Wasser spritzt unter seinen Hufen auf. Helga legt das Kinn an meinen Nacken, unsere Körper sind eins mit dem ebenmäßig schaukelnden Ritt des Pferdes.

»Kregs«, sagt sie leise, ich spüre ihren Atem im Nacken. »Sei ehrlich zu mir. Ich weiß, dass du dich schlecht fühlst, weil sich alles so ergeben hat. Stimmt doch, nicht wahr?«

Ich versuche, ihre Bedenken mit einem Lachen zu zerstreuen, tue so, als hätte ich nicht verstanden, was sie meint. »Du hast doch selbst gesagt, Helga, es wird nicht mehr lange dauern bis zur Hochzeit. Wir können bis zum Sommer warten.«

»*Das* meine ich nicht«, antwortet sie. »Das ist nichts. Ich meine den Preis, den du zahlen musst – um mich zur Frau zu bekommen.«

Wieder lache ich. »Ich hätte sogar zweimal so viel

gezahlt, als dein Vater verlangt hat, wenn du es unbedingt wissen musst. Du bist es wert.«

»Du kannst dich ruhig über mich lustig machen, aber ich verspreche dir, sobald wir verheiratet sind, wird mein Teil der Brautgabe dir gehören, du kannst damit tun und lassen, was du willst.«

»Wir teilen doch sowieso alles als Mann und Frau – also, was soll das?«

Sie schüttelt den Kopf, legt den Mund an mein Ohr. »Ich meine nicht das, was du für mich gezahlt hast, sondern den Blutpreis, den du Asgrim versprochen hast. Das macht mir Sorgen. Ich habe es auf deinem Gesicht gesehen, als Großvater sagte, du solltest sein Schwert bekommen, und Asgrim gebeten hat, es zu segnen.«

»Was hast du auf meinem Gesicht gesehen?«

»Wie sehr dir diese Kriecherei vor Asgrim zuwider ist. Du hasst ihn. Und du hasst dich selbst für das, was du getan hast. Für dich ist es ein Verrat an deinem ermordeten Bruder. Wenn ich nicht wäre und wenn mein Vater nicht wäre, hättest du Mord dafür zahlen lassen, was er Sigi angetan hat – um Sigis willen und für deine Familie in Osvellir hättest du die Sache nicht auf sich beruhen lassen.«

Wir lassen Srelni laufen, wohin er will, durch Schmelzwasser und über die Kieselmoränen, gemächlich sucht er seinen Weg. Helga hat sich zu mir umgedreht, den Rücken zu Srelnis Kopf hingewandt. Sie blickt mich an, unsere Blicke versinken ineinander. Wir reiten. Wasser plätschert leise. Srelni schnaubt. Lachen spritzen von den Hufen auf. Wir reiten. Ich spüre die Wärme des Tierleibs unter uns, unser Gewicht schiebt sein Fell in Falten zusammen.

Helga stützt sich mit einer Hand auf den Pferdenacken, ihre Finger spielen leicht mit den steifen Haarbüscheln der Mähne. Ihr eigenes Haar hängt frei herab, ist feucht vom Morgendunst. Ein kleiner Fehltritt des Pferdes lässt sie noch näher zu mir rutschen. Sie rafft den Rock höher, öffnet die Schenkel noch weiter und setzt sich auf meinen Schoß.

Wir riechen den Rauch, bevor wir die dünnen Schwaden in den Morgenhimmel steigen sehen. Auch Srelni, der aus einer Schmelzwasserpfütze trinkt, hat ihn gerochen, hebt den Kopf und scharrt unruhig im Kiesel.

»Ruhig, alter Junge«, sage ich, bücke mich und streichle sein Bein, damit er still ist.

»Wer kann das sein, so früh am Morgen«, flüstert Helga, watet durch die Pfütze und steigt die Böschung hinauf, um einen Blick über den Hügelkamm zu werfen. Ich folge ihr.

Dort unten sitzt er, der Mann, der das Feuer entfacht hat, hier, mitten im baumlosen Moor. Zuerst kommt mir Ulph in den Sinn, aber warum sollte unser Schäfer ausgerechnet in Asgrims Land geflohen sein oder überhaupt so weit in die nördlichen Berge? Es ist ein jüngerer Mann, der neben dem Feuer kauert, bartlos, das Haar kurz geschnitten, wie man es bei Fischern sieht, und er trägt einen alten, abgetragenen Pelz. Das Feuer ist so klein, dass es ihm kaum etwas nutzt.

»Bedwyr«, rufe ich hinunter. »Ich kann's nicht glauben!«

Erschrocken fährt er herum, sieht Helga, das Pferd, springt auf. »Sag mir, dass es nicht stimmt, junger Herr«, ruft er voller Angst. »Soll ich wirklich freigelassen werden?«

KAPITEL 43

»Auch wenn du mich immer für einen alten Nörgler hältst, Junge«, sagt Cuin grinsend, »zu deiner Rede gestern auf dem Rechtsfeld muss ich dich beglückwünschen. Du hast die anderen Männer richtig wachgerüttelt. Nie hätten sie von jemandem wie dir eine so eindrucksvolle Rede erwartet!«

Das Lob vom Onkel und die großmütigen Glückwünsche von Klep und den anderen gestern fachen den Wirrwarr meiner Gefühle nur noch weiter an. Und sie zeigen auch, wie gut ich meine wahren Empfindungen über das, was getan wurde, verbergen kann. Gestern habe ich auf dem Rechtsfeld das Wort ergriffen und für meine Familie auf jedes Recht verzichtet, Gerechtigkeit für Sigi zu fordern. Es war die letzte und die am meisten verhasste Bedingung, die Asgrim mir gestellt hatte.

»Ich bezweifle«, plaudert der Onkel munter weiter, »dass Leif selbst seine Rede besser hätte formulieren können, obwohl er fast dreißig Jahre lang das Gesetz vertrat.« Cuin nippt an dem Becher, aus dem er früher sein Bier getrunken hat; jetzt ist nur Hagebuttensud darin, ein Herzstärkungsmittel, das ihm Hethrun aus den Hagebutten zubereitet, die auf dem Skagi-Bergrücken wachsen.

»Das meine ich auch, Bruder«, nickt Sepp. »Du hast gut gesprochen. Wir sind stolz auf dich, Ma und ich, und dein Vater wäre es auch.«

»Sie allein durch Reden zu fesseln«, fügt Geir bewundernd hinzu, »und sie zu überzeugen: Dazu braucht es eine Menge.«

Karghyll schlürft einen Schluck Bier und schaut mich nachdenklich an. »Du magst die großen Männer überzeugt haben oder nicht, aber mein Rat ist: Halte dich von Priestern und Goden fern. Bitte entschuldige, Kregin, dass ich so offen spreche: Lass dich von feinen Reden nicht täuschen, ob sie nun von ihnen kommen oder von dir selbst.«

Ich schätze Karghyll immer mehr, weil er stets so offen mit mir spricht. An vielen Tagen besucht er uns schon am Morgen; er sitzt lieber in unserer Hütte, als sich mit den Leuten auf der anderen Seite des Lagerplatzes zu unterhalten, wo er immer »in Kleps Schatten« sitzt, wie er es ausdrückt. Schon jetzt liegt er mit dem Goden Klep im Streit, weil er mit der Pacht im Rückstand ist.

Die Dreckarbeit, Klepjarns Pacht einzutreiben, hat Klep seinem Schwiegersohn Gunnar übertragen. Und so muss sich Karghyll mit Klepjarns Muskelmännern auseinandersetzen, muss Strafen zahlen und sich Beleidigungen anhören, Dinge, die er als Pächter meines Vaters niemals zu ertragen hatte. Der Mann vom Skogurdale seufzt schwer, als müsste er die Weltesche Yggdrasil auf den Schultern tragen.

Sepp spürt, wie unwohl sich Karghyll fühlt, und bringt taktvoll das Gespräch wieder auf das Thema zurück. »Gute oder schlechte Reden: Es geht nicht darum, was Asgrim Kregin geantwortet hat oder was er noch antworten wird. Sondern es geht darum, dass er das gegenseitige Abschlachten beenden will. Und das hat er erreicht.«

»Dein Bruder hat recht«, meint der Onkel nickend. »Asgrim und Klep sind praktisch denkende Männer, insofern sind sie genau wie dein Vater Leif. Ihnen geht es vor allem ums Geschäft, wie sie ihre Herden vergrößern und mehr Wolle verkaufen können.« Sepp nickt, und Cuin fährt fort: »Sie wollen ihr Land sicher machen und im Übrigen auch von den anderen Männern geachtet werden. Sie suchen keinen Streit.«

»Kann sein, dass sie wirklich nur ihr Land sicher machen wollen«, sagt Geir. »Aber was ist, wenn sie dadurch andere in Gefahr bringen?«

»Das stimmt«, gibt Karghyll zu und sagt mit erhobenem Finger: »Wenn wir unser Rechtsbuch, das Grágás, nicht hätten, das uns schützt, wäre niemand vor diesen Mächtigen sicher.«

Cuin überhört Karghylls Seitenhieb, der vor allem gegen Klep gerichtet ist, aber auch gegen alle, die sich immer mehr Land aneignen wollen. »Gesetz oder nicht, verhandeln ist auf jeden Fall besser als kämpfen. Schaut euch doch nur an, was das Handeln und Feilschen beim Wollpreis bewirkt hat!«

»Darauf wollen wir anstoßen!«, sagt Geir und hebt den Becher. »Und auf die Schiffe, die im Sommer kommen. Und auf die Ostleute, die unsere Wolle kaufen.«

»Ostleute, *Thor steh uns bei!*«, sagt Cuin mit gespieltem Ärger. »Auf die Ostleute, die Kaufleute, trinke ich nicht, das sind nur gierige Banden, und sie sind nicht einen Schluck Hagebuttensud wert!«

Mit einem vielsagenden Seitenblick auf Sepp witzelt er: »Dir will ich das noch mal durchgehen lassen, junger Idgarson, aber nur, weil Bera wohl ein Auge auf dich geworfen hat.«

Geirs Gesicht wird rot. »Gut, dann trinken wir eben auf das ›Graugans-Gesetzbuch‹, obwohl ich keine Ahnung habe, was es ist und warum es so heißt.«

»Ganz einfach«, sagt Karghyll mit weisem Nicken.

»Genau wie die Graugans ist auch das Grágás weder schwarz noch weiß.«

»Und so soll das Gesetz auch sein«, ergänzt Cuin den Scherz. »Schwarz für die Bösen, weiß für die Guten und grau für den Rest von uns. Ich sage euch mal etwas: Was machst du, wenn eine schrullige alte Gans dich ständig in die Knöchel pickt? Du drehst ihr den Hals um.«

»Jetzt bin ich nicht schlauer als vorher«, sagt Helgas Bruder, »aber wahrscheinlich hast du recht.«

Ma klagt, dass ihr kalt ist. Ich könnte Bedwyr losschicken, damit er ein Fell von unserem Lagerschuppen am Rand des Felds holt, aber der Junge schläft fest, oder jedenfalls tut er so, und niemand sollte einen freien Mann ohne guten Grund aus dem Schlaf reißen. Es fällt mir schwer, Bedwyr nicht mehr als Sklaven zu sehen. »Das hat er jetzt endgültig hinter sich«, wie Ma sagen würde.

Unser Lagerschuppen liegt unten am Ufer, abseits von der Gemeindewiese von Laxvik, dort, wo die Pferde auf der Koppel stehen. Wir waren zu spät angekommen, um einen Schuppen zu erhalten, der näher am Gesetzesfeld liegt, und niemand hatte daran gedacht, für uns einen Platz auf dem eigenen Abschnitt freizuhalten, obwohl eigentlich genug Platz zur Verfügung steht. Deshalb stehen unser Besucherzelt und das Schlafzelt weit von unserem Lagerschuppen entfernt. Ich habe dort Snorri als Wächter postiert, damit er Tag und Nacht auf unsere Vorräte aufpasst, denn es gibt immer wieder Diebe und Betrüger.

Ich mache mich selbst auf den Weg zum Schuppen, um ein Fell für Ma zu holen; vielleicht bekomme ich dann wieder einen klaren Kopf vor dem Schlafengehen.

Ich brauche so viel Schlaf wie möglich, denn morgen beginnen die Ringwettkämpfe. Überall zwischen den Zelten steigt der Rauch von Holzfeuern auf; am Nachthimmel hängt der gesamte Rauch des Tages, der langsam in das flache Tal treibt. Die Hunde jaulen den Mond in seinem Dunstschleier an, es klingt jämmerlich, denn es kommt aus hungrigen Mägen. Die Grisedale-Männer ketten ihre Hunde an und lassen sie endlos hungern, damit sie so gierig und scharf wie möglich in den Kampf gehen. Vom alten Pils erzählt man sich, dass er sein letztes Hemd auf einen Hund verwettet.

Viele glauben, dass Djup dieses Jahr bei den Hundekämpfen noch einen Trick im Ärmel hat, um Pils endlich zu besiegen. Das sehe ich anders. Wer klug ist, setzt immer auf Grisedale, nie auf Djup und seine Kumpane. Wenn man nicht, wie Olaf, verrückt genug ist, um auf einen Außenseiter zu setzen.

Snorri und die anderen hören mich nicht kommen, die Hunde bellen zu laut, Männer singen in der Nähe, überall trunkene Stimmen. Nur gut, dass ich kein Dieb bin oder jemandem einen Streich spielen will. Denn ich kann mich im Schutz von Dunkelheit und Rauch leicht von hinten anschleichen, ein Fell unter der Plane hervorholen und wieder verschwinden. Es gibt keinen Grund, ihnen den Spaß zu verderben.

»Und – wasch ist mit Ulph?«, höre ich Olaf fragen. Er ist gut zu verstehen, obwohl er betrunken lallt. »Du hascht doch besch-timmt schon was gehört, Haschenscharte?« Snorri blickt nicht auf, er starrt ins Feuer und gibt keine Antwort.

»Ich hab gehört, er ist ins Vorghadale«, sagt Viggi Karghyllson.

»Dann hast du etwas Falsches gehört«, widerspricht

der junge Halson. »In unserer Gegend hat er sich jedenfalls nicht blicken lassen.«

»Ulph ist schlau«, wirft Grith ein. »Wartet nur ab: Der taucht wieder auf, sobald sich die Aufregung gelegt hat.«

»Vielleicht hat ihn jemand ge-gefangen ge-genommen«, lallt Olaf.

»Sei kein Narr«, wirft Snorri ein. »Du redest ja, als hätte jemand einen Kopfpreis auf ihn ausgesetzt.«

»Kopfpreis oder nicht, er kriegt sein Fett weg. Wenn Mord ihn nicht umlegt, dann eben ... Du-weißt-schon-wer.«

»Das reicht!«, sagt Snorri. »Keiner redet schlecht über den jungen Goden.«

»Was hat Ulph denn verbrochen?«, kommt Pilsons Stimme aus dem Dunkeln.

»Er hat die Schmiedehütte von Mords Vater abgefackelt«, ist eine junge Stimme zu hören. »Stimmt doch, oder nicht, Lar?«

»Keine Ahnung, Bjorn«, gibt Lar zornig zurück und springt auf. »Ich war nicht dabei!«

Durch Rauch und Dunkelheit sehe ich Lar an mir vorbeihasten. Er bemerkt mich nicht, aber ich sehe Wut in seinen Augen blitzen. Eilig läuft er zum Strand, wo die Pferde stehen.

»Bitte, Großmutter Auda«, bettelt der junge Hvard und legt den Kopf auf Mas Schoß. Schon den ganzen Morgen bittet er darum, hier auf dem Thingplatz bleiben zu dürfen.

»Zu Hause wartet Arbeit auf uns.« Ma deutet in Richtung Osvik. »Und sie hört nie auf, die Arbeit – wir müssen uns um unsern neuen Hof kümmern. Das Leben ist nicht nur Sport und Spiel.«

»Nur noch einen Tag!«, bettelt er hartnäckig weiter. Das Letzte, was Ma will, ist, noch einen weiteren Tag hier auf dem Thingplatz in Laxvik verbringen zu müssen. Seit wir von Osvik übergesetzt haben, geht es ihr nicht besonders gut. Gestern haben ihr die Mücken und die Hitze zugesetzt, dann waren es die Hunde. In der Nacht klagte sie, ihr sei kalt bis in die Knochen. Sie ist nur hier, weil der Junge hier ist. Er brannte darauf, meinen Ringkampf und die anderen Wettkämpfe zu sehen. »Nur noch einen Tag«, flüstert er.

»Ich bin zu alt für so etwas«, sagt sie. »Menschenmengen, der Lärm, die ganze Drängelei, die Sauferei, die Kämpfe. Ich hab genug. Und dann auch noch das ständige Bellen der halb verhungerten Köter; es hört nie auf, Tag und Nacht.«

»Großmutter, warum gehst du nicht mit Sepp und Bedwyr nach Hause zurück? Lass mich hier, Onkel Kregin kümmert sich um mich.«

»Er kann gern bei mir bleiben«, sage ich.

»Von mir aus gern«, sagt auch Sepp. »Was meinst du, Ma? Ich komme morgen zurück und hole ihn ab.«

Ma seufzt und nennt den Preis für ihr Einverständnis. »Du musst mir versprechen, dass du doppelt so hart arbeitest, wenn du wieder zu Hause bist. Wir alle müssen härter arbeiten. Ich weiß nicht, wie wir ohne Lar zurechtkommen sollen.«

Der Junge lacht glücklich, verspricht ihr alles, was sie hören will, und küsst ihr die Hand. Natürlich ist mir klar, dass Mas Bemerkung sarkastisch gemeint war. Sie ist immer noch böse auf mich, weil ich Nein gesagt habe.

Ich brauche Lar in Osvellir. Es war mein Fehler, dass ich ihn für drei Tage nach Osvik geschickt habe, während sich meine Familie, Ma und Sepp und Hvar, in ihrem neuen Heim und Hof einrichteten. Ma war beeindruckt, wie gut er mit den Pferden umgehen kann und wie aufmerksam er zuhört, wenn Sepp etwas sagt. Lar und Hvard sind wie zwei Hunde aus demselben Zwinger, sie verstehen sich glänzend. Und Ma hat Lar sofort ins Herz geschlossen, seit er ihr und Sepp beim Umzug von Baerskard half. Obwohl es sie ärgerte, dass ich sie nicht selbst abgeholt habe. Kann sie das denn gar nicht verstehen? Ein Mann in meiner Stellung kann mitten in der Ablammzeit nicht einfach zwei Wochen vom Hof verschwinden.

Der Sommer rückt näher, Haldis und ich haben alle Hände voll zu tun, um in Osvellir alles in Ordnung zu bringen. Meine Schwester arbeitet ebenso hart in Haus, Scheune und Molkerei wie ich hinter dem Pflug. Aber die Wahrheit ist: Vaters ruhige Hand fehlt uns. Weder mir noch Haldis war klar, wie gut er die Jahreszeiten vorausplante.

Im nächsten Mond verlieren wir Bera, die nach Norden zieht, um Geir zu heiraten. Haldis sagt, Svena könne die Arbeit am Webstuhl nicht allein bewältigen, das sei zu viel für sie. Sie denkt, Olafs Frau könnte mithelfen, wenn sie dafür einen Teil der Wolle bekäme. Aber es ist die Feldarbeit in den kommenden Monaten, die mir die größten Sorgen bereitet – ich habe keinen Sigi, keinen Ulph und keinen Cuin mehr, und ich habe niemanden als Ersatz; außerdem sind zwei Knechte davongelaufen und haben uns im Stich gelassen. Im Sommer werden Lar und ich jeden Tag bis spätabends auf den oberen Feldern schuften müssen, sonst werden wir mit dem Heuen nicht fertig. Auf Cuin kann ich nicht hoffen, er wohnt jetzt in Suthyre. Und ich könnte ihn auch gar nicht bitten, mir in Osvellir auf den Feldern zu helfen, die Arbeit ist zu schwer für einen alten Mann. Auch leichtere Arbeit in Osvik kommt für ihn nicht infrage, nicht nach dem, was mit Bera geschehen ist: Das ist noch zu frisch in seiner Erinnerung.

Am Gesetzesstein haben sich die Zuschauer versammelt, um den Läufern beim Aufwärmen für den Lauf zum Wasserfall zuzuschauen. Die Läufer schütteln Arme und Beine, beugen sich, reiben sich die Gelenke, schon strömt ihnen der Schweiß über die Gesichter. Morfin sitzt als Einziger auf dem Pferd und versucht, ein wenig Ordnung in das Gewimmel zu bringen und die Läufer im Auge zu behalten – und die Wetten. Er wird das Startzeichen geben, aber erst, wenn er sieht, dass alle Wetten durch Handschlag besiegelt sind. Für ihn wird dabei natürlich auch etwas herausspringen – was der einzige Grund ist, warum er das macht.

Ungeduldig schreit mir Hvard zu: »Worauf wartet der alte Graubart denn noch?«

»Das ist Helgas Onkel«, schreie ich zurück, damit er mich überhaupt hört. »Er wartet, bis die letzten Wetten abgeschlossen sind.«

Als ich Geir sehe, bis zum Gürtel nackt, denke ich an Sigi und an den Morgen, als er durch den Nebel zu den Wasserfällen hinaufrannte. Geir drängt sich durch die Läufer, um uns zu begrüßen. »Wo warst du denn, Kregin? Wir starten gleich! Und wo ist Bera?«

»Sie ist hier irgendwo. Du weißt doch, wie die Frauen sind – nach dem Ritt von Osvellir will sie sich erst noch ein bisschen fein machen. Keine Angst, Cuin ist bei ihr, er lässt sie nicht aus den Augen.«

Trotzdem blickt sich Geir besorgt um. »Ich sehe sie

aber nirgends, sie hat versprochen, hier zu sein, wenn ich starte.«

»Sie kommt bestimmt gleich, Mann, keine Angst!«

»He, Pilson«, brüllt Lar und stößt Hvar kumpelhaft in die Rippen. »Warum bist du nicht am Strand und schaust, wie die Rennstrecke im Sand heute Morgen aussieht? Von uns waren schon mindestens ein Dutzend Leute dort, um die Strecke auszuprobieren. Sieht so aus, als hätten die Pferde an diesem großen Tag weichen Sand.«

»Wenn er weich ist, geh ich nicht an den Start«, gibt Pilson mit breitem Grinsen zurück.

»Wir sind Grisedale-Männer«, sagt Bjorn ein wenig wichtigtuerisch für seine jungen Jahre. »Aber die Hundekämpfe wollen wir auf keinen Fall verpassen!«

»Vater hat einen echten Sieger in der Meute«, sagt Pilson. »Ein richtiger Höllenhund! Blitsa – sie giert förmlich danach, den anderen Kötern die Kehle durchzubeißen. Ich sag euch, sie wacht schon mit Blutlust in den Augen auf!«

Hvard strahlt übers ganze Gesicht. »Können wir nicht mal schnell Blitsa anschauen?«, fragt er und blickt mich bittend an. »Pilson bringt uns zu ihr, oder nicht, Pilson?«

An diesem Morgen dreht sich das Gespräch in unserem Tageszelt nur um den Ringwettkampf, der später am Tag stattfinden wird; niemand redet über das Pferderennen, um nicht unbeabsichtigt etwas über die eigene Taktik beim großen Tag morgen zu verraten. Karghyll ist noch nicht dazu gekommen, seinen üblichen Morgenbecher Bier zu trinken: Klep hat ihn mit irgendeinem Auftrag zum Vorghadale geschickt. Ein Mann mit Schulden muss loslaufen, sobald ihm sein Gode etwas befiehlt.

»Willst du sofort gegen Slegl antreten?«, fragt mich Olaf mit schlauem Grinsen. »Oder bist du so klug zu warten, bis ihn die anderen geschwächt haben?«

»Slegl sieht nicht aus wie einer, der schnell entkräftet ist«, weist Lar den Kleinbauern zurecht. »Aber wie man hört, ist er durchaus zu schlagen.«

»Ich werde früher oder später gegen ihn antreten müssen«, sage ich.

Hvard stibitzt einen Krug Bier, bevor er auf den Tisch kommt. Ich tue so, als hätte ich es nicht gesehen.

»Slegl«, ruft mein Neffe und verstellt die Stimme, damit sie erwachsener klingt, »ist das der Ringer mit den kurzen Beinen, der so hässlich ist, dass er sich das Gesicht mit Lehm beschmiert?«

»Hässlich ist er auf jeden Fall«, meint Cuin lachend, »aber den Lehm schmiert er nur auf die Haut, um wie ein wildes Tier auszusehen. Darunter ist er so sanft wie ein Lamm.«

»Sanft wie ein Lamm? Bestimmt nicht – als Ringer ist er eine harte Nuss. Bisher hat er noch keinen Kampf verloren.«

»Wenn ich du wäre, Kregin«, rät Cuin, »würde ich zuerst einen kurzen Kampf zum Aufwärmen machen. Dann bist du gestählt und bereit für Slegl.«

»Vielleicht mache ich das, aber ich will nicht, dass alle glauben, ich wolle ihm aus dem Weg gehen.«

Lar zuckt mit den Schultern. »Wenn dich Slegl herausfordert, kannst du nicht ablehnen.«

»Will ich ja auch gar nicht! Ich trete gegen ihn an.«

»Aber an deiner Stelle würde ich mich nicht gleich verausgaben!«, sagt Olaf heftig. »Nein, Gode, du musst deine Kräfte für das Pferderennen schonen!«

»Warum soll er nicht trotzdem ringen?«, fragt Lar.

»Ich habe Slegl gegen Viggy Karghyllson gesehen«, antwortet Olaf. »Viggi ist bestimmt kein Schwächling, wie wir alle wissen, aber Slegl hat ihn fertiggemacht und ihn drei Mal auf den Rücken gelegt. Slegl ist nicht leicht zu fällen, der steht fest auf seinen kurzen Beinen, mit Schenkeln, die so dick sind wie Baumstämme.«

Der Kleinbauer verbeugt sich vor mir, wobei das, was er sagt, nicht besonders respektvoll klingt: »Nichts für ungut, Gode, aber es ist keine Schande zu warten, bis er dich herausfordert.«

Bera nimmt Geirs Hand und legt ihren Kopf an seine Schulter. »Ich dachte, wir könnten zum Wasserfall hinaufreiten. Ich will mit eigenen Augen sehen, wo es passiert ist und wo du so heldenhaft reagiert hast.«

Geir Idgarson wird rot, was ihm einen zärtlichen Kuss von Bera einbringt. Sie meint einen Zwischenfall, von dem heute das ganze Feld redet: Geir hat einem der Läufer das Leben gerettet, einem jungen Vorgha-Schäfer, der unter dem Wasserfall ausgerutscht ist und beinahe ertrunken wäre. Geir hat ihn herausgeholt, was ihn zwar den Sieg kostete, ihm aber die Hochachtung der Männer von Vorgha einbrachte; besonders Hvard bewundert ihn dafür. Bera legt Geir stolz den Arm um die Schultern. Ihr Mann ist der Held auf dem Thingplatz.

Hvard ballt die Fäuste vor Wut, seine Augen sind rot vor Enttäuschung. »Wie hat er das gemacht?«, jammert er und schlägt sich an die Stirn, als ob er damit die Erinnerung vertreiben könne. »Im Vergleich zu dir ist er doch nur ein lehmverdreckter Zwerg!«

»Aber ein verdammt guter Ringer. Ich hätte besser kämpfen können, aber er hat den Sieg verdient.«

»Er hat irgendwelche Tricks angewandt, oder? Wie hätte er dich sonst auf dem Boden festhalten können?«

»Keine Tricks, kein fauler Kampf – er hat mich besiegt, Punkt. Der Mann ist clever, er weiß genau, was er macht.«

»Aber was hat er gemacht?«

»Er hat seine Griffe genau eingeübt: wie er die Beine des Gegners wegschlägt, ihn aus dem Gleichgewicht bringt und auf den Rücken wirft. Hast du gesehen, wie er sich aus dem Griff windet? Wie ein schlüpfriger Aal. Ich habe ihn einfach nicht richtig zu fassen gekriegt.«

»Aber Lar hat gesagt, du würdest ihn aus dem Ring werfen!«

»Gut, dann hat sich Lar eben geirrt. So geht es manchmal. Vielleicht war Slegl einfach hungriger auf diesen Kampf als ich.«

»Dann hättest du eben auch hungriger in den Kampf gehen müssen, mit blutrünstigem Blick wie Blitsa, die Hündin. Dann hättest du ihn besiegt!«

»Diese Art Hunger meine ich nicht, mein Junge.«

Er schaut mich verwundert an. »Wenn ich ein Mann bin«, verkündet er heftig, »werde ich immer hungrig kämpfen. Ich werde völlig ausgehungert in den Kampf gehen. Von schleimigen Fischen wie Slegl lasse ich mich nicht besiegen!«

Nicht mehr lange bis zur Morgendämmerung. Die Nacht war schwül, wir haben die Planen auf beiden Schmalseiten des Zelts aufgerollt, damit frische Luft ins Zelt kam. Von den Os-Sümpfen weht eine leichte, salzige Brise herauf, das Zelttuch über meinem Kopf flattert leise. Der durchdringende Geruch von Dung und schalem Wasser in der Pferdetränke liegt über dem Lagerplatz, das Grölen der Betrunkenen ist längst verstummt, endlich schlafen sogar die Hunde. Heute ist der Tag des Pferderennens.

KAPITEL 44

Ich stehe am Thors-Tor, an der Startlinie. Dreiundzwanzig Reiter habe ich gezählt, die durch den Sandstreifen zwischen dem Gesetzesstein und dem Strand geritten sind. Sie lassen ihre Pferde müßig herumlaufen, reden und scherzen miteinander oder rangeln bereits jetzt um die besten Startpositionen, direkt hinter der Startlinie. Nicht alle, die hier auf Pferden sitzen, werden am Rennen teilnehmen. Manche sind auch nur Wetter, die sich unter uns mischen; sie wollen nicht mitreiten, sondern wetteifern nur um höhere Einsätze. Es ist Absicht, dass die Wetter wie die Reiter aussehen; so können sie sich unter die Reiter mischen und Pferde und Reiter genauer betrachten, um festzustellen, wer das Rennen machen könnte. Wenn sie glauben, einen möglichen Sieger entdeckt zu haben, verständigen sie sich mit Geheimzeichen – blinzeln sich zu oder zupfen sich am Ohrläppchen, mehr ist nicht nötig, um die Wette abzuschließen.

Beim Rennen reiten die Wetter hinter uns her, um die Pferde, auf die sie gesetzt haben, im Auge zu behalten. Sie teilen unsere Aufregung, brüllen sich ihre Kommentare zum Wettrennen zu, und manche lassen sich derartig mitreißen, dass sie sich gegen Ende des Rennens selbst daran beteiligen. Grundsätzlich darf jeder mitmachen, der auf einem Pferd über die Startlinie geritten ist und sich an die vorgeschriebene Rennstrecke hält. Wenn sie sehen, dass Pferde zurückfallen oder wenn eines der führenden Pferde stürzt, kann es sein, dass sie sich selbst am Wettrennen beteiligen, mit ihren weniger erschöpften Pferden durch das ganze Feld nach vorn preschen und die Chance auf den Sieg ergreifen. Oder was noch öfter vorkommt: Sie verhalten sich unfair, wenn ihnen das Geld wichtiger ist als der Ruhm. In diesem Fall zögern sie nicht, einen Reiter noch auf der Zielgeraden um den Sieg zu bringen, etwa indem sie ihn vom Pferd stoßen, nur um ihre Wette nicht zu verlieren.

Dieses Jahr hält Cuin das Starttuch in der Hand. Morfin Skarson, der Favorit der Wetter, wurde überredet, als zweiter Rennrichter zu fungieren. Er ist zur Wendemarke der Rennstrecke am Strand geritten und muss darauf achten, dass jeder Reiter durch die Furt geht. Wir müssen bis zur entfernten Uferböschung und wieder zurück reiten oder, wenn das Wasser zu hoch steht, das Pferd durch das Wasser und wieder zurück führen, bevor wir den Rückweg zur Ziellinie antreten.

Bis zum letzten Augenblick, also unmittelbar, bevor der Onkel das Starttuch schwenkt, halte ich mich auf der abgewandten Seite des Gesetzessteins, um mich nicht mit den anderen Reitern vor der Startlinie drängeln zu müssen. Es ist besser, Srelni vom Schweiß- und Dunggestank der anderen Pferde fernzuhalten. Der Rotfuchs ist auch so scharf genug auf das Rennen, er soll sich nicht vom Rennfieber und der Aufregung der anderen Pferde anstecken lassen. Und ich will auch nicht, dass er Flanke und Schwanz an anderen Gäulen reibt, etwa Olafs Schecke oder Viggis Mausfalbstute.

»Bei einem Rennen kann alles passieren«, sagte Vater oft, wenn Sigi und ich zu einem Rennen antraten.

»Manches unerwartet oder auch manche Gemeinheit, aber ihr müsst euer eigenes Rennen planen und es auf eure Weise reiten, ohne Rücksicht auf die anderen.«

Natürlich habe ich mir einen Plan für das Rennen zurechtgelegt:

Leichter Trab vom Start, aber sofort auf Abstand zu den anderen gehen, an den Sümpfen vorbei, um die Schlammwiesen herum, auf denen der Schlamm den feinkörnigen Boden zum tückischen Untergrund gemacht hat. Dann auf dem Dammweg weiter, ein kurzer Galopp am Ufer entlang, wo die Frauen und Kinder aus dem Lager laufen werden, um uns zuzujubeln. Danach in flottem Trott zum Brachlandfluss; über die Furt am Fuß des Brachlandtals; dort muss Srelni abkühlen und trinken. Danach auf dem Strand entlang, am nördlichen Fähranleger bis zur Furt am Lax-Fluss. Den Fluss an der Furt durchqueren und wieder zurück, dann kommt der lange Ritt zurück zum Start, der jetzt das Ziel ist. Schneller Ritt, aber kein Galopp, wobei wir die anderen führenden Reiter im Auge behalten müssen. Ich will Srelni nicht in Galopp fallen lassen, schon gar nicht in einen schnellen Renngalopp, bis wir den Gesetzesstein sehen und in einen Endsprint zum Ziel übergehen.

»Würdest du das Rennen auch so reiten, Sigi?«, höre ich mich meinem nicht anwesenden Bruder zuflüstern.

Kinder flitzen zwischen den Beinen der Pferde umher und rechen schnell die Pferdeäpfel zusammen, sodass der Sand immer sauber ist. Niemand will, dass den Hengsten der Geruch einer Stute oder eines Stutfohlens in die Nüstern steigt. Die Pferde schnauben und schäumen vor Durst. Eilig laufen die Männer mit vollen Wassereimern herbei. Snorri will in bester Absicht Srelnis Kopf in einen Eimer tauchen, aber ich halte ihn davon ab. Ist ein Pferd vor einem Rennen aufgeregt, säuft es oft zu viel Wasser.

Asgrim und der Gode Klep stehen auf der abgewandten Seite des Tores, nicht weit von der Stelle entfernt, an der ich warte. Mord löst sich aus der Gruppe der Reiter, trottet an mir vorbei – ich wende den Kopf ab – und gesellt sich zu seinem Vater und Klep. Gunnar sieht, dass Mord zu den beiden Männern geht, und folgt ihm. Anscheinend haben sie eine Menge zu besprechen.

Kleps Hausmeier geht zu ihnen und reicht Klep einen Lederbeutel mit Bier, aus dem die vier nacheinander trinken.

Inzwischen hat Cuin zwei Pfosten in den Sand gesteckt und führt nun den Schecken, eines von Vaters Lieblingspferden, am Zügel zwischen den beiden Pfosten hin und her. Der Schecke stampft mit den Hufen eine tiefe Furche zwischen den Pfosten in den Sand; sie markiert die Startlinie. Eine Woche zuvor hatte Lar den Schecken von der Weide geholt; wir wussten, dass es dem Onkel gefallen würde, ihn reiten zu dürfen. Der tapfere kleine Hengst ist gutmütig und immer noch sehr flink und beweglich. Er reibt die Schnauze an Cuins Schulter, während er mit kleinen Schritten die Linie stampft.

Klep sitzt lächelnd auf dem Rotschimmel und ruft dem Onkel zu: »Cuin-rua, ich erkenne dich kaum wieder! Gestutzter Bart, Haar mit Ginsterwasser gefärbt, leichtfüßig wie ein junges Schaf – du kommst plötzlich daher wie ein Jüngling!«

»Macht die Meeresluft in Suthyre«, gibt der Onkel zurück und schwingt sich ein wenig angeberisch auf den Schecken. »Irgendwie vertrage ich die Luft am Südufer besser.«

Blot stößt ein kehliges Rülpsen aus und lacht dröhnend, während er seinen schweren Wallach am Kopf krault. »Meeresluft? Oder hat da jemand mit Zauber ein bisschen nachgeholfen?«

Cuin achtet nicht auf ihn, sondern wirft einen kritischen Blick auf die Linie zurück, die der Schecke gezogen hat.

»Wie ich höre«, mischt sich nun auch Djup in die Stichelei ein, »soll da mehr als nur Zauber am Werk sein.«

»Ist doch nichts besser, als zwei Weiber zu haben«, sagt Pils. »Zweimal so viel Bier!«

Blot macht eine vulgäre Geste mit Daumen und Zeigefinger und grinst anzüglich. »Zwei Löcher zum Füllen, stimmt doch, Cuin? Die kleine Knara und die alte Vettel?«

»Ha!«, treibt Hals den fiesen Scherz weiter. »Ist doch noch Saft im alten Bock!«

»Ich weiß, was ihr Schurken vorhabt«, gibt Cuin gutmütig zurück, »aber es wird euch nicht gelingen, mich abzulenken.«

»Äh, wie… wie meinst du das?«, fragt Pils unschuldig.

»Ihr könnt mich noch so sehr fuchsen und ärgern, aber wenn einer von euren jungen Männern über die Linie reitet oder auch nur in die Nähe kommt, bevor ich mit dem Starttuch das Zeichen gebe, werde ich ihn aus dem Rennen werfen. Ist das klar? Und was sind dann eure Wetten noch wert?«

Es herrscht dichtes Gedränge, Männer, Pferde, hin und her schwingende Pferdeschweife, schubsende, stoßende Männerknie, tretende Stiefel, Reiter rammen und schieben sich mit Ellbogen beiseite, schnelle, gemeine Schläge auf die Flanken der gegnerischen Pferde, jeder versucht, sich in eine günstigere Startposition zu drängeln, die Pferde werden immer nervöser, stampfen mit den Hufen, finden kaum noch Platz, ihre Hufe in den weichen Sand zu setzen. Ich habe Srelni nicht beschlagen – die Eisen behindern ihn, ohne sie läuft er gleichmäßiger. »Pferde laufen am besten so, wie sie als Wildpferde laufen«, hat Vater immer gesagt. Ein paar Idioten haben ihren Pferden Hufschuhe mit Eisennägeln unter die Hufe geschnallt, bei Schnee oder Eis ist das in Ordnung, manchmal auch im Schlamm oder vor dem Pflug, aber im Sand sind sie völlig nutzlos.

Ich habe Angst, dass sich Srelni an den Eisennägeln anderer Pferde verletzen könnte – deshalb dränge ich ihn, so gut es geht, von den anderen Pferden weg und finde mich plötzlich Maul an Maul mit Mords Pferd wieder, einem »Vindótt«, wie die windfarbenen Pferde in den Eislanden genannt werden; ein schönes Tier mit weißer Mähne und weißem Schweif, das er sich von Klep ausgeliehen hat.

Nicht zum ersten Mal heute blicke ich an Mord vorbei. Sein Vindótt streift mit den Flanken an Srelni vorbei. Die beiden Pferde schwingen verächtlich die Schweife.

Ich ärgere mich über mich selbst, dafür, dass ich Mord nicht offen ins Gesicht geschaut habe, und lenke den Rotfuchs an den hinteren Rand des Gedränges. Hier ist der Sand von den vielen Hufen aufgewühlt, von Pferdepisse getränkt, Pferdeäpfel liegen herum, Wasser von der Tränke wurde verschüttet. Ich lockere die Zügel und lasse Srelni laufen, wohin er will.

»Was hast du denn hier hinten zu suchen?«, fragt Geir. »Ich dachte, du planst einen sanften Start?«

»Zu viele Pferde am Stein«, antworte ich knapp.

Geir reitet einen Falben mit weißer Blesse und streng geschnittener Stehmähne, die den Aalstrich zur Geltung bringt.

»Dein Falbe sieht sehr schön aus«, ruft Viggi bewundernd herüber. »Mit ihm hast du bestimmt eine gute Chance!«

Im Sattel ist Viggi nicht schlecht, aber heute ist er ein Narr, weil er seinem Pferd eisengespickte Hufschuhe angelegt hat. Leider muss sich der arme Kerl mit einem der schon fast ausgemusterten Gäule seines Vaters zufriedengeben. Seiner grauen Stute ist ihr Alter anzusehen, sie ist knochig und hat braune Flecken auf dem Widerrist.

»Er ist etwas zu nervös heute für meinen Geschmack«, antwortet Geir. »Nicht halb so sicher wie deine Stute.«

Karghylls Sohn nickt, dankbar für das Kompliment, wenn es denn so gemeint war, und drängt sein Pferd rückwärts in die Menge, wobei er Olaf auf seinem mageren Schecken zwingt, dem breiten Hintern der Stute auszuweichen.

»Arschloch!«, brüllt der Kleinbauer, weicht aber von der Startlinie zurück.

»Keine Angst, Olaf«, ruft Lar. »Du ziehst an ihm vorbei, bevor er auch nur ins Tal kommt.«

Gunnars Pferd lenkt alle Blicke auf sich, eine vierjährige Jungstute, die er gerade erst angeritten hat, gut bemuskelt, kräftig gebaut, mit langem flachsfarbenem Schweif, der bis zum Boden hängt.

»Sie muss noch ein bisschen wachsen«, meint Lar, der weiß, wann er ein gutes Pferd vor sich sieht. »Dieses Jahr gewinnt sie vielleicht noch nicht, aber nächstes Jahr ganz bestimmt.«

»Gunnar sitzt falsch«, murmelt Djup neidisch und

verächtlich. »Viel zu weit vorn, sein ganzes Gewicht liegt auf ihren Schultern.«

Das Startsignal! Ich habe nicht gesehen, dass Cuin das Starttuch hebt, und erst recht nicht, dass er es schwungvoll herabschwingt. Erst als das wilde Holla! Holla! um mich herum aufbrandet, weiß ich, dass das Startzeichen gegeben wurde. Wildes Geschrei setzt ein, als alle Reiter ihre Pferde antreiben, die Wetter und Zuschauer brüllen, Pferdelungen reißen Atemluft in sich hinein, Pfeifen, Grölen, Wiehern, Flüche.

Wir jagen über die Startlinie. »Los! Los! Schneller!«

Die Pferde preschen los, Schweife schwingen, Hufe wirbeln Sandfontänen auf. Srelni jagt den anderen nach. Ich kann ihn nicht zurückhalten, mein Wille ist nicht so stark wie seiner, und er hat sich von der wilden Jagd mitreißen lassen.

Ich kneife die Augen zusammen, spucke Dreck und Sand aus, die in mein Gesicht prasseln. Momentan bin ich blind, aber ich spüre die Muskeln des Pferdes unter mir, mächtig, in vollem Galopp, den ich nicht geplant hatte, aber es ist dennoch ein wunderbarer, gleitender Galopp, so weich, als trabten wir dahin. Die anderen Pferde sind in Renngalopp übergegangen. Ich öffne die Augen ein wenig, um mich herum ist alles verschwommen, undeutlich … bin ich der Letzte?

Srelni wird langsamer, aus eigenem Willen, er gibt mir die Kontrolle zurück, wartet auf meine Führung. Jetzt kann ich die Augen wieder ein wenig weiter öffnen und die Lage einschätzen. Keine Pferde an meinen Seiten, aber hinter mir nehme ich zwei undeutliche Schatten wahr. Nur zwei Pferde hinter mir? Karghylls alte Stute hat angehalten; sie äpfelt und pisst. Viggi ist wütend abgesprungen und schlägt sie auf den Hals. Da – noch ein Pferd verweigert sich, ein Wallach mit deutlichen Markierungen – Djups Pferd, reiterlos, beschnüffelt den Boden. Aber wo ist Djup? Ein schneller Blick über die Schulter: Blot hilft jemandem beim Aufstehen ... das ist Djup, der auf dem Boden liegt. Auch Cuin ist abgestiegen und hilft dem gestürzten Reiter, er hat wohl heimlich auf den Laxvik-Mann gesetzt! Pech gehabt, Alter!

Vor lauter Staub und Sand kann ich kaum noch etwas sehen. Srelni reagiert gut auf meine Zügelarbeit, er knirscht mit den Zähnen, denn er hat Sand und salzigen Staub im Maul. Wird wohl besser sein, wenn ich ein bisschen langsamer reite und, ohne den Anschluss zu verlieren, warte, bis sich das Feld der Reiter vor mir ein wenig ausgedünnt hat. Hinter mir sehe ich undeutlich die »Jäger«, die Horde der Wetter, mit dem jungen Pilson vornweg, gefolgt von all den Alten, Asgrim, Klep, Karghyll und Cuin sowie einer großen Gruppe von Gefolgsleuten und Zuschauern. Wenn wir aus den Sümpfen kommen, werden sie hintereinander auf dem schmalen Reitpfad bis zur Flussfurt weiterreiten, wo sie uns dann wieder sehen können.

Aus den Sümpfen steigt eine große Vogelwolke in den Himmel, aufgeschreckt von der wild heranstürmenden Reiterschar und dem Donnern der Hufe auf dem harten Lehm. Die Vogelschar ist so groß, dass sich der strahlende Morgenhimmel verdunkelt – aber schon stiebt die Schar auf die Flussmündung hinaus und lässt sich weiter oben am Flussufer nieder.

Wir galoppieren jetzt über festeren Boden, die Pferde kommen besser voran, jenseits der Sümpfe, und halten auf den hintersten Rand des riesigen Lagers zu, wo die Hundekämpfe stattfanden. Dort steht eine große Menge von Frauen, Kindern, Dienern und Sklaven auf einem Feld, aber nur wenige Männer, sie sind zu faul oder zu alt, um sich für das Rennen zu interessieren. Auch zwei Reiter sind zu sehen, aber leider sehe ich weder Bera noch Svena, die Mädchen sind bereits nach Osvellir zurückgekehrt. Unsere Herde hat zu viel Milch geliefert, und Haldis braucht alle Hände an den Butterfässern in der Molkerei.

Eine lange, weite Kurve nach rechts, jetzt bekomme ich endlich auch die Reiter an der Spitze wieder zu sehen. Und ich sehe die großen Lücken, die sich im Feld aufgetan haben. Olaf führt auf dem Fuchsschecken, drei Pferdelängen zurück folgt Gunnar auf der Jungstute, unverwechselbar mit ihrem prächtig wehenden flachshellen Schweif. Und beide werden von Geir und Lar gejagt, die gleichauf liegen. Der schöne Falbe trägt Geir gut.

Auf die Spitzengruppe folgen vier Reiter vom Vorgha auf dunklen oder grauen Pferden. Sie galoppieren Knie an Knie, liegen so eng beieinander wie die vier Finger einer Faust. Grith vom Laugdale folgt ihnen dichtauf, seine Stute trägt Hufschuhe wie das Pferd seines Bruders. Griths Pferd ist das zweitbeste von Blots Gehöft, ihr schöner Kopf ist eng gezäumt, ihre jungen Schultern sind bereits von den Pfluggurten eingekerbt. Direkt hinter Grith reitet Mord, sein geborgtes Pferd liegt gut im Rennen, die silberglänzende Mähne vom Wind zerzaust, ein wirklich schönes Tier, das sich von Mord gut reiten lässt.

Der Abstand, der die sechs Reiter von der Spitzengruppe trennt, ist beträchtlich. Inzwischen hat Gunnar Olaf überholt, der helle Schweif der Jungstute weht stolz wie ein Banner voraus. Der Schritt wird schneller. Mein Abstand zu Mord vergrößert sich. Jetzt habe ich genug davon, hinter den anderen herzureiten – in der Kurve beuge ich mich dichter über Srelnis Hals und dränge ihn voran, wir gehen zum gestreckten Galopp über, gleiten mühelos in Renngalopp. Der Rotfuchs liebt die Geschwindigkeit, aber es ist noch zu früh, mein Pferd bis zum Äußersten anzutreiben. Viel zu früh. Mord und die anderen sollten mir völlig egal sein, ich darf auch nicht auf die Rotbärte und Weiber vom Laugdale achten, die mir die altbekannten Beleidigungen hinterhergrölen. Tatsächlich kann ich sogar Idris aus allen anderen Stimmen heraushören, ihr schrilles Lachen, als sie mir nachkreischt: »Flieg doch, Vögelchen, flieg!« Auch Grith hat den Spottruf gehört, wirft einen Blick über die Schulter und verzieht den Mund zu einem dummen, höhnischen Grinsen.

Aus der Zuschauermenge ragt eine Frauengestalt heraus: Die junge Witwe Gudrun will sich den Reitern zeigen, deshalb hat sie eines der Pferde ihres Vaters bestiegen. Sie sitzt in ihrer besten Schürze auf einem Holzsattel, der ihr breites Becken stützt, und trägt eine Miene zur Schau, die allen klarmachen soll, dass sie sich für etwas Besseres hält als alle anderen. Zufällig fällt mein Blick auf ihre Füße, die fett und nackt an den Seiten herabhängen. Sie wird wohl nicht lange Witwe bleiben, wenn man den Gerüchten glauben will. Noch diesen Sommer soll sie Mord heiraten. In mir lodert bei Gudruns Anblick heißer Zorn auf – Zorn über Sigis Tod.

Mord unterbricht das Rennen und zügelt vor Gudrun sein Pferd. Sie wirft ihm einen Glücksbringer aus ihrem Beutel zu. Die Frauen drängen sich um die Tochter des Goden, allesamt Laxvik-Weiber, sie johlen, jauchzen, jubeln, kreischen … und blockieren den Weg. Mord fängt den Glücksbringer auf, zögert kurz, bis ich an ihm vorbei will, und treibt in genau dem Augenblick sein Pferd wieder an, sodass ich ihm weit ausweichen muss.

Grima versucht, neben Gunnar herzulaufen, das in einen Schal gewickelte Kind in den Armen. Unachtsam, unbekümmert. Sie hat nicht die geringste Chance, mit ihm Schritt zu halten, und bringt nur das Kind in Gefahr. Gunnar prescht den Reitweg entlang, vergrößert den Vorsprung auf Olaf, der blonde Schweif weht stolz. Grima hält an, den Blick auf Gunnar und seinen Verfolger Olaf gerichtet, sie starrt ihnen nach, bis sie in einer Staubwolke verschwinden. Erst jetzt bemerkt sie die anderen Pferde, die in vollem Galopp herandonnern – Geir und Lar, dicht gefolgt von den Vorgha-Männern und Grith.

Grima gerät in Panik, springt nach links, dann nach rechts. Dummes, dummes Mädchen! Sie wird gnadenlos niedergetrampelt werden! Was jetzt? Wieder springt sie, direkt in Lars Weg! Lar reißt das Pferd seitwärts, zügelt es brutal, damit sie nicht von seinen Hufen zertrampelt wird. Aber nein, Grima stürzt, ihr Kind fällt aus dem Schal, sie wirft sich mit ausgestreckten Armen über den Säugling.

Lar ist mit einem Satz aus dem Sattel, wirft sich seinerseits über Mutter und Kind, um sie vor den herangaloppierenden Pferden zu schützen. Die Vorgha-Männer fegen rechts und links vorbei, verfehlen Lars um Haaresbreite, Mord weicht knapp nach links aus, ich weiter nach rechts, wobei ich Blut auf dem Schal unter Grimas Armen sehe. Lars Pferd ist davongaloppiert, für ihn ist das Rennen zu Ende.

Als wir uns dem Fluss nähern, wird Olafs alter Fuchsschecke langsamer, er ist erledigt, das Rennen ist zu viel für sein Alter, auf seinen Flanken steht Schweiß wie bei einer Stute in Wehen. Aber Olaf reitet weiter. Er sollte aufgeben, das Pferd am Zügel zurückführen – stattdessen prügelt er das Leben aus dem armen Vieh. Er weiß, dass er verloren hat, fällt im Feld wie ein Stein immer weiter zurück, wird von Geir überholt, dann auch von Mord, der sich auf den dritten Platz schiebt, und schließlich auch von Grith und den Vorgha-Männern. Pilson, Viggi und ich folgen.

Pilson brüllt Olaf zu: »Verdammt, lass den Gaul ausruhen, Mann!«

Pilson will seinen Wetteinsatz schützen und hat sich in letzter Sekunde dem Rennen angeschlossen. Nicht schwer zu erraten, auf wen er gesetzt hat. Er und Viggi haben mich eingeholt – Viggi sitzt nach wie vor auf der alten Stute. Wir reiten Seite an Seite in einem bequemen Kanter. Kein Grund, die Pferde zu hetzen. Bis zum Fluss ist es nicht mehr weit.

Am Fluss folgen Pilson und ich den Vorgha-Leuten unter den Weiden hindurch zu einer breiten Biegung, in der Kieselschutt angeschwemmt wurde, die einzige Stelle, an der der Fluss durchquert werden kann. Geir, Gunnar und Mord stehen am seichten Ufer unter den Bäumen. Die drei Reiter der Spitzengruppe lassen die Pferde saufen, strecken die Glieder und gönnen den Tieren eine kurze Verschnaufpause, bevor das Rennen richtig beginnt. Ich reite zu Gunnar hinüber. Er muss erfahren, was mit Grima passiert ist und dass ich Blut auf dem Schal gesehen habe.

»Die Karghyllsons sind ausgeschieden«, sagt Gunnar, bevor ich etwas sagen kann. Als er uns erblickt, steht er auf und zieht den Sattelgurt straff an, offensichtlich hat er es eilig, wieder loszureiten.

Mord steigt ebenfalls auf sein Pferd. »Was ist mit dem Fuchsschecken und dem Idioten, der ihn reitet?«

»Olaf, meinst du wohl?«, sagt einer der Vorgha-Leute.

»Wir haben ihn überholt«, sagt Pilson.

»Und Grith auch«, fügt der Vorgha-Mann hinzu.

»Griths Pferd hat ihn in den Fluss geworfen«, erzählt Pilson mit gemeinem Grinsen. »Es sah so aus, als hätte er sich auf den Steinen den Schädel eingeschlagen.«

»Er hat Glück, dass er es überlebt hat«, wirft Gunnar ein. »Nur ein kaltes Bad und ein paar Kratzer am Kopf.«

»Wär ich sein Pferd, hätte ich ihn zertrampelt«, fügt Mord hinzu.

»Er war halb bewusstlos«, sagt Geir, »wusste nicht, ob es Tag oder Nacht ist.«

»Viggi hat ihn auf sein Pferd genommen«, erzählt Pilson. »Er bringt ihn bestimmt ins Lager zurück.«

»Wie gut, wenn man einen Bruder hat«, kommt eine Stimme hinter einem Baum hervor, wo ein Reiter kauert, der die Hose bis über die Knie hinuntergeschoben hat.

»Nur blöd, dass Viggi nicht mehr weiterreiten konnte«, sagt Geir.

»Und wo ist der junge Lar geblieben?«, will einer der Vorgha-Männer wissen.

»Ja, Kregin, wo ist er?«, fragt Gunnar. »Er war doch bei dir, oder nicht?«

»Lar ist ausgeschieden«, antworte ich knapp. »Sein Pferd ist davongelaufen, als er deiner Frau helfen wollte.«

»Was hat meine Frau denn damit zu tun?«

»Sie ist auf dem Reitweg gestürzt, als sie dir nachlaufen wollte – sie und ihr Kind sind verletzt.«

»Aber nicht schlimm«, wirft Mord ein. »Soweit

ich gesehen habe, wird sie es überleben. Sie ist zäh, die Grima.«

»Halt den Mund«, blafft ihn Gunnar an, dem es nicht gefällt, wie über seine Frau geredet wird.

»Ich kann mir gern mal die Blutergüsse zwischen ihren Schenkeln anschauen«, sagt Mord spöttisch, »was meinst du dazu?« Gunnar ballt die Fäuste, gleich gibt es eine Prügelei. Mord lacht ihn aus, reitet die Böschung hinauf, Gunnar folgt ihm sofort. Geir schüttelt über ihre Dummheit den Kopf und reitet ebenfalls los. Srelni, der unter den Weiden abkühlt, bekommt den Geruch vom Dung der Jungstute in die Nüstern.

Vielleicht hätte ich Gunnar die ganze Geschichte erzählen sollen. Für seinen Sohn sah es nicht gut aus, zu viel Blut auf dem Schal, als dass es nur ein harmloser Kratzer gewesen sein könnte. Es wäre nur fair, es ihm zu sagen. Ohne ein weiteres Wort zu Pilson oder den Vorgha-Männern schwinge ich mich wieder aufs Pferd und galoppiere am Ufer entlang, mal halb im Wasser, mal auf dem Trockenen, unter den tief hängenden Weidenzweigen hindurch. Ich werde nicht landeinwärts reiten. Wenn ich mich ans Flussbett halte und die Abkürzung zum Fähranleger nehme, kann ich Gunnar vielleicht einholen und ihm doch noch alles erzählen.

Auf dem nassen Strand treibe ich Srelni zu vollem Galopp an. Wieder reite ich ihn zu hart, aber ein langer Lauf über Sand macht ihn glücklich, wenn er die salzige Meeresbrise in den Augen spürt. Weit vor mir, auf der rechten Seite landeinwärts von den Dünen, treiben drei Reiter ihre Pferde an und wirbeln Staubwolken auf, den vertrauten braunen Staub des Sommers. Wenn ich so weiterreite, werde ich knapp vor Gunnar, Geir und Mord am Fähranleger sein.

»Hab ich dir nicht gesagt, dass er am Strand entlangkommt?«, meint Sepp lachend und boxt den kleinen Hvard spielerisch ans Kinn. Hier sitzen sie, zusammen mit Bedwyr und dem Fährmann in der Fähre, die vor der Fährhütte im Wasser dümpelt.

Hvard grinst übers ganze Gesicht, seine Wangen sind rot vor Aufregung. »Niemand ist vor dir«, ruft er mir zu. »Du liegst in Führung!« Er springt aus dem Boot und streichelt Srelnis Nase. Der Rotfuchs legt ihm den mächtigen Kopf auf die Schulter. »Schau, er mag mich!«, sagt Hvard, aber dann deutet er plötzlich aufgeregt zum Reitweg hinüber. »Reiter! Du musst los!«

»Ich muss warten, Junge. Ich will mit einem der Reiter reden.«

»Aber dann holen sie dich ein!«

»Das kann ich nicht ändern. Ich muss einem der Männer etwas sagen. Sein kleiner Junge ist schwer verletzt. Er weiß nicht, wie schlimm es ist. Ich muss es ihm sagen.«

»Hvard«, sagt Sepp, »bringst du das Pferd zur Tränke?«

»Es gibt kein besseres Quellwasser auf dieser Seite von Laxvik«, ruft der Fährmann.

»Was ist passiert?«, fragt Sepp, kaum dass Hvard und der Fährmann Srelni weggeführt haben. »Wird das Rennen abgebrochen?«

»Nein, Sepp, es geht nicht ums Rennen. Eine Frau ist auf dem Reitweg direkt vor die Pferde gefallen, ihr Kind ist aus der Trage gerollt – es sah nicht gut aus, als ich vorbeikam.«

»Wessen Frau und Kind war es?«, fragt Bedwyr.

Gunnar Morfinson schaut mich wie betäubt an, also wiederhole ich das Ganze noch einmal. »Das ist alles, was ich weiß, Gunnar, aber ich dachte, du musst es erfahren.«

»Ich kenne deine Spielchen«, sagt er schließlich. »Du willst, dass ich das Rennen aufgebe, darum geht es dir doch!«

»Das musst du selbst entscheiden«, antworte ich. »Reite zurück oder mach weiter – deine Sache. Es ist *deine* Frau, und *dein* Sohn.«

»Machst du dir keine Sorgen um die beiden?«, fragt Sepp.

Dabei schaut er Gunnar streng an. Gunnar runzelt die Stirn.

»Hör nicht auf sie«, drängt ihn Mord. »Während du hier rumstehst, ist Geir Idgarson schon vorbeigeritten. Das war alles, was sie erreichen wollten – dich aufzuhalten. Jetzt liegt ihr Mann an der Spitze.«

Sommerregen, unterbrochen von kurzen Sonnenstrahlen, treibt vor mir über den Os. Geirs Falbe, die Stehmähne mit dem scharfen schwarzen Aalstrich klar zu sehen, liegt in Führung; ich habe mich auf den dritten Platz vorgearbeitet; Mord ist zurückgefallen. Ein schneller Blick über die Schulter zeigt mir, dass Pilson fast schon zu Mord aufgeschlossen hat. Die Vorgha-Männer reiten weit hinten, sie können dieses Rennen nicht mehr gewinnen. Die Gruppe passt sich immer dem Langsamsten an – dass einer von ihnen allein um den Sieg reiten würde, liegt nicht in ihrer Art.

Nur zwei Reiter sind vor mir, Geir und Gunnar, und zwei Reiter noch dicht genug hinter mir. Das Rennen wird zwischen uns fünfen ausgetragen. Gunnars Jungstute ist Srelni mindestens ebenbürtig. Es ist Ebbe und die Stute prescht durch die seichten Wellen, ein Wirbel aus Hufen, Gischt und blondem Schweif. Die kleine Blonde sieht aus, als könnte sie über Wellen und Himmel fliegen. Srelni hat Mühe mitzuhalten, aber er bemüht sich. Vielleicht treibt ihn auch etwas anderes an – der hübsche Anblick ihres wehenden Schweifs, von dem das Wasser sprüht, oder die Erinnerung an den Geruch ihres Dungs am Flussufer.

Aber der Rotfuchs hat nicht mehr genug Atem, um die Jagd durchzuhalten. Denn sonst wäre er ihr schon längst näher gekommen. Auf dem Weg zur Fähre habe ich ihn zu sehr angetrieben. Er scheint zu wissen, dass ihn die junge Stute besiegt, und gibt sich damit zufrieden, ihr nachzujagen.

An der Furt durch den Lachsfluss sitzt Morfin mit gelangweilter Miene. Mein erster Gedanke ist, dass er vielleicht eingeschlafen sein könnte, aber das stimmt nicht: Er hält die Augen gegen den Rauch geschlossen. Auf den heißen Steinen über dem Feuer brutzeln drei fette, frisch gefangene Rotbarsche.

Vielleicht hat sich Geir dadurch ablenken lassen, sonst hätte er die Durchquerung des Lachsflusses wohl nicht vermasselt. Aber sein Falbe scheute vor der starken Strömung zurück und warf ihn mitten im Strom ab.

Geir gelingt es nicht, sein Pferd auf das trockene Ufer zu ziehen. Und so stehen sie auf einer kleinen Sandbank mitten im Fluss. Geir ist bis auf die Haut durchnässt. Gunnar hat den Fluss bereits zu Fuß durchquert und das Pferd am Zügel geführt; jetzt sitzt er bei seinem Vater am Feuer, um sich trocknen zu lassen und etwas zu essen. Er rührt keinen Finger, um dem gestrandeten Geir zu helfen.

Ich steige ab und lasse Srelni zum Ufer laufen. Die kleine blonde Stute steht mit gesenktem Kopf am Wasser und trinkt, den Schwanz hoch erhoben. »He, Thralson!«, brüllt Gunnar herüber. »Halte deinen geilen Gaul von meiner Stute fern! Ich will nicht, dass sie zu früh rossig wird!«

»Du kannst sie ja trennen, wenn du willst«, rufe ich zurück, »ich helfe Geir!« Ohne auf eine Antwort zu warten, wate ich zur Sandbank hinüber.

Als ich näher komme, rufe ich Geir zu: »Halt seinen Kopf tiefer, Mann, damit er sehen kann, wohin er tritt.«

»Er hat sich am Knie verletzt. Jetzt hat er Angst und folgt mir nicht mehr. Wie konnte ich nur so blöd sein! Ich hab den Sieg verspielt. Besser hätte ich ihn am Zügel hinübergeführt!«

»Ich kann mein Pferd hinüberführen, einem anderen Pferd folgt er vielleicht, wir bringen sie zusammen zum fernen Ufer.«

»Danke, aber für mich ist das Rennen vorbei. Wird wohl besser sein, wenn ich ihn aufs nahe Ufer zurückführe.«

»Wenn du das willst, dann machen wir es so. Ich hole mein Pferd.«

Und tatsächlich folgt Geirs Falbe Srelni wild spritzend aus dem Wasser. Geir und ich ziehen die Stiefel aus, um sie auszuschütten. Kaum sind beide Tiere auf dem Trockenen, als der Falbe wild zu stampfen beginnt, den Kopf wie besessen schwingt und schließlich sogar ausschlägt. Er greift Srelni an.

»Was ist denn jetzt in ihn gefahren?«, ruft Geir und springt auf.

Das lässt sich Srelni nicht gefallen. Er zahlt dem Falben alles heim und rammt ihm die Halsunterseite auf den Nacken. Es ist ein mächtiger Schlag; der Falbe stößt ein jämmerliches Wiehern aus und ergreift die Flucht, hinkt die Böschung hinauf und verschwindet zwischen den Bäumen.

»Die Flachsstute macht die beiden wild«, sagt Geir. »Schau, dort!«

Gunnar rennt zu uns und brüllt: »Ich hab dir gesagt, Thralson – halte deinen Gaul von meiner Stute fern!«

Srelni bleckt die Zähne, knabbert an den Ohren der Stute, beschnüffelt sie von vorn bis hinten. Sie hebt den Schwanz, lässt für ihn Wasser und ein paar Äpfel fallen und trabt ein wenig weg, damit er ihren Geruch aufnehmen kann. Gunnar stellt sich zwischen die Flachsstute und den Rotfuchs, aber er kann sie nicht mehr aufhalten. Die Stute stellt sich hin, streckt das Hinterteil heraus. Srelni braucht keine weitere Einladung. Er dreht sich um, wirft den Kopf hoch und setzt sich in Bewegung.

Inzwischen ist auch Mord in vollem Galopp herangeprescht, Pilson nicht weit hinter ihm. Beide springen mit hochroten Gesichtern von den Pferden und lassen die Zügel fallen. Sie stürzen zum Fluss, um zu trinken, ohne auf uns oder unsere Pferde zu achten. Mords Vindótt und Pilsons Wallach gehen ebenfalls zum Wasser. Die beiden reiben die Flanken an Gunnars Stute und stoßen sie an. Srelni mischt sich ein, stößt den Wallach beiseite und fasst Mords Hengst ins Auge. Die beiden Hengste starren sich an, unbewegt, aber der Vindótt gibt nicht nach.

Pilson lacht, als sich sein Wallach davonmacht. »Ich wette auf den Rotfuchs«, sagt er mit Kennerblick.

»Wenn irgendein Gaul meine Stute bespringt, kriegt ihr es mit mir zu tun!«, brüllt Gunnar wütend. Mord nimmt die Zügel und versucht, sein Pferd wegzuziehen. Srelni bäumt sich auf, Mord verliert das Gleichgewicht und fällt ins seichte Uferwasser. Ich greife nach Srelnis Zügeln und verfehle sie, weil er den Kopf heftig hin und her schwingt und sich von mir nicht wegziehen lassen will. Der Hengst schäumt aus Maul und Nüstern vor Ungeduld, die Stute zu bespringen.

»Thralson!«, brüllt Mord vom Boden. »Das ist dein verdammter Gaul – zieh ihn weg!«

»Ich lasse ihn über dich trampeln!«, gebe ich zurück. »Dann wird dir das Grinsen schon vergehen!«

»Ach, da zittre ich ja bis in die Stiefel vor Angst. So wie deinesgleichen«, schreit er. »Bring ihn weg, Thralson, sonst prügle ich dir die Scheiße aus dem Gedärm!«

»Ruhig, alter Junge, ganz ruhig«, versuche ich Srelni zu beruhigen. Ich habe seine Zügel zu fassen bekommen und ziehe ihn näher zu Mord. »Ruhig, ganz ruhig.« In Mords Augen blitzt so etwas wie Furcht auf; er robbt, auf dem Rücken liegend, ein wenig zurück, starrt aber trotzig zu mir auf.

»Glaubst du etwa, dass ich bettle und jammere wie dieser Weichling Sigi?«

»Lass meinen Bruder aus dem Spiel.«

»Was für ein jämmerlicher Anblick! Heulte, bettelte um sein Leben – ein Wunder, dass du sein Geschrei nicht über den ganzen Berg gehört hast, als ich ihn in seiner Höhle zerhackt hab!«

Blut spritzt hoch. Blut aus Mords Handgelenken. Mit den Armen kann er den Kopf nicht vor den furchtbaren Schlägen schützen, die ihm der Hengst mit wirbelnden Hufen zufügt. Srelni folgt meinem Befehl, ich befehle ihm, sich aufzubäumen und immer wieder zuzuschlagen. Wenn der Mann am Boden aufschreit vor Schmerzen und Todesangst, so höre ich ihn nicht. Ich höre nichts mehr. Srelni wiehert, zerstampft Blut und Sand um Mords Körper zu einem grausigen Gemisch, schabt mit dem Huf in dem Brei, schnüffelt den Geruch des Todes.

»Sigi!«, höre ich mich rufen.

Starke Arme umklammern mich, ich werde zu Boden gerungen. Mein Gesicht ist im Sand, Nase und Mund im Wasser. Ich rieche Morfins Fisch, der auf dem Stein verkohlt, höre Pilsons Stimme, Geirs, andere Stimmen röhren in meinem Kopf, rauschen wie tobende Flut in einem engen Kanal – Stimmen, anklagend, vorwurfsvoll, spöttisch, vertraut.

KAPITEL 45

Wenn Knara es überhaupt schafft, wird sie erst kommen, wenn es dunkel ist. Das Mädchen hat Mut für zwei; selbst am hellen Tag ist der Marsch über die Heide bis zu meinem Versteck auf dem Skagi-Berg gefährlich – nicht nur für sie, sondern auch für mich. Vor vier Nächten war sie zum letzten Mal hier. Jeden Abend warte ich schlaflos in meiner Höhle, lausche auf Schritte, die ihre Rückkehr ankündigen. Sonst stört nichts die Stille meiner Höhle, nur gestern, vor Tagesanbruch, war eine Schneeeule auf der Jagd nach am Boden brütenden Vögeln und ihren Eiern zu hören. Mit ihren scharfen Krallen schabte sie im Heidekraut, nicht weit von meinem Höhleneingang entfernt. Ich hörte ihren vertrauten kehligen Ruf, als sie sich auf ihr Opfer stürzte, und dann das kurze, heftige Flattern der Flügel, als sie sich auf den Rückweg zu ihrem Nest und ihren Küken machte.

Knara hat mir Wasser gebracht, getrocknetes Fleisch und Fisch, einen Leinenbeutel mit Blütenstaub. Der Beutel kam von Hethrun. Fisch und Fleisch sind längst verschwunden. Das Brot habe ich für morgen aufgespart – für den Fall, dass Olafs Tochter heute Nacht nicht kommt. Ich ringe mit mir, mich beim Trinken zurückzuhalten – der Fisch war salzig, und seit ich den Blütenstaub aus dem Beutel geleckt habe, verspüre ich höllischen Durst. Die Zunge klebt am Gaumen, als hätte ich Federn gegessen.

Hethrun hatte recht, als sie mich aus Suthyre wegjagte. Kurz nachdem ich gegangen war, kamen Männer zur Hütte der Alten. Knara sagt, die Hütte werde Tag und Nacht bewacht. Andere Männer wurden am Strand postiert, um mir die Fluchtroute mit einem Fischerboot über den Os zu versperren. »Fremde«, sagt Olafs Tochter und schnaubt verächtlich. »Nicht von unserer Waldecke – es sind Eisköpfe aus dem Norden.« Knara kichert, wenn sie erzählt, wie leicht sie ihnen durch die Lappen gegangen ist. Sie und Cuin schlichen sich in einer mondlosen Nacht an die Männer heran, und während Cuin mit dem alten Ziegenbock Lärm verursachte und die Männer ablenkte, schlüpfte Knara an den Posten vorbei weg vom Strand. Im Zwielicht der Sommernacht suchte sie sich den Weg über die Heide und kehrte später auf demselben Weg zurück. Sie hatte Glück, mich zu finden, denn der Eingang zu meiner Höhle ist unter einer dicken Schicht Moos verborgen. Zuvor war sie nur einmal hier gewesen, und auch dann nur im Dunkeln:

Schon am Abend nach Mords Tod war sie mit Hethrun hier heraufgekommen, um die Höhle für mich so gut wie möglich bewohnbar zu machen.

Meine neue Heimstatt ist eine natürliche Erdgrube unter der Heide; es ist die Höhle, die Hethrun als ihre Grabkammer vorgesehen hat. An einem bestimmten Tag, den sie selbst aussuchen wird, will sie Ikki und Ogg in diese Höhle locken. Hier wird sie mit ihren beiden Haustieren sitzen und mit ihnen den letzten Kräutertrank teilen. Der Eingang wird verschlossen; Weihegaben werden darübergelegt. Knara wird die Totengebete sprechen. Mich hat die Alte als ihren Totenwächter vorgesehen, aber diese letzte Pflicht kann ich nun nicht mehr erfüllen.

Es ist ein seltsames Gefühl, unter der Erde zu hausen, lebendig begraben zu sein, doch noch eigenartiger war es, in die Gruft zu steigen, in der Hethrun mit ihrer Katze und ihrem Ziegenbock ins Jenseits eingehen wird. Für mich war die Grube die Zufluchtsstätte, die mir nach der Flucht vor den Häschern Erholung bot. Die Höhle gibt mir einen schwachen Schutz, aber sie soll nicht das Tor meiner Reise ins Jenseits werden. Und doch sehne ich mich nach dem Tod, seit ich hier bin. Seit Tagen liege ich auf der Lauer wie ein Fuchs im Bau und weiß, dass es kein Entkommen gibt, wenn ich den Häschern nicht in die Arme laufen will.

Die Hunde kommen über die Hochwiesen. Unweigerlich werden sie eine Spur erschnüffeln. Ich hatte auf Regen gehofft, er hätte meine und Knaras Spuren weggespült, aber seit ich unter das Moos gekrochen bin, ist kein Tropfen mehr gefallen. Die Männer müssen glauben, dass sie ihre Beute bald aufspüren werden. Einer wird das Glück haben oder vielleicht auch eine Gruppe, die die Heide durchkämmt, mein Versteck zuerst zu entdecken. Mords Vater wird sie reichlich entlohnen. Das Blutsilber wird Asgrims Beutel um nichts leichter machen – nach dem Gesetz darf er das Kopfgeld von der Familie des Flüchtigen zurückfordern. Und Asgrim wird nicht zögern, meinen Schwestern eine stattliche Summe in Vieh und Wolle abzunehmen.

Die Forderungen nach dem Verlust eines Sohnes werden damit nicht enden. Asgrim wird das Höchstmaß an Entschädigung eintreiben. In Klep findet er einen willigen Verbündeten – Kleps verwitwete Tochter Gudrun sollte Mord heiraten. Der Priestermann wird sich auf dem Gesetzesfeld auf ein schallendes Ja verlassen können, für alles, was er fordert. Und so, wie die Dinge für mich stehen, für einen, der vor dem Gesetz flieht, wird Asgrim freie Hand haben, seine Forderungen gegenüber »dem Mörder und seinem Clan« durchzusetzen. Das wird auf die alte Weise geschehen: Mein Leben für Mords Leben, und unseren Familien in Osvellir und Osvik wird eine schwere Entschädigung auferlegt. Leben um Leben, Schmerz um Schmerz.

Ich taste im Dunkeln nach Hethruns Leinenbeutel und lecke den letzten Rest des Blütenstaubs auf.

Sigi, geliebter Bruder, nun kannst du in Frieden auf dem Grund des Bergsees ruhen. Der Mörder, der dich mit der Axt zerschlug, der dir selbst nach deinem Tod die Glieder zerhackte, um dich zu erniedrigen, ihm ist sein Verbrechen mit gleicher Münze heimgezahlt worden. Wenn das Leben ein Brettspiel wäre, wenn du noch am Leben wärst, könntest du dich damit brüsten, dass unser Feind vom Antlitz der Erde getilgt wurde. Aber nein, das Leben ist kein Hneff-Spiel, es gibt keine Spielfiguren, die wie in einer Schlacht über das Brett geschoben werden. Sondern es ist ein tödlicher Tausch, Blut gegen Blut. Was geschehen ist, ist geschehen; für Reue ist es zu spät. Doch um deinetwillen, Sigi, bereue ich nichts – ich würde alles willig auf mich nehmen, wozu man mich verurteilt –, wenn nur die Last nicht auf unsere Schwestern fallen würde, wenn ich nicht mehr bin, und auf meinen Bruder Sepp.

Nach dem Blutvergießen am Fluss konnte mich weder Freund noch Feind halten, so heftig, so rasend, so ungeheuer war mein Rausch, meine Wut, ein Zorn, der sich schließlich gegen mich selbst richtete. Von der Furt floh ich in einem wilden Ritt über den Lachsfluss zu Ma nach Osvik. Keuchend stieß ich einen Namen hervor – Mord –, und sie sah das Blut am Kopf und an den Hufen des Pferdes und wusste sofort, wie schlecht es um mich stand und was nun auf uns alle zukommen würde.

In Osvellir begrüßte mich Haldis mit einer innigen dankbaren Umarmung. Stolz richtete sie sich auf, die Hände in die Hüften gestemmt, hob meine blutbeschmutzten Hände zum Feuerschein, als staunte sie über die wunderbare Arbeit, die diese Hände verrichtet hatten, doch bald danach traf sie die Wahrheit wie ein eiskalter Wasserguss: Endlich begriff sie, was Mords Tod für uns alle bedeutete, was unweigerlich folgen würde. Sie floh hinaus in die Molkereihütte, die Schürze an die Augen gepresst, und von dort hörte ich einen langen, schier endlosen Klageschrei, einen Schrei, so hilflos und verloren, so jammervoll wie an dem Tag, an dem wir

Vater begruben. Danach war Stille. Svena war außer sich, als sie die Nachricht hörte, küsste mich voller Freude auf den Mund und vollführte – obwohl sie hochschwanger war – einen Freudentanz rund um den Herd. Später erfuhr ich, dass sie noch am selben Abend Sigis kleinen Sohn zur Welt brachte.

Der armen Bera kann ich nicht vorwerfen, dass sie mir die Wahrheit an den Kopf schleuderte, so grausam sie auch sein mochte. Ihre Hoffnung, Geir zu heiraten, habe ich zerstört. Von Idgar wird man erwarten, dass er jede Verbindung mit meiner Familie trennt – Helga ist für mich verloren. Aber das war es nicht, woran Bera in diesem Augenblick dachte. Als ich von unserem Hof floh, schleuderte sie mir ihren Fluch hinterher – Bera, die andere nie verletzte oder beleidigte und deren Vorwurf mich deshalb umso tiefer traf: »Wie konntest du uns das antun? Vater hat dir vertraut!«

Ich floh vor Bera, floh vor ihr in Schimpf und Schande. Srelni ließ ich im Hof zurück und ging zu den Klippen von Kletturvik. Dort fand ich Yarg und seinen Bruder, die am Strand ihre Netze flickten und falteten, sie bereiteten sich für die Ausfahrt in der Nacht vor. Die beiden jungen Fischer stellten keine Fragen. Sie setzten mich über den Os und ließen mich in Suthyre an Land gehen. Erst als die Nacht hereinbrach, wurde mir vollends bewusst, dass ich nun auf der Flucht war. Es gab keinen Weg zurück. Ich begriff es, als ich über die Schwelle ins Haus der Alten trat. Noch nie habe ich Hethrun so verzweifelt, so fassungslos gesehen wie an diesem Abend. Sie und Knara klammerten sich an mich, als wäre ich bereits tot.

Ein Mann, der des Mordes beschuldigt wird, kann nicht fliehen, ohne bestimmte Folgen in Kauf nehmen zu müssen: Flieht er, wird er von aller Welt für schuldig gehalten, und das aus gutem Grund. Asgrim ergriff die Gelegenheit und sorgte dafür, dass ich weiter auf der Flucht blieb. Er versuchte Cuin dazu zu bringen, mich zu überreden, dass ich mich stellen solle. Ich sollte nach Laxvik zurückkehren und mich zu meinem Verbrechen bekennen, sollte für meine Verteidigung sorgen und für die gebrochenen Vereinbarungen geradestehen. Bestimmt hat der Priestermann gehofft, dass ich seiner Aufforderung nicht folgen würde, mich dem Gesetz zu beugen. Denn dann hätte er das Recht gehabt, die Höchststrafe zu fordern. Nur ein Narr würde die Flucht dennoch fortsetzen. Andererseits würde auch nur ein Narr seinen falschen Beteuerungen glauben. Ob ich mich stellte oder flüchtete, beides war für ihn nur von Vorteil. Nicht einmal mein Pflegevater, würde er noch leben, könnte Argumente gegen die Blutrechnung vorbringen, die Asgrim fordern würde. Flüchtet ein Mann, wendet er dem Gesetz den Rücken – und was dann geschieht, folgt so sicher wie die Nacht auf den Tag.

Asgrim schickte Nachrichten über Land und Meer. Ich erfuhr, dass ein Fischerboot vom Langfjord die Nachricht sogar zu zwei weiteren Fjords weiter oben an der Küste brachte. Alle Landbesitzer wurden eingeladen, sich seinem Feldzug für Gerechtigkeit anzuschließen. Und er lobte ein hohes Kopfgeld aus, zu hoch, als dass es ignoriert werden konnte. Ehrliche Pächter, die mit der Pacht im Rückstand waren, oder Kleinbauern, die von ihren Höfen vertrieben werden sollten, wurden mit Versprechungen gelockt. Er gab ihnen die Hoffnung, dass sie ihr Elend durch meinen Tod beenden könnten. Das führte dazu, dass die Eisköpfe vom Norden herbeieilten und nun um Suthyre herum auf der Lauer liegen. Andere, die vielleicht nicht so verzweifelt sind, beteiligen sich an der Jagd aus schierer Lust am Abenteuer. Die Ortsansässigen, die sich in der Umgebung gut auskennen, oder gierige Männer wie Djup oder Blot werden die Vogelfelsen durchsuchen, jede Felsspalte, Nische oder Höhle, in denen ich früher nach Eiern gesucht habe.

Und ihre Suche wird sie unvermeidlich auch hierherführen.

Ulph kommt mir in den Sinn. Wohin konnte er geflohen sein? Der alte Schäfer kennt die Heide und die Bergwiesen besser als seine eigene Hosentasche. Niemand wird so gut damit fertig, bei Wind und Wetter im Freien zu schlafen und sich mit Fallenstellen zu ernähren. Aber auch Ulph, der immer barfuß ging und nie eine Hose trug, konnte in der Wildnis nicht ewig überleben. Vielleicht hatte er nicht einmal den letzten Winter mit seinen gewaltigen Schneefällen überlebt. Das meinte Snorri jedenfalls vor einem oder zwei Monaten. Heute höre ich keine Hunde auf dem Skagi-Berg, niemand jagt den Mörder, niemand, der meinem Höhlenleben ein Ende bereitet. Ich wünsche fast, es würde endlich geschehen.

Ich habe noch einmal, ein letztes Mal, in den tiefsten Falten von Hethruns Lederbeutel die letzten Reste des Kräuterstaubs herausgeleckt, sie haben mich benommen und schwindelig gemacht. In der Höhle riecht es nach Kleeblüten und Heidekraut. Fliegen summen in der Sommerhitze über der Steinplatte, die das natürliche Dach der Erdkammer bildet. Hier drin ist es weder heiß noch kalt, weder Tag noch Nacht. Der Einstieg von oben ist von Moos und einem dichten Gewirr von Heidekraut und Wurzeln überwachsen, durch die nur schwaches bräunliches Licht in die dunkle Kammer dringt. Sie ist so klein und eng, dass ich weder stehen noch meine Beine voll ausstrecken kann. Wenn ich mich auf die Seite drehe, wühle ich den Teppich aus Heidekraut auf, den Knara in die Höhle geschafft hat. Mein Gesicht liegt auf dem gestampften Erdboden, die Hand stößt gegen Holz. Denn die Wände der Kammer sind mit Holzplanken ausgekleidet, sodass sie wie Schiffswände aussehen – sie sollen verhindern, dass die Erde von den Wänden bricht und die Höhle in sich zusammenfällt. Hethrun hat die salzverkrusteten Planken am Strand von Suthyre gefunden, es ist Schwemmholz von gesunkenen Schiffen. Vielleicht stammt ein Teil davon sogar von der *Vigtýr*. Ich stelle mir vor, wie ich in einem der Boote liege, die auf den Kieselstrand am Fuß des Thwartdales gezogen wurden, ein Kind, schlafend unter dem Sternenhimmel.

Erschrocken fahre ich aus den Träumen hoch, reiße die Augen auf. Braune Dunkelheit. Meine Finger gleiten tastend über die verkrusteten, knorrigen Planken, ich kratze suchend daran. Aber ich bin nicht mehr am Strand von Thwartdale. Der Duft von Klee und Sommerheide bringt mich in die Gegenwart zurück. Ich bin immer noch hier, auf dem Skagi-Berg, liege in einem Erdloch, in meinem Versteck. In Hethruns Grabkammer unter der Heide. Ich spüre Wärme um mich, etwas drückt weich gegen meine Schenkel, eine nachgiebige Weichheit an meinem Rücken und meiner Brust. Jemand liegt halb auf mir. Ich denke an Helga.

»Wird auch langsam Zeit«, sagt eine Frauenstimme, auf grausame Weise fröhlich und völlig normal, als wäre es nichts Ungewöhnliches, in einem Erdloch zu liegen. »Endlich wird er wach!«, fügt die Stimme kichernd hinzu. Warmer Atem streicht über meinen Nacken. »Du brauchst ewig, um aufzuwachen! Ich dachte schon, du kommst überhaupt nicht mehr zu dir.« Jetzt erkenne ich die lachende Stimme, das atemlose Flüstern: Olafs Tochter Knara ist gekommen, sie liegt neben mir, im engen Raum liegen wir dicht aneinandergepresst.

»Knara, du bist es! Hast du mich erschreckt! Hast du Wasser mitgebracht? Ich bin am Verdursten.«

»Wasser und Brot und noch mehr Fisch. Ich bin im Dunkeln gekommen, hab versucht, dich aufzuwecken, aber du warst praktisch bewusstlos, deshalb hab ich mich einfach zu dir gelegt und gewartet.«

»Ist es immer noch Nacht?«

»Weiß ich nicht.« Plötzlich klingt sie besorgt. »Ich muss wohl auch eingeschlafen sein. Soll ich mal nachschauen? Ich muss noch vor Sonnenaufgang wieder in Suthyre sein, sie warten auf mich.«

»Wo ist das Wasser?«

»Irgendwo beim Eingang. Ich hole es dir.«

»Schau nach, ob es sicher ist, hinauszugehen«, flüstere ich ihr nach. »Ich hab den Rest der Kräuter aus dem Beutel geleckt, damit ich besser schlafen kann. Aber das Zeug brodelt jetzt in meinem Gedärm.«

Knara lacht leise, während sie sich an mir vorbeischiebt. »Die Kräuter habe ich für dich gemischt. Hethrun hat mir gezeigt, wo die Blüten wachsen. Das Pulver soll dir aber nicht beim Einschlafen helfen, sondern gegen Verstopfung. Scheint zu wirken – aber geschadet hat es dir bestimmt nicht.«

Als sich Knara von mir löst, ihre weichen Rundungen nicht mehr sanft meine Brust und meine Schenkel wärmen, fühle ich einen kühlen Schauder über meinen Körper laufen, eine Gänsehaut, die sich bis zu den Händen und Füßen fortsetzt. Bis Knara, auf allen vieren kriechend, mit dem Wasserbeutel zurückkommt, ist der Schauder verflogen und mit ihm die Furcht, nur ein dumpfes Verlangen ist geblieben, dass mich die Hunde bald finden mögen.

»Muss schon Mittag sein«, sagt sie besorgt. »Wie konnte ich nur so lange schlafen?«

»Du musst dich auf den Weg machen.«

»Nein, Kregin, ich muss warten, bis es dunkel wird. Ich kann es nicht riskieren, dass mich jemand sieht.«

»Nein, geh! Du musst gehen! Ich höre heute keine Hunde auf dem Berg, und falls du doch jemandem begegnest, sagst du einfach, du hättest nach Kräutern gesucht.«

»Sie würden mich sofort verdächtigen«, meint Knara kichernd. »Ich kann nämlich nicht sehr gut lügen.«

»Hethrun und Cuin machen sich bestimmt schon Sorgen. Los, geh schon! Die kleine Eyra sehnt sich nach ihrer Mama.«

»Nein, es ist besser, wenn ich bis zur Dämmerung bleibe«, sagt Knara entschlossen. »Ich leiste dir ein wenig Gesellschaft. Muss doch furchtbar sein, eine ganze Woche einsam hier in der Grube zu liegen!«

»Kommt raus! Hört ihr mich?« Die Stimme dröhnt in der Kammer, jemand steht direkt über meinem Grab. Knara zuckt entsetzt und erschrocken von mir hoch und stößt mit dem Kopf gegen die Steinplatte. »Kommt raus! Oder muss ich erst zu euch hineinkriechen?«

»Das ist Hethrun«, flüstert Knara und reibt sich den

Kopf. »Aber was zum Teufel hat sie hier mitten am Tag zu suchen?«

»Sie hat sich Sorgen um dich gemacht, glaube ich.«

»Kregin! Komm raus!« Jetzt klingt Hethruns Stimme ungeduldig und scharf. »Du auch, Knara, ich höre dich doch!« Das Moos am Eingang wird beiseitegeschoben, blendendes, grelles Licht dringt herein, fällt schmerzhaft in meine Augen. »Ich habe Neuigkeiten für dich, Kregin! Ob sie gut oder schlecht sind, musst du selbst entscheiden, also komm endlich raus und höre an, was ich dir zu sagen habe.«

»Verbannung?«

»Drei Jahre«, antwortet Finn-buna. »*Drei!*«

Hethrun hat schon zweimal versucht, Lars Stiefvater vom Herd wegzuschieben, aber er steht breitbeinig wie ein Seemann davor und röstet seinen mächtigen Rücken am Feuer. Er kann ein verärgertes Stirnrunzeln auf dem von Wind und Wetter gegerbten Gesicht nicht unterdrücken; Finn gehörte nie zu den Leuten, die viel Geduld mit anderen Menschen hatten. Aber meine ständigen Fragen, die ich ihm schon mehrmals gestellt habe, kommen mir nur mühsam über die ausgetrockneten Lippen – und noch mehr Mühe hat mein benommenes Gehirn, seine Antworten zu begreifen. Seine Geduld nähert sich dem Ende. »Nimm es an und sei dankbar, Kregin«, sagt er, als ob das Urteil ihm und niemandem sonst zu verdanken wäre. »Bei Totschlag kann man zu drei Jahren Verbannung verurteilt werden, wenn das Blutsilber und die anderen Entschädigungen gezahlt wurden. Das sagt das Gesetz, es gilt schon, so lange ich denken kann.«

»Und deine Brüder Einar und Sepp haben die gesamte

Blutschuld für Mord bezahlt«, sagt Cuin. »Nach allem, was Finn erzählt, hat Asgrim auch eine Teilhabe an einem von Einars Handelsunternehmen in Erinland übernommen, es geht um regelmäßige Schiffslieferungen für die Ostleute von Linn-dubh. Anscheinend ist dein Bruder dort im Osten ein reicher Kaufmann.«

»Reich und schlau«, bestätigt Finn. »Der lässt sich von niemandem einwickeln, mein Skipper. Und wer ihn ärgert, wird es bitter bereuen! Aber von mir hört ihr kein Wort der Klage. Sobald ich einen Fuß auf die *Hrafentýr* gesetzt hatte, wusste ich, dass es kein Zurück mehr geben würde, und ich habe es nie bereut.«

»*Hrafentýr*?«, fragt Cuin und streicht sich nachdenklich über den Bart. »Hieß so nicht ein Schiff des Königs?«

Finn bekommt einen Lachanfall. »Nein! Einar Raffson ist der einzige Skipper und Eigner der *Hrafentýr*. Und ich bin sein erster Maat. Ich habe den Befehl über die Ruderer, seit sein letzter Maat in einem Sturm über Bord ging. Für jede Frachtfahrt erhalte ich zwei Anteile für eine zehnköpfige Crew. Nicht schlecht, wie?«

»Und wo ist sie, die *Hrafentýr*?«, frage ich.

»Hast du nicht zugehört?«, blafft mich Finn an und schlägt sich verärgert auf den Schenkel. »Das Schiff liegt an der Os-Mündung, wir haben es am südlichen Fähranleger auf den Sand gezogen.«

»Woher wusste Einar, dass er in Laxvik anlanden kann?«

»Wusste er nicht, Kregin«, antwortet Finn. »Wir sind letzte Woche in den Hafen im Langfjord gesegelt, das ist der Handelshafen für Wolle. Aber als dein Bruder erfuhr, was hier unten los ist, hat er sofort wieder das Segel gesetzt und ist mit der Nachtflut erneut in See gestochen.

Wir hatten guten Nordwind und kamen schon gestern um die Mittagszeit am Os an.«

»Wo ist Einar jetzt? Warum schickt er dich, will er mich nicht sehen?«

»Hör mir mal genau zu.« Finn kratzt sich verärgert am Kopf. »Nachdem er und Sepp sich mit Asgrim geeinigt hatten, wollte der Skipper erst einmal ein wenig Zeit mit seinem Sohn verbringen und deine Mutter besuchen. Deine Familie hat sich in meinem alten Hof in Osvik versammelt.«

Cuin packt mich am Arm; er ist gerührt und hat Mühe zu sprechen. »Ich muss gestehen, mein Junge, ich wusste nicht mehr weiter. Überall die Hunde und die Kopfgeldjäger, die Eisleute belagerten unsere Tür. *Thor steh mir bei!* Ich hatte jede Hoffnung aufgegeben.« Der Onkel schlägt das Thorszeichen über der Brust. »Und wer taucht dann plötzlich mit dem Verbannungsurteil auf und jagt damit die Kopfgeldjäger davon, he? Niemand anders als unser alter Freund Finn-buna! Der Mann war ein Trost für meine alten Augen!«

Finn erwidert Cuins Segen mit einer verlegenen Geste. »Schon gut, Mann, ich befolge nur den Befehl meines Skippers. Kregin, du weißt jetzt, wie die Dinge stehen. Du kannst reisen, wohin du willst, bist wieder frei, aber zur Sicherheit werde ich dich begleiten, wenn du nach Osvik willst, um deine Brüder zu besuchen.«

»Das wird er nicht tun!«, mischt sich Hethrun ein und verdrängt Finn endlich vom Herd. »Jedenfalls nicht, bevor er nicht gegessen und sich ausgeruht hat. Und auch nicht, bevor ihm Knara Hemd und Hose gewaschen hat. So, wie er aussieht und riecht, kann er seiner Familie nicht unter die Augen und Nasen kommen!«

Glossar

Eislande
Alter Name für Island

Erinland
Alter Name für Irland

Gode
Vorsteher – Die frühen Siedler verschenkten oder verkauften Teile ihres Lands, vergaben Grundbesitz an ihre Schiffsmannschaften, ihre Angehörigen, ihre Gefolgschaft. Auf diese Weise baute sich der ursprüngliche Siedler eine Gruppe von Anhängern auf und gewann Macht und Ansehen als Vorsteher seines Bezirks. Dieser Vorsteher, der goði oder Gode, wurde bald zur Schlüsselfigur im entstehenden Regierungssystem.

Halligland
Alter Name für Helgoland, auch »Heiligland«; die Bezeichnung »Helgoland« ist erst nach ca. 1500 nachgewiesen

Hneff
Auch »Hnefatafl«; Brettspiel für zwei Personen aus einer Spielefamilie skandinavischen Ursprungs

Jarl
Gewählter Häuptling

Kerling
Kräuterfrau und Druidin, Seherin

Knattleikr
Bei den isländischen Wikingern beliebtes Ball- und Stock-Spiel, wird in isländischen Sagas erwähnt, entstand wohl zwischen dem 9. und dem 11. Jahrhundert.

Leuge
Historisches Längenmaß, wurde sehr unterschiedlich bemessen, zw. 2 und 7 km.

Norvegur
Alter Name für Norwegen

Schmelzmond
Alter germanischer Name für Februar, auch Mud-month

Skipper
Verantwortlicher Schiffsführer

Spanne
Altes Längenmaß anhand der Handfläche mit unterschiedlicher Normierung; die sogenannte Große Spanne reicht vom Daumen bis zur Spitze des Kleinen Fingers

Thing
Volks-, Heeres- und Gerichtsversammlung der Germanen, auf der alle Rechtsangelegenheiten eines Stammes behandelt wurden

Wilde Jagd
Eine in Europa verbreitete Volkssage, nach der über den Himmel jagende Reiter Vorboten von Katastrophen sind

Bezeichnungen aus dem Schiffsbau und der Segeltechnik

Ablandiger Wind
Weht vom Land weg auf die See hinaus; auch als Landwind bezeichnet (Gegenteil ist Auflandiger Wind)

Brasse (Backbordbrasse / Steuerbordbrasse)
Tauwerk am Ende einer Rah, um die Rah horizontal um den Mast zu schwenken; damit wird maximaler Vortrieb erzeugt, der Fachbegriff lautet »brassen« oder »anbrassen«

Bilge
Tiefste Stelle im Schiff, meist über dem Kiel, an der sich Leck- und Schwitzwasser ansammeln kann.

Fall / Großfall
Tau, das zum Hochziehen (Heißen) und Herablassen (Fieren) oder Reffen von Segeln benutzt wird.
Alle Fallen werden nach den Segeln bezeichnet, die mit ihnen gehisst werden – beispielsweise »Großfall« für das Großsegel

Fieren
Eine Leine oder Kette mittels Winde oder Handkraft ablaufen lassen

Halse
1. (Wende-) Manöver; das Schiff geht mit dem Heck durch den Wind
2. Tau, das die Segel in die richtige Stellung zum Wind bringt; dient im Gegensatz zur »Schot« dazu, das Segel jeweils back- oder steuerbord bugwärts zu holen

Kielbalken
Wichtigster, mittschiffs im Boden angebrachter Längsverband eines Schiffes oder Bootes und somit das »Rückgrat« des Schiffes. An ihm sind die querstabilisierenden Spanten angebracht. Neben der Stabilisierung des Rumpfes dient er auch der Erhöhung der Kursstabilität und – vor allem bei Segelfahrzeugen – der Verringerung der seitlichen Abdrift

Knorr
Gehört zu den »kaupskip«-Schiffstypen, ist also ein Handels- oder Transportschiff. Mit Knorren brachen die Wikinger zur Besiedlung der Inseln im Nordatlantik auf.

Langschiff
Kriegsschiff, auf Schnelligkeit hin ausgerichtet

Lee
Dem Wind abgewandte Seite des Schiffes

Luv
Dem Wind zugewandte Seite des Schiffes

Mastschwein
Fester Holzbuckel am Boden des Schiffes zur Fixierung des Mastes

Pinne/Ruderpinne
Waagerechter Hebelarm des Steuerruders, der mit der Hand bedient wird

Rahe / Rahsegel
Waagerechte Stange am Mast, an der ein rechteckiges Segel, das Rahsegel, befestigt wird. Um maximalen Vortrieb zu erzeugen, wird die Rah horizontal um den Mast geschwenkt (»gebrasst«); siehe auch Eintrag zu »Brasse«.

Reffen
Verkleinerung der Segelfläche durch teilweises Einholen

Schot
Tau, das die Segel in die richtige Stellung zum Wind bringt; dient im Gegensatz zur »Halse« dazu, das Segel jeweils back- oder steuerbord achtern zu holen.

Schothorn
Hinterste, untere Spitze eines Segels, das sich beim Segeln am Wind am meisten leewärts befindet

Spanten (Querspanten)
Teil der Querversteifung der Schiffsaußenhaut, liegen quer zu Rumpf und Kiel

Stag (Vorstag/Achterstag)
Absteifung in Längsrichtung des Schiffes

Vorstag: hält den Mast vom Bug aus
Achterstag: hält den Mast vom Heck aus

Steven (Vorsteven und Achtersteven)
Vordere bzw. hintere, nach oben gezogene Verlängerung des Kiels. Meist konvexe oder konkave Form, möglich ist aber auch ein schräger oder senkrechter Steven ohne jede Krümmung; oft kunstvoll verziert (z. B. Drachenkopfsteven)

Stringer (Längsspanten)
Teil der Querversteifung der Schiffsaußenhaut, liegen parallel zu Rumpf und Kiel

Takelage
Umfasst den Mast, die Bäume und alles bewegliche und unbewegliche Gut, das benötigt wird, um Mast und Segel zu halten

Want
Seil oder Stange zur seitlichen Verspannung eines Masts

Wende
(Wende-) Manöver; das Schiff geht mit dem Bug durch den Wind